Veronia Weisshaid

Schiffers Uschi
Ferien 1973 an Bord bei Tante Marta

Veronia Weisshaid

Schiffers Uschi

Ferien 1973 an Bord bei Tante Marta

Impressum

Bibliografische Informationen der Deutschen Bibliothek:
Die Deutsche Bibliothek verzeichnet diese Publikation in der Deutschen National-
bibliografie; detaillierte bibliografische Daten sind im Internet über dnb.dnb.de
abrufbar.

© 2024 Veronia Weisshaid

Verlag:
BoD · Books on Demand GmbH, In de Tarpen 42, 22848 Norderstedt

Druck:
Libri Plureos GmbH, Friedensallee 273, 22763 Hamburg

Bilder und technische Zeichnungen:
Werner Schwarz, Berlin

Illustrationen:
Michael Klaussner, Berlin

Lektorat & Korrektorat:
Dr. phil. Björn Seidel-Dreffke, Thomas Seidel, Berlin

Satz & Layout:
Thomas Seidel, Berlin

ISBN: 978-3-7693-0019-2

Etwas erlebt zu haben, egal, was es ist,
verleiht einem das unveräußerliche Recht,
darüber zu schreiben.
Es gibt keine minderwertige Wahrheit.

Annie Ernaux

Inhalt

Vorwort

Viele Jahre befasse ich mich schon mit der Binnenschifffahrt und eigentlich, so sollte man glauben, ist das eher unüblich für eine Frau. Diese Männerdomäne, alles ist schwer und schmutzig, laut und es stinkt fortlaufend nach, weiß der Deibel, nach was alles. Das mag wohl alles so sein und dennoch ist der Beruf des Binnenschiffers schon immer auch von sehr vielen Frauen besetzt. Entweder weil sie, wie in diesen Geschichten beschrieben, in eine Schifferfamilie hineingeboren wurden, oder weil sich ein Binnenschiffer, ein Matrose, Steuermann oder Kapitän, man nennt ihn auch Schiffsführer, beim Landgang in eine Frau an Land verliebt und geheiratet hat. Eine Frau aus dem Heimatdorf, aus der Nachbarschaft oder irgendeinem Hafen, in dem der Binnenschiffer eine Zeit lang mit seinem Schiff verweilte.

So wurden viele dieser Frauen Partikuliersfrauen, da es in diesen Zeiten, also auch 1973, noch sehr viel mehr Partikuliere gab als heute. Das Wort „Partikulier" stammt übrigens aus dem Französischen „particulier" (Privatperson). Partikuliere sind Schiffseigner, die mit einem eigenen Schiff ihrem Beruf nachgehen und die vielen Gewässer in Europa befahren. Sie transportieren Waren von manch einem unmöglichen Hafen in einen Hunderte Kilometer entfernten, über Landesgrenzen hinweg und tun dies ihr ganzes Leben lang.

Vererbt oder mit selbst erworbenen Schiffen wuchsen über viele, 2, 3, sogar 10, womöglich mehr Generationen ganze Partikuliersdynastien. Söhne und Töchter wurden flügge, heirateten in eine andere Partikuliersfamilie ein oder machten sich selbst mit einem eigenen Schiff selbstständig.

Der Vater hatte das Schiff von seinem Vater übernommen und der Sohn konnte es übernehmen, wenn der Vater nicht mehr konnte. Oftmals konnte der Vater aber noch recht gut und lange und der Sohn entschied ungeduldig, sich selber ein anderes Schiff zu kaufen. Er fuhr mit dem Namen seines Vaters in die nächste Generation hinein.

Selbstredend kann nur eine Frau, die großes Interesse an diesem Beruf findet, in den Schiffsbetrieb eingebunden werden. Und da beweist die Geschichte, dass dies schon immer so gewesen ist.

Frauen taten das, was sonst Männer an Bord taten, wurden Matrosin und viele von ihnen Kapitänin oder Patentinhaberin. Dieses Phänomen galt unter den Binnenschiffern als selbstverständlich und es wurde nie viel darüber geredet. Frauen schwangen schwere Drahtseile, sie drehten die Anker aus den Gewässern, schmierten und pflegten die Motoren, wuchteten die schweren Luken der Laderäume auf Haufen, schaufelten Restladungen im Laderaum, kehrten und wuschen, tagein, tagaus, standen bei Hitze und Kälte ihren Mann, waren immer sehr besonnen und schufen geruhsam ihre Arbeit.

Sie führten das Schiff in so manch eine Schleuse und durch manch ein ungemütliches Gewässer, behielten die Nerven, wenn es mal brenzlig wurde, wo Männer längst schon rumgeschrien haben und glaubten, damit würde alles besser gehen.

Die Gefahren dieses Berufes machten vor ihnen nicht halt. Schifferfrauen verunfallten oder verunglückten, ertranken sogar genauso wie Männer in diesem Beruf.

Und so ganz nebenbei betreuten und beaufsichtigten sie die Kinder, wenn diese an Bord waren. Sie kauften ein, bekochten und verwöhnten ihre Familie, wuschen deren Wäsche, hielten die Wohnräume sauber und machten obendrein auch noch den Papierkram, während der Kapitän im Sessel saß und die Zeitung studierte.

Frauen in der Schifffahrt waren damals still und sehr leistungsstark, in der frühen Zeit der Binnenschifffahrt mehr als heute.

Man hielt sie lange Zeit für eine Randerscheinung, die von der Menschheit wenig beachtet wurde und dennoch hervorragend funktionierte. Im hinteren Buchteil wird noch ein bisschen auf die heutige Zeit, 50 Jahre später, in der Binnenschifffahrt eingegangen.

Die Autorin

Sommerferien 1973, Uschi und die Tafel ...

Es war der letzte Schultag in Eußenheim, eine kleine 3.250-Seelen-Gemeinde in Unterfranken, von Karlstadt am Main aus gesehen rund 10 Kilometer landeinwärts weiter in Richtung Hammelburg gelegen.

Als nächster Abschnitt für all die Kinder und nur eine Handvoll Lehrer dieser Schule standen ab heute, Freitag 20. Juli, bis zum sechsten September die Sommerferien 1973 an.

All das, was am letzten Tag noch gelehrt werden sollte, war soweit abgearbeitet und so kam es, dass die dicke, gut ergraute, gedrungen klein gewachsene Frau Nigel mit ihrem Riesenbusen, hochgestecktem Haar und der spitzen Hornbrille auf der Nase ihre 6. Klasse weitaus früher, als es laut Stundenplan gefordert wurde, nach Hause schicken konnte.

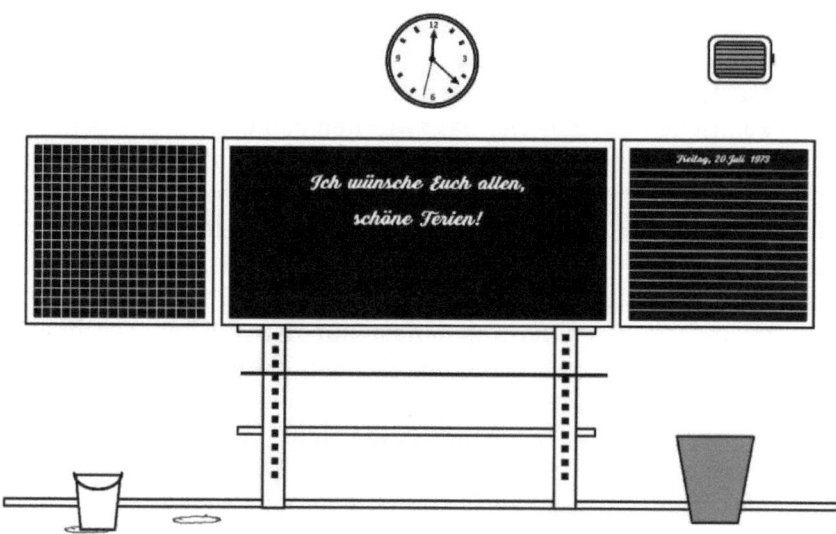

Abb. 001: Die Tafel.

An die Tafel hatte sie noch einen Abschiedsgruß geschrieben und sagte es noch einmal: „Passt auf Euch auf, Kinder, ich wünsche Euch allen eine schöne Sommerzeit. Uschi, Du machst die Tafel sauber", sprach sie eher streng, „alle anderen bitte stellt die Stühle auf die Bänke und auf Wiedersehen."

Das waren ihre letzten Worte, bevor ein Rumpeln und kratzendes Tosen von rückenden Stühlen und Bänken verursacht den Raum durchklangen.

Eine ganze Herde Kinder, ausgewogen gemischt mit Mädchen und Jungen, auch aus den angrenzenden Nachbardörfern, verließen flott, andere freudeschreiend, „Auf Wiedersehen, Frau Nigel", das eine der sechs Klassenzimmer dieser Dorfschule.

Und Uschi verdammt, die musste schon wieder die Tafel wischen, und sie hasste Tafelwischen und ihre Klassenlehrerin wusste, Uschi hasst Tafelwischen! Sie konnte noch nie so gut mit der Frau Nigel und so ein bisschen hatte sie schon immer den Eindruck, dass sie ihr das auch hin und wieder mal, sogar am Sankt-Nimmerleins-Tag noch, spüren lassen wollte.

Aber Uschi wusste auch, „diese Tafel werde ich heute das allerletzte Mal wischen", und bemerkte gar nicht, dass sie dies heute ganz besonders sorgfältig tun wird, so als letzten, endgültigen Abschied. Es war nach tatsächlich vielen Jahren so ein ganz persönliches Ding zwischen ihr und dieser Tafel gewachsen. So komisch, dass sie, wenn sie an die Tafel herantreten musste, dieser zuflüsterte, „hör auf zu grinsen, Du schwarzes Monster", oder wenn sie an ihr rumwischte, „jaaaa, das gefällt Dir, Du Luder", was aber sehr oft mit, „warte mal ab, wer zuletzt lacht, lacht am besten", abgeschlossen wurde.

Eine Art komische Hassliebe war das zwischen den beiden. Als wenn sie beide, sie und die Tafel, irgendwie, irgendwas, irgendwann in ihrem gemeinsamen Leben noch zu klären hätten. Immerhin hatte sie schleichend das Gefühl erlangt, dass kein Schüler dieser Schule, kein Schüler dieser Welt, diese Tafel so oft wischen musste wie sie.

Und als heute der letzte Wischer gemacht war, Uschi das Klassenzimmer verlassen wollte und sie ihren Ranzen längst auf den Rücken geschnallt hatte, schien sie auf einmal ein klein wenig unzufrieden darüber, dass dieses Ritual am heutigen Tage ein endgültiges und sauberes Ende finden soll. Anders als sonst nahm sie klimpernd diesen Blecheimer in die Hand, um ihn draußen im Flur in ein Waschbecken zu leeren, darin das schmutzige Wischwasser der letzten zwei Tage, worin der schon ziemlich zerfledderte Schwamm schwamm.

Sie verharrte gedanklich langsamer werdend vor der Klassenzimmertür, die in den kurzen Flur weiter zum Ausgang des Gebäudes führte.

Uschi stand da und es dauerte nur einen kurzen Augenblick, bis sie ihre blauen unschuldigen Augen langsam nach links gerichtet noch einmal zur blitzblanken Tafel schweifen ließ und dachte dann: „Ohhhh nein, so geht das nicht, mein Freund. Heute bist Du fällig", stellte den Eimer langsam und besonnen vor sich auf den Boden, beugte sich entschlossen hinunter, nahm den klatschnassen

Schwamm aus dem Eimer heraus und warf ihn, so fest sie nur konnte, klatschend an die Tafel, die gerade eben noch so sauber war wie nie zuvor.

Die Brühe rann an ihrem Arm hinunter und über alle Tische hinweg und so triefte, während der nasse Schwamm durch die Luft flog, die weiße, kalkige Brühe auf Tische und Bänke und der Schwamm platschte an die Tafel, dass es nur so in alle Himmelsrichtungen, inklusive oben und unten, milchig weiß hinwegspritzte.

Auf einmal schien Uschi erschrocken über diese massiven Auswirkungen ihres fatalen, aber zielgerichteten Wurfes und blieb, nur sehr kurz, wie angenagelt stehen.

„Ach du heiliger Strohsack", flüsterte sie sich zu, aber nur so lange, bis sie sich besser darauf besann, Fersengeld gebend, nichts wie weg, sich auf und davon zu machen.

Alles war ihr einfach egal. Sie hinterließ diese Sauerei, ließ den Eimer stehen und weg war sie. Und, sie fühlte sich großartig!

Nun war sie die letzte, fast die letzte, die das kleine Schulgebäude, um nicht aufzufallen, dann doch lieber langsam verließ und kein Mensch, kein Lehrer und kein Hausmeister, der die Türen meistens kurz nach Schulschluss abschloss, ist ihr mehr begegnet.

„Soooo", sprach sie zu sich, „nun ist das auch geklärt, Du blöde Miststafel", war sich sehr sicher, dass sie dieses Attentat, so unerkannt wie sie gewesen ist, vehement abstreiten konnte.

Eigentlich dürften sie keine Bestrafungen mehr treffen, denn in dieser Schule war das ihr letztes Schuljahr, sie wird nie wieder hierher zurückkehren. Nur die Schüler bis zum Ende der 6. Klasse werden hier unterrichtet.

Nach den Sommerferien muss Uschi leider sehr viel früher aufstehen, um für die letzten zwei Jahre ihrer Schulzeit nach Karlstadt in die Hauptschule zu fahren. Entweder mit dem Schulbus oder, wenn sie Glück hat, mit ihrem Vater, der jeden Tag nach Karlstadt fährt, da er dort in der Zementfabrik Schicht arbeitet. Aber die Fahrt in ihrem über 20 Jahre alten, klappernden, mattgrauen Brezelkäfer mit 24,5 PS, in dem sie auch vorne sitzen durfte und den der Vater erst vor Kurzem in gebrauchtem Zustand erworben hatte, wird sie dafür belohnen, so früh, schon um 5 Uhr, aufstehen zu müssen.

Uschi war mit fast schon 13 Jahren das älteste Kind ihrer Familie. Ein schlaksiges, drahtig sportliches Mädchen mit strohblonden, leicht gekräuselten Haaren. Lange Haare, die meist zu Zöpfen gebunden, mal links und rechts oder nur nach hinten an ihr herunterhingen. Uschi war so groß wie andere in ihrem Alter, ca. 1,50.

Ihre kleinen Geschwister, Bella, erst 4, und Gitti, erst 6, die nach den Ferien in dieser Schule in Eußenheim eingeschult wird, waren bisher immer zuhause und sie war heilfroh darüber, dass sie, die große Schwester, nicht das Leid ertragen muss, ihre kleine Schwester jeden Tag mit zur Schule und danach wieder nach Hause zu begleiten.

Wo bliebe da ihr freier und rücksichtsloser Heimweg, mal durch diesen Kuhstall bei Pfeifers, über den Acker vom Böhmbauer hinweg, wo die dicken Rüben wachsen, um sie dem alten braunen Klepper zu bringen, der auf der Pferdekoppel vom Bauer Gerstl steht. Es war gut, so wie es ist, und so kam Uschi an diesem letzten Schultag etwas später als sonst nach Hause.

Ihr Vater, der Friedrich Schönberg, 1927 in dieser Gegend geboren, auch schon 46, war noch in der Arbeit. Ihre Mutter Ruth, 1933 geboren, stammte gebürtig aus Mühlbach, einem kleinen Dorf auf der anderen Seite des Mains bei Karlstadt und war gerade dabei, im Garten Wäsche aufzuhängen.

„Mensch Uschi, Du Streunerin", rief die Mutter aus der Ferne, „wo bleibst Du denn, Du wolltest mir doch mit der Mangel helfen."

Eigentlich war ihr früheres Nach-Hause-Kommen dazu verplant, mit der Mutter Wäsche in die Mangel zu nehmen, eine schon recht anstrengende Arbeit. Frau Schönberg hatte mit dem Erwerb einer gebrauchten Wäschemangel diese Arbeit, Wäsche auch für andere Dorfbewohner zu machen, als kleines Zubrot in die Haushaltskasse für sich entdeckt. Doch Uschi hatte es einfach vergessen, musste ihren letzten Kampf mit der Tafel austragen.

„Warte", rief sie einsichtig, „ich komme."

„Na, jetzt bin ich fertig, Kind", meinte die Mutter ein wenig enttäuscht, „aber geh mal schauen, was Deine Schwestern machen, die sitzen im Wohnzimmer."

Die kleine Bella saß auf dem Boden und spielte mit allem, was sie mit ihren Händen ergreifen konnte. Gitti saß am Wohnzimmertisch und malte mit Sicherheit schon das 25. Bild am heutigen Tage. Keine von beiden haben ihren kurzen prüfenden Blick ins Wohnzimmer bemerkt.

Alles war in Ordnung, die vorbeischweifende Sichtkontrolle hat alles geklärt und Uschi ging zügig nach oben in ihr Zimmer, das, seit Oma Ela verstorben war, seit ein paar Wochen ihres geworden ist. Nur schlafen konnte sie noch nicht darin, war Oma Ela doch drei Tage hier aufgebahrt, bevor der Boandlkramer die tote Oma vor ein paar Wochen abgeholt hat. Oma Ela war bei allen sehr beliebt, halt schon 92 und etwas neben der Spur. Und sie hat tatsächlich drei Tage und Nächte tot in dem Zimmer gelegen, das nun der Uschi gehören soll.

Trautes Heim ...

Familie Schönberg wohnt in diesem kleinen Standard-Siedlerhaus Nummer 17, das hier in der neu benannten Schlesischen Straße Haus an Haus emporgewachsen war. Die Eltern haben es, kurz bevor Gitti geboren wurde, Uschi ca. 7 Jahre alt und Bella noch gar nicht geplant war, von einem Neusiedler gekauft. Die vorherigen Eigentümer waren schlesische Heimatvertriebene von 1944 und haben 1958 hier in dieser Straße einen Bauplatz für dieses Siedlerhaus erhalten.

Als eine der wenigen Familien, die, soll kommen was will, wieder zurück nach Schlesien gingen, auch wenn ihre Heimat nun polnisch war, hatten beschlossen, dorthin zurückzukehren. Heimat war nun einmal Heimat.

So wurde das kleine, quadratische Standard-Siedlerhaus mit einem sehr steilen Dach und einem mit Latten provisorisch abgesteckten Grundstück rundum, das überwiegend der Bepflanzung mit essbarem Grünzeug diente, das Haus der Familie Schönberg. Vater Friedrich, Mutter Ruth, Uschi, Bella und Gitti und hin und wieder ein fetter, rot getigerter Kater, der Wilhelm hieß, wenn er auch mal wieder tagelang nicht zu sehen war, lebten hier sehr familiär wie andere Familien in den Nachbarhäusern.

Im Erdgeschoss befand sich eine Küche mit einem massiven Küchenherd, der mit Kohle und Holz befeuert werden konnte. Daneben schon ein Elektroherd, ganz neu von AEG. Ein schlicht möbliertes Wohnzimmer, an der Wand neben dem dunklen Wohnzimmerschrank eine nagelneue Musiktruhe mit Plattenspieler, Radio und Schwarz-Weiß-Fernseher mit drei Programmen. Eine wertvolle Technik, die nur der Vater bedienen durfte.

Neben der Musiktruhe befindet sich eine Tür, die irgendwann mal zu einer blühenden Terrasse führen soll. Noch führt sie auf das erdige Grundstück, auf dem das überwiegend essbare Grünzeugs, Salat, Möhren, Kräuter, Kartoffeln, Gurken usw. wucherte und in einem kleinen abgezäunten Stall sieben Hühner gackerten, die sehr fleißig immer für frische Eier sorgten. Der achte im Bunde, der Hahn, war bereits der fünfte oder sechste, seit die Familie hier lebt. Alle vorherigen landeten, vom Vater getötet, in der Suppe, weil sie in aller Herrgottsfrühe immer so laut gekräht haben. Der jetzige könnte eine lange Lebenszeit erwarten, denn er schien immer und ewig heiser zu sein, er will immer und kann nimmer so richtig laut vor dem Fenster des elterlichen Schlafzimmers „kickerikiiii" krähen.

Unter dem einzigen alten Apfelbaum, der hier schon stand, bevor das Haus gebaut wurde, standen in greifbarer Höhe vier Hasenkäfige aneinandergereiht.

Uschi ihr kleiner, sehr enger Freundeskreis, denn sie war für die vier Hasen Schecke, Braune, Rammelhammel und Fee verantwortlich. Füttern, Löwenzahn, Obst, Salatabfälle und Möhren sammeln, Heu beim Gerstlbauer holen und ausmisten stand auf ihrem Tagesplan und sie tat es immer gerne.

In den letzten zwei Jahren wurde auf Hasenbraten verzichtet. Gitti und Uschi waren sich darüber einig, ihre Freunde dürfen nicht mehr gegessen werden. Nun gehört auch so langsam Bella zu diesem Kreis der Hasenretter mit der klaren Botschaft, dass man Sachen, die Kinder erheitern und lieben, nicht essen darf. Durchgesetzt haben sie sich damit, als sie einmal zur Weihnachtszeit bei einer Nacht- und Nebelaktion all ihre Hasen in einen Bollerwagen setzten, um sie bei einem Freund im Dorf zu verstecken, so dass der Vater den erwünschten Weihnachtsbraten nicht finden konnte.

Einmal im Jahr darf Rammelhammel zu Schecke, Braune oder Fee in den Stall und ihr Nachwuchs, mal 3, 4 oder 5 Hasenbabys, wurden dann für kleines Taschengeld, für paar Pfennig in der Dorfgemeinde verkauft.

Sonst befanden sich im Erdgeschoss ihres Hauses noch das Schlafzimmer ihrer Eltern, ein sehr kleines Bad mit Kohleofen und eine Toilette, deren Spülkasten unter der Decke unglaublich Radau machte, wenn man an der Leine zog.

Durch die Haustüre hindurch, links, führte eine steile, sicherlich 20 Stufen hohe Holztreppe hinauf. Nach unten führte eine Treppe in den Keller und in den Waschraum der Mutter. Für sie gab es hinter dem Haus einen Kelleraufgang nach draußen direkt in den Garten.

Im Obergeschoss, durch eine weitere Tür hindurch, befanden sich ein sehr kleiner Korridor und vier weitere Türen. Der Korridor war so klein, dass man sich darauf zu zweit fast nicht begegnen konnte. Direkt rechts ging es in die obere Toilette, die allerdings nur mit Waschbecken ausgestattet war und mit einem geradezu flüsternden Spülkasten. Geradeaus, keine zwei Schritte über den Korridor hinweg, ist das Kinderzimmer von Bella und Gitti, noch vor kurzem auch das Zimmer von Uschi. Neben dem lebte noch vor kurzer Zeit Oma Ela, erst seit ein paar Wochen ist es Uschis Zimmer und daran rechts angrenzend war das obere Wohnzimmer der Oma.

Alle bis auf die Innenwände der Zimmer waren schräg. Das einzige, was hier unter dem Dach keine Dachschräge hatte, war der kleine, fast quadratische Korridor.

Das ehemalige Wohnzimmer von Oma Ela ist längst das Arbeits-, Bügel- und Wäschezimmer der Mutter geworden, auch wenn die Wäsche im riesigen, grauen, blechernen Wäschezuber im Keller gewaschen wurde. Die Feinheiten und das, was durch die Mangel genommen werden musste, wurden nach dem Trocknen unter dem Dach verrichtet. Es wirkte je nach Größe der Wäscheberge manchmal ein bisschen eng dort oben.

Aber da stand noch das steinalte Kanapee aus dunklem Nussbaum mit sehr hoher Rückenlehne, durchgesessen, von der Zeit gesegnet, mit dunkelblau bezogenen Samt-Sitzpolstern, deren Federn Uschi alle beim Namen kannte. Denn hier schlief Uschi, seitdem sie endlich ihr eigenes Zimmer hatte, das sie, wenn sie zu Bett oder zu Kanapee geht, immer zweimal abschließt, damit ihr Oma Ela als Geist nicht heimsuchen konnte. Manchmal glaubt sie, sie zu hören, nachts, wenn alles schläft, und nur aus diesem Grund, um diese Spukgeräusche zu übertönen, nimmt sie das laute Tick Tack Tick Tack der alten Uhr an der Wand in Kauf, deren Schlagwerk sie aber verriegelt hatte. Jeden Morgen macht sie sich als erstes daran, das Uhrwerk mit dem kleinen Schlüssel aufzuziehen, den sie, damit der ja nicht verloren geht, in der linken Schublade des fast schwarzen Sideboards unter ein paar Tüchern versteckt hatte.

Die Mutter weiß von diesem Ritual und die Eltern sind sich darüber einig, dass Uschi diese Vorstellung, Ruths Mutter würde hier ihr Unwesen treiben, schon irgendwann als übertrieben betrachtet beenden wird. Auch wenn Vater Friedrich mit seinen blöden Scherzen immer mal wieder für Rückfälle sorgt, scheint Uschi auf einem guten Weg zu sein.

Sie versteht zunehmend besser, dass Starkregen, der auf das Gebäude prasselt, oder klappernde Fensterläden, keine Tat von Oma Ela sein können, selbst wenn der Vater, meist bei Tisch, weil ihm belustigt danach ist, gern laut die Frage stellt: „Ist das Oma Ela oder Wind und Regen?"

Während die Mutter dann meist sagt, „ach Friedrich", bemerkt Uschi schon sehr gut, dass sie sich dabei fortwährend grinsend zuzwinkern.

Rund um das graue Haus mit braunen Fensterrahmen und Fensterläden war alles noch ziemlich wild bewuchert. Man kam aus der ebenfalls braunen, schweren Haustüre heraus und schritt nur ein paar Stufen einen Hang hinab auf die gerade erst geteerte schmale Straße, auf der ein sich Begegnen von zwei Autos unmöglich war.

Es gab keinen Gehweg, nur Ranken und meterhohes Unkraut links und rechts der Straße und Vater Friedrich hat extra für seinen Käfer eine Stelle als Zufahrt freigeschaufelt, damit er sein Auto fast bis vor die Haustüre fahren kann, ganz dicht vor einen kleinen Geräteschuppen, in dem sein altes Moped, eine DKW Hummel mit 50 Kubikzentimetern Hubraum und 1,35 PS stand, die längst den Geist aufgegeben hatte.

Die Nachbarn waren alle irgendwie komisch, weil sie, die Familie Schönberg, die einzigen in der ganzen Straße waren, die keine Flüchtlinge gewesen sind. Es gab ein paar Kinder in ihrem Alter, die hier geboren sind, aber fast nur Jungs. Nur ganz am Ende der Straße wohnte Walli, die fast ein Jahr jünger war als Uschi, mit der sie sich hin und wieder die Zeit vertrieb. Alle anderen Schulkameraden, fast alle älter, wohnten mehr im Dorfkern und nur langsam muss sie sich an den Gedanken gewöhnen, dass sie diejenigen sind, mit denen sie nach den Ferien um einen Sitzplatz im Schulbus feilschen muss.

Die Zeit, bevor Uschi 1961 geboren wurde,
Opa hat sein Schiff versenkt ...

Die Schifffahrt gehört zu dieser Familie wie das Mehl zum Brot und war immer wieder Thema, auch wenn sie nicht mehr gelebt wird, war sie allgegenwertig. Und Opas Geschichte hat sich Uschi schon ein paar Mal anhören müssen. Ihre Tante Marta, die nur ein Jahr jünger war als ihr Vater, hat sie erzählt und Vater Friedrich hat sie erzählt. Und das einzige, was sie daran knisternd spannend fand, waren die beiden explodierenden Handgranaten, die dabei eine wichtige Rolle spielten.

Schifffahrt, in der ihre Vorfahren schon sehr viele Jahre, über Generationen aktiv waren, interessierte Uschi nicht so richtig, nicht so sehr wie ihre Eltern. Zwei, die diese Schifffahrt intensiv gelebt haben. Mutter nicht ganz so viel, aber ihr Vater, der schien schon gewaltig etwas zu vermissen. Und Uschi bekam soweit landeinwärts vom Main gar nicht viel mit von diesem Fluss, der 10 Kilometer entfernt durch Karlstadt fließt, dort, wo die Schiffe ihre Wege suchen. Ihre Sommerbadezeiten verbrachten die Kinder dieses Dorfes in kleinen Weihern, auch heimlich mal in Löschweihern, die in manchen Dörfern noch vorhanden waren.

Sie weiß nur so am Rande, dass ihre anderen Vorfahren und ihr Opa Binnenschiffer waren, der seine beiden Kinder, Friedrich und Tante Marta, natürlich auch als Binnenschiffer sehen wollte, was auch so geschehen ist.

Dass Marta aber ein Mädchen ist, diese Frage stellte sich damals gar nicht. Schifferkind ist Schifferkind, fertig und Marta wurde wie ihr Bruder Binnenschiffer. Als der Opa 1954 überraschend gestorben ist, haben die beiden Geschwister den Schleppkahn des Vaters, der TIEFENTAL hieß, verkauft. Mit dem Erlös und einer zusätzlichen Finanzierung, von dem Marta und Friedrich jeweils den gleichen Anteil bereitstellten, kauften sie zusammen ein gutes gebrauchtes Schiff. Uschi glaubt, es war ein 50 Meter langes Motorschiff, dessen Name, soweit sie sich erinnert, im Gedenken an ihren Opa auch TIEFENTAL gewesen ist. Diese TIEFENTAL haben sie 1960 schon wieder verkauft und wieder ein anderes, neueres, ein 67 Meter langes Schiff gekauft, das aber dann wie ihre Oma hieß, HELGA getauft wurde. Es war wohl noch recht neu und so entsprechend teuer. Auch das haben sie zu gleichen Anteilen finanziert. Und mit diesen beiden Schiffen nacheinander haben Bruder und Schwester Schönberg die Flüsse im In- und Ausland unsicher gemacht und gar nicht so schlecht verdient in dieser Zeit des Wirtschaftsaufschwungs.

Beide, Uschis Vater, der Friedrich, und auch ihre Tante Marta hatten sich immer gut verstanden, auch schon in ihrer Kindheit und so lernten sie gemeinsam sehr schnell und gut alles über den Beruf ihrer Vorfahren. Ihr Vater, Uschis Opa Roland, sagte immer, zwischen die beiden geht kein Blatt Papier, so gut mochten sich Friedrich und Marta leiden. Schon in jungen Jahren legten sie gemeinsam die Prüfung zum Matrosen und später zu einem Kapitän oder Schiffsführer ab und hatten längst die nötigen Patente erworben. Denn ohne ein Patent, so eine Art Führerschein für große Schiffe, darf niemand ein Schiff fahren. Dadurch, dass sie sich stets so gut ergänzten, brauchten sie auch kein weiteres Besatzungsmitglied auf ihrem gemeinsamen Schiff, der HELGA. Sie benötigten keinen weiteren Mann, einen Matrosen oder Schiffsjungen, um das Schiff bewegen zu dürfen. Es gab nie Streitereien, wer denn an welchem Tag Kapitän sein soll. Das haben sie einfach damit geregelt, dass Friedrich an den ungeraden Kalendertagen und Marta an den geraden Kalendertagen den Kapitän machte. So hatte jeder seine Zeit an Deck, um diese Arbeiten zu verrichten und seine Zeit im Steuerhaus, aber auch den Papierkram am Hals, der perfekt geordnet für beide im gleichen Maße verständlich war. Alles, was man nur zusammen bewältigen konnte, wurde gemeinsam erledigt.

Friedrich hat dann 1961 Ruth geheiratet, die anfänglich auch an Bord war und Uschi als Erstgeborenes war im Anmarsch.

Und da hat dann ihr Vater „in den Sack gehauen", wie man so schön sagt. Er hat also seinen Seesack gepackt und ist zurück an Land. Er wollte bei seiner Frau und seiner Tochter an Land bleiben und wurde Fabrikarbeiter.

Schwester Marta fand das damals alles so Hals über Kopf gar nicht lustig und die Geschwister haben seitdem ein bisschen ein gestörtes Verhältnis, das sich aber über die Jahre wieder ein wenig normalisiert hat. Irgendwie muss es da um Geld gegangen sein, da ihr Vater seinen Anteil am Schiff zurückhaben wollte, um damit ein geplantes Haus finanzieren zu können. Seit jener Zeit war Friedrich nie wieder an Bord. Wenn die beiden sich trafen, dann nur noch bei Familienangelegenheiten an Land, beim Telefonieren hin und wieder, wenn Marta ihren Bruder in der Dorfkneipe, der „Eiche", anruft.

Da die ganze Familie Schönberg jeden Sonntag um 11 Uhr zum Stammtisch ging, wusste Marta genau, wann sie Friedrich dort erreichen kann. Böse und laut war keiner mehr, das Verhältnis war eher wortlos, still und distanziert. Uschi fand das alles etwas komisch, wenn sich die beiden begegnet sind. Es war so, als ob ein jeder etwas erzählen will und keiner möchte damit anfangen.

Allein Uschi war schon mehrmals an Bord auf der MS HELGA. Einmal, mit ca. 6 Jahren, da wollte sie unbedingt mal mitfahren bei Tante Marta. Mit 7 oder rund 8 Jahren wollte sie nicht, aber sie musste mitfahren, weil die Eltern ein paar Tage verreisen wollten.

An Bord gebracht hat sie damals immer Mutter Ruth, erst mit dem Bus, dann mit dem Zug, dann wieder mit dem Bus und dann folgte ein langer Fußmarsch zu dem Liegeplatz, wo das Schiff angelegt hatte. An und von Bord ging es immer an einer geeigneten Stelle hier am Main, mal an einer Schiffschleuse und mal in einem Hafen.

So war das mit der Schifffahrt, die Uschi verband in diesem Dorf in Eußenheim. Dass Vater Friedrich eigentlich Kapitän ist und kein Fabrikarbeiter, das wissen viele gar nicht, außer die Nachbarn. Immerhin ist er schon bald 13 Jahre an Land.

Vater Friedrich war nur eine kurze Kriegszeit bei der Wehrmacht. Da er kurz nach Ende 1926, am 19. Januar 1927 geboren wurde, gehörte er zum „weißen Jahrgang", war im September 1939 bei Kriegsbeginn noch zu jung, um von Anfang an eingezogen zu werden. Und wie sich diese Zugehörigkeit zum „weißen Jahrgang" weiterhin auf ihn auswirken sollte, war 1939 noch nicht abzusehen, denn es war doch gar nicht klar, wie lange dieser Krieg dauern sollte.

Die Zeiten davor war der Vater, der Opa Roland und Tante Marta, sehr viel unterwegs und war strikt gegen die Militarisierung seines Sohnes. Als einstiger kleiner Soldat im ersten Weltkrieg hatte er die Faxen dicke und setzte alles daran, seine Familie davon fernzuhalten.

Doch gerade in den kleinen Dörfern fanden sich sehr arisch fühlende Anhänger des Regimes, jeder Dorfdepp tauchte auf einmal in irgendwelchen Uniformen auf und wollte ein Volk, ob jung, ob alt, um sich scharen.

Friedrichs und Martas Vater Roland blieb daher, so oft es ging, an Bord, dort, wo man nicht allzu viel mitbekommt von diesen ganzen Entwicklungen vor und während des Krieges. Die beiden Geschwister wurden also oft aufs Schiff geholt und da herrschte striktes Uniformverbot.

Ihre Grundschulzeit, die Zeiten als Pimpf oder als Mädchen beim Bund Deutscher Mädel, beim deutschen Jungvolk also ab 1933, war somit sehr durchsiebt mit Zeiten, die sie besser als normale Kinder an Bord verbrachten.

Ihr Vater war keiner, der die Hakenkreuzflagge im Mast führte, lieber hat er seinen Mast und den kleinen Kran Mittschiffs an Deck gelegt, damit es bloß nichts gibt, woran man diesen Fetzen, wie er ihn immer bezeichnete, hoch ziehen konnte. Auf seinem Schiff gab es kein drittes Reich.

Im Verlauf der Jahre und dem Heranaltern seiner Kinder kam die Tatsache hinzu, dass beide Kinder ganz offiziell Schiffsjungen und Matrosen wurden und in einem Familienbetrieb, bei einem Partikulier in der Binnenschifffahrt tätig waren. Damit wurde vor allem Friedrich eine sehr lange Zeit als unabkömmlich bezeichnet. Er musste die Arbeiten an Bord verrichten, konnte dadurch dem aktiven Kampf entkommen und musste nicht in den Krieg ziehen. Sie waren verpflichtet, mit dem Schleppkahn ihres Vaters die Städte zu versorgen und später sogar unter militärischer Führung kriegswichtiges Material zu befördern.

Da auch die Mutter, Helga Schönberg, immer mit an Bord war, befanden sich alle zusammen in einem sicheren Umfeld und sie mussten zusehen, dass sie den Schleppkahn, die TIEFENTAL, in Betrieb halten.

Erst Ende September 1944 erhielt Friedrich doch noch einen Einberufungsbescheid und musste mit 17 Jahren in den Kampf ziehen. Der Volkssturm, das letzte Aufgebot, die letzte Mobilmachung rief alle wehrfähigen Männer des Landes an die Waffen.

Opa Roland, schon 1885 geboren, ließ dann seinen 42 Meter langen und knapp 7 Meter breiten Schleppkahn, 1904 in Frankfurt gebaut, von einem Dampfschlepper in einen dicht bewachsenen Altarm des Mains kurz oberhalb Würzburg schleppen und versenkte diesen an einer seichten Stelle mit sehr wirkungsvollen Mitteln, diesen beiden Handgranaten. Die Russen oder wer auch immer sollten das Schiff nicht beschlagnahmen können, wenn sie kommen sollten, was Opa Roland zum Ende 1944 schon riechen konnte.

„Soo", sagte er damals, als sein Schiff untergegangen war, „jetzt liegt sie da tief und sicher auf dem Grund des Flusses, bis die ganzen Unruhen vorbei sind. Die nimmt mir so schnell keiner mehr weg!"

Nach dem Krieg, wer weiß, was die Zeiten bringen, sollte die TIEFENTAL wieder gehoben und flottgemacht werden.

Leider war das ganze Land, alle Länder waren zerstört und die Schifffahrt sollte erst sehr spät wieder richtig Fahrt aufnehmen.

Friedrich war zur Kriegszeit an der Westfront, überlebte aber alles unbeschadet, zog fast direkt nach seinem ersten, nur sehr kurzen Einsatz als Funker in französische Gefangenschaft. Marta, Opa Roland und Oma Helga, verblieben in Eußenheim und hin und wieder fuhren sie mit dem Rad nach Würzburg und sahen nach ihrem Schiff, das dort viele Jahre im Fluss versenkt war. So tief, dass man gar nicht mehr so viel davon gesehen hat.

Abb. 002: Versenkte Schiffe 1945 in Duisburg.

Friedrich kam Anfang 1947 nach Hause. Sie hatten alle ein unfassbares Glück, diesen Krieg so unbeschadet überlebt zu haben.

Bereits kurz danach, als das Viermächtebündnis, Franzosen, Amerikaner, Engländer und Sowjets, die Besatzer von Deutschland, das meiste an Reparationen eingeheimst hatten, wagten sich Opa Roland, Friedrich und Marta darüber nachzudenken, wie sie ihr Schiff wieder schwimmfähig machen können. Alle drei konnten es kaum erwarten, dass sie endlich wieder auf Reisen gehen konnten. Reparationen, das war auch so ein komisches Wort, das Uschi sehr schnell verstanden hat. Denn das Viermächtebündnis, diese vier Länder, die Siegermächte also, haben dem deutschen Volk alles weggenommen, was sie in ihren Ländern selber gebrauchen konnten so als Wiedergutmachung für den Schaden und das Unheil, das Deutschland mit diesem furchtbaren Krieg überall angerichtet hatte.

Opa Roland wusste seit gut drei Jahren sehr genau, wo sie die Sprengsätze, diese Granaten zum Versenken des Schiffes angebracht hatten. Es ging in dieser Zeit längst nicht mehr darum, wie sie das Schiff versenken, sondern wie sie es wieder heben können. Doch das ganze Land war verwüstet, die meisten Brücken, die über den Main führten, lagen versenkt im Fluss. Keiner wagte ernsthaft daran zu denken, wann genau die Schiffe wieder fahren können.

Hiobsnachricht zum Abendessen ...

Der Vater legt großen Wert darauf, dass sich alle zum gemeinsamen Essen einfinden, wenn er schon mal zu Hause und nicht in irgendeiner Schicht in der Fabrik ist. So war der Tisch reich gedeckt und ein jeder aß, was die Auswahl hergab.

„Übrigens", meinte der Vater dann und alle spitzten die Ohren, „ich hab mit Tante Marta telefoniert. Du", und schaute Uschi dabei an, „wirst nächste Woche, na mal sehen, für mindestens zwei Wochen zu ihr an Bord gehen. Gitti kommt zu Tante Renate und die süße Bella", die rechts neben ihm saß und die er so ein bisschen in ihre Backe zwickte, „die kommt mit uns, gell mein Schatz?"

Bella grinste nur in ihrem blauen Lätzchen, den rosa Plastiklöffel durch die Gegend schwingend mit ihrem Schokoladenpudding verschmierten Mund, der eigentlich zum Nachtisch gedacht war. Die Mutter schwieg.

Uschi ließ ihr Brot auf das Schmierbrett und sich selbst zurück gegen die Stuhllehne fallen. Würgte den noch verbliebenen Brocken Brot in ihrem Mund, wie einen trockenen Klos hinunter und meinte entsetzt: „Waaaas? Ach Papa, aufs Schiff, oh neiiin, bitte nicht! Ich habe Pläne, ich kann hier nicht weg. Wer macht meine Hasen und die Hühner? Was wird mit den Eiern? Das sind doch", und rechnete kurz, „5 Eier pro Tag, mal 14 Tage, gute 70 Eier, die uns durch die Lappen gehen."

Der Vater unbekümmert über das Wohl der Eier schnitt seine Sülze: „Das machen die Nachbarn, können dafür auch die Eier behalten, kein Problem."

„Mamaaaa", flehte sie die Mutter mit stechendem Blick an, „sag mal was."

Aber die Mutter schwieg.

„Ich will nicht zu Tante Marta", suchte sie nach Erklärungen, „die ist immer so streng und Onkel Franz, Martas Ehemann, der ist nur am Meckern und immer so laut, der Michl stinkt wie ein Esel und veräppelt mich immer. Ich kann da nicht hin, außerdem ist es stinklangweilig und ständig laut, ich könnte taub werden!"

Tante Renate, geborene Heilmann und 43, war die Schwester von Ruth, die noch immer ledig in Mühlbach lebte und der Michl, die heißt eigentlich Michaela und ist der Matrose oder, genauer gesagt, der Steuermann von Marta, die schon so lange bei Marta an Bord ist wie Vater Friedrich an Land. Frauen leisten an Bord die Aufgaben der Männer, also werden sie auch so bezeichnet, Matrose oder Steuermann, das ist einfach so und es stört auch keinen. Denn wie schon berichtet, Frauen in der Schifffahrt gibt es schon immer, es redet nur keiner darüber. Dass allerdings ein ganzes Schiff vom Kapitän bis zum Schiffsjungen nur mit

Frauen besetzt ist, das ist schon eine Ausnahme. Nur eine Ausnahme für Außenstehende, für Friedrich und seine Familie ist es so dermaßen normal, dass man es nicht einmal absonderlich erwähnen muss. Es gibt keine Matrosin, Steuerfrau oder Kapitänin und keine der Frauen in diesem Beruf besteht darauf, so bezeichnet zu werden, weil es einfach nicht richtig klingt. Auf der MS HELGA ist das alles ganz normal, auch Besatzungen von anderen Schiffen, Schleusenpersonal und sogar die Wasserschutzpolizei sprechen Marta als Schiffmann an.

Michl oder eben Michaela ist eine alte Frau an die 60 Jahre alt, so 1,80 und ein Büffel von einem Mann, würde man sagen, wenn sie denn einer wäre. Graue wilde Haare oder schlicht geflochtene Zöpfe schmücken wechselnd ihr Haupt und sie scheint seit Jahren nur eine Hose und ein Hemd zu haben, wobei man an ihre Schlüpfer gar nicht denken mag. Büstenhalter trägt sie fast nie, außer wenn sie mal an Land geht und sich entsprechend schick macht. Dadurch, na ja, durch die dann flachen Brüste, die an ihr unterm Hemd oder Pullover herunter hängen, macht es auch nicht den Eindruck, als ob sie überhaupt welche hätte. Wenn die MS HELGA an einem anderen Schiff anlegt, auf dem nur Männer arbeiten, verhalten sich die Besatzungen unterschiedlich. Die einen kommen bereitwillig, um zu helfen, und wenn Michl 40 Jahre jünger wäre, kämen ihr auch mehr zur Hilfe. Und die anderen, die sitzen irgendwo an Deck und beobachten nur das Außergewöhnliche, wollen beobachten, wie Frauen ihre Arbeit bewältigen, hoffen ein bisschen darauf, dass sie Fehler machen. Manche Kapitäne stehen im Steuerhaus und beobachten aus sicherer Entfernung mit dem Fernglas die Leistung der weiblichen Schiffsbesatzung. Manchmal wird getuschelt und manchmal wird auch dabei gelacht, bis Michl, die sehr dominant und in der Tat männlich wirkt, einen Schrei ausführt.

„He, Ihr Nasen, habt Ihr nichts zu tun? Dann macht das bitte woanders!"

Und sofort gehen die richtigen Männer peinlich entdeckt wieder an ihre Arbeit.

Den Namen Michl, statt Michaela, trägt sie also zu Recht und das tut sie anscheinend schon so lange, dass es sie auch gar nicht mehr stört. Auch Uschi hat sie immer als Michl angesprochen. Sie ist ein Schiffer durch und durch. Es gibt keine Aufgaben, die sie nicht in der Lage ist zu erledigen. An der linken Hand hat sie nur noch den Daumen und den Zeigefinger, die anderen wurden ihr auf einem Schleppkahn bei einem Manöver mit einem Räderboot durch eine Seilwinde abgequetscht. Das linke Bein zieht sie ein wenig nach durch einen Unfall vor vielen Jahren.

„Wusstet Ihr eigentlich", blieb Uschi dran, die Schiffsreise unmöglich machen zu wollen, denn clever und gewieft war sie mehr als genug, „dass Onkel Franz ein Streithammel ist und Tante Marta keine Bohne kochen kann? Mensch Meier, ich werde verhungern in dieser Zeit."

„Onkel Franz wird nicht an Bord sein", wusste nun die Mutter zu berichten.

„Ja toll, soll ich dann Kohlen und Getreide essen oder was?"

„Ich kenne meine Schwester, Tante Marta ist eine ausgezeichnete Köchin", wovon wieder der Vater besser wusste, „sie wird Dich kugelrund füttern, wirst schon sehen", und grinste dabei ans andere Tischende zu seiner Ruth. „Außerdem wird Mama ausreichend für Euch vorkochen und Dir mit an Bord geben, Tante Marta muss sich doch ums Schiff kümmern."

„Ochhhhh, bitte lasst mich doch einfach hier bleiben, ich werde bald 13, ich kann das und wohin wollt Ihr überhaupt?", begann nun die Flehphase.

„Wir fahren in den Urlaub in die Berge, Schätzchen. Mama, Bella und ich, mehr können wir uns zurzeit nicht leisten und ich weiß gar nicht, was Du hast. Andere würden alles dafür geben, um mal so eine Reise auf einem Schiff zu machen!"

Und als Uschi mit der Gabel eine Scheibe Salami vom Wurstteller holte, fiel ihr ein: „Tzz, dann fahrt Ihr doch zu Tante Marta und ich fahre in Euren Urlaub, ist doch ganz einfach."

Der Vater, ein sehr guter Vater, der auch immer den richtigen Humor parat hatte, wenn es von Nöten wurde, meinte in sich hinein lachend: „Wir wollen aber nicht zu Tante Marta, die ist immer so streng und Onkel Franz, der ist nur am Meckern und immer so laut und kochen kann Marta auch nicht die Bohne, wir würden verhungern. Und der Michl stinkt wie ein Esel und veräppelt uns immer, wir können da nicht hin."

Uschi konnte sich wie alle anderen ein Lachen nicht verkneifen und doch blieben ihr jetzt erstmal nur die Worte: „Aaaach Mann, Papa, darf ich aufstehen? Ich will jetzt sauer in mein Zimmer gehen."

„Geh, mein Kind, geh und beruhige Dich, es wird so gemacht und Ende der Diskussion. Hast ja noch paar Tage Zeit, Dich daran zu gewöhnen."

Als Uschi enttäuscht die Küche verlassen hatte, sagte Ruth: „Irgendwie tut sie mir leid, unsere Große, wusste gar nicht, dass sie sich so sehr dagegen wehrt. So richtig wohl fühle ich mich dabei gar nicht, wenn wir da glücklich und zufrieden in den Bergen sind und sie so unglücklich bei Tante Marta."

„Ach was", war sich Friedrich sicher, „das gibt sich schon wieder, lass sie erstmal an Bord sein und Marta mag unsere Kinder. Was mich aber ein bisschen mehr beschäftigt ist, na ja …", zögerte er räuspernd.

„Jaaaa, ich weiß, was jetzt kommt", sprach Ruth beruhigend klingend. „Du meinst, sie ist jetzt bald 13 und ihre erste Periode könnte sich bemerkbar machen."

„Hust, hust", hustete der Vater, dem dieses Gespräch etwas peinlich war, „genau, das meine ich und es wundert mich, dass Uschi das nicht gerade angesprochen hat."

„Sag mal, mein Schatz, das wird sie bestimmt nicht mit Dir besprechen, tut mir leid, das ist nun mal ein Frauending", erklärte Ruth. „Wir haben da längst schon drüber geredet und bevor die Reise losgeht, werde ich auch noch einmal mit ihr sprechen so von Frau zu Frau. Und übrigens, erinnere Dich, die HELGA ist mit Marta und Michl komplett nur mit Frauen besetzt, wir sollten mal davon ausgehen, dass sie alle sehr gut wissen, was zu tun ist, wenn es soweit sein sollte."

„Gut, Du hast ja recht", erkannte Friedrich seine Bedenken. „Ich sollte nicht so sehr an dieses womögliche Geschehnis denken und Du weißt, Marta fragt immer, wenn wir telefonieren, wie es ihren Nichten geht. Ich denke, sie weiß sich sehr gut zu helfen. Auch wenn wir in vielen Dingen nicht mehr einer Meinung sind, hatten wir an Bord bei unseren Eltern trotzdem die beste Kindheit, die man sich nur wünschen konnte. Schade, dass das alles vorbei ist. Außerdem ist ihre Tochter auch an Bord, die kommen schon klar. Und ohne Onkel Franz ist meine Schwester ein ganz anderer Mensch."

Ruth verschluckte sich geradezu am Malventee: „Keuch, keuch, die Josephine, och Mensch, Friedrich, das gibt doch Mord und Totschlag. Die können doch gar nicht miteinander, die beiden."

„Ja Donner und Doria, willste jetzt in den Urlaub oder nicht, verdammt!", schlug er mit der flachen Hand auf die Tischplatte. „Wenn ich das jetzt schon gesagt hätte, hätten wir noch mehr Probleme. Außerdem wohnt die Josi doch bei Michl im Vorschiff, dass Schiff ist groß genug, die können sich gut genug aus dem Weg gehen."

Josephine, nur Josi genannt, Martas einziges Kind, war 15 und machte bei ihrer Mutter an Bord eine Ausbildung zum Binnenschiffer. Irgendwie muss das auch ohne Sohn weitergehen mit dem Schiff. Martas Mann, der Franz, ist Beamter und sie haben nur die eine Tochter und die war ebenfalls wie ihre Vorfahren ganz verrückt nach diesem Beruf.

Das letzte Mal, als Uschi vor fast vier Jahren auf dem Schiff war, musste sie mit Josi im Etagenbett in ihrem Kinderzimmer im Achterschiff schlafen. Da saßen sie sich ständig auf der Pelle und hatten die ganzen Tage nur Zoff. Marta war von ihren Mann und ihr Mann von den beiden Mädels, die sich nicht leiden konnten, genervt. Das war einfach nur ein Katastrophenurlaub damals.

„Vielleicht doch nicht so schlecht, dass Josi auch noch an Bord ist, dann sind es drei Frauen, die im Falle eines Falles helfen können, oder? Oder soll ich nicht doch nochmal Renate fragen, ob sie vielleicht doch Gitti und Uschi nimmt für die Zeit?", suchte Ruth nach einer Lösung.

„Ach Schatz", wollte Friedrich nicht schlecht von Renate reden, „Renate, so zart besaitet und nicht belastbar und das in ihrer Zwei-Zimmer-Wohnung, das würde niemals funktionieren. Unsere Uschi kann doch nicht mehr bei ihr im Bett schlafen. Sie ist in einem schwierigen Alter, sie muss was um sich haben, was sie interessiert, etwas, was sich bewegt. In Mühlbach kennt sie keinen Menschen. Die haben ja nicht mal eine Kuh im Dorf. Unser Uschi dürfte nicht einmal einen Furz lassen bei Deiner Schwester, Du kennst sie doch."

Klein Gitti meldete sich unaufgefordert zu Wort: „Aber Tante Renate furzt doch auch und das ganz schön laut", was den Raum erheiterte und sie natürlich ganz genau wusste, denn sie schlief noch bei Tante Renate im Bett.

„Also gut", fuhr der Vater fort, „ich spreche am Sonntag mit Marta, aber ich denke, sie wird sehr enttäuscht sein, dass sich ihre Nichte so dagegen sträubt. Mal sehen, was sie dazu sagt, aber Du weißt selber, nächste Woche muss das entschieden und geklärt sein. Zur Not fahr ich mit Bella alleine in die Berge, gell mein Schatz?", und wischte ihr nun ihren Schokoschnabel ein bisschen ab.

Wird die Entscheidung fallen, muss das Kind an Bord? ...

Die drei Tage bis Sonntag waren etwas trübe, Uschi kam noch immer nicht damit zurecht, dass sie für mindestens zwei Wochen auf die MS HELGA muss. Zwei Wochen, so lange war sie noch nie an Bord. Sie war sich sicher, sie würde sterben. Jegliche Versuche, doch noch einen Ausweg zu finden, scheiterten.

In den darauffolgenden Tagen traf sie sich immer wieder für gemeinsame Unternehmungen mit Walle, dem Mädchen aus dem Nachbarhaus am Ende der Straße. Walle hieß eigentlich Waltraut Strobl oder wie ihre Mutter und Uschi sie nannten, Walli. Sie war in diesem Jahr 12 geworden, also knapp ein Jahr jünger als Uschi. War nicht fett, ein Stück kleiner als Uschi und ebenfalls nur dunkelblond. Walli ist nur ein bisschen gut gebaut und den Spitznamen Walle hat sie irgendwann mal in der Schule aufs Auge gedrückt bekommen, was Walli selbst nicht weiter störte.

Doch sie war Muttis Liebling, trug noch immer die speckigste kurze Lederhose im ganzen Dorf, eine in dunklem Grün, während Uschi sich längst dagegen gewehrt hat und kurze Stoffhosen oder auch manchmal einen Rock tragen durfte. Walli musste nicht nur, sondern wollte immer pünktlich auf die Minute zu Hause sein, ging jeden Tag mit einem riesen Einkaufskorb für die Mutter zum Einkaufen, selbst wenn sie nur ein halbes Pfund Butter holen sollte, hatte immer abgezähltes Geld dabei und wenn sie von Schönbergs ein paar Eier geschenkt bekam, hat sie diese Eier am liebsten einzeln nach Hause getragen, da von vielleicht zwei eines kaputtgehen könnte. Ständig war sie entsetzt, wenn es bei ihren Ausflügen schmutzig wurde, war ängstlich und skeptisch gegenüber allem, was sie nicht kannte, saß in einer Reihe von Mädchen immer ganz außen und man musste hart darum kämpfen, wenn man mal einen Streich gemeinsam mit ihr ausüben wollte.

Nichts also war leicht mit Walli. Und sie hatte nur Uschi, mit der sie am besten auskam, und Uschi kam mit ihr und ihren Marotten klar. Obwohl sie doch nur ein paar Häuser weiter wohnte, war Walli fortlaufend die, die aufgesucht werden wollte. Walli war keine, die auf einmal in der Tür stand und Unternehmungen forderte.

Irgendwann fielen dann mal die Fragen, was die eine und die andere so alles geplant hat in den Sommerferien und so erzählte Uschi davon, dass sie zu ihrer Tante Marta an Bord muss, aber gar nicht will.

Walli hinterfragte geblendet vor Neugierde: „Wie, an Bord zu Deiner Tante? Welches Bord, ein Schiff? Erzähl doch mal, ich dachte immer nur, Dein Papa war mal Kapitän!"

Als Uschi dann erzählte, was da genau los und geplant ist, war Walli ganz hin und her gerissen, als sie erfuhr, dass Uschis Tante wie ihr Vater Kapitän ist und sogar ein eigenes Schiff besitzt.

Dann erzählte sie ein bisschen enttäuscht, dass sie dieses Jahr nicht verreisen werden, da sie letztes Jahr ein neues Wohnzimmer gekauft haben. Sie fand es aber schon spannend, dass Uschi ganze zwei Wochen auf einem Schiff sein wird, was dann aber für sie schwer vorstellbar wurde, so weit weg von Mutti. Sie ließ es sich aber nicht nehmen mitzuteilen, dass sie gar nicht wüsste, was sie zwei Wochen ohne ihre einzige Freundin, der Uschi, treiben soll.

Für den Sonntagmittag war das Sonntagsessen anberaumt, ein normales Ritual, jeden Sonntag aufs Neue. Und Uschi, die sich der Idee der Eltern noch nicht entziehen konnte, wusste nicht, dass ihr Vater am Stammtisch in der Eiche von seiner Schwester angerufen wurde. Der aber erzählte dann auf einmal.

„Also, Familie", begann er, „wie meistens am Sonntag hat mich in der Eiche Eure Tante Marta angerufen."

Marta hatte natürlich auf dem Schiff kein Telefon und musste immer schauen, dass sie irgendwo an einer Schleuse, einem Hafen oder einer Stadt an Land kommt, um mal eben eine Telefonzelle aufzusuchen, damit sie ihre Telefonate machen konnte.

Die HELGA hatte zwar schon ein Funkgerät, damit mit anderen Schiffen und Schleusen gesprochen werden kann. Aber mit einem Funkgerät an Land zu telefonieren war noch nicht überall möglich und es war sehr teuer.

Teuer bedeutete hier tatsächlich viele D-Mark und nicht nur ein paar Pfennige mehr.

An den Schleusen konnte man am besten telefonieren, dafür war dann aber die Zeit sehr beschränkt, die Schleusen hatten auch nur einen Apparat und wenn drei Matrosen telefonieren wollten, wurde es schon schlecht für den, der bis zuletzt warten musste. Man musste daher gewieft und schnell sein, sollte die Standorte der nächsten Telefonzellen gut kennen und das nicht nur in seiner Heimatstadt.

Vater Friedrich schaute seine Tochter bei diesem Gespräch sehr direkt an.

„Marta ist ein bisschen enttäuscht darüber, dass Du nicht zu ihr an Bord willst. Sie dachte, Ihr mögt Euch."

Worauf Uschi gleich einging: „Aber klar mag ich Tante Marta, ich mag nur das Drumherum nicht, warum versteht das denn keiner?"

Die Mutter meinte: „Wir verstehen Dich doch, Uschi, aber nun hör mal, was der Papa sagt."

Alle Blicke richteten sich zum Stuhl des Vaters.

„Also", sprach er, „erstens bist Du jetzt etwas älter als damals, verstehst besser und kannst mehr mit Dir anfangen und Dich beschäftigen. Zweitens, Marta meint, wenn Du glaubst, Dir könnte das alles zu langweilig werden, dann sollst Du Dir einfach eine Schulfreundin mitbringen, die will sie dann gerne mit durchfüttern."

Uschi war freudig überrascht: „Ehrlich, Papa?" Das wäre ja ganz was anderes, wenn sie nicht alleine dahin müsste, und überlegte skeptisch: „Hmmmmm, aber wen soll ich denn da fragen, so viele sind es ja nicht gerade, mit denen ich zwei Wochen zusammen auf einem Schiff verbringen will."

„Was ist denn mit dieser Walle?", fragte die Mutter.

„Sie heißt Walli, Mama, Walliiiiii von Waltraut", wurde ihr Blick streng, „nicht Walle! Aber die darf das niemals, da brauch ich gar nicht dran denken. Ihr kennt doch ihre Mutter, die erlaubt das nie. Die holt sie ja sogar noch von der Schule ab, wenn ich mal später aus habe als sie, und dreckig machen darf sie sich auch nicht. Womöglich glaubt sie, im Main wären Haie, die sie fressen könnten, hihi."

Uschi war aber schon recht angefreundet mit dem Gedanken, mit Walli diese Schiffsreise zu machen.

„Aber wenn ich mir da jemanden dafür vorstellen könnte, dann wäre es schon die Walli, glaub ich", war sie sich doch nicht so ganz sicher, denn zwei Wochen ununterbrochen haben die beiden auch noch nicht miteinander verbracht.

„Okay", klatschte der Vater mit der Hand auf den Tisch, „dann wird es so gemacht und nur damit Du es gleich weißt, Du und Walle ..."

„Walliiiii, Papa!"

„Gut, dann eben Walli, Ihr werdet bei Marta im Achterschiff schlafen, Josi wohnt jetzt im Vorschiff bei Michl."

Wieder sackte Uschi in sich zusammen: „Kommen da noch mehr schlechte Neuigkeiten? Die Josi ist auch dabei? Ich dachte, Onkel Franz ist mit Josi gar nicht an Bord."

„Das hab ich nicht gesagt", sprach nun die Mutter, „Josi ist doch schon fast ein Jahr als Schiffsjunge bei ihrer Mutter. Das hast Du wohl nicht mitbekommen? Sie wohnt doch jetzt im Vorschiff, Ihr kommt Euch doch gar nicht in die Quere."

„Ohhh Mann", meinte Uschi, „ich weiß nicht, die wird Walli bestimmt auch anfangen zu hänseln, die ist doch so eine Stänkerhenne."

„Dann haut Ihr dieser Josi zusammen ein paar aufs Maul, verdammt nochmal", wurde der Vater wütend. „Ihr seid doch zu zweit und Marta wird schon aufpassen, dass das alles mit rechten Dingen zugeht."

Uschi musste ein bisschen grinsen über den durchaus ernstgemeinten Ratschlag ihres Vaters, sprach eher besonnen: „Also gut, dann fahr ich halt", und direkt etwas lauter hinterher, „aber nur, wenn Walli mitkommt."

„Also", wurde der Entschluss vom Familienoberhaupt verkündet, „nächste Woche Mittwoch wird Marta mit ihrer HELGA in dieser Gegend sein. Mama wird Euch an Bord bringen, da ich sowieso Schicht habe. Du, Schatz, müsstest mal mit Frau Strobl sprechen, damit die ihre Walli auch freigibt für diese Zeit, sonst kann sie in Zukunft ihre Wäsche selber mangeln. Fein, dann wäre ja alles geklärt."

Am Nachmittag hatte die Mutter das Wäschepaket für Frau Strobel schon parat gelegt und rief Uschi von oben herunter: „Komm mal am besten mit, damit Du gleich selber hörst, was sie sagt."

Und so klingelten sie an der Tür bei Strobels. Walli war sonntags immer bei ihren Großeltern.

Herr Strobel öffnete verwundert: „Ach, Frau Schönberg, heute am Sonntag, was muss ich bringen, wie immer 5 Mark?", und streckte schon die Arme nach dem Päckchen Wäsche aus, das Uschi auf den Armen trug.

Zögerlich sprach sie: „Ja genau, 5 Mark, aber ich wollte noch kurz Ihre Frau ..."

Und sie wurde auch schon unterbrochen: „Moment, ich hole sie."

Die beiden Mütter standen sich gegenüber, in der Mitte die Uschi. Die eine reichte der anderen ein 5-Mark-Stück und Uschi übergab die saubere Wäsche.

Und gaaanz vorsichtig nach, „Hallo, wie geht's", und, „schönen Sonntag", kam noch, „Frau Strobel, ich habe da mal eine Frage ..."

Während Uschi mit erhobenem Haupt immer wieder den Blick einmal zu ihrer Mutter, dann zu Frau Strobel hin und her drehte, verstand sie die Schwere der Verhandlung. Entsetzen zeichnete sich bei Frau Strobel ab, sie war fast sprachlos, trotz aller guten Argumente von Mutter Ruth. Sie wusste, dass die Schwester von Friedrich so einen komischen Beruf ausübt, „das schickt sich nicht für eine Frau", sagte sie einmal.

„So, Uschi", meinte sie auf einmal, „geh doch schon mal wieder rüber, ich möchte das noch ein bisschen mit Deiner Mutter besprechen, sie wird Dir dann schon berichten."

„Hmmmm", gefiel das Uschi gar nicht, aber dennoch drehte sie sich um, schaute nochmal zu ihrer Mutter und meinte etwas eindeutig, so ungefähr, „Du musst mir alles erzählen, bis gleich Mama", und zog von dannen.

Und da ging es auch schon los, mit den Sorgen von Frau Strobel.

„Unsere Waltraut auf einem Schiff, oh Gott, dieser Schmutz, dieser Krach, dauernd Wasser um sie herum, zwei Wochen lang! Menschenskinder! Ruth, das ist doch nichts für unsere Tochter! Außerdem, ich weiß ja nicht, wie weit Deine Kleine schon ist, aber es kann doch jeden Tag passieren", womit sie natürlich das nicht aussprechen wollte, worüber auch Vater Friedrich seine Bedenken hatte. „Ich möchte gern bei ihr sein und ihr zur Seite stehen, wenn es losgeht, verstehen Sie?", betonte Frau Strobel besorgt.

Ruth empfand schon auch ein bisschen so, war aber sehr viel lockerer in der ganzen Situation und fragte: „Ich habe das mit Uschi schon besprochen, was da alle Monate für 6–8 Tage auf sie zukommt, Sie denn nicht?"

„Aber natürlich", erwiderte Frau Strobel, „trotzdem komisch, wenn die Mutter ausgerechnet dann nicht da ist."

So hatte sie ordentlich damit zu tun, auch ihrer Nachbarin zu erklären, dass die beiden Mädchen nicht allein sind, da die ganze Besatzung des Schiffes nur aus drei Frauen besteht, mit Josi, die jüngste, 15, Marta 43 und Michl, die älteste, mindestens 60 Jahre alt.

„Und", betonte sie, „wir sollten nicht spekulieren und uns verrückt machen, vielleicht kommen sie auch wieder und es ist nichts passiert."

„Ach, recht wohl ist mir dabei nicht", sprach Frau Strobel noch, aber sie verblieben so, dass die beiden Strobel-Eltern das besprechen wollen und Bescheid geben, wenn sie sich entschieden haben.

Nun blieb es spannend und Uschis Mutter ging wortlos nach Hause.

Es war ein herrlicher Sommerabend, Uschi war schon gut von ihrer Mutter informiert worden und machte hinterm Haus die Hasenställe sauber, während Gitti den Braunen streichelte und Schecke bei Bella im Laufstall im Schatten des Apfelbaums auf dem Schoß saß. Der Vater räumte ein bisschen rum, Mutter Ruth war mal wieder an ihrer Wäsche.

Und da kamen Herr und Frau Strobel um die Ecke, Ruth ließ Wäsche Wäsche sein und stellte sich ganz nah neben ihren Friedrich und es wurde zum Knistern spannend.

„Guten Abend, zusammen", sprach Herr Strobel.

Frau Strobel war ein wenig zögerlich mit dem, was sie sagen wollte, ergriff aber das Wort.

„Alsooo, Herr und Frau Schönberg, jetzt haben wir lange diskutiert …"
Alle Blicke waren auf die beiden gerichtet.

„Das ist ja das erste Jahr, dass wir nicht mit unserer Waltraut in den Urlaub fahren können, und mein Mann meint, wenn die Uschi dann auch nicht da ist, geht uns das Mädel doch ein so alleine und es wäre vielleicht ganz gut, wenn unsere Waltraut mal ein bisschen weg kommt und ein paar neue Erfahrungen macht." Doch im Anschluss betonte sie dennoch sofort: „Ich fühle mich aber nicht so recht wohl bei der ganzen Geschichte, sie wissen ja warum."

Und da sprach Vater Strobel noch ein Wort: „Meine Frau macht sich nun mal Sorgen über das, was kommen könnte, aber ich denke, Uschi und unsere Tochter, die kennen sich gut genug und sind vor allem alt genug, sich zu helfen. Und fünf Frauen auf einem Schiff, wenn die das nicht geregelt kriegen", und lachte auf einmal, „hahaaa, ein Wortspiel, hahaa, zu komisch oder? Hahaa, geregelt, keuch keuch", räusperte er sich gefangen, als ihm seine Frau mit den Ellenbogen leicht in die Rippen stieß.

Während die anderen Erwachsenen auch ein wenig lachten, sich sicher waren, ihre Uschi kriegt das schon hin, wenn es überhaupt passieren sollte.

„Also, dann soll unsere Tochter mal ruhig ein bisschen zur See fahren, aber die letzte Entscheidung muss Waltraut selber fällen, die ist noch bei meinen Eltern, können wir uns so darauf einigen?", lauteten die letzten Worte des Herrn Strobel dazu.

Während die Eltern sich etwas fester aneinanderdrückten, um ihre Freude nicht allzu sehr zu zeigen, war Uschi total happy über diese Nachricht, vermied aber, ihre Freude zu zeigen, und so blieb es bei einem breiten Grinsen und einem innerlichen „Juchuhhhh". Der Urlaub in den Bergen war gerettet und Uschi war sich noch nicht sicher, ob Walli nicht doch nein sagen wird. Aber, immerhin wirkte sie wenigstens ein bisschen interessiert, wenn Uschi vom Schiff erzählte und sie wird alles daran setzen, um sie zu überreden.

Vorbereitung zur Abreise ...

Walli war am nächsten Tag nicht so richtig begeistert von dem, was in ihrer Abwesenheit ausgeklüngelt wurde, aber wie schon von Uschi vermutet, sehr interessiert und doch skeptisch.

Sie waren bei Strobels im Garten, Walli lag im Badeanzug auf einem Liegestuhl, etwas Sonne hat dazu eingeladen.

Uschi tippelte barfuß im frisch gemähten Rasen und fragte schon ein bisschen flehend, um nicht alleine an Bord zu müssen: „Und, was sagst Du, ich hoffe, Du lässt mich nicht im Stich, Walli?"

Walli öffnete nicht einmal die Augen, murmelte nur: „Ich weiß nicht, auf einem Boot, zwei ganze Wochen!"

Womit Uschi sofort die erste Korrektur sprechen musste: „Meeeensch, Walli, sag niemals Boot zu einem Schiff. Meine Tante hat ein Schiff und kein Boot. Ein Boot ist doch was kleines, Walli. Das Schiff ist, warte mal", suchte sie einen Vergleich, „fast so lang wie unsere kleine Straße. Wir haben sogar ein eigenes Zimmer. Es gibt alles, was wir hier auch haben, Kühlschrank, Ofen, fließendes Wasser, sogar eine Badewanne. Mama gibt uns leckere Sachen mit, wir können uns an Deck legen und uns sonnen, vielleicht auch im Main baden." Uschi schien vor lauter Schwärmerei für das, was sie nicht wollte, auf einmal zu schweben. „Wir kommen an vielen anderen und großen Städten vorbei, können vielleicht manche besuchen. Du lernst meine Cousine, die Josi, kennen und den Michl, der auch eine Frau ist. Wir sind nur Frauen an Bord, das ist wirklich einmalig auf der ganzen Welt."

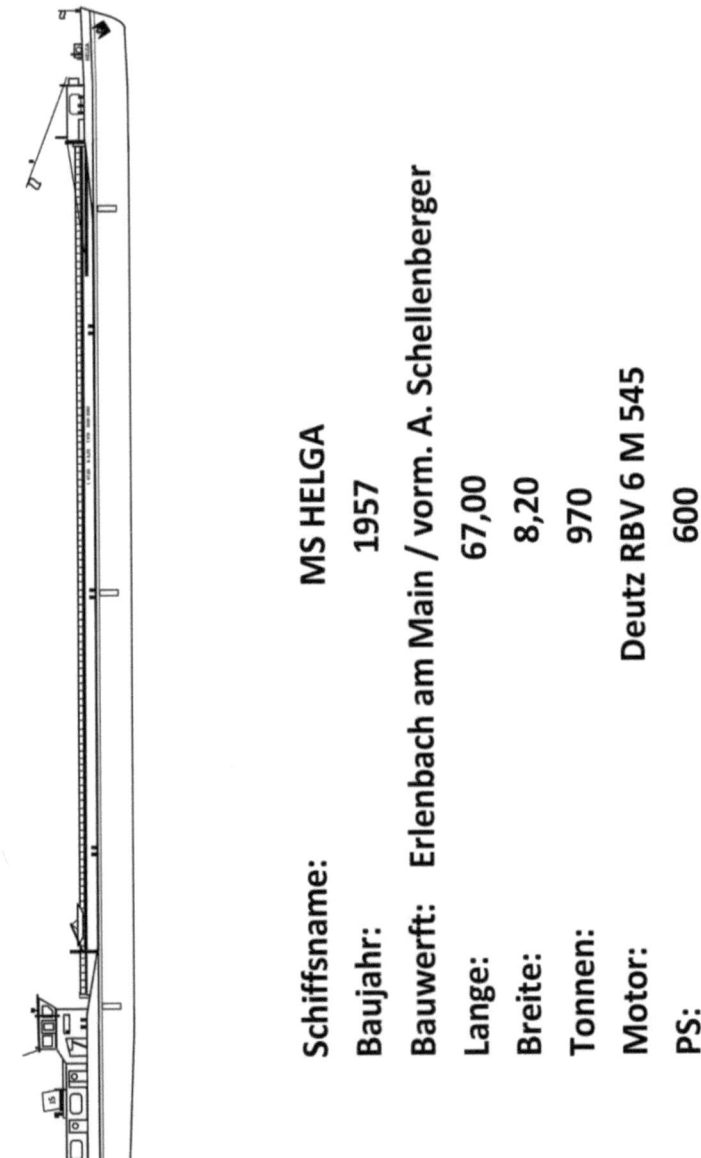

Schiffsname:	MS HELGA
Baujahr:	1957
Bauwerft:	Erlenbach am Main / vorm. A. Schellenberger
Lange:	67,00
Breite:	8,20
Tonnen:	970
Motor:	Deutz RBV 6 M 545
PS:	600

Abb. 003: MS HELGA geschlossen.
Abb. 004: Das Typenschild des MS HELGA.

Walli schien so langsam Gefallen an dem zu finden, was Uschi alles erzählte, denn sie öffnete blinzelnd ihre Augen, sah ihre Freundin mit einer immer größer werdenden Freude an und schien auf einmal überzeugt zu sein.

„Also guut", klang es nur nachgiebig, „dann machen wir eben zusammen Ferien auf dem Schiff Deiner Tante."

Uschi konnte es nicht glauben, stürmte und setzte sich an den Rand der Liege, beugte sich ganz nah zu Wallis Gesicht, schaute tief in ihre Augen und flüsterte fast: „Wirklich, Walli, Du kommst wirklich mit?"

Und als Walli das dann noch einmal bestätigte, fiel sie in ihre Arme und bei beiden wurde eine große Freude wach. Sie rannten zu ihren Eltern, hüpften, rannten und sprangen durch die Gegend und berichteten allen, dass sie dieses Jahr Ferien auf einem Schiff machen werden.

Über diesen einen Tag, den alle Elternteile mehr fürchteten als sie selber, der sie demnächst erwarten soll, sprachen sie eigentlich nie so richtig. Dieser eine Tag, der sich ihnen immer mehr nähert. Sie hingen oft und fast täglich auf einander und da machten sie auch mal so Späße, worüber sie dann kurz lachten.

„Oh neiiiin, ich glaube, es geht los", hielten sich den Bauch, wälzten sich im Gras und kasperten rum oder sowas.

Beide dramatisierten das, was sie vielleicht wollten, um eine vollkommene Frau zu sein. Es war noch nicht real, gar nicht vorstellbar, auch wenn die Mütter sie schon ausreichend informiert hatten, was da, ob sie wollen oder nicht, auf sie zukommen und sehr viele Jahre ihres Lebens beschäftigen wird. Aber jetzt, jetzt war keine von ihnen damit beschäftigt, jetzt war erstmal ihr gemeinsames Abenteuer auf einem Schiff geklärt. Nun werden sich die beiden Mädchen mal von einer anderen Seite kennenlernen, denn es geht nicht mehr um ein paar Stunden Spielen am Tag.

Es kann also losgehen, ab zu Tante Marta auf die MS HELGA. Der Vater hat seiner Schwester über die Reederei eine Nachricht zukommen lassen, sie solle in der Eiche anrufen und dort eine Nachricht hinterlassen, wann sie wieder anrufen kann. Friedrich wird dann dort sein und kann den Anruf entgegennehmen. Uschi musste daher so alle Stunde mit Mutters Fahrrad ins Dorf radeln und in der Eiche fragen, ob denn Tante Marta schon angerufen hat und wann genau der Gesprächstermin mit ihrem Vater stattfinden soll. Dieses Vorgehen war bei der Familie Schönberg nichts Besonderes. Es wurde schon immer so gehandhabt, damit eine Sprechverbindung zum Schiff überhaupt möglich wurde.

Früher kam manchmal die Tochter vom Eiche-Wirt angeradelt und hat gesagt, dass jemand angerufen hat und dass der um eine gewisse Zeit wieder anruft. So konnte man zur vereinbarten Zeit dort sein. Das war zwar einfacher, aber sie ist jetzt schon 16 und hat andere Flausen im Kopf, soll sogar schon einen Freund haben. Wenn es wirklich ganz dringend oder ein Notfall ist, dann kommt einer von den Stammtischfreunden und informiert. Aber wirklich nur im Notfall. Die ganzen Siedler hofften schon seit Jahren darauf, dass nun endlich auch ihre Straße eine eigene Telefonleitung bekommen soll.

Das Gespräch mit Marta hatte stattgefunden, die sehr darüber erfreut war, dass es doch noch klappt mit ihrer Nichte und deren Freundin bei ihr an Bord. Und es sollte schon in drei Tagen losgehen. Am Donnerstag gegen Mittag soll die MS HELGA an der Schleuse in Himmelstadt eintreffen, das ist die nächstgelegene Schleuse von Eußenheim, rund 15 Kilometer entfernt.

Herr Strobel hat sich angeboten, mit Mutter Ruth die beiden Plagen an Bord zu fahren. Er hat sich dazu entschlossen, weil er verhindern will, dass die Mutter Strobel sieht, wo genau sich ihr Kind in den nächsten Wochen aufhalten wird. Denn das Risiko, dass sie dann vielleicht doch noch NEIN sagt, war für alle Beteiligten einfach zu groß. Außerdem war ihr kleiner, ziemlich neuer, roter Fiat 500 schon jetzt viel zu klein für zwei Erwachsene, Gepäck und zwei Kinder.

Ungeahnt wurde Uschi auf einmal nervös, je näher dieser Tag heranrückte, ja sogar Freude schlich sich immer mehr ein, während die beiden Mütter das klärten, was für Walli alles in diesen zwei Wochen notwendig wird. Die Strobels hatten absolut keine Ahnung von Schiffen und Schifffahrt und Fragen türmten sich auf.

„Ja, wo schlafen die Kinder denn da, Walli kann sicher nicht in einer Hängematte schlafen. Was gibt es zu essen, wer kocht eigentlich? Gibt es da auch eine Badewanne und eine richtige Toilette? Was ist, wenn sie krank wird? Werden denn die Schlüpfer reichen? Wird es nicht zu kalt sein? Zu viel Salzwasser soll ja nicht gesund sein. Was sind das für Leute da auf dem Schiff? Das Mädel mag keinen Fisch, gibt es einen Kapitän und muss das Kind denn auch arbeiten? Ist es nicht sehr schmutzig und gefährlich?"

Annähernd ähnliche Fragen wollte auch Walli von Uschi noch beantwortet wissen, bis auf den Unterschied, dass die ganzen Frauen an Bord, vor allem dieser Michl, ganz genau beschrieben werden mussten.

Wie im Fluge verstrichen die Tage, alle Unklarheiten waren durch Diskussionen und Erklärungen beseitigt und Frau Strobel schien sich mehr und mehr damit abzufinden, dass ihre Waldtraut die nächsten Wochen in andere Hände gegeben wird.

Zwei Mädchen, die auf der MS HELGA anmustern ...

Am frühen Morgen, Uschi wurde vom Vater geweckt, der gleich zur Arbeit musste, sollten noch ein paar gute Ratschläge vom Vater zur Tochter erfolgen, bevor es heute an Bord geht. Immerhin war er selbst einst ein aktiver und sehr erfahrener Schiffer, sogar Kapitän, der nur sehr selten seinen alten Arbeitszeiten, doch mehr seiner Kindheit an Bord hinterher trauerte. Ein wenig räkelte Uschi sich noch gähnend, als er sich zu ihr auf den Rand des Kanapees setzte.

„Wie schläft es sich eigentlich auf dem ollen Ding hier?", wollte er in diesem Zusammenhang wissen, „Wusstest Du eigentlich, dass Opa Gerald vor ungefähr zwanzig Jahren ganz überraschend darauf gestorben ist?"

„Waaaaas, Du immer mit Deinen blöden Scherzen, Mann Papa, warum erzählst Du mir das?", war Uschi hellwach und setzte sich aufrecht hin, schauderte ihr doch diese Vorstellung.

„Ach, das ist so lange her, ich habe da auch nicht mehr dran gedacht, aber das ist kein Scherz, mein Kind, das stimmt wirklich. Das Kanapee stand früher in der Wohnung Deiner Großeltern, den Eltern Deiner Mutter, weit bevor wir hierher gezogen sind. Er saß hier an einem Nachmittag und hat ein Buch gelesen."

Nach diesen Worten stand der Vater auf und holte aus dem gläsernen Aufsatz des dunklen Sideboards ein Buch heraus, das die verstorbene Oma dort aufbewahrt hatte.

„Dieses Buch hier, siehst Du", und reichte es Uschi.

Der Titel lautete *Und sagte kein einziges Wort* von Heinrich Böll.

„Und als Oma Ela von der Nachbarin nach Hause kam, saß er da noch immer aufrecht, das Buch war auf den Schoß gesunken und Opa Gerald hat einfach so die Augen zugemacht und war gestorben."

Uschi holte tief Luft: „Das stimmt wirklich, oder?", war sie durcheinander und das noch, bevor der heisere Hahn gekräht hat.

„Ja natürlich, wäre wirklich ein schlechter Scherz, oder? Aber gut, ich dachte, ich erzähl Dir das einfach mal. Und von Opa Geralds Geist bist Du doch auch noch nicht heimgesucht worden, oder?", musste der Vater die Spannung brechen, „wenn Du also wiederkommst, kannst Du ruhig in Deinem Bett und Deinem Zimmer schlafen, denn in Deinem Bett ist keiner gestorben, okay Uschi?"

Die runzelte die Stirn, musste das erst verarbeiten und Gott seis gepriesen, in den nächsten zwei Wochen muss sie das noch nicht entscheiden.

„Schön, lass Dir Zeit damit. Wenn Du wiederkommst, wird es sicher sehr viel einfacher werden."

Der eigentliche Grund, warum der Vater die Tochter weckte, war aber ein anderer. Diese Geschichte mit dem Opa Gerald hatte sich jetzt einfach so ergeben. Aber eigentlich wollte er Uschi ans Herz legen, dass ein Schiff kein Spielplatz ist und dass sie doch auch darauf achten soll, dass die Walli nicht plötzlich doch zu leichtsinnig wird.

„Du hast jetzt auch eine große Verantwortung, denk daran."

Hinweise prasselten auf sie ein und Uschi schien genervt darüber, dass ihr Vater anscheinend vergessen hat, dass sie nicht das erste Mal bei Tante Marta an Bord ist, bemerkte aber doch, so schlau wie sie war, dass der Vater sich doch ein ganz klein wenig um sie, aber auch um Walli sorgte.

„Geht immer auf dem Lukendach, am Besten in der Mitte des Schiffes, geht nicht in den Gangborden, wenn das Schiff fährt, oder am besten gar nicht, bleibt auf dem Lukendach. Rennt nicht unnötig rum und denkt daran, es kann immer und überall rutschig sein, nicht dass mir jemand über Bord geht oder in den Laderaum fällt. Bleibt im Dunkeln in der Wohnung und macht keine Dummheiten."

Da musste Uschi einfach unterbrechen: „Wenn das jetzt alles die Frau Strobel gehört hätte, hahaaa, Mensch Papa, ich bin fast 13, ich mach das schon."

Doch der Vater fügte noch hinzu: „Ich weiß, mein Schatz. Hier sind noch 20 Mark. Ich weiß, Du wirst es nicht brauchen, auf dem Schiff selber braucht man kein Geld, aber sicher ist sicher", und legte es auf das Sideboard.

Es folgte noch ein dicker Kuss auf die Backe und eine feste Umarmung und Uschi hätte noch ein wenig schlafen dürfen, wenn der Opa Gerald nicht gewesen wäre. Doch da kam auch noch Mama Ruth herein und setzte sich ebenfalls an den Rand der Kanapees.

„Mama", sprach Uschi sofort, „ich weiß, warum Du jetzt raufgekommen bist."

Uschi war ein schlaues Mädchen und sehr verantwortungsbewusst, die Sorgen der Erwachsenen hat sie sehr viel besser verstanden, als die ahnen konnten.

Denn tatsächlich hatte Ruth in der Hand ein kleines Täschchen und sprach sogleich: „Jaaaa, das weiß ich doch, meine Große, und ich denke, diese Ferien könntest Du vielleicht noch verschont bleiben. Trotzdem, ich habe vorsorglich mal alles eingepackt, was Du eben benötigen könntest, Slipeinlagen, neue Schlüpfer dazu und noch so paar Sachen, wenn Du doch Deine erste Regelblutung kriegen solltest, mein großes Mädchen. Ich will gar nicht daran denken, als es bei mir losging vor über dreißig Jahren, da gab es noch nicht so tolle Sachen wie heute."

„Jaaaa, Mama", fühlte sich Uschi genervt. „Ich mach das schon und Tante Marta ist doch immer da. Hör auf, Dir Sorgen zu machen."

„Mach ich doch gar nicht, mein Kind", sprach die Sorglose und legte dieses Täschchen wortlos auf Uschis Reisetasche.

„Gut, dann sieh mal zu, dass Du fertig wirst, heute geht's los", strich ihr nochmal übers Haar, stand auf und ging wieder nach unten.

Uschi raffte sich nur langsam auf und machte sich gemütlich für ihre Reise fertig. Gepackt hatte sie schon während der ganzen Zeit des Wartens über, es waren nur noch Kleinigkeiten und jetzt dieses Täschchen, das mit musste.

Während sie ihre Haare zu zwei frechen Zöpfen links und rechts zurechtmachte, war sie weiterhin mit dem Opa, dem Vater ihrer Mutter, beschäftigt. So was Irres, da hat sie tagelang auf einer Ruhestätte geschlafen, auf der einer gestorben ist. Tatsächlich lebt sie noch und sein Geist ist ihr nicht erschienen.

Doch hatte sie noch eine verantwortungsvolle Aufgabe vom Vater erhalten, der sie auf andere Gedanken bringen wird.

Sie soll an diesem besagten Donnerstag, um 10 Uhr, von der Eiche aus bei der Schleuse Himmelstadt anrufen. Womöglich wissen die dann schon, wo sich die HELGA befindet oder wann sie an der Schleuse erwartet wird. Und wenn der Schleusenmeister noch nichts weiß, solle sie es um 11 Uhr nochmal versuchen.

Herr Strobel stand schon mit seinem Fiat auf der kleinen Einfahrt und belud fleißig den Dachgepäckträger mit den Koffern der Mädels, als Uschi um kurz nach 11 Uhr von der Eiche zurückgeradelt kam. Sie konnte in Erfahrung bringen, dass die HELGA im Anmarsch ist und durfte gleich verkünden, dass Marta sich entschieden hat, mit der HELGA am Hafen Karlstadt anzulegen, und sie würde schon um 12 Uhr da sein. Da wäre eine Mauer direkt am Main und sie müsste nicht am schrägen, unbefestigten Ufer vor der Schleuse Himmelstadt die schwere Laufplanke an Land zerren, damit die Kinder unbeschadet und einfach an Bord kommen. Zu allem Glück waren so auch nur 10 Kilometer bis zum Schiff zu fahren.

Der Fiat war beladen, Mutter Strobel brachte schniefend ihre Waltraut, in der Hand ein Taschentuch. Sie wollte so lange im Hause der Schönbergs bleiben und auf Uschis Geschwister aufpassen.

„Dann wird's aber Zeit", stellte man fest, „wollen wir die Frau Kapitänin mal nicht so lange warten lassen. Also kommt, alles einsteigen", war Vater Strobel im Begriff, den schweren Abschied zu verkürzen.

Wallis Mutter ging noch einmal in die Knie, um das Kind zu drücken: „Pass bloß auf Dich auf und rufe in der Eiche an, wenn was ist, wir holen Dich dann sofort ab, mein Schatz, egal, wo Du bist."

Keiner hat ihr anscheinend gesagt, dass es auf einem Schiff gar nicht so einfach ist, mit dem schnell mal telefonieren gehen. Walli wirkte nur ein bisschen betrübt, wurde aber sofort wieder von ihrem Vater wachgerüttelt.

„Uschi und Waltraut nach hinten, zack, zack, ist ja nicht auszuhalten diese Heulerei hier. Sie auch, Frau Schönberg, einsteigen", klang das wie ein Befehl.

Herr Strobel flüsterte noch mit einem Blick zurück: „Bis gleich, Schatz, beruhige Dich", schloss die Tür und startete den Wagen.

Walli blickte mit Uschi hinten aus der kleinen Heckscheibe hinaus und beide winkten der zurückgebliebenen trauernden Mutter zu.

Endlich war das Ortschild Eußenheim und nur 20 Minuten später das Ortsschild Karlstadt passiert und als sie den Weg hinunter an den Karlstädter Hafen fuhren, sah man da schon nur ein einziges Schiff liegen, und das war die MS HELGA von Tante Marta. Die Kinderhälse auf der Rückbank wurden zur Sicht nach vorne hin immer länger und Aufregung machte sich breit.

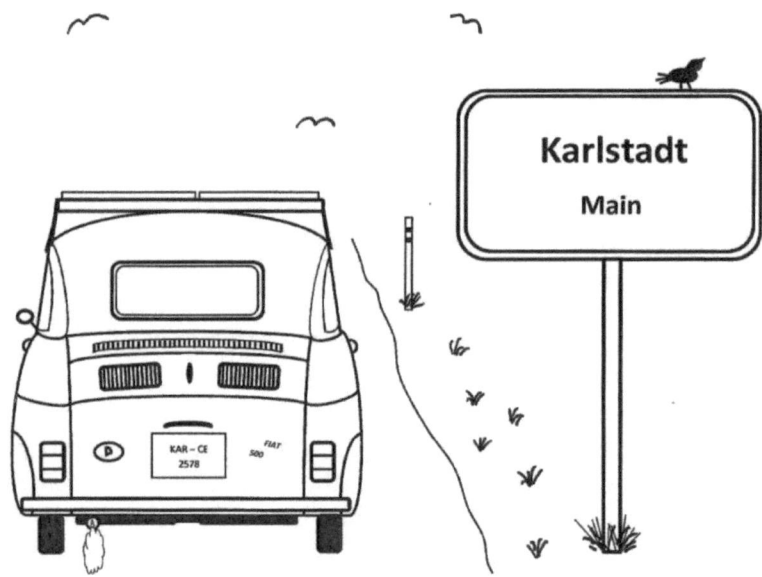

Abb. 005: Auf zur HELGA.

„Ich hab mir das größer vorgestellt", meinte Walli.

„Nun warte doch mal ab", konterte Uschi, „wir sind doch noch gar nicht da, das wird schon noch größer. Außerdem scheint es beladen zu sein, da sieht man auch nur die Hälfte, der Rest ist unter Wasser oder hinter der Hafenmauer verdeckt."

Tüt tüt, gab Herr Strobel Signal, als das Schiff direkt an der Pier erreicht war. Und tatsächlich waren erst nur das Achterschiff mit Holzsteuerhaus und die weiß gestrichene Wohnung zu sehen. Aber jetzt, jetzt war auch das Mittelschiff mit seinem Holzlukendach und weiter vorne, in gut 55 Meter Entfernung, auch der Mast und das Vorschiff zu erkennen. Als sie ausgestiegen waren, zückte Vater Strobel einen Fotoapparat und machte fürs Familienalbum einen Schnappschuss von den beiden Reisenden.

Tante Marta kam an Land. Locker in dunkler Hose mit Hosenträgern und mit nur einem fast noch weißen Unterhemd bekleidet. Ihre Schiffermütze trug sie gerne immer ein bisschen schräg, links etwas tiefer. Braungebrannt spiegelten sich ihre starken Arme vom Schweiß der Hitze wegen und ihr tätowierter Anker am linken Unterarm bewies ihre Tätigkeit.

Abb. 006: Der Schnappschuss.

Sie hatte viel Ähnlichkeit mit Friedrich, die Haare eher braun statt blond, aber kurz geschnitten. Vielleicht war sie ein bisschen kleiner, so 1,75, und sie schien wie ihr Bruder, sportlich kräftig. Sie war auch nur ein Jahr jünger, brauchte sich nicht rasieren und hatte ein auffallendes Grübchen am rechten Mundwinkel, das man nur sehen konnte, wenn sie am Grinsen war, wie gerade jetzt, als sie auf ihre Gäste zulief.

„Na, da seid Ihr ja schon, schön", klang ihre Stimme ruhig und mütterlich, „habe gerade erst die Maschine abgestellt, dann hätte ich sie auch laufen lassen können."

Zur Begrüßung umarmte sie dabei Ruth, schüttelte Herrn Strobel die Hand, der gar nicht wusste, was er von der Frau Kapitän halten sollte, und stellte sich dann mit beiden Händen am Hosenbund vor Uschi.

„Donner und Doria, bist Du groß geworden", und öffnete ihre Arme, wollte Uschi eine Umarmung abringen, die sie von Uschi ohne zu zögern auch bekam.

Uschi lachte dabei laut, als sie Marta in Hüfthöhe fest umklammerte: „Das sagt Papa auch immer, hahaa, Donner und Doria."

„Na also", meinte Marta, „dann haben wir ja doch noch was gemeinsam, hat übrigens Dein Opa immer gesagt." Sie hatte Uschi noch so im Arm, als sie sagte: „Und das ist also Deine Freundin, die Walle", die sich ganz nah neben ihren Vater gestellt hatte.

„Mensch Tante, das ist Waltraut oder Walliiii, mit i am Ende, nicht mir e!", wurde sie von hinten unterbrochen.

„Ach so, ja, dann hab ich Deinen Vater wohl falsch verstanden, als er mir von ihr erzählte. Also", trat sie mit ausgestrecktem Arm vor Walli, „willkommen an Bord, Walli, mit i am Ende, haha!" und fand die Situation erheiternd.

Dabei drückte sie ein bisschen sehr fest ihre Hand, was Wallis verzerrtes Gesicht verriet. Aber ein paar Brocken des Eises vor Schüchternheit zersprangen in diesem Augenblick.

Und da kamen auch schon der hinkende Michl und Josi vom Vorschiff nach hinten gelaufen.

Walli hatte das beobachtet, klammerte sich auf einmal an den Arm ihres Vaters und sagt leise fragend, „Papaaaaa?"

Und der antwortete ebenfalls leise erstaunt: „Ich seh es Kind, ich seh es!" und gemeinsam sprachen sie verblüfft und flüsternd, wie aus einem Munde, „Wulpabrodakanda", und der Vater im Nachklang, „wie sie leibt und lebt, unvorstellbar diese Ähnlichkeit!" und schwiegen wieder.

Niemand hat es gehört und Josi tippelte nur im lockeren Shirt und einer kurzen Hose an den Rand der versammelten Menge Frauen und nur einen Mann. Die Sommersonne hatte auch sie gezeichnet und sie trug nur ein paar Slipper an den Füßen.

Uschi glaubte, bei Michl tatsächlich dieselbe Hose zu erkennen, die Michl schon vor vier Jahren getragen hatte. Wie immer war ihr knittriges Gesicht von Freundlichkeit gezeichnet, ihr graues, etwas zu langes Haar war nassgeschwitzt und die beiden Zöpfe links und rechts glänzten wie fettige Pomade, die sich sonst Männer in die Haare schmieren. Unter ihrer fast schon schwarzen Schiffermütze war das nicht so richtig zu erkennen. Das blaue Hemd, das lässig an ihr runterhing, war Uschi in der Tat unbekannt.

Als man sich die Hände reichte, konnte sie den Blick nicht von Michls schwarzen Fingernägeln abwenden. Nun hat sie nur noch sieben Finger und bringt die trotzdem nicht sauber. Diese Vorstellung nährte ihre Gedanken.

Als Michl auch Herrn Strobel und Walli begrüßte, standen sie da, noch immer starr und annähernd bewegungslos.

Abb. 007: Steuermann Michl.

„Ist alles Okay bei Euch? Sie schauen ein bisschen belämmert, der Herr!"

„Nein, nein", meinte Herr Strobel, „Sie haben nur eine unglaubliche Ähnlichkeit mit jemanden, den ich und meine Tochter sehr gut kennen, wirklich erstaunlich."

„Ach, tatsächlich, he he, ich dachte immer, ich wäre eine einzigartige Frau", konnte Michl nur antworten, „ist ja interessant."

Walli tat sich schwer, den Blick von Michl abzuwenden, reichte ihr sogleich die Hand mit einem kläglichen: „Hallo, bin die Walli."

Währenddessen dachte Uschi: ‚Oh weia, die Josi ist ja auch größer, vor allem ihr deutlich sich abzeichnender Busen unter ihrem Shirt ist größer geworden‘, und zweifelte daran, dass sie mit Walli in der Lage sein wird, ihrer Cousine bei Bedarf aufs Maul zu hauen, wie ihr Vater es ihr empfohlen hatte.

Inzwischen sagte Michl, wie von ihr zu erwarten eher brummelig, „Hallo Uschi, bist ja fast schon eine Frau", und Josi verhielt sich sehr freundlich, komisch irgendwie.

„Hejho Cousine", sprach sie, wo sie das wohl her hatte, dieses ‚hejho‘? „Lange nicht gesehen, finde ich echt toll, dass Du mal wieder mit uns fährst, wird bestimmt eine schöne Zeit werden, schau Dir das Wetter an", und zeigte sich so richtig freudig, was Uschi ihr vorheriges Bedenken schlagartig schwächer werden ließ.

Walli hingegen war noch immer reserviert, beobachtete an der Seite ihres Vaters das weitere Geschehen und konnte diesen komischen Michl, die aussah wie „Wulpabrodakanda", nicht aus den Augen lassen.

Josi war schlaksig und drahtig, hatte eine tolle Figur bekommen über die Zeit, die man sich nicht gesehen hat. Ihr brünettes längeres Haar hatte sie mit einem blauen Stirnband im Griff und war fast einen Kopf größer als die beiden. Ein sehr hübsches Gesicht setzte dem allen die Krone auf. Und sie war nur zwei Jahre älter. Somit war Uschi sehr positiv überrascht, hatte sie doch Josi zuletzt vor vier Jahren an Bord erlebt. Während bei Michl doch so ein paar eklige graue Haare an der Kinnspitze sprießten, war Josis makelloses Gesicht geradezu perfekt. Kein einziges Barthaar war vorzuweisen.

Kurz gefasst kam auch schon Hektik auf.

„So, dann lasst uns mal die Sachen an Bord bringen, damit wir weiterkommen. Josi, Michl, Ihr wisst Bescheid, die Sachen der Mädels ins Kinderzimmer."

Mutter Ruth meinte noch bei der Verabschiedung von Marta: „Na, meine Liebe, meinst Du, Du kriegst das hin mit den", und zählte, „mit vier Frauen ohne Deinen Franz?"

Marta grinste, zeigte ihr Grübchen, das viele Menschen besonders an ihr mochten: „Und wie ich das hinkriege! Franz fährt sowieso nicht mehr so viel mit. Seine alte Mutter ist doch schon recht anspruchsvoll und Du weißt doch, das Glück kommt zurück, wenn der Mann wieder von Bord ist."

Eigentlich ist das so ein Männerspruch unter Schiffsleuten, „Wenn die Frau wieder von Bord ist", heißt es schon seit vielen, womöglich Jahrhunderten. Martha hat den mal eben frauengerecht umgewandelt.

„Ach Mensch, Marta, sag sowas nicht", empörte sich Ruth belustigt, reichte aber noch eine große Tasche, „da sind noch Gurken, Kartoffeln, Äpfel, Eier von unsern Hühnern, Linsensuppe und Würste, Kartoffelsalat, Leberkäse, Sauerkraut und Kassler, eingemachte Wurst, Schinken vom Krauterbauer und Marmelade. Das vorgekochte könnt Ihr Euch ja nach und nach warm machen, das hält sich schon paar Tage."

Dann sprach sie das noch leise aus, was mal ein bisschen Erwähnung finden sollte.

„Ach ja, beide Mädchen hatten noch keine ..., na ja, Du weißt schon."

„Waaaaas", rief Martha erheiternd, wurde aber sofort wieder sachlich, „kein Problem, Ruth, macht Euch mal keine Sorgen", und damit war das Thema auch schon durch.

Sie bedankte sich, wollte aber noch was sagen: „Bist ein Schatz, Ruth, aber eines noch", trat näher an sie heran und erhob einen Zeigefinger in den Himmel, „hat aber mein Vater, der Opa Roland, Gott hab ihn selig, nieee gesagt, der wusste immer, was er von mir und meiner Mutter hatte. Es heißt doch so bei uns Schiffsleuten, also bei den Männern, na ja, ‚Frau an Bord, Glück geht fort.' Hahaa, das ich nicht lache. Die MS HELGA ist der lebende Beweis dafür, dass diese Floskel längst überholt ist. Oder Ruth?", und klopfte ihr mit der flachen Hand ein wenig an die Schulter. „Also gräme Dich nicht, meine liebe Schwägerin, wir haben alles in fester Hand hier."

Das waren so Martas Späße, die Ruth jetzt gerade erheiterten und vor allem beruhigten.

Die Verabschiedung schlich sich so dahin, war doch jetzt gerade viel zu viel los.

Die Mutter wurde kurz umarmt: „Tschüss Mama, und denk an meine Hasen, ich zähle sie sofort nach, wenn ich wiederkomme!"

Der Vater Strobel wurde sachlich verabschiedet. Anders verhielt sich Walli, noch immer etwas misstrauisch, so viel Neues, was da gerade geschah, ließ es einfach nicht anders zu. Und „Wulpabrodakanda" saß ihr auch noch im Nacken, was ihr Vater bemerkte.

„Wird schon schön werden, Schatz", sprach der Vater Walli Mut zu. „Und dieser komische Michl, das ist doch nur Zufall, ein ganz schön eigenartiger muss ich zugeben. „Wulpabrodakanda, ist nur ein Fabelwesen, die gibt es nicht wirklich, ich denke, das weißt Du, oder?"

„Klar Papa, weiß ich doch, ich bin bald 13", fand der Vater so Beruhigung. „Bin gespannt, was Uschi dazu sagt, wenn ich ihr von diesem Zufall erzähle! Aber bisschen unheimlich ist es schon", waren Ihre letzten Worte, als sie ihn zum Abschied umarmte.

„Scheint doch eine lustige Truppe zu sein. Irgendwie hätte ich jetzt auch Lust mitzufahren", fiel ihm noch ein.

„Als einziger Mann, Papa?", war diese Vorstellung dann schnell erledigt.

Und schon war der bedeutsame Schritt von der Hafenmauer auf das Schiff getätigt.

Das Essen und die Sachen waren an Bord. Alle Frauen waren an Bord und Walli, noch immer etwas schüchtern und sprachlos, umschweifte mit wortlosem Blick in alle Richtungen das weitere Geschehen. Sie folgte Uschi auf Schritt und Tritt.

Knallend wurde von Marta der Antriebsmotor des Schiffes angeworfen, woraufhin Walli gleich erschrak: „Ohhh Gott, was war das denn?"

Da erklärte Uschi ihr flüchtig, dass dieses Geräusch automatisch entsteht, wenn sich die HELGA zu bewegen beginnt.

„Mach los, Josi, Leggo", rief Marta aus der offenen Steuerbordtür des Steuerhauses zum Achterschiff und gab Michl auf dem Vorschiff ein wirbelndes Handzeichen, dass auch sie das Schiff lösen soll.

Die beiden Mädchen standen unten an Deck, unter dem Steuerhaus und fingen nun an zu winken, als die HELGA mit „Kartoffel, Kartoffel, Kartoffel", so klang der Motor in diesem Augenblick, die Hafenmauer in Karlstadt mit langsamer Fahrt verließ. Das Schraubenwasser am Achterschiff schob die beladene HELGA ganz gemächlich von der Hafenmauer in das Fahrwasser des Mains.

Weiterhin schien es so zu sein, dass sie als einziges Schiff unterwegs sind, und die Chancen auf eine Grüne Welle bei all den folgenden Schleusen stehen gar nicht so schlecht.

Josi winkte vom Achterschiff, Marta auf der Steuerbordnock und der Michl vom Vorschiff.

Die Elternteile winkten von Land aus, die Mutter rief nochmal: „Seid bloß vorsichtig, Uschi!"

„Du auch, Walli", schloss sich ihr Vater an und machte noch einen Spaß, schrie ganz laut, „Wulpabrodakanda"!

Und Marta rief noch: „Grüße meinen Bruder", und, „der soll mal wieder an Bord kommen", wo er es doch so viele Jahre nicht gewesen ist.

Marta erhöhte die Drehzahl des Motors und aus einem langsamen „Kartoffel, Kartoffel" wurde ein schnelleres, erst etwas lauteres „Kartoffel, Kartoffel, Kartoffel, Kartoffel", das immer leiser wurde, je mehr sich das Schiff von den beiden an Land Stehenden entfernte.

Als sie nur wenig später die Straßenbrücke von Karlstadt durchfuhren, standen schon Vater Strobel und Mutter Ruth auf der Brücke, um ein letztes Mal zu

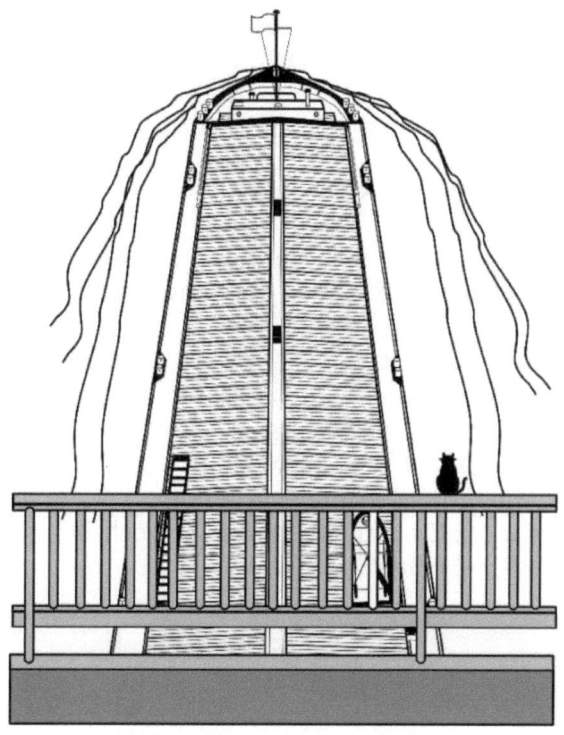

Abb. 008: Unter der Brücke.

Abb. 009: Karlstadt am Main, Postkarte, ca. 1965.

winken, bevor die Kinder voll und ganz in Martas Obhut gegeben wurden. Doch leider war aus ihrer Position, außer Marta im Steuerhaus, keiner mehr an Deck zu sehen.

Endlich an Bord, wo werden sie wohnen? ...

„Was hat Dein Papa da gerade noch gerufen?", wollte Uschi von Walli wissen „Wulpadingsrabanda oder so? Ist das so ein geheimes Strobel-Losungswort oder sowas?"

Walli lenkte lachend ab, „Neeeheheee, erkläre ich Dir später. Los, komm, zeig mir erstmal alles", und Uschi zog Walli am Arm in die richtige Richtung, zu dem, was als erstes gesehen werden muss.

Da rief Marta von oben aus dem Steuerhaus: „Uschiii, packt mal Eure Koffer aus und zeig Deiner Freundin alles in der Wohnung. Erkläre Ihr das Klo und dann kommt erstmal zu mir ins Steuerhaus, bevor Ihr noch Dummheiten macht. Und zieht gefälligst Eure Schuhe aus!"

Abb. 010: Schon immer war es so.
Die Schuhe werden vor der Wohnung ausgezogen.

So gingen die beiden zu der hinteren Wohnung der HELGA zum Eingang auf der Steuerbordseite. Raus aus ihren Sandalen schritten sie barfuß über eine kleine Erhöhung durch eine schöne Holz-Eingangstür hindurch, in der im oberen Drittel ein kleines rundes Bullauge aus glänzendem Messing in der Sonne blitzte. Zwei Stufen mussten sie hinunter und standen dann in einem kleinen Flur, in dem für ein gewohntes Ohr das gemütliche und monotone Tackern des Motors im Maschinenraum zu hören gewesen ist. Die Wände ringsum waren mit feinem Teakholz getäfelt, die Decke strahlend weiß und alle Türen schienen aus Teak zu sein.

„Was ist denn das für ein Krach", fiel Walli auf.

„Na, das ist der gleiche Motor wie der, den man draußen hört. Oder wie glaubst Du, bringen wir hier Fahrt ins Schiff?"

Die noch vor Tagen erkannte Schiffmitreiseverweigererin bemerkte gar nicht, dass sie das Wort ‚wir' dafür verwendet hatte.

„Herjeminēh, das ist aber ganz schön laut. Ist der nachts auch an? Da kann ich doch niemals einschlafen!", war eine weitere Frage der noch folgenden, einer unendlich scheinenden Fragestunde gestellt.

„Nein, mach Dir mal keine Gedanken, in der Regel fahren wir nachts nicht. Aber lass uns mal weitermachen, das kriegst Du alles noch mit."

Direkt rechts öffnete Uschi eine Tür und begann jetzt mit der eigentlichen Führung, die, wie von Marta angewiesen, mit einer genauen Erklärung beginnen soll.

„Das ist das Bad und die Toilette."

Und Walli tastete mit ihren Augen im schwarz-weiß-bodengefliesten Bad sich hin und her drehend alles, was sich darin befand, ganz genau ab: eine Badewanne, ein Badeofen mit einem Heizöltank, ein Waschbecken, ein Spiegel, ein Schränkchen … und sie erstarrte beim Anblick der Toilette. Sie musste mit Entsetzen feststellen, dass diese Toilette schon mal ganz anders war als die bei ihr zu Hause. Sie müsste dazu, wenn sie denn müsste, erst zwei Stufen hinauf steigen, denn erst dort oben, auf dieser Anhöhe, stand eine Kloschüssel mit schwarzem Klodeckel. Die Wände sahen aus, als wenn sie Türkis gefliest wären. In Wahrheit aber waren das ebenfalls großflächige Tafeln, die da irgendwo dahinter angeschraubt waren, was sie dadurch feststellen konnte, indem sie mit ihrem gekrümmten Zeigefinger daran klopfte und einen dumpfen Ton vernahm.

„Das macht sich wirklich sehr hübsch", bemerkte sie und Uschi wusste schon lange, dieses Bad war viel schöner als das bei ihr zu Hause, wo noch hellgraue Ölfarbe an den Wänden war, der Boden nur aus Zement und der Badeofen mit

Holz geheizt werden musste. „Aber was ist das denn?", wirkte Walli dann entsetzt.

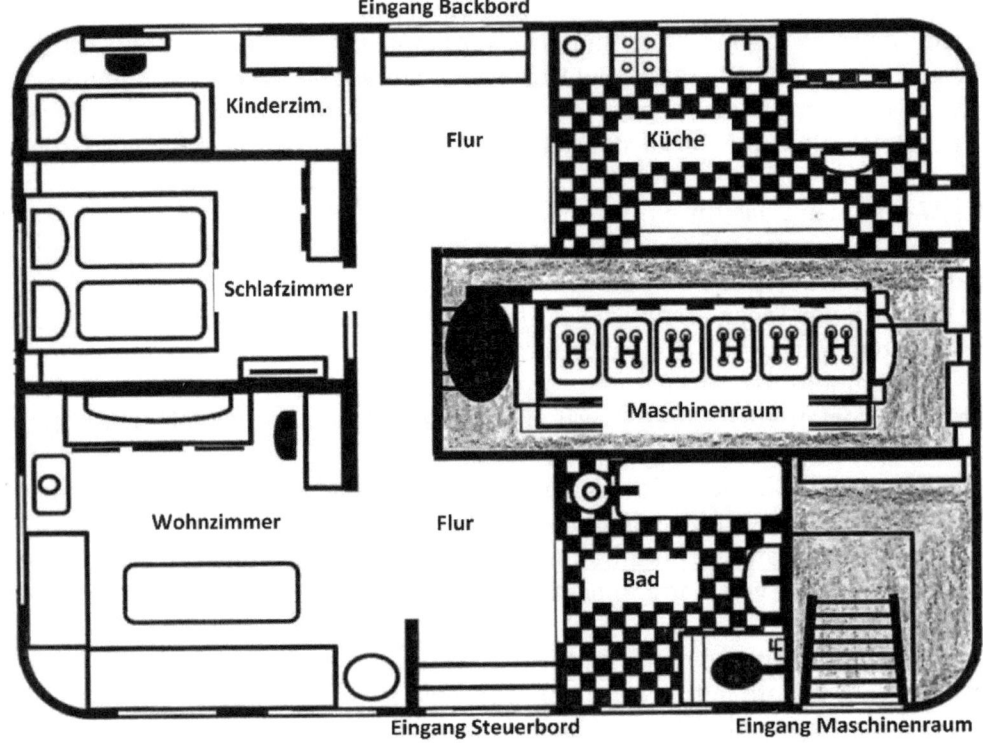

Abb. 011: Die Wohnung im Achterschiff.
Grau schattiert ist der Maschinenraum.

„Na, das sieht man doch", erinnerte sich Uschi sofort an die Worte von Marta, als sie das erste Mal diese Kloschüssel entdeckte.

Denn die sagte damals: „Wer dort oben sitzt, mein Schatz, der ist für die Zeit, in der er dort oben sitzt, der Konteradmiral der MS HALGA", und lachte, nachdem sie es zitiert hatte, „hahaha."

„Verkohl mich jetzt nicht, das ist 'ne ganz normale Kloschüssel, das sieht man doch", erwiderte Walli, „aber warum soweit da oben, da muss Deine Tante ja aufpassen, dass sie sich nicht die Birne anhaut, wenn sie aufsteht."

„Ja ja, so ist das wohl, aber das muss so sein und man gewöhnt sich dran", beantwortete nun Uschi die Frage und fuhr fort, bevor weitere gestellt wurden,

„der Wasserspiegel ist, wenn das Schiff ganz beladen ist, ziemlich hoch und wenn draußen Wellen kommen, dann könnte das Wasser und alles, was da gerade im Rohr drin steht, aus dem Rohr, das unten am Schiffsboden nach Außenbord geht, aus der Kloschüssel bis, huiiiiiiii, bis an die Decke spritzen", und schwang beim lustigen ‚huiiiii' beide Arme der Decke entgegen.

Walli trat einen Schritt zurück, überlegte kurz: „Ihhhhh, Du meinst, neee, wirklich jetzt? Wir kacken alle in den Main rein? Bähhhh, das ist ja voll ekelig, was ein Glück, dass ich im Main nicht baden gehe!"

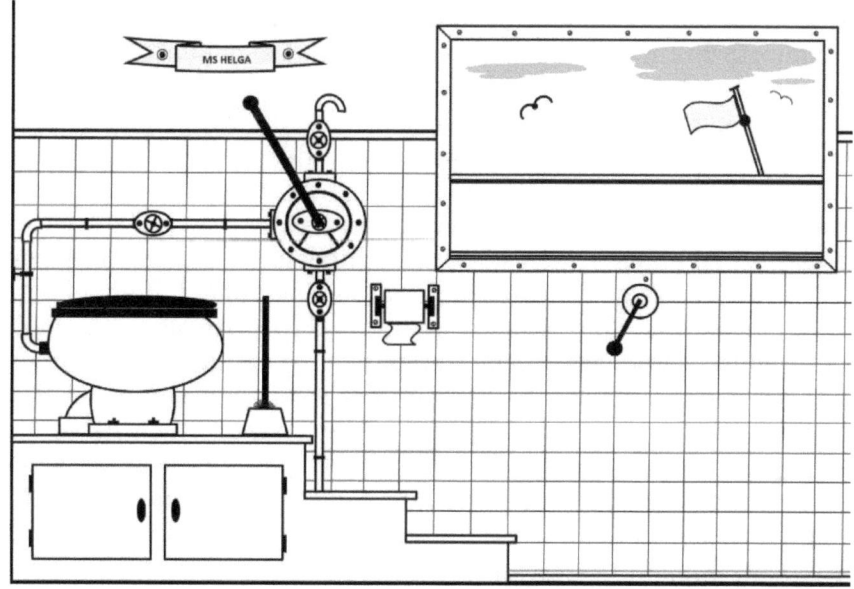

Abb. 012: Die Bordtoilette.

„Mach Dich nicht verrückt", gab Uschi die Antwort, wie ihr ebenfalls von Tante Marta gelehrt wurde, „schau doch mal da raus", deutete durch das offene teak-holzgerahmte Fenster, das mit einer Kurbel der Hitze wegen heruntergelassen war, „wieviel Wasser das ist. Meinst Du, da spielen unsere Würste noch eine Rolle? Außerdem gehen Fische, Enten, Frösche und Schwäne auch nicht an Land, wenn sie kacken müssen. Und denk doch mal nach! Wie viele Menschen auf unserem Planeten haben die Möglichkeit, auf einer Kloschüssel zu sitzen und können sich gleichzeitig bei ihrem Geschäft auch noch die schöne vorbeiziehende Landschaft anschauen? Kannst Du ja selber entscheiden, ob Du das bei offenem Fenster erledigst. Wenn nicht, dann kurbelst Du es einfach hoch, dann siehste halt nichts durch dieses Milchglas." Bremste damit gleich weitere Diskussionen, indem sie hetzte: „Also, jetzt kommt das, was ich Dir noch erklären soll, die Nutzung unserer Bordtoilette."

Und wieder verwendete sie ein Wort, das die Gemeinsamkeit ihrer Familie hervorhob, denn sie sagte ‚unsere Bordtoilette'.

„Was soll daran so schwer sein?", wollte Walli wissen.

„Eigentlich nichts", meinte Uschi, „drücken musst Du hier genauso wie zu Hause, hahaa. Du setzt Dich drauf, machst das, was man so macht und so weiter, aber es geht um die Spülung. Es gibt keinen Spülkasten oder eine Leine zum Abziehen, siehst Du?", und deutete in die Höhe über der Kloschüssel.

„Ohhhhh, stimmt. Na, was macht man denn dann zum Runterspülen?", wurde es weiter interessant.

„Marta hat erzählt", erzählte nun Uschi, dass ihr Vater, Uschis Großvater, noch mit dem Schöpfeimer das Spülwasser aus dem Fluss geholt, das ins Klo getragen und dann in die Kloschüssel gekippt hat, um runterzuspülen. „Aber, hier schau", erklärte sie, und griff dabei mit der rechten Hand unmittelbar neben der Kloschüssel an einen dicken hölzernen, runden, 50 Zentimeter langen und senkrecht zur Decke zeigenden Hebel, der mit einem runden Ding, einer Flügel-pumpe, verbunden war. „Das ist ein modernes Schiff", gab sie an, „und das hier ist die Klospülung, also diese Pumpe. Du musst aber erst dieses Rädchen aufdrehen", das sie an einer Leitung direkt unter der Pumpe mit der linken Hand auf-drehte, „und gleichzeitig musst Du pumpen", und bewegte den Hebel immer so 50 Zentimeter nach links und nach rechts, immer hin und her. „So kommt das Wasser", das schon anfing zu gluckern, „aus dem Main, läuft durch die Kloschüs-sel hindurch, wieder in den Main zurück und nimmt alles mit, was sich ihm in den Weg stellt. Das mit der Klobürste kennst Du ja und wenn alles sauber ist, musst Du das Rädchen wieder zudrehen und der Fall ist erledigt."

„Maaaaaann", war Walli überrascht, „habt Ihr denn kein Wasser für so einen Knopf zum Drücken? Wir haben zu Hause schon sowas, hat der Papa schon vor ein paar Jahren eingebaut."

„Jaaa, ich weiß", bemerkt die Klopumpenerklärerin, „ich war bei Euch auch schon auf dem Klo, Du Dussel. Für die Klospülung nehmen wir Schiffsleute aber kein Trinkwasser, das unten im Maschinenraum in einem Tank aufbewahrt wird. Ist doch was Schmutziges, was wir da runterspülen, dann kann man dafür auch schmutziges Wasser vom Fluss verwenden."

„Aber das Wasser, das aus dem Wasserhahn kommt, muss man nicht mit einer Pumpe pumpen, oder?"

Das war eine eigentlich von Walli als nächstes zu erwartende Frage.

„Nein, dafür haben wir eine elektrische Pumpe im Maschinenraum, da kommt sofort Wasser, wenn man aufdreht, was aber nicht heißt, dass wir unendlich viel Wasser haben. Wir müssen also Wasser sparen oder wenigstens nicht unnötig verschwenden. Wir waschen uns auch manchmal mit Flusswasser die Hände, das macht doch nichts."

Und so machte es immer mehr den Eindruck, dass Uschi auf einmal doch ganz gerne an Bord ist. Hurtig zeigte sie jetzt das Wohnzimmer, zwei versenkbare Fenster, die beide offen waren und für einen angenehmen Durchzug sorgten. In der hinteren Ecke ein Ölofen, ein Sofa, ein Sessel, eine Stehlampe, ein Tisch mit einer Schale voll Äpfel, über dem Sofa ein paar gerahmte Fotografien von ihrem Großvater und dem Schiff, das er damals hatte. Ein Schrank mit vielen Büchern darin und ein gut aufgeräumter Schreibtisch mit Stuhl. Ebenfalls alles in schönem Teakholz vertäfelt, auch hier die Decke strahlend weiß. In allen Räumen hing an den Decken eine gleiche runde Lampe. Walli betrachtete alles ganz genau, war sich aber nicht wirklich sicher, ob sie hier auf diesem Schiff richtig ist.

Und es dauerte nicht lange, da musste die Frage aller Fragen gestellt werden: „Sag mal, Uschi, wo ist denn eigentlich der Fernseher?"

Eine Frage, die sich für sie nie stellte, denn es gab noch nie einen Fernseher auf irgendeinem Schiff der Schönbergs.

„Na, hier gibt es keinen Fernseher", war das sehr kurz klargestellt.

„Keinen Fernseher?", kam im weinerlichen Ton von Walli. „Aber das gibt's doch gar nicht, die ganze Welt hat Fernseher."

„Außer wir", schoss Uschi dazwischen.

„Aber da läuft doch gerade *Tommy Tulpe*, *Sechs Wilde und ein Krümel* oder *Drei Mädchen und drei Jungen*! Kann ich das alles gar nicht anschauen?"

„Nö, ohne Fernseher nicht", störte das Uschi nicht im Ansatz, „aber nun hab Dich nicht so, wir brauchen keinen Fernseher, hier gibt's Besseres als Fernseher und jetzt komm."

Denn nun sollte die Führung endlich weitergehen. Walli folgte mit langem Gesicht und dachte dabei, ohne es aber auszusprechen: ‚Wenn ich das vorher gewusst hätte …'

Mehr schlecht als recht schlich sie dann der Uschi hinterher. Im Flur entlang, hinter den ganzen Wänden rechter Hand war der Maschinenraumschacht, von da kamen auch die meisten Geräusche, die nach Uschis Meinung aber erträglich waren. Nach rechts durch einen Flur befand sich gleich links das Schlafzimmer von Marta, das sie nur mal ganz kurz aufmachte. Direkt daneben das schmale kleine Kinderzimmer, weiter den Gang entlang war der Backbordausgang der Wohnung, gegenüber vom Kinderzimmer die gemütliche Küche.

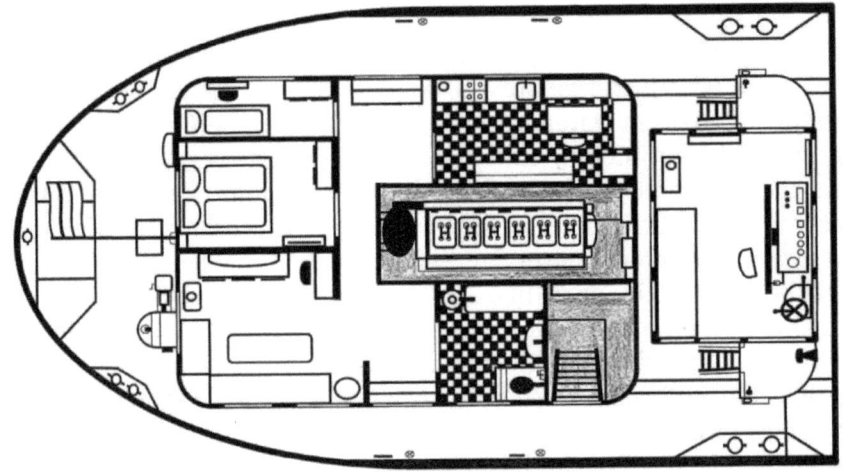

Abb. 013: Achterschiff, Draufsicht ohne Dach.

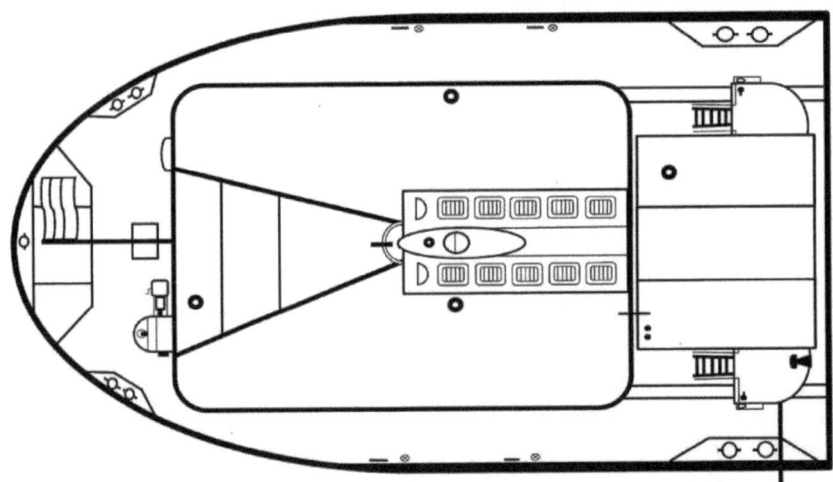

Abb. 014: Achterschiff, Draufsicht mit Dach.

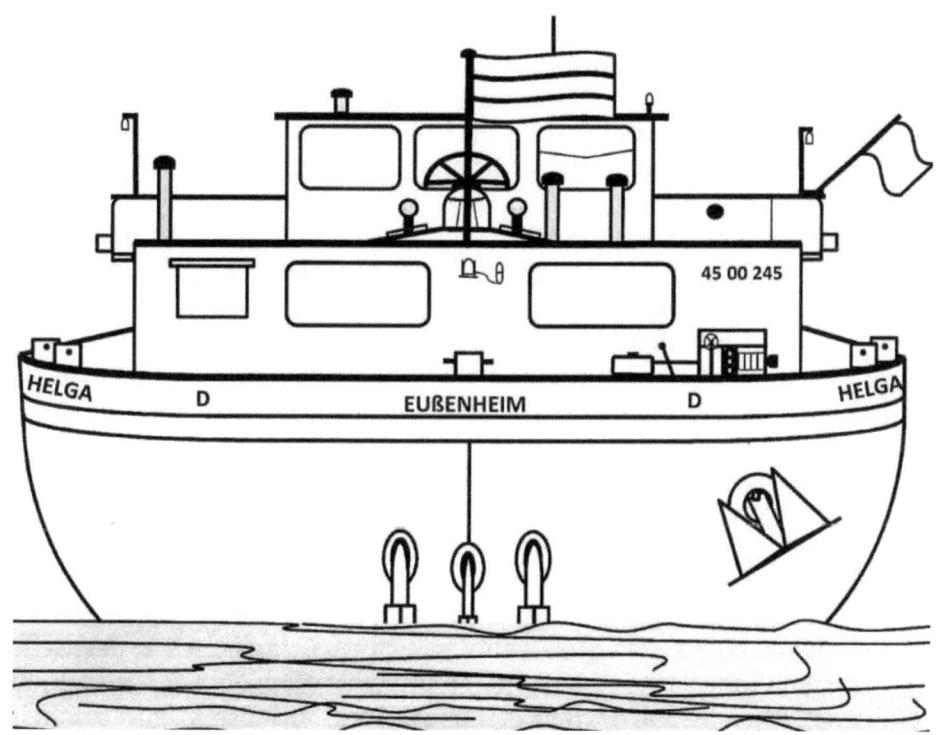

Abb. 015: Achterschiff von hinten.

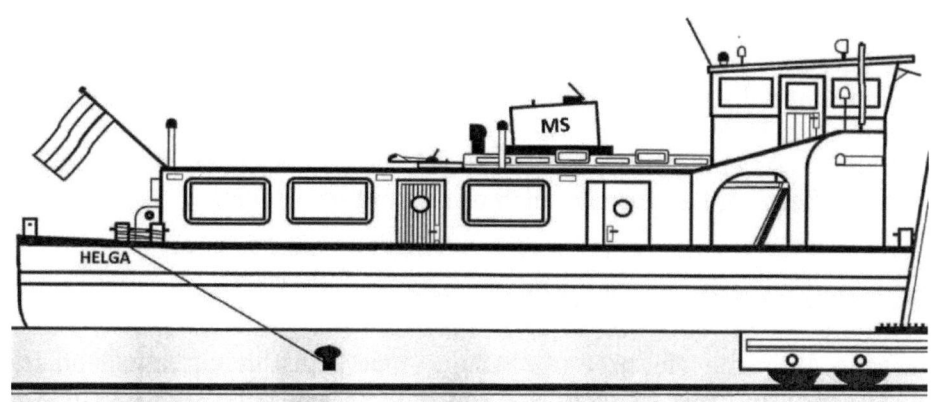

Abb. 016: Achterschiff von Steuerbord.

Darin eine blaue Eckbank mit Tisch und zwei blauen Stühlen, ein fest montierter Küchenschrank. An der Wand neben der Tür ein Abreißkalender mit diversen Bildern aus verschiedenen Jahreszeiten, ein Geschenk von Esso, was unübersehbar gewesen ist. Ein schmaler Ölofen zum Heizen, direkt daneben ein Vier-Flammen-Herd, der mit Gas betrieben wird und eine Reling rundum hatte, damit kein Topf vom Herd rutscht, wenn das Schiff mal schaukeln sollte. Auch hier war der Boden schwarz/weiß gefliest.

Uschi hat schon bemerkt, dass Kühlschrank und Herd jetzt mit Gas betrieben werden. Vor vier Jahren ging das alles noch mit Spiritus und Petroleum und das stank manchmal fürchterlich. Neben dem Kühlschrank, direkt unter dem Fenster die Spüle, darüber ein kleiner Vaillant-Gas-Durchlauferhitzer mit einem Wasserhahn darunter und es gab noch eine Handflügelpumpe, mit der man manchmal auch Flusswasser zum Spülen oder Kartoffeln waschen in die Küche pumpen konnte.

„Jetzt aber erstmal die Koffer auspacken und dann ins Steuerhaus", wollte Uschi eine Antwortpause.

Das Kinderzimmer, na ja, an mehr als zwei Schlafplätze in einem Etagenbett, einen Schrank, unter dem Fenster ein schmaler Schreibtisch und ein Stuhl war hier nicht gedacht. Geeignet für zwei Kinder nur bis zu einem gewissen Alter. Diese sollten also nicht allzu groß sein und sich am Schreibtisch abwechseln.

Die meisten Kinder der Schiffsleute, so wie einst auch Marta, Friedrich, dann auch Josi, sind immer nur in den Ferien an Bord, ansonsten bei Verwandten, Großeltern oder in Schifferkinderheimen untergebracht, da die Mutter an Bord als Besatzungsmitglied ihren Mann stehen musste.

Oftmals wird dieser Raum auch für Lotsen genutzt, die manchmal über Nacht an Bord blieben, wenn es eine Wasserstraße zu befahren galt, für die Marta kein Patent hat. So wurde dann aus dem Kinderzimmer die sogenannte Lotsenkammer. Hier waren die wenigen Wände und die Decke weiß, nur Bett, Schrank und Schreibtisch in Teak.

„Puhhhh, was eine Hitze", fiel Uschi auf, als sie den Raum betrat, und eilte direkten Fußes zum Fenster, um auch das herunterzudrehen.

Wulpabrodakanda, Michl das Mysterium ...

„Wie beim Auto, nur viel größer", bemerkte sie belustigt kurbelnd und fragte zugleich, „Achsoo, was ist denn das nun mit diesem Wulpadingsrabanda, was Dein Vater so aufgeregt herüber gerufen hat, erzähl doch mal!"

„Ach ja", wurde Walli ganz hibbelig und setzte sich auf den Stuhl neben dem Schreibtisch. „Also, pass auf, Wulpabrodakanda ist so ein Fabelwesen, eine Hexe aus einem Buch, das mein Vater schon von seiner Mutter bekommen hat. Das ist uralt und zerfleddert, die Schrift noch von damals, mit Zeichnungen, auch von Wulpabrodakanda. Und die", zog sie das ‚diiiiiiiiiee' in die Länge, „sieht Eurem Michl wie aus dem faltigen Gesicht geschnitten total ähnlich. Mein Papa war auch total erschrocken. Da fehlt jetzt nur noch so ein schwarzer Hut und die Nase müsste etwas mehr hakenförmig sein, furchtbare Zähne und oben auf dem Huckel eine eklige schwarze Warze. Und dieser miese fette rote Kater, zerzaust und dreckig auf ihrem Buckel. Dann wäre Euer Michl die perfekte Wulpabrodakanda."

Uschi hörte sich all das von Wulpabrodakanda und ihrem Michl aufmerksam an, lächelte aber nur.

„Ach, Du bist ja lustig Walli, Michl ist Schiffer durch und durch und den Vergleich mit einer alten Hexe, den habe ich noch nie gemacht, eher mit einem Piraten mit selbstgeschnitztem Holzbein und eine Hand als blitzenden Haken und eine Katze hat er auch nicht."

„Warte ab, wenn wir wieder zu Hause sind, zeig ich Dir die Zeichnung in diesem Buch, das ist schon ein bisschen unheimlich, wirst sehen!", änderte Walli spontan das Thema, sprang auf, legte ihre Arme auf das obere Stockbett und fragte: „Darf ich oben schlafen?", was eigentlich immer Uschi ihr Platz gewesen ist, denn man konnte so schön vor dem Einschlafen oder nach dem Aufwachen aus dem Bett durch das gegenüberliegende Fenster die vorbeigleitende Gegend und vorbeiziehende Schiffe beobachten, wenn das Schiff fährt.

So fragte und sagte sie kompromissfreudig: „Wie hieß diese komische Hexe der Familie Strobel nochmal, Wulpadinsbums, komischer Name."

„Wulpabrodakanda", sprach Walli und noch einmal ganz langsam, bis Uschi es mit ihr zusammen sprach: „Wuuulpaaabrooodaaakaaandaaa."

„Wir können sie ja Wulpi oder so nennen, ist vielleicht einfacher." Nun gut, so war das dann entscheiden und Uschi machte den Vorschlag: „Die erste Woche schläfst Du oben, die zweite Woche ich, okay?"

Mit dieser Lösung packten sie in all der Enge gemächlich dann doch gleichzeitig ihre Sachen aus dem Koffer in den Schrank und siehe da, Wallis Mutter hatte noch eine Dose mit Marmorkuchen darin versteckt, darin ein Zettel: ‚Mein liebes Kind, gib das bitte der Frau Kapitän mit vielen Grüßen von mir und pass bitte auf Dich auf.'

„Na, da wird sie sich aber freuen, die Marta, das packen wir dann gleich auf den Küchentisch", meinte Uschi.

Auf einmal eine Stimme, die durch die Wohnung krächzte. „Was macht Ihr denn, Kinder? Das kann doch nicht so lange dauern."

Marta hat unter Zuhilfenahme der Wechselsprechanlage, die von oben im Steuerhaus in die Wohnung hinunter führt über Kabel und durch einen Lautsprecher, doch mal wissen wollen, wie das so läuft da unten. Dieser Lautsprecher hing im Flur oben an der Wand.

Uschi rief nur aus der Schlafzimmertür raus: „Wir kommen gleich."

Und Walli fragte verwundert: „War das Deine Tante und hat sie jetzt alles gehört was wir hier unten machen?"

„Neiiiin, Walli", und, „klar war das Marta", erklärte Uschi schon wieder etwas. „Das geht nur, wenn sie das im Steuerhaus eingeschaltet hat. Also, komm, gehen wir, mir nach."

Sie stellten den Kuchen zügig auf den Küchentisch und gingen wieder zum Steuerbordeingang, wo ihre Schuhe standen, begaben sich an Deck auf direktem Weg zum Steuerhausaufgang.

„Bleib immer hinter mir", meinte sie noch mahnend und genoss anscheinend ihre Position als eine, die von dem, was gerade geschieht, mehr weiß als die andere. „Du musst Dich erst noch daran gewöhnen, hier zu laufen und schau nicht aufs vorbeitreibende Wasser, wenn Du läufst. Da wirste nur dusselig. Immer vor Dich oder an Deck schauen und aufpassen, wo Du hintrittst. Hier sind überall Ecken und Kanten, die ordentlich blaue Flecke geben und wehtun, wenn man dagegenkommt."

Spannendes Steuerhaus ...

Zum Steuerhaus mussten zwei Treppen auf eine Anhöhe, dem Trunkdeck, erklommen werden, auf dem das Steuerhaus auf einer dicken Säule stand. Dort war auf beiden Seiten jeweils eine eiserne Treppe angebracht und es waren 8 Stufen, die hinauf zur Nock neben dem Steuerhaus erklommen werden mussten, um nach oben zu gelangen.

„Immer schön an den Geländern oder Handläufen festhalten, wenn welche da sind", mahnte Uschi und, „wir gehen die Treppen immer vorwärts hoch und rückwärts wieder runter, das ist sicherer, da die doch ganz schön steil sind."

Stürmisch öffnete sie von der Steuerbordnock die Steuerhaustür, wo Marta sie schon erwartete.

„Da sind wir, Schiffmann", sprang sie lustig hinein zu Marta und machte eine Art Meldung gekoppelt mit ein paar Fragen, „Klo erklärt, Koffer leer und Schrän-

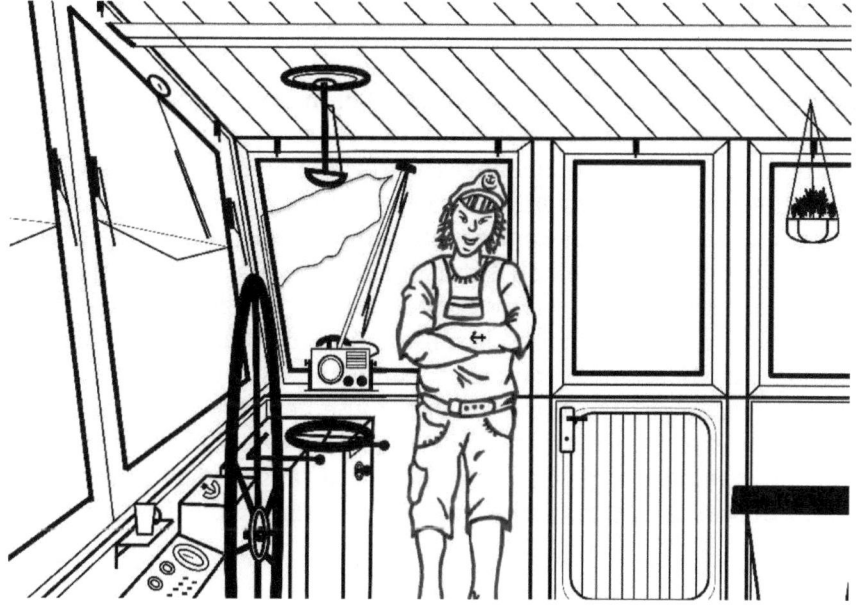

Abb. 017: Tante Marta im Steuerhaus.

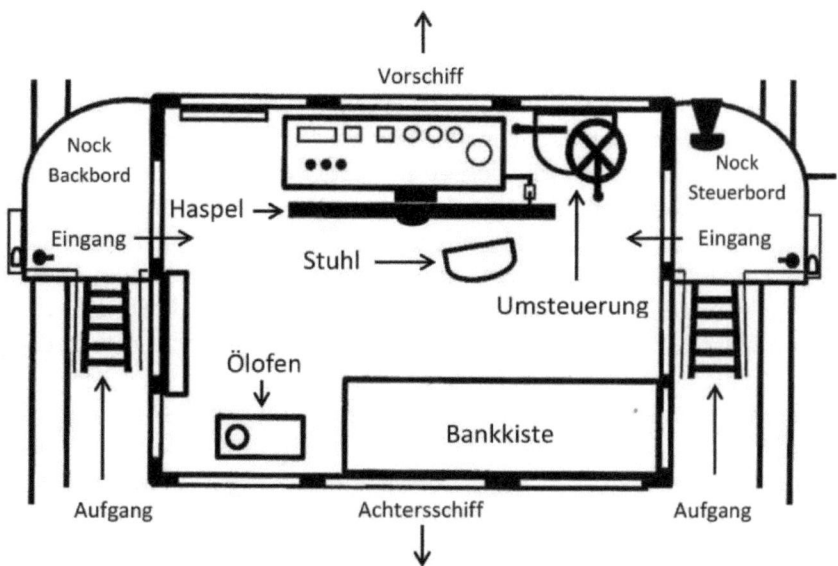

Abb. 018: Steuerhaus, Draufsicht ohne Dach.

ke eingeräumt. Warum ist denn im Bad kein Durchlauferhitzer? Und Bettwäsche brauchen wir noch. Mama meinte, Du hättest auch Handtücher für uns."

Etwas, was Walli noch gar nicht aufgefallen war, und dennoch konnte sie es sich nicht verkneifen, den fehlenden Fernseher anzusprechen.

„Ach Walli", hatte auch Marta nicht daran gedacht, „Schiffsleute schauen den ganzen Tag in die Natur und aus dem Fenster, die brauchen keinen Fernseher", und betrachtete das Thema damit als erledigt. „Aber schön, gut gemacht, Kinder, passt aber auf, dass Ihr Euch keinen Sonnenbrand holt, lasst Eure Shirts besser an, wenn es zu heiß wird. Deine Mutter, meine liebe Uschi, ist ja auch Waschkönigin, die redet sich da leicht. Der Badeofen ist noch ziemlich neu, den wollte ich beim Umbau noch nicht rausschmeißen. Aber die Gasleitung vom Gaskasten an Deck ins Bad ist schon vormontiert und wenn es soweit ist, ist das schnell erledigt mit dem Durchlauferhitzer im Bad. Außerdem, bei der Hitze braucht man kein warmes Wasser zum Duschen. Bettwäsche und Handtücher sind bei mir im Schlafzimmer, werde ich gleich in der Schleuse rauskramen", denn es näherte sich schon die erste Schleuse, die Schleuse Harrbach, die Walli heute erleben sollte.

Die erste Schleusenfahrt in ihrem Leben ...

Während der Anfahrt an die Schleuse bekam Marta über den Schleusenfunk die Information, dass gerade vier Bergfahrer, also vier Schiffe den Main aufwärts fahrend, ihnen entgegen kommen, zur Schleuse fahren und der erste davon gerade erst am unteren Schleusentor, der Schleuseneinfahrt ist.

„Ich glaube da machen wir besser im Oberwasser fest, das dauert mir zu lange", und rief über den Lautsprecher, von denen auch einer vorne auf dem Vorschiff angebracht war, „Mädels, wir müssen festmachen, Schleuse ist unklar."

Man hörte den Michl, nicht ganz so laut aber deutlich aus dem Lautsprecher, die wohl nicht erfreut über dieses Sondermanöver war, „Ach Scheiße!", sagen.

Walli und Uschi mussten darüber lachen. Marta bemerkte dies und flüsterte nur: „Ach Michl!"

Aber beide, Michl und Josi kamen an Deck und bereiteten alles für dieses Anlegemanöver vor, auf das sie lieber verzichtet hätten.

„So, nun seid mal leise, Kinder", forderte Marta, „ich muss da jetzt gut aufpassen, hört mal auf zu quatschen jetzt."

Walli wollte aber unbedingt wissen, warum das so ist, und flüsterte Uschi zu: „Was machen die denn jetzt?"

Uschi erklärte ebenfalls flüsternd ganz an der Backbordseite beim Fenster, aus dem sie sahen: „Wir müssen warten, bis die Schleuse für uns frei ist, da kommen uns erstmal vier andere Schiffe entgegen."

Und dass die HELGA aus diesem Grund da an diesem schrägen Ufer angelegt werden muss und zeigt mit dem Arm darauf. Und da es ein schräges oder geböschtes Ufer ist, das Ufer schräg immer tiefer werdend in den Main hinein läuft, wird es auch immer seichter, je näher das Schiff an das Ufer rankommt. Das soll natürlich so spät wie möglich erfolgen, weil das nicht gut für das Schiff ist, wenn es an diesem betonierten Grund rumkratzt, bis es endlich zum Stehen kommt.

„Ohhhh, verstehe", meinte Walli richtig erstaunt über Uschis Wissen, „sonst gibt's ein Loch und wir saufen ab. Ohhhh, dann mal besser leise jetzt."

Marta hatte das natürlich gehört und grinste über diese erheiternde Form, doch sehr guten Feststellung ihrer Nichte. Vom Steuerhaus aus konnten sie beobachten, wie Josi und Michl auf dem Vorschiff irgendwas taten. Langsam kam die HELGA der Stelle näher, an dem das Schiff festgemacht werden sollte.

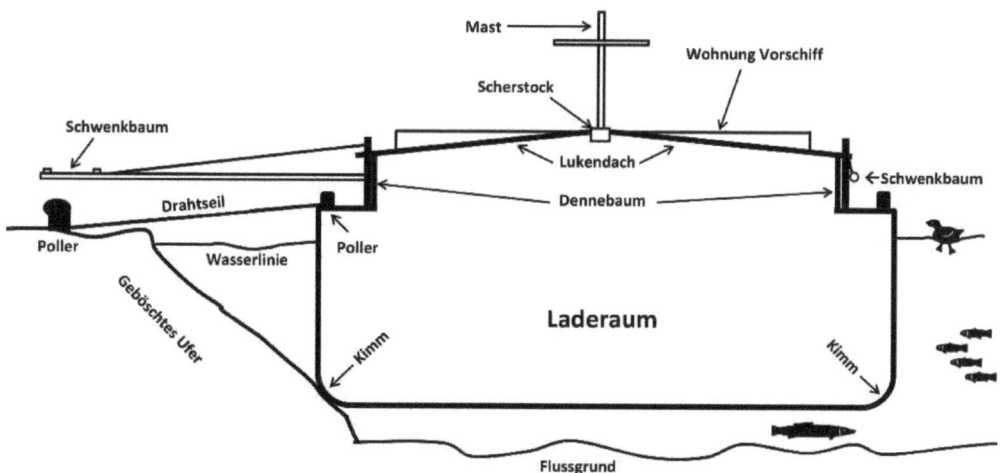

Abb. 019: HELGA am geböschten Ufer.

„Josi, mach, dass Du raus kommst, wir sind doch nah genug", rief Marta in das Mikrofon nach vorne durch den Lautsprecher.

Und da schwebte Josi auf dem Schwenkbaum über das Wasser hinweg und war ruck zuck an Land.

„Huiiiii, was ist denn das!", konnte es sich Walli nicht verkneifen, „das ist ja, ähhh", überlegte, „eine Flugstange. Oh Mann, wie schnell die da draußen war, Wahnsinn, ich will da auch mal mit an Land fliegen."

Zügig zog Josi an Land die Schlaufe des Stahlseiles über einen Poller, Marta wirbelte mit Hebel und Rädern an der Umsteuerung, dass es im Steuerhaus nur so zischte, machte nochmal „Kartoffel, Kartoffel" rückwärts, um die HELGA langsamer zu machen.

Da kam auch schon vom Vorschiff durch den Lautsprecher von Michl die Meldung: „Fest, Marta, Schiff steht, ich hab sie!"

Was nichts weiter bedeutet, dass sie die HELGA, die nun mit dem Drahtseil an Land verbunden ist, zum Stillstand, abgebremst oder gestoppt hat. Und die Berührung mit dem Ufer unter Wasser war so zaghaft, dass es gar keiner bemerkte. Josi lief nun an Land durch die Wiese und Michl im Gangbord zurück zum Achterschiff, um es auch dort festzumachen.

„So, Kinder", war Marta, als sie die Maschine abstellte, nicht erleichtert, sie bestätigte nur, dass dieses Anlegemanöver erfolgreich abgeschlossen ist. „Der Schwenkbaum ist kein Spielzeug, Walli", hatte sie ganz genau gehört, was Walli sagte, „macht damit keinen Unsinn! Wir werden schon noch Gelegenheit finden, wo Ihr, aber mit Aufsicht, damit an Land fliegen könnt. Aber jetzt könnten wir eigentlich eine Tasse Kaffee trinken. Das dauert mindestens noch eine Stunde, bis die Schleuse für uns bereit ist."

Gemeinsam gingen sie nach unten, waren an Deck als Michl ankam. Uschi und Walli standen dicht nebeneinander und Uschi kam nicht drum rum, Michl mal ganz genau zu betrachten. Aber er sah aus wie immer, wie eben der Michl.

Walli flüsterte ihr dann ins Ohr: „Ganz die Wulpi, ich schwöre."

Und Uschi ertappte sich dann doch dabei, Michl eine Hakennase und eine Warze darauf anzudenken. Es funktionierte aber nicht so richtig.

Michl wollte wissen: „Soll ich Dir Bescheid sagen, wenn die aus der Schleuse kommen?"

Denn Marta konnte das von der hinteren Wohnung, dem Backbord liegenden Küchenfenster, nicht sehen, „Nee, nee, Michl, ich geh gleich wieder hoch, macht Euch doch auch 'nen Kaffee solange", und so schieden sich ihre Wege.

„Ohhhhh, schau an, was ist das denn Feines", schwärmte Marta, als sie auf dem Küchentisch den Kuchen entdeckte.

„Hat mir Mama für Dich mitgegeben", war es doch das Mitbringsel von Mutter Strobel.

Die Mädchen tranken Milch, die Marta Kaffee und jede nahm eine dicke Scheibe Marmorkuchen. Sie tauschten sich ein bisschen aus, Marta spekulierte, dass sie übermorgen am Nachmittag auf dem Rhein sein werden und hoffentlich recht bald in Wiesbaden Amöneburg den Gips löschen oder ausladen können, den sie drei Tage vorher in Untertheres, in der Nähe von Schweinfurt, geladen hatten.

Walli schwieg schon eine Zeit lang, lag so zurückgelehnt in ihrem Stuhl, meinte auf einmal: „Oh, oh, ich glaub, jetzt muss ich aber."

„Was musst Du?", fragte Uschi.

„Na, aufs Klo", antwortete die Walli.

„Warum gehst Du dann nicht einfach?", wollte Marta wissen, „oder sollen wir schon mal frische Windeln klarmachen? Irgendwann ist alles das erste Mal. Nun geh mal, es ist schön da oben."

Und Nichte und Tante amüsierten sich sehr darüber. Walli sprang auf und raste zur Toilette.

Nur paar Minuten später hallte es durch die geschlossene Klotür: „Jetzt bin ich Konteradmiral der MS HELGA, hahaaaa", was für weiteres Lachen sorgte.

Kurz danach kam Walli zurück und Marta stellte klar: „Willkommen im Kreis der Konteradmirale."

Es war Zeit, wieder ins Steuerhaus zu gehen. Marta ist sich sicher, die Schleuse müsste bald für sie bereit sein.

„Wascht mal gleich die Tassen und wischt den Tisch ab und dann kommt bitte ins Steuerhaus, ich hätte Euch gern in Sichtweite bei Eurer ersten Schleusenfahrt."

Im Steuerhaus hatte Marta das Fernglas auf der Nase, wollte schauen, welche Schiffe sich gerade in der Schleuse befinden.

„Dann schauen wir mal", sprach sie dabei langsam leise, kippte ihre Mütze nach hinten und stützte dabei ihre Ellenbogen auf den Haspel, dem Steuerrad ab, „aha, der Erste ist ein vorne rack und hinten rack, das ist ein Schiff der DEMERAG, und der Zweite ist ein Gebrüder Väth und Söhne, breite Gangbord schmale Löhne", was Walli und Uschi sich fragend anschauend und stirnrunzelnd zum Lachen anregte, eher, weil es komisch klang, was Marta da sagte.

„Schiffsleute sprechen manchmal komische Sachen", flüsterte sie zu Walli, „müssen wir nicht alles verstehen."

„Der Dritte ist einer", schwenkte Marta mit dem Fernglas weiter, um Reederei-Flaggen und Reederei-Signale besser zu erkennen, „von den Mörder, Säufer und Ganoven, der MSG und der ganz hinten, den kann ich nicht erkennen, ist etwas verdeckt."

Man rollte etwas verständnislos mit den Augen. Was ist MSG, DEMERAG und Väth? Aber damit die Mädchen das Schiff nicht ungebildet wieder verlassen mussten, erklärte der Schiffmann, dass alles, was sie gerade an Reimen oder Versen von sich gab, lustig kreierte Slogans von Schiffsleuten waren, die sich über Generationen gebildet haben und sehr gebräuchlich sind. Vor allem aber der Michl wird im Verlauf ihrer Zeit an Bord mit Sicherheit noch einige zitieren.

„Der Michl erstaunt mich immer wieder", meinte Marta, „ich glaube so langsam, sie ist doch ein Mann irgendwie!"

Worüber Uschi und Walli schon wieder grinsen mussten und als Walli wieder flüsterte: „Sie weiß nur noch nicht, dass Michl in Wirklichkeit Wulpi ist", wurde ihr gemeinsames Grinsen dann doch zu einem lauteren Lachen.

„War das jetzt so witzig?", fragte Marta, „aber Hauptsache, Du merkst Dir das mit den Reimen und Versen, Uschi, bist ja auch ein Schifferkind und wer weiß, wenn schon Dein Vater kein Schiffer mehr sein will und Du womöglich kein Schiffer werden willst, kann es ja immer noch sein, dass eines Deiner Kinder zur Schifffahrt zurückfinden wird, so in, sagen wir mal fünfundzwanzig Jahren."

Walli blätterte längst teilnahmslos in einer Illustrierten, die neben der Bankkiste lag, bekam das gar nicht mit, was die da fachsimpelten. Aber bei Uschi warfen Martas Worte Gedanken in ihrer Oberstube auf neben der Erheiterung und all dem Vielen, was auf sie einstürmte.

„Oh Mann, Tante, in fünfundzwanzig Jahren", rechnete sie, „dann ist es 1998, fast im dritten Jahrtausend, da bin ich fast 38 und Schiffe werden dann ohnehin fliegen, Tante!"

„Na, dann wird halt Dein Kind Flugkapitän eines Frachtschiffes", wusste Marta lächelnd eine Antwort, „Fakt ist, die Schifffahrt wird sich weiter und weiter verändern und es wird sie immer geben. Was würden die ganzen Landeier denn ohne Schifffahrt machen?"

„Vielleicht kommt ja Papa irgendwann doch wieder zurück?", sollte das auch noch von Uschi angesprochen sein.

„Ich glaube, das ist vorbei, mein Schatz, der ist schon so lange an Land und war nie wieder an Bord seit unserem Streit vor über 13 Jahren, wo er mir Hals über Kopf mitteilte, dass er an Land will und ich mit den Schulden auf das Schiff alleine dastand."

Uschi schwieg, fragte dann doch noch: „Und das nimmst Du ihm heute noch krumm?"

„Ach was, nein, um Gottes Willen", war es schön zu hören, „wir haben doch alles geregelt. Aber wir finden einfach keinen Zugang mehr zueinander. Es ist zu viel Zeit vergangen. Wir hätten das schon früher klären müssen oder am besten einfach vergessen, was da war. Wie sagt man so schön, die Fronten sind verhärtet, sonst ist da nichts. Ein jeder wartet darauf, dass der andere auf ihn zugeht, der überwiegende Grund, warum Auseinandersetzungen nie ein Ende finden."

Uschi war jetzt überfordert, erkannte aber in Gedanken, wenn sie es doch weiß, warum geht sie dann nicht auf ihren Vater zu, hmmmm, oder ist es ihr Vater, der nicht auf Marta zugehen möchte? Sowas blödes! Ein bisschen Glück war es nun, dass die Schleusentore aufgingen, was Marta sofort bemerkte. Das vielleicht rettende Gespräch für die beiden zerstrittenen Geschwister endete abrupt.

Wieder rief Marta in die vordere Wohnung: „Michl, Josi, es geht los, das Tor geht auf!"

Endlich war das letzte der vier Schiffe draußen aus der Schleuse und Marta wusste: „Ein schwarzer Schatten auf dem Rhein, das kann doch nur ein Kaufer sein."

Und das „K" in der Flagge des Schiffes bestätigte die Richtigkeit ihrer Informationen.

Josi stand an Land, um den Draht oder das Seil auszuhängen, damit das Schiff auch wieder vom Ufer weggefahren werden kann. Und Marta winkte wieder so komisch und rief dabei: „Leggoooo, Michl."

Schnell rannte Josi zum Schwenkbaum zurück, nahm beide Griffe in die Hände, legte sich zwischen den Griffen mit dem Bauch darauf und flog zurück an Bord. Die HELGA war wieder am Fahren, nun auf die offene Schleuseneinfahrt zu.

Abb. 020: Ein Schiff der Reederei Kaufer.

Und so ganz gelassen beim Kurbeln am Steuerrad, der Bedienung der Umsteuerung, dem Ding, mit dem sie den Motor in Betrieb setzen und Gas geben kann, setzte sich mit Martas schweifenden Blicken über das Schiff die HELGA wieder in Bewegung.

Und der Besatzung hatte Marta noch etwas zu sagen: „Ich möchte nicht, dass eine von Euch alleine draußen an Deck rumturnt. Geht immer gemeinsam und auf keinen Fall in den Gangborden. Das ist zu gefährlich, wenn man nicht darin geübt ist, darauf zu laufen. Daher, geht immer auf das Lukendach und dort immer in der Mitte."

„Schau an", dachte Uschi, „das habe ich doch schon mal gehört."

„Wenn wir Schleusen oder Manöver fahren, möchte ich Euch entweder im Steuerhaus, höchstens draußen auf dem Roofdach, den Dächern der beiden Wohnungen, aber auf alle Fälle dort haben, wo ich Euch sehen kann. Dort, wo die Kollegen beim Schleusen und Festmachen arbeiten, habt Ihr nichts zu suchen, haltet Euch da im sicheren Abstand, habt Ihr das soweit verstanden?", klang das ganz schön streng.

„Ja klar, Tante Marta, das weiß ich doch alles", meinte Uschi.

„Ja, Frau Heilmann", sagte Walli.

„Na, nenne mich mal besser Schiffmann, Walli, so wie es auf einem Schiff üblich ist."

„Ja, Schiffmann", wiederholte sich Walli etwas verschmitzt.

„Dürfen wir denn in die Nock, Marta?", wollte Uschi nach draußen, schaute erst auf der einen, dann auf der anderen Seite zum Fenster raus.

„Natürlich, aber was rennst Du denn hier so rum?"

Sie hatte bemerkt, wie Uschi hinter ihr ganz aufgeregt hin und her flitzte.

„Wo ist denn die Glocke, Marta? Die Glocke ist weg! Die hing doch immer da steuerbord in der Nock, oder?", entsetzte sich Uschi.

Walli verstand nicht: „Was?", fiel ihr nur ein.

„Na die Glockeeeee, Walli, jedes Schiff hat doch eine Schiffsglocke, die Glocke ist weg! Die war von meinem Opa, sogar mit originalem Schwengel, da stand noch TIEFENTAL drauf und ist von Schiff zu Schiff immer mitgenommen worden und hing steuerbord in einer oben gebogenen Halterung aus schwerem Eisen.

„Schwengel?", stutzte Walli.

„Na das aus Hanfseil geflochtene Ding, mit dem man diesen Böbbel oder wie das heißt hin und her schwingt, damit die Glocke auch bimmelt. Ach Mensch, wo ist denn die Glocke, Marta?"

Sie war einfach nur entsetzt.

Marta musste lachen: „Hahaa, Du bist mir ja eine, dieses Ding heißt nicht Böbbel sondern Klöppel, Kind."

Aber Uschi war gerade so in Fahrt und plapperte einfach weiter: „Die schöne Glocke, ach Mann, wo ist die denn?"

Denn diese Glocke, sollte Walli wissen, hat Marta, als sie vor vier Jahren das letzte Mal an Bord war, jeden Morgen vor Fahrtbeginn geschlagen und machte das Signal nach, an das sie sich mehr als gut erinnerte.

„Bim bim, bim bim, bim bim, hat sie gemacht und Marta sagte dann immer ‚Gute Fahrt in Gottes Namen', bevor sie überhaupt ins Steuerhaus ging, und Michl hat mir und Josi gezeigt, wie man die alle zwei Tage ordentlich polieren muss, damit sie richtig schön glänzt. Mensch, wie haben wir da immer um die Wette gewienert!"

Abb. 021: Glocke polieren, eine Verantwortungsvolle Aufgabe.

„Ach, Uschi", kam nun endlich Marta zu Wort, „die Josi hat sie sehr viel öfter als Du nicht nur in den Ferien gewienert. Sie war nur bedingt froh, dass die Glocke nicht mehr da ist, die haben sie uns doch vor ein paar Jahren schon geklaut. Ich glaub, das war in Frankfurt. Und weil die leere Halterung immer so daran erinnert, haben wir die weggemacht. Was soll auch eine Glockenhalterung ohne Glocke? Die liegt jetzt irgendwo in einem Herft. Hier braucht also keiner mehr eine Glocke zu wienern. Eigentlich müssten wir eine Glocke haben, gehört ja offiziell zur Signalausrüstung eines Schiffes.

Abb. 022: Der morgendliche Gruß.
Allzeit gute Fahrt in Gottes Namen.

Aber bisher wurde ich von der Wasserschutz noch nicht daraufhin angesprochen. Wir haben doch das Typhon zum Hupen", und machte laut, „Tröööööööt", nach, dass die Kinder lachten. „Wir nutzen nur noch das Typhon zum Signalgeben, da muss man nicht mehr bimmeln."

„Ach Mensch, Marta", ließ sie sich mit ihrem Hintern auf die Bank fallen, die wie eine Kiste aussah und daher Bankkiste genannt wird, „ich finde, das ist echt schlimm. Was sind das für Leute, die von Schiffen Glocken klauen?"

„Na beruhige Dich mal wieder", verstand Marta ihre Nichte sehr gut, „nun ist sie leider weg und weißt Du, diese Bimmelei war nur eine althergebrachte Tradition. Die Wenigsten bimmeln heute noch und in ein paar Jahren wird kein Schiff mehr eine Glocke haben. Traditionen sterben mit den Menschen, wenn sie keiner fortsetzt, das ist der Lauf der Zeit."

„Oder wenn sie immer geklaut werden, dann geht die Tradition auch flöten", ergänzte die niedergeschlagene Uschi. „Aber auf die Nock dürfen wir jetzt, oder?", war das unausweichlich hingenommen.

Zurück zu dem, was eigentlich gefragt werden sollte, bevor das Verschwinden der alten Glocke mit dem alten, kunstvoll gestalteten Schwengel oder Glockenbändsel bemerkt wurde.

„Auf der Nock kann ich Euch doch sehr gut sehen", ging es daher nicht nur für Marta weiter in den Tag hinein, der solch einen entsetzlichen Anfang fand, „macht, dass Ihr rauskommt, ist doch viel zu heiß hier drinnen. Außerdem muss ich jetzt aufpassen."

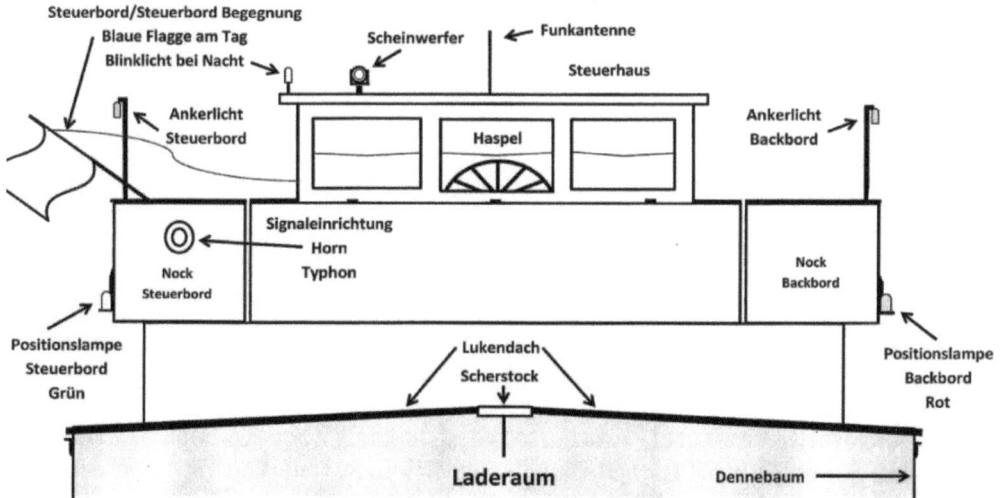

Abb. 023: Achterschiff mit Blick vom Vorschiff.

Die Öffnung, zwei große Tore, die Schleuseneinfahrt näherte sich und auf der Nock an der Backbordseite hatte Uschi nun ihre Aussichtsplattform ausgesucht, denn da stand unten an Deck an den Pollern die Josi, die ja schon Schiffsjunge war und gleich das Schiff am Heck festmachen musste. Direkt darüber lehnten sie sich auf der Nock mit dem Oberkörper über das breite Schanzkleid des Steuerhauses, das neben den Eingängen Backbord und Steuerbord angebracht einen guten Meter hoch und oben mit einem schicken Teakhandlauf geplättet war.

„Hejho, Josi", rief Uschi kurz hinunter zum Schiffsjungen und, „schade mit der Glocke, oder?"

Mit Schutzhandschuhen und einem Handreibholz bewaffnet blickte Josi nur kurz herauf und winkte mehr ab, als ob es ihr egal wäre oder doch nur jetzt in diesem Augenblick nicht wichtig wäre. Denn sie musste gut aufpassen, war auf dem Sprung, das Reibholz irgendwo dazwischen zu halten, wenn das Schiff mal zu nah an die Schleusenmauer kommt.

Bei Anlege- und Schleusenmanöver wird es, wenn sich das Schiff einem Hindernis nähert, zwischen das Hindernis und die Bordwand gehalten, um Beschädigungen am Schiff zu vermeiden. Es ist rund einen Meter lang, 15 × 15 Zentimeter breit und hoch und besteht bevorzugt aus Pappel, da Pappel ein sehr feinfasriges Holz ist. Feinfasriges Holz verfranzt, splittert, bricht oder fällt nicht so schnell auseinander. Mit Flusswasser gut getränkt ist es relativ langlebig.

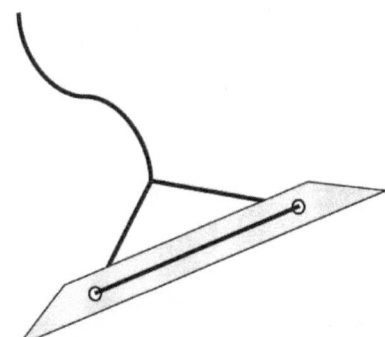

Abb. 024: Das Handreibholz.

Aber Uschi war beeindruckt, erinnerte sie sich doch noch an Josi, als sie noch vier Jahre jünger, erst 11, war, damals natürlich weit davon entfernt, so eine verantwortungsvolle Aufgabe zu übernehmen. Ihr Vater war damals auch immer sehr ängstlich gewesen, dass da was passiert, wenn Josi da so locker an Deck rumturnt. Herr Heilmann hatte mehr Angst um Josi als ihre Mutter, die Marta, die wusste sehr gut, was sie ihrer Tochter zutrauen konnte.

Walli, die schweigend neben Uschi stand und gar nicht wusste, wo sie zuerst hinblicken sollte, schwieg schwer beeindruckt von all dem Neuen, das da gerade geschah.

Als die HELGA in der Schleuse war, knallte es ganz gewaltig hinter ihnen, so ungewohnt laut, dass beide mächtig erschraken.

„Halleluja, hahaaaaa", fasste sich Uschi, „da muss ich mich auch erst wieder dran gewöhnen."

Walli war sprachlos und der Motor machte brüllend Krach: „Was wird das denn jetzt", wollte Walli lauter sprechend wissen.

„Haha, warte mal ab, wenn das Schiff runtergeschleust, ganz unten in der Schleuse ist, dann ballert das erstmal richtig in der Kiste, je tiefer wir schleusen, umso lauter wird es", mahnte Uschi, „so klingt die Maschine, wenn sie ange-schmissen wird, und bei Schleusen und allen anderen Manövern passiert das öf-ter, so lange, bis das Schiff sicher festgemacht ist. Und jetzt gerade läuft die Schiffsschraube rückwärts, um das Schiff zu bremsen. Das ist alles normal und passiert jeden Tag sehr oft, gewöhn Dich besser dran", war das sehr gut erklärt.

„Aber warum ist das so laut, geht das nicht leiser?", schien da jemand ängst-lich zu sein.

Uschi war allerdings damit beschäftigt, Josi zu beobachten, wie sie sicher mit dem Drahtseil hantierte, um das Schiff festzumachen, und stellte etwas neidisch in Gedanken fest, dass ist nicht mehr die Josi von damals. Die hat richtig Mus-keln gekriegt und zieht den schweren Draht zu sich, als wenn es ein Stück Wolle wäre. Sie war sehr beeindruckt. Immerhin wiegt so ein Draht, der hier rund 22 Millimeter im Durchmesser dick ist, pro Meter mehrere Kilogramm und wenn man mit einem 10 oder mehr Metern langen Draht hantieren muss, da kommt schon was zusammen. Die HELGA wird fast immer nur mit Stahldrähten oder Drahtsei-len festgemacht. Marta sind die neumodischen Taue aus Kunststoff nicht so ganz geheuer und Michl, auch wenn sie schon vor Jahren drei Finger durch einen Stahldraht verloren hat, die ist da sowieso skeptisch, was diese neuen Erfindun-gen betrifft.

Als das Schiff in Harrbach festgemacht war, ging Marta aus dem Steuerhaus nach unten in die Wohnung.

„Nimm noch einen Kuchen von meiner Mama, Schiffmann", rief Walli mutig hinterher.

Marta hob ohne sich umzudrehen nur den Arm und rief zurück: „Phantastisch, dann hab ich ja gleich noch einen für den nächsten Kaffee."

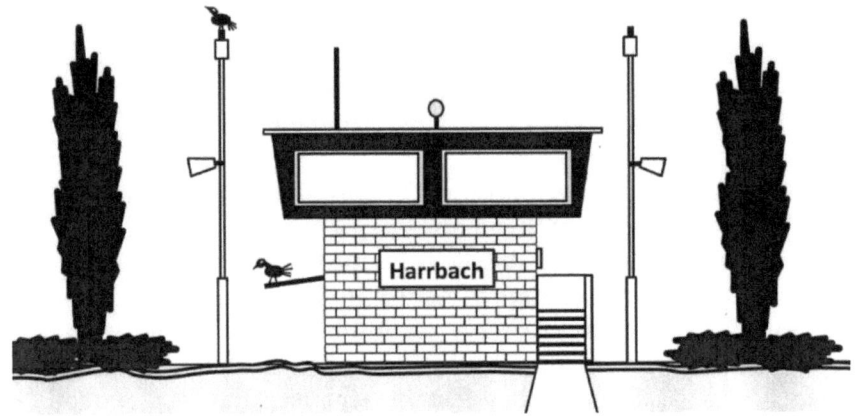

Abb. 025: Ein Schleusenwärterhaus.

Abb. 026: Warten auf Schleusungsbeginn.

Josi saß gelassen auf einem Poller und wartete darauf, dass die Schleusung beginnt. Dann ertönt eine Hupe, „Öhhhhhhh", die signalisiert, dass der Schleusenmeister mit der Schleusung beginnt und die HELGA verschwand recht zügig in der Tiefe der Schleuse Harrbach, was Walli alles erklärt haben wollte.

Mit einem Pott Kaffee und einem Teller, darauf ein weiteres Stück Marmorkuchen, kam Marta wieder, als das Schiff abgeschleust war.

„Danke Deiner Mutter vielmals, Walli, vergiss das nicht", und schritt wieder vorbei an den Mädchen ins Steuerhaus.

Und während Walli nur mit einem, „Mach ich, Schiffmann", nickte, rief Uschi, „Achtuuuuung", und steckte sich, noch immer auf der Nock stehend, die beiden Zeigefinger in die Ohren, schaute dann zu Walli und rief ihr zu, „Komm schnell, mach!"

Walli tat ihr sofort gleich, steckte nun auch die Finger in die Ohren. Und da rumste es auch schon. Marta hat den bellenden Motor wieder angeworfen, dass der Rus nur so aus dem Kamin spritzte.

„Woooooow", rief Walli, „was für ein Donnerwetter, oh mein Gott."

Und schon wurde es wieder ruhiger, der Motor lief und schob die HELGA ganz gemütlich „Kartoffel, Kartoffel" aus der Schleuse hinaus.

So folgte noch bis 21 Uhr rund jede Stunde eine Schleuse nach der anderen und der Tag endete für die beiden sehr aufregend. So vieles galt es noch zu inspizieren und zu beobachten, was an diesem einen Nachmittag gar nicht bewältigt werden konnte. Am spannendsten war es zu beobachten, wenn Marta in die und aus den Schleusen fuhr. Das war alles so eng und es muffelte nach totem Fisch ganz unten in der Schleuse. All das viele Grün an Land, die Schiffe, denen sie begegneten, die vielen bunten Flaggen, die sie am Vor- und Achterschiff führten, sorgten umfangreich für neue Eindrücke.

Und Marta schien jeden Einzelnen persönlich zu kennen, denn die winkte jedem einzelnen Schiff, das ihnen begegnete, freundlich zu, worin sich alle beide gerne, sogar sehr wild winkend, anschlossen.

Walli war darüber verwundert, „wie kann man nur so viele Menschen kennen", aber Uschi wusste, dass dies einfach nur eine höfliche Art ist, sich zu grüßen, und dass es nicht so ist, dass man jedes einzelne Schiff wirklich kennen würde.

Am Abend wurde es an der Schleuse Lengfurt bedeutend ruhiger, es war Feierabend. Der Motor, der die HELGA durch die vielen Gewässer schiebt, war gestoppt. Es vibrierte nichts mehr und eine gewisse Ruhe war eingekehrt. Außer dem Jockel sein Atem störte noch die endgültige Stille dort am Ufer in Lengfurt. Ein paar Stunden musste das aber noch so sein.

Der Jockel, das Stromaggregat oder der Generator, der Motor, mit dem die Batterien für Licht an Bord geladen wurden, der lief noch monoton mit dumpfem und ständig wiederholendem „paff, paff, paff". Und dem Jockel sein „paff, paff, paff" kam aus einem sehr viel kleineren Auspuff, vielleicht 10 Zentimeter dick, der neben dem großen Auspuff vom Hauptmotor, bestimmt 50 Zentimeter dick, oben auf dem Dach der Wohnung, durch den Kamin, aus dem Maschinenraum ins Freie paffte.

„Mach mal Deinen Dicken Hubert dicht, Josi, aber lass den Jockel noch laufen, der muss noch ein bisschen Strom basteln, ich stell den später ab", rief Marta zu Josi hinunter, als die zum Maschinenraum ging.

Walli war belustigt über die Bezeichnung Jockel und fragte, wer aber der Dicke Hubert ist, der auch noch dicht gemacht werden sollte. Aber auch das war schnell erklärt.

„Der Dicke Huuuubert", holte Uschi angeberisch aus, „das ist unser Hauptmotor, die Maschine oder der Antriebsmotor. Ein Deutz-Motor mit 600 PS. Der ist so alt wie das Schiff und das wurde 1957 gebaut. Und Josi hat dem Motor dann irgendwann diesen Kosenamen gegeben, weil sie ihn ständig abschmieren, pflegen und reinigen muss. Und der lautet ‚Dicker Hubert', ich sag manchmal auch ‚Hubsi', klingt doch lustig, oder? Ganz einfach."

Die beiden lächelten über diese persönliche Vorstellung vom Dicken Hubert und, „ahhhhh", bemerkte Walli überrascht darüber, was Uschi auch noch alles wusste, „wie Du mit Deiner Tafel in der Schule", und flüsterte mit schrägen Mundwinkel zu Uschi neben ihr, „oder der Michl jetzt als Wulpi, hihihi, verstehe. Welchen Kosenamen hatte die Tafel eigentlich nach so einer langen Freundschaft?"

„Misttafel", war kurz die Antwort und beiden lachten ordentlich.

Josi hatte nun die Aufgabe, ihren Dicken Hubert dicht zu machen, eine Aufgabe, die auf fast jedem Schiff meist den Schiffsjungen zugetragen ist und nichts weiter bedeutet, als dass diverse Dinge getan werden müssen, damit der Motor ruhen kann. Die beiden standen an Deck, eine links, die andere rechts neben dem Maschinenraumeingang und beobachteten von der Seite, wie Josi in das Dunkle hinunterstieg.

Unten angekommen konnten sie oben vernehmen, wie Josi zu Hubert sagte: „So, mein lieber, haste fein gemacht heute, nun darfst Du Dich ausruhen, bis morgen früh kurz vor sechs, dann gibt es nochmal frisches Öl und weiter geht es."

Erneut trafen sich die Blicke der beiden, die ihre Köpfe längst in den Maschinenraumeingang gesteckt hatten.

Uschi flüsterte: „Hmmmm, die mögen sich anscheinend wirklich, Walli, komisch oder?"

Und wie auf Kommando stutzten beide lächelnd, als sie sich ansahen: „Wann nimmst uns denn mal mit runter, Josi?", rief ihr Uschi nach, auch wenn sie genau wusste, was sich da unten befindet und was getan werden muss, um Hubert dicht zu machen, sollte doch Walli das alles sehen.

Josi rief sehr laut mit nach hinten geneigtem Kopf hinauf: „Lass uns das mal morgen machen, es ist jetzt noch sehr warm hier unten, Hubsi muss sich erstmal abkühlen und der Jockel macht noch Krach. Zeig ich Euch noch alles, ich hab auch keine Lust mehr heute."

Und trotz dem noch paffenden Generator, dem Jockel, hörten sie oben ein Zischen und Klappern bis Josi dann wieder herauf kam.

Michl war nach hinten gekommen, stand da lässig angelehnt am Laderaum, steckte sich eine Zigarette an und fragte: „Na, Uschi, gefällt es Dir noch oder willste wieder nach Hause?"

Walli blickte Uschi fragend an, machte ganz große Froschaugen und lispelte mit nur einem Mundwinkel: „Knusper, knusper, Häuschen, wollen wir das Uschilein?"

Worauf sich Uschi zur Seite drehte und loslachte und wie im Duett erschallte ein gemeinsames: „Neiiiin, wir bleiben hier."

Uschi erfasste der Gedanke, was ist denn nur mit Walli los, kann es sein, dass sie schon wenige Stunden weg von zu Hause anders als sonst geworden ist? Hat sie womöglich schon einen Bordkoller, von dem Schiffsleute sprechen, wenn sie zu lange an Bord sind?

„So, Kinder", unterbrach Marta ihre Gedanken, „das war's für heute", kam sie von der Nock hinunter an Deck geklettert, „ab nach vorne mit Euch", womit sie Josi und Michl meinte, „und Ihr ab nach hinten, Feierabend, gute Nacht zusammen. Morgen sechs Uhr Maschine klar, Josi."

„Ok, Mom", sprach sie, „dann bis morgen, gute Nacht", so verschwanden die Vorschiffbewohner im Vorschiff und die anderen drei im Achterschiff.

„Geht Euch waschen, Kinder, Handtücher und Bettzeug liegt auf Euren Betten", sprach Marta, als sie gerade in der Wohnung waren, „und den Wasserhahn zu beim Einseifen", war daran erinnert, Trinkwasser zu sparen.

Der Tisch war bereits gedeckt als sie in die Küche kamen. Marta hatte ordentlich Brot aufgeschnitten, Butter, Wurst, Käse, Essiggurken, Tomaten und aus dem Kühlschrank kalte Limo serviert. So sprachen sie über dies und jenes und nur wenig später waren die beiden sehr müde, die erste Nacht an Bord kam angeschlichen.

Die erste Nacht, oh mein Gott ...

Richtig dunkel war es noch gar nicht und das Fenster stand noch immer offen, war es doch merklich warm in ihrem Schlafzimmer. Aber es war spät, sicher schon 22 Uhr. Zu Hause würden beide längst im Bett, Uschi auf ihrem Kanapee liegen.

„Denk daran, kein Licht zu machen, wenn es dunkel ist", mahnte Uschi, „sonst kommen die ganzen Mücken rein und fressen uns über Nacht."

Aber Walli hatte ein ganz anderes Problem: „Da ist ja gar kein Laken auf meiner Matratze", stellte sie entsetzt fest, „und Decke und Kissen sind auch noch nicht bezogen!"

„Sag bloß, Du hast noch kein Bett bezogen, Walli?", wollte gewusst werden.

„Nein, das macht meine Mom immer, ich weiß nicht, wie das geht."

Nun wurde hurtig gezeigt, wie man ein Bett bezieht und keine zehn Minuten später, als Walli sich in ein Nachthemd schieben wollte, gab es schon wieder etwas, was geraten werden musste.

„Lass doch das blöde Nachthemd aus. Was denkst Du, wie Du gleich zu schwitzen anfängst, merkst Du nicht, wie warm es hier ist?"

„Ich schlaf zu Hause immer im Nachthemd, muss immer im Nachthemd schlafen", entsetzte sich erneut die Walli.

„Mensch, Walli, Du bist hier nicht zu Hause", musste Uschi daran erinnern, „lass das aus, ich verrate Dich schon nicht. Wir schlafen hier so, wie es am bequemsten ist", und kletterte nur in ihrem Schlüpfer in ihr Bett.

Nun lagen beide endlich waagerecht in ihren Betten und gemächlich wurde der halbe Mond sichtbar, der durch das offene Fenster den Raum nicht dunkel werden lassen wollte.

„Uschiiii", rief auf einmal Walli, die etwas aufgerichtet aus dem offenen Fenster blickte, „ich glaube, da ist gerade Wulpi auf ihrem Besen vorbeigeflogen, ehrlich."

Wie elektrisiert sprang Uschi auf und schaute ebenfalls aus dem Fenster, um noch etwas von Wulpi zu erhaschen.

Walli schrie fast vor Lachen, während Uschi sich anschloss und, „dumme Pute", dazu sprechen musste. „Jetzt gib Ruhe, Du Huhn", kletterte Uschi wieder in ihr Bett, als sich beide beruhigt hatten.

Der Jockel machte noch immer „paff, paff, paff", denn Marta saß noch im Wohnzimmer am Schreibtisch und machte Papierkram.

Sie erzählten ein bisschen von den Eindrücken des Tages, hatten die Bettdecken der Wärme wegen längst an die Seite geschoben und wollten noch nicht einschlafen. Lachten immer wieder über diese komische Hexe, die nun auch in

Uschis Leben getreten ist, sprachen von einem Rolf, der eigentlich ganz süß, und einem Manni, der für sein Alter viel zu klein geraten ist.

Bis die Tür aufging und Marta klarstellte: „Was ist denn hier noch los, was gibt es denn so spät noch zu quaken? Jetzt ist aber genug, Kinder. Es ist fast 11, ist alles klar bei Euch? Schlaft jetzt endlich, gute Nacht."

„Alles okay, Schiffmann", meinte Uschi.

Walli hingegen fragte: „Wann geht denn der Paff-Paff aus, Schiffmann? Ich kann so nicht schlafen."

„Der Paff-Paff?", lachte Marta, „hahaaa, den mach ich jetzt aus, gleich ist es mäuschenstill, schlaft jetzt", und verschloss die Tür.

Keine fünf Minuten später verstummte der Paff-Paff und in der Tat war nichts mehr zu hören.

Uschi nickte so langsam ein und bemerkte die Unruhe eine Etage über ihr.

„Was ist denn los, Walli, was machst Du denn da für Faxen?"

„Es ist so warm, ich kann nicht einschlafen", winselte sie.

„Dann wirbel nicht so rum, da könnte ich auch nicht schlafen."

Und da kam wieder ein Geräusch, das Uschi überhaupt nicht so richtig wahrnahm.

„Was ist das denn jetzt wieder?", waren wieder alle hellwach.

Uschi musste genauer hinhören.

„Das kennst Du doch, das ist die Handpumpe von der Toilette. Marta war wohl nochmal pinkeln, das kann ja nicht ewig dauern. Dreh Dich um und schlaf jetzt endlich."

„Oh Mann, ist das warm", zeterte Walli noch einmal.

Keine 30 Minuten später erklang erneut ein Geräusch, das kein Mensch auf diesem Schiff mehr bemerkte, außer Walli.

„Ohhhhh nein, und das, was ist das jetzt?"

Uschi deutlich genervt: „Das ist die Trinkwasserpumpe. Die schaltet sich bei einem bestimmten Druck automatisch ein und es ist ihr egal, wie spät es ist."

„Kann man die nicht ausmachen?"

Und so ging das die ganze Nacht. Dauernd war irgendwas, was Walli am Schlafen hinderte. Nachtreiher, die im Vorbeifliegen schrien, große Fische, die pupsten oder warum auch immer ein Blubbern und Platschen verursachten, Frösche, die quakten, Enten die schnatterten. All das, weil das Fenster der Wärme wegen offen bleiben musste.

Ein bisschen Morgenröte zeigte sich schon, als schließlich Ruhe einkehrte und ihr endlich gefundener Schlaf jäh zerrissen wurde, als Marta den Motor startete.

Das Klimpern, Kratzen und Poltern der Drähte an Deck, als Josi das Schiff zur Weiterfahrt losmachte, sorgte für ein endgültiges Erwachen.

Es schienen nur Sekunden zu sein, in denen Uschi in der ersten Nacht an Bord schlafen konnte.

„Ich will nach Hause", jammerte Walli, „das war die schlimmste Nacht meines Lebens."

„Oh Mann, Du Küken, reiß Dich mal zusammen", war Uschi etwas sauer über dieses angestimmte Klagelied, „Du musst Dich nur daran gewöhnen. Die nächste Nacht wird bestimmt besser."

Der Tag war wieder großartig, die Sonne ließ nicht lange auf sich warten und die beiden saßen, weil es schon so schön war, nur im Unterhemd und ihren Shorts bei Marta im Steuerhaus nebeneinander auf der Bankkiste. Keinen Meter vor ihnen die Marta, die an ihrem Steuerrad rumwirbelte und dabei auf einem hohen Hocker saß.

Walli konnte ihr Wehklagen nicht einstellen: „Und das alles ohne Fernseher", sprach sie unaufgefordert und, „das war die schlimmste Nacht meines Lebens."

Und während sie Marta alle Details, die sie am Schlafen gehindert hatten, erzählte, hörte diese nur zu, zog grinsend den Mundwinkel nach oben, so dass ihr Grübchen sichtbar wurde, und hielt ohne eine weitere Miene zu verziehen einfach nur ihr Schiff im Fahrwasser.

„Und Du, Uschi", fragte sie dann, „konntest Du auch nicht schlafen?"

Doch Uschi sagte, sie hätte schlafen können, wenn Walli sich nicht so lautstark und mädchenhaft angestellt hätte.

Der Umzug ins Vorschiff ...

„Also gut, dann müssen wir da was machen", sprach der Schiffmann und drückte dabei auf die Hupe, das ein kurzer Ton „trööööööt" aus dem pressluftbetriebenen Nebelhorn über das Schiff schallte, der Uschi und Walli, „was ist denn jetzt?", aufschreckte und zum Aufstehen aufforderte. Ein bekanntes Signal für die Leute an Deck, „Kommt mal alle ins Steuerhaus."

Michl und Josi kamen mit, „Guten Morgen", und, „Hejho", herein.

„Wir haben ein Problem, Leute", startet Marta ihre Anteilnahme. „Die beiden können hinten nicht schlafen."

„Na Bravo", erkannte Josi.

Michl ganz trocken: „Na, wer will denn hier schlafen, raus an Deck mit Euch, die Luken müssen geteert werden, da könnt Ihr den ganzen Tag kratzen, schleifen, schruppen und teeren, sollt mal sehen, wie Ihr heute Nacht schlafen könnt."

Während Marta und Josi darüber lachen konnten, sahen sich die beiden entsetzt an und Josi musste ergänzen: „Genau, dann ist mir auch ein bisschen geholfen und wir sind schneller fertig."

„Na, nun mal langsam mit den alten Treidelgäulen", mischte sich Marta ein und, „was hältst Du denn davon, Josi, wenn ihr drei die Schlafplätze tauscht, die beiden gehen nach vorne und Du kommst so lange wieder zu mir hinter. Vorne ist es bedeutend ruhiger und da unten drin auch nicht ganz so heiß, Du kennst das doch alles."

Uschi und Walli schwiegen, drehten ihre Köpfe zueinander, sahen sich an und rollten mit den Augen: „Hmmmm, knusper, knusper", flüsterte ihr Walli mitten ins Gesicht und wieder lachten sie, keiner der anderen verstand, was jetzt wieder los war.

Das Vorschiff war noch gar nicht erkundet und Uschi dachte zu alldem auch noch: „Mein Gott, zu dem miefenden Michl ins Vorschiff?"

„Also gut, von mir aus", war Josi einverstanden, „dann geh ich eben wieder zu Mom und Ihr nach vorne, kein Problem, auch nicht schlecht, dann muss ich bei den Schleusen oder um die Maschine abzuschmieren nicht immer so weit nach hinten laufen."

„Aber nur so lange die beiden an Bord sind, dann ziehst Du wieder um", musste Marta klarstellen.

Ziel war ja, dass Josi in der vorderen Wohnung bei der Besatzung eigenständiger werden sollte und dieses Klischee, Mamas Kind und das Kind eines Partikuliers wird besser behandelt, sollte gebrochen werden, denn bei Marta an Bord gibt es sowas nicht, hier sind alle gleich viel wert.

„Dann müssen wir jetzt alles wieder einpacken?", fragte Walli. „Ich schätze schon", meinte Uschi, „der ganze Eiertanz noch einmal."

„Bettzeug und Handtuch könnt Ihr ja mit vornehmen und Josi nimmt ihres mit nach hinten, gegessen wird bei mir hinten", half Marta noch die Planung zu konkretisieren.

„Verdammich, und mein Lukendach?", spaßelte der Michl.

„Da findet sich schon noch genug, wie wir die beiden ein bisschen beschäftigen können", antwortete Marta.

Gesagt getan, während die HELGA ihrem Weg folgte, trugen die Mädels ihre ganzen Sachen in Richtung Vorschiff. Der morgendliche Fahrtwind war fast noch etwas frisch, aber immer auf dem Lukendach bleiben, hatten sie sich dabei zu

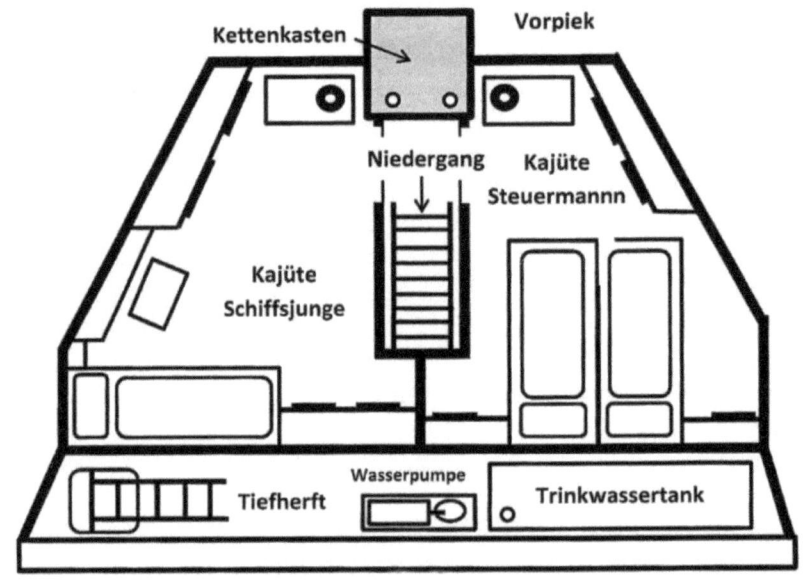

Abb. 027: Kajüten im Vorschiff unter Deck.

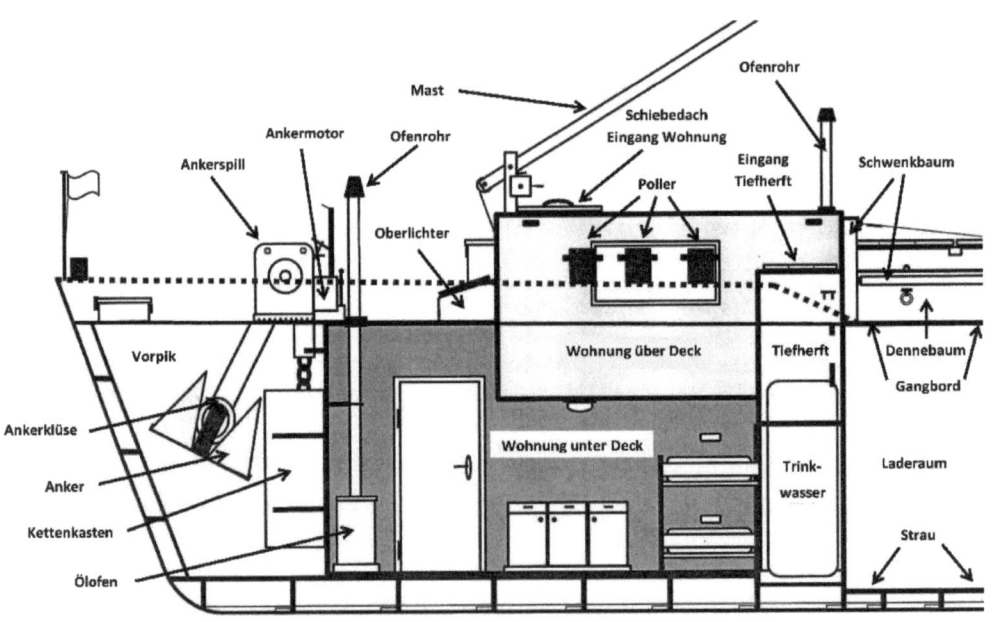

Abb. 028: Vorschiff von Backbord.

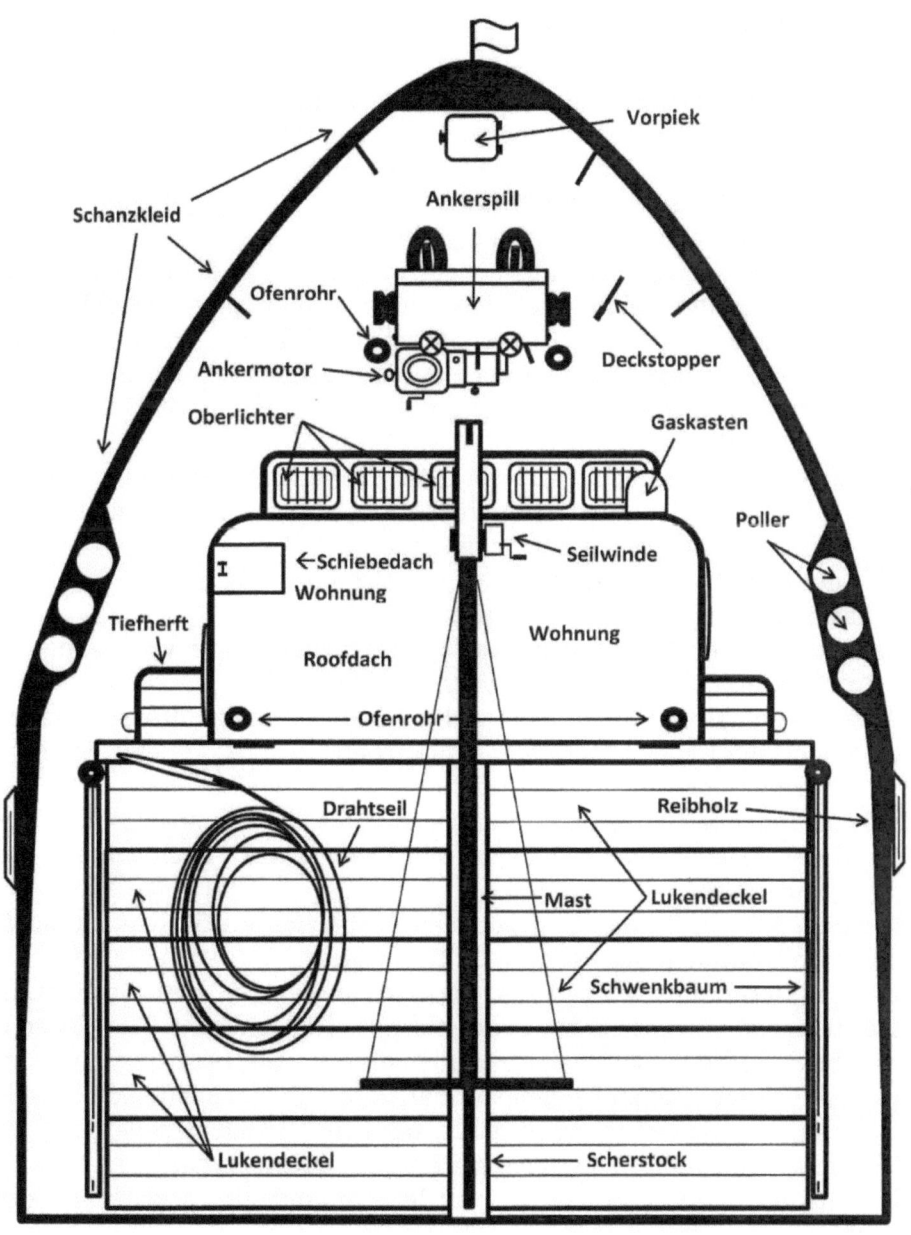

Abb. 029: Vorschiff, Draufsicht.

Herzen genommen. Walli hatte wieder etwas Panik, hatte augenscheinlich Angst, dass diese Holzbretter, die Luken, einbrechen, wenn sie darauf steigt. Während sie Uschi beim Laufen darauf beobachtete, schien es ihr so, als ob sie gerade auf das dünn gefrorene Eis des Eußenheimer Löschteichs getreten wäre.

„Was ist?", rief Uschi zurück, die wie Walli mit ihrem Koffer und ihrer Bettdecke unterm Arm schon auf dem dünnen Eis stand.

„Hält das auch? Das ist doch nur Holz."

„Maaaann, Walli", brauste Uschi auf, „alle laufen darauf, sogar zu zweit und zu dritt, manche Schiffsleute haben sogar ihre Autos da drauf stehen. Warum sollte das ausgerechnet bei Dir jetzt einbrechen?", und hüpfte laut und schwungvoll wie ein Känguru von einem Lukenbrett zum nächsten. „Siehst Du, wie das hält? Komm jetzt, von mir aus lauf oben auf dem Scherstock, der ist aus echtem Eisen und bricht garantiert nicht", und ging auf dem rund 50 Zentimeter breiten Scherstock auf Walli zu.

Angesichts dieses erbrachten Beweises für die Festigkeit des Untergrunds bewegte sich Walli ganz langsam Schritt für Schritt über wenigstes ein paar Luken, die nicht einmal knarzten auf den Scherstock zu.

„Und der hält jetzt, ja?", war sie noch immer ängstlich.

Da hatte sie sich ja was an Bord geholt, die Uschi.

„Jetzt komm endlich", war das, was Walli nicht mehr hören konnte, denn ihre Freundin ging jetzt schnurstracks in Richtung Vorschiff.

Marta, die all das vom Steuerhaus sehr gut beobachten konnte, schüttelte nur belustigt mit dem Kopf: „Ohje, ohje, Walle, Walle", wollte sie jetzt einfach mal dafür benutzen.

Josi kam ihnen mit ihren Sachen entgegen: „Nur der Schrank linke Tür ist für Euch und lasst ja meine Poster hängen, sonst setzt's was", doch keiner von beiden hat geantwortet.

Vorne am Bug des Schiffes angekommen, legten sie ihre Sachen auf das Dach der vorderen Wohnung, das hellgrau lackiert war.

Die neue Unterkunft war erreicht, die nur um die 1,30 Meter hoch ist, denn das meiste davon ist etwas unter Deck versenkt eingeschweißt. Sie stiegen über das Backbord-Tiefherft, das auch einen kleineren Holzdeckel hatte, an Deck.

An Deck vor der offenen Eingangstür der Wohnung, die aus Teakholz und nur halb so hoch war wie die im Achterschiff, war kein Mensch zu sehen.

Wieder konnte es Walli nicht lassen: „Knusper, knusper, gar keine Lebkuchen an der Hauswand, wie ärgerlich", fing sie leise an und sprach weiterhin leise zu Uschi hin, „Wulpi, wo bist Du?"

Uschi war aufs Neue überrascht, wie frech die sonst so anständige Walli aufblühte und fand es total lustig, sie musste einfach lachen.

Das einen Quadratmeter große eiserne Schiebedach zu diesem Niedergang war ganz zurückgeschoben.

„Warum ist das denn alles so niedrig hier?", wollte Walli wissen.

Doch Uschi rief vorher in die Wohnung: „Michl?"

„Ruf doch mal Wulpi" schlug Walli vor und pikste Uschi ein bisschen mit dem Finger in die Seite.

Die meinte nur, „hör mal auf jetzt", und wechselte das Thema. „Das ist alles so, weil das ein modernes Schiff ist und das Vorschiff nicht so hoch sein darf wegen niedriger Brücken. Das wirst Du schon noch alles sehen, wenn es gelöscht ist."

„Gelöscht?"

„Wenn ein Schiff ausgeladen ist, also keine Ladung im Schiff hat, dann ist es leer und gelöscht", wird Uschi doch nicht genervt sein von der vielen Fragerei?

Michl kam an die Tür, Gott sei Dank: „Was gackert Ihr denn da draußen und haltet Maulaffen feil? Schuhe aus und reinkommen", rief sie, „Ihr könnt doch nicht immer da draußen stehen und warten, bis jemand herein ruft, einfach reinkommen, einfach reinkommen", und winkte sie zu sich hinunter.

Michl nahm ihre Sachen ab und so stiegen die beiden auch hier über eine 25 Zentimeter Erhöhung durch diese Tür eine 5-stufige Holztreppe hinab. Walli verhielt sich, wie man es ihr gelehrt hatte. Sie kletterte rückwärts hinunter.

„Oh, das ist aber klein hier", war ihr erster Eindruck. „Wie der Käfig, wo der Hänsl drin sitzen musste, bis er dick und fett ist."

„Jetzt hör doch mal auf, Du verrücktes Huhn", reagierte so Uschi.

Als sie aber unten in diesem kleinen Flur stand, stellte sie bekundend fest, obwohl es von außen so niedrig aussieht, herrscht hier tatsächlich Stehhöhe, was man von draußen niemals ahnen könnte, und schick war es, sehr schick.

„Ich denke, wir müssen runter, oder?", fragte Uschi.

„Genau, aber das weißt Du doch alles", so dachte Michl, „geh Du mal zuerst. Und hier vorne immer rückwärts, die ist so steil, die scheiß Treppe, da macht man gerne mal einen Flieger."

„Neee, Michl, da unten war ich noch nie. Ich war immer hinten bei Tante", stellte Uschi die Meinung von Michl richtig, die sich, obwohl sie Uschi schon seit Jahren kannte, gar nicht mehr daran erinnern konnte.

„Na dann, runter mit Euch, Backbord, die linke Tür, das ist Josis Zimmer, und mein Zimmer Steuerbord ist tabu für Euch, verstanden!"

„Ja klar, Michl, tabu, kein Problem", quittierte nur Uschi den Befehl von Michl.

„Da ist bestimmt die Hexenküche drin", flüsterte Walli, „die sollen wir wohl besser nicht sehen, hihi."

„Mensch, Walli, geh jetzt", sollte es endlich da runter gehen.

Sie war als erste gut unten angekommen, waren es doch 10 Stufen, die da tief hinunter gingen, hinunter unter die vordere Wohnung, deren kleiner Vorraum nur durch ein eisernes Oberlicht, ein Fenster zum Hochklappen, schemenhaft erhellt war.

Walli folgte unbeschadet und sie betraten ihr neues Reich, Josis Zimmer, mussten aber Licht machen, weil es ziemlich dunkel war hier unten. Da standen sie erstmal, Sichtkontrolle war angesagt.

„Uhi", war alles, was Walli sagen konnte, verriet nicht, was sie erwartet hat.

Der Raum war in der vorderen Hälfte sehr hoch, bestimmt drei Meter, da sich direkt darüber, das Deck befand. Und auch hier waren es an der Decke zwei Oberlichter, die wenig Licht in den Raum brachten. Beide wurden mit einem dünnen Seil, da sie so weit oben angebracht waren, nach oben gezogen und der warme Fahrtwind blies ein bisschen in die Kajüte. Hinter der crem-weiß getäfelten Wand links befindet sich die Außenhaut, die vordere Bordwand. Da sie sich im Vorschiff befanden, war diese, wie der Bug des Schiffes, sehr schräg.

Daran klebten die Poster, die sie nicht anfassen sollten. Josi ist also ein Bravo-Leser, stellten sie fest. Suzi Quatro vor allem, Tina Turner, Alice Cooper und andere, die sie nicht kannten, klebten an der Wand, kunterbunt und ihrer aller starrer Blick war ins Innere des Raums gerichtet.

Unmittelbar unter der Wohnung, dem kleinen Flur, Wohnküche und Bad, war der Rest des Zimmers. Der war bedeutend niedriger und dort stand ein Etagenbett. Große Menschen wie Michl mussten etwas gebeugt hineinkriechen, also höher als 1,70 Meter war es darunter nicht. An beiden Betten war an der Wand eine kleine Lampe angebracht, denn hier war es sogar jetzt am Tag ganz gewaltig dunkel. Abschließend am Bett war nochmal ein Schrank fest mit den Wänden verbaut. Und diese Wand hatte im Anschluss ein Tiefherft, worin der Trinkwassertank, die Wasserpumpe, Werkzeug und anderes gelagert waren.

„Du kannst gerne oben schlafen, Walli", war es für Uschi nun leicht zu sagen, denn die Möglichkeit, hier außer auf Papier gedruckten Gesichtern Interessantes zu entdecken, gab es hier in den Tiefen des Schiffes schon nicht mehr.

Hinter der Eingangstür stand ein Ölofen an der schrägen Wand, ein fest montierter Schrank mit zwei Türen, daneben ein kleiner Holztisch mit einer gepolsterten Sitzbank. Die rechte Schranktür hatte Josi verschlossen und so räumten sie ihre Sachen dieses Mal in einen anderen Schrank, dessen Rückwand schräg ist.

Alles war eingeräumt, die Betten gerichtet und beide legten sich jetzt dort hinein, um einfach mal zu testen, wie bequem die wirklich sind. Stille kehrte ein und Schweigen durchflutete den Raum. Nur das Plätschern des Flusses, das von außen durch die Fahrt des Schiffes nach innen drang, bot eine sehr angenehme Geräuschkulisse.

„Was plätschert denn da, dringt da irgendwo Wasser ein?"

Diese Frage hatte Uschi schon erwartet: „Fang jetzt bloß nicht schon wieder an, Walli. Deine nächste Station ist der Kettenkasten, das garantiere ich Dir."

„Nein, nein, das ist schön", konnte sie sich retten, „aber woher kommt das?"

Mit dieser beruhigenden Ansage für Uschi erklärte sie, weil sie es als Schifferkind einfach wusste, dass das Wasser sei, das durch die Fahrt des Schiffes an der Bordwand vorbeirauscht. Und sie berichtete gleich, dass das draußen auf dem Rhein manchmal sehr laut werden kann, wenn vor allem die Wellen anderer Schiffe auf die HELGA rumpeln.

„Aber wir fahren ja nachts nicht. Manchmal, wenn draußen viel Wind herrscht, dann hört man hier unten nur ein leichtes Greuseln, das ist aber ein sehr beruhigendes Geräusch. Unsere Schlafenszeit wird daher nicht bedroht sein."

Einiges konnte Uschi jetzt berichten, wo doch der Augenblick dazu passend war und sie durch ihren Vater und die Zeiten an Bord ein sehr ausgeprägtes Grundwissen über ein Schiff erfahren hatte. Womöglich wäre sie noch schlauer, wenn ihr Vater dabei geblieben wäre.

Auf den Betten lagen sie, die eine starrte an die Decke, nur kurz über ihr, die andere auf dem oberen Bettenrost. Warm war es und der Fahrtwind, der unterschiedlich stark durch die Oberlichter ins Zimmer strömte, fand nicht so recht den Weg dorthin in diese Nische, wo sie in ihrem Stockbett lagen.

Es klapperte manchmal dort oder da, was der Umdrehung des Motors geschuldet war. Walli bekam nun eine Intensivschulung verpasst, sollte alles fragen, was sie interessiert und Uschi wird versuchen, all das zu erklären. Denn Walli, die fand vieles noch komisch. Einige Worte wie Scherstock, Reibholz, Herft, Schwenkeimer und was ist der Unterschied zwischen Lukenbrett, Lukendeckel und Lukendach konnte sie sich selbst nicht erklären. Andere Worte, die für Dinge verwendet wurden, verstand Walli zwar nicht, aber sie erheiterten sie, Worte wie Jockel zu Beispiel.

Herft, Tiefherft oder Herfte? ...

Dieses Tiefherft, das sie gerade überschritten haben, ist ein schmaler und begehbarer Raum, der bis hinunter zum Schiffsboden reicht. Ein dunkler manchmal etwas miefender Raum, in dem man nicht gerade übernachten möchte. Seine ungefähre Höhe beträgt mindestens 3 Meter. Er reicht von der linken Bordwand bis zur rechten Bordwand, ist also genauso lang wie das Schiff breit ist, nämlich 8,20 Meter. Neben der Wohnung am Vorschiff, an der Backbordseite, ist dieses Herft über diese Luke und einer langen, fest montierten Leiter, die dort hinunter führt, begehbar. Ein Wassertank mit 3.000 Liter Frischwasser, das auch im Vorschiff zum Wassersparen auffordert, und die dazugehörige Trinkwasserpumpe ist dort unten ebenfalls installiert. Am Achterschiff gibt es kein Tiefherft, da ist das alles im Maschinenraum verstaut.

In den beiden Herften werden ganz oben am Rand auf einer Ablage am Eingang griffbereit diverse Schiffsmaterialien aufbewahrt: schmutzige Arbeitshandschuhe, Gummistiefel, Haken, Schäkel, Schöpfeiner, Wurfleine, Dinge, die man jeder Zeit schnell zur Hand haben muss. Auch eine alte Konservendose, darin Schmierfett mit einem Pinsel, womit hin und wieder die Poller eingeschmiert werden müssen.

Poller sind diese runden großen Dinger, worum die Seile und Taue gewickelt werden. Die Drähte oder Seile müssen an diesen Pollern immer gut flutschen können, wenn das Schiff daran festgemacht, abgebremst oder gestoppt wird. Ist der Poller staubtrocken, gelingt dies meistens nicht. Eine Aufgabe, für die ein hohes Maß an Feingefühl gefordert ist. Denn da ein Schiff im Wasser schwimmt und keine Bremsen hat, muss man es sehr bedacht mit Seilen zum Stehen bringen. Diese Seile können nicht jedes Gewicht tragen, ein plötzliches Festhalten würde jedes Seil zum Abreißen bringen und das Schiff würde einfach weiterschwimmen. Außerdem schützt dieses Fett vor Rost.

Selbst die Regenwürmer in der alten Dose zum Angeln kann man darin trocken aufbewahren. Im Steuerbordherft befindet sich ähnliches sowie zwei Reserve-Gasflaschen für den Kühlschrank, den Herd zum Kochen und den Durchlauferhitzer zum Spülen und Duschen.

Draußen an der Wohnung, die von den Schiffern Roof genannt wird, ist ein Kasten fest daran verschraubt. Und in diesem Kasten muss, wenn eine Gasflasche leer ist, eine neue volle Gasflasche aus dem Herft genommen und angeschlossen werden. Jetzt, wo Uschi und Walli auch noch bei Michl in der Wohnung leben, wird eine Gasflasche wahrscheinlich etwas schneller leer sein. Sie hält vielleicht nur zwei, statt drei Wochen. Herfte, diese Sturäume, zu Hause würde man wohl

Keller sagen, sind sehr wichtig auf einem Binnenschiff, gibt es doch so unendlich viele Dinge und Ersatzteile, die irgendwo aufbewahrt werden müssen, Dinge, die man jeden Tag oder immer mal wieder sehr dringend benötigt.

Abb. 030: Sogar Hühner hat man einst in einem Herft gehalten.
Vor allem der frischen Eier wegen.

Auf jedem Schiff gibt es daher mehrere Herfte, die vor allem Walli unbemerkt überschritten hat, denn die befinden sich im Laderaumbereich auch auf diesem Schiff unter dem Lukendach versteckt. Wenn man es einfach beschreiben soll, dann sind diese Herfte im Laderaumbereich so drei Meter breite Wannen, die so lang sind, wie der ganze Laderaum breit ist und zwischen den beiden Dennebäumen an Backbord und Steuerbord fest verschweißt sind. Zur Reserve befinden sich darin auch ein paar Straudielen, diese Bongossibretter, ein sehr hartes Holz, um damit den Laderaumboden reparieren zu können. Ansonsten sind da Besen, Schneeschieber und Schaufeln, Ersatzbesenstiele, Eimer, Planen zum Abdecken der Ladung, Farb- und Teereimer, Rollen, Pinsel, Quasten und anderes Zeugs eingelagert. Manchmal siedeln sich darin auch Mäuse oder Ratten an, daher müssen die Zugänge immer verschlossen bleiben.

Unter diesen Herften sind die Trennwände oder Schotten, welche die 4 Laderäume voneinander trennen. Die reichen hinunter bis auf den Schiffsboden. Dieses Schiff hat 3 Trennwände, also Schotten, worauf jeweils ein Herft verschweißt ist. Auf diesen Herften werden, wenn das Schiff zum Be- oder Entladen aufgedeckt werden muss, die einzelnen Lukendeckel gestapelt.

Lukendach, Scherstock und Merkling ...

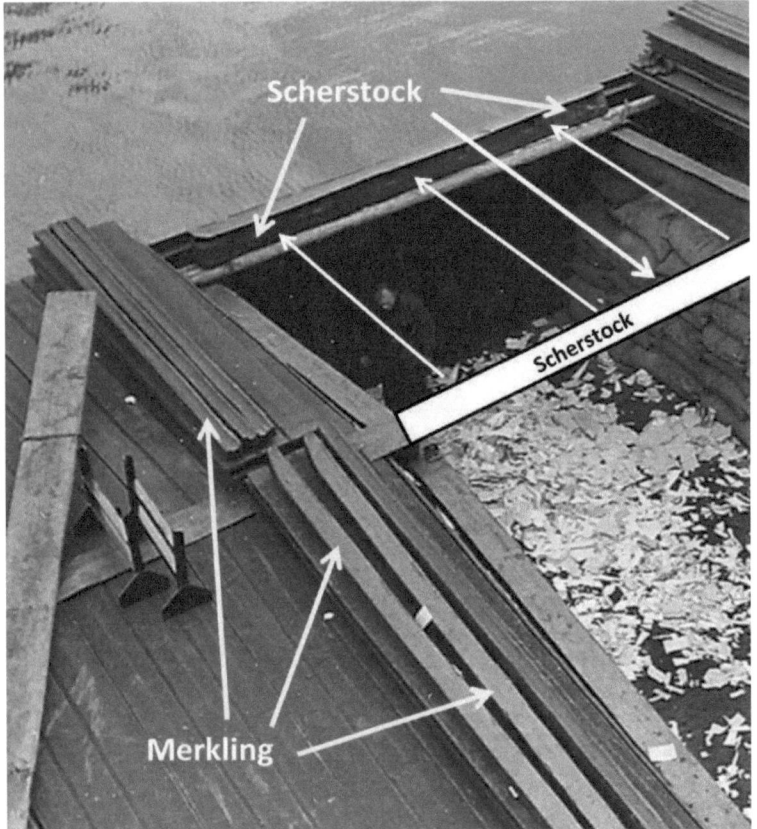

Abb. 031: Neben dem Laderaum liegen auf den Luken die Merklinge.
Der Scherstock wird, wenn das Schiff ausgeladen oder gelöscht wird, von der Schiffsmitte an den Dennebaum gezogen. So kann der Kranführer den Greifer des Krans ungehindert in den Laderaum absenken und der Scherstock wird nicht beschädigt.

Ein Lukenbrett oder Lukendeckel ist nur eines von vielen Luken. Das Lukendach ist die ganze Laderaumabdeckung. Die vielen Lukendeckel oder Lukenbretter, die sie nicht nur heute überschritten haben, sind sehr stabil und von beiden Schiffsseiten über die Laderäume gelegt. Sie sind in der Schiffsmitte in den schweren eisernen Scherstock hineingesteckt und liegen links und rechts eingekeilt auf dem Dennebaum auf.

Die HELGA ist 67 Meter lang und 8,20 Meter breit und hat einen Tiefgang bei maximaler Abladung von 2,60 Meter. In diesem Zustand, also voll abgeladen, hat sie knapp 970 Tonnen geladen.

Und Marta möchte die HELGA in absehbarer Zukunft um 13 Meter, auf 80 Meter verlängern lassen. Damit wird das Schiff rund 200 Tonnen mehr tragen können.

Die 4 Laderäume haben hintereinander, ca. eine Gesamtlänge von plus/minus 50 Meter und sind überwiegend so breit wie das ganze Schiff, also von Außenhaut zu Außenhaut fast 8,20 Meter.

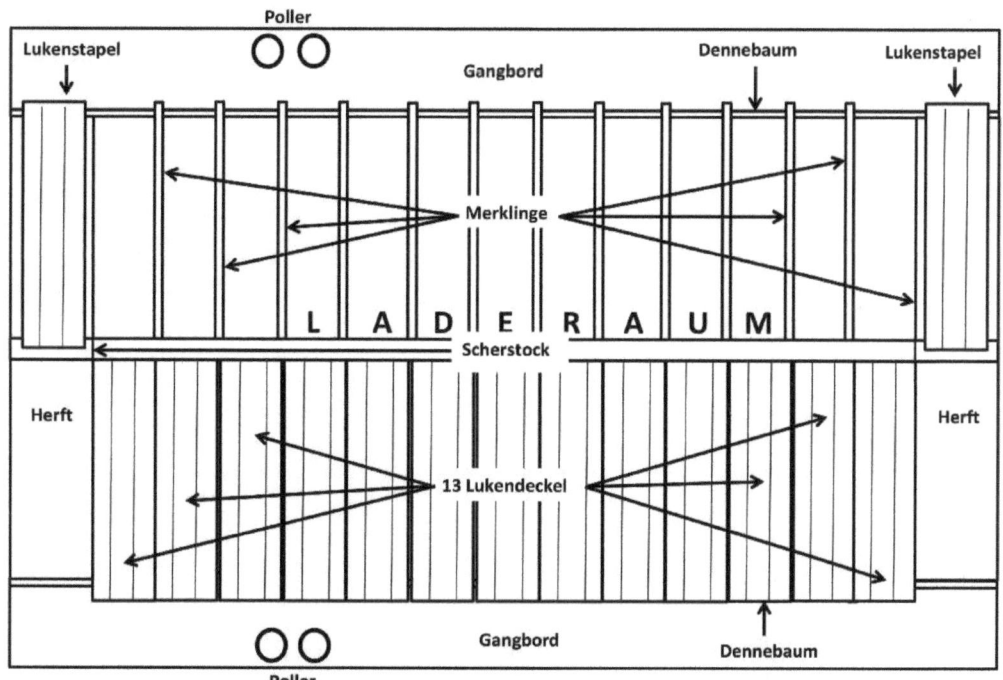

Abb. 032: Das Lukendach von oben.

Und damit die Ladung in den Laderäumen immer schön trocken bleibt, werden die Laderäume nach dem Beladen des Schiffes wieder zugedeckt. Es sind also mehrere Lukendeckel, sehr viele, alle sicher 3,40 Meter lang und so um die 80 Zentimeter breit. Insgesamt sind es 120 Stück. Sie müssen sehr mühsam und jede einzelne Luke in die Hand genommen werden, um die Laderäume zu öffnen. Der Schiffer sagt dazu „aufdecken" oder wenn der Laderaum verschlossen werden soll, dann nennt es sich „zudecken".

Es ist schon ein bisschen verständlich, dass dieser Beruf überwiegend von Männern ausgeübt wird, sind es doch so viele richtig schwere Dinge, die bewegt werden müssen. Aber was wäre die Schifffahrt ohne den Michl und Frauen wie Marta und ihrer Tochter Josi, die täglich beweisen, dass sie diesem Beruf sehr wohl gewachsen sind.

Uschi und Walli werden in den nächsten Tagen noch ein paar komische Namen und Bezeichnungen kennen lernen, die sie womöglich nie wieder verwenden werden, wenn diese Ferien beendet sind. Namen wie Scherstock, Merkling, Dennebaum, die sie gemächlich lernen zuzuordnen. Aber so viel muss man in zwei Wochen dann doch wieder nicht in Erfahrung bringen.

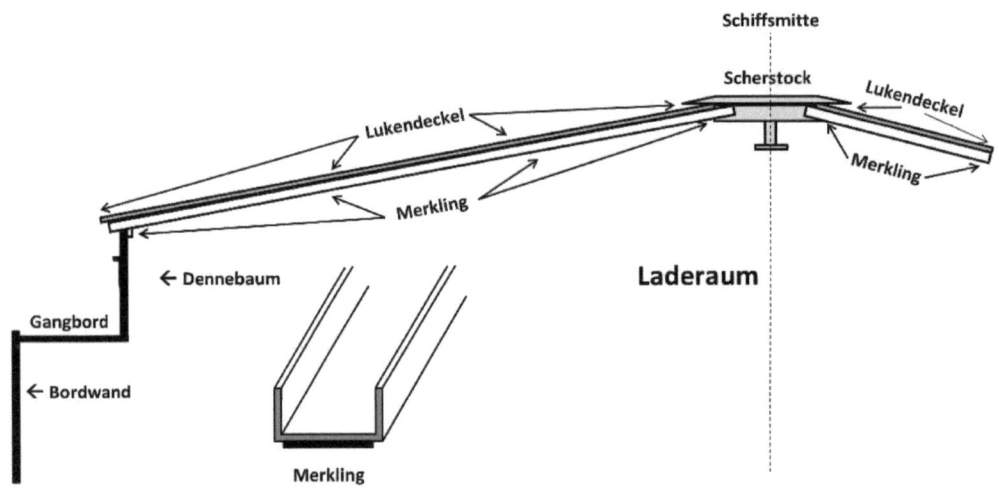

Abb. 033: Das Lukendach, Seitenansicht.

Vom gebratenen Mumpf, Mampfsalat und Pichelsteiner Eintopf ...

Bei all den Informationen, Fragen und Antworten sind die beiden mit schweren Augen richtig fest eingepennt. Die kurze und ruhelose Nacht hat ihren Tribut gefordert.

Der Michl schrie von oben herunter: „Was ist denn los mit Euch, was fault Ihr da in Euren Kojen, hier oben ist das Leben!"

Wie auf Kommando sprangen beide aus ihren Betten und stolperten die Treppe hinauf in die Wohnung.

Na ja, Wohnung? Es ist hier nicht so groß wie zu Hause. Man gelangte direkt von unten die Treppe rauf eher in eine Wohnküche. Der Boden ist zu zwei Drittel mit rotbraunem Stragula belegt, ein recht strapazierfähiger Fußbodenbelag. Das andere Drittel vor der Küchenzeile war schwarz-weiß gefliest. Eine Küchenzeile mit drei hellblauen Schubladen, wovon beim rechten Griff nur eine dicke Schraube als Nothilfe diente, um sie herausziehen zu können. Sie hatte drei Schiebetüren im Ober- und im Unterbau, oben die eine hellblau die andere beige, unten die eine beige, die andere hellblau. Auf der Ablage der weiße, blecherne Brotkasten, von dem an ein paar Stellen die Emaille abgeplatzt war, daneben die Spüle. Wie im Achterschiff für warmes Wasser aus dem Wasserhahn ein Vaillant-Durchlauferhitzer, darüber und seitlich davon eine Handflügelpumpe, wie hinten bei Marta grün lackiert.

Ein weißer Ölofen und Gasherd, ein hoher Gaskühlschrank, auf dem ein kleines Kofferradio dudelte. Neben dem Fenster, das ganz runtergedreht war, eine Eckbank mit roten Sitzpolstern, auf der ein Kissen lag, das wahrlich nicht dazu einlud, sein Haupt darauf zu betten, außer das von Michl. Das war so speckig wie ein ordentlich getränkter Putzlappen im Maschinenraum, mit dem man schon mehrmals das täglich herauslaufende schwarze Öl vom Motor gewischt hatte.

Ein eckiger Tisch mit übervollem Aschenbecher und einer halb weggerauchten Kippe, Tabakkrümel und Streichhölzer neben einer Pfeife, die Michl wohl hin und wieder rauchte. Eine sehr oft benutzte Kaffeetasse mit markanten braunen Kringeln darunter. Ein Stuhl mit roten Sitzpolstern, dahinter an der Wand, die fast wie weißer Marmor aussieht, ein Abreißkalender, der ein paar Tage überfällig ist.

In der Mitte platziert ein großes Poster von einem recht interessanten, blonden und adretten Mann, der, wie darauf beschrieben, Steve McQueen hieß, welches Walli nicht so schnell aus den Augen lassen wollte.

Man fand es in dieser kleinen Wohnung, ohne sich darüber auszutauschen, einfach nur gut bewohnt, sie wirkte lebendig und es störte keine der beiden, so wie es ist. Walli war zu sehr beeindruckt und wagte es nicht, nach einem Fernseher zu fragen.

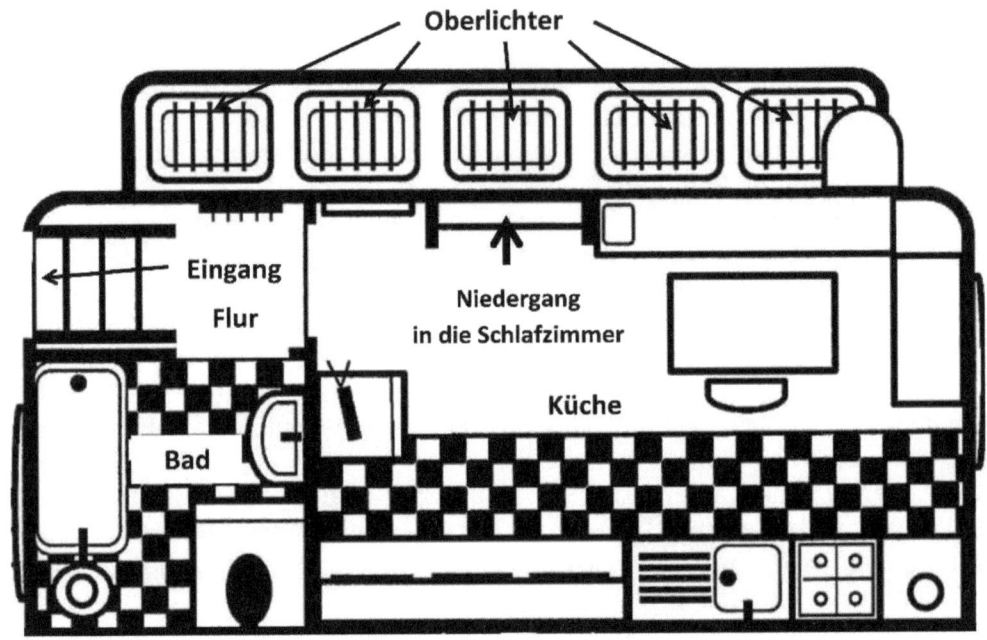

Abb. 034: Wohnung im Vorschiff über Deck, Draufsicht ohne Dach.

Es duftete überall nach gedünsteten Zwiebeln. Michl stand ganz locker in einer Art Unterhemd und der schon bekannten Hose an der Anrichte, schälte bedächtig Kartoffeln und blickte nur mal kurz hinter sich.

Ganz trocken wie immer sprach sie: „Naaaa, Walli, haste auch so einen schönen Papa?"

Uschi wendete sich ab und musste sich vom pustenden Lachen den Mund halten.

„Was? Äh, neiiiin oder ja, doch, na klar! Meinen Papa hast Du doch kennengelernt, phhh, der ist auch viel schöner als der Mann hier", schaute noch einmal auf den Schriftzug, „wie heißt der da, Steve McQueen, der hat ja nicht einmal Bartwuchs." Und sie wurde ein bisschen frech: „Aber Ihr Papa ist das bestimmt auch nicht, eieiei, oder?"

Michl drehte sich um, beugte sich ein wenig zu Walli hinunter, so dass ihre Zöpfe schön an ihr herunterbaumelten und worauf hin auf einmal ihr Busen ihr

Unterhemd ausfüllte, was aber keinen störte, und sagte: „Ich bin der Michl, guten Tag", wollte nur daran erinnern und fragte noch, „soll ich den Steve besser abnehmen, nicht dass Du hier die nächsten zwei Wochen kleben bleibst, schaust ein wenig so aus, als ob Dir mein Steve ganz besonders gut gefällt."

Verschämt wendete sich Walli ab, rief laut: „Waaaas, das ich nicht lache", und Uschi kriegte sich nicht mehr ein ...

Doch Michl hatte Verständnis, für ihren starren Blick nach ihrem Steve.

„Aber sagt mal, Kinder", richtete sie sich auf und zeigte mit dem Schälmesser auf dieses Poster, „das ist doch ein toller Mann, oder?"

Denn auch wenn dieses Poster ein bisschen vergilbt vom Zigarettenqualm schon in die Tage gekommen ist und Steven McQueen heute nur wenig Jahre jünger ist als sie selbst, war sie schon immer ein Fan von ihm. Mit dem Bekenntnis, dass dieser Steven wohl ein viel zu alter Mann ist, aber irgendwann davor mal ein bildhübscher Mann war, wurde dieses Thema abgeschlossen.

Uschi kannte Michls brummelnden Humor, verstand sie heute nach den vergangenen vier Jahren noch viel besser und jetzt gerade, wo es auch noch so duftet, gefiel es ihr auf einmal hier im Vorschiff bei Michl in der Wohnung.

„Was gibt es denn heute bei Dir, ähhh, Michl?", verstand auch Walli den eigentlich ganz lustigen Michl.

„Frisch gebratener Mumpf mit Mischgemüse und Mampfsalat und zum Nachtisch Maul und Klauenseuche. Nichts für Euch, Ihr esst doch bei Marta hinten."

„Das ist aber schade", wollte Uschi was dazu sagen, „hört sich sehr spannend an."

„Ihr solltet langsam mal nach hinten gehen", empfahl der Steuermann sachlich, schwang so mit dem Kartoffelmesser, „habt Euch den ganzen Vormittag in der Bude vergraben, drei Schleusen verpennt, wo gibt es denn sowas. Die Sonne scheint und ich will heute Nachmittag an den Luken weitermachen", wussten beide, was zu tun ist und was indirekt zu tun sein wird.

Also auf zum Achterschiff. Auf dem Weg dorthin war Josi auf dem Lukendach mit einem Tuch unter den Knien am Arbeiten.

„Wie weit ist sie denn? Mensch, hab ich einen Kohldampf", wollte sie wissen, was Michl mit dem Essen macht.

Im Vorschiff war es so geregelt, Michl macht das Mittagessen, sie den Abwasch, Frühstück oder Abendbrot macht sich jede selber.

„Der Mumpf muss noch in die Pfanne oder sowas", haute das auf einmal Walli raus, worauf auch Josi lachen musste und Uschi war sprachlos, dachte erneut, was ist denn nur mit Walli los?

„Was ist denn Mumpf?", wollte Walli jetzt aber schon wissen.

„Hackbraten, nichts weiter als Hackbraten, hahaa, der Michl", schüttelte sie den Kopf und lachte, die Josi, und kratzte weiter an einem Lukenbrett herum.

Genaues konnten sie also nicht berichten und Uschi sprach noch beim Weiterlaufen: „Sieht aber lecker aus, dürfte nicht mehr lange dauern."

Kaum waren sie an Josi vorbeigelaufen, der Fahrwind wehte ihnen etwas durch die Haare, wurde Walli wieder mutig: „Das wird bestimmt so ein Braten mit Spinnenbeinen, Rabenfedern, Froschaugen und Mäuseschwänzen, ganz nach einem Rezept aus Wulpabrodakandas Hexenkochbuch, hihi."

Uschi schubste sie daraufhin ein bissen vor sich her und wieder war beiden zum Lachen zu mute.

Marta hatte vom Steuerhaus die mittlere der drei Frontscheiben hochgekippt und winkte den beiden mit drohendem Zeigefinger zu, rief aus dem Fenster: „Hört ihr wohl auf, hier wird nicht geschubst, kommt mal nach oben", aber sie wären sowieso zu ihr hinaufgegangen.

„Hallo Schiffmann", sprachen sie ungewollt im Chor.

Forsch meinte Marta: „Auf einem Schiff schubst man nicht, das ist gefährlich", war aber sofort wieder ganz ruhig. „Seid Ihr denn jetzt ausgeschlafen? Wie kann man denn so lange schlafen am helllichten Tag? Scheint doch zu funktionieren da vorne. Ihr müsst jetzt mal sehen, unten auf dem Herd steht ein großer Topf Pichelsteiner Eintopf. Den werden wir zuerst essen, den hat mir Franz gestern noch an Bord gebracht, als er die Wäsche geholt hat. Mein Franz ist ein großartiger Koch. Da können wir zwei Tage dran essen. Fleisch ist genug drin. Wir müssen ja mal sehen, wie wir unseren Frauenhaushalt da unten aufteilen. Wer von Euch schafft es denn, den warm zu machen?"

Blicke trafen sich, die eine schien auf die Antwort der anderen zu warten.

„Also macht mal, wird schon werden", entschied Marta, „nach der nächsten Schleuse kann Michl festhalten und ich komme kurz runter zum Essen, also Abmarsch", waren alle Unklarheiten erledigt.

In der Küche wollte Walli wissen, was denn Michl festhalten soll. Schnell war ihr beigebracht, dass man das so sagt, wenn man einer anderen Person das Ruder übergibt, damit diese Person weiterfährt, wenn man selber mal auf Toilette muss, oder etwas essen möchte. Das hatte Walli wahrscheinlich verstanden und so begann nun die große Kochaktion, wovon Walli schon wieder absolut keine Ahnung hatte.

„Weißt Du, wie das geht, Uschi?", fragte sie peinlich.

Für Uschi, der Ältesten von drei Geschwistern, kein großes Problem und Walli bekam auch noch eine Pichelsteiner-Eintopf-Warmmach-Schulung.

Mit dem Gasherd gerieten sie ins Stocken. Keine dieser Familien hatte zu Hause einen Gasherd. Also ging Uschi nochmal nach oben, um das in Erfahrung zu bringen.

„Marta hat mir alles erklärt", war sie sicher, alles verstanden zu haben. „Wir sollen die Flamme nur halb aufdrehen, nur die Hälfte warm machen und dazu den kleinen blauen Topf nehmen, den sie unter der Spüle fanden. Unten sollen wir bisschen Wasser reinmachen und hin und wieder umrühren, ganz einfach."

Abb. 035: Der blaue Topf.

Genauso wurde es nun gemacht und nach paarmal Probieren haben sie sogar den Herd angebracht.

„Ich rühre, Du deckst den Tisch", hat Walli die Arbeit verteilt.

In diesem Augenblick kam auf die HELGA ein Schleppboot mit einem Schleppkahn im Anhang zugefahren, was Uschi beim Tischdecken durch das offene Küchenfenster sehen konnte.

„Schnell, Walli, schau, so ein Schiff das da hinten dran hängt, hat mein Opa Roland gehabt, es hieß TIEFENTAL", und spritzte aus der Wohnung an Deck, wollte das unbedingt genauer anschauen. Sie wollten unwissend das sehen, was sie in diesen Ferien gar nicht mehr so oft zu sehen bekommen werden. Denn die Schleppschifffahrt neigt sich dem Ende entgegen und nach vielen, vielen Jahren wird sie immer mehr durch die Motorschifffahrt ersetzt. Walli hetzte hinterher, wollte das auch sehen.

„Du sollst doch rühren, Walli", sprach sie noch an der Schanz, dem äußersten Rand des Achterschiffs stehend.

„Ich hab ganz klein gedreht, da kann nix passieren", und so staunten sie nicht schlecht, wie dieses Gespann immer näher kam und beide winkten vor Begeisterung.

Abb. 036: Ein kleiner Schleppverband.

„Mensch Du, das war noch Schifffahrt", musste Uschi angeben, „stell Dir vor, vor über sechzig Jahren ist mein Opa noch getreidelt!"

„Gewas?", fragte Walli.

„Na, getreidelt ist er!", hatte Uschi nicht daran gedacht, dass die Eußenheimer Dorfpflanze nichts davon wissen konnte. „Er hatte sein eigenes Pferd, das seine Frau, meine Oma Helga, an Land führte und das Schiff so gezogen hat, Wahnsinn, oder? Mein Papa und Tante Marta waren da noch ganz klein."

So schwärmte das Mädchen von der guten alten Zeit, die sie nur aus Erzählungen und ein paar alten vergriffenen Fotografien von ihrem Vater kannte. Innerlich betrauerte sie in diesem Augenblick, dass ihr Vater keinen Draht mehr zu Tante Marta und diesem Schiff findet, müssten doch ihre Kindheitserinnerungen einzigartig gewesen sein.

Sie sind schon ganz zum Heck des Schiffes vorgedrungen, um so lange wie möglich dem Schleppverband nachzusehen. Wäre er doch glatt unbemerkt vorbeigefahren, wenn die Schiffsbegegnung nicht Backbord an Backbord gewesen wäre, die Seite, wo das Küchenfenster sich befindet.

Da schrie Walli auf einmal: „Scheiiiiße, Uschiiii!"

Sie fing an zu rennen. Aus dem Fenster der Wohnung qualmte es, Uschi hinterher, schnappte sich ein Geschirrtuch, nahm den fast brennenden Topf, rannte wieder raus und ließ diesen einfach in die Fluten des Mains fallen.

„Mensch, Walli, Du blöde Nudel", rief sie, als sie wieder rein kam, „Du hast die Flamme nicht ganz klein, sondern ganz groß gedreht, da wird sich Marta aber freuen."

Walli war fix und fertig.

„Neiiin, so ein Mist und jetzt?"

Guter Rat ist teuer, die Schleuse war schon in Sicht, in spätestens dreißig Minuten will Marta was auf dem Tisch stehen haben und sie hatten auch Hunger. Sie entschieden sich, das warm zu machen, was in dem anderen Topf für morgen Mittag gedacht war, Hauptsache, es gibt erstmal was.

Der Fahrtwind hat die Wohnung ordentlich durchgeblasen und sehr sorgfältig war Walli bemüht, die Portionen für den folgenden Tag schon für heute umzurühren, dieses Mal auf kleiner Flamme. Als die HELGA aus der Schleuse ausgefahren war, kam Marta nach unten. Nur ein bisschen rümpfte sie die Nase, war sich nicht ganz sicher, was genau es da zu riechen gab, denn sie schwieg darüber.

Den Tisch fand sie sauber gedeckt vor. In der Mitte auf einem Brett der Topf mit dem Pichelsteiner Eintopf von Onkel Franz.

„Jetzt habt Ihr ja doch alles warm gemacht", fiel Marta auf, „na ja, egal jetzt, ich hab Hunger wie ein Galeerenruderer, mach mal voll den Teller."

Uschi nahm die Schöpfkelle und packte allen einen schönen Haufen auf den Teller und es schmeckte hervorragend. Als Marta ihren Teller leer hatte, wollte sie mehr, erhob sich und sah enttäuscht in den leeren Topf.

„Hmmmmm, das ist ja komisch, schon alles leer, ich hätte schwören können, dass es für zwei Tage gereicht hätte. Na, dann wird sich für morgen etwas anderes finden, mein Mann und Deine Mutter haben uns ja gut eingedeckt."

Marta forderte bei ihrem erneuten Erscheinen, eine saubere Küche vorzufinden, und ging wieder nach oben ins Steuerhaus.

„Das war aber knapp, sie hat nichts bemerkt", lachten sie über das gerade geschehene Missgeschick.

Sicher wird sie irgendwann den einen Topf vermissen. Aber woher sollen sie, die doch gerade den zweiten Tag an Bord sind, wissen, wo dieser Topf geblieben ist?

Persenning, Braunteer und Kohleteer sowie Schöpfeimer ...

Das letzte Klimpern des nun sauberen Geschirrs war gerade verstummt, bis auf den einen Topf, der leider verloren ging, da rief Josi zur Türe herein: „Hejoh, Kinder, na, was macht Ihr?"

Auf diese Frage aber wussten beide noch gar keine rechte Antwort, da noch kein Plan für den heutigen Tag erstellt gewesen ist.

„Hallo Cousine, ähhhh, nichts Besonderes. Wir haben gerade Reinschiff gemacht", wurde die Frage von Uschi beantwortet.

„Michl meint", nannte Josi die Schuldige, „ich soll Euch mal an Deck holen, die hat Arbeit für Euch."

Mehr wollte sie aber nicht verraten. So tingelten die beiden mit den Armen eingehakt Josi hinterher und die ging direkten Fußes auf das Lukendach auf die Schiffsmitte zu. Dort war eines der Herfte geöffnet, in dem der Michl hineingestiegen war und bis zum Hals drinnen steckend fast nicht zu sehen gewesen ist. Sie hatte sich aus einem weißen Lappen eine Kopfbedeckung geknotet, die schon ordentlich durchgeschwitzt den einen oder anderen Tropfen Schweiß über ihr Gesicht rinnen lies.

Wäre das Tuch schwarz gewesen, dazu vielleicht noch eine Augenbinde rechts, hätte ihre Ähnlichkeit gegenüber einem Piraten sichtlich Form angenommen. Und doch konnte es sich Walli nicht verkneifen, denn sie sah den Michl etwas anders. Sie strecke ihren Kopf zu Uschi hin, um ihr mit verstellter Wulpabrodakanda-Stimme zuzuflüstern: „Knusper, knusper, Häuschen, was sucht die denn da unten, Mäuschen? Sicher frische Ratten für heute Abend, sieht sie nicht unheimlich aus, wenn da nur dieser Wulpikopf aus diesem Kerker zu sehen ist?"

Doch das kurze Getuschel und lauter werdende Lachen wurde jäh unterbrochen, denn Michl rief: „Sooo, ihr Hühner, was gibt es denn da zu gackern?"

Auch wenn sie selber, warum auch immer, ein bisschen ihr Gesicht zu einem inneren Grinsen verzog, wurde sie sogleich wieder streng.

„Also, Freunde der Süßwasserkapitäne, kommt mal ran hier", rief sie schon, als sie die drei anmarschieren sah. „Jetzt wird mal ein bisschen gearbeitet für Fleisch und Brot", sprach sie, „wer essen will, muss hier arbeiten. Die Luken über unseren Laderäumen sind dieses Jahr fällig. Da muss ein bisschen geflickt werden und der Teer fließt so richtig schön bei der Hitze. Ist ganz einfach, die Josi zeigt Euch alles!", und reichte diverses Werkzeug aus dem Herft heraus.

Josi musterte die beiden von Kopf bis Fuß und schüttelte den Kopf.

„Mensch, Michl, schau Dir doch mal die beiden an, in kurzer Hose, barfuß und Schlappen an den Füßen, das ist ja nicht so geeignet für diese Arbeit."

Josi und Michl hingegen trugen lange, schon ordentlich verdreckte Hosen, Michl mit Hosenträger, Josi mit einem Stück Flaggenleine um die Hüfte als Gürtelersatz zusammengeknotet. Der schmutzigen Arbeit gerecht hatte sie ein schwarzes Stirnband um ihre Stirn geknotet. Sie hatte festes Schuhwerk an und der Hitze wegen flatterte im warmen Wind nur ein T-Shirt an ihrem Oberkörper. Indessen wurde dennoch die Arbeit verteilt. Josi robbte auf Knien von einer Luke zur anderen und kratzte an manchen Stellen mit einem Kratzeisen und einem Stechbeitel den lose gewordenen Teer ab. Walli und Uschi haben beide einen Drahtschrubber in die Hand gedrückt bekommen und sollten damit auf den Luken, einfach mal so, überall mit ordentlich Druck drüberbürsten, damit alles weitere Losgewordene auch noch entfernt wird.

Die Übergänge oder Stoßkannten der drei nebeneinander genagelten Bretter pro Lukendeckel sollten sie mit einer Drahtbürste nochmal gesondert durch festes Bürsten bearbeiten. Der Michl kam auf Knien mit einem Handfeger hinterher, kehrte diese Stoßkanten schön sauber ab und beurteilte, ob die noch gut genug, aber vor allem dicht waren. War eine Stoßkante im Verdacht, nicht mehr dicht zu sein, nagelte er einen Streifen graubraune Persenning darüber, eine Art Segeltuch, das auf einer Rolle so 10 Zentimeter breit gewesen ist. War die undichte Stelle zu breit, stopfte er mit einem Spachtel in diese Spalte ein paar Fetzen Persenning oder Garn hinein, bevor sie einen Streifen Persenning auf die richtige länge abschnitt und dieser dann darüber genagelt wurde.

Zuvor aber holte sie erst noch aus einem schwarzen Blecheimer mit ihren schwarzen Handschuhen eine noch schwärzere Quaste, eine Art Bürstenpinsel heraus und schmierte die abgedichtete Stelle schön satt mit Braunteer ein. Darüber, auf die satt getränkte Braunteerstelle nagelte sie endlich einen passgenauen Streifen Persenning mit Dachpappennägeln fest. Zu guter Letzt wurde dieser braungraue Streifen noch einmal mit Braunteer übertüncht.

Je nach dem, aus welcher Richtung an diesem Tag der Wind kam, roch es mal mehr, mal weniger, wie an einer Straße, die gerade geteert werden soll. Wenn alles fertig ist, die Dichtarbeiten abgeschlossen sind, irgendwann in den nächsten Tagen oder Wochen, soll das ganze Lukendach mit Kohleteerlack übertüncht werden. Der ist schön schwarz und glänzt auch eine gewisse Zeit lang.

Die Dichtarbeiten gingen ein paar Stunden gut voran und die Füße der Mädchen wurden durch das Bürsten und den aufwirbelnden Teerstaub schwärzer und schwärzer und der Rest vom schwitzenden Körper, selbst ihre blonden Haare, nahmen auch gemächlich mehr Farbe an. Und ihre Augen, die strahlten aus ihren schwarzen Gesichtern hervor.

Dann ein Schrei über das ganze Schiff.

„Michlllll", schien Marta ein wenig erregt, „das reicht jetzt!", schrie sie.

Alle ließen ihre Werkzeuge fallen, gingen nach hinten und blieben auf den Luken vom letzten Laderaum vor dem Steuerhaus stehen. Eine alte und zwei kindlich schwarze Visagen blickten hinauf ins Steuerhaus, wo Marta mit ihrer Schifferkappe auf halb acht aus der hochgeklappten Fensterscheibe herausgerufen hatte. Sie waren noch gar nicht ganz an Ort und Stelle, da ging es auch schon weiter.

„Mensch, Michl, schau Dir mal die beiden an! Die sehen aus wie Schweine, schwarz wie Schornsteinfeger. Beide mal hoch zu mir ins Steuerhaus!", sprach sie streng.

Uschi und Walli stiegen hinauf ins Steuerhaus, wollten gerade eintreten, da rief Marta: „Ne ne, bliebt Ihr mal vor der Tür, Ihr beiden Teerschweine, saut mir mein ganzes Steuerhaus ein", setzte ihr Steuerrad fest, damit das Schiff schön weiter geradeaus läuft und trat an die Tür heran. „Meine Güte, seht Ihr aus", schüttelte sie augenscheinlich amüsiert den Kopf, „eieiei, nicht ganz so schlimm wie Dein Vater damals, aber fast so schwarz. Geht und macht Euch sauber, bevor Ihr Euch noch einen Kohlteerbrand holt", befahl sie.

Weder Uschi noch Walli wussten, was das genau bedeuten soll, wussten weder von ihrer farblichen Veränderung noch waren sie erschöpft und lustlos daran, diese Arbeit weiterhin zu verrichten.

Und Uschi fragte: „Ähhhh? Schwarz wie mein Vater? Wieso wie mein Vater?"

„Ach, das hat er Dir wohl nicht erzählt, mein lieber Bruder, war ihm wohl peinlich, haha, das kann ich mir vorstellen. Aber macht Euch erstmal sauber, dann kommt Ihr nochmal rauf, dann erzähl ich Dir die Geschichte, wie Dein Vater in nur Sekunden dunkler wurde wie der dunkelste Afrikaner", drehte sich dabei in die Nock und rief dem Michl auf dem Lukendach zu, „Nu seh mal zu, dass Du die wieder sauber bringst, die beiden Dreckspatzen, haha, na ja, schwarz wie Spatzen sind sie ja fast."

Michl, die Frau fürs Grobe, war zwar einsichtig, brummelte aber vor sich her: „Na, dann hol ich mal die Pütz und Seife", und „was soll denn aus den Mädels mal werden, wenn sie sich nicht mal dreckig machen dürfen", wusste aber, warum sie das nicht allzu laut sagte.

Sichtlich amüsiert machte sich Josi wieder auf zu ihrer Arbeit und die drei begaben sich nur ein paar Meter weiter nach Achtern auf das Trunkdeck unter dem Steuerhaus.

Michl kam mit der Pütz oder dem Schöpfeimer, einer etwas größeren Blechwanne und gelber, gelartiger Schmierseife in einem kleinen Behältnis und fragte erst: „Und, merkt Ihr schon was?", während sie die Blechwanne klimpernd an

Deck stellte, eine Hand voll Schmierseife hinein klatschte und mit dem Schöpf-eimer ein paar Eimer Wasser aus dem Main holte, um diese in die Wanne zu kippen.

Abb. 037: Mit dem Schöpfeimer wird Wasser aus dem Fluss geholt.

„Setzt Euch mal da hin", deutete sie auf die zweistufige Erhöhung, dem Trunk-deck zum Steuerhaus hinauf, „und die schwarzen Füße mit samt euren Schlappen rein da in die Wanne, die trocknen ja schnell wieder", kommandierte Michl.

Die beiden saßen so eng nebeneinander, sahen sich an und traten in das wohlfühlende kühle Nass in dieser Wanne. Aber was genau, wird das jetzt wohl alles werden?

„Was sollen wir denn bemerkt haben, dass wir schwarze Füße haben?", fragte Walli.

„Nein, Du Dussel! Brennt da irgendwas auf der Haut, an den Füßen, Beinen oder im Gesicht und Armen?"

Sie standen vor einem Rätsel.

Uschi wollte aber unbedingt wissen: „Neee, da brennt nichts, aber was war denn nun damals mit meinem Vater, Michl, kennst Du die Geschichte?"

Sie aber musste verneinen: „Das muss wohl gewesen sein, bevor ich auf der HELGA anmusterte. Ich habe keine Ahnung, was Marta meint, das will sie Euch ja gleich erzählen. Aber macht Euch erstmal sauber. Bedenkt mal lieber, Sonne und Teer vertragen sich nicht auf Dauer", bekamen sie endlich eine Erklärung. „Wenn der Teer zu lange auf der Haut bleibt, dann kann das so ein paar rote Flecken geben und auch zu brennen anfangen, ähnlich wie ein Sonnenbrand, manchmal nur noch schlimmer. Nicht umsonst nennt es sich Kohlteerbrand. Darum haben Josi und ich auch lange Hosen an. Also, nehmt ordentlich Schmierseife und wascht das mal ab. Und die Schuhe auch gleich mit. Nehmt frisches Wasser, wenn das da drin zu schwarz wird. Weißt ja noch, wie das geht mit der Pütz, oder Uschi?", und übergab ihr den Schöpfeimer.

Uschi ließ aber nicht locker, da war noch was mit ihrem Vater und Marta. Michl kennt Marta schon so viele Jahre, die muss doch irgendwas wissen.

Nun wollte sich Michl nicht mehr nerven lassen und sagte: „Na gut, aber so wirklich viel weiß ich wirklich nicht und eine Teergeschichte kenne ich überhaupt nicht, dass muss Dir schon Marta erzählen."

Sie hatte schon lange bemerkt, wie sehr es Uschi beschäftigt, so wenig über diese Geschehnisse von damals zu wissen.

Marta stand oben im Steuerhaus und schob die HELGA durch den Fluss, die beiden saßen auf dem schön gewärmten Trunkdeck im Schatten des Steuerhauses und Michl setzte sich gemütlich daneben. Die schwarzen Mädchen-Füße und -Zehen spielten im kühlen Schmierseifen- oder Mainwasser in dieser Blechwanne. Aufmerksam hörten sie dem Michl zu.

„Also, wie ich auf die HELGA kam. Ich kam an Bord, als Dein Vater an Land gegangen ist. Das war, glaub ich, noch vor Deiner Geburt, 1960 im Herbst, wenn ich mich recht erinnere. Ich bin also nie mit Friedrich zusammen gefahren und Deine Tante war ja nicht so sehr gesprächig über das, was vorgefallen war. Ich weiß nur noch, dass sie eine ganz schön lange Zeit daran zu knabbern hatte. Immerhin hatte sie zusammen mit Deinem Vater die HELGA, ich glaube, nur ein paar Jahre vorher gekauft und da waren noch ganz schön Schulden drauf. Marta wirkte mehr verzweifelt als böse, konnte gut verstehen, dass Friedrich an Land wollte, was nichts daran änderte, dass der Familienbetrieb in dieser Zeit auseinandergefallen ist."

Und Michl erzählte weiter, dass sie damals irgendwann nach dem Krieg, als die Schifffahrt wieder richtig Fahrt aufgenommen hat, so Anfang 1949, auf einem Räderboot, einem Schaufelraddampfer gefahren ist. Arbeit an Land zu finden war schwierig und sie als noch junge Frau mit 38 wagte es einfach mal, in die Schifffahrt zu gehen. Damals war sie noch Köchin, hätte nie daran geglaubt, irgendwann mal Matrosenarbeiten zu verrichten. Auf diesem Schiff waren sonst nur Männer an Bord, vom 14-jährigen Schiffsjungen bis zum uralten aber sehr erfahrenen Kapitän. Da waren manchmal 10 und mehr hungrige Mäuler zu stopfen. Uschi und Walli wurden sehr aufmerksam und lauschten Michls Geschichte.

„Alsoooo, ich weiß nicht", wuchs etwas Skepsis bei den Mädchen, „als einzige Frau auf einem Schiff mit lauter Männern?"

„Aaaaach", winkte Michl ab, „das waren alles nette Jungs, die wollten doch gut versorgt werden, immer pünktlich etwas auf dem Tisch haben, die waren alle sehr nett. Nur einmal musste ich mich mal durchsetzen, als mich so ein Rüpel beim Essenservieren angrapschte, den habe ich dann meine Schöpfkelle über die Birne gezogen, dass man glaubte, die Feuerglocke hat geläutet, und schon war wieder Ruhe im Schiff."

Man konnte es nicht sehen, aber insgeheim fühlen, dass die beiden mit einem Lächeln über den Schöpfkelleneinsatz immer mehr Sympathie für Michl fanden. Und die erzählte unbeirrt weiter.

„Eines Tages war mal Not am Mann, es fehlte in der Besatzung jemand für die Decksarbeit. Sehr viele Männer kamen nicht mehr nach Hause, einige waren noch in Gefangenschaft. Der Käpt'n wollte dann von mir wissen, ob ich es mir vorstellen könnte, mal mit anzupacken, leichte Arbeiten, was eben so verrichtet werden muss auf einem so gewaltigen Schiff. Und Ihr werdet es nicht glauben, das hat mir so gut gefallen, dass ich mich dann entschlossen habe, Matrose werden zu wollen. Eine wirklich sehr anstrengende Arbeit, aber etwas ganz anderes, als ständig einen halben Zentner Kartoffeln zu schälen, zwanzig Zwiebeln und Gemüse zu schneiden oder fünfzehn Fische oder 10 Hühner zu braten, täglich am frühen Morgen Brot zu backen, Unmengen von Geschirr zu spülen, das Aufräumen danach, das war schon auch sehr anstrengend. Ich bin um 5 Uhr in die Kombüse, oder die Küche und erst spät am Abend, zu oft nach 20 Uhr wieder raus. Also gut, mit dieser Veränderung saß ich ab sofort mit in der Messe, den Raum, wo die Männer gefüttert wurden, und ließ mich von einer neuen Köchin verwöhnen. Einer der Kollegen meinte dann, dass ich als Michaela an Deck ein bisschen verwirrend klinge, wo beim Klabautermann gibt es denn eine Michaela an Deck. Und so machten die Männer aus meiner Michaela den Michl, was mich überhaupt nicht störte, sogar ein wenig stolz machte. Ich weiß gar nicht mehr, wann ich das letzte Mal mit Michaela angesprochen wurde. Ich wurde also Matrose und dann nach ein paar Jahren Steuermann."

Und da kam ihr dann nach vielen Jahren zu Ohren, dass eben ein Matrose oder Steuermann für die HELGA gesucht wird. Ihr Raddampfer und die HELGA lagen zu diesem Zeitpunkt beide im Hafen Neuss und als sie da so vorbeilief, dachte sie, schau an, da liegt ja die HELGA, ein fast nagelneues Schiff, kein Kohledreck mehr, keine Schmiererei mehr, keine schweren Drähte mehr, das wäre doch mal was ganz neues. Ging sie doch schon auf die fünfzig zu. Als Frau auf einem Schiff anzuheuern war damals noch voller Widerstreit, mehr als es heute noch ist.

Und so rief sie einfach von Land aus hinüber zu den beiden Menschen an Deck, die da standen: „Ist das noch aktuell mit dem Matrosen bei Euch? Ich wusste gar nichts davon, dass Marta der Kapitän von der HELGA ist oder werden soll, da doch Dein Vater zukünftig an Land arbeiten möchte."

Dass die beiden, die da standen, Geschwister waren, das wusste Michl zu dem Zeitpunkt auch noch nicht. Viele, sehr viele Schiffe kennt Michl beim Namen, schon aus der Ferne erkennt sie fast alle. Aber die Besatzungen, viele Tausend Menschen auf all diesen Gewässern, die kann sie unmöglich alle kennen.

Aber sie riefen beide zurück: „Ja, das ist noch sehr aktuell, komm doch mal an Bord!"

Ohne große Bewegungen saßen Uschi und Walli weiter auf diesen Stufen und lauschten gebannt Michl ihrer Erzählung.

Michl ging dann im Hafen Neuss über eine Laufplanke hinweg einfach an Bord und sie haben sich gegenseitig vorgestellt. Sie trug schon damals diese Schiffermütze, so eine ähnliche wie Friedrich und Marta eine trugen. Keiner von den dreien hat also aus der Entfernung erkannt, wer und ob da überhaupt eine Frau zu sehen ist, woran auch gar keiner dachte. Dennoch reichte sie erst dem Friedrich die Hand, glaubte, er wäre der Kapitän.

Aber Marta sprach zu ihr: „Das ist mein Bruder, der Friedrich, und ich bin die Marta. Also Friedrich ist der, der an Land geht, und der, den Du eigentlich ersetzen solltest, wenn Du Lust hast, mit einer Frau zu fahren."

Michl begann nach all den Jahren dieses Ereignisses wieder zu schwärmen: „Ich war ganz hin und weg, ich und Marta auf einem Schiff, zwei Frauen auf einem Schiff, ich kannte damals kein anderes, das nur mit zwei Frauen besetzt war. Es ist eigentlich wie heute, Familien, also Partikuliere, Ehemänner fahren mit ihren Frauen auf ihren Schiffen. Aber sowas, das war schon was Besonderes damals."

Vier Wochen später hat Michl auf der HELGA angemustert und Friedrich ging an Land. Und das war es schon, was sie von Friedrich kennengelernt hat.

„Das ist ziemlich genau 13 Jahre her."

Uschi wurde wach: „Aber da war doch Josi schon auf der Welt, war sie denn mit an Bord damals? Das ging doch gar nicht."

„In der Schifffahrt geht alles", war klar, dass Michl das sagen musste. „Die Josi war zu Hause bei Franz und seinen Eltern. Wenn wir den Main hinauf gefahren sind, kamen immer alle an Bord und sind ein paar Tage mitgefahren. Aber ab diesem Zeitpunkt war das vorher nur Gesprochene endgültig. Friedrich war weg und es wuchs eine extrem dicke Wand aus Eis zwischen den Geschwistern. Ab diesem Augenblick, dieser Endgültigkeit, war Marta sehr reserviert, als wenn es ihren Bruder gar nicht mehr geben würde. Er wurde ein Tabuthema. Das war alles ziemlich schwierig und Friedrich war seitdem nie wieder an Bord, er kam nicht einmal in die Nähe der HELGA."

Uschi war in sich gekehrt, saß da und machte ein ziemlich trauriges Gesicht. Walli zeigte sich solidarisch, versuchte zu verstehen. Umarmte sie kurz.

„Ach, Uschi, schau mal, wenigstes sind jetzt unsere Füße wieder sauber."

Uschi lachte zögerlich und Michl: „Also raus damit aus der Seifenlauge, sonst kriegt Ihr noch Enten- oder gar Froschfüße. Obwohl?", überlegte Michl kurz, „hmmmm, Froschschenkel in heißer Butter gebraten mit einer feinen Knoblauchsauce dazu, nur ein wenig Gemüse Julienne und frisches Baguette, wären auch mal wieder schön zu Mittag, dazu ein leckerer Chardonnay aus dem Burgund, Ihr könnt also ruhig noch ein bisschen weiter plantschen!", und kniff den beiden ein bisschen in die Oberschenkel.

Mit einem erneuten Lächeln lockerte sich Uschis erstarrtes Gesicht endlich wieder, doch auch wenn Uschi nun so Einiges von damals wusste, war das alles richtig blöd.

Michl stand auf und holte mit der Pütz noch ein paar Eimer frisches Wasser aus dem Main, um die nun sauberen Füße noch einmal zu spülen.

Die schwarze Seifenlauge kippte sie über Bord, sprach dabei, als die Mädel sich die Füße ein wenig abtrockneten: „Ach ja, eines noch, die Situation zwischen den beiden hat sich erst wieder gelockert, als das aufgekommene Finanzproblem gelöst wurde zur Zufriedenheit beider Parteien. Aber steril war es trotzdem geworden. Sie haben einfach zu viel Zeit verstreichen lassen, das alles zu klären. Merkt Euch also für die Zukunft", gab sie noch einen guten Rat, „wenn Ihr Euch mal so richtig zankt, spätestens wenn mal die Jungs interessanter werden, dann klärt das so schnell wie möglich, nehmt keinen Kummer mit ins Bett, das macht nur wache Augen."

Die beiden sahen sich an: „Tzzz", sprach die sonst so scheue und zurückhaltende Walli schon wieder, „wegen unseren Dorfjungs zanken wir uns bestimmt nicht, oder Uschi?"

Und Uschis, etwas schüchternes: „Neeeeee, bestimmt nicht, wegen Rolf oder Manni, neeee, niemals!", ging erneut in einem ausgewogenen Kichern unter.

„Dann ist ja gut", grinste jetzt Michl und erwähnte noch, „so langsam haben sich die beiden sturen Geschwister ja wieder angenähert, wozu auch Friedrich seine Kinder beigetragen haben. Allerdings war die HELGA nach wie vor eine Hemmschwelle, warum auch immer."

„Also", betonte Michl, „ich kenne keine Geschichten, die Deine Tante und Dein Vater zusammen erlebt haben. Ich kenne nur die grundsätzliche Geschichte der Schifferfamilie Schönberg."

Zu guter Letzt gab sich Uschi damit zufrieden und sie empfand es ein wenig so, dass ihre Tante sich in den letzten Tagen irgendwie verändert hat. Immerhin spricht sie wieder von ihrem Bruder, will sogar von ihm erzählen. Uschi hatte das Gefühl, dass sich alles wieder zum Guten wendet und Michl, die die in Gedanken versunkene Uschi beobachtete, glaubte, es wäre nun an der Zeit für Abwechslung.

„Na, dann los jetzt, wascht Euch endlich den Rest von diesem Mist von der Pelle, bevor es anfängt, weh zu tun."

Abb. 038: Schwenkeimer, Schöpfeimer, Pütz oder Strangloamer.

Walli war entsetzt darüber, denn es sah so aus, als müsste sie sich mit Wasser aus dem Main, wo alle reinkacken, waschen. Uschi ging wortlos mit dem Schöpfeimer an der Leine ganz an die Verschanzung, wo unten der Main vorbeifloss, schmiss ihn zielgerade über Bord und holte den ersten vollen Eimer Wasser an Bord.

„So geht das, Du Feigling", rief sie, als sie den vollen Eimer mit Mainwasser über ihren Kopf hob und prustend über sich hinweg kippte. „Uhhhhh", rief sie, als das kühle Nass an ihr herunterlief. „Mensch, Walli, wir haben doch da hinten irgendwo reingekackt und fahren doch viel schneller als unsere Kacke schwimmen kann, also komm jetzt!"

Damit war dieses Problem für Walli wie weggefegt und so wurde aus einer kurzen Erfrischung eine ordentliche und lustige Wasserschlacht. Abwechselnd zogen sie das Wasser aus dem Main, rannten sich hinterher, um den anderen damit zu erwischen.

Uschi zog ihr Shirt und ihre kurze Hose aus, Walli rief entsetzt: „Was machst Du? Lass bloß Deinen Slipp an, Uschi!"

Und Uschi wusch sich unbekümmert mit Schmierseife. „Ja, jaaa, Walli, den zieh ich bestimmt nicht aus! Und wenn, hier ist doch kein Mensch, wir fahren durch den tiefen Dschungel des Mains, es kann uns keiner sehen."

Und wieder kippte sie sich einen schönen Schwung Mainwasser über den Kopf. Walli riss sich daraufhin förmlich auch, außer ihrem Schlüpfer, die Klamotten vom Leib, sie lachten und hatten sehr viel Spaß, haben sich richtig fest eingeschäumt, gegenseitig den Rücken geschrubbt und ihre Shirts, Hosen und Sandalen auch gleich mitgewaschen.

Nun waren beide wieder sauber und Marta hatte ihren Spaß daran, ihnen zuzusehen, hatte dabei ganz vergessen zu schimpfen, als die beiden so über Deck rasten. Sie war vertieft in der Erinnerung, als sie vor 30 Jahren mit ihrem Bruder Friedrich nicht nur einmal in ihrer Kinderzeit an Bord das gleiche taten wie Walli und Uschi gerade eben.

„Schaut mal, ob alles weg ist", rief sie aus dem Steuerhaus, „wenn da irgendwo noch Teerflecken sind, dann müssen die auch weg, geht aber mit Schmierseife nicht richtig ab. Holt Euch ein bisschen Butter aus dem Kühlschrank, damit geht das dann hervorragend. Schmiert ein bisschen auf den Teerfleck und der löst sich sofort auf und Ihr könnt ihn abwischen."

Aber da war nichts, sind sie doch durch die Bürsterei nur dem Teerstaub ausgesetzt gewesen.

Klatschnass und außer Atem, wie sie waren, stellten sie sich vor das Steuerhaus und Uschi rief hinauf: „Was war denn jetzt mit Papa, Tantchen, Du hast gesagt, Du erzählst es mir!", musste sie das unbedingt wissen.

„Seht erstmal zu, dass Ihr wieder trocken werdet und zieht Euch wieder was an, da kommt gleich ein kleines Dorf", passte der Marta dieser Anblick auch wieder nicht. „So triefend nass, wie Ihr seid, kommt Ihr auch nicht in mein Steuerhaus. Die läuft ja nicht weg, die Geschichte."

„Ohhhh Mann", meinte Uschi und kletterte mit Walli in den Nachen, das Rettungsboot, das auf dem Lukendach nicht weit vor dem Steuerhaus abgestellt war.

Niedlicherweise stand an seiner Bordwand mit kleineren Buchstaben „HELGA 2" darauf geschrieben. Die eine lümmelte vorne im Bug auf dem Luftkasten des Nachens und die andere hinten und so ließen sie sich vom warmen Fahrtwind trocken blasen.

„Weißt Du noch, was da gleich kommt?", wollte Marta aus dem Steuerhaus rufend eine Antwort von Uschi.

Die überlegte, war sie doch seit vier Jahren nicht an Bord gewesen. Was also könnte es sein, was da gleich kommen wird?

„Die Werft, wo die HELGA gebaut wurde, kommt da unten gleich auf der Steuerbordseite, Kinder, Kinder", meinte Marta und wies damit auf etwas hin, worauf sie gerade zufuhren.

Und da fiel es ihr wieder ein, sie gab Marta ein Zeichen und rief: „Ach jaaa, das ist doch die Erlenbacher Schiffswerft. Hier ist die HELGA 1957 vom Stapel gelaufen, aber da hieß sie noch nicht Helga."

Abb. 039: Werft der Bayerischen Schiffbaugesellschaft,
vorm. Anton Schellenberger in Erlenbach am Main.

Es fiel ihr nur im Moment nicht ein, wie das Schiff geheißen hat, bevor ihr Vater und Marta es gekauft haben, weshalb sie es auch nicht erzählen konnte.

Wie Tante Marta und Vater Friedrich das Schwarze erlebten ...

Uschi tastete ihre Haare und Hose ab: „Das ist jetzt alles trocken genug, Donner und Doria", stellte sie dabei fest, „ich will jetzt wissen, wie das mit ihrem Vater damals war. Los, Walli, wir gehen hoch ins Steuerhaus."

Schnell liefen sie nochmal in die Wohnung und bürsteten ihre wirren Haare durch, Walli machte kurzerhand hinten einen nicht ganz mittigen Pferdeschwanz, was im Augenblick niemanden interessierte.

„Ahhhhhh, ein Stern geht auf", bemerkte Marta den Glanz in ihrer Hütte, als die beiden durch die weit geöffnete Tür hereinkamen.

Der Dicke Hubert war nur auf halbe Last am Laufen und man hörte ihn gar nicht allzu sehr. Es klang über dem Kamin hinter dem Steuerhaus mehr nach einem ganz gemütlichen „Kartöffelchen, Kartöffelchen, Kartöffelchen" als nach einem kraftstrotzenden „Kartoffel, Kartoffel, Kartoffel".

„Und wie ich Dich kenne, willst Du jetzt wissen, was da damals war mit Friedrich und der Teergeschichte. Na, dann passt mal gut auf und erzähl Deinem Vater ruhig davon, dass Du jetzt diese Geschichte kennst. Heute wird er bestimmt darüber lachen, obwohl das für ihn damals gar nicht so lustig war!"

So standen die Mädels mit spitzen Ohren neben dem Haspel, an dem Marta rührte und sie erzählte, als sie damals, es war kurz vor dem Krieg, also im Sommer 1938, es könnte auch 39 gewesen sein, bei ihrem Vater auf der TIEFENTAL waren. Und auch damals tat allein ihr Vater das, was heute die ganze Besatzung auf der HELGA tut, er reparierte und teerte das Lukendach der TIEFENTAL. Das war nicht ganz so viel Arbeit, da dieses Schiff sehr viel kleiner war als die HELGA, aber es musste gemacht werden.

Einen Matrosen hatten sie nicht, nur ihr Vater und ihre Mutter haben damals noch dieses Schiff in Fahrt gehalten, was eine sehr anstrengende Arbeit, wahrlich eine Knochenarbeit, gewesen ist. Das Treideln wurde endgültig aufgegeben, der starke Haflinger, den sie Möhre nannten, wurde zu alt und an einen Bauer verkauft, der ihn noch für leichtere Arbeiten gebrauchen konnte. Es gab weiterhin keinen Motor und das Schiff musste für kurze Strecken von einem kleinen Schleppdampfer oder für längere Reisen von Kettenschleppschiffen im Anhang geschleppt werden. Für kurze Manöver haben sie das Schiff auch mal ein paar Hundert Meter mit den Händen gezogen. Aber an viele Dinge, wie dieses Kettenschiff, erinnert sich Marta nicht mehr so recht. Die mehrere Hundert Kilometer lange Kette, die bis hinauf nach Bamberg auf dem Grund des Mains lag, an der sich die Kettenschiffe den Fluss hinaufzogen, wurde schon ab 1936 immer weniger. Kleinere Zugschiffe, Schlepper und Schaufelraddampfer wurden immer mehr. Und da war sie erst rund 8 Jahre alt und Friedrich ein Jahr älter.

Ihr Fahrtgebiet war überwiegend der Main, sie haben am Untermain, zum Beispiel in Frankfurt oder auch mal in Mainz, Waren von Rheinschleppkähnen übernommen und den Main hinauf transportiert.

„Es vermag sich keiner mehr vorzustellen, was damals in allen Hafenstädten für ein Gewusel, Getue, Geläut, Gequalme, Geklopfe und Gehupe war", mischte sich ein gebliebener Eindruck mit einem Hauch Sehnsucht nach der guten alten Zeit. „Und Schifffahrt war überall allgegenwärtig, an jedem Graben und Flüsslein wurde in irgendeiner Form Schifffahrt betrieben."

Die beiden Schönberg Kinder, Friedrich und Marta, waren während der Schulzeit bei den Großeltern, aber in den Ferien immer an Bord, wenigstens eine gewisse Zeit lang. Haben doch schon ihre Eltern ihre Reisen immer so verplant, dass die Kinder gut an Bord gebracht und abgeholt werden konnten.

„Und an diesem einen der vielen Tage", ging Marta ins Detail, „es waren ebenfalls unsere Sommerferien, ein herrlicher Sommer und wir lagen in Wertheim im Hafen und warteten darauf, dass man die TIEFENTAL auslädt. Und unser Vater, Dein Opa Roland, Gott hab ihn selig, war dabei, das Lukendach zu reparieren und zu teeren, so wie ihr es heute mit Michl gemacht habt. Und da passierte es dann", Marta lachte auf einmal anders als sonst.

Bilder schienen sich in ihrem Hinterstübchen zu bilden. Es war kein Grinsen, kein lautes Lachen, eher so ein ungeborenes Etwas, eher „Chchch, Höhöhö" oder „Hühühü" als „Hahahaa". Auf alle Fälle war das so komisch, das Uschi und Walli sich etwas davon anstecken ließen. Um sich wieder zu beruhigen, lenkte sich Marta ab, fuhr die HELGA mal nach Backbord, dann wieder nach Steuerbord, drehte am Maschinentelegraf, um von dem, was geschah, gedanklich ein wenig abschweifen zu können.

„Keuch, keuch", hustete sie, „also, wo war ich? Ach ja! Dein Vater war damals 11 und ich 10 und wir tobten auf dem Lukendach herum, so wie Ihr in den jetzigen Tagen. Wir mussten nie irgendwas, also nicht angeordnet arbeiten, waren immer dabei und konnten unsere Ferienzeit einfach nur genießen. Und am Vorschiff", kicherte Marta, „kchkch ... da stand auf einem kleinen Bock ein großer, sicher 25 Kilogramm schwerer Eimer randvoll mit Braunteer, in den unser Vater immer wieder seine Quaste eintauchte, um die Luken damit zu streichen."

Abb. 040: Das Lukendach wird geteert.

Und ab hier wurde die Erzählerin auf einmal immer schneller, fing an, mit den Armen zu hantieren, denn jetzt muss die Pointe endlich raus, unbedingt.

„Also, hihiii, Vater strich gerade den Teer an der Steuerbordseite auf eine Luke und Friedrich rannte in seinem Übermut an Backbord an diesem Eimer vorbei, blieb mit dem Unterhemd an dieser langen Rührstange hängen, die aus dem Eimer herausragte, kippte nach hinten auf das Lukendach und lag schneller auf dem Rücken als der Eimer umfallen konnte. Hahaaa, stellt Euch das mal vor, wie ein Maikäfer lag er da mit den Füßen gen Himmel", und verlangsamte den tragischen Schluss der Tragödie. Es hatte den Anschein, sie hat noch dieses Bild vor Augen, „und dann, hahaaa, ist die ganze schwarze Suppe über seinen Oberkörper geschwappt, komplett der ganze Eimer. Aber es geht noch weiter, wartet mal ab", rieb sie sich die Lachtränen aus den Augen. „Hahaaa, und als er schnell versuchte aufzustehen, rutschte er nochmal auf dem schleimigen Nass aus und fiel noch einmal hinein. Unglaublich, ich, die ihn jagte, stand so 15 Meter von ihm weg. Dieses Bild, nenene, höhühahaha", lachte und lachte. „Das werde ich nie vergessen", sagte sie, wie eine, die es gerade eben erst erlebt hatte.

Uschi sah Walli an und sie fanden nur Worte wie: „Ohhhhh neiiiiin", und, „ihhhh, so ein Scheiß", und ihnen war der Witz an der ganzen Angelegenheit nicht recht klar.

„Mein armer Papa", meinte noch Uschi, bevor Marta sich wieder fangen konnte vor lauter Erheiterung.

„Na, nun kommt schon, Kinder, das ist doch lustig! Für mich als Zuschauer sah es einfach nur lustig aus, wie er da so flog, wie ein auf dem Rücken fliegender Vogel und dann der Teer, der über ihn lief. Er versuchte aufzustehen, rutschte aus und landete wieder in der Soße. Hahahaa, tut mir leid, Kinder, aber das war einfach wie im Kino bei einem Slapstick in einer Charlie-Chaplin-Komödie, wo nur noch das Klavier fehlte."

Ihr Lachen wurde nur ein wenig leiser und ihr fiel auf, dass die beiden nun doch, wenigstens ein bisschen lachten oder zumindest grinsten.

„Und dann", sollte es doch ein Ende finden, „ich stand da wie angenagelt und hab mich gebogen vor Lachen. Aber unser Vater riss geistesgegenwärtig die Bettwäsche von der Wäscheleine und stürmte zu Friedrich, um ihm aufzuhelfen. Er wusste gar nicht, wo er ihn anfassen konnte, damit er nicht auch schwarz wird. Aber er zerrte ihn dann an die Seite und begann, das schwarze Zeug von ihm abzureiben und schrie dabei nach unserer Mutter: ‚Helgaaaa, Helgaaa', die hinten in der Wohnung beschäftigt war. Nun lach nicht so blöde, hol Deine Mutter, rief er mir zu, aber die kam da schon angerannt. Und von der hörte ich nur: ‚Oh, mein Gott, meine Wäsche!' Und als sie an mir vorbeirannte, rief sie in Panik: ‚Bleib Du ja da stehen!'"

„Mann oh Meter", war Uschi noch ganz neben der Kappe, „und dann?"

Und Marta erzählte noch: „Während Friedrich so an der Seite von der Mutter mit weiterer Bettwäsche abgerieben wurde, hat ihr Vater einen Schrubber genommen und den ausgegossenen Teer auf den Luken verteilt, war ja nicht gerade billig so ein Eimer Teer. Ich musste dann unsere Zinkbadewanne holen und aus dem Herft einen Kanister mit Petroleum. Das brauchten wir für unsere Lampen in der Wohnung hinten, hatten doch noch keinen Strom an Bord. Der Friedrich musste sich in die Wanne stellen, die versauten Klamotten ausziehen und dann wurde er erstmal mit Petroleum abgewaschen. Darum hab ich ihn sicherlich nicht beneidet, aber das ging ja nicht anders ab, das Zeug. Zu allerletzt wurden ein

paar Pützen Wasser aus dem Main geholt, Friedrich noch mehrmals mit Schmierseife abgeseift und mit noch mehr Wasser überschüttet, bis er wieder sauber war.
Sein großes Glück war bei all dem Übel noch, dass dieser schwarze Schlodder
unter seinem Hals, Gesicht und Haaren blieb, alles andere an ihm war total
schwarz. Das war es ja auch noch, was es so lustig machte, sah es doch wirklich
zu komisch aus."

Letztendlich mussten die zwei das erstmal sacken lassen, sich all das mehrmals vorstellen, um so richtig drüber lachen zu können. Womöglich kann das
noch ein wenig dauern.

Schwenkbaumfliegen ...

Am Abend waren einige Schleusen passiert, die Uschi alle nicht mehr beim Namen kannte. Es war eine Zeit voller Veränderungen, überall wurden neue und
höhere Schleusen gebaut und es bestand von den Behörden der große Plan, einige niedrigere Schleusen, die schon 70 Jahre und älter waren, zu entfernen.
Aus vielen alten Schleusen sollten über ein paar Kilometer bis nach Mainz, wo
der Main in den Rhein mündet, nur noch wenige neue werden.

Was Uschi auffiel war gelegentlich, dass sie in Klein Ostheim eine riesige neue
Schleuse befahren haben, die, so von Marta erzählt, erst kürzlich in Betrieb gegangen ist. Wegen diesen Veränderungen in diesen Jahren war Uschi einfach
nicht in der Lage, die noch zu verbleibenden Schleusen aufzuzählen, bevor sie
den Rhein erreichen.

Im Unterwasser der Schleuse Mainkur, also nach dem Abschleusen, war dann
an der Steuerbordseite Feierabend. Das Schiff wurde zur Übernachtung an Land
befestigt. Das gestaltete sich wie so oft, als kein einfaches Manöver für Marta,
die Josi musste erneut mit diesem Schwenkbaum an Land und viele Meter
schwere Drähte an Land ziehen.

Morgen wird der Rhein erreicht, soviel war schon bekannt, nur mit dem Löschen, dem Ausladen der Ladung in Amöneburg, da war man sich noch nicht
ganz sicher, ob das alles klappen wird.

Es herrschte eine furchtbare Hitze so mitten im Hochsommer und die Mädels
haben bei Marta zu Abend gegessen, die schwarze Geschichte war nun verinnerlicht und kein Thema mehr.

„Es ist doch noch hell, Tante", wollte Uschi den Tag noch nicht beenden,
„dürfen wir mal mit dem Schwenkbaum ein bisschen hin und her fliegen?", fragte
sie einfach mal so.

Und Walli gleich: „Au jaaa, gute Idee, Uschi."

Marta schwieg kurz: „Der Schwenkbaum ist kein Spielzeug, Kinder. Aber fragt die Josi oder den Michl, ob die Euch zeigen, wie das geht und auch dabei bleiben können. Alleine macht Ihr da mal besser keine Experimente."

Schnell wie der Blitz war der Tisch abgeräumt, sogar Walli war frohen Mutes und rannte über das Lukendach hinweg, weiter zum Vorschiff hin. All die ängstlichen Gedanken von knirschenden, einbrechenden Brettern waren verloren gegangen, sie bewegte sich so sicher wie Uschi es tat.

„Jooooosiiiii!", rief sie in die offenstehende Wohnung, gar nicht mehr so schüchtern, der Freude wegen.

Michl saß in baumelnden Unterhosen im Unterhemd auf ihrer Eckbank, alle Fenster und die Türe standen offen und sie rief: „Die Josi ist hinten im Maschinenraum, was braucht Ihr denn schon wieder, Ihr Quälgeister?"

Die Walli war es, die verwunderlicherweise ganz aufgeregt die Führung übernahm, und Uschi erstaunte ihr plötzlicher Wandel noch immer. Als ob da so ein komisches Fieber grassiert, das Menschen auf einem Schiff lockerer und unterhaltsamer macht.

Walli rief ganz aufgeregt ohne Punkt und Komma: „Die Marta hat uns erlaubt, dass wir mit dem Schwenkbaum ein bisschen hin und her fliegen dürfen und dass jemand von Euch uns das zeigen soll, also heute Abend noch!"

Michl erhob sich, zog eine lange Hose über und kam an Deck.

„So, so, hin und her fliegen wollt Ihr zu so später Stunde. Na, wenn der Schiffmann das sagt, dann mal los. Aber eine nach der anderen, nicht zu zweit auf das Ding!"

Michl zeigte, wie es geht, und löste den Schwenkbaum, der am Dennebaum mit einem Haken eingehängt war, damit er sich bei der Fahrt nicht selbstständig macht und über Bord fliegt. Stillschweigend standen die beiden Flugschüler im Gangbord, sahen und hörten sehr interessiert zu.

„Also, sehet und lernet", forderte sie Aufmerksamkeit, „in jede Hand einen der Griffe und gut festhalten, dann mit dem Bauch auf das Rohr legen, den Schwenkbaum, der sich vor ihr befand, mit den Füßen vom Gangbord abstoßen und ab geht die Post", schwang so schweigend vom Schiff hinüber zum steinigen und wildbewucherten Ufer.

Walli konnte es wieder nicht lassen und flüsterte, so mir einer Hand am Mund: „Schau mal, jetzt weißt Du, wie es aussieht, wenn Wulpi auf ihrem Besen durch die Nacht fliegt, hihi."

„Hahaaa", konnte es Uschi nicht halten, „Du dumme Nudel, was ist denn nur mit Dir los?"

Und da wechselte Michl an Land schon die Seite, sonst müsste sie ja rückwärts zurückfliegen, was ja gar nicht geht. So kam sie mit dem Blick zum Schiff postwendend wieder zurück an Bord geflogen.

Abb. 041: Mit dem Schwenkbaum geht es an Land.

Und als sie so angeflogen kam, sagte sie: „Mit den Füßen voran müsst Ihr Euch an Bord auf dem Gangbord auch wieder abbremsen, nicht dass Ihr da irgendwo gegenknallt."

Hiermit war alles erklärt und Walli wollte unbedingt die erste sein. Ganz aufgeregt holte sie ein paarmal vor und zurück ein bisschen Schwung und segelte: „Achtuuuung, ich komme", über das Wasser hinweg hinaus in die Ferne. Und kaum war sie tatsächlich nach fast zwei Tagen das erste Mal wieder an Land, fing sie auf einmal an zu schreien: „Ahhhhh, auau, Brennnesseln! Hier ist alles voll Brennnesseln, Scheiße!", und kam auch genauso schnell wieder an Deck geflogen. „So ein Mist, Mann, verdammt, brennt das, da ist alles voll Brennnesseln da draußen, ahhh", jammerte und sie rubbelte ihre immer röter werdenden Füße.

Während Uschi sich das Lachen verkneifen musste, benotete Michl im Gejammer von Walli: „Das war aber gut, Walli, gut gemacht. Ich hab das gar nicht gemerkt mit dem Brennzeug, liegt wohl an meiner Beinverletzung."

Sie hatte einst einen kleinen Unfall und so kam es, dass ihre Beine nicht mehr so aussahen, wie sie Gott einst geschaffen hatte.

„Da merk ich nicht mehr alles, was da so passiert an meinen Beinen", und versteckte ihr hämisches Grinsen dabei nicht. „Kipp Dir mal ein paar Eimer Wasser drüber, dann wird das schon wieder", lautete ihr sachlicher Ratschlag.

Gesagt, aber ungern getan. Schon wieder musste sich Walli dem Mainwasser hingeben, war zögerlich, was Michl bemerkte und buchstäblich schimpfte: „Na, nu stell Dich mal nicht so an! Wir haben doch gerade erst hier angelegt und ich war heute Morgen am Mainkilometer 99,9 schon auf dem Topf", worüber vor allem Uschi lachen musste.

Es wird wohl nicht viele Schiffsleute geben, die sich den genauen Flusskilometer merken, wenn sie auf dem Klo waren.

„Drüber jetzt mit dem Wasser, bevor das noch Blasen gibt!", schimpfte Michl.

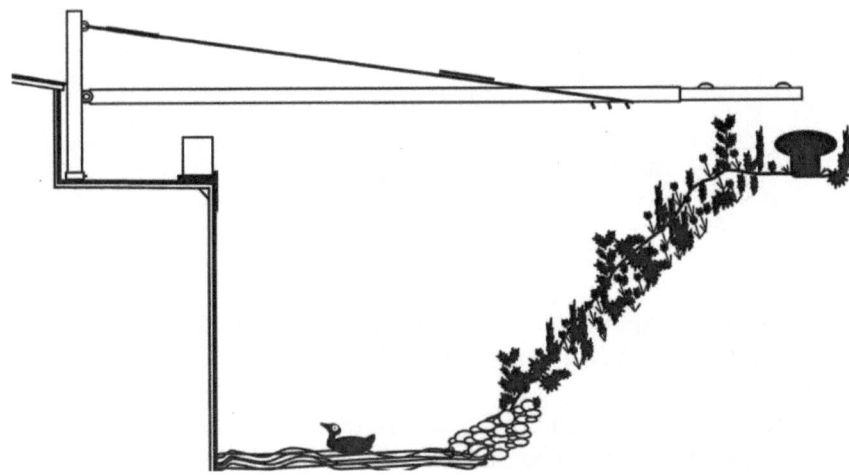

Abb. 042: Der Schwenkbaum.

Dann tat es doch recht gut, als ein paar Eimer kühles Mainwasser über ihre brennenden Füße geschüttet waren und nur kleine rote Pusteln zeigten sich bis an ihre Knie, aber die Flugstunde war für diesen Abend beendet. So richtig Lust zum Fliegen hatte jetzt niemand mehr. Josi klärte wenig später lachend darüber auf, dass sie vorhin beim Festmachen genau aus diesem Grund eine lange Hose angehabt hat. Man weiß nie, was einem nach einem Schwenkbaumflug ins unbekannte Gelände erwartet.

Als die beiden vom Michl in die Kojen gejagt waren, lagen sie noch eine Weile wach, wie meist vor dem Einschlafen. Uschi hatte noch immer diesen Slapstick, wie ihn Marta nannte, vor Augen und lachte mit dieser aufkommenden Fantasie in ihr Kopfkissen.

Walli fand keinen Anschluss: „Warum lachst Du, das hat echt weh getan, find ich gar nicht lustig!"

„Neiiiiin, darüber lach ich doch gar nicht, Walli", musste Uschi das klarstellen. „Ich hatte gerade meinen Papa vor Augen, wie er da mit dem Teer und so weiter", und musste auf einmal doch gewaltig darüber lachen und sie beschrieben sich noch einmal diese Situation, wie er da so flog und der Teer sogar dahin lief, wo keine Sonne hinscheint.

Und bei all der intensiven Vorstellung lachten sie so laut, dass Michl von oben runter kam, die Tür aufriss und rief: „Jetzt ist aber mal Schluss, Ihr Gurken, schlaft jetzt endlich, was gibt's denn da noch zu lachen?"

Doch dann war erst recht nicht an Schlafen zu denken, denn Michl musste sich das von Friedrich und Marta Erlebte auch noch anhören und die Lacherei von allen dreien hielt noch eine ganze Weile an.

Irgendwann war Ruhe im Schiff und das Letzte, woran Uschi noch vor dem Einschlafen denken konnte, war, dass es doch ganz schön blöd ist, dass ihr Vater und seine Schwester so tolle Erlebnisse hatten und heute miteinander umgehen, als wäre all das nie geschehen. Für sie stand fest, das darf so nicht bleiben.

Der Dicke Hubert ...

Schon um halb sechs rumpelte Michl in ihr Zimmer: „Auf, auf, Ihr faulen Wasserratten", rief sie, „Ihr wolltet doch mal sehen, wie Josi ihren Dicken Hubert aufweckt, dann müsst Ihr auch aufstehen. Zack, zack, um sechs Uhr ist Leggo angesagt."

Beide waren noch wie im Trance: „Oh Maaann, muss das denn heute sein?", zickte Walli rum.

„Morgen ist Pommern abgebrannt", was immer Michl damit meinte, „zack, zack, raus aus den Federn", ließ sie nicht locker und die beiden quälten sich aus ihren Betten und gingen mit Michl nach hinten.

Abb. 043: Das Typenschild des Motors.

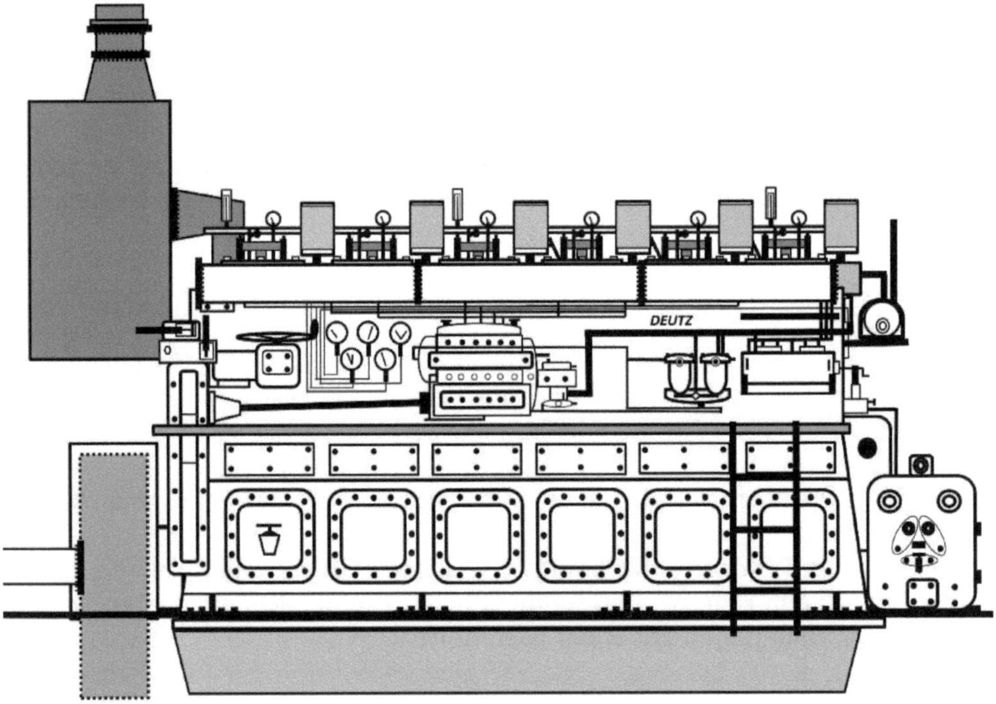

Abb. 044: Der Dicke Hubert.

Wieder versprach es, ein herrlich sonniger Tag zu werden, und als sie vor der Maschinenraumtür, dem Niedergang, standen, kam auch schon Josi mit den Händen in der Hosentasche angetingelt.

„Hejoh, guten Morgen, zusammen. Hat der Michl Euch wach gebracht? Na dann, mir nach", schritt sie über die kleine Erhöhung durch die offene Tür, drehte sich um und stieg rückwärts in den Maschinenraum die steile Treppe 10 Stufen den Niedergang hinunter. „Haltet Euch gut am Geländer fest", mahnte sie noch.

Michl folgte als zweite, damit die beiden unten auch gut ankommen. Bevor sie aber hinunter schritten, sahen sie noch sehr genau das Typenschild des Motors, dem Hubert, an, das am Niedergang an die Wand geschraubt war.

„Mann oh Mann", konnte Walli lesen, „600 PS, was sind denn PS?"

Josi sprach von unten herauf: „Das ist die Kraft dieses Motors, Hubert hat so viel Kraft wie 600 Pferde. PS heißt Pferdestärken."

„Waaas, ehrlich", war Walli gespannt und erinnerte sich, wie ihr Vater von seinem neuen Auto erzählte, das 30 PS hatte. „Dann hat ja unser kleiner Fiat so viel Kraft wie 30 Pferde? Das ist ja unheimlich, dieses kleine putzige Auto, so stark wie 30 Pferde? Das sind ja bei diesem Hubert, na warte", rechnete sie, „mindestens 20 Mal so viel wie unser Fiat hat, verdammt nochmal."

„Nun komm schon runter", rief Uschi nach oben.

Und Michl: „Nu sabbel nicht, runter jetzt, die Zeit läuft!"

„Puhhh, ist das dunkel hier und stinken tut es auch", stellte Walli fest, als sie als letzte unten ankam.

„Hier stinkt es nicht, hier duftet es", lachte Michl, drehte dabei „klack, klack" ein paar Lichtschalter um und der erst dunkle Maschinenraum wurde nun ein wenig heller.

Sie konnte es aber noch gar nicht fassen, was Walli gerade sagte: „Stinkt sagt die Göre, tztztz, Du kannst die Düfte von unserem Hubert nur noch nicht deuten, darum stinkt das wohl für Dich. Aber es riecht nichts so gut wie gut durchgeglühte Kohle in einem Heizkessel auf einem Raddampfer, da muss ich Dir allerdings recht geben. Allerdings müsstet Ihr dann jetzt Kohlen schippen."

Staunend und besser schweigend stand vor allem Walli, die das alles noch gar nicht kannte, unmittelbar neben einem großen grauen Klotz und fragte: „Wo ist er denn nu, der geheimnisvolle Hubert?"

„Du stehst direkt daneben, Du Molch, Du Blinder", wollte Josi so antworten und klatschte mit ausgestrecktem Arm und der flachen Hand über sich auf eine dicke Leitung. „Das hier, das ist er, das ist unser Hubert!"

Walli hob den Kopf und schaute mit großen Augen hinauf zum Ende des riesengroßen, grauen Motors, von dem sie auch mit ausgestreckten Armen das Obere nicht erreichen konnte. Kannte sie doch nur den Automotor von ihrem 500er Fiat zu Hause und den Mopedmotor von ihrem Nachbarn.

„Ohhhhhh, na warte, das ist der Motor, der das Schiff bewegt? Oh nein, was ein Monstrum, das alles ist der Motor? Nur ein einziger Motor? Oh, mein Gott", und schritt ihn Fuß um Fuß ab, zählte 1, 2, 3 und kam auf mindestens zehn Meter Länge, was Michl sehr erheiterte, ist doch des Mädchens Schritt mit Sicherheit keinen Meter weit. „Teufel, Teufel, der ist ja länger und höher als unser Auto, kein Wunder, dass der so einen Krach macht", war letztendlich ihre Erkenntnis. Uschi konnte ihre Freundin nicht mehr erkennen, die war doch nie an Technik interessiert, was ist denn nur los mit Walli?

„Und bestimmt zehn Mal so schwer", wollte Schifferkind Uschi ein bisschen mitreden.

Doch Josi wusste es natürlich besser: „Haaa, da lach ich ja, der 500er Fiat wiegt nicht mal so viel wie ein einziger Kolben dieses Motors und der hat sechs Stück davon", was vielleicht ein bisschen übertrieben war.

Vor allem Wallis Neugierde über nur einen dieser Kolben wurde daher nicht geweckt, wo es doch schon so mächtig klang, was Josi da gerade sagte.

Während Josi dort drehte und da schraubte, berichtete Uschi der Walli alles, was sie so wusste, und schilderte, was das alles ist und wozu es wichtig ist. Dann war es Zeit zum Öl-Vorpumpen.

„Beide zu mir", rief Josi ihnen von der anderen Seite vom Hubert zu. „Also, hier pumpen, jede von Euch 50 Mal hin und her."

Da sie es kannte, fing Uschi freiwillig an, pumpte zuerst und erklärte dabei, dass dieses Öl-Vorpumpen sehr wichtig ist. Sie pumpen praktisch jetzt in jede Ecke innen im Motor Öl rein, damit alles gut geschmiert ist, wenn der Motor gleich angeschmissen oder gestartet wird.

„Sieht aber anstrengend aus", stellte Walli kritisch fest, „Ich glaube, ich gehe schon mal nach oben und warte da auf Euch, es riecht aber auch wirklich komisch hier."

Und Uschi ließ alles los: „Warte, ich komm mit!", und beide verschwanden, hinauf an Deck.

Josi rief noch hinterher: „Heee! Und wer pumpt jetzt hier weiter?"

„Na Du, Schatz, wie sonst auch immer", sprach erheitert der Michl.

So war das schnell erledigt da unten im Maschinenraum. An Deck hörten sie es von unten herauf zischen, klopfen und pfeifen und wussten nicht, warum das so sein muss. Sie wollten einfach nur, dass die Reise irgendwie weiter geht.

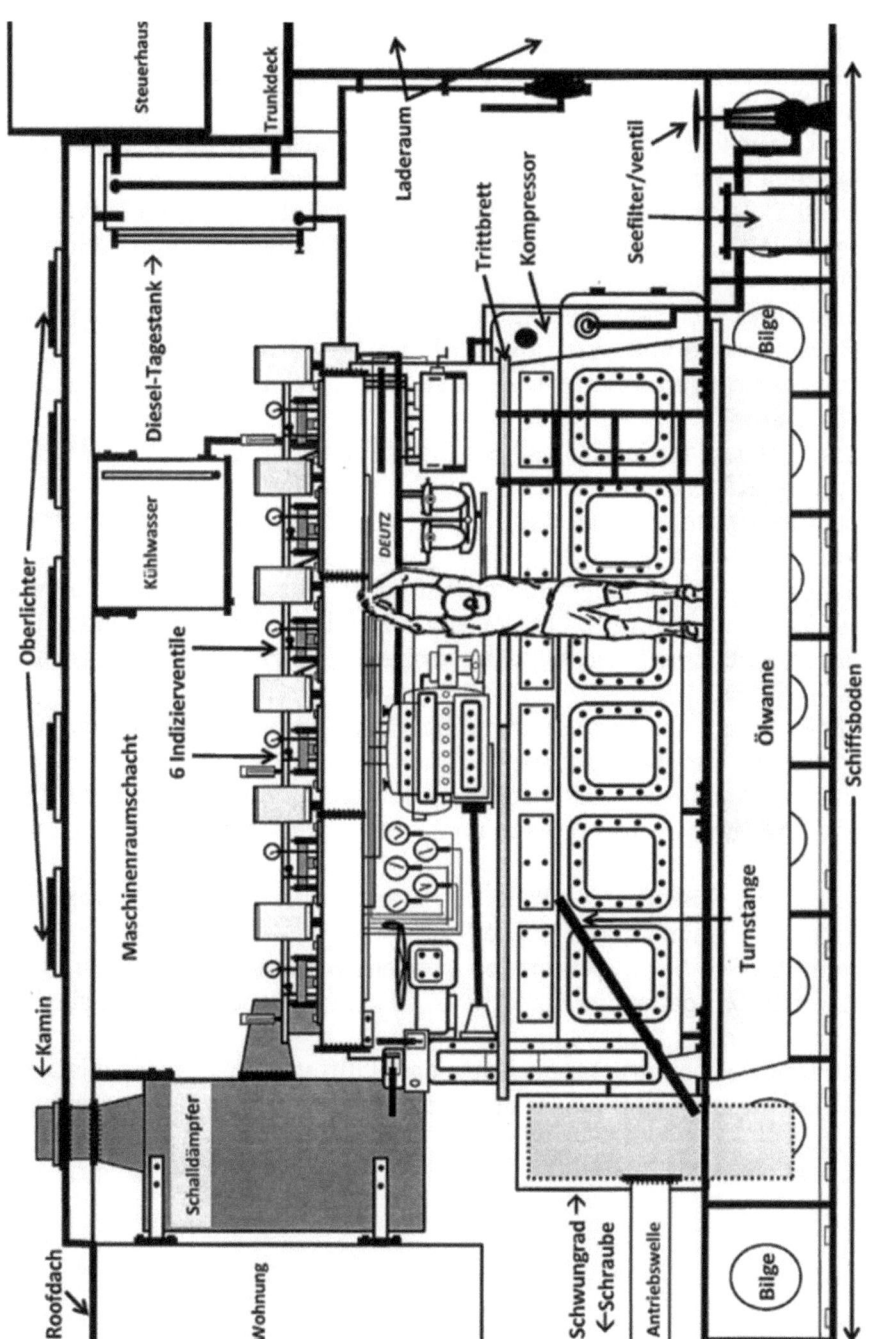

Abb. 045: Im Maschinenraum.

Auf einmal hat es dann so richtig laut geknallt, so laut, dass Uschi und Walli schon wieder vor Schreck von der Maschinenraumtür weg zum Achterschiff liefen.

„Hat wohl Raucherhusten, Euer Hubert, wie mein Papa, nur nicht so laut", machte Walli einen Scherz.

Die ganze HELGA vibrierte nun ein bisschen, der Hubert mit seinen vielen PS und Umdrehungen brachte Bewegung in den Morgen. Die Schraube drehte sich, angenehm monoton plätscherte am Achterschiff das Schraubenwasser.

Michl kam zuerst aus dem Maschinenraum herauf, und sprach dabei: „Kommt ein Aal den Niedergang rauf, war wohl noch das Seeventil auf."

Die beiden verstanden das nicht so recht, aber es klang sehr lustig zu dieser morgendlicher Stunde.

Josi wirkte etwas enttäuscht, als sie heraufkam. Sie dachte gerade, Uschi ließe sich mehr interessieren für den Beruf ihrer Familie.

„Gut", wurde berichtet, „Maschine läuft, abgeschmiert ist, wir könnten eigentlich losfahren!"

Und wieder hatte Michl einen Spruch auf Lager, der da auf einem Poller saß und wie alle auf Marta wartete: „In der einen Hand die Ölkann", brummelte er, „in der andren Hand den Twist, dazu 'ne große Schnauze, fertig ist der Maschinist, hehe."

Michls Reim wirkte nur kurz, denn endlich kam Marta mit einer Kanne Kaffee und einer Tasse aus der Wohnung.

„Na, Kinder, können wir los?", sollte es schon so sein, denn nur sie fehlte noch. „Dann Josi, raus an Land, Michl nach vorne, ich mach hinten das Tau los und dann Leggo."

„Leggo, Leggo", flüsterte sich Walli zu, „was ist denn ein Leggo, Uschi? Hab ich schon paarmal gehört, dieses Leggo."

„Na, wenn das Schiff zur Abfahrt los gemacht werden soll, dann nennt man das Leggo. Komm, wir gehen ins Steuerhaus, da sehen wir besser", eilte sie davon und Walli hinterher.

Erneut waren sie beeindruckt, als Marta das Schiff von diesem Liegeplatz wegfuhr. Der Hubert musste ganz schön oft laut husten bevor das Fahrwasser wieder erreicht war.

Die Maaraue und das Ankermanöver ...

Nur eine Stunde später passierte die HELGA die Schleuse Offenbach, wo Marta mal wieder mit Papieren hinauf zum Schleusenmeister musste. Ihre Gäste wurden darüber informiert, dass sie gleich durch Frankfurt fahren werden und sie sollen sich einen schönen Platz an Deck aussuchen, um bei der Durchfahrt alles gut sehen zu können. Sie haben das Roofdach, das Dach der Wohnung auf dem Vorschiff dafür auserkoren. Die Stadt war noch gar nicht so richtig wach, da es doch gerade mal acht Uhr durch war, und dennoch sind die beiden sehr beeindruckt von dieser übermächtigen Großstadt gewesen.

Abb. 046: Die Schleuse Eddersheim.

Nach den Schleusen Griesheim und Eddersheim ging es auf die letzte Schleuse des Mains, die Schleuse Kostheim zu. Hier wird Marta Genaueres erfahren, wann die HELGA in Amöneburg, das nur eineinhalb Stunden Fahrzeit stromabwärts entfernt, aber schon am Rhein, liegt, gelöscht, also ausgeladen werden soll.

Als Marta von Land, der kleinen Orderstation an der Schleuse, zurückkehrte, erzählte sie, dass sie zum einen die Order erhalten hat, dass die HELGA erst morgen Vormittag in den Hafen Amöneburg kommen soll. Walli musste nun wissen, was denn eine Orderstation oder eine Order schon wieder ist. Mit wenigen Worten konnte Uschi erklären, dass die Orderstation hier an der Schleuse ein kleiner Raum ist, wo man anrufen kann, um einem Schiff, das hier durchkommt, eine Mitteilung zukommen lassen kann. Schiffe haben doch kein Telefon. Und diese Mitteilung nennt sich dann Order.

Zum anderen erzählte Marta, sie hat schnell noch in der Eiche in Eußenheim angerufen und dort die Nachricht für Uschi ihre Eltern hinterlassen, dass sie heute Nachmittag um 17 Uhr wieder anrufen wird. Schon morgen fahren Friedrich mit Ruth und Anhang eine Woche in den Urlaub und sind dann noch schwerer zu erreichen. Irgendjemand in der Kneipe mag doch mal bitte bei Schönbergs und den Strobels vorbeifahren und diese Nachricht überbringen, damit die auch in der Eiche sind, wenn sie am Nachmittag anruft.

Uschi und Walli strahlten vor Freude darüber, was sie hörten, als Marta verriet, sie würde später mit ihnen zusammen zum Telefonieren gehen. Aber erstmal müssen sie einen Liegeplatz an Land finden und geplant war dafür der Mainzer Zollhafen.

„So lange hab ich noch nie mit meiner Mama nicht gesprochen", fiel Walli eschrocken auf, „auweia, schon fast drei Tage nicht", und sie bemerkte auf einmal, es störte sie gar nicht mehr, wollte einfach nur von sich und ihrer Zeit an Bord berichten.

„Bei Wulpabrodakandas Besen, die wird spitze Ohren kriegen, wenn ich ihr das alles erzähle."

„Ach, Du schon wieder mit Deiner Wulpi, aber mach das besser nicht", warnte Uschi bedacht, „wenn die erfährt, dass Du ohne Nachthemd schläfst, kommt Sie Dich sofort abholen, haha."

Walli wurde nun von Uschi ordentlich geimpft, dass sie gleich den Main verlassen und auf den Rhein einmünden. Da sie selber sehr neugierig, eigentlich gar nicht so oft auf dem Rhein gewesen ist in ihren kurzen Zeiten an Bord, das letzte Mal vor vier Jahren, hat sie aber nicht verraten. Und sie haben sich dazu entschieden, dass sie das Neue, was da kommt, vom Steuerhaus aus beobachten wollen. Michl kurbelte mit einer Seilwinde den Mast auf dem Vorschiff hoch, sind doch die Brücken auf dem Rhein so hoch, dass der Mast aufrecht stehen kann.

Und sie brüllte beachtlich männlich über Deck, als sie zum Achterschiff gingen: „Josi, hohl die Reibhölzer rein und reiß alle Oberlichter auf im Maschinenraum, damit Dein Busenfreund ausreichend Frischluft bekommt."

Und schon, als Walli und Uschi hinten ankamen, warf Josi gerade die Reibhölzer auf die Luken: „Jetzt ist erstmal vorbei mit der scheiß Schleuserei, wird aber auch Zeit."

Immerhin haben sie in den letzten zwei Wochen 68 Schleusen gefahren, den Main hoch und wieder runter. Und Walli musste erklärt werden, dass in der Richtung, in die sie nun fahren, nämlich zu Tal oder stromabwärts Richtung Holland, nicht überall Schleusen zu erwarten sind, wenn es gut geht, für viele Tage nicht. Gute 500 Kilometer sind es von hier bis in die Nordsee und sie würden allein dafür mindestens zweieinhalb Tage brauchen, da Marta in der Regel nie länger fährt als 12 Stunden am Tag.

Mit, „Hejoh Tante", und, „Hejoh Schiffmann", betraten sie das offene Steuerhaus.

Alles stand sperrangelweit offen und die wärmliche Briese von draußen schwächte die Hitze des Tages.

Marta, mit einer Hand den Haspel, das Steuerrad, und der anderen den Hörer vom Funkgerät am Ohr, meinte gleich: „Jetzt seid mal still, ich muss mich hier jetzt konzentrieren."

Also schwiegen sie und beobachteten das, was jetzt genau geschehen wird.

„Die HELGA kommt gleich aus dem Main ausgefahren und möchte zu Tal fahren."

„Was ist denn nun zu Tal schon wieder?", flüsterte Walli, sie schien aufgeweckt zuzuhören.

Uschi flüsterte mit starrendem Blick aus dem Fenster und ohne sich groß zu bewegen: „Zu Tal ist, wenn wir mit der Strömung auf einem Fluss fahren, zu Berg ist, wenn wir gegen die Strömung fahren."

„Ach soooo", verstand Walli leise.

Marta lächelte und zeigte unbemerkt ihr Grübchen und beendete den Funkspruch: „Ist da noch Schifffahrt an der Mainmündung?", wie es sich bei der Ausfahrt aus einem Nebengewässer gehörte, um anderen Schiffen ihr Vorhaben mitzuteilen. Und sie setzt noch eine Frage nach: „Kann denn mal jemand der Kollegen sagen, wie die Liegeplatzsituation am Zollhafen ist?"

Es dauerte keine Sekunde: „Alles frei hier draußen, Kollege, kannst rauskommen", und ein weiterer antwortete, „am Zollhafen liegt alles voll, HELGA, mindestens sechs Schiffe, liegen da schon."

Marta schien zu grübeln, brummelte dann: „Bei Dykerhoff, dem Empfänger der Ladung in Amöneburg, ist kein Platz für noch ein Schiff, da können wir erst morgen Vormittag hin, Zollhafen ist auch alles voll, hmmm, verdammt. Meine Post müsste weg, wir hätten schnell zu SPAR gehen können, ein paar Kleinigkeiten einkaufen, in die Apotheke wollte ich auch und eine Telefonzelle ist auch nicht weit weg. Na ja, dann müssen wir das anders machen", entschied sie kurz entschlossen.

Sie legte den Hörer des Funkgerätes zur Seite, nahm das Mikrofon von der Wechselsprechanlage und rief zum Vorschiff hinein: „Michl! Wir müssen an der Maaraue vor Anker gehen, am Zollhafen ist leider kein Platz mehr!", was Michl durch den am Vorschiff angebrachten Lautsprecher sehr gut hören konnte.

„Ach, das ist ja ein Bockmist, was schnarchen die denn da alle, es ist noch nicht mal 3 Uhr, die Dampfer sollen fahren, nicht rumliegen", hörten die drei nun im Steuerhaus aus dem Lautsprecher von Michl, den das auch nicht erfreute.

„Also, habt Ihr gehört, Kinder, wir werden gleich vor Anker gehen, geht doch mal vor zum Michl, dann könnt Ihr Euch das anschauen, aber steht nicht im Weg rum", war das so von Marta entschieden.

Abb. 047: Die beiden Anker werden gleich fallen gelassen.

Sie blieben noch, bis Marta aus dem Main ausgefahren war, die erneut den Hörer zur Hand nahm und die Meldung über Funk absetzte: „Die HELGA dreht an der Maaraue über Steuerbord zu Berg und geht da vor Anker", was keiner weiter quittierte, sollte das doch nur der Information dienen.

„Ahhhhh", wusste die mitdenkende Walli, „wenn das Schiff jetzt gedreht wird, dann fährt es ja gegen die Strömung, also nicht mehr zu Tal, sondern zu Berg, interessant!"

Marta warf einen erstaunten Blick auf Walli: „Sehr gut, Walli", und drehte am Haspel weiter.

In Mainz am Zollhafen würde Marta jetzt allerdings über Backbord wenden müssen, da Mainz auf dem gegenüberliegenden Ufer von der Maaraue liegt. Die Maaraue gehört aber zu Wiesbaden und ist hessisch, während Mainz die Landeshauptstadt von Rheinland-Pfalz ist.

Als das Schiff am Wenden war, sagten die Mädels: „Dann gehen wir mal nach vorne, Schiffmann."

Für die Beiden wurde nun das gleich folgende Ankermanöver zu interessant.

Der Michl war schon in der Vorbereitung, machte die Anker klar und wetterte ein wenig vor sich hin: „Dann muss ich halt in Amöneburg beim Ausladen nochmal kurz los." Sie wollte auch ein paar wichtige Dinge einkaufen. „Auf dieser Maaraue ist ja auch nichts außer Schwanenhaufen und Entenscheiße, so ein Mist. Und Ihr", schaute er die beiden an, „da stellt Ihr Euch jetzt hin, da an die

Schanz", und deutete auf die Steuerbordseite ganz vorne am Bug, unmittelbar neben das Schanzkleid. „Nicht, dass Ihr mir gleich in die Quere kommt, wenn ich hier mit dem Deckstopper hantiere."

Der Deckstopper ist ein schweres Eisenteil, das Michl schon in den Händen hielt, ein Ding, das man für einen leichteren Umgang eines Ankerspills verwenden kann. Man kann damit klopfen und hebeln.

„Aber wir wollten doch meine Mama anrufen", fiel Walli auf einmal aus allen Wolken, „17 Uhr werden sie alle in der Eiche sein."

„Na, dann müsst Ihr halt an Land schwimmen", war das von Michl erheiternd klargestellt. „Aber nehmt nicht so viele Münzen mit, nicht dass es Euch Handtücher beim Schwimmen in die Tiefe zieht, haha."

„Ohhh Mann, Michl, das ist nicht lustig und wir sind keine Handtücher", wehrte sich Walli.

„Mein Gott, dann seid Ihr halt Badetücher, wenn es etwas größer sein darf. Dann ruft Ihr eben morgen von Amöneburg aus an, ist doch nicht so schlimm. Wenn's um 17 Uhr in der Eiche nicht klingelt, wird der Friedrich schon wissen, dass etwas dazwischen gekommen ist, der ist doch vom Fach", was laut dem Gesicht, das Walli dabei zog, nicht ihr Einverständnis anzeigte.

Ganz erreichen konnten Uschi diese Bedenken nicht, die war jetzt ganz wo anders, fragte nur: „Welcher Anker fällt denn zuerst, Michl?"

„Immer der vom Ufer abgewandte zuerst, das solltest Du aber wissen als Schifferkind", erinnerte Michl daran und Uschi forderte Walli auf, nicht den Kopf hängen zu lassen, sondern mit ihr über das Steuerbord-Schanzkleid auf den Anker zu schauen, der noch ahnungslos im Schiff in der Klüse steckte.

Die können erst Steuerbord und dann von der Backbordschanz aus gut drüber und hinunter sehen, wie die Anker gleich aus den Klüsen flutschen und nach Außenbord im Rhein versenkt werden. Das Schiff näherte sich dem linken Ufer und wurde immer langsamer, bis es schließlich nicht mehr voraus ging und stehen blieb.

„Lass mal Steuerbord fallen, Michl", kam die Order aus dem Lautsprecher von hinten.

Michl drehte angestrengt die Bremse auf, sprach dabei knirschend: „Heimat ist da, wo ich meinen Anker reinschmeiße."

Aber verdammt, er fiel nicht.

„Das hat man nun davon, wenn man immer nur im Main rumkrebst und seine Anker nicht benutzt, alles gammelt fest."

Aber sie nahm mit dem Wissen, was bei solchen Pannen zu tun ist, den schweren Deckstopper zur Hand und haute ein paarmal „bing, bing, bing" auf die Ankerkette. Und da rumpelte sehr laut rasselnd nach Außenbord der Steuerbordanker. Aus dem Kettenkasten flogen meterhoch rostbrauner Staub und der getrocknete Schlamm der letzten Ankermanöver, die schon eine sehr lange Zeit zurücklagen. Nur kurz später, als Marta das Schiff Richtung Land nach Backbord manövriert hatte, rauschte auch schon der Backbordanker hinterher. Die beiden waren etwas enttäuscht, fielen diese Anker bei dem beladenen Schiff gar nicht so tief, sondern rauschten nur aus den Klüsen und waren mit einem Wimpernschlag im Rhein verschwunden.

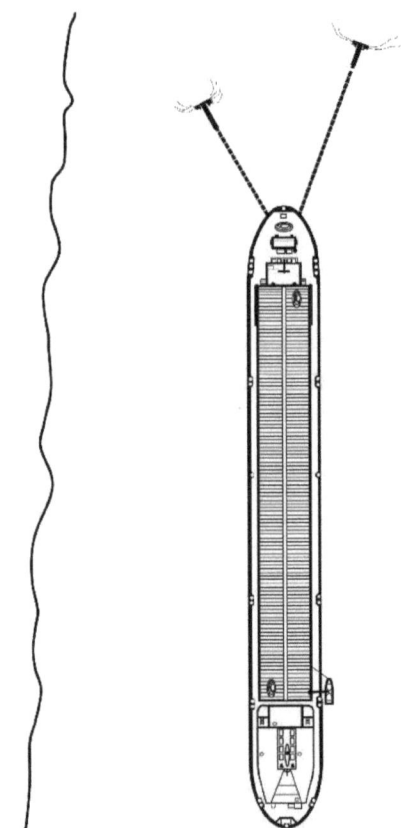

Abb. 048: Die HELGA liegt vor Anker an der Maaraue.

Am Achterschiff flog aus dem Kamin eine schwarze Wolke immer höher und senkrecht in den Himmel, als Marta noch einmal kräftig rückwärts machte, damit sich die gebremsten Anker schön tief in den Flussgrund eingraben.

Und Walli, als sie das sah, schrie: „Boooooohhhhh, Uschi, schau mal da hinter, wie das qualmt!"

Und Uschi warf sich schützend über den Hubert, der hier an Bord eigentlich recht beliebt ist.

„Aaaaach, Du Ahnungslose, das ist normal. Wenn man Dich aus dem Stand auf 100 Stundenkilometer davon jagt, dann fängst Du auch an zu qualmen. Das ist gleich wieder vorbei, ist nur so, wenn man ganz schnell ganz viel Motorkraft braucht!"

Uschi hatte Recht, kaum wurde es ausgesprochen, war vom schwarzen Dunst nicht mehr viel zusehen und die HELGA, sie stand still, ungefähr 15 Meter vom Ufer der Maaraue entfernt.

„Denk an die Flagge und zieh die Ankerlaterne hoch", wies Marta über Lautsprecher darauf hin, die Steuerbordflagge ihrer Befrachtungsfirma auf Halbmast zu ziehen als Tageskennzeichnung für die anderen Schiffe, dass dieses Schiff hier vor Anker liegt und nicht am Fahren ist.

Wenn es dunkel wird, wird dann die Ankerlaterne eingeschaltet, um das vor Anker liegende Schiff zu kennzeichnen.

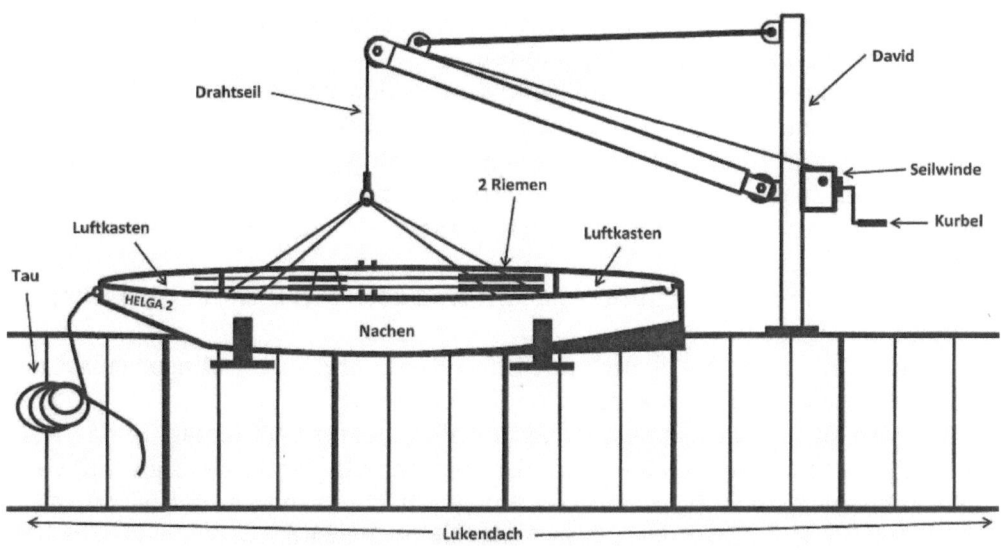

Abb. 049: Der Nachen auf dem Lukendach.

Hurtig eilten Uschi und Walli nach hinten, wollten sie doch jetzt unbedingt wissen, wie das alles weitergeht und kamen kurz vor dem Steuerhaus an der Steuerbordseite am Nachen vorbei. Josi war daran am Arbeiten und kurbelte keuchend mit der kleinen Winde „klack, klack, klack" das eiserne Boot in die Höhe. Sie wird es gleich mit dem David nach außen, neben die Bordwand schwenken und in den Rhein hinablassen. Uschi hat verstanden, was sie vorhat. Josi wird den Nachen, das Beiboot, gleich zu Wasser lassen.

Und Uschi freute sich, Walli sagen zu können: „Mensch, Walli, wir fahren gleich mit dem Boot an Land!", die wieder ganz aus dem Häuschen war.

Fährmann oder wie man einer werden könnte …

Josi hat den Nachen von Steuerbord hinten um das Heck der HELGA vorbei treiben lassen und zusammen mit Michl an der Backbordseite wieder bis ganz zum Vorschiff gezogen und dort an einem Poller festgemacht.

„Ich soll Euch vom Schiffmann sagen, dass Ihr Euch fertig machen sollt. Sie will wohl gleich an Land zum Telefonieren", keuchte Michl.

Und da kam auch schon Tante Marta nach vorne gelaufen. Sie hat sich zu ihrer dunklen Hose ein weißes Hemd angezogen, worüber ihre Hosenträger gelegt waren, eine kleine Umhängetasche hatte sie dabei und die Kappe, wie immer ganz locker ein bisschen nach links unten.

„Habt Ihr alles, Kinder", wollte sie, als sie in den Nachen stieg, von den Mitreisenden wissen. „Vielleicht bürstet ihr Euch mal schnell die Haare durch, ihr seid zerzaust wie Nachbar Müllers Langhaardackel."

Die beiden sahen sich von oben bis unten an, verzogen ein wenig ihren Blick, bekamen große Augen und schweigend drehten sie sich um und eilten in die Wohnung.

„Ein frisches Shirt wäre noch recht, wir sind doch hier nicht bei den Lumpensammlern."

„Genau", rief dann Michl auch noch hinterher, „ihr jungen Dinger müsst mal noch ein bisschen auf Euch achten."

Da hatte Michl aber was gesagt, denn Walli bemerkte auf einmal in der Wohnung, als sie so vor dem Kleiderschrank stand und überlegte, was sie wenigstens zum Landgang Schönes anziehen könnte: „Ich hätte meinen Koffer besser selber packen sollen, Uschi. Schau doch mal was meine Mama da alles eingepackt hat. So richtig hübsch ist davon ja wirklich nichts, Mensch, Frau Strobel", und hielt sich ein Shirt und ein Hemd abwechselnd vor sich.

„Ach herjeeee, Walli", lästerte Uschi auffällig, „da, wo wir jetzt hinlaufen, brauchen wir bestimmt nichts Hübsches, denn wir gehen nur telefonieren!" Sie nahm einfach ein beliebiges Shirt aus dem Schrank, reichte es Walli, „hier, nimm das, das sieht super aus."

Und Walli: „Ach neee, blau? Ich mag dieses Blau nicht."

Und da schrie Michl von oben durch den Eingang: „Ja sagt mal, was macht ihr denn, wir warten hier und ihr macht da Modenschau oder was ist da unten los?"

Erschrocken schmiss sich Walli in dieses blaue Shirt hinein: „Na ja, geht gerade so", tänzelte sie ein wenig hin und her.

Und Uschi zerrte sie sogleich aus dem Zimmer: „Komm jetzt!"

Schnell noch ins Bad, sie schoben sich vor dem Spiegel hin und her und nur frisch gebürstet hatten sich beide wieder für Zöpfe links und rechts entschieden. So wähnte sich nur Walli hübscher als Uschi, denn die erschien lediglich in einem frischen Unterhemd, ansonsten waren sie noch immer wie den ganzen Tag unverändert bekleidet, kurze Hose und Schlappen an den Füßen.

Walli: „Ich hab Geld schon in der Tasche, mehr brauch ich nicht", kletterte übervorsichtig mit zittrigen Knien ins Boot hinein und setzte sich sofort auf das Sitzbrett.

Uschi sagte nichts, hatte wohl auch alles und sprang vorne auf den Nachen.

„Hoho, mach mal langsam, Uschi", rügte Marta sie sachlich und hielt das schaukelnde Boot geschickt im Gleichgewicht. „Was ist mit Dir, Uschi, hast Du auch alles? Möchtest Du Dir noch ein Hemd oder ein Shirt überziehen?"

Da schaltete sich Michl ein: „Mensch, Marta, Ihr fahrt doch nicht auf den Schifferball, so wie Du Dich aufgeplustert hast. Nun macht schon, dass Ihr weg kommt, dann kann ich mich endlich ein bisschen lang machen."

Und als ob ihr Wille geschehen soll, machte Josi das Tau los, warf es in das Boot und rief noch belustigt: „Gute Reise und bis in zwei Wochen."

Die kleine HELGA 2 trieb nun ganz langsam auf dem Rhein zu Tal. Marta saß ganz hinten auf dem Luftkasten, Uschi und Walli nebeneinander auf dem Sitzbrett fast in der Mitte vom Boot.

„Was ist, Uschi, hast Du es verlernt? Die Riemen müssen raus! Fangt mal an zu rudern, bevor wir nach Rotterdam getrieben sind!"

Uschi ist im Rhein noch nie gerudert und Walli hatte keinen blassen Schimmer und doch gelang es ihr, den einen Riemen, eines der Ruder, für sich links, den anderen für Walli rechts aus dem Boot zu schieben.

„Komm jetzt, Walli, mach einfach nach", und zog kräftig an.

Walli kam nicht hinterher: „Jaaaa, Mensch, ich mach ja!"

Der Nachen begann eine Wende nach rechts zu machen.

„Soo, Walli, genug jetzt", Marta hatte genug gesehen. „Zeit zum Üben haben wir im strömenden Wasser jetzt nicht. Steh mal auf und setz Dich nach vorne, die Uschi kommt allein sicher besser zurecht."

Abb. 050: Mit dem Nachen wird an Land gerudert.

Und Uschi legte sich jetzt mit zwei Riemen und ausreichend Platz mächtig ins Zeug und es sah so aus, dass sie ihren Job zwar beherrschte, aber ihre Kraft nicht ausreichte, das Boot gegen den Strom vorwärts zu bewegen.

„Kinder, Kinder", war Marta noch immer nicht zufrieden, „ja jaaaaa, das ist was anderes, als im lahmen Main zu rudern, was? Hier ist Kraft und Kondition gefragt und wenn Du nicht bald siehst, dass Du raus ans strömungsarme Ufer kommst, werden wir unseren Telefontermin um 17 Uhr verpassen!"

Also ruderte Uschi jetzt fast quer ans rettende Ufer und sie entfernten sich weiter zu Tal von der HELGA. Walli sprang unvorhergesehen mutig mit dem Tau in der Hand ans steinige Ufer, Uschi ganz schnell hinterher und beide hielten den Nachen fest, damit Marta auch an Land springen konnte.

Und während sie das Boot an Land an einem Ring festknotete, stellte sie fest: „Ich denke, da muss noch jemand fleißig üben. Wenn wir nachher zurück sind, zeig ich Euch mal, wie das geht."

Telefonat mit den Eltern, es gibt schon jetzt so Vieles zu erzählen ...

Es war ein ordentlicher Fußmarsch dorthin, wo eine Gaststätte gewesen ist. Vom Wirt wurden zwei Mal Limo und für Marta ein kühles Bier serviert. In einem Nebenraum stand das Telefon, das für die Entrichtung der Gebühren über ein Zählwerk genutzt werden konnte.

„Komm, mach mal, Uschi, ruf Du mal an", reichte Marta ihr einen Zettel mit der Telefonnummer der Eiche und setzte sich wieder im Gastraum an einen Tisch.

Mutter Ruth, Vater Friedrich, die beiden Schwestern und Mutter Strobel waren in Eußenheim bereits in die Eiche gewandert und warteten auf den ersehnten Anruf. Ihre Mutter war zuerst am Telefon und Uschi erzählte das eine und andere, nachdem sie berichtet hatte, dass es ihr gut geht, sie genug isst, sich die Zähne putzt und schon die dritte Unterhose anhat von dem ganzen Haufen, den ihre Mutter ihr eingepackt hatte.

Dann quengelte schon Walli: „Ist meine Mama auch da? Beeil Dich doch!"

Aber erst war noch Vater Friedrich dran, der seine Tochter sprechen wollte. Uschi hatte irgendwie den Eindruck, dass sie ihr Vater um diese Zeit an Bord beneidet und er fragte auch, wie Marta so ist und ob sie gut zusammen auskommen.

Aber die Nichte konnte nur Gutes berichten, dass alles ganz toll ist, beide viel Spaß haben und sie konnte es sich nicht verkneifen zu sagen: „Übrigens, Tante Marta hat mir die Teergeschichte erzählt. Warum hast Du das denn noch nie erzählt, Papa?"

Kurzes Schweigen, dann: „Hat sie das tatsächlich erzählt, ja? Ach, schau an und wie ich sie kenne, hat sie heute noch gewaltig darüber gelacht oder?"

„Jaaa hahaaa", musst Uschi nun wieder lachen, „das hat sie wirklich."

„Ich weiß nicht, Uschi", meinte Friedrich, „warum ich Dir das nicht erzählt habe. Wir haben als Kinder viele tolle Sachen erlebt, vor allem an Bord."

„Du hättest ruhig mitfahren können, Papa, ich hätte Dich schon beschützt vor den vielen Frauen an Bord", sagte Uschi und kicherte dabei und klang durchaus aufgeregt. „Die Marta hätte sich bestimmt gefreut, so wie die heute gelacht hat, hab ich sie noch nicht erlebt!"

„Na, ich weiß nicht, hat sie das denn gesagt?", war der Bruder ganz tief in sich der Hoffnung, dass es so ist.

„Auf alle Fälle hat sie gesagt", musste Uschi eine Antwort zusammenschnitzen, „dass die alten Zeiten vergessen sind und dass Ihr beide zu stur seid, um aufeinander zuzugehen, wenn ich das mal so richtig verstanden habe."

Vater Friedrich muss das alles wirken lassen und bat zum Abschied: „Dann sag doch mal Deiner Tante Marta, sie soll Dir mal meine Lachgeschichte vom Ölfilter erzählen. Da hatte sie nämlich mächtig ins Klo gegriffen, damals, hahaa. Und grüß sie auf alle Fälle von mir! Sag Ihr vielen Dank von Deiner Mutter und mir. Wir hören uns wieder, habt noch viel Spaß und passt auf Euch auf. Und jetzt gib mir mal die Walle."

„Ach Mann, Papa, Walli … mit iiiiii am Ende."

„Jaa, ich weiß, mein Schatz, war nur Spaß, gib ihr mal den Hörer, ihre Mutter wartet hier ganz ungeduldig."

Und wie Uschi auf die Tür in den Gastraum zuging, da ging es auch schon los in diesem Nebenzimmer. Walli erzählte ohne Unterlass, was sie alles erlebt hat in nur diesen vier Tagen. Uschi war mit dem, was sie fühlte, durcheinander, fand sie es doch sehr traurig, dass die beiden Geschwister es sich selber so schwer machen.

Also ging sie, ohne lang zu überlegen, zu Marta, die da am Tisch saß und nicht wusste, wie ihr geschah, umarmte sie einfach ganz doll und lange und flüsterte in ihr Ohr: „Das ist erstmal von Papa", war ihr besonders wichtig, „und von Mama, Gitti und Bella soll ich auch grüßen."

Marta war ganz verdattert, zu verdattert, um zu fragen, ob das wirklich so ist, und klang mit einem entspannten Ausatmen doch sehr erleichtert.

„Das ist schön, Uschi, das freut mich sehr", und kam gar nicht drum rum, ihre Nichte mit ihren starken Armen fest zurück zu drücken.

„So, meine Damen", stört der Wirt den Kuschelmoment zwischen Tante und Nichte nur ungern, „Ihr müsst jetzt wirklich mal Schluss machen, der Anschluss ist ja schon bald eine Stunde belegt, tut mir leid."

Aber sie hatten Verständnis. Walli brach ihr Gespräch mit tausend Grüßen ab und die Rechnung von 9,75 DM nur für das Telefonieren, die übernahm Marta sehr gerne.

Schmiererei auf der *TIEFENTAL* …

Auf dem langen Rückweg zum Rheinufer, dort wo der Nachen festgebunden war, Uschi lief links, Marta in der Mitte und Walli rechts, musste Uschi natürlich das Schlagwort Ölfilter loswerden. Und als sie das hörte, wich Tante Marta beim Laufen mit ihrem Blick keinen Meter zur Seite.

Aber sie grinste und sagte: „Aha, da hat mein lieber Bruder wohl noch eine Erinnerung ausgegraben, die ihn damals ordentlich zum Lachen brachte."

Uschi konterte ganz frech: „Hehe", als ob sich etwas Genugtuung auftäte, „ich hätte das gern von meinem Papa gehört, aber am Telefon auch irgendwie blöd, also, dann erzähl mal, Tantchen."

„Na, das war ungefähr vor 10 oder 12 Jahren, nein vorher, Du warst noch gar nicht auf der Welt. Das war auf der zweiten TIEFENTAL, das Motorschiff vor meiner HELGA. Das haben wir ja zusammen gekauft nach dem Tod von Opa Roland. Ein kleines, sehr hübsches, handliches Schiffchen muss ich sagen. Wir waren ja immer zu zweit auf unseren Schiffen und teilten uns die Arbeit ohne Geplänkel oder Diskussionen.

Und eines Tages war mal wieder das Reinigen der Ölfilter angesagt, womit ich dieses Mal dran war, das zu tun. Aber Dein Vater half mir, auch das war normal, dass wir viele Dinge gemeinsam erledigten. Im Maschinenraum hab ich einen der beiden Filter aus dem Gehäuse gezogen, den Filtereinsatz in einen großen Eimer mit Diesel gesteckt und den Eimer auf dem Trittbrett von der Maschine abgestellt. So war das in einer angenehmen Höhe und man konnte im Stehen wunderbar damit arbeiten.

Man musste aber unten an einer Führung eine Schraube lösen und die einzelnen Filterscheiben, die alle mit einem Loch über diese Führung gestülpt waren, pro Filter ungefähr 30 Stück, abstreifen und jede einzeln mit Diesel abwaschen. Man ließ die sauberen Scheiben abtropfen, stülpte sie später wieder über die Führung und baute den dann sauberen Filtereinsatz wieder ein. Die Scheiben waren, nein sind noch heute ungefähr so groß wie eine Untertasse mit diesem Loch in der Mitte. Es sind feine runde Siebe, worin der Schmutz vom Öl drin hängen bleibt. Und die muss man immer mal wieder abwaschen, sonst steigt der Öldruck und der Hubert wird nicht mehr richtig geschmiert, könnte sogar daran kaputt gehen. Daran hat sich soweit nichts geändert und Josi macht das auch regelmäßig, das Ölfilterreinigen.

Und daaaa", zögerte sie, „da hab ich mich tatsächlich ein bisschen blöd angestellt", und schwieg.

„Wie blöd denn?", fragte Uschi, „wo bleibt der Slapstick ohne Klavier, haha?"

„Genau, Schiffmann, wie blöd denn?", stichelte Walli.

„Na ja", wurde ihr Grinsen breiter und ihr verschmitztes Grübchen kam nur wenig zum Vorschein. „Hehe, also gut, ich hab den einen Filtereinsatz oben auf den Rand des großen Eimers aufgelegt und wollte mit einem Schraubenschlüssel diese eine Schraube lösen. Und auf einmal ist der Eimer umgekippt und das ganze schmierige schwarze Diesel ist mir vom Bauch abwärts bis in meine Schuhe gelaufen, mindestens 10 Liter. Oh Gott, war das eine stinkige Sauerei."

„Hahaaa", wollten alle beide Zuhörer jetzt einfach lachen, „und Papa hat es gesehen und sich weggeschmissen vor Lachen, stimmts?"

„Der blöde Hund war so sehr am Lachen, dass er nicht einmal in der Lage war, mir ein paar Putzlappen zu reichen. An mir triefte die stinkende Brühe runter und der lachte", und schau an, über dieses Erlebnis konnte Marta jetzt gerade auch nicht so recht lachen.

Sie liefen so ihres Weges und es gab schon Grund, auf alle Fälle darüber zu lächeln, wenn auch das Lachen mit ein bisschen mehr Vorstellungskraft nicht lange ausblieb.

„Und dann?", wurde es mit Wallis Frage etwas lockerer.

„Und dann und dann, Mensch, Walli", musste Marta Rede und Antwort stehen. „Ich stand da wie versteinert, die Brühe rann überall an mir herunter. Das Hemd, die ganze Hose, selbst die Unterhose voll mit schwarzem Schmieröl getränktem Diesel. Socken, Schuhe, alles voll mit Diesel. Unter meinen Füßen eine riesige Pfütze mit Diesel und Du fragst und dann?"

Erst folgte ein kindlich, vereintes, „Iiiiiiiiihhhhh", und ein nahtloser Übergang in ein schadenfrohes Gelächter. „Na, was haste denn dann gemacht?", war nun Uschi am Ball.

„Friedrich brauchte ewig, bis er sich gefangen hatte und mir ein paar Lappen reichen konnte", versuchte Marta, seinen Spaß zu erklären und äffte ihn nach, „hahaaa, Dein Gesicht gerade, das hättest Du mal sehen sollen', usw. Dann hab ich mich nackig ausgezogen und meine ganzen Sachen gleich in die Tonne zu den alten Lappen geschmissen.

„Vor Deinem Bruder, ganz nackig? Neiiiin!", kam es entsetzt wie aus beiden Mündern der Mädchen.

„Mein Gott Kinder, wir sind zusammen aufgewachsen, wir waren da nicht so gschamig, ist doch nicht so schlimm. Den Michl hätte ich eher weggeschickt als meinen Bruder, wenn die dabei gewesen wäre, auch wenn er eine Frau ist. Ich weiß, das klingt komisch, aber das ist halt einfach so ein Vertrauensding zwischen Bruder und Schwester und wir waren halt nicht so prüde", waren die Mädchen doch nicht so ganz ihrer Meinung. „Ich hab das Gröbste dann abgewischt und bin an Deck, wie mich Gott geschaffen hat."

„Waaas? Das auch ganz nackig, Schiffmann?", war Walli schon wieder entsetzt.

„Das war im Spätherbst, also nicht mehr so richtig warm und ich stank wie ein Berserker. Jeder Schritt, den ich barfuß machte, hat eine Ölspur hinterlassen und Friedrich schrie: ‚Wage es ja nicht, so in die Wohnung zu gehen! Gab mir die Pütz und Schmierseife und sagte, ‚erst waschen, dann Wohnung. Den Gestank kriegst doch nie wieder raus aus der Bude!' So hab ich mich an Deck komplett abgeseift und bin in den Hafen gesprungen."

„Ohhhh Gott", wurden die beiden wieder fassungslos, „und das am helllichten Tag, Tante?", konnte sich Uschi das gar nicht vorstellen.

„Ja klar", kümmerte Marta das auch heute nicht. „Wir lagen doch ganz alleine in diesem Hafen mit der TIEFENTAL, da waren keine Schiffe in der Nähe und was denkst Du, wie das stinkt, ich wollte das nur loswerden irgendwie. Also wieder raus, wieder eingeseift und wieder reingesprungen. Dann kam Dein Vater mit seiner Nase ganz dicht an mich ran und meinte: ‚Marta', und lachte schon wieder, ‚Du stinkst immer noch, mach nochmal.' Am Ende war ich fünf oder gar sechsmal eingeseift und hatte das Gefühl, ich stinke noch immer. So, das war die Ölfilter-Geschichte!"

Mehr recht als schlecht waren die Mädchen ein wenig überfahren mit dem, was da damals passierte. Sie werden wohl erneut erst daran zehren müssen, um es zu einem späteren Zeitpunkt mit ausreichend Fantasie zu einer noch lustigeren Geschichte zu machen, als sie so schon gewesen ist. Womöglich fehlte ihnen ein bisschen der Charakter einer starken Schadenfreude, wovon die beiden Geschwister dem Anschein nach mehr als genug hatten.

Dem Vater Rhein hilflos ausgeliefert ...

Als sie zum Ufer kamen, wurde klargestellt, dass die erfahrene Schiffersfrau die Riemen übernehmen wird, denn der Nachen musste erstmal weit über hundert Meter gegen den Strom zu Berg gerudert werden. Ganz am Ufer legte sich Marta ordentlich in die Riemen und als sie die Höhe des Vorschiffs erreicht hatten, waren es nur noch wenige Züge hinüber zur HELGA. Marta war mit dem Tau in der Hand mit nur einem Schritt wieder an Bord und wickelte das Tau um einen Poller. Uschi und Walli blieben im Nachen sitzen.

„Können wir noch ein bisschen hier im Nachen bleiben?", fragte Walli, denn sie hatte daran Gefallen gefunden, dem Rhein so nahe zu sein.

„Na ja, von mir aus", mahnte aber Marta, „bleibt zu zweit und macht keine Dummheiten, lasst vor allem das Tau fest, keine Alleingänge und passt auf, wenn Ihr raussteigt. Wenn die Glocke vom Mainzer Dom zwanzig Uhr schlägt, dann kommt Ihr zum Abendessen."

Und so saßen sie da mutterseelenallein in diesem Nachen und ganz aufgeregt erzählte Walli von den Neuigkeiten von zu Hause, die so weltbewegend nicht gewesen sind.

Abb. 051: Mainz.

In diesem Moment kam Josi aus der Wohnung, frisch geduscht mit einem gelben Stirnband und schaute in den Nachen hinein: „Hejoh, was sitzt Ihr hier denn noch? Ich wollte das Ding eigentlich gleich wieder rausdrehen und an Bord heben, dann muss ich das morgen früh nicht machen."

Walli war damit nicht einverstanden: „Marta hat gesagt, wir dürfen noch hier sitzen bis der Mainzer Dom zwanzig Uhr schlägt."

Womit Josi nicht so ganz einverstanden war: „Die muss den ja auch nicht rausleiern in aller Herrgottsfrühe. Aber gut, dann bleibt mal einfach sitzen, ich zieh den erstmal auf die andere Seite, Ihr könnt ja dann drüben aussteigen."

Sie löste das Tau und ließ den Nachen mit zwei Personen darin sicher in ihren Händen langsam rückwärts an der Bordwand entlang der HELGA zurücktreiben.

Als das Boot hinten am Heck war, sagte Uschi nur mal so: „Die Glocken haben aber noch immer nicht geläutet, Josi!"

Was sie veranlasste zu sagen: „Ist ja schon gut, Uschi, dann bleibt mal da sitzen, aber wenn die Glocken acht läuten, komme ich wieder und dann kommt das Ding an Bord."

Das war ein tragbarer Kompromiss. Josi zurrte das Tau des Nachens, ganz hinten, am letzten Poller am Achterschiff fest und der Nachen trieb nur so lange zu Tal, um die zehn Meter, bis er im sicheren Tau mit dem Schiff verbunden hängen blieb. Die HELGA schien nun weit entfernt und um die beiden herum waren jetzt nur Wasser und die Insel, auf der sie lebten, dieser Nachen, und der hieß HELGA 2.

Auch Josi nahm das so wahr und rief herüber: „Jetzt habt ihr genug Zeit wie Robinson Crouse, Uschi ist Freitag, Walli Robinson. Könnt ja mal bisschen paddeln üben. Um Acht komme ich wieder und rette Euch!", winkte und ging einfach davon.

Über diese Situation war keine von beiden besorgt. Sie genossen diese Stille und Abgeschiedenheit, sollte sie doch nur so lange dauern, bis die Glocken läuten. Hin und wieder, wenn ein Schiff weit von ihnen entfernt vorbeigefahren kam, brachte es ein paar Wellen mit, die ein Plätschern und Klatschen verursachten, das Boot mal mehr und mal weniger schaukeln ließen. Sie legten sich, wie schon öfter diese Tage, die eine vorne und die andere hinten, auf den Luftkasten, hatten den wolkenlosen Himmel über sich und quatschten erheitert über Teer und Ölfilter, von dieses und jenes, verstummten und mit dem letzten Gedanken über die Erlebnisse ihres Vaters schlief auch Uschi tatsächlich ein.

Ein Schatten bildete sich nach einer gewissen längeren Zeit des Schlafens über ihr und Uschi öffnete nur ein bisschen und blinzelnd nur ein Auge, das vorher der Sonne wegen wie bei ihrer Freundin geschlossen war.

Wie vom Teufelsrochen gestochen sprang sie auf und schrie: „Walli, Walli, wach auf, wach auf, so ein Mist, wir sind Treiben gegangen!"

Walli verstand kein Wort, setzte sich aufrecht hin und stellte anscheinend zweifelnd fest: „Ich glaub, die HELGA ist ohne uns weggefahren! Schau mal, wie weit die weg ist."

„Mensch, Walli", war Uschi der Verzweiflung nahe, „schau doch mal über uns, das ist eine Brücke! Das Tau an der HELGA hat sich gelöst, wir sind abgetrieben und treiben jetzt wie ein toter Hering zu Tal!"

„Dann müssen wir rudern, rudern Uschi!", kam der Schrecken jetzt auch bei Walli an. „Los, rudere, ich kann das doch nicht. Rudere, schnell, wir müssen hinterher!" Sie stellte sich hin, schrie und winkte mit beiden Armen: „Halloooo, Hilfeeeee, HELGAAAA, hier sind wir!", was unter der sehr breiten Brücke sogar richtig laut klang, doch nicht laut genug, damit das jemand auf der HELGA hören könnte.

Uschi blieb sehr besonnen, saß in diesem Augenblick schon mit beiden Riemen in der Hand und wusste längst, dass sie absolut keine Chance hatten, rudernd zur HELGA zu gelangen. Die Brücke, die sie beide schon am Nachmittag gesehen hatten, die war annähernd einen Kilometer von der HELGA entfernt. Niemals würden sie es gegen die Strömung schaffen, da wieder hinzurudern. Und da ertönten auf einmal die Glocken des Mainzer Doms, genau acht Mal. Walli, die noch immer am Winken und Schreien war, nahm das gar nicht wahr.

„Setz Dich jetzt wieder hin, Walli, Du fliegst mir noch über Bord! Kein Mensch hört Dich!", wurde Uschi sauer. „Ich rudere nach der Brücke mal näher an Land, da ist nicht so viel Strömung. Die Josi wird jetzt ganz schön blöd schauen, wenn die gleich den Nachen an Deck holen will. In ein paar Minuten weiß Marta Bescheid, die wird dann schon was machen, um uns zu retten."

In der Tat geschah das annähernd so an Bord.

Josi rannte zur Wohnung und rief hinein: „Mamaaaa, der Nachen ist weg."

Schnell hat sie ihr erzählt, was die drei vorhin abgesprochen haben, und dass die beiden mitsamt Nachen irgendwo zu Tal abgetrieben sein müssen. Marta war ganz locker, hatte sie doch mit ihrem Bruder hunderte solche Abenteuer erlebt und immer sind sie gut gegangen.

Sie zeigte erstmal ihr Grübchen und grinste: „Haha, da gehen die Uschi und die Walle, räusper, die Walli tatsächlich den Rhein zu Tal, ist ja lustig, ha! Na, die Uschi macht das schon", sagte sie zuversichtlich. „Was hast Du denn da für einen Verzweiflungsknoten gemacht, dass der Nachen sich lösen konnte? Mensch, Josi!", ging aber gleich ins Steuerhaus, nahm den Hörer des Funkgerätes, während Josi die Wasseroberfläche hinter dem Schiff mit dem Fernglas absuchte.

Marta rief hinein: „Hallo, Kollegen, hier spricht die HELGA, ich liege an der Maaraue vor Anker. Leider ist mir mein Nachen treiben gegangen, kann den jemand von der Bergfahrt in der Nähe Zollhafen sehen?"

Da schrie auch schon Josi: „Daaa, da sind sie, direkt unter der Brücke!", und zeigte darauf.

Marta schaute, um sich zu vergewissern, und sprach wieder in das Funkgerät: „Hallo, Kollegen, wir haben ihn entdeckt. Unser Nachen treibt direkt unter der Theodor-Heuss-Brücke weiter den Rhein runter."

Und da schaltete sich unerwartet die Wasserschutzpolizei ein: „Motorschiff HELGA, bitte kommen!"

„Na großartig", meinte Marta, „auf die hätte ich jetzt gerne verzichtet, hab extra nichts von den Kindern gesagt, um kein Aufsehen zu erregen", glaubte fest an die Besonnenheit ihrer Nichte.

Aber sie meldete sich ordnungsgemäß: „Jaaaa, die HELGA hört."

Und der Freund und Helfer krächzte aus dem Lautsprecher: „Wir haben den Nachen gesichtet, fahren hin, picken ihn auf und bringen ihn zurück!"

Abb. 052: Das Funkgerät.

Was sollte sie dazu sagen, außer: „Ohhhh, vielen Dank, bis später."

Uschi hat das Polizeiboot längst gesichtet, das ganz schön schnell den Rhein herauf kam.

„Da kommt die Wasserschutzpolizei, Walli, wir sind gerettet, sag ich doch, Tante Marta macht das schon!"

Und Walli sprang wieder auf, schrie und winkte: „Halloooo, hier sind wir!", was eigentlich keinen mehr interessierte.

Die HELGA 2 wurde am Heck des Polizeibootes befestigt, die beiden Kinder in das Boot geholt, auf dem sie, vor allem Walli, ganz aufgeregt berichten mussten, wie das passiert ist. Das erste Mal in ihrem Leben haben sie mit der Polizei zu tun und das auch noch in einem Polizeiboot, wenn das mal nicht prägend bleibt.

Nur wenig später war die HELGA erreicht, das Missgeschick geklärt und das Polizeiboot machte an der Steuerbordseite des Schiffes fest.

Da kam Michl aus der Wohnung, wusste gar nicht, was da gerade los war, brummelte aber beim Heranschreiten: „Polizei, Polizei, wer rief denn hier die Polizei", schaute allerdings komisch bei dem, was gleich folgen sollte.

Denn Uschi sprang mit Walli auf die HELGA herüber und liefen ganz aufgebraust sofort zu Marta: „Tut mir leid, Tante, aber wir können nichts dafür!"

Und Walli: „Ja, genau, auf einmal waren wir ganz allein auf dem Rhein ..."

Marta unterbrach sofort und blieb gelassen wie immer: „Jajaja, ganz ruhig, Kinder, ich weiß das schon alles. Ihr seid wieder da und die HELGA 2 auch, mehr ist nicht wichtig."

Sie bedankte sich bei der Wasserschutz, indem sie sich ganz kühl an den Schirm ihrer Mütze fasste: „Vielen Dank, Kollegen, da wart Ihr ja mal wieder zur richtigen Zeit an der richtigen Stelle!"

Es schien so, als hätten die beiden Geretteten bei der kurzen Fahrt mit dem Polizeiboot gut genug erklärt, was vorgefallen war, denn die waren nicht daran interessiert, Genaueres in Erfahrung zu bringen.

Der eine, der das Boot wieder losschmiss, erwähnte nur: „Alles gut, Schiffmann, dafür sind wir doch da, gute Reise noch", und da gaben sie schon Gas und zischten wieder ab.

Walli und Uschi winkten noch einmal hinterher und riefen zusammen: „Dankeschöööön, Polizei, und gute Reise!"

Josi informierte indessen Michl und musste sich noch einmal anhören, dass sie nach einem Jahr Ausbildung und als Tochter des Schiffseigners keinen Nachen richtig anbinden kann und Josi ärgerte sich maßlos über ihre Unachtsamkeit.

„Wie auch immer", war Michl bedacht, Frieden zu halten, „ist doch nichts passiert, eine kleine Erfahrung, die das Leben ziert. Aber als Flieger", sah sie die beiden an, „hättet Ihr Euch nicht lange gehalten, das musste damals flutschen, die konnten es sich nicht erlauben, treiben zu gehen."

Marta musste darüber aufklären, dass noch vor wenigen Jahren echte Profis am Werk waren, die mit Nachen die Leute von den Schiffen holten, an Land und zurück brachten. Sie taten für ein paar Groschen nichts anderes und konnten rudern wie die Weltmeister und weil die so gut und schnell waren, nannte man sie und ihre Nachen Flieger.

Zu guter Letzt durfte Josi den Nachen endlich an Bord holen, ein geradezu abenteuerlicher Tag neigte sich dem Ende und jede hat irgendwann in ihrem weiteren Leben ihren Teil dazu zu erzählen. Erst spät wurde noch warm geduscht, was Dank Durchlauferhitzer in der vorderen Wohnung möglich war. Morgen ganz gemütlich wird die HELGA wieder in Fahrtrichtung zu Tal gewendet und den Hafen Amöneburg ansteuern.

Wenn alte Steuermänner albern werden, löschen in Amöneburg ...

Der bereits fünfte Tag an Bord begann damit, dass die beiden Anker, die im Rhein vergraben lagen, wieder gehoben, gezogen oder rausgedreht werden mussten. Ein auf dem Rhein alltägliches Geschehen an allen möglichen und unmöglichen Ortslagen entlang des Flusses. Richtig eilig hatten sie es nicht und Marta dachte daran, dass sie ganz gemütlich um acht Uhr Ankerdrehen.

Die Frauen im Vorschiff machten bereits um sieben Uhr erstmal Frühstück und während Michl mit dem Brotmesser Brot schnitt, wovon jede einzelne Scheibe dem Anschein nach ganz genau 1,01 Zentimeter dick war, deckte Uschi den Tisch mit Brotzeitbrettern. Fenster und Türen standen alle offen und es hat etwas geregnet die Nacht, aber die Sonne stand bereits in ihrem Startloch, um den Tag zu erhellen.

Vom Ufer her roch es bis hinüber zur HELGA nach Regenwürmern und die leicht dampfige Morgenluft sollte mal alles richtig schön durchfluten. Wenngleich Uschi genau in diesem Augenblick aufgefallen war, so richtig muffelt der Michl gar nicht mehr, wie noch vor vier Jahren, war sie nun anderer Meinung. Oder lag es daran, dass sie zu dritt in dieser kleinen Wohnung im Vorschiff lebten und alle dermaßen gleich muffelten, dass es keiner mehr bemerkte?

Der Wasserkessel pfiff und Michl träufelte das kochend brodelnde Nass in den Porzellanfilter auf den staubigen Kaffee, womit sich sofort ein sehr guter Kaffeeduft in der kleinen Küche verbreitete. Walli hatte sich untätig an den Tisch gesetzt, lehnte sich zurück und beobachtete, wohl noch nicht ganz wach, das Treiben der beiden Fleißigen.

Was Michl auffiel und sie gab knurrig die Anweisung: „Komm, Du Schnarchtüte, mach Dich mal nützlich, bist hier nicht bei Muttern. Butter, Wurst und Marmelade stehen wie gestern im Fliegenkasten, Messer sind in der Schublade."

Walli hörte wieder etwas, was sie nicht kannte, zog ihr Gesicht zu einer fragenden Miene: „Was ist denn jetzt ein Fliegenkasten schon wieder, Uschi? Bäähhh, klingt ja nicht sehr appetitlich."

„Naa, Uschi?", fragte Michl, „weißt Du das noch? Haben Dir Deine Tante und Dein Vater vom Fliegenkasten erzählt?"

Uschi sprach ganz weise: „Aber klar haben sie das. Papa sagt das manchmal sogar noch zu Hause. Das war früher auf den Schiffen so ein Kasten mit Tür und Fliegengitter, wo die Lebensmittel drin aufbewahrt wurden."

Und Walli sprang auf: „Ach soooo, jaaaaaa, der Kühlschrank, hahaa, der Fliegenkasten ist der Kühlschrank! Damit werde ich mal meine Mama erschrecken, wenn ich zu Hause bin", und wurde endlich aktiv. Sie holte das Fehlende aus dem Fliegenkasten heraus und flüsterte dabei feststellend, „ein kleines Hänschen hätte da drin durchaus Platz, knusper, knusper, chchch", was aber niemand hörte.

Dann saßen sie da alle, Uschi und Walli auf der Eckbank und Michl auf dem Stuhl und die sprach so zwischen Erdbeermarmeladenbrot und einer Scheibe Geräuchertem: „Haut ordentlich rein, Kinder, die Kettennüsse müssen gleich beim Ankerdrehen gut gewässert werden, nicht dass die wieder heiß laufen."

Uschi biss, den Schabernack von Michl erkannt, von ihrem Brot ab und dachte: „Oh jee, da ist dem Michl mal wieder was eingefallen, die arme Walli."

Die aber hatte längst Falten auf der Stirn und fragte: „Und was müssen wir da machen?"

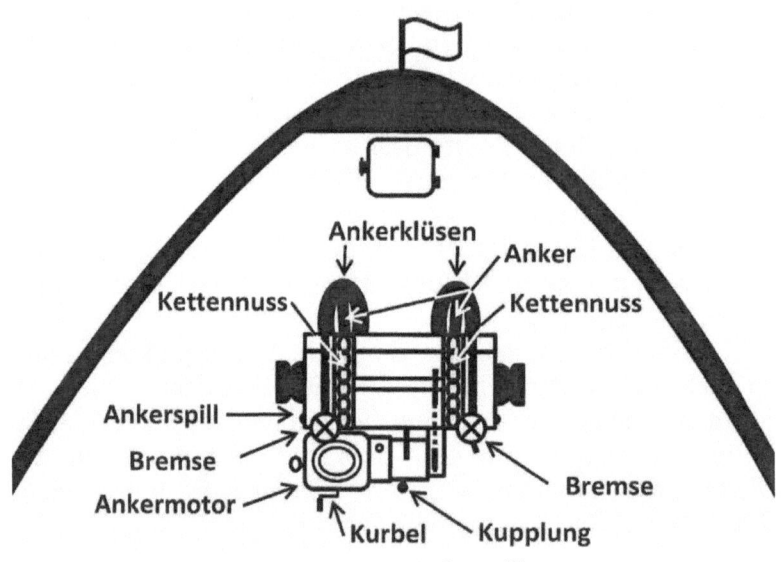

Abb. 053: Das Ankerspill.

„Macht ja sonst die Josi, aber wenn Ihr schon an Bord seid, könnt Ihr doch ein bisschen helfen, oder?", wusste Michl längst, was sie zu sagen hatte.

Bis nach vorne hörten sie, als Josi im Achterschiff den Dicken Hubert auf den Tag vorbereitete.

„Aha, das ist unser Zeichen, raus, an Deck mit Euch, los, los!", fing Michl an zu hetzen.

Als sie noch Brot kauend an Deck standen, reichte sie der Walli den Schwenkeimer: „So, hier, Du holst jetzt gleich einen Eimer Wasser nach dem anderen aus dem Rhein und kippst ihn, wenn ich anfange, den Anker rauszudrehen, über die Kettennüsse, denn die dürfen auf keinen Fall heiß werden oder gar zu qualmen anfangen", und zeigte, wo genau dieser nasse Erguss am Ankerspill erfolgen soll.

Abb. 054: Damals, als die Anker noch mit dem Ellenbogenmotor aus dem Fluss geholt wurden.

„Das habe wir alles dem Fortschritt zu verdanken", wetterte Michl, „als ich damals in die Decksarbeit ging, da haben wir auf den Schleppkähnen die Anker noch mit der Hand herausgedreht. Die Frage stellte sich gar nicht, ob ich eine Frau war, wer an Deck arbeitet, der muss alles machen, fertig. Unser Motor war zweiarmig und hieß Ellenbogenmotor. Zu zweit drehten wir an einem großen Rad aus Eisen. Ein Mann davor, ein Mann, oder ich als Frau hinter der großen Winde und dann gib ihm Saures beim kurbeln. „Klack, klack, klack", pro Umdrehung ein halbes Kettenglied. So schnell konnten wir selbst mit zwei Mann nicht drehen, damit da irgendwas heiß läuft. Alles ein Mist mit der modernen Technik, das braucht kein Mensch. Heute sind die Anker zwar schneller draußen, aber man braucht fast immer einen zweiten Mann, der die Kettennüsse kühlt, sowas Dummes aber auch!"

Uschi imponierte Michl von Tag zu Tag mehr, so konnte sie sich nicht an sie erinnern. Die kühle und glaubwürdige Art, wie sie Menschen auf den Arm nehmen konnte, war einfach meisterhaft und sie musste gut aufpassen, dass sie nicht selber irgendwann auf Michl reinfällt.

Walli der vielen Worte wegen war sichtlich am Überlegen, nahm einfach den Eimer, warf ihn über Bord und holte gleich mal einen vollen Eimer Wasser hinauf an Deck. Da das Schiff beladen war, musste sie den vollen Eimer auch gar nicht von so weit unten herauf an Deck ziehen, musste sich aber trotzdem sehr anstrengen. Uschi war begeistert von dem, was Walli schon wieder Neues von sich zeigen konnte. Und Michl drehte an der Kurbel des modernen Ankermotors, ein Einzylinder-Farymann, der dann auch sofort ansprang und wie der Jockel im Achterschiff „paff, paff, paff" machte.

„Guten Morgen, zusammen", rief Marta aus dem Lautsprecher, „ist alles klar zum Ankerdrehen? Der Paff-Paff läuft ja schon, haha."

„Alles klar, Schiffmann", antwortete Michl, „Motor läuft und Wasser ist auch parat."

Uschi wusste sehr genau, dass ihre Tante am frühen Morgen im Steuerhaus schon etwas zu lachen hatte.

„Na dann, raus damit, hol hoch die Anker!"

So setzten sich die Kettennüsse in Bewegung. Das Schiff wurde ruckartig und doch gewogen nach vorne gezogen, die Ketten krachten und schlugen in den Klüsen und zogen die Anker aus dem Flussgrund. Kettenglied um Kettenglied holten die langsam drehenden Kettennüsse die Ankerkette ein und führte sie, nachdem sie die Kettennüsse passiert hatten, ohne Gnade durch ein Loch im Deck hindurch hinunter in das Innere des Schiffes, in den Kettenkasten. Und der befindet sich unter Deck vor den unteren Schlafzimmern, sorgte daher für ordentlichen Krawall in diesen Räumen.

Michl drückte dabei ohne Unterlass die Kupplung, blickte durch die Ankerklüsen, um zu sehen, wann erst der eine, dann der andere Anker heraufkommt.

Dabei schrie sie immer, weil es durch den anstrengend schaffenden Ankermotor, das „paff, paff, paff", ganz schön laut wurde: „Wasser, Walli, mehr Wasser, schnell, schnell, da fängt es schon an zu qualmen!"

Und Walli zog, so schnell sie nur konnte, einen Eimer Wasser nach dem anderen aus dem Rhein, um einen Großbrand an den Kettennüssen zu verhindern. Und es plätscherte dabei ordentlich – ihre Hose nass, Schuhe nass und das am frühen Morgen. Uschi war zwiegespalten, hatte sich mit dem Oberkörper über das Schanzkleid gelegt, um zu sehen, wie die Anker raufkommen und die Ankerstöcke in den Klüsen verschwinden. Sie fand es lustig und wieder nicht, da Walli so richtig schwer zu tun hatte, vor allem so viel Schabernack ertragen muss, obwohl sie mit ziemlicher Sicherheit kein Binnenschiffer, wohl eher wie ihr Vater Postbeamte werden möchte.

Sei's drum, die Anker waren beide eingeholt und ganz außer Atem feuerte Walli die Pütz in die Ecke.

„Mensch, Du, das gibt Muckis. Aber morgen bist Du dran, Uschi, ich hab morgen bestimmt Muskelkater", schnaubte Walli.

Ohne Worte verblieben Michl und Uschi dabei, diese vollkommen unnütze Arbeit, von Walli ausgeführt, erstmal für sich zu behalten.

„Beide Anker oben, Schiffmann, kannst rumdrehen!", rief nun der Michl zum Lautsprecher und jetzt hat auch noch Marta ihre Anteilnahme an dem Blödsinn bestätigt.

Denn die fragte: „Ging denn alles gut, kein Feuer, alles in Ordnung da vorne?"

„Alles in Ordnung, Schiffmann, Ketten wurden gut gekühlt, nichts passiert, Walli hat gute Arbeit geleistet!"

Uschi war all das trotz ihres verdeckten Grinsens fast ein bisschen peinlich, wo sie doch Walli allein schon immer vor der Bezeichnung Walle schützte. Aber, na ja, das sind eben außergewöhnliche Ferien und sie grinste doch nur dann verschmitzt, wenn sie Walli dabei nicht ansah. Und wer weiß, was Michl noch alles für sie parat hält.

Die HELGA war schnell über Steuerbord zu Tal gewendet und mit ruhigen Umdrehungen ging es nun „Kartoffel, Kartoffel" an Mainz vorbei, ein paar Kilometer rheinabwärts nach Amöneburg, wo wieder über Steuerbord in den Amöneburger Hafen gewendet wurde, der vor vielen Jahren mal ein Arm des Rheins gewesen ist.

An der Pier machte Marta die Papiere und der Eichmeister hatte die geladenen Tonnen ermittelt. Es war an der Zeit, das Schiff aufzudecken. Wieder etwas Neues, vor allem für Walli.

Dennoch durften die beiden dabei nur zusehen, denn Michl und Josi sind sehr gut aufeinander abgestimmt. Beim Aufdecken eines Holzlukendachs muss jeder Handgriff sitzen. Marta war auch der Meinung, diese Arbeit wäre noch zu schwer und zu gefährlich für Mädels in diesem Alter und gab nochmal ganz spezielle Anweisungen.

Abb. 055: Eine schwere Arbeit, das Schiff wird aufgedeckt.

Auf dem Lukendach kann man jetzt gleich nicht mehr laufen, wenn das Schiff aufgedeckt ist. Daher müssen sie die Gangborde, den schmalen Weg neben dem Dennebaum, der Laderaumwand über Deck benutzen. Und sie sollen nur das Gangbord benutzen, das sich nicht im Drehbereich des Krans befindet. Und da heute hier in Amöneburg die HELGA mit ihrer Backbordseite am Ufer liegt, dreht der Kran über das Backbord-Gangbord, somit dürfen sie nur das Steuerbord-Gangbord benutzen. Beim Löschen fallen immer wieder Ladungsbrocken aus dem Greifer und Gipsstein, der bei dieser Ladung bis zu 20 Zentimeter Durchmesser groß ist, ist sehr hart, wenn er aus 10 Meter Höhe auf eine Kinderbirne fällt.

Wenn das Schiff gleich aufgedeckt wird, sollten sie besser gar nicht im Gangbord rumturnen und immer beieinander bleiben, falls mal jemand über Bord geht und die andere ihr helfen kann.

Aufregend war das alles nicht, eher interessant, doch nur eine gewisse Zeit lang, denn schließlich wiederholten sich die Handgriffe zusehends mehr und mehr. Beide Laderaumhälften über das ganze Schiff galt es aufzudecken, denn jeder einzelne der vier Laderäume war beladen.

Die Laderäume wurden immer größer und die Lukenstapel neben den Laderäumen immer höher.

Abb. 056: Ein schwerer Greifer schwebt über dem Schiff.

Das grenzte schon alles an Akrobatik und beeindruckte die beiden Zuschauer gewaltig. Ein großer Haufen Gips wurde mit jeder entfernten Luke sichtbarer und der Laderaum, aus dem zuerst gelöscht werden sollte, wurde zuerst aufgedeckt. So konnte der Kran gleich damit anfangen, mit seinem Greifer den Gips aus dem Schiff zu holen.

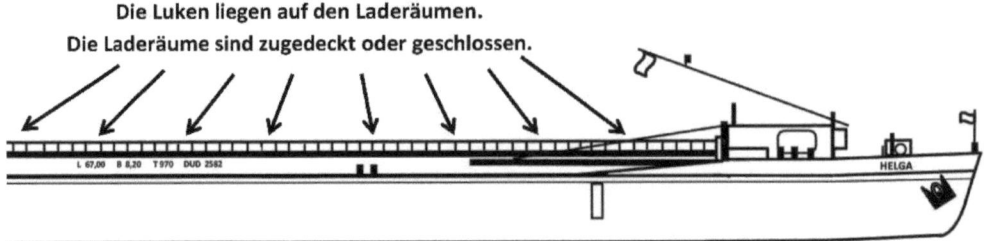

Die Luken liegen auf den Laderäumen.
Die Laderäume sind zugedeckt oder geschlossen.

Abb. 057: MS HELGA mit geschlossenem Laderaum.

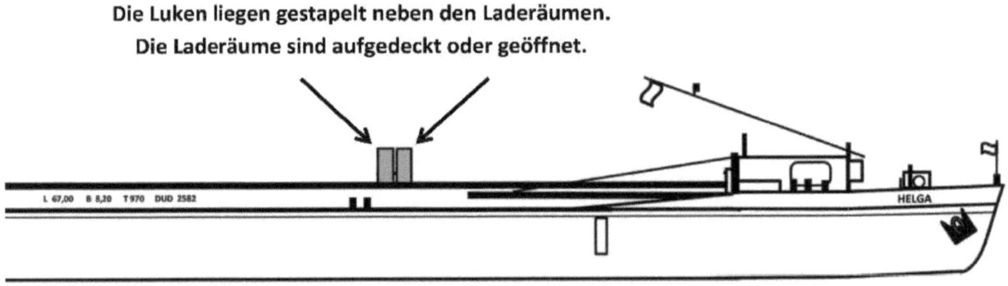

Die Luken liegen gestapelt neben den Laderäumen.
Die Laderäume sind aufgedeckt oder geöffnet.

Abb. 058: MS HELGA mit geöffnetem Laderaum.

Eine neue Reise, Getreide von Gelsenkirchen nach Bamberg ...

Das ging dann den ganzen Tag und es war schon sehr spannend, als die beiden von oben in den Laderaum hinunter blickten und beobachteten, wie der Kranführer geschickt seinen Greifer im Laderaum jonglierte. Greifer um Greifer wurde der Gips aus dem Schiff geholt und es rumpelte und knallte manchmal ganz gewaltig, wenn der schwere Greifer an den Dennebaum oder auf den Laderaumboden knallte.

Schon am Nachmittag war es den beiden allerdings recht langweilig, mit altem Brot fütterten sie eine Zeit lang ein paar Schwäne und Enten und als das aufgebraucht war, wurde es wieder langweilig. Die Tante hat ihnen dann erlaubt, dass sie auch ein bisschen an Land gehen können, aber immer nur zu zweit, womit dann das kleine Hafengebiet inspiziert werden konnte. Am Nachmittag durften sie mit Michl und Josi an einer langen Leiter den Laderaum hinunterklettern. Die Strau, der Holzboden des Laderaums, musste gefegt werden.

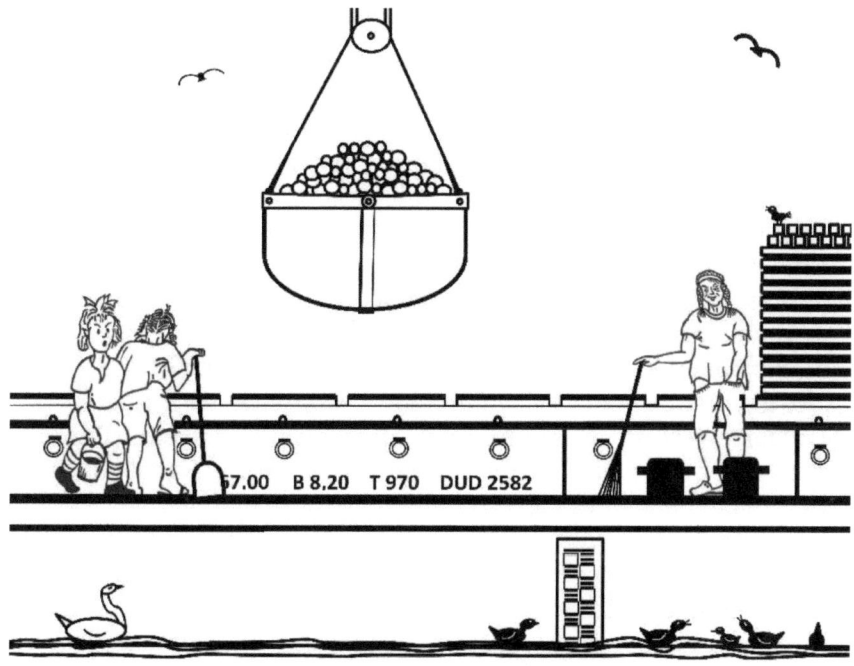

Abb. 059: Gips löschen in Wiesbaden.

Keiner war am Meckern oder am Murren und sie taten es so, als ob sie es nie anders getan hätten. Um 16 Uhr war Feierabend und Marta rechnete damit, dass die HELGA am nächsten Tag, gerade so um diese Uhrzeit, leer sein müsste.

Der lange, intensive Arbeitstag zeigte seine Wirkung und nach dem Duschen, heute mal eher weiß wie Gips als schwarz wie Kohlteerstaub, war nach dem Abendessen mit keiner mehr etwas anzufangen. Sie verdrückten sich freiwillig in ihre Kojen und waren sehr schnell eingeschlafen.

Am Folgetag haben Marta ihre Berechnungen gefruchtet, der letzte Greifer mit den letzten Ladungsresten war schon um halb vier aus dem Schiff geholt und alle vier Laderäume soweit besenrein.

Der Eichmeister ermittelte die tatsächlich gelöschten Tonnen und war zufrieden, Marta holte im Büro die Löschpapiere und rief ihren Befrachter an, um die nächste Ladestelle in Erfahrung zu bringen.

Das Wetter schien zu halten, es war sehr heiß und keine einzige Wolke am Himmel zusehen. Grund genug, zur Freude von Josi und Michl, die Laderäume dürfen offen bleiben und müssen nicht zugedeckt werden.

Als Marta zurückkam, warteten schon alle gespannt darauf, wie die nächste Order lautet und dass es heißt: „Leggo!"

„Mach den Hubert fertig, Josi", rief sie schon aus der Ferne, „wir haben eine tolle Reise, Getreide von Gelsenkirchen nach Bamberg", schaute beim Heranlaufen Uschi an, „da wird Eure Zeit an Bord dann fast schon vorbei sein, mein Schatz", was Uschi, aber auch Walli gar nicht hören wollten. Klingt es doch so, als wenn es morgen schon so weit sein würde.

Michl fiel nur ein: „Ach du Scheiße!"

Und Josi sang die zweite Zeile, anscheinend eines Klageliedes: „Ohhh neee, so viel zu keine Schleusen mehr die nächsten Tage."

Richtig verstehen konnten Walli und selbst Uschi das nicht.

„Was ist denn mit diesem Gelsenkirchen?", wollte sie wissen.

Michl brauste fast ein bisschen auf: „Jetzt kennen die zwei Dorflandratten nicht einmal Gelsenkirchen, wo gibt's denn sowas? In den Kanal sollen wir, Kinder, Kinder, in den blöden Graben von Rhein-Herne-Kanal, der hat mehr Brücken als der ganze Rhein."

Josi mit dazu: „Und, warte mal", überlegte sie, zählte mit den Fingern ab, „Meiderich, Oberhausen, Essen-Dellwig und Gelsenkirchen, genau, vier Schleusen haben wir vor der Nase und wir müssen Ballastwasser in Laderaum vier und zwei pumpen und das Steuerhaus abbauen, damit wir durch die ollen Brücken überhaupt durchgehen. Und wenn wir da sind, muss die schwere Lenzpumpe aus dem Herft gezerrt werden, das Wasser wieder rausgepumpt und die Pfützen aufgewischt werden. Und dann, dann müssen wir warten, bis die Laderäume trocken sind, damit wir überhaupt laden können, das ist Gelsenkirchen, Leute."

Walli kombinierte gedanklich, was man ihr förmlich ansah.

Ballast und Wasser ist gleich Ballastwasser und gab zur Kenntnis: „Dann muss jetzt Wasser in den Laderaum rein?"

Und Uschi: „Ja, genau, das Reinpumpen macht hinten Dein „Paff-Paff" mit einer Wasserpumpe im Maschinenraum", was mit diesem mittlerweile sehr gebräuchlichen „Paff-Paff" die Situation etwas erheiterte. „Dann geht die HELGA am Achterschiff ein bisschen runter, also tiefer und passt besser durch die niedrigen Brücken durch."

„Na, na, na", bremste Marta die Aufregung, „nun regt Euch mal nicht so auf, Kinners, es ist herrliches Wetter, da fahre ich doch gerne im Cabrio, also mit einem Steuerhaus, auf dem kein Dach und kein Aufbau mehr drauf ist. Und bei der Hitze sind die Räume ratzfatz wieder trocken. Also", stellte sie abschließend klar, „wir fahren heute noch nach Bingen, da sind wir dann nicht so spät und bekommen mit Sicherheit noch einen Liegeplatz. Morgen schaffen wir das gut nach Duisburg."

Und Michl gleich: „Da musste aber noch paar Schippen Kohlen auflegen, wenn Du das in 12 Stunden schaffen willst, Marta."

„Na und, wo wir heute nicht hinkommen, fahren wir morgen dran vorbei", ein alter weiser Schifferspruch, den Marta da sprach.

Aber Josi war zuversichtlich: „Ach was, der Hubert mit seinen 600 Pferdestärken macht das schon, hatte eh nichts zu tun die letzten Tage im Main mit dreiviertel Kraft."

„Pahhh, Pferdestärken, Du hast doch keine Ahnung, Josi, was Pferdestärken sind", war der alte Schaufelraddampferfahrer lautstark anderer Meinung. „Räderboote, die hatten Pferdestärken, jawohl, ist doch lächerlich, der Hubert und jede Antriebskraft, die hinter dem Schiff rauskommt, das sind zwar auch PS, aber nur noch Ponystärken, lass Dir das gesagt sein."

Abb. 060: Schaufelraddampfer am Rhein hinterließen ihre Spuren.

Marta grinste schon wieder so bescheiden, wenn Michl an ihren alten Erfahrungen festhielt.

„Wie auch immer, PS sind PS, fertig machen und ab nach Bingen."

Somit war das Ziel für heute und für morgen fixiert und die Gemüter beruhigt. Die HELGA wurde von ihren Fesseln gelöst, die Marta fuhr ein paar Hundert Meter rückwärts aus dem Hafen Amöneburg raus, wendete über Steuerbord und richtete den Kurs schnurstracks weiter nach Bingen. Während der Fahrt wurde damit begonnen, den Gipsstaub über Bord zu waschen, wenigstes so viel, dass die Decks, die Gehwege und Gangborde sauber waren, nicht damit man diesen Schmutz noch weiter in die Wohnungen hinein trägt und die Fenster wieder öffnen kann.

Abb. 061: Reinigen der Luken mit Wasser.

An der langen Hafenmauer in Bingen, an der ein Schiff und zwei nebeneinander hinter dem ersteren stilllagen, war um 19 Uhr festgemacht. Uschi und Walli gingen die ganze Pier einmal in die eine Richtung bis hinunter an die Nahemündung, ein kleines Flüsschen, das hier in den Rhein mündet, machten einen kurzen Stopp an einem Kiosk und stellten fest, wie blöd es doch sei, dass sie nicht spontan zu Hause anrufen konnten. Sie entschieden sich wenigstens für ein Eis auf die Hand, setzten sich unter einen Schatten spendenden Baum auf eine Bank und dachten darüber nach, was sie die nächsten Tage erwarten wird.

Morgen werden sie durch das Gebirge zu Tal fahren und in ein paar Tagen wieder zu Berg, wieder hinein in den Main und weiter Richtung Bamberg.

Dann schlenderten sie in die andere Richtung, hinauf bis an die Hafeneinfahrt, wo sie eine Weile verharrten und der Autofähre nach Rüdesheim zusahen, die da wie wild, rein und raus rauschte.

Am nächsten Tag, gleich morgen früh, wird Marta die HELGA durchs Gebirge manövrieren, die herausforderndste Strecke des ganzen Rheins und Uschi musste gestehen, dass sie sich gar nicht mehr so recht erinnern kann, was sie da genau erwartet. Vier Jahre keine Schifffahrt ist doch eine lange Zeit und damals, na ja, gestand sie sich, hat sie nicht halb so viel Interesse gehabt wie heute.

Das Binger Loch, auch wenn es knistert, durch muss es doch ...

Als sie von ihrem intensiven Spaziergang zurückkehrten, saß Michl noch in ihrer geliebten Unterhose und ihrem Unterhemd zwischen zwei Pollern auf der Pollerbank und genoss noch um rund einundzwanzig Uhr ein kühles Blondes.

„Daaa", rief sie auf einmal und zeigte mit dem ausgestreckten Arm darauf, „einer von den Pennern, Säufern und Ganoven!"

Verdutzt folgten die Zuhörer ihrem Fingerzeig auf ein Schiff, das Richtung Mainz langsam an ihnen vorbeifuhr.

Es schien einen anderen Motor als die HELGA zu haben, denn der klang eher wie „Kartoffelsalaaat, Kartoffelsalaaat, Kartoffelsalaaat". Oder lag es nur daran, dass es mit einer sehr langsamen Umdrehung an ihnen vorbeifuhr?

„Schaut auf die Flagge im Mast vorne und auf den Kamin auf dem Achterschiff, da steht's, ‚PTG', Penner, Tagediebe und G, für Ganoven."

Michl merkte, dass die nur grinsenden Mädels nicht viel damit anfangen konnten.

„Meeeensch, Kinder", war eine Erklärung fällig, „das sagt man doch nur so. Als kleinen Scherz oder Spaß haben Schiffsbesatzungen solche lustigen Sprüche erfunden. P.T.G. heißt in Wirklichkeit Partikulier-Transport-Genossenschaft, viele Reedereien und Genossenschaften haben solche crewinternen Kosenamen und selbstkreierte Slogans", was zwar für erheitertes Verständnis, aber erst im Verlauf der nächsten Tage für mehr Unterhaltung und Belustigung sorgen sollte. Uschi erinnerte sich gedanklich daran, dass schon Marta vor ein paar Tagen davor warnte, dass Michl solche künstlerischen Ergüsse darbieten wird in den Tagen, in denen sie hier an Bord sind. Mal sehen, wie auch Walli damit umgehen wird.

„Ist denn alles klar da draußen bei den kapitalen Weinbauern?", wollte der Sprücheklopfer wissen und, „ich glaube, es wird Zeit, dass Ihr Euch lang macht. Morgen früh müsst Ihr raus, es wird ein langer Tag. Außerdem muss der Rest vom Schiff noch abgewaschen werden!"

Keiner der beiden fragte, warum sie das müssen, aber ihr Blick verriet wohl, dass es sie interessierte, was der Michl zu sagen hat und die erzählte dann weiter: „Machen wir alles morgen, haben Zeit bis Duisburg, aber im Kanal, da machen wir nix, da haben wir mit dem leeren Schiff genug damit zu tun, darauf zu achten, dass wir uns an den niedrigen Brücken nicht die Birnen einschlagen! Aber hast Du bemerkt? Hier, hier hat sich ja viel getan, seit Du vor vier Jahren das letzte Mal an Bord warst, Uschi!"

Und schaute sich um, Walli tat dem gleich, aber beide konnten nichts davon feststellen. Allein Uschi versuchte, sich mit einer gut erkennbaren Gedankenfalte auf der Stirn verzweifelt daran zu erinnern, was Michl dabei so aufrieb, was man ihr ohne zu fragen ansah.

„Na, das Binger Loch, Uschi, das Binger Loch ist fast komplett weg", war sie etwas laut geworden. „Herje, das weißt Du ja noch gar nicht. Die gefährlichste Stelle am ganzen Rhein, das Binger Loch, auch wenn es knistert, durch muss es doch", war wieder ein alter prägender Schifferspruch vom Michl zitiert. „Seit?", überlegte Michl, „1966 haben die angefangen bis heute. Fast sieben Jahre hauen die wie ein Räumkommando im Rhein rum, sprengen und meißeln mit riesigen Maschinen die Felsen auseinander. Die schmale Durchfahrt von dreißig Meter, die über unzählige Generationen hinweg gewachsen ist, ist jetzt über 100 Meter breit", und tat mit Händen, Armen und Beinen, als wenn es sie ganz persönlich treffen würde. „Weißt Du das denn gar nicht mehr? Meensch, Uschi! Wir sind doch damals auch drüber, über das Loch, sogar mit einem Vorspannboot als Schlepphilfe, weil ein bisschen stramm Wasser war und der Hubert das mit seinen Ponystärken gar nicht geschafft hätte. Ich weiß das noch wie heute, als Du damals an Bord warst, ging doch gar nicht anders, alle Schiffe mussten da drüber!"

Abb. 062: Das Vorspannboot SEPPL.

Und Uschi hatte ein Problem mit dieser plötzlichen Loch-Geschichte, die Walli noch viel weniger verstehen konnte. So viele fremde Worte, konnte sie alle gar nicht hinterfragen, es wurde daher uninteressant für Walli. Aber da Michl das so toll machte, immer am Zappeln war, die Arme umher schmiss, ihre Zöpfe manch-

Abb. 063: Stau wegen einer Schifffahrtssperre.

© WSA Duisburg 1964

Abb. 064: Durchfahrt Binger Loch, Schiff mit Vorspannboot.

mal unkontrolliert umher flogen, war all das doch wenigstens unterhaltsam. Zumal war dieses Binger Loch von dieser Stelle, an der die HELGA angelegt war, gar nicht zu sehen, das lag ja noch in der leichten Flussbiegung, mindestens einen Kilometer stromabwärts von ihrem Liegeplatz entfernt.

Nur der Uschi kam es so langsam wieder, was sie auch deutlich machte: „Ah jaaaahhhhh, da mussten wir doch alle ins Steuerhaus, bis wir da durch waren. Die Josi und ich und Tante Marta hatte so eine ‚Lochtasche', hat sie, glaub ich, dazu gesagt, eine Umhängetasche, da waren alle wichtigen Papiere drin."

Walli drehte ihren Kopf von einer Erzählerin zur anderen, bemerkte, wie die Schiffsleute sich da reinsteigern, sie war augenscheinlich unsichtbar geworden.

„Genau, Uschi, jetzt hast Du's verstanden!", wirkte Michl erleichtert. „Ganz genau so war das!"

„Warum war das denn so? Nun erzählt doch mal endlich", fand Walli das ziemlich mies, dass sie nicht teilnehmen konnte an diesem Gespräch und sich dieses Bingendingsgedöns selbst nicht erklären kann.

Und so erzählten die beiden abwechselnd, Uschi ganz aufgeregt, dass dieses Binger Loch noch vor kurzem die engste Stelle des Rheins gewesen ist, eine aus dem Rhein herausragende Felsenschwelle, die quer über die ganze Rheinbreite von einem zum anderen Ufer führte und bisher nur eine Durchfahrt von 30 Meter Breite hatte. Und da diese enge Passage über diese Schwelle und die extrem starke Strömung, die bewältigt werden musste, so gefährlich war, mussten Frauen und Kinder bei der Durchfahrt rauf ins Steuerhaus. Und was war es, was am wichtigsten zu retten war, wenn es in die Hose geht, das Schiff sogar sinken sollte? Ausweis-, Schiffspapiere und Geld.

„Alles vorbei, Uschi", wirkte der alte Michl recht andächtig, „wenn ich an diese Zeiten denke, wird mir ganz warm ums Herz. Und wenn da mal was passiert ist, einer am Loch abgesoffen ist, dann war da tagelang Stau, den ganzen Rhein runter. Innerhalb einiger Tage lagen da hunderte Schiffe, die warten mussten, bis der Havarist, das fest gefahrene oder sogar gekenterte Schiff wieder weg ist. Mensch, bei Friedolin dem Tintenfisch, waren das Zeiten! Die nächsten ein- zwei Jahre soll das alles komplett erledigt sein, das Fahrwasser wird neu geregelt und dann war es einmal, das legendäre Binger Loch. Aber immerhin kannst Du irgendwann mal Deinen Kindern erzählen, dass Du noch drüber und durch das Binger Loch gefahren bist, musst ja nicht erzählen, dass Du erst acht Jahre alt warst, haha."

Walli wollte noch wissen, wie oft denn der Michl durch das Binger Loch gefahren ist und die sagte nur, ein bisschen andächtig, bevor sie die beiden in die Koje scheuchte: „Mein ganzes Leben, Schätzchen, mein ganzes Leben."

Pünktlich um sechs Uhr wurde am nächsten Tag der Hubert angeworfen und das Schiff in einem Tumult von anderen Schiffen zu Tal gewendet. Wie es meistens so ist, wenn einer anfängt zu fahren, fangen alle anderen auch an, und alle Schiffmänner mussten sehr gut darauf achten, dass sie sich nicht in die Quere kommen. Hörner ertönten, Schiffsignale, die das Wenden eines Schiffes ankündigen „trööööööööööt tröt tröt", das Schallsignal einmal lang, zweimal kurz für „Ich wende über Backbord", wurde von weiß der Teufel von wem gegeben.

Abb. 065: Das Horn auf einem Schiff.

Irgendeines der vielen hupenden Schiffe zeigte sich dann, als es anfing, seine Nase in die entgegengesetzte Richtung zu drehen. Marta kombinierte das sicherheitshalber, meldete ihr Vorhaben über Funk an, gab ebenfalls Schallsignal und tat es, als sich eine kleine Lücke auftat, in der sie die HELGA, wie man so sagt, „rumschmeißen" konnte. „Ruder quer vorm Arsch und volle Drehzahl" war vom Hubert im Keller dafür erforderlich.

Die Hafenmauer in Bingen lichtete sich in kürzester Zeit. Die meisten Schiffe wollten in nur eine Richtung, nämlich weiter zu Tal, des einen Zielhafen noch ungewiss, des anderen seit Tagen bekannt.

Als die HELGA „rum in die richtige Richtung gedreht war", war Marta wieder ganz locker und schenkte sich noch einen Kaffee ein. Uschi und Walli hatten an diesem neuen herrlichen Morgen wieder einen der besten Plätze an Bord eingenommen. Sie standen in der Backbordnock und beobachteten das alles, teilweise der Huperei und des lauten Huberts wegen mit ihren Fingern in den Ohren. Im früh morgendlichen Fahrtwind tuckerte die HELGA auf dem Rücken des Rheins in die Gebirgsstrecke.

Der Fahrweg für die talfahrenden Schiffe führte, wie in den letzten 100 Jahren, aber nicht durch das Binger Loch, da dort meist irgendwelche bergfahrenden Schiffe mit der Durchfahrt zu kämpfen hatten.

Für die HELGA hieß es mit der Einfahrt in das neue Fahrwasser, den Mäuseturm an Backbord liegenzulassen, und von der entgegenkommenden bergfahrenden Schifffahrt wurde die blaue Flagge an der Steuerbordseite gezeigt, denn für die war eine Begegnung Steuerbord an Steuerbord notwendig. Das „neue Fahrwasser" wurde schon 1860 durch Sprengungen geschaffen und stellte für die Schifffahrt kein Hindernis mehr dar.

Der Mäuseturm war neben anderen Stationen vor allem für die nächsten 25 Kilometer flussabwärts eine Wahrschau- oder Signalstation. Wobei Wahrschauen nichts anderes bedeutet, als dass die Männer auf diesen Stationen „wahrschauten", welche Schifffahrt sich der Engstelle näherte und das für alle anderen Schiffe mit Signalen anzeigte.

Immer auf der Hut, der Wahrschauer schaut, was in der Ferne angefahren kommt und das Gebirge befahren möchte. Auf dem Mäuseturm ragten daher, je nach Verkehrslage, etliche Flaggenstöcke mit bunten Fahnen, Tafeln, Körben und Schildern heraus, die von diesen Menschen, den Wahrschauern, gedreht, aufgezogen und eingeholt wurden. Und das war nur eine Signalstelle, die es von den Kapitänen zu wissen bedurfte neben den ganzen Signalflaggen, die Schiffe bei der Passage durch das Gebirge führen mussten.

Uschi und Walli, registrierten diesen Verlauf, den Verkehr der Schiffe gar nicht, für sie ging die Reise einfach nur weiter. Es war eine Zeit voller Kompromisse. Eine Funkanlage zu betreiben, war keine Pflicht und man sollte sich sicherheitshalber weiterhin vorstellen, dass man der einzige ist, der ein Funkgerät nutzen kann und weiterhin auf die optischen und akustischen Signale der Flaggen, Tafeln, Körbe und Schilder, aber auch Schiffsglocken und Hörner vertrauen.

Funk war also Luxus, den Viele, vor allem die alten Hasen der Schifffahrt, wie der Michl einer ist, noch immer ablehnten oder mit Unbehagen diesen modernen Krempel nutzten, ging es doch bisher auch ohne. Marta harmonierte immer mit der Zeit, eine Zeit mit massiven Veränderungen.

Abb. 066: Der Fahrweg.

Abb. 067: Der Wahrschauer.

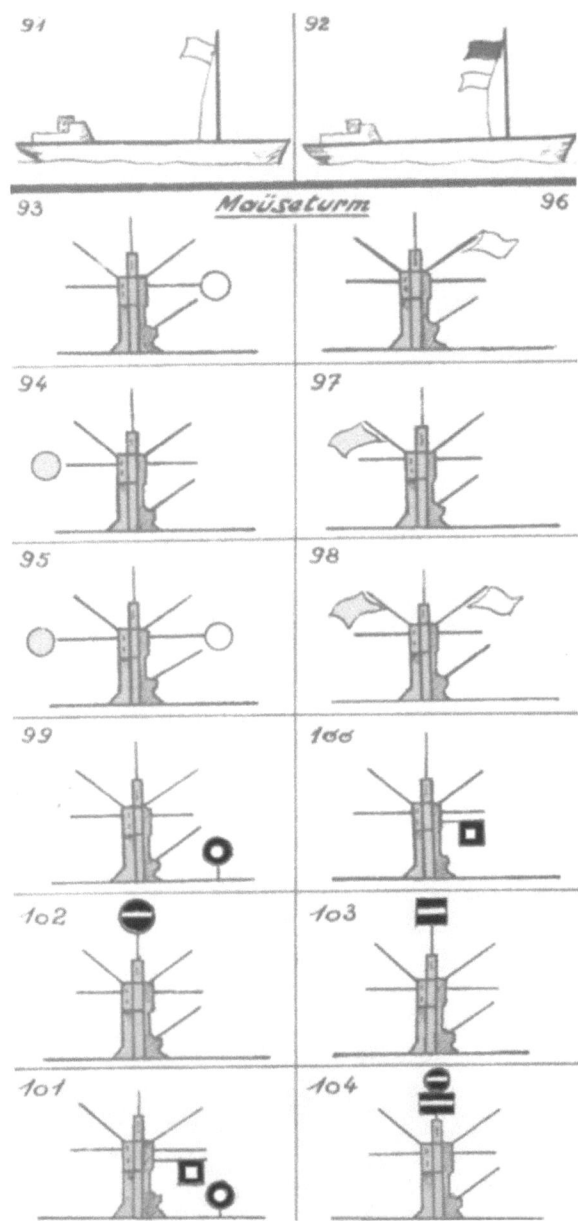

Abb. 068: Signale am Mäuseturm in Bingen.
[Weiß = Weiß; Hell = Gelb; Dunkel = Rot.]

Klar ist, in absehbarer Zeit werden nur noch Lichtsignalstellen und die Funktechnik die Wasserstraßen regeln und es wird nicht mehr lange dauern, da wird auch am Mäuseturm all das über hundert Jahre Nützliche, wegfallen.

Womöglich wird vergessen, wie wichtig dieser Turm einst für die Schifffahrt gewesen ist.

Abb. 069: Der Mäuseturm als Wahrschau- oder Signalturm.

Und man wird sich wohl auch an die Legende mit dem habgierigen, unbarmherzigen Bischof Hatto erinnern, die auf das 16. Jahrhundert zurückgeht. Denn, so sagt man, der Mainzer Erzbischof Hatto II. hat den Mäuseturm im 10. Jahrhundert erbauen lassen. Damals soll der hartherzige Bischof, als eine Hungersnot im Land herrschte, den Armen die Hilfe aus seinen gefüllten Kornkammern verwehrt haben. Als sie weiter bettelten, soll er sie in eine Scheune gesperrt haben, die daraufhin von seinen Schergen angezündet worden sei. Die Schreie der Sterbenden soll er höhnisch mit den Worten „Hört Ihr, wie die Kornmäuslein pfeifen?" kommentiert haben.

In diesem Moment kamen der Sage nach Tausende Mäuse aus allen Ecken gekrochen und wimmelten über den Tisch und durch die Gemächer des Bischofs. Die Masse der Nagetiere habe die Bediensteten in die Flucht geschlagen und

Hatto soll mit einem Schiff den Rhein hinab zur Mäuseturm-Insel gefahren sein, wo er sich sicher wähnte. Doch als er sich dort eingeschlossen hatte, sei er von den Mäusen bei lebendigem Leibe aufgefressen worden.

Auf nach Duisburg ...

Zügig geht es mit dem leeren Schiff zu Tal, ist doch genau hier die engste Stelle des Rheins und es herrscht eine ordentliche Strömung. Uschi kamen schemenhaft die Erinnerungen von vor vier Jahren wieder, wusste aber nicht so viel davon zu berichten. Die HELGA aber, die rauschte zu Tal, als wenn es kein Halten gäbe.

Nach dem Frühstück wurde der Deckwaschschlauch übers Schiff gezogen und die vier Mädels halfen mit, die HELGA weiter abzuwaschen. Der Gips, sein Gestein und sein Staub haben hässliche Spuren hinterlassen. Walli und Uschi haben die Schrubber in die Hände gedrückt bekommen und bürsteten den Staub an Deck weg. Wie das mit dem Bürsten, hin und her, kreuz und quer, funktionierte, kannten sie ja schon.

Michl als älteste an Bord war der Schlauchführer und spritzte das über Bord, was vorher von den Schrubbern gelöst wurde. Aber Walli und Uschi durften nur auf dem Vor- und Achterschiff mitmachen, im Gangbord mitzuarbeiten, das hat Marta ausdrücklich verboten, viel zu gefährlich, wenn ausgerechnet hier auf der Gebirgsstrecke jemand über Bord geht.

Dafür war es kurz vor Mittag am Achterschiff schon sehr viel wärmer und Michl jagte alle drei von einer Ecke in die andere, um sie ordentlich mit Rheinwasser zu taufen. Ein unendliches Gekreische hallte im Rheintal und die HELGA war das einzige Schiff, das solch einen Radau machte.

Marta hingegen hatte einfach keine Ruhe im Steuerhaus, musste immer wieder nicht nur schauen, wohin sie ihr Schiff fährt, sondern auch auf die alte Pudeldame, die so viel Spaß mit den Kindern hatte.

Immer wieder verharrte Michl plötzlich, wenn ein besonderes Schiff zu Berg kam, für das es eine dieser Spaßbezeichnungen gab.

„Daaa", schrie sie dann und alle verharrten in ihrer Arbeit, „Lieber tot im Schrank als auf einem Dettmertank", als ein Tankschiff der Reederei Dettmer vorbei kam. Nur wenig später: „Einer der nichts kann, fährt bei Mannesmann", als ein Schiff mit einer Mannesmannflagge im Mast vorbeifuhr. Und direkt dahinter: „Wir trinken alle gern", ein Schiff der WTAG kam des Weges.

Abb. 070: WTAG HERMANN WENZEL am Mittelrhein.

Und doch passierten sie beim emsigen Deckwaschen und im Verlauf des Tages, der Vorbeifahrt und dem Rumalbern, zwischen Mittagessen und einem Mittagschlaf an Deck so viele Sehenswürdigkeiten und schöne Dinge, die sie gar nicht wahrnahmen.

Jeder Augenblick war einfach nur schön, genauso wie es jetzt ist. Nur ein leichter Sonnenbrand hat sie ein wenig gequält, die Sonne hatte sie beileibe schön braun angemalt und ihre blonden, durch Wind und Wetter zerzausten Haare leuchteten geradezu.

Josi kannte das alles, was sich am linken und rechten Ufer des Rheins und auf dessen Anhöhen zeigte, so lange wie sie schon mit an Bord ist. Für sie war einfach nur alles da, wo es hingehört, und sie wird noch ein paar Jahre dafür brauchen, bis sie bemerkt hat, wie gut es doch ist, dass sie von all dem weiß.

Wenn Michl und Marta nicht ab und zu darauf aufmerksam gemacht hätten, wäre nichts von all dem erkannt worden. Irgendwann in ihrem Leben womöglich werden sie sich an viele der Worte und Bilder erinnern. Worte, die diese erfahrenen Schiffsleuten aus ihrem umfangreichen Wissensschatz schöpfend auch entlang dieses Gewässers gesprochen haben.

Eines Tages werden sie sagen: „Das hab ich alles schon gesehen", und werden nur schemenhaft ihre Erinnerungen daran abrufen können.

Worte und Namen wie die Burg Ehrenfells, direkt gegenüber vom Mäuseturm, Burg Rheinstein, Reichenstein, Klopp, Sooneck, der Pfalz bei Kaub, Burg Schönburg, dem Ochsenturm, der Geisenrücken, Betteck, Kammereck, Loreley, Burg Katz und Maus und vieles mehr, für das man im Alltag keine Verwendung findet.

Aber sie kommen ja noch einmal hier vorbei, befahren die ganze Strecke noch einmal in entgegengesetzter Richtung und das schon in wenigen Tagen. Die Aufregung um all das Neue wird sich dann normalisiert haben und ihr Interesse womöglich gewachsen sein.

Erst kurz vor Koblenz gelang es den beiden nicht mehr, an etwas besonders Schönem vorbeizusehen und schnell war die Frage von Josi beantwortet, wie dieses famose Schloss an diesem Berg denn heißen würde. Selbst in ihrem kurzen Leben ist sie mit diesem Schiff und ihrer Mutter schon etliche Male daran vorbeigefahren, da es anders gar nicht möglich ist.

Sie antwortete nur kurz auf die Frage von Uschi: „Wie heißt das hier nochmal, Josi?"

„Das ist die Stolzenfels!", und schrubbte weiter, ohne sich umzudrehen.

Vieles wanderte an ihnen vorbei, worauf so zwischen Schrubben hier und Wischen dort aufmerksam gemacht wurden.

Doch erst in Koblenz steigerte der Michl ihre Kenntnisse in Heimatkunde erneut, wie sie es bezeichnete. Und die beiden Schülerinnen erfuhren aus erster Hand, denn Michl hat ihn vor dem Krieg da noch stehen sehen, auch wenn sie damals noch nicht auf dem Schiff arbeitete, war dieses Monument überall bekannt. Dass hier die Stelle ist, wo die Mosel in den Rhein mündet und das Reiterstandbild von Kaiser Wilhelm dem Ersten am Deutschen Eck gegen Kriegsende von den Amerikanern durch eine Granate weggeschossen wurde. Seitdem steht nur noch hoch oben auf diesem viele Meter hohen, steinigen Podest ein Flaggenmast und an dessen Ende flattert die Nationalflagge der Bundesrepublik Deutschland.

Ab Koblenz wurde es etwas trist, da war nicht mehr allzu viel zu sehen, kleine Städte, die es nicht zu erwähnen lohnt. Immer mal wieder machten sie Pause, keiner hetzte und forderte zu weiteren Arbeiten. Deckschrubben ist eine anstrengende Tätigkeit und soooo viele Muckis müssen es nun auch wieder nicht sein.

Die beiden Gäste der HELGA legten sich auf ein weiches Tau, das auf dem Roofdach des Vorschiffes breit im ovalen Kreisen unter dem Mast ausgelegt war, und sinnierten eine Zeit lang. Sie verinnerlichten unbemerkt das Außergewöhnliche, genau jetzt im warmen Wind von vorne auf dem Rhein auf einem Schiff zu liegen, um einfach nur die Flagge im Mast, die stramm im Wind stand und hin

Abb. 071: Das Schloss Stolzenfels.

Abb. 072: Das Deutsche Eck in Koblenz.

und wieder bei einer Windböe peitschende Geräusche von sich gab, zu beobachten. Augenblicke, in denen die Zeit und die schöne Landschaft an ihnen vorbeizogen, und sie waren nicht gewillt zu fragen, was das alles ist. Reicht es doch aus, all das sehen zu dürfen.

Michl erheiterte die Situation immer und immer wieder: „Schaut, wer da kommt, und seht auf die Flagge, Kinder. Da steht T.G.B. drauf, das heißt, bei denen gibt's Täglich Gänsebraten."

Und Walli vor allem wollte immer wissen, was diese Buchstabenfolge wirklich heißt.

Und dennoch erklärte sie Uschi beeindruckt, dass Michl es nicht hörte: „Du brauchst Dich gar nicht wundern, Uschilein, knusper, knusper. Wulpabrodakande ist nun mal eine uralte Hexe und hat ein unglaubliches Wissen über viele Dinge, dank mal darüber nach, chchch. Normal ist das ja nicht, dass man sich solch ein Zeug merkt."

„Ach Du Nudel", glaubte das Uschi nicht, „Du mit Deiner Wulpadingsbums. Michl ist einfach nur lustig und sehr gebildet."

Da fuhr Michl auch schon dazwischen: „Joooo, Schatz, ich weiß, ich weiß, das heißt Transport Genossenschaft Berlin", und fügte noch an, um sich selbst als Spaßvogel zu verraten, „auf jedem Schiff, das schwimmt und schwabbelt, ist einer drauf, der saudumm sabbelt, hehe!"

Irgendwann ging es wieder an die Arbeit. Uschi war sich da ihrer Aufgabe mehr als Walli bewusst, denn auf einem Schiff müssen nun mal alle mit anpacken und ohne Absprache waren sie froh um jeden Meter, der geschrubbt werden musste, den Michl und Josi ohne sie bewältigt hatten.

Beim Erreichen des Siebengebirges fiel Michl ganz spontan wieder so Einiges ein.

„Sehr verehrte Fahrgäste", warf sie den Schlauch an Deck und selbst Josi wurde aufmerksam, „an Steuerbord sehen Sie auf dem Berg die Burg Drachenfels, besser als Schwiegermutterfelsen bekannt", und deutete darauf, was selbst bei diesen jungen Dingern, stutzend ein Lachen hervorzauberte, die nebeneinander stehend hinauf schauten.

Walli nahm dies mal kurz als Anlass, um Uschi zuzuflüstern: „Hexenfelsen würde doch auch passen, oder? Könnte doch sein, dass Wulpi sogar noch einen Drachen hat, oder? Ich glaube, ich habe sie gestern Nacht gehört, als sie ihren Besen die Treppe raufgetragen hat. Glaube sogar, ihr Schlafzimmer war gestern Nacht leer, als ich auf den Thron musste. Vielleicht hat sie ja mal geschaut, ob bei Ihr zu Hause alles beim Rechten ist, oder hat Drachi gefüttert, oder?"

Uschi, kickte ihr leicht den Ellenbogen in die Seite, „Mensch, Walli, nun hör doch mal auf", und gemeinsam lachten sie dann doch darüber.

„Was gibt's denn da zu lachen, Ihr Hühner", fühlte sich Michl gestört, „der heißt wirklich Schwiegermutterfelsen, also so ist es überliefert!"

Und da gackerten die beiden erstmal richtig los. Josi ließ sich nur mit einem Grinsen anstecken, Michl nahm wieder ihren Wasserschlauch zur Hand und spritze die beiden erstmal wieder nass.

„Daaaa, Ihr Enten, habt Ihr was zur Abkühlung", rief sie dabei und wieder ging es an die Arbeit.

Abb. 073: Langer Eugen in Bonn.

„Einige Hundert Meter weiter", ließ Michl sich nicht aufhalten, „sehen Sie den Petersberg. Viele geschichtsträchtige Entscheidungen wurden dort in lichter

Höhe", und sie drehte sich zum Backbordufer, „und dem Rheinhotel Dreesen getroffen, in dem unser einstiger Führer sehr pompös residierte. Ob es dem Mister Chamberlain aus England dort oben auf dem Berg an Steuerbord damals 1938 schon aufgefallen ist, dass er in diesen Tagen bereits auf das Großdeutsche Reich hinuntergesehen hat, ist nicht überliefert."

„Mensch Uschi, schon wieder", fiel es Walli auf, „das geht doch nicht mit rechten Dingen zu, wer kann sich denn solche Sachen merken?"

Sie reagierte gar nicht. Für sie war das wahrlich eine interessante Weissagung, die sich vielleicht in den nächsten Jahren im Geschichtsunterricht zu erwähnen lohnt.

Nur wenig später erreichten sie Bonn, wo Michl auf den Langen Eugen aufmerksam machte.

Josi erholte sich von der Schrubberei alle zwei Stunden im Maschinenraum, um den Hubert gut mit frischem Öl abzuschmieren. Die restliche Strecke bis Duisburg konnte nur noch Köln, weniger Düsseldorf trumpfen. Schön, es einmal von einem Schiff aus gesehen zu haben, waren sie doch schon sehr geschwächt von der aktiven Decksarbeit.

Abb. 074: Der Hafenmund Duisburg-Ruhrort.

Ein paar Stunden vor Duisburg hat Josi angefangen, Ballastwasser in die Achterpiek zu pumpen.

Und sobald das Schiff in Duisburg gewendet wird, wird der Laderaum vier so einen Meter hoch und Raum zwei einen halben Meter mit Wasser gefüllt werden. Die hohen Lukenstapel auf dem Vorschiff mussten auf zwei kleinere Stapel verteilt werden, auch das aufgrund der niedrigen Brücken, die sie am nächsten Tag durchfahren müssen.

Am Abend, rund 19 Uhr, drehte Marta die HELGA in Duisburg-Ruhrort in den Hafenmund ein.

Ein begehrter Liegeplatz, der meist immer von sehr vielen Schiffen belegt ist. Aber Hermes, der Götterbote und Beschützer der Reisenden, hat es gut mit ihnen gemeint. Diese Nacht werden sie hier verbringen und so lange es hell ist, werden sie noch ein bisschen Ballast ins Schiff pumpen und den Rest dann morgen.

Die HELGA ist weg, schon wieder ...

Mit Entsetzen stellte Uschi, als sie an diesem Morgen aus der Koje stieg und Walli noch nicht so recht wollte, fest: „Weißt Du eigentlich, Walli, dass das heute schon der achte Tag ist, an dem wir hier sind?"

Walli erkannte bedacht: „Echt jetzt? Acht Tage schon? Das gibt's doch gar nicht", wollte sie es fast nicht glauben, war aber gewillt aufzustehen. „Denk mal besser dran, dass wir meine fünf Nachthemden irgendwie noch zerzausen. Meine Mutter dreht durch, wenn die bemerkt, dass die nicht getragen wurden."

Uschi erwähnt dazu den Vorschlag, dass sie sich jede Nacht einfach mal eines mit unter die Bettdecke packen soll, die zerzausen dann schon, so wie sie fast jede Nacht im Bett rumwirbelt. Die manchmal noch schwarzen Füße vom barfuß Herumlaufen sorgen dann für den Rest, der an Glaubwürdigkeit eines fleißig getragenen Nachthemdes noch fehlen könnte.

Gemeinsam verließen sie ihre Kajüte, um nach oben zu gehen. Es war mucksmäuschenstill im Vorschiff, Michl schien schon an Deck zu sein. Doch bevor Walli sich dazu begab, die Treppen hinauf zu steigen, blieb sie auf einmal stehen und griff an die Türklinke von Michls Kammer.

Uschi deutlich erregt, flüsterte: „Was machst Du denn da immer, wir sollen da nicht rein, Walli!"

Walli zeigte sich so übermütig, wie Uschi sie zu Hause nicht kannte. Was ist das nur für ein komischer Duft, der sie so verändert hat?

„Lass mich doch mal", schüttelte sie Uschi ab, „ich will doch nur mal reinschauen, warum tut Wulpi denn so geheimnisvoll um ihr Zimmer", und verstellte ihre Stimme hexengerecht zu, „knusper, knusper, knäuschen, ich will jetzt in ihr Häuschen."

Ganz vorsichtig drückte Walli dabei die Türklinke nach unten und Uschi blickte eigentlich ungewollt hinauf in die Wohnung, ob da nicht doch irgendjemand auftaucht.

„Mist, abgeschlossen", stellte Walli enttäuscht fest.

„Na Gott sei Dank", war Uschi erleichtert und hetzte nun, „los, komm jetzt!"

Oben angekommen war die kleine Küche leer, der Michl tatsächlich schon an Deck.

„Bist Du denn gar nicht neugierig, Uschi?" fragte Walli, „Warum schließt sie denn ständig ihre Kammer ab? Sie muss ein Geheimnis haben, eine andere Erklärung gibt es doch gar nicht."

„Na klar" betrachtete Uschi dieses Thema am frühen Morgen zu anstrengend. „Und weil Michl in Wirklichkeit diese Wulpadingsdakunda ist."

„Wulpabrodakanda, Uschi", fiel Walli ins Wort, „sag doch einfach Wulpi!"

„Na gut, weil sie dann eben diese Wulpi ist oder sein soll, glaubst Du, hier die große Entdeckung zu machen? Die letzte Hexe von Deutschland? Mensch, Walli", nahm Uschi die ernsten Absichten von Walli so langsam als nervig wahr.

Und so ging das noch eine ganze Zeit weiter, selbst als Uschi in die kleine Toilette ging, stand Walli vor der Tür und erzählte von außen, ohne Unterlass von einer sehr großen Wahrscheinlichkeit, dass sie recht haben muss. Und wenig später im Bad, als sie nebeneinander am Waschbecken standen, mit der Zahnbürste im Mund, konnte Walli den Schnabel wieder nicht halten. Plötzlich unterbrach Michls Stimme die Verschwörer, als sie ganz kurz irgendetwas aus der Wohnung holte.

„Na, Ihr Gören, seid Ihr schon wach? Kommt mal an Deck, es ist ein herrliches Wetter draußen", und verschwand wieder.

Vorsichtshalber verfiel Walli somit ins Schweigen.

Keiner wusste, wann es weitergehen soll, und gestern Abend noch war da irgendwas mit Ballastwasser, das noch ins Schiff gepumpt werden muss, wenn sie sicher den Rhein-Herne-Kanal nach Gelsenkirchen befahren wollen.

An Deck und im Steuerhaus war kein Mensch zu sehen, nirgendwo war jemand zu sehen, obwohl es schon acht Uhr durch war. Die werden wohl alle im Maschinenraum und Marta noch in ihrer Wohnung sein, nahmen sie an. Das ganze neue Umfeld war sehr interessant und spannend, viele Schiffe der verschiedensten Art waren zu sehen.

Walli schrie geradezu auf einmal: „Mensch, Uschi, was ist das denn da für ein komisches Boot?"

Abb. 075: Das Schubschiff FRANZ HANIEL 11.

Abb. 076: Der Radschleppdampfer OSCAR HUBER,
1922–1971, Duisburg-Ruhrort.

„Walli" mahnte Uschi recht ernst, „noch einmal, sag niemals Boot zu einem Schiff, wenn Wulpi das hört, bist Du ruckzuck zu einer fetten Kröte verhext", und fand das lustig.

Sie konnte gerade mal noch so sagen, dass das ein Schubschiff ist, da hatte Walli schon wieder etwas Neues entdeckt. Ein großer und hoher Kamin eines noch komischeren Schiffes war zum Teil zu sehen.

„Mensch, Uschi, aber schau doch mal, daaa, was ist das denn da vorne, können wir da nicht mal hinlaufen? Ist doch gleich da vorne!"

Uschi hatte keine Antwort, wurde aber mit gestrecktem Hals auch neugierig und da dieses fremde, komische Schiff nur ein paar Hundert Meter vor ihnen lag, entschieden sie sich, dazu an Land zu gehen, um oben auf der Pier dort hin zu laufen. Ist doch die HELGA in Sichtweite und sie sind schnell wieder zurück. Mit nur wenigen Schritten waren sie an Land.

„Schon ein bisschen komisch, oder Uschi?", bemerkte Walli. „So dieser eine Schritt vom Schiff an Land, Land, das man ein paar Tage nicht betreten hat."

Walli wirkte wieder anders als sonst, heute mal in sich gekehrt.

„Weiß nicht", konnte Uschi nur sagen, „ist mir noch nie so aufgefallen, aber was soll denn so ein richtiger Seemann sagen, der Wochen und Monate auf seinem Schiff ist?"

Schon beim Heranschreiten zu dem komischen Schiff war einiges besprochen, worüber sie zu Hause sicherlich nie gesprochen hätten, wurde Uschi bewusst, um sehr erfreut berichten zu können: „Wahnsinn, Walli, das ist ein echter Raddampfer, so einer, auf dem unser Michl ihr halbes Leben verbracht hat."

Zum Teil strahlte dieses wuchtige und große Ding in einem neuen Farbenkleid, anderes befand sich noch in Arbeit und ein Angler, der dort unten direkt neben dem Schiff am Ufer saß, den wollten sie jetzt fragen, ob er etwas Genaueres darüber weiß. So liefen sie eine schmale Treppe die Böschung hinunter zum Wasser und sprachen den älteren Herrn einfach an. Jetzt erst sahen sie dieses übermächtige Gefährt richtig.

Der Schwimmer am Ende der Angelleine des Anglers tänzelte ganz gemütlich an einem rot lackierten und unheimlich langen Ruderblatt herum und wollte einfach nicht zuckeln. Und das Schiff war so nah am Wasser auf einmal so hoch, dass man nicht darüber hinweg sehen konnte, und das eine Schaufelrad, dass sie sehen konnten, war so mächtig in strahlendem Rot lackiert.

Wie eine Garageneinfahrt schien es groß zu sein. Darauf in halbrund geschriebenem Kreis „RAAB KARCHER G.m.b.H.".

Darunter stand eine römische, Gold geschriebene Zahl „XIV", die 14, und da drunter dann der Schiffsname „OSCAR HUBER".

Abb. 077: Der Radschleppdampfer OSCAR HUBER
der Raab Karcher GmbH.

Der ältere Herr, dessen Setzkescher noch immer leer gewesen ist, berichtete, dass dies der letzte Raddampfer sei, der noch vor zwei Jahren gefahren ist. Dann wurde er außer Dienst gestellt und erst vor ein paar Monaten, im April dieses Jahres, kam er von der Werft aus Köln hierher.

In Köln wurde er komplett saniert und soll im nächsten Jahr als öffentliches Schifffahrtsmuseum den schifffahrtinteressierten Menschen zugänglich gemacht werden.

„Ach, Mann, warum denn erst nächstes Jahr?", war erstaunlicherweise Walli sehr interessiert und davon enttäuscht, dass sie das Innere von diesem Schaufelraddampfer so schnell wahrscheinlich gar nicht mehr zu Gesicht bekommen wird.

Aber immerhin, es waren von außen, vom steinigen Ufer aus mehr Meter Schiffslänge zu begutachten, als die HELGA augenscheinlich lang ist und so schritten sie Meter um Meter an der OSCAR HUBER entlang. An jedem Bullauge, das offen stand, und es sind sehr viele, sicherlich zwanzig Stück, versuchten sie, irgendetwas von dem sehen zu können, was sich im Inneren dieses mächtigen Schiffes befindet. Wie lange das alles dauerte, wusste keine so recht.

Nach einer Weile meinte Uschi, die festgestellt hatte, dass es langsam Zeit wurde: „Lass uns mal besser zurück zur HELGA gehen, die wollen bestimmt bald losfahren."

Und als sie so gemütlich heranschritten, fiel es Uschi auf und sie sprach zögerlich: „Sag mal, Walli, die lag doch gleich hier vorne, oder war das weiter hinten?"

Walli war sich unsicher: „Wahrscheinlich dann weiter hinten, wenn sie nicht hier ist!"

Also schritten sie weiter zur Hafenmundausfahrt, dem Rhein entgegen.

„Neeeeee, nenene!", zweifelte kopfschüttelnd die Uschi, „Donner und Doria, ich glaub', die ist weg, Walli! Die sind tatsächlich ohne uns abgefahren."

Wallis Blick erstarrte: „Sie machen schon wieder einen blöden Scherz, Frau Schönberg! Hören Sie sofort auf damit, die können doch nicht ohne uns abfahren!"

„So ein Mist", wurde es Uschi unwohl, „die lag doch da hinten, aber da liegt doch jetzt ein anderer Dampfer. Walli, schau doch mal hin!"

Und Walli war ratlos und verzweifelt: „Wo sind die denn jetzt hingefahren?", und wirbelte mit ihren Armen, „da hin oder dort hin? Wo ist sie denn hin, bei Wulpis Bratpfanne?"

Selbst für Uschi war das alles hier neu. Sie hatte keinen blassen Schimmer, wo das Schiff geblieben ist. Walli tippelte von einem Fuß auf den anderen immer ein paar Schritte in fast jede Richtung. Sie suchte die HELGA!

Sie wurde ganz nervös: „Ach Mensch, nicht schon wieder, Uschi! Was machen wir denn jetzt? Ich hab nicht mal Geld in der Tasche, um irgendwo anzurufen!"

„Ja toll, Du Nudel", erinnerte Uschi, „wen willst'e denn anrufen, häää? Meine Eltern sind im Urlaub, Deine Mutter wahrscheinlich in der Arbeit und bis die über die Eiche erfährt, was hier los ist, sind wir verhungert. Wir müssen jetzt mal schauen, keine Ahnung!"

Diese nicht gegebene Chance zu telefonieren war somit auch geklärt. Mehr als ihre Klamotten und ihre Schlappen an den Füßen hatten sie nicht bei sich und Uschi, nicht ganz so unerfahren, konnte sich dazu entschließen, zu dem Schiff zu laufen, das jetzt dort angelegt hat, wo die HELGA noch vor rund einer Stunde und ihrer Meinung nach gelegen hat.

Ein Holländer war es, erkannten sie an seiner Landesflagge und das Schiff hieß VAN UDEN 15, der HELGAS Platz eingenommen hatte. Und der Käpt'n berichtete, dass er, so wie die HELGA vorhin weggefahren ist, den freien Liegeplatz für sich eingenommen hat und dass das Schiff nicht rückwärts aus dem Hafen gefahren ist.

„Sie ist weiter in den Hafen rein Richtung Kaiserhafen gefahren", erinnerte er sich.

Abb. 078: So fuhr die HELGA ohne Uschi und Walli zur Schleuse Meiderich.

Als Uschi berichten konnte, dass sie in Gelsenkirchen laden sollen, wusste der Schipper: „Na, dann sind die da vorne durch den Durchstich weiter Richtung Schleuse Meiderich gefahren, anders geht es ja dann nicht. Aber wartet mal, kommt erstmal rüber!"

Das hieß, die beiden sollten zu ihm an Bord kommen und er führte sie in sein Steuerhaus.

„Hier, kannst Du das? Ruf mal Dein Schiff über Funk auf Kanal 10", sprach er zu Uschi. „Soweit kann der ja noch nicht weg sein, der wird Dich schon noch empfangen können."

Uschi hatte den Hörer in der Hand und wusste nicht, was sie jetzt sagen sollte: „Die Marta dreht am Rad, wenn die mich am Funk hört", war ihr nicht recht wohl zumute. Schließlich drückte sie aber die Sprechtaste und tat dann wie ihr geheißen: „Halloooooo, Tante Marta", rief sie, „Tante Marta, hörst Du mich?"

Der Kapitän von VAN UDEN sprach: „Ich dachte, das Schiff heißt HELGA, Kind, dann musst Du auch die HELGA rufen."

Uschi erklärte kurz, „Ja schon, aber der Kapitän ist meine Tante und die heißt Marta."

Eine andere Stimme kratzte verwundert aus dem Lautsprecher: „Es gibt kein Schiff, das TANTE MARTA heißt, Du Dussel."

Uschi erschrak etwas, wie recht sie doch alle haben. Also rief sie noch einmal, „Die MS HELGA bitte mal melden, Tante Marta hörst Du mich?"

Zögerlich erklang eine sehr verwirrte Stimme krächzend aus dem Lautsprecher: „Ähhhhh, ja, die HELGA hier, wer ruft denn da?"

Uschi zögerte: „Na ja, ich bin's, Tante, die Uschi!"

Kurzes Schweigen, dann: „Uschiiiii????" Und wieder Schweigen: „Ja, Donner und Doria, wo bist Du denn?"

Schnell erzählte Uschi, dass sie auf dem VAN UDEN 15 sind und dass sie kurz an Land beim OSCAR HUBER waren und als sie zurückkamen, war die HELGA weg. Marta schien nicht direkt böse zu sein, war doch jetzt der Plan, wie die beiden zurück an Bord kommen, mehr als gefragt.

An Bord war Marta schnell dabei.

Sie rief durch den Lautsprecher zum Vorschiff: „Michl, wo sind denn die Mädchen?"

„Na, wo sollen die sein, ich denke, die sind bei Dir hinten!", dachte der Michl.

„Ja von wegen, alle mal ins Steuerhaus!", löste Marta den Ausnahmezustand aus.

Michl dachte, als sie vorhin wegfuhren, die wären im Steuerhaus und hat auch nicht nachgesehen ob das wirklich so ist.

„Sowas Blödes", war Marta am überlegen, „ich kann doch jetzt nicht die ganze Strecke mit dem Schiff wieder zurückfahren und dann wieder zur Schleuse!", wusste aber, dass sie vor der Schleuse noch einmal anlegen müssen, um das Steuerhaus umzulegen.

Sie nahm den Hörer zur Hand und rief nun ihre Nichte auf dem VAN UDEN 15: „Uschi, Kind, bleibt mal da, wo Ihr seid, und höre einfach mal zu. Ich rufe den Hafenmeister, vielleicht kann der helfen."

Dann rief sie und das konnte Uschi auf dem Funkgerät der VAN UDEN mithören: „Hafenmeister Duisburg für die HELGA, mal bitte kommen?"

So konnte Marta den Hafenmeister mit seinem kleinen Boot darum bitten, die beiden Verlorenen am Hafenmund aufzunehmen und zu ihr vor die Schleuse Meiderich zu bringen.

Abb. 079: Der Hafenmeister als letzte Rettung.

Weil man noch immer im Fahrplan lag, war das Gelächter groß, als das Hafenmeisterboot bei der HELGA anlegte.

„Da sind sie ja wieder, hahaa. Da habt Ihr Euch wohl ganz schön eingekackt, als wir weg waren, was? Aber wer sich in Gefahr begibt, kommt darin um", rief Michl.

Josi: „Hejoh, Kollegen, langweilig wird's mit Euch ja nicht gerade, hahaa."

Und obwohl auch Marta in sich hinein lachte, spürte Uschi deren Bedenken, nur hatte sie mit richtig Meckern gerechnet: „Na, wie war jetzt dieser Sonderausflug?", sprach sie. „Das nächste Mal gebt Ihr Bescheid, wenn Ihr von Bord geht!"

Und Walli ganz aufgeregt, um ihren Hintern zu retten: „Aber da ist dieser Raddampfer und wir wollten nur und haben doch und konnten nicht ..."

Was streng von Josi unterbrochen wurde: „Wenn man das Schiff verlässt, egal wohin und wie lange, hat man sich beim Schiffmann abzumelden, Ende der Geschichte."

Das musste Marta so bestätigten. Es war noch etwas Zeit, das Steuerhaus war noch nicht ganz abgebaut und in Laderaum zwei sollten noch ein paar Zentimeter mehr Wasser rein. Marta wollte nur schon zur Schleuse fahren, um nicht unnötig Zeit zu verlieren.

Abb. 080: Um niedrige Brücken durchfahren zu können,
wird das Oberteil des Steuerhauses abgebaut.

Auf nach Gelsenkirchen ...

Keine Stunde später sollte es dann wieder losgehen, tief genug, um die vielen niedrigen Bücken ohne Schaden zu passieren, lag sie jetzt, die HELGA. Das Steuerhaus und alles, was sonst noch zu hoch ist, war umgelegt oder abgebaut und es sollte ihnen ab sofort wortwörtlich nichts mehr in die Quere kommen.

Marta hat mit Kaffee und guter Laune die beste Position am Schiff bezogen und hat es sich im sonnendurchfluteten Steuerhaus gemütlich gemacht. Und als sie den Dicken Hubert anwarf, klang das jetzt nochmal lauter als vorher und die dabei freigesetzten Rußflocken tänzelten auf dem Roofdach, nach jedem Starten mehr, ihre unbekannten Kreise.

Leider auch, wenn der Fahrtwind mal von Achtern kam, im offenen Steuerhaus, das ohne Dach und Aufbau keinerlei Schutz vor was auch immer bieten konnte. Wenn das Schiff in Gelsenkirchen angekommen ist, wird Marta mit Sicherheit die eine oder andere schmierige, schwarze Rußflocke auf ihrer Kleidung und der Haut, gar im Gesicht wiederfinden. Aber so ist das nun mal, wenn man mit einem Schiff sozusagen Cabrio fährt.

Abb. 081: Der Nachen und der David.

Josi hat den Nachen in den Laderaum vier hinabgelassen, der schwamm jetzt da unten in diesem rund ein Meter tiefen Ballastwasser, denn auch der David musste, da er zu hoch war, etwas mit dem vorgesehenen Scharnier gekippt werden.

Als es hieß: „Leggo, die Schleuse ist klar", gab Marta die klare Anordnung, „Aufgepasst Ihr zwei, nach der Schleuse geht Ihr mal besser da runter in den Laderaum, da könnt Ihr jetzt rudern üben und Ihr seid vor allem raus aus der Gefahrenquelle der niedrigen Brücken. Das fehlte jetzt noch, dass da was passiert. Außerdem kann ich Euch von meinem Cabriofahrstand gut sehen, also macht bloß keinen Blödsinn."

Abb. 082: Die HELGA unter einer Kanalbrücke.

Aber sooo schlecht war diese Anordnung gar nicht. Nur wenig später stiegen Uschi und Walli erheitert die Leiter hinab in den Laderaum, standen bis zum Nabel im Ballastwasser und zogen die Leiter zu sich hinunter.

Josi musste währenddessen noch was loswerden: „Ihr habt's gut, könnt da plantschen und ich hab die scheiß Schleusen im Nacken, da hat auch keiner mit gerechnet, dass sie uns in diesen Graben schicken!"

Walli und Uschi kletterten in den Nachen und übten also das Rudern, umgeben von den hohen Laderaumwänden der HELGA. Sie konnten bloß nichts sehen, was um das Schiff herum an ihnen vorbeikommt. Nur die vielen Brücken, die über ihren Köpfen hinwegglitten und die Schleuse Oberhausen blieben nicht verborgen. Aber das dauerte, Mann, dauerte das lange.

„Wann können wir denn wieder hoch", rief Uschi nach oben zu Marta.

Gefühlte 2.000 Runden sind sie durch den Laderaum gerudert und Walli hatte das mittlerweile sehr gut im Griff. Klar war, bis sie Gelsenkirchen erreichen, könnten es schnell sechs Stunden werden.

Michl kam vorbei, beugte sich über den Dennebaum, sah in den Laderaum, mit ihren herunterbaumelnden Zöpfen Rapunzel ähnlich, und rief hinunter:

„Mensch, Ihr Süßwassernixen, zu schade, dass Ihr das nicht sehen könnt, da kommt grad einer von Schrott und Bruch, schöne Schiffe eigentlich."

Erneut führte das zu Fragezeichen in den Gedanken der so Informierten.

„Schrott und Bruch?", sahen sie sich fragend an.

„Bei Käpt'n Brass von der Sandbank, Ihr wisst aber auch gar nichts", schimpfte Michl. „Das heißt Schulte und Bruns, eine uralte Reederei von Papenburg. Die haben in all den Jahren echt alles gemacht, Seefahrt, Binnenschifffahrt und sogar Fischerei. Das muss man doch wissen, Kinder."

Sie schüttelten nicht einmal den Kopf, die beiden, haben das einfach nur gehört und das Schrott und Bruch klang auf alle Fälle erheiternd.

„Zur Strafe rudert Ihr jetzt 50 Mal von einem Schott zum anderen, Euch werd' ich helfen, ihr Sumpfdotterblumen", und lachte dabei.

„Meeeeensch, Michl", wurde Walli keck, „wir sind schon mindestens 500 Mal hin und her gerudert. Die 20 Meter von Schott zu Schott schaff sogar ich schon mit zwei Zügen!"

„Wird wohl langsam langweilig, was?", hatte Michl Verständnis. „Soll ich Euch mal ein bisschen Spaß machen, da unten?"

Die Ruderer wussten nicht, was sie meinte, riefen aber: „Au ja, Michl, mach mal!"

Michl knotete kurzer Hand den Wasserschlauch so oben am Dennebaum fest, dass die Öffnung des Schlauchs in den Laderaum ragte.

„Achtung", rief sie, „gleich geht's los!"

Und zu Josi sagte sie: „Geh mal runter in die Maschine und kuppel die Wasserpumpe ein, die beiden dicken Robben wollen duschen."

Keine fünf Minuten später spritzte ein schöner fetter Wasserstrahl von oben am Dennebaum hinunter in den Laderaum und die beiden hatten eine besondere Einlage, die mächtig Spaß machte.

„Hier habt Ihr noch ein bisschen Spielzeug", konnte Michl noch mehr dafür sorgen, dass die da unten gut beschäftigt sind und warf noch zwei leere Eimer hinunter.

Mit dem Nachen ruderten sie unter den Wasserstrahl und es dauerte nicht lange, da stand der ganze Nachen bis obenhin voll Wasser. Sie sprangen vom sinkenden Boot ins Wasser, tauchten und schöpften es mit den Eimern wieder raus, versenkten ihn wieder und taten fortlaufend Ähnliches und die Zeit verstrich wie im Fluge.

Als der Hafen von Gelsenkirchen erreicht war, Marta gerade rückwärts zu einem Liegeplatz bei der Verladeanlage fuhr, fiel, Gott sei Dank, der Josi auf, dass der fast versunkene Nachen mit dem vielen Wasser darin, nicht mit dem David herausgekurbelt werden kann.

„Ihr müsst den jetzt wieder leer schöpfen, der muss doch gleich wieder raus, so voll Wasser ist der viel zu schwer, den krieg ich so niemals an Deck gekurbelt."

Das sollte dann der letzte Akt der Planscherei gewesen sein, denn als das Schiff am Liegeplatz festgemacht war, keine niedrigen Brücken mehr zu erwarten waren, durften die zwei endlich wieder raus aus dem Laderaum.

Als sie die Leiter hinaufstiegen, mussten sie sich erst einmal orientieren, sind sie doch von der HELGA in den Stunden ihres Vergnügens fast unbemerkt von einem Ort zu einem anderen gebracht worden. Nicht den Hauch einer Vorstellung hatten sie davon, wo sie sich gerade befinden.

„Huch, wo sind wir?", sah sich Walli um.

„Es wird doch nicht Timbuktu sein", antwortete erheitert die Uschi. Oder die gefährlichen Gegenden von Wulpabrodakanda, hehe, knusper, knusper", konnte es Walli nicht lassen.

„Na, habt Ihr jetzt die Schnauze voll vom Plantschen?", unterbrach Josi. „Ihr müsst ja schon Schwimmhäute zwischen den Fingern haben, haha, Junge, Junge!"

Aber nein, das Einzige, was sie wirklich hatten, war ein Bärenhunger. Es war schon weit nach Mittag, es war weder Zeit noch Gelegenheit, etwas zu kochen oder zu essen.

Und kaum daran gedacht, rief auch schon Marta: „Los, los, Ihr Wasserratten, ich muss mal an Land zum Anmelden. In der Zeit könnt Ihr ja mal das warm machen, was ich gestern Abend aus dem Gefrierfach geholt habe. Josi, setz Du mal gleich die Pumpe drauf, damit wir das Wasser aus den Laderäumen rauskriegen. Gib dem Paff-Paff mal einen Tritt, damit der ein bisschen schneller pumpt. Dann esst Ihr auch erstmal was, Hauptsache die Pumpe läuft."

Ein bisschen hektisch war Marta anscheinend und natürlich war sie auch froh, dass die HELGA endlich in Gelsenkirchen angekommen ist.

„Zieht Euch mal trockne Sachen an, Menschenskinder", ordnet sie noch im Vorbeilaufen an, war das nach Stunden im Wasser wirklich an der Zeit, „und aufpassen beim Kochen, nehmt den kleinen blauen Topf, der ist groß genug dafür, braucht auch nicht so viel Gas, bis der warm wird", und ging weiter an Land, um die Ankunft der HELGA anzukündigen.

Der blaue Topf ...

„Scheibenhonig, Walli", sprach Uschi erschrocken, „der kleine blaue Topf? Der liegt doch irgendwo am Grund des Mains."

„Ohwei!", erschrak auch Walli, „und jetzt? Meinst, Marta merkt das jetzt, dass der weg ist?"

„Mensch Meier, was die nur mit ihrem blöden blauen Topf hat!", war das für Uschi nicht ganz verständlich und sie überlegte, wie man dieses Problem lösen kann.

Fakt war, sie wird nach dem blauen Topf fragen, wenn der nicht gleich auf dem Tisch steht.

Und so in Gedanken kam sie darauf: „Mensch, Walli!"

Die erstarrte.

„Der Michl hat doch in seiner Küche im Vorschiff das gleiche Geschirr wie die Marta im Achterschiff. Also hat sie auch so einen kleinen blauen Topf wie Marta, na ja, einen hatte. Den leihen wir uns kurz aus und wenn er gespült ist, geben wir ihn einfach wieder zurück."

Und schnurstracks führte sie der Weg zum Michl, schnell, bevor Marta zurückkommt.

„Räderbootfahrer verleihen keine Töpfe, ja, wo kommen wir denn da hin", sprach der Michl.

Und die Josi, die da am Tisch saß, sagte ganz beiläufig beim Lesen einer Illustrierten ohne eine Miene zu verziehen nur, um auch etwas gesagt zu haben: „Von einem Räderbootfahrer könnt Ihr alles haben, sogar das letzte Hemd, alles, aber keinen Topf!"

Uschi verzog ihr Gesicht, verstand das nicht und war sich gar nicht so sicher, ob sie gerade verkackeiert wurde.

„Aber es geht um unser Überleben, bitte!"

Und Walli fügte flehend hinzu: „Nur, sagen wir, drei Stunden, dann bekommt Ihr ihn wieder, frisch poliert, ich schwöre."

Weder Michl noch Josi hatten eine Vorstellung davon, was es mit diesem Topf auf sich hat, ist doch die Marta in der Wohnung im Achterschiff besser ausgerüstet, als die beiden hier im Vorschiff. Sie haben halt einfach mal so etwas Erheiterndes dazu gesagt und doch schien dieser Topf sehr wichtig zu sein.

„Fünf Mark Pfand", haute der Michl dann raus, „am Ende haut Ihr dann mit meinem schönen Topf ab und ich schau in den kalten Kessel, ne ne, so nicht, Freunde!"

Ohne Worte sprang Walli den Niedergang in ihr Zimmer hinunter und kam in Blitzeseile wieder herauf.

„Hier, ich hab nur einen Zehner, hier nimm, in drei Stunden will ich ihn wieder haben."

Da schauten die beiden erstmal dumm aus der Wäsche, es scheint ihnen ernst zu sein, mit diesem Topf. Michl bückte sich hinunter an den Küchenschrank und zerrte klimpernd irgendeinen Topf hervor.

„Hier, der ist gut, aber denk dran, wiedersehn macht Freude."

„Nicht den, Michl", forderte Walli, „den blauen, wir brauchen den blauen!"

Josi unterbrach ihre Lektüre: „Blaue Töpfe gibt es bei Räderbootfahrern nicht, die sind alle wie sie selber, schwarz wie Kohle", was Michl zum Lachen anregte.

Er meinte: „Auch noch Ansprüche stellen, ich dachte, es geht um Leben und Tod", bückte sich aber noch einmal und kramte. „Mit oder ohne Deckel?", fragte sie aus der Tiefe des Schrankes.

Und wie im Chor erklang: „Mit, mit."

Michl war wieder aufgerichtet und reichte Walli den blauen Topf mit Deckel, und es war wirklich der gleiche, wie Marta einst einen hatte.

Walli griff erleichtert danach, „Gott sei Dank, wir sind gerettet", und Michl zog ihn wieder weg.

„Der blaue kostet aber, weil er blau ist, 15 Mark", zwinkerte ihr zu und gab ihn dann doch heraus. „Nun haut schon ab, ist ja wirklich brandgefährlich Euer Topfproblem!"

Endlich hatten sie ihn und eilten mit einem lauten, „Daaanke Michl!", nach hinten.

Von Marta noch keine Spur. Schnell kippten sie das erst jetzt als Linseneintopf erkannte Mittagessen in den Topf hinein, stellten den dann auf den Herd und haben wohl noch nie in ihrem Leben so aufmerksam eine Suppe umgerührt. Der Tisch wurde mit Teller und Löffel, Gläsern und kalter Limo gedeckt und Uschi schnitt noch ein paar Scheiben Brot ab, als Marta schon in die Küche kam.

„Ohhhhh mmmmmh", nahm sie einen tiefen Zug durch die Nase, während sie ihre Kappe auf die Eckbank legte, „das rieche ich sofort, dieser Linseneintopf ist von meinem Franz. Der macht ihn immer mit Essig ein bisschen sauer", und setzte sich an den Tisch.

Ihr Blick war auf den Topf gerichtet und beide erkannten ihre Gedanken, als wenn sie sagen wollte: „Hier stimmt etwas nicht!"

„So ein schöner Topf", sprach sie auf einmal aber gaaanz ruhig, „mein Lieblingstopf übrigens", hob den Deckel und steckte ihre Nase hinein, mit der einen

Hand wedelte sie die feine Duftwolke, die aus dem Topf aufstieg, auf sich zu und roch auffallend lange daran. Dann sagte sie ganz laut: „Hmmmmm, ahhhhhh!"

Dabei betrachtete sie den Deckel aber ganz genau, packte den Topf an einem Griff, hob ihn auf einen bereit gelegten Untersetzer, auf dem sie ihn dann einmal rundum drehte, um die Teller aller zu füllen.

Und Walli beim Versuch abzulenken: „Und der Inhalt erstmal, Schiffmann, ich hab schon probiert, so ein toller Linseneintopf!"

„Und ich hab ihn so vermisst, halleluja, bin ich froh, dass der wieder da ist", erwähnte dies Marta beim Verteilen der Linsensuppe.

Nun trafen sich die Blicke von Walli und Uschi und beide dachten, ohne es zu sagen: „Was wird hier gespielt? Wieder da?"

„Was ist wieder da?", fragte Uschi einfach.

„Na, mein Topf", war das kurz von Marta beantwortet und „den habe ich heute Morgen wie eine Bekloppte gesucht und ich hätte schwören können, der steht unter der Spüle, dieser Topf steht immer, seit Jahren schon unter der Spüle. Wo habt Ihr den denn jetzt gefunden? Das ist ja geradezu unheimlich!"

„Ähhhhh", wollte Uschi was sagen.

Da fuhr Marta fort: „Daher hab ich auch vorhin genau diesen als Topf des Tages auserkoren, dachte, ich lass Euch mal danach suchen. Und ist doch toll, Ihr habt ihn gefunden!"

Mit allem haben die beiden gerechnet, damit sicherlich nicht und es knisterte geradezu in den Köpfen der beiden, was man darauf sagen könnte.

„Nun kommt, Kinder", schweifte Marta vom Thema ab, „mein Topf ist wieder da und jetzt haut ordentlich rein. Ihr müsst doch am Verhungern sein, wird doch alles kalt!"

Nach dem „Guten Appetit" kam Schweigen auf, nur der Paff-Paff aus dem Maschinenraum war zu hören. Ein jeder hatte eine Scheibe Brot in der einen Hand, in der anderen den Löffel, der in den Tellern klimperte. Walli schlürfte auffallend laut und keiner sagte etwas.

Und auf einmal legt Marta den Löffel zur Seite, haut mit der flachen Hand auf die Tischplatte, dass die Teller kurzzeitig keine Tischplatte mehr unter sich hatten, und schrie: „Donner und Doria, ich will jetzt sofort wissen, wo mein Lieblingstopf ist, das hier, dieses hässliche Ding hier, ist nicht mein Topf!"

Diese Darbietung war zwar sehr lustig, doch erschraken die zwei, legten verlegen ihre Löffel ab und sanken zurück in die Lehnen der Eckbank und des Stuhls auf dem die Walli saß. Jede wartete auf die andere, dass ihr irgendwas dazu einfällt.

„Na ja", sprach dann Uschi zögerlich und sehr leise, „wie kommst Du eigentlich darauf, Tantchen?"

„Aha, wenn Du schon mal Tantchen zu mir sagst, dann weiß ich, es ist irgendwas im Busch, also, dann passt mal auf. Bei meinem Topf ist am Deckel und an einem Griff etwas Emaile abgeplatzt, weil er mal bei einem Schleusenrumpser vom Herd gefallen ist. Und doch war er tausendmal schöner als dieses hässliche Ding hier. Meiner hatte ein eigenes Gesicht, aber dieser hier ist im tadellosen Zustand, das ist nicht mein Topf! Also? Wo ist mein Topf?", und wartete.

Diese Worte klangen zwar ernst, doch das zwischendrin, diese emotionale Bindung zu diesem Topf, bemerkte Uschi, das war nicht echt. Sie hat ihre Tante durchschaut, sie war nicht böse, wollte nur wissen, wo ihr Topf, der ihr wahrscheinlich vollkommen egal ist, geblieben ist. Und da legte Walli wie aus der Pistole geschossen los, die das wohl anders verstanden hatte.

„Die Uschi hat ihn über Bord geworfen!"

Und Uschi: „Aber nur, weil Du nicht aufgepasst hast und alles darin zu brennen angefangen hat!"

„Aber nur, weil Du mich abgelenkt hast!"

„Na und, warum hast Du die Flamme denn nicht kleingedreht, wie ich gesagt habe?"

Marta amüsierten diese immer lauter werdenden Schuldzuweisungen, hatte sich längst ebenfalls zurückgelehnt und lauschte gemütlich dieser Auseinandersetzung.

„Dann weißt Du ja jetzt schon alles", meldete Uschi, als sich die Gemüter beruhigt hatten und Schweigen eingekehrt war. „Also genau wo Dein Topf geblieben ist, irgendwo am Grunde des Mains liegt er, tut mir leid!"

Marta lachte: „Mensch, Kinder, hahaa, nun beruhigt Euch, hab mir schon vor Tagen gedacht, dass da was faul ist, nachdem ich den Topf da nicht finden konnte, wo er tatsächlich seit vielen Jahren seinen Platz hat. Aber ich wollte schon wissen, wo er geblieben ist", und forderte die ganze Geschichte vom verschollenen Topf zu hören.

Diese erzählten Uschi und Walli nun sich abwechselnd. Sie vergaßen auch nicht zu erwähnen, dass sie diesen Topf wieder zum Michl bringen müssen, haben sie doch 10 Mark Pfand dafür hinterlegt. Uschi hatte mal wieder festgestellt, dass Marta ihrem Vater sehr ähnlich ist und mit solchen Geschehnissen umgehen kann und fühlte geradezu eine tiefe Erheiterung in sich.

Denn die bestätigte diese ungehörte Erkenntnis, indem sie sagte: „Ihr beiden seid mir zwei so Helden und meinem Bruder so ähnlich mit dem, was Ihr so tut den ganzen Tag. Mein Gott, was haben wir alles zusammen erlebt in unserer

Kindheit und da will ich doch gar nicht böse sein. Aber Ihr hättet es ruhig erzählen können. Glaubt mal nicht, dass Ihr die ersten seid, die einen brennenden Topf in irgendeinem Gewässer versenkt habt. Archäologen werden in Tausend Jahren vor einem großen Rätsel stehen, wenn die mal die ganzen Töpfe entlang der Flusstäler alle finden."

Somit war das Topfproblem gelöst. Aus einem schlechten Gewissen und vermuteten Ausschimpfen wurde ein unterhaltsamer Augenblick. Der Tisch wurde abgeräumt, das Geschirr und vor allem der blaue Topf gespült.

Die vereinbarte Zeit der Topfmiete verstrich und gemeinsam trugen sie wie versprochen den kleinen blauen Topf wieder zu Michl ins Vorschiff.

Und auf dem Weg dorthin: „Stell Dir mal vor, Uschi, wir hätten jetzt den Topf gebraucht, mit dem Wulpi einen Hänsel und eine Gretel kochen könnte, meinst Du, sie hätte uns diesen riiiiiesen Topf dann auch für 10 Mark Pfand gegeben? Der steht doch bestimmt in ihrer abgeschlossenen Kajüte, oder?", konnte Walli einfach nicht von der vermeintlichen Wulpi ablassen.

Uschi: „Du solltest besser aufpassen, nicht dass sie noch bemerkt, dass Du ihr auf die Schliche zu kommen scheinst, sonst landest Du als nächste im Suppentopf", spann sie ein wenig mit, „sag ihr aber vorher, dass Zwiebeln in der Suppe nur angeschwitzt und nicht braun sein sollten, dass ich keinen Paprika und es nicht so scharf mag, hahaaa."

Und das tat sie nur, weil sie gut gelaunt war, nach dem entspannten und lustigen Ereignis gerade mit Marta, die so toll reagiert hat, und fuhr noch fort: „Owei, Walli, da hättest Du bestimmt 150 Mark Pfand zahlen müssen und wir hätten schwerer zu schleppen gehabt."

„Hallo Michl", riefen sie in die Wohnung als sie eintraten, „hier, Dein Topf", gefiel dies Walli besonders und bekam anstandslos die 10 Mark wieder, die noch immer auf dem Tisch lagen.

„Hättest Du denn eigentlich noch einen größeren Topf, wenn wir mal einen bräuchten?"

Michl runzelte die Stirn und Uschi wollte eigentlich gar nicht wissen, was Walli im Schilde führt.

„Einen noch größeren? Na sicherlich habe ich auch noch einen größeren, aber schau doch mal selber, die stehen alle da unten im Schrank, das wird aber nicht billig, das kann ich Dir gleich sagen!"

Sie schob nur die Türen zur Seite, warf einen prüfenden Blick hinein, war nicht zufrieden mit dem, was sie sah.

„Nein, das ist alles nichts, einen richtig großen meinte ich, wo zum Beispiel ein ganzes Pferd rein passt."

Uschi wurde das zu unheimlich, musste aber lachen.

„Ein ganzes Pferd?", wunderte sich Michl, „wozu beim Klabautermann braucht irgendein Mensch auf diesem Planeten einen Topf, in dem man ein ganzes Pferd kochen kann?"

„Ach, nur so", erkannte Walli ihren Blödsinn, den sie sprach, drehte sich verlegen zu Uschi, „Komm, wir gehen wieder nach hinten", und bewegten sich zum Ausgang.

Michl rief hinterher: „Geht nicht mehr so viel in die Sonne! Ein Topf, um ein Pferd zu kochen, was ist denn mit dem Kind los?"

Doch das hörten die beiden schon nicht mehr.

An Deck bildete sich Walli doch tatsächlich ein: „Ich wette mit Dir, Uschi, wenn sie einen so großen Topf hat, dann steht der unten in Ihrer Hexenküche."

Uschi zeigte ihr jetzt einen Vogel. „Walli, so langsam machst Du mir Angst, spinnst Du noch oder glaubst Du so allmählich wirklich daran, dass Michl eine heimliche Hexe ist?"

Und da konnte Walli nicht mehr, sie war anscheinend zu überzeugend, lachte, „hahaaa", und rief, „neiiiiin, natürlich nicht, ich mach doch nur Spaß, aber ich hab das früher, da war ich erst fünf oder sechs, zu Hause mit meinem Papa immer gemacht. Wir sind überall rum geklettert und haben nach Beweisen darüber gesucht, dass Wulpabrodakanda bei uns zu Hause kein Unwesen treibt. Das war manchmal ganz schön gruselig. Papa hatte eines Tages dieses Buch von Wulpi angeschleppt und mir am Bett daraus vorgelesen und das so richtig unheimlich. Das war so schlimm, dass ich oft nicht mehr allein schlafen konnte und nicht mehr in den Keller wollte. Mama fand das gar nicht lustig und so musste mir mein Papa immer wieder beweisen, dass Wulpabrodakanda nur ein Fabelwesen ist.

Wir gingen mal zusammen in den Keller, schalteten das Licht aus und lauschten der rabenschwarzen Stille, gingen ein andermal auf den Dachboden und suchten nach Mäuseküddel und Spinnen, krochen in die letzten Ecken und sahen sofort nach, wenn es irgendwo knarzte, ob Wulpi da irgendwo ist. Nach einiger Zeit war dann meine Angst verschwunden. Aber es war eine ganz tolle und lustige Zeit.

Ich glaube, als Papa und ich bei der Abfahrt in Karlstadt den Michl das erste Mal sahen und wie in einem Gedanken Wulpi in ihr erkannten, allein das ist doch schon ziemlich gruselig, oder? Ich denke, ich habe mich in den letzten Tagen einfach zu oft daran erinnert."

Mit dieser Erklärung war Uschi mehr als einverstanden.

„Komisch oder? Ich glaube, alle Eltern dieser Erde müssen ihren Kindern irgendwann beweisen, dass es keine Hexen oder Geister gibt und alle machen es anders."

Sie erinnerte sich gerade jetzt an ihren Opa, der auf dem Kanapee starb, auf dem sie viele Wochen immer ganz gut geschlafen hat.

„Aber wenn das so ist Walli", entschied sie, „dann können wir ruhig ein bisschen weiterspinnen, das wird bestimmt noch lustig."

Ihr langsamer Marsch vom Vor- zum Achterschiff fand sein Ziel vor der Wohnung von Marta, die heraus kam und wissen wollte, ob denn nun alles geklärt wäre mit diesem Topf.

Und sie klärte darüber auf, wie das hier in Gelsenkirchen nun alles weitergehen soll.

Das Ballastwasser muss zuerst raus. Nach dem Essen müssen Michl und Josi die schwere mobile Lenzpumpe und die dazugehörigen Schläuche aus dem Herft holen und die auch noch mit einsetzen. Denn wichtig war, die Strau, der Boden des Laderaums, der aus extrem hartem Holz, aus Bongossi, bestand, muss auch noch trocken werden. Eigentlich sollte das Schiff bei diesen Temperaturen morgen früh ladungsbereit sein.

Fast genauso verlief dann der Rest des Tages. Michl hatte den Wasserschlauch in den Laderaum geworfen, Josi fegte die Ablagerungen am Boden nach hinten an das Schott und Michl spritzte alles schön sauber. Es wurde daher noch einmal sehr nass für alle, denn der kindische Michl kam nicht drum rum, all die Blagen mit dem Wasserschlauch durch die Laderäume zu hetzen. Letztendlich beschäftigte Michl die beiden damit, unten im Laderaum mit Eimer und Lappen die gebildeten Pfützen aufzunehmen. Den Rest erledigten dann die Sonne und der warme Sommerwind.

An Deck wurde alles wieder aufgerichtet, was vor der Einfahrt in den Rhein-Herne-Kanal umgelegt werden musste. Das Steuerhaus wurde wieder aufgebaut, denn wenn die HELGA beladen ist, und sie soll zwei Meter und dreißig tief abgeladen werden, dann gibt es nicht mehr viel, was für die niedrigen Brückenpassagen zu hoch sein könnte.

Fischers Uschi, ein Angelabend in Gelsenkirchen ...

Noch am Abend fuhr Marta das Schiff unter die Verladeanlage. Sie war sich sicher, dass am nächsten Morgen die Böden der Laderäume trocken sein werden. Ein erneut sehr langer Tag ging zu Ende und Josi machte, als sie aus dem Maschinenraum kam, der ganzen Besatzung nebst Uschi und Walli einen tollen Vorschlag.

In diesem Hafen findet dort, wo sie sich gerade befinden, nicht absonderlich viel Schiffsverkehr statt und da, wo Mälzereien sind oder es Futtermittelfabriken gibt, da gibt es auch jede Menge Fisch. Der Zeitvertreib für den Abend lautete daher Schwarzangeln.

Eigentlich muss der, der eine Angel benutzt, im Besitz eines Angelscheins sein oder besser gesagt im Besitz einer Fischereierlaubnis, wofür man eine Prüfung ablegen muss. Aber die wenigsten Schiffsleute haben eine Fischereierlaubnis. Manche betrachten es als Mundraub, wenn sie sich mal den einen oder anderen Fisch aus dem Fluss ziehen.

Abb. 083: Mälzerei in Gelsenkirchen.

Während Uschi und Walli von dem Vorschlag total begeistert waren, stellte Marta zu Josi gewandt klar: „Du weißt Bescheid, Schätzchen, wenn die Dich erwischen, ich weiß von nichts! Bleibt auf dem Vorschiff mit Euren Hungerpeitschen und passt auf die Carabinieri, die Wasserschutzpolizei, auf!"

Gleichzeitig erinnerte sie sich daran, wie oft sie mit ihrem Bruder zusammen an Bord als Kinder oder Erwachsene schon schwarz geangelt haben und das selten ohne Erfolg.

Michl ergänzte: „Ich glaub, von den Wasserschutzlern kommt heute keiner mehr, die haben doch längst Feierabend und wenn die mit ihrem Boot in den Hafen kommen, können die sich nicht verstecken. Wir uns aber schon. Also auf geht's, Kinder", klatschte sie in die Hände, „lasst uns mal ein paar Heringe jagen, dann gibt es morgen Fisch mit Quark und Pellkartoffeln."

„Heringe im Hafen von Gelsenkirchen?", stutzte Walli.

„Für Michl sind alle Fische Heringe, dann muss man sich nicht so viele Namen merken", sprach Josi scherzhaft, „aber egal, was wir fangen, Michl zaubert aus jedem Fisch was Essbares", und machte sich mit allen, außer Marta, auf den Weg zum Vorschiff.

Sie rief ihnen aber noch hinterher: „Petri Heil, Kinder!"

Im Tiefherft lagen zwei handliche Angeln und hurtig waren noch zwei Wurfangeln von Josi zusammengeknotet. Ein paar Meter Angelschnur, daran eine Pose, ein Haken.

„Nun fehlt nur noch der richtige Köder", informierte sie, „und schon kann es losgehen, das Unerlaubte."

Michl stieg aus der Wohnung, auf einem Tablett diverse Utensilien, Fleischwurst und Käse aus dem Fliegenkasten und eine alte Semmel in einem Schälchen mit etwas Wasser, die erst aufweichen musste.

„Nun rückt mal zur Seite, Ihr Anfänger", prahlte sie, „ich zeig Euch mal, wie das geht." Aber sie stellte dennoch fest: „Das kann ja nur gut gehen heute, vier Hungerpeitschen, vier verschiedene Köder, das erhöht im Allgemeinen die Fangquote", was durchaus Sinn macht.

Auf dem Ankerspill hatte sie ihren Arbeitsplatz eingerichtet und schnitt das Mitgebrachte in kleine Würfel und beiden, Uschi und Walli, fiel gerade besonders auf, dass das mit so wenig Fingern an einer Hand etwas komisch aussah, wenn sie mit dem Messer hantierte.

„Na, was guckt denn Ihr so?", bemerkte Michl die beiden, die auf ihre Arbeit starrten.

Und Walli gar nicht feige fragte ganz direkt: „Wo sind denn eigentlich diese drei Finger geblieben, Michl?" Hielt wieder ihre Hand an den Mund und flüsterte zu Uschi, „die hat sie bestimmt aus Versehen abgeschnitten, als sie Hänsle zubereitet hat."

Uschi hatte ja nun mit Walli vereinbart, dass Späße dieser Art in Ordnung sind und so konnte sie sich ihr Lachen nicht verkneifen.

Michl erkannte erst jetzt, dass sie nicht auf ihre Schnitzkunst, sondern auf ihre Hand starrten.

„Was gibt's da zu lachen, Uschi, so lustig war das damals gar nicht."

„Nein, nein", suchte Uschi nach Rettung, „das sieht halt einfach nur komisch aus."

„Aha, komisch meinst Du, na ja, stimmt eigentlich", brummelte Michl und hob ihre linke Hand aus Daumen und Zeigefinger bestehend in die Höhe. „Na einer, also der Kleine, der könnte sogar zu Fischfutter geworden sein, denn der fiel gleich ab, plumps lag er im Rhein, als ich mit der Hand zwischen Führungsrolle und Schleppdraht geraten bin. Das war im Sommer in den Fünfzigern, ich hatte auf dem Räderboot, auf dem ich arbeitete, gerade von der Küche an Deck gewechselt, als wir in Bad Salzig einen Verband, also mehrere Schleppkähne zusammenstellten für die Weiterfahrt durchs Gebirge. Die anderen beiden, Mittel- und Ringfinger, die wurden nur plattgequetscht wie Briefmarken und hingen noch schlapprig an der Hand. Die hat man mir erst im Krankenhaus amputiert."

Walli und Uschi verloren ihre Gesichtszüge. In ihrer Vorstellung machte sich Ekel breit. Schon verrückt, gelang Michl mal wieder zu einer Erkenntnis. „Hunderte Zentner Kartoffeln hab ich in meinen Küchen geschält, tausende Kilo Zwiebeln und Fleisch geschnitten und da ist nie was passiert."

Uschi flüsterte nun zu Walli, „Was wiegt wohl so ein Hänsel? Was Walli wieder aus dem Häuschen brachte. Schnell sprach sie noch: „Das ist wirklich komisch, Michl, kaum bist Du Matrose an Deck, passiert dann sowas, sehr komisch!"

„Aber ich dachte, wir wollten unser Essen für Morgen fangen und nicht von drei Fingern weniger erzählen", war Michl nicht so ganz daran interessiert, weiter darauf einzugehen. „Also, Mädels, was würdet Ihr denn heute gerne fangen?", fragte sie.

Und wie aus der Pistole geschossen kam von allen dreien gleich: „Na Heeeeringe, Michl, hahaaa."

So machte sie an den Haken von Walli ein Stück Käse.

„Hier, mein Schatz, damit fängst Du jeden Weißfisch, der sich an Deinem Köder vorbeitraut, sollst mal nicht leer ausgehen heute!"

„Und was sind das für Weißfische, Michl", wollte Walli das wissen und wusste nicht, dass es neben den Schwarzanglern dem Anschein nach auch Schwarzfische geben muss.

Bevor Michl antworten konnte, riefen die anderen beiden, „na Heeeeringe, Walliiii", und lachten erneut.

Auf einmal, sie wollte gerade mit dem Gesicht zum Wasser ihre Angel hinablassen, drehte sie sich um und aus dem bedachten Gesicht von Walli kam fragend:

„Sagt mal, Leuteeee", und zögerte kurz, „ließe es sich einrichten, dass, solange wir hier angeln, mal keiner aufs Klo geht?"

Michl erneut schlagfertig: „Wir könnten doch alle aufs Klo gehen und unsere Fische für morgen mit unserer Notdurft erschlagen. Du Quatschkopp, los, angle jetzt!", war der Abschluss des Satzes etwas laut.

Aber Walli: „Ich dachte ja nur", und ließ ihren Haken hinunter ins Hafenbecken.

„So wie ich das sehe, mein lieber Scholli", war eines noch wichtig, „wird das noch Dein letzter Gedanke auf Deinem Sterbebett sein, wenn Du damit nicht aufhörst, Dir über so einen Scheiß Gedanken zu machen", was die Situation schlagartig erheiterte.

„Hihiii, ja genau, so ein Scheiß", sprach Josi.

Bei Uschi an den Haken machte Michl ein Stück Fleischwurst.

„Das mögen Barsche, aber auch starke Barben und schwere Karpfen und ob Du so einen Zehnpfünder mit Deiner Wurfangel auch raus bringst, wirst Du erst noch beweisen müssen. Also los, los fang an, Petri Heil", schickte sie Uschi an den Rand der Bordwand, damit auch sie endlich mal ihr Glück versucht.

Während das junge Gemüse ihre Hilfsangeln schon in den Hafen geworfen hatten, holte Josi eine riesengroße Blechdose mit Erde aus dem Herft heraus. Die Erde darin, die hat sie immer schön feucht und frisch gehalten. Denn sie war sonst, wenn keine Gäste an Bord waren, ziemlich oft am Angeln, wenn sie mit der HELGA an einer Schleuse Feierabend machten. Sind dort rundum Natur und wilde Wiesen gewesen, dann ist sie morgens, bevor sie den Dicken Hubert aufsuchte, immer mal kurz raus an Land und hat nach frischen, fetten Tauwürmern gesucht. Das hat ihr Mutter Marta schon vor vielen Jahren beigebracht, dass die Würmer am frühen Morgen immer ein Stück aus ihren Löchern kriechen, um zu schauen, was das Wetter macht, sagte sie damals. Man muss sie dann nur schnell zu packen kriegen und nur gut festhalten, so kommen sie von ganz alleine nach oben und man hat einen schönen saftigen Angelköder.

So nutzte sie einen dieser Würmer, der aus Franken oder Hessen stammen könnte und sich in der Dose finden ließ, für ihre Angel. Und Michl, sie schien es am besten zu können, die verschwand mit samt ihrer Angel in der Wohnung.

„Dann macht Ihr mal, strengt Euch an", mahnte sie vorher, „und vergesst nicht, nach der Wasserschutz Ausschau zu halten. Ich muss jetzt mal meinen Köder anbringen, das muss ich aber unten machen, ein altes Familiengeheimnis, wisst Ihr, damit angle ich Euch alle an die Wand und werde heute die Fischerkönigin."

„Abwarten, Michl, abwarten", war sich Josi da nicht so sicher. Drei Haken hingen nun schon im Hafen und brennend interessant wird es gleich werden, wenn Michl mit ihrem Familiengeheimnis am Haken nach oben kommt. So recht erkennen konnte man nicht, was das wohl sein soll am Ende der Angel von Michl.

Uschi flüsterte gleich zu Walli: „Ob Fische auch Fleisch von Hänsel oder Gretel mögen, was meinst Du, vielleicht ist das ja dieses alte Familiengeheimnis, hihi."

Der Walli gefiel es, wie Uschi ihren Spaß mitmachte und lachte ebenfalls.

„Lacht Ihr mal ruhig, das werdet Ihr gleich erleben", kannte Michl den Grund des Lachens gar nicht, aber rief noch auffällig laut, was extrem männlich wirkte, bevor sie die Angel im hohen Bogen auswarf, „hallo Freunde der See, der Quellen, Tümpel, Bäche, Meere, Kanäle und Flüsse und auch noch Aquarien, hier kommt Michls Spezialköder! Kommt, kommt, kommt, putt, putt, putt."

Alle sahen sich an und belachten ihr Schauspiel: „Ja ja, lacht Ihr mal weiter", konterte der Profi, „wartet mal ab, gleich geht's los hier, dann gibt's hier an Bord die nächsten zwei Wochen nur noch Fisch!"

Man soll es nicht glauben, nach ein paar Minuten zuckelte aber als erstes bei Walli die Pose und sie starrte da drauf und bemerkte es nicht.

„Eieiei, Walli, siehst Du das nicht?" Uschi war entsetzt: „Da ist doch einer dran, Du musst schon ziehen!"

Walli bestritt ja sozusagen den ersten Angeltag ihres Lebens und antwortete: „Ach so, ich muss da ziehen", und zog einen kleinen Hering aus dem Hafen von Gelsenkirchen.

Michl darauf ganz beiläufig: „Tzz, Anfängerglück, kann ja mal passieren!"

„Das ist 'ne Rotfeder", wusste Josi, „aber für fünf Personen, noch ein bisschen wenig."

Und da kam der unerwartete Alarm. Adlerauge Michl hat sie entdeckt.

„Achtung, Leute, die Wegelagerer kommen, was ist denn mit denen los, fast 20 Uhr und die machen hier noch 'ne große Hafenrundfahrt!", rief Michl. „Jetzt nur keine Hektik", wusste sie, wie man sich zu verhalten hat. „Schön langsam alle Angeln raus und nur an Deck hinter die Schanz legen. Die sehen die von da unten von ihrem Boot aus auf dem leeren Schiff nicht."

Zügig waren ihre Empfehlungen umgesetzt und als wenn nichts wäre, ging sie auf die Backbordseite ins Gangbord und die drei hinterher. Da lehnten sie wie die Orgelpfeifen am Dennebaum des ersten Laderaumes und warteten, bis die mit dem Polizeiboot heran- und vorbeigefahren sind.

„Soooo", zischte wieder der Michl zwischen den Zähnen hindurch, „nun winkt mal gleich schön und zeigt Eure weißen Zähnchen, dann sind die auch gleich wieder weg."

So aber dachte die Wasserschutzpolizei nicht, denn die hat ihren Kurs auf einmal direkt auf die HELGA gerichtet.

„Teufel noch eins", brummelte Michl, „die Geister, die ich rief."

Langsam kam das Boot an der Bordwand entlang zum Vorschiff oder zum Ende des Hafenbeckens gefahren, stoppte in einem Meter Abstand zur HELGA unmittelbar neben der Mannschaft und einer der beiden Beamten kam heraus, nachdem er sich seine Polizeigewalt, die Mütze, auf den Kopf gepresst hatte. Sehr konzentriert war sein Blick, hinauf an Deck der HELGA.

„Guten Abend, ähhhh, meine Damen", zögerte er und berührte etwas verwirrt, der vielen Frauen wegen, zum Gruß mit dem Zeigefinger den Rand seiner Mütze.

„Hehe, Kinder, habt Ihr das gehört, hahaa", traute sich der erfahrene Michl einiges mehr als die jungen Dinger. „Da hat der doch glatt Dame zu mir gesagt, habt Ihr das gehört? Was will man denn davon halten, haha."

Wie im Chor kam vom Rest der Besatzung ein lustiges: „Guten Abend", und von Michl noch ganz leise, dass der Polizist es nicht hören konnte, „Herr Wachtmeister", wodurch sich die anderen ein weiteres Grinsen verkneifen mussten, dass im Augenblick kein Ende finden konnte.

„Dame hat er gesagt, hihihi", konnte es Michl noch nicht fassen. „Eine Dame bin ich nur noch im Urlaub oder wenn ich mal schön lecker ausgehen möchte, hier auf der HELGA, bin ich der Steuermann, die beiden Kleinen hier sind Feriengäste und die Josi ist auch keine Dame, sie ist unser Schiffsjunge. Der Kapitän ist die Dame Marta Schönberg. Ich denke, sie ist im Achterschiff, wenn sie sie aufsuchen wollen."

Der junge Mann war von Michl überfahren und überrascht, über die sehr weibliche Besatzung des Schiffes, schlich aber leise wieder in eine Art Routine über. Eben so, als wenn da oben auf der HELGA nur Männer stehen würden.

„Ja, ähhh, gut, schön", druckste er, „was laden Sie denn hier, woher kommen Sie und wo wollen Sie hin?", wollte er noch wissen und, „ist sonst alles in Ordnung an Bord?"

„Aber natürliiiich", prahlte Michl, „mit dem Käpt'n, der hinten in der Wohnung ist, fünf Mann Besatzung, da kann nur alles in Ordnung sein. Wir kommen aus Wiesbaden und laden Braugerste für Bamberg. Morgen früh soll's losgehen. Ich denke, übermorgen Vormittag sind wir wieder weg!"

Und das reichte dann schon, um den verdatterten Mann mit weißer Mütze zufriedenzustellen.

„Na, das klingt doch gut, dann viel Erfolg, eine gute Reise und einen schönen Abend noch."

Das Boot ging wieder in Fahrt, fuhr noch eine Schiffslänge weiter, wendete und fuhr wieder Richtung Hafenausfahrt.

Als sie die HELGA erneut passierte, mutmaßte Michl mit Blick auf die WSP: „Sooooo, die schauen jetzt sowieso gleich nochmal ganz genau, ob sie uns auch richtig gesehen haben. Daher winken wir jetzt alle nochmal schön und dann ist das schon erledigt!"

Vorsichtshalber blieben sie da noch eine Weile stehen, bis das Boot außer Sichtweite gewesen ist.

Josi aber hetzte wie ein Kerl: „Na, nun gib schon Gas, Mann, mach, dass Du weg kommst!"

Was Michl zu toppen wusste: „Jetzt hetz mal nicht, Josi, das Einzige, was die wirklich gut können, ist laaaangsaaaaam!"

Sofort wurde die Pirsch nach Fisch aufgenommen und so allmählich hatten alle ihren Erfolg – außer Michl. Sein Familiengeheimnis verschmähten alle Heringe im gleichen Maße.

Aber mit dieser Schlappe konnte sie gut umgehen: „Die sind hier in diesem Graben noch nicht bereit für den besten Angelköder der Welt. Außerdem hab ich in meinem Leben schon so viel Fisch gefangen, da kann ich auch mal ohne", klang es nur bis hierhin überlegen, grübelte kurz, „aber ich versteh es trotzdem nicht, verdammt, beim Quallenkönig Sabbelnicht, warum alle meinen Köder verschmäht haben. Das ist mir wirklich noch nie passiert. Einer hätte doch wenigsten beißen können, nur einer ..."

Walli erkannte leise zu Uschi, „Jetzt weißt Du Bescheid, Uschi, Hänsel- und Gretelfleisch taugen nichts zum Angeln."

Und doch tat ihnen Michl ein bisschen leid, fast hätten sie ihr ein Taschentuch der drohenden Tränen wegen gereicht.

Bei Walli mit dem Käse flutschte es unaufhörlich, jeden Augenblick rief sie: „Daaaa, schon wieder einer!"

Leider hat sie sehr oft zu spät angeschlagen und der Käse war von schlauen Fischen geklaut worden.

Bemerkbar freute sie sich dabei ein Loch ins Bein. Selber war sie bloß nicht in der Lage, den Haken aus der Lippe des Fisches zu entfernen. Nur Josi und Michl konnten das mit geschicktem Griff sehr behutsam erledigen, aber hinsehen wollte Walli dabei auch nicht. Uschi holte dafür mit ihrer Wurst schwere Brachsen an Bord und Josi mit ihren Würmern ausschließlich Barsche.

Und kurz bevor es dunkel wurde, haben sie ihren durchaus guten Fang kontrolliert und begutachtet. Da waren in dem großen Eimer fünf Rotaugen und zwei Rotfedern, zwei Brachsen und sechs Barsche in verschiedenen Größen.

Walli zählte erst in Gedanken: „Wenn ich doch allein schon fünf Rotaugen, eine Rotfeder und eine Brachse gefangen habe, dann müsste ich doch die heutige Fischerkönigin sein, oder?"

Soweit hatte von den anderen keine gedacht: „Aber ja, Walli, stimmt", gestand Josi, „das Glück der Anfänger, Du bist die heutige Fischerkönigin, gratuliere. Aber wir sind ja noch nicht fertig, das muss ja noch alles geputzt werden, heeee, viel Fisch, viel putzen, verstehst Du?"

„Genau", bestätigte Michl erleichtert, die ja leider nichts gefangen hatte. „Wenn Ihr also glaubt, das war es schon, dann habt Ihr Euch geschnitten, Ihr Fischerinnen von Gelsenkirchensee. Fisch fangen kann jeder!"

Josi unterbrach: „Fast jeder", und man lachte wieder.

„Bis morgen sind die da drin in dem Eimer alle verendet, die müssen also gleich noch getötet, ausgenommen, geputzt, geschuppt und gekühlt werden und dann mal sehen, was ich morgen draus zaubern kann. Ich denke, ich mach dieses Mal, lecker Fischfrikadellen mit Bratkartoffeln."

Walli wieder zu Uschi: „Gibt es eigentlich Fischlebkuchen, knusper, knusper, knäuschen, hihi?", haderte aber sogleich mit dieser Situation, war förmlich entsetzt.

„Dann muss man die jetzt alle töten? Ach Meeeeensch!"

„Du kannst sie auch lebend essen, wenn Du möchtest", konterte die kühle Michl wieder.

Uschi war das auf einmal auch unangenehm, so als Tierfreund und Hasenretterin: „Die sind doch eigentlich ganz schön, oder?"

Sie schaute jeden Fisch genau an, spielte mit Walli zusammen mit den Fischen in dem Eimer und ließ sie immer so durch ihre Hände hindurchflutschen. Schleichend suchte sie einen Weg der Rettung.

„Ich glaub das jetzt wohl nicht", brauste Michl auf, „da sitzen wir stundenlang, angeln ohne Fischereierlaubnis, veräppeln die Wasserschutz und jetzt will keiner den letzten Schritt zu einem guten Mittagessen wagen! Beim Klabautermann, was seid Ihr nur für Schiffer?"

„Das redest Du so leicht dahin", wehrte sich Uschi, „Du hast ja nichts gefangen. Wir müssen doch noch zu Mördern werden."

Michl schüttelte seinen Kopf: „Das darf doch alles nicht wahr sein!"

Josi hatte bis hier hin gezögert, mag sie doch Fisch ganz gerne frittiert oder gebraten: „Also, wenn wir jetzt noch Steaks aus dem Gefrierschrank holen, dann sind die morgen auch aufgetaut, oder Michl?"

Aber die hatte jetzt die Schnauze voll: „Ja, wo gibt's denn sowas! Jetzt fängt die Pute auch noch an." Sie nahm erbost den Eimer, stellte ihn oben auf dem

Schanzkleid ab und sprach: „Seid Ihr Euch sicher oder wollt Ihr erst noch Namen oder Abschiedsküsse vergeben?"

Und Walli erwiderte: „Sicher ja, Abschiedsküsse nein. Lass sie wieder frei, bitte Michl."

Schnell sprangen alle an das Schanzkleid heran und sahen zu, wie Michl die ganze Beute des Abends in den Hafen kippte.

„Jaaaaa", freute sich Walli hüpfend, „macht's gut, Ihr Fische", rief sie ihnen nach.

Und Uschi fügte hinzu: „Und hütet Euch vor komischen Angelködern, probiert sie am besten erst gar nicht."

So wurde wieder alles, was dem Fang diente, aufgeräumt und Michl holte Fleisch aus dem Gefrierfach, um es aufzutauen. Der Abend endete damit, dass sie keine Fische für den nächsten Tag zubereiten mussten und im Nachhinein war man auch recht froh darum, macht ja auch viel Arbeit, so einen Fisch zu putzen. Und trotzdem, nach der vielen Spielerei mit dem flutschigen Getier stanken ihre Hände alle gleich nach Fisch in dieser kleinen Wohnung und Josi nahm davon für Marta eine Nase voll mit nach hinten. Da half auch die Dusche nicht, der Mief, vor allem an ihren Händen, wurde nicht viel besser, als sie in ihren Betten lagen und den Tag erfolgreich abschließen konnten.

Braugerste, staubig und eine furchtbare Hitze ...

Als sie am nächsten Morgen aufstanden, hatten sie beim Zähneputzen noch immer den geretteten Fisch in der Nase. Schon über eine Woche waren sie zusammen an Bord und lebten in ihrer Kajüte unter Deck wie ein altes Ehepaar, hatten sich am frühen Morgen nicht so allzu viel zu sagen, sie funktionierten einfach.

Michl war schon an Deck, die Beladung hatte längst, seit Stunden, schon begonnen. Alle Fenster und Türen waren geschlossen. Die Morgensonne strahlte von außen auf das stählerne Roofdach, erwärmte die Räumlichkeiten und kündigte eine baldige unerträgliche Hitze an.

Walli ging auf einmal, direkt aus dem Bad, die Treppen runter, wollte unbedingt an Michls Türe probieren, ob sie denn nicht heute zufällig offen wäre.

Uschi schaute ihr nach: „Ach, Walli", sagte sie nur.

Aber die Tür war wie immer verschlossen.

„Warum, zum Klabautermann", gebrauchte sie tatsächlich Michls Worte, „schließt die denn immer ab? Sie muss doch ein Geheimnis haben, da stimmt doch was nicht!"

Uschi hatte keine Antwort darauf und nur wenig war sie von Wallis Neugierde angesteckt. Somit war das für den Augenblick erledigt, Michls Zimmer, die vermeintliche Hexenküche, noch immer nicht bestätigt.

Nach einem kleinen Frühstuck mit Kakao und einer Scheibe Brot war es an der Zeit zu sehen, was da so an Deck los ist. Und sie bemerkten sofort, warum alle Türen und Fenster geschlossen waren. Goldbrauner Staub hatte das Vorschiff ganz leicht eingepudert und je weiter sie an der Backbordseite zum Achterschiff liefen, dem Laderaum drei näher kamen, dem Raum, der gerade beladen wurde, desto staubiger wurde es. Ein langes Rohr wurde von Land in den Laderaum hinuntergelassen und aus diesem Rohr strahlte dieses Getreide geradezu heraus, was ein monotones Rauschen entstehen ließ.

Abb. 084: Das Befüllen eines Laderaumes.

Josi und Michl standen dabei und nach: „Hejoh, Mädels", und, „Guten Morgen", meinte sie, „da ist wieder mehr Dreck und Staub als Getreide drin. Da wird der Dampfer wieder aussehen, wenn wir fertig sind, nur blöd, dass der Wind so ungünstig steht. So wird's hinten rum wieder dreckiger als vorne."

Und Michl stellte klar: „Ist doch gut, Josi, wir haben auch sechs Füße, die vorne in die Bude müssen und Staub und Dreck sind viel schwerer als Getreide, das gibt mehr Tonnen, die bezahlt werden."

Da kam auch schon Marta von hinten angelaufen, die über den gestrigen Abend schon alles wusste und ihren Spaß hatte, fragte aber trotzdem: „Guten Morgen, ihr zwei, wann gibt es denn Mittag? Ich hoffe auf eine große Auswahl an Fischleckereien."

Abb. 085: Getreidebeladung in Gelsenkirchen.

„Hör bloß auf, Marta", klagte Michl, „ich hoffe, Du hast 'ne Alternative zu Mittag, denn Fisch gibt es heute nicht. Das haste den drei Kugelfischen hier zu verdanken", die allesamt auf Marta ihre Reaktion gespannt waren.

Aber die sagte dazu mal wieder nichts, blickte in den Laderaum und grinste nur.

Und dann: „Hier an Bord wird keiner verhungern, wir finden schon was Essbares", und schwenkte vom Thema ab. „Das Wetter scheint zu halten, Ihr Kugelfische, hahaa, Regen ist keiner gemeldet, das ist doch schon mal großartig und es läuft doch ganz gut. Da sind wir morgen Vormittag leicht fertig geladen. Zeitnot haben wir nicht, aber Zeit zu verschenken auch nicht, es steht ein fester Termin, wann wir in Bamberg sein müssen. Aber unglaublich, das ist ja wieder ein Zeug, dass wir Mehl laden sollen, davon hat keiner was gesagt."

„Wieviel kommt denn da jetzt rein?", konnte Uschi sich das nicht beantworten, als sie mit Walli über den Dennebaum gebeugt in den Laderaum hinunter blickte.

Die Haufen, die sich sehr langsam am Schiffsboden bildeten, machten den Eindruck, dass sie wie Wasser zerfließen, je höher sie werden. Das muss alles eine Ewigkeit dauern, konnte sie sich vorstellen.

„Bis oben hin voll, Schatz, Oberkante Unterlippe. Das Zeug hat doch kein Gewicht. Die sollten das mal nach Anzahl der Körner bezahlen", meinte Michl mit starrem Blick auf das Verladerohr.

Marta fände das gar nicht schlecht, war aber etwas genauer: „Getreide ist nicht sehr schwer, bei weitem nicht so schwer wie Kohle oder Eisenerz. Da werden die Haufen bei Weitem nicht so hoch. Aber bei Getreide, da rollt jedes einzelne Korn in die kleinste Ecke und wo es nicht hin rollt, werden wir es später hinschieben müssen. Unter die Gangborde zum Beispiel, da muss dann immer einer ran, wenn der Raum voller ist. Denn die müssen voll bis unter das Lukendach sein. Und dann, wenn der Raum aussieht, als wenn er voll ist, dann werden wir noch mit der Schaufel alles ordentlich platt machen müssen, damit wir die Luken überhaupt zu kriegen. Und dann!", betonte sie besonders, „dann haben wir noch immer keine Maximaltonnage erreicht und mit einem Main-Tiefgang von 2,30 Meter haben wir vielleicht, aber nur, wenn wir noch mehr Staub kriegen, nur 600 oder 650 Tonnen geladen, wenn wir fertig sind."

Uschi, die aufmerksam zuhörte, zog überlegend die Mundwinkel nach unten und machte ein bedächtiges Gesicht. Das war für die beiden erstaunlicherweise hochinteressant zu hören, sie bemerkten allerdings selber, ein Kubikmeter ist nicht gleich immer eine Tonne. Sie werden all das sehr aufmerksam beobachten.

Marta sprach dann die Uschi und Walli direkt an: „Ich muss nachher mal rauf ins Büro, ein paar Telefonate machen. Soll ich auch in der Eiche anrufen? Eure Eltern sind ja seit gestern wieder zurück und die wollen bestimmt mal hören, wie es Euch geht."

Die Mädchen freuten sich über diesen Vorschlag. Sie hatten kaum wahrgenommen, wie schnell diese Tage vergangen waren.

Walli erkannte: „Meine Mutter vor allem, die ist meinem Vater ganz bestimmt auf die Nerven gegangen mit Ihrer Sorge um mich."

„Gut", schlug Marta vor, „dann sagen wir wieder 17 Uhr heute Abend. Da ist zwar das Büro schon geschlossen, aber nicht weit von hier ist eine Telefonzelle."

Die Freude darüber, was sie am heutigen Tage noch erwarten würde, war somit groß. Aber jetzt musste dieser Tag erstmal rumgebracht werden.

Tonne um Tonne Getreide rieselte in den Schiffsbauch und Michl und Josi wurden weißer und weißer von dem Staub, der sie am Rand der Laderäume bedeckte. Michl hat das sehr genau beobachtet und mit dem Besen dort den Staub zur Seite gekehrt, wo man jetzt noch nicht mit Wasser arbeiten konnte, darf doch dieses Getreide auf keinen Fall nass werden. Der dabei weiterhin aufgewirbelte Staub vertrieb die zwei Zuschauer und sie gingen ein paar Meter zum Vorschiff hin.

Walli und Uschi entging dieser Augenblick also nicht und Walli fiel auf: „Also mit dem Besen kann Wulpi wirklich gut umgehen, oder Uschi?"

Und Uschi verstand sofort, was diese zweideutige Erkenntnis aussagen sollte. „Das kann aber unmöglich ihr Fluggerät sein, so sieht doch kein Hexenbesen aus, den hab ich aber anders in Erinnerung."

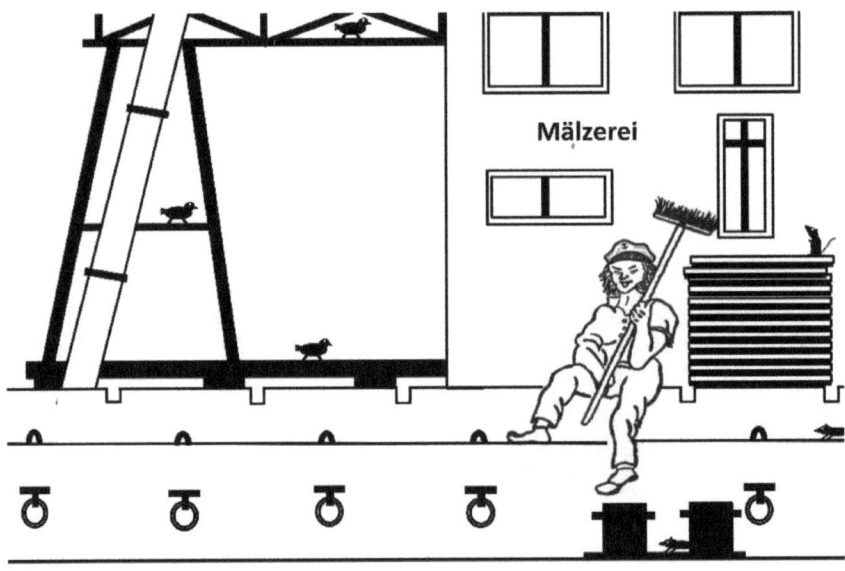

Abb. 086: Michl am Laderaum.

„Uschi, versteh doch endlich" brauste Walli auf, „der Flugbesen steht doch in ihrem Zimmer oder warum ist da immer abgeschlossen?"

Und schon wieder haderte Uschi mit dem Gedanken, dass Walli doch daran glauben könnte, dass auf diesem Schiff irgendetwas nicht in Ordnung ist.

Josi hatte währenddessen je einen Deckwaschschlauch am Vor- und Achterschiff angeschlossen und hin und wieder kam sie und spritzte den Dreck, für die Fische als Futter willkommen, über Bord.

Die beiden Gäste waren wohl an diesem Tag mehr recht als schlecht willkommen, wurden immer wieder vom Michl schimpfend verjagt: „Macht Euch hier weg, Ihr tragt mir nur den ganzen Dreck in die Bude!"

Ein paar Stunden später musste das Schiff anders positioniert werden. Die Schiffsleute nennen es „verholen". Leider gab es für das Rohr, das von Land kam, keinen Drehkreis. Man konnte es aber gelegentlich ein paar Meter in alle Richtungen schwenken und Ziel war es doch, das ganze Schiff zu beladen. Also musste die HELGA immer dort hingefahren werden, wo das Rohr nicht hinreichte. Dann tat sich auf einmal was. Erst sollten sie sich des Staubes wegen fernhalten, aber dann, als der erste Laderaum fast voll war, da wurde nach ihnen gerufen, um zu helfen.

„Los, Ihr zwei Quälgeister, Ihr habt jüngere Knochen. Tut mal was für Euer Brot", hatte Michl die Idee dazu.

Josi stand schon bis zu den Knien im Laderaum im Korn und hat mit einer Art Schieber das Getreide immer am Rand, am Dennebaum unter das Gangbord geschoben.

„Kommt rein", rief sie und Uschi sprang Walli voran von oben am Dennebaum hinein in das Getreide und war fast bis zum Schritt darin versunken.

Sogleich rief sie: „Waauuuu, hahaa, komm rein Walli, das ist total kühl und kribbelt an den Beinen wie ein Heer von Ameisen."

Und Walli sprang vollen Mutes hinterher, versank sogar noch etwas tiefer, womöglich weil sie ein Walle war.

Mühsam gruben sie sich wieder aus und Michl rief: „Achtung, hier kommen die Schaufeln", und warf ihnen Schaufeln zu. „Das ist ganz leicht, macht einfach das, was die Josi macht."

Michl beobachtete vom Gangbord aus das Werk der jungen Frauen und zog das Rohr, an dem unten an der Öffnung ein Seil befestigt war, immer in die Richtung, wo sie glaubte, dort ist noch mehr Platz für noch mehr Getreide. Das Seil knotete sie so lange an einem Ring am Dennebaum fest, bis auch diese leere Stelle aufgefüllt war. Das ging alles sehr gut und Josi erzählte, dass vor allem der Michl davon profitiert, dass die beiden an Bord sind, sonst würde sie jetzt hier im Getreide stehen und mithelfen. Es war nicht sehr anstrengend, nur die Hitze, die aufkam, zehrte an der Kraft und der Staub auf ihren Körpern wurde im Schweiße ihres Angesichts schleimig und klebrig, die Haare, ihre Zöpfe auf ihren Köpfen starr wie mit Zement bepudert.

Laderaum um Laderaum erhielten unzählige Getreidekörner und nur zäh vergingen die Stunden. Die einzige Abwechslung, wenn nicht geschaufelt werden musste, war das Plantschen mit dem Wasserschlauch, wenn Josi mal wieder eine Schicht Staub über Bord wusch.

Abb. 087: Wasserspiele an Deck.

Die beste Gelegenheit, etwas trinken zu gehen und sich in Abständen den Dreck vom Körper zu spülen.

Nach dem Mittagessen war ein Laderaum fertig beladen und das Korn stand tatsächlich bis oben hin. Michl hat damit begonnen, die Merklinge in den Scherstock zu schieben, der bei dieser Beladung mit dem Rohr nicht entfernt werden musste. Dadurch entstanden einzelne Parzellen, die genau so groß waren wie ein Lukenbrett. Mit Schaufeln wurde jetzt jede einzeln entstandene Parzelle vollgeschaufelt und mit dem Schieber plan gezogen. Mit dem Besen hat die Josi die Körner aus der Vertiefung der Merklinge gekehrt und dann gleich eine Luke darüber gelegt. Luke für Luke wurde der Raum verschlossen und ein Laderaum damit fertig beladen, einer angeladen und der dritte sollte auch bald fertig sein.

Endlich wieder telefonieren und Ratten an Bord ...

Josi hat es wieder vorgemacht, als sie in den nächsten Raum musste. Sie sprang mit Anlauf vom zugedeckten Laderaum hinunter in das Getreide. Das fanden die

Zuschauer ordentlich spannend und so rannten Uschi und Walli ebenfalls mit Anlauf auf dem Lukendach zum Laderaum hin und schauten nach der Landung, wer in das Getreide hinein am weitesten springen und sich am tiefsten versinken konnte. Und das taten sie immer wieder mit einem Heidenspaß.

„Mensch, Uschi", rief Walli auf einmal, „da, da war gerade was. Das ist so ins Getreide rein verschwunden, ich hab's genau gesehn."

Josi ganz gelassen: „Na, das wird 'ne Ratte gewesen sein."

Und Walli: „Ratteee?"

Und das ausgerechnet jetzt, wo sie so tief bis zum Bauchnabel im Getreide steckte wie niemals zuvor. Sie paddelte und ruderte, keuchte und hechelte, um sich zu befreien, war doch dieses Tier in den Tiefen der Ladung abgetaucht und wer weiß, was es da unten vorhat. Richtig panisch war Walli und trotzdem war sie noch nie so schnell aus einem Laderaum raus wie heute. Josi und Uschi bogen sich vor Lachen.

Michl, die das im sicheren Abstand beobachten konnte: „Ach du meine Güte, nun puller Dir mal nicht ins Höschen. Das ist doch normal, dass Ratten dort sind, wo es was zu fressen gibt, und bei so viel Getreide bist Du das sicherlich nicht."

Für Walli war ab da der Spaß im Laderaum beendet und sie hatte nichts Besseres mehr zu tun, als vom sicheren Deck aus nach den Nagern Ausschau zu halten.

Keine Stunde später, noch immer waren alle beschäftigt, der Laderaum wurde weiter befüllt, wieder ein Schrei von Walli: „Ohhhh Mann, Leute, da ist schon wieder eine!", und zeigte aus sicherer Position über das goldene Ladungsgut auf einen großen, braunen, hüpfenden und rennenden Punkt mit langem Schwanz und schwarzen Knopfäuglein.

Und die rannte über das Korn auf das Ende des Laderaums zu, sprang mit einem Satz hinauf auf das Herft und fiel in den nächsten noch leeren Laderaum hinein. Walli und Uschi hinterher und blickten hinunter, wo sich die Ratte gerade wieder vom freien Fall anscheinend unbeschadet besann, wo sie sich im Augenblick befindet.

„Michl", rief Walli ganz aufgelöst, „die Ratte ist da unten drin."

Michl fühlte sich genervt, hat sie in ihrem Leben womöglich schon tausende Ratten gesehen.

„Och Gott, Kinder, ne, nun lasst die doch einfach in Ruhe."

„Willst Du die denn nicht rausholen? Die kann man doch an Land tragen und wieder frei lassen", schien sie trotz Ekel davor gerettet werden zu müssen.

Uschi: „Von wegen rausholen. Die gibt es morgen zwischen zwei Scheiben Brot zum Frühstück, Wulpi liebt Rattensandwich mit mittelscharfem Senf, hahaaa", und schubste Walli ein wenig.

Aber wie komisch, Walli schauderte auf einmal diese Vorstellung, hatte sich weit über den Dennebaum gebeugt und folgte mit Blicken wortlos dem Getier, fand das auf einmal gar nicht lustig.

Abb. 088: Die Ratte im Laderaum.

„Die wird morgen wieder mit Getreide zugeschüttet. Ich geh da jetzt bestimmt nicht runter und mach mich da zum Affen, krieg die sowieso nicht mit meinen alten Knochen", hatte Michl natürlich recht damit.

„Ach Mensch, die arme Ratte", klagte Walli, gab sich aber geschlagen und beobachtete nun mit Uschi zusammen, was das Tier da unten in diesem für die Ratte riesengroßen Laderaum so treibt. Doch sie tat nichts, saß da am Rande der Bordwand putzte sich und tat sonst einfach nichts.

Nach, „ach, die ist doch eigentlich ganz süß", und, „das wäre doch was für Wulpi zum Abendessen", wurde die Ratte dann so langweilig, dass die beiden von ihr abließen und wieder an die Arbeit gingen.

Gemächlich näherte sich der Feierabend und es war nun wieder vonnöten, auch die bereits angeladenen Laderäume zuzudecken, womit Josi und Michl beschäftigt waren.

Abb. 089: Arbeiten am Laderaum.

Uschi hatte längst gelernt, wie man im Maschinenraum am Paff-Paff die Deckwaschpumpe aktiviert. Und das letzte Mal an diesem Tag spritzten Walli und Uschi mit dem Wasserschlauch erst das Vorschiff, dann das Achterschiff ab. Keine sagte es, aber alle wussten es, die Walli, die machte mittlerweile eine sehr gute Arbeit. Der Staub muss weg, wenigstens das Gröbste sollte heute entfernt werden, denn morgen sollte es ja auch noch einmal recht staubig werden. Es war wirklich Zeit, damit man die Fenster und Türen der Wohnungen wieder öffnen kann.

Und sie taten es tatsächlich so, als ob es nicht mehr nur darum ginge, Spaß zu haben, sondern als Teil einer Schiffsbesatzung, in der ein jeder seine Aufgabe zu bewältigen hatte. Selbstredend blieb kein Zentimeter Haut und kein Haar trocken, denn es war einfach zu herrlich, sich immer mal wieder mit diesem kühlen Nass zu erfrischen.

Kurz vor fünf kam Marta wieder mit ihrer Umhängetasche nach vorne, wo unaufhörlich mit dem nassen Kanalwasser gespielt wurde. Michl hatte sich gerade bis aufs Unterhemd und Hose befreit, war sie doch an Deck meist recht vollständig bekleidet, und wollte sich mit Seife und Handtuch mit Kanalwasser duschen.

„Da ist 'ne Ratte im Laderaum, Schiffmann", war Walli noch immer ganz aufgelöst.

„Ja ja, hab ich schon gesehen, Walli, da unten macht sie wenigstens keinen Blödsinn", sagt sie nur und, „zieht Euch trockene Sachen und ein frisches Hemd an, macht Eure Haare schön, Ihr seht ja aus wie Langhaarrobben", und schickte die beiden erst noch einmal in die Wohnung.

Vor dem Kleiderschrank tat sich Walli wieder besonders schwer, was sie nun für dieses Ereignis, telefonieren gehen, tragen könnte. Uschi war schnell reingeschlüpft in einen lockeren Rock, ließ aber ihr Shirt an.

„Wallliiiiii?", tastete sie sich zaghaft heran, „magst Du nicht auch einfach irgendwas anderes anziehen, damit wir weiterkommen?"

„Nun hetzt mich mal nicht schon wieder", blickte sie in den Kleiderschrank, „ich kann mich einfach nicht entscheiden, verstehst Du das denn nicht!"

Uschi ging nach oben, machte ihre Haare zurecht und stieg an Deck.

„Wo ist denn die andere Puppe?", fragte Michl hämisch und da kam sie auch schon, hatte sich mal wieder eine Schleife ins Haar gebunden und Marta konnte es sich nicht verkneifen.

Sie pfiff: „Ohhhhh, schau an, da passt ja Puppe wie die Faust aufs Auge."

Und Michl: „Das kannst Du aber hier vergessen, Puppe, in diesem maroden schwarzen Hafen werden keine Strandjungs rumlaufen, hehe!"

Walli meinte: „Tz, na und."

Und Uschi überhörte das einfach. Sie waren nicht einmal verlegen und folgten Marta an Land.

Tristes Industriegelände, wo überwiegend Traktoren und Lastwagen um die Mälzerei am Fahren waren, führte sie nach wenigen Hundert Metern zu einer Telefonzelle. Zu dritt quetschten sie sich hinein und es war unfassbar heiß in dieser kleinen Zelle.

Marta legte einen ganzen Haufen Ein-Mark-Stücke oben auf den Fernsprecher und sprach klare Worte: „Also, Kinder, so geht das nicht! Wir werden alle ersticken und wegschmelzen, geht mal raus. Ich rufe an und dann kann eine nach der anderen sprechen."

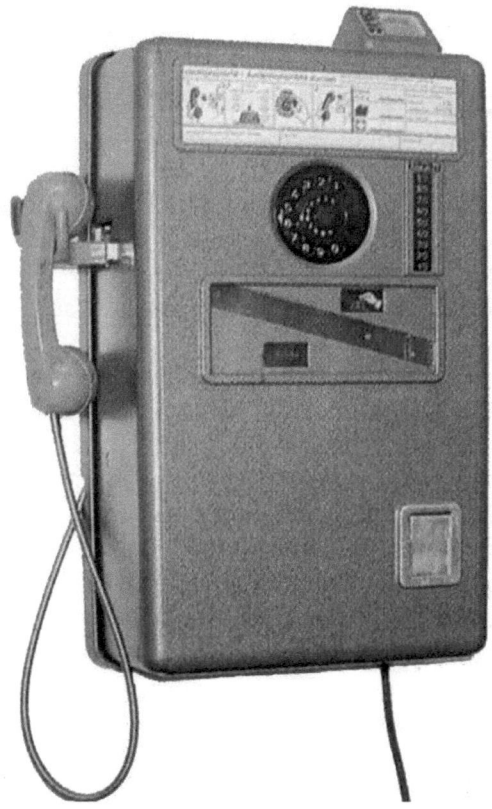

Abb. 090: Ein Fernsprecher, 1973.

Da standen beide vor der Telefonzelle und beobachteten Marta, wie sie erst wählte und dann mit wem auch immer zu sprechen begann. Und sie tat es sehr lange, so lange, dass es Uschi auffiel.

„Was quatscht die denn da so lange? Die ist doch sonst immer so kurz angebunden."

Sie zog die Tür auf und rief hinein: „Wann darf ich denn endlich, Tante?"

Marta zog einfach wieder die Tür zu: „Warte, bis Du dran bist!", lachte und erzählte, lachte und erzählte.

Walli stellte sich auf die Zehenspitzen und schaute durch die bereits angelaufene Scheibe, wie viele Markstücke noch da oben auf dem Apparat lagen.

„Mensch, Uschi", erschrak sie, „das Geld ist gleich alle! Wann darf ich denn endlich?"

Und Marta im Inneren holte, ohne dass sie Wallis Besorgnis hören konnte, einfach noch einmal eine Handvoll Markstücke aus ihrer Tasche und legte diese wieder obendrauf.

Sie sahen sich an: „Ohhhh nein, die will noch länger quatschen!"

Doch der Schein trügt. Endlich war es soweit.

Mit dem Hörer in der Hand öffnete Marta die Tür und Uschi hörte sie noch sagen: „Mach's gut Friedrich, pass auf Dich auf. Ich geb Dir mal Deine Tochter, die schon ganz genervt ist, weil wir so lange am Quatschen sind", was Uschi so von Marta nicht kannte.

Marta mit nass geschwitztem Hemd also raus und Uschi rein in die gläserne Sauna.

Mit einem, „Halloooo, Papa", verschloss sich wieder die Tür der Telefonzelle und die Tochter berichtete dem Vater das Neue, was an Bord geschehen ist, und der Vater erzählte mit Sicherheit von ihrem Urlaub in den Bergen.

Walli bekam so langsam ein langes und etwas trauriges Gesicht: „Ist meine Mama denn gar nicht da, Schiffmann?", fragte sie.

„Na klar, Walli, die ist auch da", bemerkte Marta die Sorge des Kindes.

„Aber viel Geld ist nicht mehr da und wenn die Uschi jetzt auch noch so lange quatscht, dann kann ich ..."

Da ging Marta auf sie zu, öffnete ihre Tasche und ließ Walli einen Blick hineinwerfen.

„Schau mal, Walli", sprach sie nur.

„Puuuuhhhh!"

Walli erkannte, in dieser Umhängetasche müssen hunderte Markstücke gewesen sein. Es glich dem Blick in eine kleine Schatztruhe mit unzählig vielen Münzen.

„Ohhhhhh ja, das reicht bestimmt", freute sie sich.

Und Marta ganz nüchtern: „Als Schiffer darfst Du auf alles verzichten, nur nicht auf Kleingeld zum Telefonieren."

Endlich war Walli an der Reihe und die war so aufgebracht und laut, dass man sie vor der Telefonzelle richtig gut hören konnte. Nur Uschi bemerkte, dass sogar über Michl, alias Wulpi, gesprochen wurde, auch dass Walli dem Vater sagte: „Papa, bitte, wenn Du uns abholst, musst Du unbedingt das Buch mitbringen, Uschi glaubt mir das nicht so richtig mit unserer Bekannten, der Wulpabrodakanda. Sie erzählte von dem abgeschlossenen Zimmer und dieser Ratte im Laderaum, die womöglich morgen früh gar nicht mehr da sein wird und es dauerte, bis all ihre Erlebnisse erzählt waren.

Auf dem Nachhauseweg wusste keine, wie lange diese Gespräche, die sie alle führten, gedauert haben. Aber alle machten einen zufriedenen Eindruck und Uschi kam nicht umhin, ihre Tante zu fragen, was sie denn mit ihrem Bruder so lange zu besprechen hatte, sind sie doch immer so kurz angebunden gewesen die ganzen letzten Jahre.

„Aaaach", meinte Marta, „ist doch ordentlich was los hier an Bord, so viel wie lange nicht mehr. Da gibt es auch viel zu erzählen. Das, was Ihr jetzt erlebt, haben wir auch alles erlebt und noch einiges mehr. Ihr erinnert mich ständig an unsere Kindheit an Bord. Und ich habe Deinem Vater ein wenig von all unseren gemeinsamen Erlebnissen mit Euch hier an Bord erzählt, da er ja selbst nicht dabei sein kann. Außerdem steht ja schon fest, dass wir innerhalb dieser zwei Wochen nicht in Karlstadt sein können und Friedrich muss das mit Frau Strobel noch klären, dass Ihr wahrscheinlich ein paar Tage später nach Hause kommt."

Walli fragte und es ließ sich nicht heraushören, ob sie keine Lust oder noch sehr lange Lust hätte, an Bord zu bleiben.

„Wieviel Tage werden das denn sein, Schiffmann?"

Uschi, bevor Marta was sagen konnte: „Mensch, Walli, nun hab Dich nicht so! Wir haben doch noch Ferien genug. Ich bleib sehr gerne länger."

„Soooo viel länger ist das jetzt nicht, wie Du vielleicht denkst, Walli", musste Marta erklären.

Es war nicht ganz erkennbar, ob Walli das beruhigte.

„Vielleicht", rechnete sie kurz, „zwei oder drei Tage, man weiß ja nie, was da noch kommt. Womöglich schaffen wir es aber doch, nur ist es besser, wenn man das Unvorhersehbare schon mal einplant. Mal nichts aus, es wird nichts draus, heißt es bei den Binnenschiffern."

Walli tippelte neben den beiden her und schien sich nicht sicher, wie lang zwei oder drei Tage werden könnten, bekundete aber ihr Einverständnis: „Ach, na ja, das geht doch noch!"

Von Uschi ihrer Seite aus ist aus dem noch vor neun Tagen bestehenden „Du musst zu Tante Marta" längst ein „Ich möchte zu Tante Marta" geworden.

Bei Walli war sie sich trotzdem nicht so sicher, auch wenn sie nie wieder klagte, dem Anschein nach sehr viel Spaß hatte und dieses „Ich will Nachhause" nie wieder ausgesprochen hatte. Sie war nur zu Hause ein Mamakind, ein ganz anderer Schlag Kind, ganz anders als Uschi, wenn ihr Zuhause in der Nähe war. Hier war sie voller Unsinn im Kopf, machte ständig Quatsch und lachte sehr viel mehr als in ihrem Eußenheim. Insgeheim fragte sich Uschi schon, ob Walli so bleiben würde, wenn sie wieder zu Hause sind und beantwortete sich ihre Frage damit. Ganz sicher wird sie so bleiben, denn so wie sie sich in den letzten Tagen kennenlernten, werden sie noch sehr lange damit leben dürfen. Das kann doch unmöglich alles wieder weg sein, wenn sie mal die Luft am Gewässer nicht mehr riechen kann.

Am frühen Vormittag des folgenden Tages war die Beladung nebst der Abdeckung der Ratte mit Gerste, die ihr ganzes Leben und darüber hinaus reicht, beendet, die Ladepapiere gefertigt und die HELGA verließ den Hafen Gelsenkirchen. Uschi und Walli musste zur Beruhigung noch erklärt werden, dass der Ratte das nichts ausmacht. Sie ist in der Lage, sich überall durchzuwühlen, und zu fressen hat sie auch genug. Sie fühlt sich also wohl dort, wo sie jetzt ist, und wird in der Regel auch dort bleiben. Der blinde Passagier geriet so in Vergessenheit.

Nun war das Schiff gut abgeladen und es konnte alles bis auf den Mast, ein paar Lampen, den Scheinwerfer und ein Ofenrohr vom Steuerhausofen wieder aufgestellt werden. Das Steuerhaus war mit dem Lift, der es hoch und runter heben konnte, auf eine Höhe gestellt, die es an den Brücken nicht gefährden konnte. Schon bei der Abfahrt hatte Marta errechnet, dass man heute noch nach Krefeld fahren und dort vor Anker gehen kann.

Doch erst mussten die vier Schleusen passiert werden und Uschi und Walli mussten nicht mehr hinunter in den sicheren Laderaum, sahen nun, während sie die letzten Reste Getreidestaub vom Schiff wuschen, all das, was sie vor ein paar Tagen im leeren Laderaum mit diesen vielen Ecken und Kanten nicht sehen konnten. Eine unerträgliche Hitze war es, Wasser und Seife an Deck trockneten schneller, als man sie an Deck bringen konnte.

Gute Nacht an Deck ...

Aber als sie nach rund sechs Stunden in Duisburg-Ruhrort aus dem Hafen-Kanal in den Rhein stromaufwärts Richtung Mainz drehten, war das Schiff schon wieder sauber.

„Mast hoch und Reibhölzer rein", lautete Michls Anordnung an Josi, es war nichts Neues, was sie zu erledigen hatte.

Walli und Uschi saßen im Steuerhaus, als Marta mit der HELGA die ersten Kilometer des Rheins hinaufschipperte und ihren Kurs hinüber nach Steuerbord auf das andere Ufer hin richtete. Der Dicke Hubert war lauter am keuchen als die ganzen Tage davor, als es mit dem leeren Schiff stromabwärts ging. Ein unglaublich heißer Tag war es, selbst die offenen Türen und Fenster ließen die stehende Hitze nicht weichen.

Uschi klagte: „Vorne ist es auch so heiß da unten drin, eieiei, das wird 'ne Nacht werden."

Marta war ganz aufgebracht über diese Empfindlichkeit ihrer Nichte: „Mensch, Kinder, Ihr könnt doch an Deck schlafen, das haben wir auch oft gemacht, es gibt nichts schöneres, als das Himmelszelt und darunter einzuschlafen. Heute ist mir das zu anstrengend, immer erst den Schlafplatz an Deck herzurichten. Aber Ihr, Ihr habt doch Zeit."

Sie vertiefte sich erneut in Erinnerungen an ihre Kindheit mit ihrem Bruder Friedrich. Damit war etwas ausgesprochen, was von Begeisterung zeugte.

„In zwei Stunden sind wir in Krefeld. Ich denke, es wird 20 Uhr, das Wetter hält, das Schiff ist frisch abgewaschen. Holt Eure Matratzen an Deck und macht es Euch auf dem Roofdach gemütlich", empfahl Marta weiter.

Abb. 091: Krefeld-Uerdingen, Postkarte, ca. 1960.

Das hat die zwei sehr überzeugt und ganz aufgeregt liefen sie nach vorne. Michl machte gerade Abendbrot und wortlos stiegen sie hinunter in ihre Schlafkajüte.

Keine fünf Minuten später rief Uschi hinauf: „Michl, bitte, kannst Du uns mal helfen?"

Michl stand auf, ging zum Niedergang, blickte hinunter und sah die Uschi mit der riesen Matratze an der Treppe stehen.

„Was wird das denn jetzt, Ihr Wasserflöhe, wollt Ihr abmustern oder was?"

„Wir schlafen heute an Deck", rief Walli um die Ecke, die mit ihrer Matratze noch im Zimmer wartete.

„Bei Thetis, Neptun und seinen Trabanten, wer hat Euch denn den Floh ins Ohr gesetzt?", griff aber zu, zog die erste und die zweite Matratze hinauf in die Küche, keuchte und schimpfte. „Ihr seid doch verrückt, wir haben damals noch auf den blanken Planken geschlafen. Aber nein, die Kommandantur muss mitten in der Nacht die Matratzen an Deck zerren. Was soll das noch alles werden?"

Auf dem Roofdach wurde nun Quartier bezogen, Kopfkissen und Decken heraufgetragen und weit bevor die Anker in Krefeld im Rhein versanken, war dieses unter freiem Himmel fertiggestellt.

Ganz hibbelig waren beide, doch einfach nur so auf diesen Matratzen zu liegen, war es nicht, was den Reiz ausmachte. Dunkel, dunkel muss es endlich werden. Und als sie da so auf dem Rücken lagen und mal ausprobierten, wie es sich so in freier Natur bettet, erkannte Walli, welch eine große Chance sich heute Nacht für sie abzeichnen wird.

„Beim Klabautermann", sprach sie, „heute Nacht kann sie uns gar nicht durch die Lappen gehen, Uschi!"

Uschi drehte sich zu Walli: „Was redest Du, wer kann uns nicht durch die Lappen gehen?"

„Na Wulpi", sprach sie aufgeregt, „wenn die heute Nacht ihre Runden dreht, dann müssen wir sie doch dabei ertappen können, oder? Sie muss doch zu dieser Tür raus, wenn die startet."

Uschi schüttelte mit dem Kopf: „Ja, Walli, dann bleib Du mal schön wach und pass auf, aber weck mich, wenn Michl mit ihrem Besen startet, denn sehen möchte ich das auch endlich."

Sprang auf und: „Los, wir gehen mal nach hinten, da gibt's vielleicht noch was zu tun, damit es schneller dunkel wird."

Kurz entschlossen liefen sie also schon wieder zum Achterschiff, machten mit Josi die Maschine dicht, setzten sich noch bei Marta an den Tisch, aßen zusammen zu Abend, erzählten von dies und jenem.

Und Walli fragte auf einmal: „Sag mal Marta, ist Dir eigentlich jemals was aufgefallen, was am Michl ein bisschen komisch ist?"

Uschi empörte sich: „Mensch, Walli, nun lass doch mal gut sein."

Marta war etwas verwirrt, anscheinend haben sich die beiden diese Frage schon einmal gestellt in den letzten Tagen.

„An Michl ist vieles komisch", war das schon mal bestätigt. „Sie ist die beste Frau, die ich in diesem Beruf kenne, ist eher von ihrem Auftreten her ein Mann, wirkt stark und hat Durchsetzungsvermögen, kann alles und weiß alles. Sie wäre ein sehr guter Kapitän, aber das will sie ja nicht. Es gefällt ihr an Deck. Aber das müsstet ihr doch alles selbst schon bemerkt haben. Demnach ist eigentlich nichts an ihr komisch. Na ja, vielleicht ist sie nicht so weiblich wie andere Frauen in ihrem Alter, aber das stört mich persönlich überhaupt nicht. Ich kenne sie nur so und das seit bald 14 Jahren."

Uschi schaut Walli an: „Und, ist das komisch genug für Dich oder wolltest Du jetzt hören, dass sie bei Nacht als Nixe verwandelt durch den Rhein schwimmt oder vielleicht mit einem Besen durch die Nacht fliegt?"

Marta begann zu lachen: „Du bist ja lustig, Kind, hahaaa, wie kommst Du denn auf diesen Unsinn, Michl als Nixe. Kind, Michl ist über sechzig Jahre alt. Die ist froh, wenn sie heil aus der Badewanne rauskommt. Das darf ich mir gar nicht vorstellen, hahaaa. Oder Michl mit dem Besen über unserer HELGA, lasst sie das ja nicht hören, hahaaa. Ist es das, was Du jetzt wissen wolltest, Walli, ob Michl auf diese Weise komisch ist?"

Walli druckste jetzt rum: „Neeeeeee, ach ich weiß nicht, manchmal habe ich einfach den Eindruck, dass sie ein bisschen komisch ist. Wahrscheinlich bilde ich mir das alles nur ein."

Fast in einem Ton sprachen Marta und Uschi: „Ja, Walli, das tust Du!"

„Aber Martaaa", wollte Walli jetzt ablenkend was wissen, „warum sagt Ihr denn manchmal Maschine und dann wieder Motor zu einem und dem gleichen Gegenstand? Was ist das denn nu? Ein Motor oder eine Maschine?"

„Gute Frage", stellte Josi klar, die gerade zur Türe hereinkam und heute mal im Achterschiff zum Abendessen dabei sein wollte.

Sie war frisch geduscht und trug ihr Haar offen, sah so als junge Frau sehr toll aus.

Und Marta erklärte: „Also sinngemäß ist beides ein Motor oder beides eine Maschine, ganz korrekt wäre aber", und zögerte kurz. „Also gut, der Dicke Hubert ist ein Motor. Mist, jetzt ist es raus, die HELGA hat gar keine Maschine, die das Schiff fortbewegt."

Josi legte ihr Messer zur Seite und lachte und fand den Moment sehr unterhaltsam.

„Aber gut", es fehlte ja noch die Erklärung. „Der Michl hat eine sehr lange Zeit nur mit Maschinen zu tun gehabt, mit Dampfmaschinen und diese Dampfmaschinen standen im Maschinenraum. Irgendwie hat sich das so gefestigt, selbst als die Dampfmaschinen durch Motoren ersetzt wurden, behielten diese Räume die Bezeichnung Maschinenräume."

„Hmmmm??", schien Walli nicht zufrieden und Uschi konnte nicht erkennen, warum das soooo wichtig ist.

„Gut", meinte Marta, „sagen wir es mal so: Ein Motor ist ein Gegenstand, der sich durch einen internen und eigenen Verbrennungsvorgang eigenständig in Bewegung setzt."

Alle beide vertieften sich in diese Vorstellung.

„Ähhhh, und Dampfmaschinen machen das nicht?", fehlte es Walli an Wissen.

Aber Uschi, der fiel es ein: „Jaaaa, genau, die Dampfmaschine kann sich nur drehen, wenn es Dampf gibt, und der wird über den Heizkessel und Feuer im Heizkessel erzeugt. Ohne Dampf dreht sich keine Dampfmaschine."

Josi erkannte: „Genial eigentlich."

Marta sah ein endloses Fragespiel auf sie zukommen und wollte das beenden: „Stimmt alles sehr genau, Kinder, aber kürzen wir das mal ab, sonst sitzen wir morgen früh noch hier. Eine Dampfmaschine ist eine Maschine, die mit äußerer Verbrennung", betonte dieses *äußerer* besonders, „in dem Fall mit Kohle oder Schweröl in einem Heizkessel in Betrieb gebracht wird. Ein Motor ist grundsätzlich eine Maschine, die mit interner Verbrennung", betonte dieses *interner* besonders, „mit Diesel oder Benzin in Betrieb gebracht wird."

„Also ist der Dicke Hubert doch eine Maschine", wollte Walli das jetzt unbedingt hören.

Marta hatte genug: „Genau, Walli, der Dicke Hubert ist eine Maschine und darum heißt das auch Maschinenraum. Man kann aber auch Motorraum sagen, nur heißt das schon sooo viele Jahre Maschinenraum, dass der Begriff Motorraum keine Verwendung findet, auch irgendwie nicht richtig klingt. Das wäre so, als wenn Dich Deine Mutter auf einmal Rosenkohlknolle statt Walli nennt, nur weil Du Dich verändert hast."

Uschi lachte: „Hahaaa, was muss denn passieren, dass man sich zu einer Rosenkohlknolle verändert, Marta. Das klingt doch auch blöd, obwohl das gleiche Kind gemeint ist."

„Ohhh Mann, ist das alles kompliziert, Schiffmann", hat es Walli womöglich verstanden. „Dann bleiben wir besser bei Maschinenraum – oder? Seid Ihr alle damit einverstanden?"

„So wird's gemacht, Walli", hörten alle Anwesenden diese Worte gerne. „Und jetzt macht, dass Ihr nach vorne kommt. Ich muss noch Papierkram machen."

Kurz nach 22 Uhr hieß es endlich: „Gute Nacht, Marta", und sie begaben sich zu ihrem neuen Domizil.

Die Abendsonne zeichnete sich rötlichgelb auf den Wogen des Rheins ab. Michl saß noch mit einem frischen Bierchen an Deck und ließ mit ihrem kleinen Kofferradio den Abend ausklingen.

Walli ganz nüchtern: „Sag mal, Michl, müssen wir denn morgen wieder die Kettennüsse kühlen? Da ist aber Uschi dann dran, ich spüre das heute noch!"

Keine Sekunde hatte Michl in diesem Augenblick daran gedacht und lachte mit Blick zu Uschi, die auf die nun folgende Erklärung gespannt war.

„Nein, nein, Walli, hier unten am Niederrhein muss das nicht, das liegt doch viel tiefer als Mainz. Hier ist alles anders, da wird so schnell nichts zu heiß, außer der heutige Abend. Es gibt oft Tage, da brauchen wir das gar nicht, kommt auch immer darauf an, wieviel Kette vorliegt, was die Temperatur vom Rhein macht, welche Tageszeit anliegt, sogar die Schon- und Laichzeiten der Fische müssen wir berücksichtigen."

Uschi war in sich hinein lachend von der Art, wie Michl Dinge erklärte, begeistert. Ihre logisch klingenden Argumente waren für Unwissende nur schwer zu widerlegen.

„Aber schau an, daaa, was da kommt!", stand sie auf und streckte den Arm in die Richtung eines vorbeifahrenden Schiffes. „Einer der nichts kann, fährt bei Mannesmann, und das zu so später Stunde", war das Thema Kettennüssekühlen lustig abgehakt. „Schön langsam, mein Freund", das fehlte Michl noch, „fahr mal schön langsam", sprach sie dem Schiff zu, „und mach nicht solche Wellen, hier liegen Schiffe vor Anker. Wasser, damit wir noch gut mit dem beladenen Schiff fahren können, hat Gevatter Rhein zwar noch, aber es wird Zeit, dass es mal ein paar Tage so richtig schüttet. Es wundert mich, dass die Wasserstände das überhaupt so lange mitmachen."

„Mensch, hast Du ein Glück, Uschi", musste Walli Uschi das zugestehen.

Uschi dachte, vielleicht sollte sie den heiteren Schifferspaß mit den Kettennüssen endlich mal erzählen, denn sie werden noch mindestens 3-mal vor Anker gehen, bevor sie den Main erreichen. Und wenn sie nicht selber damit in Bedrängnis geraten möchte, eines Morgens Kettennüsse kühlen zu müssen, muss das Problem aufgeklärt werden. Doch die Chancen stehen nicht schlecht, dass Michl auch für die nächsten Tage ein paar ausreichende Gründe findet, warum auch an diesen Tagen abermals keine Kettennüsse gekühlt werden müssen.

Sie machten sich noch sauber, zogen noch ihre Haargummis aus den Zöpfen, bürsteten sich noch schön für die Nacht und legten sich rücklinks auf ihre Matratzen. Michl saß auf einem Poller und ihr Radio untermalte den Augenblick mit ruhiger Musik, auch wenn es nur Schlager waren. Gekrönt wurde der Augenblick mit dem Titel von Vico Torriani „Wenn bei Capri die rote Sonne im Meer versinkt".

Michl sang auf einmal: „Wenn bei Krefeld die rote Sonne im Rhein versinkt … Das wäre auch ein toller Mann, dieser Vico Torriani", schwärmte sie hinterher.

Ihr kleines Publikum wurde schon wieder erheitert und es begann ein Abend, der so perfekt war, wie lange zuvor kein anderer.

„Oh Mann, schau an, wie schön", schwärmten sie zusammen, als sie so in der Horizontalen in den golden brennenden Himmel blickten.

Die Sonne verschwand, ein sternenklarer Himmel zeigte seine Kunstwerke. Die vorbeiziehenden Schiffe, die jetzt noch mit „Kartoffel" und anderen Motorengeräuschen fuhren, schmissen hin und wieder eine plätschernde Welle an die HELGA. Manche davon waren so stark, dass sie sogar ein wenig wackelte, so stark, dass die Ankerketten in den Klüsen ordentlich Krawall machten, das Wasser ordentlich an die Bordwand klatschte.

„Ich geh dann mal, gute Nacht, Kinder", erhob sich Michl und, „mal schauen, vielleicht ist es nun doch etwas kühler da unten in der Bude."

„Hol doch auch Deine Matratze rauf, hier ist doch genug Platz", schlug Walli vor.

Und Uschi flüsterte: „Ja genau und bring Deinen Besen mit, hihiii."

Und da sagte Michl etwas, was den Abend schlagartig verändern sollte.

„Ohhh nee, lass mal, ich schlaf lieber unten. Hast wohl schon vergessen, dass wir Ratten an Bord haben?"

Uschi sah die Katastrophe kommen: „Mensch, Michl, also wirklich!"

Und Walli: „Waaaas, aber die sind doch im Laderaum!"

Michl wollte nicht aufhören: „Jaaaahaa, noch mein Schatz, noch! Ratten sind Nachttiere, die werden gleich auf Wanderschaft gehen. Ich hatte mal einen Matrosen, der war nur ein bisschen größer als Du, der wurde von Ratten getötet."

Uschi setzte sich von den Worten gebeutelt wortlos auf und wusste, das war es jetzt mit dem ruhigen, romantischen Abend an Deck der HELGA und Walli schien auf ihrer Matratze erstarrt zu sein.

Sie sprach dann erzürnt: „Wirklich? Du verarschst mich doch, Mensch, Michl!"

Uschi versuchte zu retten was zu retten ist: „Na klar, Walli, verarscht sie uns", und es rutschte ihr dabei ein „Donner und Doria" raus, war sie doch eine echte Schönberg.

Michl verschwand einfach und unter Garantie hat sie sich innerlich kaputtgelacht. Er ließ die Mädels im Ungewissen.

Walli hatte etwas gegrübelt, verstellte auf einmal ihre Stimme und krächzte: „Ich weiß, warum sie nicht will, dass wir an Deck schlafen. Sie hat Angst, dass sie heute Nacht nicht ihre Runde fliegen kann, um irgendwo an Land Frösche, Lurche, Kruppelkäuter, Stinkmorcheln, Rabenfüße und Hasenschwänze zu fangen, knusper, knusper, chchch."

Und Uschi fing fast schreiend an zu lachen.

Aber da streckte Michl, vom lauten Lachen aufgefordert, noch einmal ihren Kopf aus dem Schiebedach des Eingangs und setzte doch noch einen oben drauf: „Aha, da wird ja schon wieder gelacht. Ich mach mal besser die Tür zu, nicht dass die noch in meine Wohnung kommen. Denkt also dran, so lange das Getreide an Bord ist, müssen die Türen zu den Wohnungen zu gemacht werden."

Da sprach Walli das aus, was Uschi schon befürchtet hatte.

Vorbei war der Mut der Hexenjägerin: „Sollen wir nicht doch besser reingehen, Uschi? Ich glaub, ich hab da was springen sehen."

Vollkommen chancenlos ließ sich Walli nicht davon überzeugen, dass Michl aufs neue eine Gruselgeschichte rausgehauen hat, die nicht der Realität entspricht. Egal, was Uschi widerlegen konnte, es gab immer ein „aber" und „wenn die doch" und Walli wagte sich nicht, sich zu bewegen.

Genervt legte sich Uschi auf den Bauch, streckte ihren Kopf in das Schiebedach der Wohnung hinein und rief: „Miiiichl, nun hilf uns mal, die Matratzen wieder runterzutragen! Du hast ja auch die Katastrophe ausgelöst."

Michl kam im Dunkeln aus dem Niedergang herauf und schimpfte mit jeder Stufe lauter: „Beim Holzbein vom Käpt'n Ahab, das war doch nur Spaß, verdammt", streckte ihren Kopf durch das Schiebedach und betonte das noch einmal. „Was bist Du denn für ein Seemann, Walli?"

Die gleich: „Ich bin kein Seemann!"

„Na, das war doch nur Spaß, Menschenskinder, außer das mit meinem Kollegen, hahaaaaaa."

Uschi schrie: „Michl, hör doch mal auf jetzt, das ist nicht mehr lustig!"

Und da erst sprach Michl die beruhigenden Worte: „Du hast recht, Uschi, war vielleicht ein bisschen viel, aber wirklich nur Spaß. Nun legt Euch hin und genießt die herrliche Nacht."

„Also kommen die Ratten nicht aus dem Laderaum heute Nacht?", brauchte die bewegungslos auf der Matratze liegende Walli eine letzte Bestätigung.

Sie konnte mit weiteren Worten beruhigt werden.

Michl ging wieder hinunter: „Nun schlaft endlich, um sechs ist die Nacht vorbei, gute Nacht!", verschwand endgültig in den Tiefen der HELGA und es dauerte nicht mehr lang, da war auch Uschi neben der zur Starre verfallenen Walli eingeschlafen.

Echt kölnisch Wasser und Uschi muss ans Ruder ...

Durch das Starten und das laute „paff, paff" des Ankermotors wurde Uschi ziemlich unfreundlich geweckt. Sie hat bis dahin geschlummert wie ein Seepferdchen. Alles andere davor hat sie gar nicht gehört. Nichts hat sie mehr gehört, kein Plätschern, kein Klatschen der Wellen an die Bordwände, kein Tuckern von anderen Schiffen, keine Schreie der Möwen und kein Quieken von Ratten.

Es war eine herrliche Nacht und unbemerkt hat sie sich schlaftrunken unter ihre Bettdecke verkrochen. Es schien frisch geworden zu sein, je näher der Morgen kam. Trotz des lauten monotonen „Paff-Paff-Paff", das unmittelbar neben ihr an Deck entstand, setzte sie sich auf, gähnte und streckte sich sehr intensiv.

Und mit einem Blick auf ihre Nachbarmatratze bemerkte sie, dass Walli schon aufgestanden sein muss, denn ihr Schlafplatz war bereits leer. Sie erhob sich, stieg vom Roofdach der Wohnung an Deck, eilte auf die Toilette, bevor sie zu Michl an das Ankerspill ging.

„Guten Morgen, Michl", musste sie laut rufen. „Wo ist denn die Walli geblieben?"

Denn auch hier war sie nicht. Lautstark kratzten die Ketten in den Klüsen, die HELGA hüpfte und zuckte, aber Michl schüttelte nur den Kopf, drehte, schob und drückte an den Kurbeln, Rädern und Hebeln des Ankerspills.

Und da kam sie auch schon an Deck, hatte die Finger in den Ohren und rief ziemlich gut gelaunt: „Guten Morgen, zusammen."

So wurde bekannt, noch gestern, als Uschi schon eingeschlafen gewesen ist, ist die feige Pute in die Wohnung gestiegen und hat auf der Eckbank in der Küche genächtigt. Sie muss sich da so eingerollt haben, dass Uschi sie gerade beim Toilettengang gar nicht gesehen hat. Die ganzen Rattengeschichten ließen sie an Deck einfach nicht zur Ruhe kommen. Weitere Nächte an Deck zu verbringen, dieser Plan ließ sich für Uschi nun nicht mehr umsetzen. Es war zu vage, denn das Getreide und dessen ungebetene Gäste werden sie bis zum Aussteigen in Karlstadt weiter begleiten.

Uschi fragte Walli gar nicht mehr: „Willst Du vielleicht heute Nacht mit an Deck schlafen?"

Sie war es leid, immer wieder Erklärungen abzugeben, dass Ratten keine Kinder fressen.

Aufmerksam beobachteten sie noch die letzten Züge der heraufkommenden Anker, als Walli nur mal so hinüber zu einem vorbeifahrenden Schiff schaute.

Aufgewirbelt zog sie Uschi am Hemd: „Uschi, schau, schnell, daaa, schau", und zeigte mit dem Zeigefinger auf dieses Schiff, auf dem an Deck ein sehr junger Mann am Rand der Bordwand stand und gerade über Bord pinkelte.

Uschi sah das und der junge Mann sah die beiden Mädchen, der sich beobachtet fühlte und sich schnell zur Seite drehte.

Uschi drückte Wallis ausgestreckten Arm nach unten, rief: „Mensch, Walli!"

Verschämt drehten sich beide wie abgesprochen um. Michl musste das einfach bemerken, denn dieses Gekicher, so mit Händen vor dem Mund, hat die beiden verraten, dass dieser Augenblick ein klein bisschen peinlich war.

Trotzdem rief Michl belustigt: „Siehst Du einen Matrosen am Bordrand steh'n, wird das Wetter wunderschön, haha. Ach, Kinder, das passiert nun mal in der Schifffahrt. Außerdem ist der Weg zur Bordwand sehr viel näher als der Weg zu einer Toilette, da haben es die Burschen schon ein bisschen einfacher als unser eins. Wenn's ein toller Mann ist, ach, dann guck ich manchmal auch ein bisschen genauer hin und beneide die Herren mal nur ganz kurz um diesem Augenblick und die Möglichkeit ihrer Erleichterung, über Bord pinkeln zu können. Aber genug gegafft jetzt, der ist doch schon gar nicht mehr zu sehen."

Es war dennoch erkennbar, dass sich Michl bei all der Routine und Erfahrung für einen Moment gut und anders unterhalten fühlte. Ihr verschmitztes Lächeln hatte sie verraten und unterbrach jäh den Augenblick.

„Jetzt bringt erstmal Euer ganzes Schlafzeug wieder nach unten."

Sie wurden auf einmal schnell und schweigsam, kicherten aber noch eine Weile.

Auch Uschi wurde klar, die nächsten, bald auch die letzten Nächte an Bord werden sie wieder in der Kajüte verbringen. Selbst Martas Erfahrungen mit Ratten an Bord änderten nichts an der beängstigenden Situation für Walli, die auf einmal extrem spitze Ohren hatte, jedes Rascheln und Kratzen als einen vermeintlichen Angriff der Killerratten deutete. Walli war ab sofort immer auf der Hut.

Dass die paar Ratten, deren Anzahl keiner nennen konnte, genauso wieder aus dem Schiff verschwinden, wie sie hineinkamen, wird an der jetzigen Situation nichts ändern. Sie fahren auf einem Schiff auf dem Rhein, umgeben von Millionen Ratten.

Frühestens in Bamberg werden sie durch ein dickes Rohr aus dem Laderaum befördert und herausgesaugt, genauso wie sie gestern hineingeblasen wurden. Sollte eine von ihnen den Anschluss verpassen, wird sie sich nicht lange halten, denn an Kohle, Gips und Eisenerz lässt sich schlecht nagen. Sobald die HELGA wieder Landverbindung hat, wird das Tier mit einem beherzten Sprung oder mit einer artistischen Rattenseiltänzereinlage über ein Tau oder Drahtseil das Weite an Land suchen.

Gleichwohl empfahl Marta, die Türen zu den Wohnungen mal ein paar Tage geschlossen zu halten, denn neugierig sind diese Biester auf jeden Fall. Und da die Fenster höher liegen und Ratten sich am Boden bewegen, werden sie diesen Weg, um in die Wohnungen zu gelangen, eher nicht wählen. All das sollte vor allem zu Wallis Beruhigung dienen. Wenn sie also schlau sind, sind sie genauso scheu, nehmen lieber Reißaus, bevor sie jemanden in die Wade beißen. Jede Panik war und ist daher unbegründet.

Nur eine an Bord erinnerte ab diesen Tag immer daran: „Mach doch bitte die Tür hinter Dir zu", was ein Durchlüften der Wohnungen wegen der noch immer herrschenden Hitze deutlich erschwerte.

Die Anker waren längst oben, die Flagge als Ankerzeichen von Halbmast wieder hochgezogen und die HELGA fädelte sich in eine Reihe von Schiffen. Alle Schiffe fuhren zu Berg, sie aber wollen nur bis Mainz, dort wieder in den Main hinein und von dort weiter bis zum Ende des Nebenflusses nach Bamberg. Von Krefeld lagen rund 265 Kilometer Rhein vor ihnen und gegen den Strom mit neun Stundenkilometern im Schnitt sollten sie in gut 30 Stunden in den Main einfahren.

Michl entdeckte wieder etwas, das angesprochen werden musste.

Abb. 092: TMS ANDREAS URSCHLECHTER.

„Ach, schau an", sagte sie, „der Herr Oberbürgermeister von Nürnberg ist auch schon wach", und blickte auf ein zukommendes Schiff, das genau diesen Namen trug, was eigentlich keiner wusste und keinen interessierte. Ein schönes Schiff, das war es wohl.

Marta berichtete neulich darüber, dass sie noch um mindestens einen Kilometer schneller fahren könnte, aber die drohende oder bereits abzusehende Verschärfung der Energiekrise trieb die Spritpreise in die Höhe und ein Ende war nicht abzusehen. Sie musste gut rechnen und planen, aber auch spekulieren, wann man wo, wie viele Liter tanken soll.

In den Treibstofftanks war noch genug Diesel drin bis Mainz, dort, wo sie in der letzten Bergfahrt vor fast drei Wochen etwas günstiger bunkern oder tanken konnte. Selbst wenn schon Platz im Tank wäre, um diesen voll zu machen, hoffte Marta, dass es in Mainz noch immer um ein paar Pfennige günstiger ist.

Der Dicke Hubert lief also mit gedrosselter Kraft, war ja mit 2,30 Meter Tiefgang eigentlich ganz flott unterwegs. Der Drehzahlmesser im Steuerhaus zeigte daher nur so 330 bis 340 Umdrehungen, anstatt ihren 375 Umdrehungen bei Volllast. An manchen Stellen reduzierte sie die Umdrehungen sogar noch weiter, denn Marta wusste genau, wo im Rhein der Strom und wo das stille Wasser steht, das mit unterschiedlicher Motorleistung durchdrungen werden musste. An anderen Stellen, wahrscheinlich übermorgen im Gebirge, werden diese 375 Umdrehungen eventuell noch gefordert werden und Hubert muss mal wieder zeigen, was er kann.

Abb. 093: Uferpromenade Düsseldorf, Postkarte, ca. 1970.

Nur wenige Wolken zogen im Verlauf des Tages auf, die nicht für den ersehnten Regen sprachen. Und wohl oder übel musste am Lukendach weiter gearbeitet werden. Ein paar Stunden später schauten die Fahrgäste von Deck mit lang gestrecktem Hals hinauf auf die Uferpromenade von Düsseldorf.

Michl, schon unzählige Male daran vorbeigefahren, interessierte das nicht mehr. Die stand heute mit ihrer verschwitzten Schifferkappe an Deck zusammen mit Josi in alten Klamotten gerüstet. Mittschiffs aus dem Herft kramte sie das

Werkzeug für den heutigen Tag heraus. Richtige Lust hatten Walli und Uschi, die das am Rande stehend beobachteten, nicht, waren aber bereit, wenigstens ein bisschen mitzuhelfen.

„Da kramt die Wulpi wieder nach Essbarem, knusper, knusper, sicher wird sie gleich fündig in diesem Rattenloch", klang das mit krächzender Stimme von Walli ganz leicht bösartig.

Und der Michl konnte es einfach nicht lassen, als sie plötzlich einen alten schwarzen Handschuh aus den Herft heraus den Mädels direkt vor die Füße warf und auffallend weiblich schrie: „Ahhhh, ohh, neiiiiin, da ist schon wieder eine Ratte, Hilfeeeee!"

Abb. 094: Eine vermeintliche Ratte.

Wie von der Tarantel gestochen sprangen Uschi, aber auch Josi zurück und Walli rannte auf dem Lukendach polternd und kreischend zum Achterschiff. Nach ein paar Metern blieb sie stehen, drehte sich kreidebleich um und sah die drei, wie sie sich bogen vor Lachen.

„Haha, das war gar nicht lustig, Michl", kam sie wieder angelaufen.

„Hahaaa, Dein Gesicht, ich schmeiß mich weg, hahaa", hatte sich Josi noch immer nicht beruhigt.

Marta im Steuerhaus trat auf das Typhon und hupte „trööööööt" über das Schiff hinweg. Mit Blick auf sie sahen alle, dass sie so eine abwinkende Geste machte, die außer Michl keiner verstehen konnte, denn sie lautete: „Michl, hör auf mit dem Blödsinn, nicht das da jemand bei der Flucht nur von einem Handschuh gejagt über Bord geht."

Die Spaßeinlage erheiterte den Moment und mit der Arbeit wurde begonnen.

„Da werden wir wieder aussehen wie Schwarzfußindianer", erinnerte Uschi.

Michl konnte sie beruhigen und verkündete eine freudige Nachricht: „Ich hab schon gestern nach dem Zudecken die letzten Luken, die noch gemacht und mit Persenning abgedichtet werden müssen, mit Kreide angezeichnet. Wie lang diese Streifen Persenning sein müssen, immer von Strich zu Strich. Die schneidet Ihr mir alle zu und lasst sie dort, wo sie gebraucht werden, liegen. Sind ja nicht mehr viele, die Schweinearbeit mach ich mit Josi alleine, sonst meckert Deine Tante nur wieder."

Abb. 095: Michl teert das Lukendach.

Persenning zuschneiden? Eine leichte Arbeit, die gerne gemacht wurde und mit Kilometer um Kilometer, die sie fahrend hinter sich ließen, kamen sie dem Ende ihrer Arbeit näher. Zwischendurch unterbrach Michl die fleißigen Frauen mit neuen Entdeckungen, als wieder ein Schiff des Weges kam, das es zu erwähnen galt. Sie tat es stets im Übermaß aufbrausend, manchmal sogar so, dass alle dabei erschraken. Es war gar nicht möglich, sie zu überhören.

„Daaaa!", schrie sie dann, „da kommt einer von Lepra und Malaria, das gibt es bei Bavaria." Oder: „Dort, schon wieder einer von Schrott und Bruch", ein Schiff, das Michl schon vor Tagen als ein Schiff von Schulte und Bruns vorstellte.

Kurz vor Mittag hatten die beiden ihre Aufgabe erledigt, nur wenig schwarz waren Füße und Knie. Josi bürstete wie Michl mit einer Quaste am langen Stiel den Braunteer auf die Luken.

Die paar Streifen Persenning waren längst alle zugeschnitten und es fiel auf, dass die Gäste arbeitslos waren, gemütlich auf dem Lukendach saßen und Löcher in die nach Teer riechende Luft starrten. Vorbeiziehende Schiffe, das spärliche, fast menschenleere Treiben der grün bewachsenen Ufer, an anderen Stellen unendlich viele Menschen, die am Strande des Rheins am Baden waren und der nur schwach zu hörende Hubert wurden nur beiläufig registriert. Sie schienen gerade jetzt den Augenblick zu genießen. Eigentlich würde nur jeweils ein langer Grashalm in ihrem Mundwinkel fehlen, um eine Tom-Sawyer-und-Huckleberry-Finn-Atmosphäre perfekt zu machen. Besonders fiel ihnen ein riesiges Fahrgastschiff auf, das sehr viel schneller als die HELGA war und an ihnen vorbeifuhr.

„Mann, sind das tolle Schiffe", schwärmten sie gemeinsam.

Abb. 096: Das Passagierschiff BRITANNIA der Köln-Düsseldorfer.

Die gefielen sogar dem Michl, denn der wusste, dass dieses Schiff ein echtes Mainzer Schiff ist und 1969 bei der Ruthof Werft in Mainz gebaut wurde und dass es seit 1971 noch ein Schwesterschiff gibt, das sich ALEMANNIA nennt.

„Wir sind ja bald in Köln", unterbrach Michl forsch die Ruhe, „da sollten wir mal so langsam die Flaschen klar machen – oder Josi?", schien es eine neue Aufgabe zu geben.

Josi antwortete: „Aber ich nicht, ich hab noch genug zu tun, hiermit möchte ich heute fertig werden", und sie stampfte dabei mit ihrer Teer-Quaste auf das Lukendach auf.

„Gut Kinder, dann müsst Ihr da ran", stand die Aufgabe fest. „Holt mal von vorne aus der Wohnung neben der Garderobe die beiden leeren Wasserkästen an Deck und unten aus dem Küchenschrank den kleinen Trichter dazu!"

„Und dann?", fragte Uschi skeptisch.

Darauf erhoben sich die beiden träge, klopften den Staub von ihren Hintern und ...: „Dann nehmt Ihr den Schöpfeimer", soll das nun beantwortet sein, „holt Außenbordwasser raus, kippt das durch den Trichter, so eine halbe Flasche voll, schüttelt die richtig durch und kippt es wieder über Bord. Spült sie einfach mal ordentlich aus. Die Flaschen, die Ihr gespült habt, steckt Ihr mit der Öffnung nach unten wieder in den Kasten, damit Ihr nachher auch wisst, welche schon gespült sind!"

„Nachher?", lautete die nächste Frage von Walli.

„Wozu das alles?", wollte auch Uschi wissen.

Josi schmierte unbekümmert ihre Luken ein und Uschi glaubte, sie gesehen zu haben, wie sie mit geneigtem Haupt den Kopf geschüttelt, sogar dabei gegrinst hat.

Michl erklärte: „Die brauchen wir gleich in Köln, wer weiß, wenn wir mal wieder hier runter kommen, da möchte ich mal lieber alles voll machen."

Die Stirnfalten der Mädels zeigten Skepsis und ihre Köpfe stecken sie fast ineinander.

Uschi sprach flüsternd: „Flaschen voll machen? Ich glaub, da ist was faul, Walli."

„Meinst Du? Aber warum, vielleicht braucht sie das tatsächlich für einen ganz bestimmten Sud nach einem ganz speziellen Hexenrezept?", flüsterte sie, „chchch", kichernd zurück.

„Mensch, Walli, genau, womöglich für Dich als Hauptgericht, hihi, aber hör mal auf jetzt. Aber ich denke eher nicht, doch wofür braucht sie Wasser aus dem Rhein ausgerechnet an so einer speziellen Stelle? Das ist bestimmt irgend so ein mieser Rheinschifferscherz. Aber den hier, den kenn ich auch nicht."

Uschi erinnerte Walli an die Scherzsprüche, die Michl immer über die Reedereien macht und dass sie immer nur Flausen im Kopf hat, erinnerte an den Rattenhandschuh gerade eben. Nur eine Sekunde war sie bedacht, die Kühlung der Ankernüsse als Unsinn zu verraten, aber die Geschichte hat ihr selber recht gut gefallen. Wie praktisch, dass Walli sie von diesem Gedanken abbrachte.

Denn die erkannte ernüchtert: „Vielleicht hast Du recht. Na warte, Michl, Dir zeigen wir's! Meinst, Deine Tante wäre auf unserer Seite?"

„Naaaa klar", drehte sich um und rannte Richtung Steuerhaus, Walli hinterher.

„Heeeee?", schrie Michl ihnen nach. „Wo wollt Ihr denn hin?"

Und Marta hupte wieder „trööööööööt", erinnerte daran, „an Deck wird nicht gerannt."

Uschi rief noch zu Michl: „Wir kommen gleich wieder!"

Keuchend kamen sie ins Steuerhaus und stellten sich direkt neben den Haspel, an dem Marta fleißig am Drehen war.

„Du musst uns helfen, Tante Marta", war Uschi ganz aufgebracht.

„Langsam, langsam!", mahnte sie erneut. „Was ist denn los, Kinder, Kinder, sind denn Ratten hinter Euch her?"

Walli darauf nur: „Haha, was muss ich lachen!" Und: „Wir glauben, der Michl plant was, die hat irgendwas vor!"

Von der geplanten Flaschenwaschaktion wurde erzählt und Marta grinste wieder so komisch mit sichtbaren Grübchen.

Sie schob sich ihre Mütze zurecht und sagte: „Ach herje, der Michl, die alte Tante Schabernack, kann es einfach nicht lassen. Die hat meine Josi damals auch immer so verkackeiert."

„Ich hab's gewusst", fühlte sich Uschi bestätigt. „Aber was hat sie denn vor?"

Marta befand sich in einer Zwickmühle, denn grundsätzlich ist es ein ungeschriebenes Gesetz, dass Schiffsleute untereinander solche geplanten Scherze nicht verraten dürfen und dass die Auserwählten das leider ertragen müssen.

Abb. 097: Eine andere MS HELGA.

„Ach Kinder", war nun eine Stellungnahme gefordert. Und welch ein Glück für Marta, nahm sie das Fernglas zur Hand und schrie fast: „Halloooo, schaut mal, was da zu Tal kommt, Kinder!", und deutete mit dem Arm darauf. „Das ist auch eine HELGA, aber nicht so schön wie die unsere, oder?"

Uschi quengelte: „Jaaa, tatsächlich, schööön, aber nun lenk mal nicht ab, Tante."

„Also gut", sprach die Tante, „ich verrate nicht alles, nur ein Stichwort und Ihr macht Euch selber Gedanken, wie Ihr das Problem lösen könnt. Einverstanden?"

Die beiden sahen sich an, verzogen Augenbrauen und Mundwinkel, die eine schräg links, die andere schräg rechts nach oben und Walli schien das für einen wackligen Vorschlag zu halten.

„Nur ein Stichwort, Schiffmann?"

Uschi stieg drauf ein: „Haa, genau, ein schlechter Kompromiss! Wer weiß, welches Wort Du sprichst und wir können nichts damit anfangen."

„Also gut." Marta jetzt wieder: „Welche Stadt erreichen wir als nächstes?"

Walli wusste gerademal, dass sie auf dem Rhein sind, aber Uschi, die rief: „Köln!"

„Gut", sollte es weiter gehen. „Und was gibt es in Köln?"

„Kölner", schrie Walli und Marta lachte mit Uschi. „Den Kölner Dom?", der zweite Versuch.

„Alles richtig, aber das meine ich nicht", schien Marta Spaß an dem Ratespiel zu finden. Sie fuhr aber gleich fort: „Was haben alle Frauen auf ihren Schminkkommoden im Bad oder im Medizinschrank?"

Fragende Blicke fanden sich: „Keine Ahnung, hast Du auch sowas, Marta?", war dies von Uschi zu erwarten.

„Natürlich, soviel Frau bin ich in meinem Männerjob schon auch noch!", hatte Marta damit überhaupt kein Problem.

Walli aber begann beherzt zu raten: „Haarbürste, Lippenstift, äh, äh, Puder, ähhh, Makeup ..."

„Putzwolle", schrie Uschi dazwischen und das heitere Ratespiel fing an, Spaß zu machen.

„Nein, nein, alles falsch, das mein ich alles nicht!", und löste das Rätsel endlich auf. „Aus Köln kommt das legendäre 4711 oder auch ‚Echt Kölnisch Wasser' genannt, ein sehr bekanntes Eau de Cologne, das alle Frauen irgendwo in der Wohnung oder in einer ihrer Handtaschen versteckt haben. Ich könnte mir vorstellen, dass sogar Michl ein Fläschchen davon hat. Das gibt's als Wasser, Seife, Cremes usw."

„Ahhhhhh", bemerkte die schlaue Uschi, „und da wir gleich durch Köln fahren, sollen wir für sie dieses Kölnisch Wasser aus dem Rhein ziehen und in Flaschen abfüllen. so ein Lump!"

Und Walli: „Aber echt und Michl verkauft es dann, wenn sie nach Hause kommt!"

Nichte und Tante im Einklang: „Haahaaaa, Walli!"

„Na ja", wussten wohl beide nicht so ganz, was Kölnisch Wasser ist.

Abb. 098: Kölnisch Wasser 4711.

Von daher erwähnte Marta: „Kölnisch Wasser ist ein feines Duftwässerchen, das bestimmt schon 150 Jahre, eher mehr, hier in einer Manufaktur in der Stadt Köln hergestellt, in kleine Flacons und größere Flaschen abgefüllt und verkauft wird. Es ist natürlich kein Flusswasser, denn der Rhein ist an manchen Industriegebieten mehr ein Stinkwässerchen als ein Duftwässerchen."

„Ach sooooooo!", erklang es zweistimmig, „das ist ja echt eine miese Nummer", meinte Uschi.

Walli hat es noch immer nicht ganz verstanden, denn sie dachte: „Sauerei, die will Rheinwasser als 4711 verkaufen, so was gemeines."

„Mensch, Walli", war Uschi schon wieder genervt von Wallis naiver Art zu denken, „denk doch mal naaaaach, es geht gar nicht ums Wasser, die will uns nur beschäftigen und vor allem veräppeln", wurde Michls Plan, der laut Erklärung von Marta schon viele Jahre als Spaß an unerfahrenen Besatzungsmitgliedern praktiziert wird, endlich richtig verstanden.

Nun war das Vorhaben von Michl bekannt, aber Marta hatte ein bisschen Bedenken, dass sie jetzt als Spielverderberin verschrien wird. Sie wusste, dass Michl diesen Augenblick nur nutzen wollte, um die beiden Mädchen ein bisschen unterhaltsam zu beschäftigen, was bis hier her auch gut gelungen war.

Guter Rat war nun teuer.

„Was machen wir denn jetzt, Kinder?", fragte die erfahrene Erwachsene die Kinder um Rat.

Irgendwie war das jetzt alles blöd, jetzt, wo alle wussten, was ihnen, vor allem Michl, an Spaß durch die Lappen gehen könnte.

„Hmmmm", waren alle Köpfe am Rauchen, wie man dieses Problem lösen könnte.

„Spielt doch einfach mal mit", schlug dann Marta vor, „macht mal die Flaschen alle voll und nervt sie einfach damit. Ihr habt noch rund zwei Kilometer Bedenkzeit!"

„Damit nerven, wie denn?", fragte Uschi.

„Na komm, Uschi, Du wärst keine Schönberg, wenn Dir dazu nichts einfallen würde. Dein Vater hätte längst eine Plan B in der Tasche", prahlte Marta von der Weisheit ihres Bruders.

Da kam Uschi die zündende Idee: „Komm, Walli, los geht's", flitzten sie aus dem Steuerhaus.

„Langsaaaaam, Donner und Doria", rief Marta hinter.

Am Vorschiff eilten sie selbst an Michl vorbei.

Die machte gleich darauf aufmerksam: „Nu seht aber mal zu, verdammt, quatschen die da hinten und hier wartet die Arbeit! Zack, zack, macht die Flaschen sauber! An der nächsten Brücke muss das Kölnisch Wasser da rein und das gute Nass steht nur zwischen der Hohenzollernbrücke, der dicken Eisenbahnbrücke und der nächsten, der Deutzer Straßenbrücke. Das sind nur rund 500 Meter. Ihr habt nur maximal 5 Minuten, die Flaschen alle voll zu machen."

Rasch waren die beiden leeren Wasserkästen an Deck gestellt, der Trichter gefunden.

„Und jetzt, Uschi?", konnte Walli keine geniale Idee von Uschi erkennen.

Uschi klärte sie auf. Zuerst wollen sie nur so tun, als würden sie die schweren Eimer Wasser aus dem Rhein ziehen, um die Flaschen zu säubern. Nur einer soll es sein, damit das ganze Umfeld von den Wasserkästen schön nass ist. Die restlichen Eimer werden leer an Bord geholt. Michl würde es nicht sehen, wie sie sich da abplagen, die Flaschen halb füllen, schütteln und wieder auskippen. Walli soll mit jeder angeblich gereinigten Flasche zu Michl laufen und fragen, ob die auch sauber genug ist, es soll auch immer die gleiche sein.

Erst war Michl noch zufrieden: „Sehr schön, so müssen sie sein!"

Nach der zweiten sagte sie doch tatsächlich: „So eine Frechheit! Das geht gar nicht, die ist ja noch total dreckig, die musst Du nochmal spülen."

Abb. 099: Die Hohenzollernbrücke und der Kölner Dom.

Nach der dritten Flasche, war Michl schon genervt: „Mensch, Walli, das ist doch gut so, Du musst doch nicht mit jeder Flasche hier angetanzt kommen."

Als der Bug der HELGA unter die Hohenzollernbrücke lief, schrie Michl von der Schiffsmitte: „Jetzt, jetzt geht's los! Voll machen, voll machen, schnell, schnell! Da kommt gleich das Kilometerschild 688 an Land, ab da habt Ihr noch hundertzweiundzwanzig Meter und fünfzig, dann muss alles voll sein!", tat sie ganz wichtig.

Uschi zog einen leeren Eimer nach dem anderen aus dem Rhein und sie taten so, als würden sie die 24 Flaschen mit Kölnisch Wasser füllen. Und sie beobachteten mit versteckten Blicken Michl und Josi, als sie selbst nicht von ihnen beobachtet wurden, die sich köstlich darüber amüsierten, wie die beiden sich gar nicht abrackerten.

Kaum war das Kilometerschild überschritten und die HELGA mit dem Bug unter der Deutzer Brücke, schrie sie schon wieder: „Aufhören, sofort aufhören! Das, was oberhalb der Brücke ist, schmeckt wie Sumpfwasser. Stellt die Kisten runter und räumt alles auf."

Nun standen Uschi und Walli mit zwei Kästen und 24 leeren Flaschen da und es war zu vermuten, dass Michl ihr Werk irgendwann im Verlauf des Tages begutachten wird, vielleicht sogar den Schabernack aufklären möchte. Aber es fehlte ihnen noch eine passende Retourkutsche. Sie entschieden sich, alle Flaschen im Bad mit Trinkwasser aus dem Hahn zu füllen, zerrten dann die beiden vollen Kisten hinunter und stellten sie beim Michl vor die Kajüte. Walli empfand den Augenblick als günstig, nur ganz kurz die Klinke zu Michls Zimmer runterzudrücken, doch leider war die wieder verschlossen. Insgeheim arbeiteten sie noch daran, wie man diesen Spaß noch ausweiten könnte, gingen aber erstmal wieder zum Achterschiff.

Beim Vorbeilaufen an den beiden Quastenschwingern fragte Josi: „Und, wie viele Flaschen habt Ihr vollgebracht?"

„Na alle", gab Walli an.

Michl: „Potzteufel, alleeee? Ja das ist ja großartig, gut gemacht, Kinder!"

Und Josi: „Das hab ich damals nicht geschafft, aber gut, Ihr wart ja auch zu zweit, da ist das schon machbar."

Als sie bei Marta im Steuerhaus waren, die das von dort aus beobachtet hatte, erzählten sie, wie sie den Spaß vereitelt haben, wovon Michl nur noch nichts wusste. Und Marta fühlte sich darin bestätigt, dass ihre gwiefte Nichte eine Lösung finden wird. Und sie erzählte stolz davon, dass sie damals mit ihrem Bruder an Bord bei ihrem Vater, etwas andere Späße hatten. Da war, so denkt sie heute, leider kein Matrose wie der Michl, der sie als Kinder veräppeln konnte. Aber nach all den Tagen stellte sie für sich fest, schön wäre es schon gewesen.

Die beiden Geschwister kannten die Schifffahrt von der Pike an. Die wenigen Scherze waren schnell aufgebraucht, Scherze, die Uschi und Walli in diesen weiteren Tagen noch widerfahren sollten, denn der Michl, die ist voll mit Dummheiten. Nur gedanklich stellte sich allein Marta darauf ein, dass da noch einiges kommen könnte und bemerkte, dass sie anfing, die beiden Mädchen darum zu beneiden, die vielleicht erst später erkennen werden, welch eine tolle Zeit sie bei ihr an Bord hatten. All das erheiterte den sonst so tristen und routinierten Alltag an Bord und Marta hatte keineswegs die Absicht, irgendwelche weiteren Scherze zu verraten.

Die HELGA hatte die Deutzer Brücke hinter sich gelassen und das durch den Hall unter der Brücke lauter gewordene „Kartoffel, Kartoffel, Kartoffel" wurde wieder ein wenig leiser. Ein Kofferradio untermalte mit deutschen Schlagern die Situation. Uschi und Walli schauten durch die Gegend und labten sich an dieser großen Stadt, eine Stadt, die schon so viele Jahre eine enge und sehr dankbare Verbundenheit mit der Schifffahrt in sich trägt. Für Marta die Gelegenheit, eine umfangreiche Laudatio zu sprechen, die alle beide in diesem Alter zwar verstehen, aber nicht so ganz nachvollziehen konnten.

„Hier sind schon die Römer längs gerudert", begann Marta damit, „unsere indirekten Vorfahren, denn die haben die Schifffahrt am ganzen Rhein erstmal richtig in Schwung gebracht und Köln, oder damals Colonia, wäre nichts geworden ohne die Römer, die den Rhein hoch und runter gesegelt und gerudert sind. Zweitausend Jahre oder annähernd so viele gibt es diese Stadt schon. Der Handel, auch durch die Schifffahrt, brachte Wohlstand und Reichtum nach Köln, wie bei den meisten Städten entlang des Rheins.

Nur schwerlich wären sie mit den Nachkriegsjahren fertiggeworden, wenn die Schifffahrt nicht so fleißig gewesen wäre. Waren es doch die Wasserstraßen und die Schiffsleute, die am schnellsten wieder leisten konnten nach den verheerenden Kriegsjahren. Sie haben maßgeblich zum Wiederaufbau und der Versorgung dieser Städte beigetragen. Und dafür sind die Kölner und alle anderen Rheinstädte – Duisburg, Düsseldorf, Bonn, Mainz, weiter über Worms, Mannheim, Ludwigshafen und Speyer – sehr dankbar und lieben ihre Binnenschifffahrt. Wir sind hier und überall an all diesen Städten immer herzlich willkommen. Der Teufel müsste Stadtvater dieser Städte werden und die Hölle müsste zufrieren, wenn sich an dieser kleinen Dankbarkeit jemals etwas ändern sollte. Aber komm, Uschi", bemerkte die Tante anscheinend, dass diese durchaus berechtigte Dankesrede hier und jetzt wahrlich keinen interessiert.

Es war an der Zeit, sie abzubrechen. Daher weckte sie die beiden aus ihren gen Land gerichteten Betrachtungen: „Hier geht es schön geradeaus, Uschi, da kannst Du ruhig mal ein bisschen fahren. Ich denke, das kannst Du noch, oder?", und sah Uschi unerwartet an, stand von ihrem Stuhl auf, zog den zur Seite und machte das Radio aus.

Denn während dem Fahren zu sitzen und auch noch Schlager mitzupfeifen, das obliegt nur demjenigen, der das Schifffahren richtig gut beherrscht.

Uschi nickte und musste ein wenig angeben: „Ähhh, na klar kann ich das noch, Marta. Ich dachte schon, Du lässt mich nie ans Ruder!"

Walli erstarrte und staunte, als Uschi so selbstverständlich an den Haspel herantrat und anfing, daran rumzurühren.

„Dann weißt Du ja noch alles", vermutete Marta, sagte es aber besser nochmal nach so langer Zeit, die Uschi nicht an Bord gewesen ist. „Quasselt jetzt nicht so viel, ihr zwei, und höre auf das Funkgerät. Bleib am besten immer im Schraubenwasser von unserem Vordermann, der ist genauso schnell wie wir. Achte aber drauf ..."

Abb. 100: War und ist nichts Außergewöhnliches.
Frauen als auch Kinder am Haspel, dem Steuerrad.

Uschi, die Schlaue, unterbrach: „Jaaaa, Tante, ich weiß. Wenn der vor uns zu langsam und der Abstand kleiner wird, entweder die Maschine langsam machen und Dich rufen oder wenn ich mir sicher bin, wo ich ihn überholen kann, dann im sicheren Abstand einfach dran vorbeifahren!"

„Ich staune, meine Liebe, ich staune", staunte Marta nickend neben ihr, rubbelte ihre Mütze zurecht, nahm sie ab und setzte sie Uschi auf, so wie sie es vor vier Jahren des Öfteren schon getan hat.

„Donner und Doria, Du wirst meinem Bruder immer ähnlicher. Der hat unseren Vater auch immer sprachlos gemacht. Dann kann ich mir ja mal die Beine vertreten", und damit verließ sie tatsächlich das Steuerhaus.

Was Uschi nicht erwartete, allein gelassen zu werden nach so langer Zeit ohne Schifffahrt, wollte das aber vor Walli nicht zeigen und tat das, was viele andere tun, die ihren Job unabdingbar nachgehen.

Abb. 101: Uschi hat das Ruder fest in der Hand.

Sie stand da leicht breitbeinig wie ein festgenagelter, alter und weiser Kapitän, biss sich in ihren Haspel fest, was man so sprachgebräuchlich verwendet, wenn jemand sehr aufmerksam sein Schiff fährt. Uschi hielt die HELGA auf Kurs. Walli hatte keine Worte mehr und staunte darüber, wie sicher ihre Freundin mal links, mal rechts kurbelte oder lenkte und die große HELGA am Fahren war.

„Das hast Du mir nie erzählt, dass Du das kannst", schien Walli etwas neidisch, „meinst, ich darf das auch mal?"

Uschi, so gut sie das auch beherrschte, erklärte: „Aber erst, wenn die Marta wieder da ist. Auf der Schifffahrt ist es nicht üblich, dass man das Ruder einfach an den nächsten abgibt, ohne dass der Käpt'n was davon weiß."

Marta stand bereits auf dem Lukendach bei den beiden, die geteert haben, und die waren überrascht, dass sie da auf einmal auftaucht. Im Regelfall würde jetzt Michl oder Josi am Ruder stehen und den Schiffmann ablösen, aber jetzt und in den nächsten Tagen wird noch vieles anders sein als sonst. Womöglich wird Michl ihr gerade erzählen, wie toll ihre Kölnisch-Wasser-Aktion gelaufen ist, was Marta anders erlebt hat und der Ausgang dieses Spaßes noch gar nicht feststeht.

Weder Uschi noch Walli bemerkten in ihrem gelebten Abenteuer, wie Marta die Fahrerei ihrer Nichte ganz genau im Auge behielt, um zur Not eingreifen zu können. Aber die standen wie die Profis ganz alleine im Steuerhaus. Uschi hat das viele Jahre nicht gemacht und war ganz schön nervös, fuhr aber, wie sie es schon konnte, immer dem Vordermann hinterher. Sie fuhr dorthin, wo ihr Vordermann schon gewesen ist, ganz wie ihr gelehrt wurde. Denn wo der mit seinem Schiff schon drüber gefahren ist, ob Fels, Kies oder Sand, da muss die HELGA auch drüber gehen.

„Die HELGA mal bitte für den ODENWALD", kam es auf einmal aus dem Lautsprecher des Funkgerätes.

Uschi griff zielgenau nach rechts und riss den Hörer aus der Halterung, als wenn sie darauf gewartet hätte.

„Still jetzt", rief sie zu Walli, „das ist der da vorne", was Walli noch gar nicht aufgefallen ist.

Und sie räusperte sich kurz „eheh" und sprach in das Funkgerät wie eine Große: „Ja, die HELGA hört!"

„Hoppla", hörte sich der Käpt'n der ODENWALD überrascht an, „wen haben wir denn daaa? Hör mal gut zu, hier spricht Dein Vordermann, die ODENWALD, ich habe hier am Rheinauhafen gerade noch einen freien Liegeplatz entdeckt ca. 200 Meter vor uns. Ist ja ein Wahnsinn, wie viele Schiffe hier liegen. Den würde ich jetzt gerne anfahren und da anlegen."

Uschi nur: „Okay ODENWALD, die HELGA hat verstanden!"

„Gut", ertönte die Stimme des Fremden aus dem Funkgerät: „dann mach ich jetzt langsam, halte mich an Steuerbord und Du musst an meiner Backbordseite vorbeifahren, kriegst Du das hin? Wenn nicht, dann hol besser Deinen Papa ins Steuerhaus."

Walli: „Soll ich vielleicht besser die Marta holen, Uschi?"

Und Uschi ganz locker: „Was, nein, warum denn? Ich fahr an dem jetzt einfach vorbei und fertig", und rief über Funk wie ein altgefahrener Käpt'n, „Alles verstanden, ODENWALD, die HELGA kommt an Backbord vorbei."

Und er wieder: „Halte aber ein bisschen Abstand und mach mal kurz etwas langsam, damit ich hier nicht so rumfliege durch Deinen Sog."

Doch Uschi hatte längst das große schwarze Rad an der Umsteuerung zurückgedreht und die Umdrehungen reduziert. Immer noch schneller als die ODENWALD fuhr Uschi im sicheren Abstand etwas langsamer als vorher an diesem Schiff vorbei.

„Vielen Dank, HELGA", sendete der ODENWALD, „haste gut gemacht und gute Reise noch", was Uschi ebenso wie ein Alter erwiderte.

Walli kam aus dem Staunen nicht mehr raus und Marta an Deck beobachtete in vollster Zufriedenheit die Leistung ihrer Nichte.

Kleiner Einkauf auf dem Proviantboot ...

Die Josi ist kurz nach dem Überholmanöver nach vorne gegangen und Marta kam mit Michl ins Steuerhaus.

Ihr fiel auf: „Jetzt ist schon weit nach Mittagessen, ich werde mal was Feines kochen und der Michl macht hier weiter."

„Was gibt es denn heute Feines bei Euch?", wollte Michl wissen.

Und Uschi so schlagfertig, wie sie ist: „Frisch gebratener Mumpf mit Mischgemüse und Mampfsalat und zum Nachtisch Maul und Klauenseuche", was ein schallendes Gelächter auslöste.

Doch Michl mit ihrem Grinsen stellte sich neben Uschi: „Na, dann komm mal, gib mal ab das Ruder, Käpt'n Brass von der Sandbank meldet sich zum Dienst, Herr Kaleu."

Uschi ganz verdattert: „Wie, jetzt schon? Das waren ja nicht einmal drei Kilometer, die ich gefahren bin."

Michl: „Achsoooo, Du willst noch, na, dann mach, fahr weiter, ich kann das schon", nahm sich das Fernglas und beobachtete durch das Steuerbord Fenster einen längst gesichteten adretten Herren, der am Ufer, nur 50 Meter entfernt mit seinem Dackel spazieren ging.

Abb. 102: Auch der Kapitän braucht mal eine Pause.
Alltag Binnenschifffahrt: Schiffsjungen müssen fahren lernen.

„Ohhhhh, schau an", blubberte Michl vor sich hin, „lieber einen Hasen in der Koje als eine Möwe an Deck."

Die Mädchen verstanden und lachten verlegen.

Aber Marta mischte sich ein: „Michl, Du wortwörtlich alte Schwerenöterin, Du sollst hier aufpassen, damit das alles gut geht, und nicht nach den Männern gieren!"

Sie aber ließ nicht von ihm ab und stierte weiter durchs Fernglas: „Gleich, Marta, will ihn nur noch von vorne sehen, nur sein schütteres Haar von hinten mit diesem komischen Hut darüber reicht mir nicht. Außerdem bin ich doch da, Marta, ich bin doch da, ich schau doch nur."

„Jaaaa, ich seh's, wie Du da bist", gefiel Marta die Antwort nicht so recht. „Geh Dich erstmal rasieren. Du hast ja mehr Haare im Gesicht als der Dackel dieses Herrn am ganzen Körper. Und bade mal in dem Kölnisch Wasser, von dem Du jetzt genug hast."

„Das war aber jetzt gemein, Marta", klang es von Michl mal wieder vergnüglich, „die paar Härchen an meiner Kinnspitze haben noch keinen Mann gestört und mein lieblicher Duft ist sicherlich nicht für Dich gedacht. Was meint Ihr, Kinder, dufte oder rieche ich?"

Die Mädchen waren gut unterhalten, lachten über Tante Martas Worte und ihre Blicke trafen sich.

Walli bewegte ihre Lippen zu einem, „Wulpi riecht, oder?", tuschelte es nur ganz leise, dass es keiner hören, man es nur von ihren Lippen ablesen konnte.

Uschi tat ihr gleich, „sie duftet, etwas komisch vielleicht, oder?" Sprach es dann aber laut aus: „Du duftest wie ein Meer von Veilchen, lieber Michl."

Und wieder musste gelacht werden, während Marta geschlagen die Steuerhaustür aufmachte.

„Solche Veilchen möchte ich aber nicht in meinem Garten haben", sollte noch etwas dazu gesagt sein.

„Phhhh, wer braucht die im Garten, wenn ich doch leibhaftig hier bin, hehe", hatte Michl mal wieder das letzte Wort.

„In Wesseling nehmen wir kurz ein Proviantboot, ich brauch Mineralwasser und ein paar Kleinigkeiten", kündigte Marta noch schnell an. „Und Ihr zwei kommt in fünfundvierzig Minuten zum Essen runter", und ging hinunter in die Wohnung.

Uschi durfte weiterfahren und der Walli musste schnell erklärt werden, dass ein Proviantboot ein Boot ist, das Proviant im Boot hat. Dieses Boot fährt an Schiffe heran, um den Schiffsleuten diesen Proviant zu verkaufen.

Abb. 103: Proviantboote fuhren an allen Wasserstraßen.
Eines von einst sehr vielen.

Doch Walli würde jetzt lieber auch mal Schiff fahren, traute sich aber nicht, den Michl zu fragen.

Wieder kam ein tolles Schiff an Backbord zu Tal und Walli hatte es zuerst gesehen.

„Na warte, Uschi, schau mal, was da für ein Brummer kommt."

Sie drehte sich nur kurz um und Michl meinte: „Brauchst nicht nervös werden, Uschi, der bleibt auf seiner Seite und ist ruckzuck vorbeigefahren mit seinen fast 1.800, na ja, bei diesem Schiff lass ich mal Pferdestärken gelten. Der ist in Köln bei Berninghaus gebaut, kam 1959 kurz nach unserer HELGA von der Werft, ist fast 90 Meter lang und 9 Meter breit und wenn man ganz schnell hinschaut, könnte man meinen, da kommt ein Räderboot. Aber das glauben auch nur die Landeier. Dazu fehlen ihm einige wichtige Dinge, da qualmt nichts, da raucht nichts und Wellen macht er auch keine anständigen, also eher was für die Badewanne."

Abb. 104: Das Fahrgastschiff BERLIN der Köln-Düsseldorfer.

Schnell war er weg, der Weiße Riese, und Ruhe kehrte wieder ein und Walli beobachtete das vorbeiziehende Ufer, wie Michl weiterhin, nur ohne Fernglas. Die fünfundvierzig Minuten waren im Nu vorbei und wie geplant wurde das Ruder an Michl übergeben und mit Marta zu Mittag gegessen.

Wenig später, alle hatten gerade mal runtergeschluckt, erhallte der Lautsprecher in der Wohnung: „Wen soll ich denn jetzt rufen, Marta? Die Proviantboote hängen fast alle bei jemanden dran."

Das Schlagwort, um die Mittagspause zu beenden und alle zusammen begaben sich wieder ins Steuerhaus. Marta hatte kein Stammproviantboot, von denen es allein in Wesseling schon drei Stück gibt. Es gab also keines, das sie bevorzugte, wenn sie mal was braucht. An sich vermied sie den Einkauf beim Proviantboot grundsätzlich lieber, waren die doch alle gleich teuer. Kurz entschlossen sollte es diesmal das erste sein, das des Weges kommt und das konnte der Michl mit dem Fernglas in einigen Hundert Meter Entfernung als das Proviantboot WILL erkennen.

„Lasst Euch mal nicht gleich übers Ohr hauen", lästerte der Michl an die Kinder gewandt, „immer schön das Ergebnis der Rechnung prüfen und das Wechselgeld zählen", und wollte dann nach vorne, um Geld und eine Tasche zu holen.

Marta übernahm wieder das Ruder, rief über Kanal 10 dem Proviantboot zu, es soll an der Backbordseite festmachen.

Uschi, Michl und Walli empfahl sie: „Seid vorsichtig, wenn Ihr gleich da rüber auf das Boot steigt, haltet Euch nicht so lange auf und tragt mir doch mal bitte die zwei leeren Pfandkisten aus dem Bad raus, dann bin ich gleich schneller fertig, wenn der Michl wieder da ist."

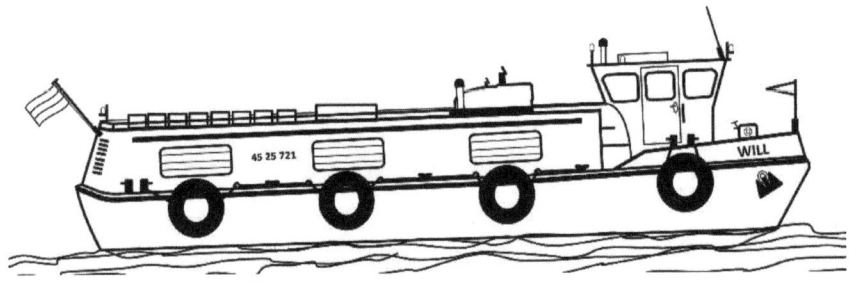

Abb. 105: Das Proviantboot WILL.

Und die war am Vorschiff vor dem Lautsprecher am Winken.

Marta schaltete die Wechselsprechanlage ein und fragte: „Was ist, Michl?"

„Frag mal die Mädels, wo die beiden leeren Kisten sind. Ich wollte zwei Kisten Wasser kaufen."

Uschi ganz neckisch: „Aber da ist doch das Kölnisch Wasser drin und die haben wir unten vor seine Kammer gestellt."

Genau so wurde es von Marta dem Michl über Lautsprecher mitgeteilt und die war auf einmal am Schimpfen.

„Vor meine Kammer? Ja zum Sumpftölpel, warum denn vor meine Kammer? Die brauch ich doch jetzt, sonst muss ich doch Pfand bezahlen!", und man konnte von hinten beobachten, wie Michl wieder in die Wohnung ging.

Wenig später stellte sie die beiden Kisten an Deck und begann damit, das Kölnisch Wasser wieder auszuschütten, belgeitet von einem ordentlichen Donnerwetter. Genugtuung in Form von hämischem Gelächter machte sich breit.

„Ohhhhh, das schöne Kölnisch Wasser!", schien Walli nun auch den missglückten Spaß von Michl vollständig verstanden zu haben.

Abb. 106: Einkauf beim Proviantboot.

Dennoch wagten sie sich nicht, jetzt zusammen mit Michl auf das Proviantboot zu steigen, denn die war ganz schön sauer. Mit Marta stiegen sie hinüber, als Michl ihre gekauften Sachen auf dem Lukendach abgestellt hatte und wieder im Steuerhaus war. Soll der ganze Einkauf auf dem Boot doch zügig von statten gehen und der nächste Einkäufer rüber.

Von Marta wurde sie begrüßt mit: „Da haste wohl mit Deinem Duftwasser die Rechnung ohne den Wirt gemacht, Michl?"

Und Walli wieder: „Och Mann, das schöne Kölnisch Wasser."

„Macht, dass Ihr rauskommt, Ihr Räuberbande."

Mit dieser Ansage jagte sie alle drei aus dem Steuerhaus und so richtig böse war sie gar nicht, nur besiegt war sie endlich, mehr nicht.

Wo Josi sich nur die aktuelle Bravo kaufte, reichte für Uschi und Walli ein Donald-Duck-Heft für beide, bisschen Süßkram und ein Eis. Marta holte nur ein Pfund Aufschnitt, ein großes Brot, ein Päckchen Kaffee, das hier fast doppelt so teuer war wie an Land, eine Kiste Bier und eine Kiste gelbe Limo für die Kinder.

Es war schon recht interessant auf diesem Proviantboot, das bei Weitem kleiner war als der Krämerladen in Eußenheim, aber dem Sortiment an dargebotenen Waren in nichts nachstand. Und ganz nett und spaßig war der Proviantbootkapitän sowieso. Seine Sprache klang nur nicht nach deutsch und sie taten sich schwer, ihn zu verstehen. So empfand es vor allem Walli.

Marta hat dann erklärt: „Die sprechen hier alle so komisch, das ist Kölsch und das lässt wieder nach, je weiter wir den Rhein hochfahren."

Sie empfahl den Kindern, als sie vom Boot zurück an Bord stiegen: „Tragt dem Michl doch mal die beiden Wasserkisten nach vorne, dann ist sie schneller wieder zu ertragen."

Eine Aufgabe, die schnell und gerne erledigt war.

Es war schon später Nachmittag und es ging weiter und weiter rheinaufwärts. Michl stand noch eine Zeitlang am Haspel, Marta hatte sich hingelegt und Uschi und Walli aus der Wohnung gejagt.

„Macht, dass Ihr raus kommt, es ist schönstes Wetter, da muss man nicht in der Bude sitzen."

Sie saßen auf dem Lukendach im Nachen. Walli blätterte schon im Donald-Duck-Heft und Uschi ließ das Getümmel an Land wortlos an sich vorbeigleiten.

Die HELGA lief ganz dicht parallel zum Ufer an Bonn entlang und der Lange Eugen war schon eine ganze Zeit lang zu erkennen, nur wurde er größer und größer, je näher sie ihm kamen. Viele Menschen sind an der Promenade entlang gelaufen, immer zwischen drin militärähnliche Fahrzeuge und uniformierte Menschen mit Gewehren, die die Bundeshauptstadt schützten.

Das Steuerhausfenster war auch für Michl weit geöffnet und die schrie dann auf einmal heraus: „Heeeee, Ihr faulen Walrösser da draußen!"

Beide erschraken, setzten sich auf und blickten zu ihr.

„Passt mal schnell auf, da kommt gleich Steuerbord an Land eine kleine Lücke, da könnt Ihr die Villa Hammerschmidt sehen, da wo die vielen Soldaten sind. Die haben doch gerade alle besonders viel Angst und Respekt wegen den Terroristen im Land."

Hurtig war die Örtlichkeit erfasst.

Aber Uschi meinte nur: „Ahaaa?"

Walli: „Und?"

„Na, da wohnt unser Bundespräsident! Potzteufel, das muss man doch wissen. Schaut doch mal genauer hin, vielleicht ist er gerade am Rasenmähen oder Blumengießen!"

Uschi sagte nur: „Muss man das?"

Walli darauf, die in Gedanken bei Donald Duck war: „Aha."

„Ja, das gibt es doch nicht", empörte sich der Michl lautstark, „wisst Ihr denn überhaupt, wer unser Bundespräsident ist?"

Abb. 107: Die Villa Hammerschmidt.

Uschi war dieser Präsidentenname gerade nicht geläufig und sie wusste, dass dies unmöglich richtig sein kann, aber trotzdem musste etwas geantwortet sein.

„Gerd Müller?", rief sie dann einfach lachend.

Und Walli: „Heino?"

Und Uschi: „Sepp Meier?"

Und in diesem wachsenden Wechsel von Blödsinn lachten sie sich fast scheckig, während Michl entsetzt rief: „Jaaaa genau, Sepp Meier, Du Miesmuschel! Der Gustav wohnt da, Mensch Meier, der Heinemann Gustav! Ja sowas gibt es doch nicht, kennen die nicht einmal unseren Bundespräsidenten!"

Was interessierte sie Politik, was Politiker und all das andere drum herum, es war viel los auf der Welt. In den USA dominierte eine Affäre, die sich Watergate nannte. In Vietnam war weiterhin Krieg und der Terrorismus im eigenen Land. All diese Geschehnisse waren durch Zeitungen, Fernseher und Radio allgegenwärtig. Es war auch ein Grund dafür, warum besonders viele Uniformierte am Rheinufer unterwegs waren.

In den Schlagern der Woche ertönen die Les Humphries Singers mit „Mama Loo", der Clüver Bernd sang vom kleinen Prinz, Gilbert O'Sullivan hackte in sein Klavier „Get Down" und die Vicky Leandros ließ währenddessen die Bouzouki in der Sommernacht erklingen, als Julio Iglesias ein Schiff vorüber fahren ließ. Und nur das war es, was die beiden gelegentlich im Ansatz interessierte, mehr die melodischen Klänge eines Radios als die Worte von Erwachsenen, die den Ernst der Lage immer mal wieder versuchten zu erklären.

Als sie um 21 Uhr Oberwinter erreicht hatten, war es an der Zeit, vor Anker zu gehen. Bei den Schiffsleuten ein sehr beliebter Ankerplatz und recht viel später hätte es nicht sein dürfen, waren auch hier fast alle Plätze belegt. Das Wetter ließ nicht ab vom Schönsein und es wollte einfach nicht regnen, womit in den Wohnungen erneut die Hitze ertragen werden musste.

Walli hatte noch immer ihr Rattenproblem und es war ein Einsatz mit Händen und Füßen, ihr klarzumachen, dass die Biester es sich nicht trauen würden, von den offenen Oberlichtern an Deck, den Klappfenstern, die drei Meter hinunter in die Kajüten zu springen. Dennoch blieb da die Eingangstür, um die Räume zu durchlüften. Aber die sollte ja verschlossen bleiben. Spät sind alle nochmal schnell unter die Dusche gesprungen, um sich eine letzte Abkühlung zu verschaffen, bevor sie schlafen gingen.

Ankerkrachen, Hexenkammer und der Ruderversager ...

Unfassbar laut wurden sie am nächsten Morgen schon um 06 Uhr aus dem Schlaf geschüttelt. Doch keine war gewillt aufzustehen und so lagen sie da beide ganz entspannt in ihren Kojen und lauschten den ersten Klängen des heutigen Morgens.

Sollte es doch erst heute, nach all den vielen Tagen, der erste Morgen sein, wo sie das Ankerdrehen unten in ihrer Kajüte erleben. Sonst schliefen sie entweder wo anders, es wurde nicht geankert oder sie waren selbst schon wach und selbst dabei beim Ankerdrehen an Deck. Walli mag wohl gedacht haben, dass das Wasser hier im Mittelrhein besonders kühl sein muss, da Michl niemanden aufforderte, die Kettennüsse zu kühlen. Wieder haben sie bis zu diesem Augenblick nichts davon gehört, als Michl nach oben ging und vor ihnen den Tag begann. Sie könnten nicht einmal sagen, ob sie immer besonders leise war, um sie nicht zu wecken.

Nur einmal, ganz kurz, da haben heute Nacht die Ankerketten mal so richtig laut geknallt, was in ihrer Müdigkeit schnell vergessen war. Aber jetzt, so aus dem Nichts, war schon das Ankurbeln des Paff-Paff da unten zu hören. Jede anstrengende Umdrehung, die Michl mit der Kurbel am Einzylinder-Motor machen musste, konnte mitgezählt werden. „Ch, ch, ch, ch" begleitet von einem monotonen Quietschen und dann auf einmal erst ein quälendes „Pff", das gerade mal so gelungen schien. Die weiteren Abstände vom „Pff" zum ersten „Paff" wurden rasch immer kürzer, der Motor drehte immer schneller, je mehr der Michl den Gashebel nach oben zog und es wuchs ein sehr schnelles unaufhörliches „paff, paff, paff, paff, paff, paff, paff, paff".

Im leichten Morgenlicht, das sich durch die Oberlichter in die Tiefe der Kajüte quälte, schien ein bisschen Staub zu rieseln, bevor Michl das Getriebe einkuppelte und die Kettennüsse sich zu drehen begannen. Schleifen, krachen, rumpeln ein seichtes Hüpfen der HELGA und letztendlich das Fallen der einzelnen Kettenglieder zurück in den Kettenkasten war ganz klar zu hören. Mehr oder weniger fanden sie daran Gefallen, so in ihren Betten liegend. Mit ein bisschen Aufmerksamkeit wäre man in der Lage gewesen, wenn man gewollt hätte, alle Kettenglieder, die ihre Nacht im Rhein verbringen mussten, zu zählen.

Wortwörtlich schlagartig nahm das ein Ende, als sich die Stege der Anker durch die Klüsen in die Ankerrohre zogen und die beiden spitzen Ankerflunken an die Bordwand krachten. Der Motor verstummte und das letzte „Paff" des Motors war wieder nur ein „Pff". Ein paar Mal klimperte noch der eiserne Deckstopper und nach gefühlten fünfzehn Minuten war wieder Ruhe im Schiff.

Sie hörten noch, wie Michl der Marta via Lautsprechen sagte: „Alles klar, Marta, beide Anker oben, lass laufen!"

Und nun folgte ein sanftes Vibrieren, eine klappernde Tür verstummte, als Marta den Hubert mit ihrer gewünschten Umdrehung zum Laufen gebracht hatte, und das leise Rauschen an der Bordwand wurde nur dann unterbrochen, wenn mal ein paar Wellen an den Bug klatschten und mächtig Wasser an Deck spritzte, als wenn ein paar Mann alle auf einmal jeder eine volle Pütz mit Wasser im hohen Bogen über das Vorschiff kippten. Das passierte aber nur, wenn ein entgegen-kommendes Schiff eine besonders hohe Welle mit sich brachte, das selber viele Wellen verursachte, was gar nicht so oft vorkam. Und so schliefen beide wieder ein, hatten sie doch Ferien und alle waren sich einig, man könnte die Mädels ausschlafen zu lassen.

So eine Stunde später erst quälten sich die zwei aus den Kojen. Walli hat eine bunte Schirmmütze ausgegraben, sah damit fast aus wie ein Junge und es sollte dazu mal wieder statt Röckchen eine kurze Hose sein. All das Knabenhafte stand ihr aber ganz gut soweit. Das zartrosa Shirt dazu, verwirrte vielleicht ein biss-chen. Abermals war es die Walli, die vor der Uschi das Zimmer verließ, denn die wollte schon wieder testen, ob denn Michl ihre Kammer verschlossen hatte. Als sie die Klinke auch am heutigen Tage ganz langsam und leise in gebeugter Hal-tung und mit beiden Händen hinunter drückte, öffnete sich auf einmal diese Tür, die sie ganz schnell und ganz leise wieder zuzog.

„Mensch, Uschi", schaute sie flüsternd zurück, „die ist offen, Wulpi hat ver-gessen, ihre Hexenhöhle abzuschließen."

„Was, echt jetzt?", war Uschi natürlich ebenfalls flüsternd überrascht. „Willst Du da jetzt wirklich reinschauen?"

„Und ob ich das will", war sich Walli sicher. „Geh doch mal schnell hoch und schau, ob da jemand zu sehen ist, nicht das Wulpi da auf einmal zur Tür rein kommt. Die verhext uns doch gleich zu, keine Ahnung in was, Bettwanzen oder Pfefferstreuer!"

„Du verrücktes Huhn, hahaaa", blieb es spannend und lustig zugleich, stupste Uschi die Walli an und fragte, „sag mal, warum flüstern wir eigentlich, wir sind doch ganz allein hier vorne?"

„Weil das jetzt so sein muss, Mensch, Uschi, das ist doch spannend", flüsterte Walli weiter, „jetzt geh rauf und schau ob die Luft rein ist!"

Uschi stieg hinauf in die Wohnung und schlich weiter zum Aufgang an Deck. Vorsichtig streckte sie ihren Kopf aus dem Schiebedach der Eingangstür. Die Josi hat teilnahmslos ein paar Reibhölzer gefertigt, die da lagen, Taue zurecht geschnitten und durch die Löcher in dem Gehölz gefädelt. Sie wollte in diesem Augenblick los zum Achterschiff, sah aber dann Uschi.

„Hejoh Uschi, na schon wach?", wollte sie noch kurz mit ein paar Meter Abstand wissen.

„Äh ja, klar, guten Morgen, Josi, wo ist denn der Michl", flüsterte Uschi unbemerkt weiter.

„Was, warum flüsterst Du denn, pennt Walli noch?"

„Ach so, äh nee, keine Ahnung, aber wo ist denn der Michl?", konnte Josi das nun auch verstehen.

„Die ist im Steuerhaus und hat gerade meine Mom abgelöst, die wird sich wohl nen Kaffee holen oder so. Warum, brauchst Du was? Ich will gerade hinter, soll ich was ausrichten?", bat Josi ihre Hilfe an.

„Neneee, alles gut, nicht so wichtig, kann warten, wir kommen auch bald", verschwand wieder in der Wohnung und Josi lief auf dem Lukendach zum Achterschiff.

„Michl ist am Ruder, Josi auf dem Weg nach hinten, Tante Marta in ihrer Wohnung, die Luft ist rein", meldete sie, als sie die Stufen hinunter stieg.

Walli stand da so, als hätte sie gerade versucht, das zu hören, was die beiden da oben besprochen haben. Drehte sich wieder zur Tür und nahm erneut die Klinke in die Hand.

„Also, fertig, Uschi, soll ich?", und flüsterte schon wieder.

„Ahhhhhh, Walli, jetzt mach schon auf", schrie diese förmlich so laut, dass Walli erschrak.

Ganz vorsichtig drücke Walli von Uschi gehetzt die Türklinke runter.

„Knusper, knusper, knäuschen, ich komm jetzt in Dein Häuschen, chchch", krächzte sie dabei.

Uschi schob sie nun an, „Jetzt geh schon rein, Menschenskinder, machs nicht so spannend!"

„Uschiiii", entsetzte sich Walli, „vielleicht hat sie ja einen Höllenhund da sitzen, der uns gleich an die Gurgel springt. Wir müssen schon ein bisschen vorsichtig sein oder willst Du mit diesem Biest kämpfen? Ich sicherlich nicht!"

„Walli", war Uschi am Kopf schütteln, aber sie lachte dabei. „Du bist echt verrückt."

„Ach, komm schon, Uschi, macht doch Spaß und so ein bisschen Spannung schadet doch nicht nach so vielen Tagen, um zu erfahren, was Wulpi hier unten zu verbergen hat", wimmerte die Hexenjägerin.

Langsam drückte sie die Tür auf und griff daneben, um einen Lichtschalter zu suchen, den sie dann auch einschaltete. Die Tür stand jetzt weit offen und da standen sie nun mitten in der immer vermuteten Hexenküche.

„Hmmmm", schaute sich Walli skeptisch um, streckte die Nase in die Höhe und atmete dadurch tief ein, „riechst Du das, Uschi? Das ist eindeutig Kinderfleisch, warte", und schnaufte noch einmal tief ein. „Ich rieche gebackenen Jungen, blond, so eins-vierzig groß. Ich schmecke Schwefel, verbranntes Kiefernholz und Asche!"

Uschi schrie fast vor Lachen und Walli spann einfach sehr gekonnt weiter.

„Die hat das alles nur verhext, damit wir es nicht sehen können, dass sieht in Wirklichkeit alles ganz anders aus, garantiert!"

Uschi faszinierte ihr Schauspiel so langsam oder wollte sie das, was sie sah und nicht glaubte, einfach nur sinnvoll erklären? Oder war sie wirklich ein ganz kleines bisschen verrückt? Letztendlich überzeugte auch das alles nicht.

„Eieiei, Walli, Du hast eindeutig dieses Gruselbuch zu oft gelesen."

Sie konnte einfach nicht mehr unterscheiden, wann Walli Spaß machte und wann sie einfach nur versuchte, ein gruseliges Spiel zu spielen. Uschi sah keinen Hexenbesen und keinen Topf, in dem man ein ganzes Pferd kochen könnte. Keinen Kater, keinen Höllenhund, keine Kräuter oder einen großen Kochlöffel, ein paar Knochen von einem ehemaligen blonden Jungen, keine Feuerstelle, keinen schwarzen Umhang und keinen Hexenhut. Allerdings roch es so ein klein wenig wie damals in Omas Wohnzimmer. Doch war da absolut nichts, was auf eine Hexe hinwies, von der Uschi überhaupt keine Ahnung hatte. Zwei Augenpaare tasteten jeden Zentimeter in diesem Raum ab. Sie sahen nur ein Doppel- oder Ehebett. Auf dem linken davon war zurückgeschlagenes Bettzeug gelegen und nur der Nachtschrank direkt daneben schien in Gebrauch zu sein. Ein aufgeschlagenes, auf die Seiten gelegtes Buch lag dort. „Heinrich Heine, sämtliche Werke" las Uschi still. Ein paar Anziehsachen lagen rum, ein Koffer und Uschi wollte gerade nach einem BH greifen, den Wulpi nie trug, einfach mal um zu sehen, welche Größe das ist.

Da schrie Walli: „Uschiiii, fass bloß nichts an, Wulpi würde sofort bemerken, dass jemand in ihrer Küche war, das ist gefääährlich, chchch", krächzte sie.

Und Uschi trat erschrocken wieder einen Schritt zurück. Am Schrank hing kurioserweise ein recht schickes Kleid, das sich keine von beiden an Michl vorstellen konnte.

„Hmmmm, bei allen Wassergeistern, die Michl alle kennt, da hat sie ja gut vorgesorgt, damit wir sie nicht überführen können", hatte Walli beide Hände in die Hüften gestemmt und schimpfte enttäuscht. „Aber warte, Wulpi, Dich krieg ich schon noch", und verließ enttäuscht das Zimmer.

Uschi folgte ihr sprachlos, verschloss aber wieder die Tür zu Wulpis Zimmer. Oben in der Küche stand Walli schon an der Anrichte und schnitt ein paar Scheiben Brot ab.

„So", stellte Uschi ernüchternd fest, „können wir jetzt wieder ein klein bisschen normal werden?"

Und Walli begann aus ganzem Herzen zu lachen.

„Das war doch total spannend oder? Gut, überführt haben wir Michl nicht, ich werde sie auf alle Fälle im Auge behalten."

Ein sehr unterhaltsamer Moment am frühen Morgen war somit abgeschlossen. Und so ließen sie auch diesen Tag ab sofort normal beginnen.

Nach dem Frühstück begaben sie sich an Deck und setzten sich in ihren Nachen, winkten hinauf zum Steuerhaus, wo die drei anderen noch immer Kaffee tranken. Viel Schifffahrt war unterwegs, fiel Uschi auf und Josi kam herunter und setzte sich dazu. Ihre Blicke verteilten sich in alle Richtungen und das kleine Schloss in Mitte eines Hanges, ließ sie kurz vermuten, dass es ihnen schon bekannt wäre, sie es vor ein paar Tagen schon einmal gesehen haben.

„Da waren wir schon letzte Woche", war Walli fest der Meinung, „das haben wir doch schon gesehen."

Uschi haderte, war sich selber nicht sicher: „Dann müsste das ja die Stolzenfels sein?"

Josi war sich aber sicher: „Die Stolzenfels ist das nicht, die ist zwar auch so gelb angemalt, aber viel größer. Die kommt aber erst später, wenn wir durch Koblenz durch sind, das wird eher Nachmittag."

Sie blickte hinauf, schaute überlegend rheinaufwärts und wieder -abwärts: „Fällt mir jetzt echt nicht ein, wie die heißt!"

Uschi wollte das jetzt wissen, lief vor das Steuerhaus und winkte, machte auf sich aufmerksam.

„Guten Morgen, Uschi", sprach Marta aus dem Fenster heraus. „Was ist los, ist was passiert?"

„Guten Morgen, Tante, nee, alles okay. Aber wir knobeln gerade darüber, wie das Schloss hier heißt an Steuerbord, ist das die Stolzenfels?"

„Nein, Schatz", kannte Marta die Antwort. „Die sieht zwar auf den ersten Blick ein bisschen ähnlich aus, heißt aber Marienfels. Die Stolzenfels kommt erst heute Nachmittag, aber auch an der Steuerbordseite. Aber wenn die Walli dann möchte …", die hörte nur ihren Namen und sprang aus dem Nachen, „dann kann sie gleich, wenn wir hier um die Kurve rum sind, nach oben kommen und auch mal ein bisschen fahren."

Abb. 108: Das Schloss Marienfels.

Walli rief ganz begeistert: „Wann ist denn die Kurve rum, Schiffmann?"

Und Marta erklärte: „Da kommt gleich Remagen an Steuerbord und eine alte zerstörte Brücke an beiden Rheinseiten. Wenn wir da sind, dann kommst Du nach oben, es folgt danach eine leichte Strecke, da kannst Du dann ein bisschen fahren."

Und sie setzten sich wieder in den Nachen.

Walli war ganz aufgebracht: „Wo ist denn nun dieses Remagen?", fragte sie Josi.

„Na da, vor uns, ein bisschen sieht man schon, geh mal besser noch auf den Topf, nicht dass da gleich was in die Hose geht, haha."

Und tatsächlich: „Ok, bin gleich zurück, kommst Du mit Uschi?"

So wanderten beide wortlos zum Vorschiff in die Wohnung, sie mussten beide auf die Toilette.

Noch bevor sie die Brückenruine erreichten, waren sie wieder im Steuerhaus und Josi längst an ihrer Arbeit. Marta stand am Ruder.

Und Michl, die ihr Haar heute mal gewellt und locker offen trug, was mit ihrer Kappe darüber wirklich hexenähnlich aussah, die saß auf der Bankkiste und meinte: „Hier darf man aber nur ans Ruder, wenn man weiß, wo man sich gerade befindet. Also? Wo sind wir jetzt?"

Walli: „Ähhhh, Re, Re ..."

„Remagen", flüsterte Uschi.

„Remagen, genau, in Remagen sind wir jetzt."

„Einsagen gilt nicht, Uschi", Michl ganz streng, „aber gut, hier eine zweite Chance. Wie heißt diese Brücke?"

Abb. 109: Die Brücke von Remagen.

„Welche Brücke?", war da doch gar keine.

„Na die Brücke, zu der die beiden Ruinen an beiden Ufern gehören."

„Na die Remagen-Brücke", schien das logisch für Walli.

Marta hatte Erbarmen: „Jetzt sei mal nicht so streng, Michl! Das wissen doch auch nur wir alte Hasen, die noch vor dem Krieg unter dieser Brücke durchgefahren sind, und dass das die Ludendorff-Brücke ist oder mal war. Woher sollen denn die Kinder das wissen?"

„Na, na, na, Marta", empörte sich Michl, „das kann doch nicht die Lösung sein, dass die jungen Leute das sowieso nicht wissen können. Man kann das doch mal sagen, Marta. Wenn die in paar Tagen von Bord gehen, haben sie es sowieso wieder vergessen. Also, Ihr Kaulquappen", ließ Michl nicht locker, „jetzt nimmt jede noch das Fernglas zur Hand und schaut sich diese Ruine ganz genau an, damit Ihr dieses Monument ein bisschen verinnerlicht. Immerhin hat sie prägend zum Kriegsende beigetragen."

Uschi schaute als erstes und auf einmal wollte Walli auch mal genau schauen.

„Nun lass mich doch auch mal", hetzte sie die Uschi.

„Was war denn da im Krieg", fragte auf einmal Walli mit dem Fernglas auf der Nase.

„So, Michl", lächelte Marta, „nun erzähl mal."

Aber so genau wollte Michl auch wieder nicht vom Krieg erzählen und sagte ganz einfach: „Nach den Ferien fragt ihr mal Euren Geschichtslehrer, was es mit dieser Brücke auf sich hat. Und jetzt komm, Marta, lass die Kurze mal ans Ruder."

„Na, dann komm, Walli, lass Dich nicht verwirren. Halt mal fest jetzt!", zog Marta wieder ihren Stuhl zur Seite und machte das Radio aus.

Vorsichtig stellte sich Walli ganz stolz vor dem Haspel, blickte nochmal hinter sich zu Uschi, die die Hand hob und den gedrückten Daumen zeigte.

Abb. 110: Das Tragflächenboot RHEINPFEIL der Köln-Düsseldorfer.

Ein Zufriedenheitsgrinsen zeigte sich auf ihrem Gesicht und Marta sprach streng: „Soooo, Kind, aufpassen jetzt, hier spielt die Musik. Komm Michl, mach Du mal den Lehrmeister. Ich muss was frühstücken", und verließ das Steuerhaus.

„Na warte", schrie Walli, „schaut mal nach links, was da kommt!", und alle richteten ihren Blick auf ein Fahrzeug, das wie eine Rakete über der Wasserlinie angeschossen kam und an der HELGA vorbeizischte.

„Ohhhh", erkannte Michl, „ich wusste immer, dass die Russen wiederkommen, denn das ist ein sowjetisches Schiff, der RHEINPFEIL, das neueste, was zur Zeit auf'n River rumschwirrt und tatsächlich nennt sich der Schiffstyp ‚Raketa'. Es ist ein Tragflügelboot. Wieder so ein moderner Mist, was der Mensch nicht braucht, qualmt und stinkt auch nicht. Aber schnell ist das Ding, nur etwas über 25 Meter lang und satte 1.000 PS und schafft 65 Stundenkilometer. Wofür wir sechs bis sieben Stunden brauchen, das schafft der in nur einer Stunde."

Und es war so schnell vorbeigefahren, dass man gar keine Details erkennen konnte.

Nun hatte Walli das Steuerrad in beiden Händen, bewegte es aber keinen Millimeter und das Schiff driftete langsam nach Backbord ab.

Beide, Michl und Uschi, sahen kurz geduldig zu.

Michl dachte aber dann, jetzt sag ich mal besser was: „Na, so langsam solltest Du mal daran drehen, bevor wir da drüben im Ufer landen."

„Drehen? Aber Marta hat gesagt, ich soll es festhalten!", schien Walli verunsichert.

„Ohhhh nein, Mensch, Walli", schimpfte Uschi, „das sagt man doch nur so zu dem, der jetzt fahren soll, ‚er soll festhalten'. Du musst schon drehen!"

„Ja, aber wohin denn?", fragte Walli, die immer nervöser wurde.

Und Uschi, die hinter ihr stand, klatschte sich mit der flachen Hand an die Stirn: „Geht das Schiff nach Backbord, musst Du nach Steuerbord drehen. Geht das Schiff nach Steuerbord, musst Du nach Backbord drehen. Walli, mach einfach!"

Ganz gemütlich drehte Walli oben am Ring das Ruder Zentimeter um Zentimeter nach Steuerbord, viel zu wenig, damit das Schiff reagieren konnte."

„Schneller, Walli", bemerkte Michl den weiteren Verfall nach Backbord, „Du musst schneller drehen, Walli, komm, komm, kurbel, kurbel!"

Sie musste eingreifen und mit aller Kraft legte sie das Ruder weit nach Steuerbord, damit sie das Schiff abfangen konnte.

„Was ist denn los, Potzteufel", schimpfte sie dabei, „da steht die wie festgenietet und macht nichts! Wenn da Gegenverkehr gekommen wäre, hätten wir jetzt einen Anschiss erhalten. Jetzt geht es hier fast nur geradeaus und die geht auf Kollisionskurs mit dem Backbord-Ufer, eieiei eiei!"

Abb. 111: Walli am Ruder.

„Hat mir auch keiner gezeigt, wie das geht", verteidigte sich Walli.

„Hast doch der Uschi gestern zugesehen", verstand Michl nicht. „Aber gut, dann pass jetzt mal auf und schau genau zu, was ich mache und Du machst das dann genauso. Ist doch keine Hexerei, beim Klabautermann." Ganz kurz sahen sich Walli und Uschi an und lachten über dieses ‚keine Hexerei'.

Ausführlich erklärte nun noch Uschi, dass sie am besten den Mast am Vorschiff anvisieren soll. Wandert der Mast gegenüber dem Ufer nach Backbord, muss sie Steuerbord dagegen lenken, andersrum, wenn das Schiff nach Steuerbord geht. Sie darf nicht so lange warten, soll gleich reagieren, wenn sie den Verfall des Schiffes feststellt. Es gelang ihr, der Walli das so zu vermitteln, und nachdem sie noch eine Zeitlang wie erstarrt am Ruder stand, vollkommen ohne Worte, ging es Kilometer um Kilometer nur bedingt besser. Eine furchtbare Kurbelei in alle Richtungen begann. Sie schaffte es einfach nicht, das Schiff mit nur wenig Ruder stillzuhalten.

„Jetzt schaust Du mal nach hinten raus", befahl Michl, „denn was hinter dem Schiff passiert, ist genauso wichtig, wie das vor dem Schiff. Du musst schon ab und zu mal gucken, was hinter Dir los ist. Könnte doch sein, dass ein schnelleres Schiff von hinten kommt und uns überholen will. Also, was siehst Du?"

Walli verstand nicht: „Was ist denn da, da ist doch nichts hinter uns."

„Ohhhh doch und wie da was ist!"

Uschi wusste, was Michl meinte, und machte mit dem Arm eine schlangenartige Bewegung.

Abb. 112: Zwei Haspel, Steuerräder, hintereinander.
Kaffeetrinken war dabei nicht immer möglich.

„Wir werden von einer gigantischen Flussschlange gejagt, siehst Du das denn nicht? Die schlingert hinter uns her und verfolgt uns, schreibst da Deinen Namen in den Rhein, schau doch mal genau hin, da steht ganz groß WALLI, äh äh, sogar mit Nachnamen, der mir jetzt nicht einfällt."

„Strobel", ergänzte sie ganz neckisch, „ich heiße Strobel mit Nachname!"

Langsam verstand Walli, was gemeint war. Das Schraubenwasser, das sie mit der Hin-und-her-Kurbelei verursachte, sah nicht aus wie ihr Name, aber in der Tat wie eine fette Schlange, die die HELGA verfolgte.

„Das ist aber auch so schwer, hab jetzt schon Muskelkater", wimmerte sie jetzt.

„Haaaa, was soll denn die Marta sagen, wenn die den ganzen Tag hier steht? Ha und früher, Du hast doch keine Ahnung, jammerst hier rum, wo gibt's denn sowas", war Michl aufbrausend in seinem Element, obwohl sie in dieser Stimmung auch immer lustig war. „Da waren zwei, sogar drei Steuerräder hintereinander im Steuerhaus, doppelt so groß wie Du, Du Kaulquappe. Und an manchen Strecken waren sechs erwachsene Männer da dran gehangen, um das Schiff mit aller Kraft um eine Flussbiegung zu zwingen."

Abb. 113: Ein liegender Haspel, Steuerrad.
Unter Umständen mussten sich Männer und Frauen mit aller Kraft dagegenstemmen.

„Und den liegenden Haspel gab es auch noch. Das war dann nur ein Steuerrad, so groß, dass es nicht in dieses Steuerhaus passen würde, drei, vier Meter im Durchmesser. Es lag hier waagrecht wie eine riesengroße Schallplatte auf einem riesengroßen Plattenspieler", tänzelte sie aufgeregt und zeigte mit beiden Armen das Ausmaß dieser Anlagen. „Da standen auch unter Umständen mehrere Männer dran und drückten mit ihrem Hintern und ihrem ganzen Körpergewicht dagegen und das den ganzen Tag. Und wir Frauen! Das war doch gar keine Frage, wir mussten da auch ran und mit unserem Schleppkahn dem Raddampfer hinterher fahren. So einfach mal gemütlich hinsetzen, ja von wegen. Knochenarbeit war das und es gab stramme Beine und Arme mit der Zeit."

„So schnell wie wir mit nur einer Rotznase durch diese hochmodernen Ruder-anlagen ein Schiff bewegen, das konnten die damals nicht und dennoch musste es sein. Der Fels im Fluss geht mit Sicherheit nicht zur Seite, wenn ein Schiff kommt."

Sie beruhigte sich wieder, besann sich scheinbar: „Die Marta will ja unbedingt so eine neue Erfindung einbauen lassen. Manche Schiffe haben das schon. Ein elektrisches Ruder, so wird es genannt. Ein elektrisches Ruder, na, ich bin ja gespannt, was das werden soll mit unseren 24-Volt-Batterien, die schon in die Knie gehen, wenn mal in zwei Wohnungen gleichzeitig mehrere Glühbirnen leuchten. Wir hatten auf unserem Räderboot eines, das ging mit Dampf. Gut, das hat auch funktioniert, aber dafür musste immer Druck im Kessel sein, sonst war das auch nichts. Und das hat immer so leise ‚pfffft' gemacht beim Drehen. Drehte man nach Steuerbord, machte es ‚pfffft', drehte man nach Backbord, machte es ‚pfffft', den ganzen Tag nur ‚pfffft, pfffft, pfffft, pfffft'", was den Augenblick erfrischte und Michl brach mit dieser Erkenntnis seinen Vortrag ab. „Also", war alles soweit erzählt, „wenn Du so viel hin und her kurbelst, wird das natürlich schwer", war Michl der Verzweiflung nahe. „Reagiere früher und gib nicht so viel Ruder, immer nur ein bisschen und wenn das Schiff in die andere Richtung geht, gleich wieder ein bisschen in die Gegenrichtung."

Und man soll es nicht glauben, endlich hatte Walli den Trick raus und es funktionierte allmählich.

„Das nennt sich hier übrigens das Breisiger Feld, wo Du hier jetzt mit der HELGA rumeierst, falls Dich mal jemand im Verlauf Deines Lebens danach fragen sollte", sprach noch Michl, setzte sich in den Stuhl des Kapitäns und las die Bildzeitung von gestern, immer mit wechselndem Blick auf das Vorschiff und das, was Walli so treibt.

Uschi lag jetzt rücklinks auf der Bankkiste und las in dem Donald-Duck-Heft, das gestern die Walli gelesen hatte. Die HELGA war nun schon in Bad Breisig und fuhr in sicherem Abstand am Steuerbord-Ufer.

„Jetzt geht's schön leicht!", erstaunte die Walli die Anwesenden auf einmal, „schau mal, wie leicht das jetzt geht", und drehte mit nur einer Hand am Haspel, der mit ganz leichter Bewegung hin und her zu drehen war.

Michl schaute, Uschi stand auf und schaute und Walli drehte mit nur einem Finger den Haspel weiter und weiter nach Backbord und das Schiff reagierte nicht.

„Ach du Scheiße", sprang Michl aus dem Stuhl, „geh weg, geh weg!"

Sie hat bemerkt, dass der Ruderlagenanzeiger keine einzige Bewegung dabei machte, obwohl Walli am Rad drehte wie eine Irre. Sie schob Walli zur Seite, drehte kurz selber am Haspel.

Meinte noch: „Oh, oh", kurbelte sofort an der Umsteuerung die Motorumdrehungen ganz herunter und stellte den Dicken Hubert ab.

Die HELGA bewegte sich ganz leise nun ohne Motor weiter zu Berg. Die Ruderblätter hatten sich durch den Druck des Schraubenwassers erstmal in der Mitte auf immer geradeaus ausgependelt. Wie gut, dass die HELGA ein sehr gut justiertes Ruder hatte. So blieb das Schiff erstmal in der Geradeaus-Spur, trieb immer langsamer werdend gerade aus. Keine Sekunde verging und die Marta stand in der Tür. Sie hatte gehört, dass der Motor abgestellt wurde.

„Was ist los, Michl?"

„Ruderversager, Marta, keine Reaktionen. Ich kann nichts machen."

Sie machte dabei instinktiv die Wechselsprechanlage an und rief zum Vorschiff: „Josi, mach die Anker klar, Ruderversager."

Michl ließ alles liegen, flitzte in den Maschinenraum, um zu sehen, was da unten los ist. Marta übernahm die Anlage und steuerte den Dicken Hubert auf Rückwärtsfahrt um. Vor der Autofähre vor ihnen, die von Bad Breisig und Bad Hönningen hin und her fährt, muss die HELGA zum Stillstand gebracht sein. Aus dem Kamin stieg nur kurz eine steile schwarze Wolke in den Himmel, alles rappelte und klapperte und aus einem kraftstrotzenden „Kartoffel, Kartoffel, Kartoffel" in Vorausfahrt, wurde ein kraftstrotzendes rückwärts „Leffotrak, Leffotrak, Leffotrak".

Die beiden Mädchen standen da wie festgenagelt, ihre Köpfe gingen hin und her und sie vernahmen nur heftige und laute Worte, wussten gar nicht so richtig, was hier gerade los ist.

Marta rief in das Mikrofon zum Vorschiff: „Josi, lass Steuerbord fallen", und gab dem Hubert nochmal so richtig einen Tritt, damit das Schiff endlich stehen bleibt. Mit großem Glück befanden sie sich an einer Stelle des Rheins, wo es ausreichend tief und breit ist, und Josi bremste mit dem Anker behutsam das Schiff ab, das dann erstmal stehen blieb.

Als es soweit war, rief Marta wohlweislich nach vorne, „Schmeiß mal noch den Backbordanker rein, Josi, sicher ist sicher!"

Sie wusste, dass ihre Tochter das Problem am Vorschiff schon meistern wird und ging zu Michl in den Maschinenraum. Uschi und Walli hinterher.

Die Suche nach der Ursache begann. Michl stand schon auf einer Leiter.

Sie ließ sofort verlauten: „Ich glaub, ich hab das Problem schon gefunden, Marta."

Dabei hatte sie die Ruderwelle, die aus dem Steuerhaus senkrecht in den Maschinenraum hinunter führt, in der Hand und drehte sie nur mit der Hand hin und her. Im Normalfall ist das so unmöglich.

„Da stimmt was nicht!", wusste Michl. „Bei Triton und seinem Gefolge", schimpfte sie, „schaut Euch das Mal an, da hat sich doch tatsächlich eine kleine putzige Schraube an diesem Zahnrad gelöst, so ein Luder", und schob dieses eine Zahnrad, dass sich dadurch lösen konnte, mit der Hand hin und her.

Walli drehte sich zu Uschi und fragte sie leise: „Was hat die denn immer mit Ihrem Triton usw. Sind das irgendwelche Hexengroßmeister, die sie da anruft?"

Während Uschi sich fragend nur ein Auge hochzog und gerade Antworten wollte, hat Michl das auch gehört.

„Neiiiiiin, um Himmelswillen, Walli, Triton gehört neben Neptun in den gehobenen Dienst der Meeresgötter und die rufen Schiffsleute nun mal an, wenn irgendwas nicht mit rechten Dingen zugeht. Tztztz", schüttelt sie dabei den Kopf, was ihr lockeres Haar in Wallung brachte, „Hexengroßmeister, ha, auf einem Schiff! Ja hat man sowas schon gehört und wer glaubt denn heut zu Tage noch an Hexen, bei Neptun! Ich kenne nicht einmal eine beim Namen, wenn die überhaupt Namen haben sollten, diese Biester, hahaaaa", war Michl köstlich amüsiert, während sie mit einem kleinen Schraubenschlüssel diese miese, kleine gelöste Schraube wieder ganz fest andrehte.

„Hast Du gehört, Walli? Neptun ist übrigens auch so ein Wassergott", nutze Uschi die Gelegenheit, um von ihrem Hexenproblem abzulenken.

„Kennst Du denn die Hexe Wulpabrodakanda gar nicht, Michl?", sah Walli das weiterhin ein bisschen anders.

„Wulpa was? Neeee, Potzblitz, was hab ich denn mit Hexen am Hut? Ich kenne nur eine Wupper, ein kleines Flüsschen, das durch Wuppertal fließt und bei Leverkusen in den Rhein mündet. Da sind wir aber gestern schon vorbeigefahren. So, die ist wieder fest, jetzt sollte das Ruder wieder ordentlich funktionieren."

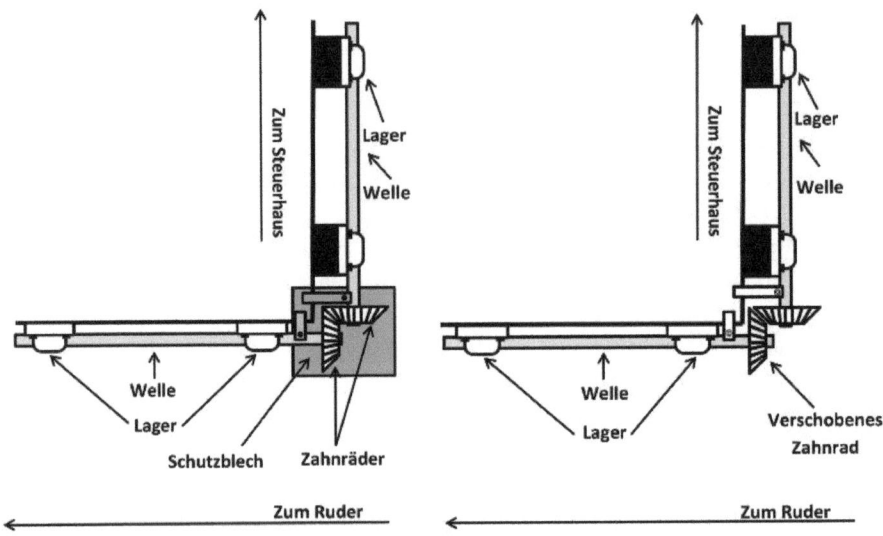

Abb. 114: Zahnräder in Ordnung.
Abb. 115: Zahnräder verschoben.

Womit das Hexenproblem abgeschlossen war – dachte Uschi – doch Walli tuschelte noch: „War ja klar, was sollte sie auch anderes sagen, Hexen sind ja sehr geschickt darin, sich aus Affären jeglicher Art zu ziehen, das steht alles in dem Buch drin, aber wart's mal ab, ich krieg sie schon noch", schubste Uschi ein bisschen und zwinkerte ihr zu, als wolle sie sagen: „Ich möchte dieses lustige Spiel, Hexenjagd auf einem Schiff, noch nicht beenden."

Viel wichtiger war aber, und das wussten alle anderen an Bord viel besser, Gefahr erkannt, Gefahr gebannt. Die Nerven der involvierten Personen beruhigten sich wieder und noch bevor auch Josi in den Maschinenraum kam, war das Problem schon beseitigt. Vorsichtshalber wurden alle Schrauben an dieser Stelle auf Festigkeit geprüft, aber da war alles in Ordnung. Michl wurde jetzt erstmal bewusst, was das gerade für eine brenzlige Situation gewesen ist und war entsetzt und schimpfte.

„Das haut doch dem fauligen Wasserfass den Boden raus! Nu dreht der Haspel und der ganze Tüddelkram seit 1957 ohne Probleme und da löst sich nach so vielen Jahren diese blöde kleine Schraube! Beim Poseidon und seinen Trabanten, das kann doch nicht mit rechten Dingen zugehen! Oder war das Sabotage?", und schaute Uschi und Walli stierend an. „Habt Ihr da was gemacht, Ihr Seegurken?", bildete sich ein gut geschulter zorniger Blick.

Und die wichen eingeschüchtert zurück: „Neiiiiin, da haben wir doch gar keine Ahnung von, Mensch, Michl!"

Und der nahm den Schreck der beiden wahr: „Ja, ja, ist ja schon gut, war nur Spaß. Hehe, aber komisch ist das schon, Potzteufel!"

Josi musste lachen und Marta war nun sehr erleichtert, dass sich kein größerer Schaden zeigte und dass vor allem alles nochmal so glimpflich abgelaufen ist.

„Eieiei", meinte sie, „das hätte auch in die Hose gehen können. Josi, behalte das mal gut im Auge, wenn Du den Hubert abschmierst. Wenn da was komisch aussieht oder wackelt, sofort Bescheid geben. Haste übrigens sehr gut gemacht gerade da vorne beim Ankersetzen, da brauchen wir den Michl ja bald nicht mehr", schwenkte die sehr gefährliche Situation ins Spaßige.

Denn die meinte: „Na ja, so ein paar strenge Winter muss das Mädel schon noch erleben, bevor sie mir das Wasser reichen kann. Aber sie ist auf alle Fälle im richtigen Fahrwasser, das wird schon!", und klopfte der Josi auf die Schulter.

„Also, Anker raus und weiter geht's", ordnete Marta an und ein jeder bezog seinen Posten.

Marta testete sicherheitshalber noch einmal die Funktion der Ruderanlage, drehte es mit Schwung einmal von ganz Backbord nach ganz Steuerbord und dann wieder zur Mitte. Alles war wieder in Ordnung.

Langsam ging die HELGA wieder in Fahrt und da dieses Problem so perfekt gelöst werden konnte, hat kein anderes Schiff, das vor und hinter der HELGA gefahren ist, dieses Manöver mitbekommen.

Abb. 116: Die Festung Ehrenbreitstein in Koblenz.

Jetzt waren es noch gute sieben Stunden, die bis zum nächsten Ankerplatz vor dem Gebirge gefahren werden mussten. Es wird sicher wieder 20 Uhr werden.

Walli und Uschi hatten auf einmal keine Lust mehr zu fahren. Dieser Spruch zu Josi gerade im Maschinenraum, „Du musst das mal im Auge behalten", wirkte nicht gerade beruhigend. Es ist also nicht ausgeschlossen, dass dieses Malheur noch einmal passiert. Soll Marta mal erst probieren, ob das Ruder auch heile bleibt.

Eine wirklich aufregende Strecke war das ab jetzt sowieso nicht mehr. Bis Koblenz war es rein landschaftlich nicht besonders aufregend. Erst in Koblenz passierten sie die Festung Ehrenbreitstein, die da schon seit ein paar Hundert Jahren auf einem Berg gegenüber von Koblenz thront.

Und als sie nur eineinhalb Stunden später den Braubacher Grund passierten, eine sandige Insel mitten im Rhein, lag wieder hoch auf einem Berg die Marksburg, die dort auch schon viele Jahre unbekümmert steht.

Abb. 117: Die Marksburg.

Die feindlichen Brüder ...

Immer wieder zog es sie, weil es darin echt bequem war, in die HELGA 2, den Nachen, der an Deck eine fantastische Rundumsicht an der frischen Luft bot. Mal gab es etwas an Backbord, mal etwas an Steuerbord zu sehen, was ihnen ein paar Blicke abrang. Marta steuerte gerade am Backbord liegenden Kamp-Bornhofen und einem auffallend großen klosterähnlichen Gebäude vorbei, was sie zwar erblickten, aber nicht absonderlich interessierte.

Josi kam vom Vorschiff und berichtet im Vorbeilaufen: „Hier, Uschi", zeigte mit ihrem Arm nach Backbord den Berg hinauf, „da sind die Burgen unserer Eltern!"

Uschi stutzte und schaute mit Walli interessiert in die Richtung, wo Josi hinzeigte, und beide wollten wissen, wie Josi darauf käme.

„Na, das sind die feindlichen Brüder!"

„Mann, Josi, unsere Eltern sind doch Bruder und Schwester und keine zwei Brüder und sie sind doch nicht feindlich, höchstens komisch", empörte sich Uschi und wollte trotzdem wissen: „Wieso feindliche Brüder?"

„Ohhh Mann", fühlte sich Josi überrumpelt, „da musste mal meine Mom oder besser den Michl fragen, die kennt die ganzen Sagen und Mythen hier am Rhein viel besser. Ich kenne die zwei Burgen nur als feindliche Brüder."

Abb. 118: Die feindlichen Brüder.
Die Burg Sterrenberg, die Schildmauer und die Burg Liebenstein.

Ohne Worte sprang Uschi aus dem Nachen, Walli hinterher und sie begaben sich flotten Schrittes, polternd über das Luckendach zum Vorschiff. Dabei begleiteten sie unbemerkt an der Backbordseite die beiden Burgen, die Uschi nicht aus den Augen lassen wollte. Es schien zwar, als sei das Schiff, da sie ja in Fahrtrichtung liefen, ein wenig schneller, doch waren diese beiden Burgen groß genug, um noch eine Zeit lang in Sicht zu bleiben.

Uschi kauerte sich nur vor die Eingangstür und rief hinein: „Michl, hast Du mal kurz Zeit?"

Michl war dabei, in der Badewanne ihre Wäsche zu waschen. In dieser Zeit nutzte man auf der HELGA meist die Badewanne oder wusch seine Wäsche an Deck in einer Blechwanne. Zum Trocknen wurde die Wäsche an einer Wäscheleine an Deck aufgehängt. Mit diesem Anblick fuhren ständig irgendwelche Schiffe gut beflaggt mit der reinen Wäsche der Schiffsbesatzungen, die Gewässer auf und ab. Marta gab ihre Wäsche immer dem Franz mit nach Hause, was aber nur möglich war, wenn sie den Main befuhren und ihre Heimat nicht zu weit weg war.

Abb. 119: Bei schönem Wetter, wird die Wäsche an Deck gewaschen.

Michl schaute aus dem Schiebedach heraus und empfing die beiden gleich gebührend, noch bevor die zu Wort kamen.

„Macht Euch mal nicht so dreckig heute, denn Duschen is heute nicht. Meine Wäsche muss einweichen, aber Eure schwarzen Füße könnt Ihr auch in der Seifenlauge bei meiner Wäsche waschen. Was die Gesichtszüge der Mädchen mit der Vorstellung daran ein bisschen veränderte. Was wollt Ihr denn schon wieder, Ihr unruhigen Seepferde? Machen hier einen Galopp, als wenn die Russen kommen."

Doch das interessierte keinen, denn Uschi fiel ihr fast ins Wort: „Was ist denn da mit den feindlichen Brüdern da oben, Michl, die Josi hat da gerade so eine komische Bemerkung gemacht."

„Ohhhh", überraschte Michl das nicht, „da wird Deine Tante womöglich auch hin und wieder dran denken, wenn wir hier vorbeifahren. Die standen hier übrigens schon auf der Talfahrt, hat nur keine von Euch bemerkt, als wir erst vor ein paar Tagen hier vorbeigefahren sind. Ich komm mal raus."

Nach diesen Worten holte sie sich erst ihr Feierabendbier aus dem Kühlschrank und kam an Deck. Schwül war es und nur eine leichte Brise machte das Unangenehme erträglich. Uschi und Walli saßen auf dem Roofdach und ließen ihre Beine zum Deck hinunter baumeln.

Michls erste Worte waren, als sie ankam: „Da hängt der Himmel voller Glocken und es will einfach nicht anfangen zu läuten, verdammich! Regen brauchen wir, Regen, verdammt, und nicht diese Schwüle. Also, die feindlichen Brüder", begann Michls Erzählung.

Sie wies aber gleich darauf hin, dass die Sage um die feindlichen Brüder keinen Bezug zu den Schönberg-Geschwistern hat, ginge es doch in dieser Sage um eine Auseinandersetzung zweier Brüder, die schon viele Jahre im Ritterhimmel verweilen. Aber das würde es werden, eine Sage, wenn die zwei Geschwister sich nicht bald mal zusammenraufen. Dennoch nennen sich diese beiden Burgen die feindlichen Brüder und sie wurden so benannt, um an bestimmte Ereignisse zu erinnern.

Michl hatte stets sehr viel Gefallen daran, wenn sie ihr Wissen preisgeben konnte, war sie doch ein edler Verwender von Reimen und Sprüchen und ein wandelndes Lexikon und wusste unendlich vieles, was man von ihr lernen konnte.

„Kann man übrigens alles nachlesen", es war ihr wichtig, darauf hinzuweisen, „nichts von alldem, was geschrieben steht, ist ein geschütztes Geheimnis."

Walli, die jetzt auch sehr gespannt war: „Machen wir, wenn wir wieder zu Hause sind, Michl. Nun erzähl doch mal!"

Michl nahm einen kräftigen Zug aus ihrer Bierflasche, machte „ahhhhh", rülpste dezent in ihre Zwei-Finger-Hand und nahm eine besondere Position ein, die etwas komisch wirkte. Es sollte wohl ein langer Vortrag werden.

Doch sie betonte erstmal: „Schon Heinrich Heine hat diese Sage fast 200 Jahre später für die Fassung eines Gedichtes verwendet. Soll ich?", fragte sie ausdrücklich.

Schnell wurde von den beiden bemerkt, Michl war in seinem Element, wo sie gerade diesen Heine so mochte. Doch immer waren ihre Ausführungen in diesem Zusammenhang sehr unterhaltsam. Die beiden schauten sich fragend an.

„Soll sie?", wollte Uschi von Walli wissen und die zuckte leicht mit der Schulter.

„Ich kann es auch singen!", fiel Michl in die Gedanken der Mädchen ein. „Da hat irgendein Schumann in der Zeit auch ein Lied draus gemacht!"

Es mangelte den jugendlichen Rock- und Schlageranhängern aus der Neuzeit aber an musischem Wissen, das Michl noch hatte.

Daher entschied Walli einfach: „Also gut, dann mach, wenn's nicht so lang ist!"

„Aber als Gedicht", sprach Uschi vorsichtshalber die erlösenden Worte für Michl, die dann auch schon loslegte.

> Oben auf der Bergesspitze
> Liegt das Schloss in Nacht gehüllt;
> Doch im Tale leuchten Blitze,
> Helle Schwerter klirren wild.

Erstaunlicherweise hörten die beiden schon nach diesen ersten Zeilen sehr aufmerksam zu, wo doch darin Schwerter klirren und es formte sich, wegen den lustigen Gesten von Michl, ein Lächeln in ihren Gesichtern.

> Das sind Brüder, die dort fechten
> Grimmen Zweikampf, wutentbrannt.
> Sprich, warum die Brüder fechten
> Mit dem Schwerte in der Hand?

> Gräfin Lauras Augenfunken
> Zündeten den Brüderstreit.
> Beide glühen liebestrunken
> Für die adlig holde Maid.

„Ahhhhh", nickte sich das Publikum zu, „eine Frau war schuld", doch Michl forderte Ruhe.

> Welchem aber von den beiden
> Wendet sich ihr Herze zu?
> Kein Ergrübeln kanns entscheiden –
> Schwert heraus, entscheide du!

> Und sie fechten kühn verwegen,
> Hieb auf Hiebe niederkrachts.
> Hütet euch, ihr wilden Degen,
> Böses Blendwerk schleicht des Nachts.

Wehe! Wehe! blutge Brüder!
Wehe! Wehe! blutges Tal!
Beide Kämpfer stürzen nieder,
Einer in des andern Stahl. –

Die Mädels erschraken: „Oh Gott, ein Schwestermord", rief Walli. Michl: „Hahaaa,
Schwestermord", gefiel ihr das, „nein, nein, nun warte doch mal, geht doch noch
weiter."

Viel Jahrhunderte verwehen,
Viel Geschlechter deckt das Grab;
Traurig von des Berges Höhen
Schaut das öde Schloss herab.

Aber nachts, im Talesgrunde,
Wandelts heimlich, wunderbar;
Wenn da kommt die zwölfte Stunde,
Kämpfet dort das Brüderpaar.

„Jaaaaaaa", applaudierten beide der Vorstellung, „eine Gespenstergeschichte als
Gedicht verfasst", entdeckte Walli.

„Neiiiiin, Walli", musste Michl das nun klären. „Ein Gedicht aus 18-hundert
und was weiß ich, das aber die eigentliche Sage ganz schön verfälscht. Auch
komisch, dass darin nicht von zwei Burgen die Rede ist und von einer Gräfin
Laura, die ebenfalls falsch ist. Weiß auch nicht, warum dieser Heine die Laura
genannt und das Wichtigste weggelassen hat. Angeblich ging das alles ganz anders aus."

Das konnte so nicht stehen bleiben, konnte man den beiden Fräuleins ansehen und sie forderten Aufklärung.

„Die beiden Burgen haben selbstredend beide ihren eigenen Namen", sollte es
an Antworten von Michl nicht fehlen. „Die eine Richtung Koblenz ist die Burg
Sterrenberg, dann kommt diese Mauer, Schildmauer sagt man, zwischen den Burgen und dann die Burg Liebenstein."

Während dieser Erklärungen fuchtelte sie mit beiden Armen in der Gegend
rum und ihre Zöpfe flogen wie wild durch die Gegend.

„Und die beiden Brüder oder Geschwister, die hießen natürlich nicht Friedrich
und Marta, sondern?", dabei schaute er die Mädels fordernd an, aber erwartete
keine Antwort.

Abb. 120: Die feindlichen Brüder.
Stich von Rudolf Bodmer, um 1828.

„Neiiiiiin", so wurde es dramatisch, „Heinrich und Konrad von Boppard hießen die beiden Knaben. Und ihr gemeinsamer Vater, der ebenfalls Heinrich hieß, hatte derzeit ein Waisenkind namens Hildegard Brömser bei sich aufgenommen. Ein bezauberndes Kind", verharrte sie in dieser Vorstellung und versuchte, zwischen ihren beiden Zöpfen einen nicht vorhandenen Schnurrbart zu zwirbeln, was wirklich sehr komisch aussah.

„Und dann, Michl?"

„Nun gut, die drei Kinder wuchsen gemeinsam heran. Doch als der Knaben Bärte wuchsen", macht Michl aufbrausend sehr belustigend seine Späße, „passierte es dann!"

Und wieder ließ sie sich Zeit.

„Mann, Michl, mach's nicht so spannend, was passierte denn dann?", die Uschi war ganz ungeduldig.

„Übe Dich in Geduld, Du Wicht!"

Darüber mussten Uschi und Walli erneut lachen.

„Beide, der Heinrich und der Konrad, verliebten sich in die Hildegard. Aber die Hilde, sie liebte doch den einen mehr als den anderen. Heinrich ließ seinem Bruder den Vortritt und die beiden heirateten. Der Vater Heinrich, so besagt es nun die Sage", betonte Michl besonders, „ließ zum Wohle seiner beiden Jungs auf diesen Hügeln zwei Burgen errichten, die sich noch heute Sterrenberg und die Liebenstein nennen. Und Heinrich, der das Treiben seiner heimlichen Liebe und seines Bruders nicht mehr ertragen konnte, litt weiter unter Liebeskummer.

Und so entschloss er sich, ins Heilige Land, in den Krieg zu ziehen, um sich den Kreuzzügen anzuschließen."

Und wie ein Minne ohne Sänger war Michl ganz in Trance in seiner Darbietung.

Josi kam, setzte sich dazu und fragte: „Hejoh, was ist denn hier los?"

„Schweig still, Fremde, und lausche meinen Worten."

Etwas, was das Publikum erneut erheiterte. Was Marta sich dabei dachte, denn sie konnte den Auflauf an Deck sehr gut beobachten, diese Frage stellte sich im Augenblick keiner.

Aber Michl fuhr fort: „Doch auch Bruder Konrad wollte zu einem Helden werden", tat so, als würde er ein Schwert ziehen, „packte Wams, Rüstung und Pferd und zog ebenfalls in den Krieg. Heinrich kam dann früher nach Hause als Konrad, zog wieder in seine Burg Sterrenberg ein und Hilde saß, wie er, ganz allein auf ihrer Burg Liebenstein, ohne ihren Konrad."

„Na toll!", bemerkte Walli, „und dann?"

„Und dann?", wurde Michl komisch, „was sollten sie denn machen so ganz allein da oben auf dem Berg?"

„Na was denn?", fragte Uschi.

„Na, nachdem der Vater von Heinrich und Konrad verstorben war, haben sie eine Wohngemeinschaft gegründet, sag ich mal so. Heinrich hat seine Sachen gepackt und ist rüber gezogen in die Burg zu Hilde, ohne Konrad!"

„Ach du Sch...", wollte Walli sagen, „ich weiß, was dann kam. Ist doch immer so bei solchen Liebesschnulzen!"

„Wage es nicht, Du Unhold, so böse dabei zu denken", setzte Michl seine Parodie auf Heinrich und Konrad fort. „Denn Heinrich war ein Mann von Ehre und hat Hilde nie genötigt, an seiner Seite zu liegen. Ihr Duft und ihre Nähe allein bereicherte sein weiteres Leben. Sie lebten zusammen wie Bruder und Schwester."

„Ja, ja, wer's glaubt, wird selig", wusste es Josi ein bisschen besser als Uschi und Walli. „Sind doch alle gleich die Männer, irgendwann fangen sie an, Dich anzugraben."

„Und das war es dann, wo bleibt die Feindlichkeit, Michl?", suchte Uschi nach der Pointe, die Josis Erfahrungen nicht teilen konnte.

„Geduld, Geduld! Es geht noch weiter. Eines Tages kehrte Konrad aus dem fernen Land zurück, aber nicht alleine", war das Drama in Anmarsch.

„Na warte", suchte Walli nach dem Zweikampf der Brüder.

„Aber", erhob Michl die Zeigfinger, „Konrad ist vom Kreuzritterzug in Palästina erstmal nach Griechenland geritten und hat dort eine wunderschöne Frau geehelicht."

Josi: „Na super, war doch klar!"

Uschi: „Der arme Heinrich!"

Und Josi wieder: „Da hätte er sich mal besser schon früher an die Hilde rangeschmissen!"

„Das denkst auch nur Du, Du kleinbürgerliche Bauernmagd", stand Michl an der Seite vom edelmütigen Heinrich. „Die liebe und treue Hilde war tief gekränkt und wurde zu einer ernsten und traurigen Frau."

„Das wäre ich auch geworden", sprach Walli betroffen.

Und Josi: „Ja klar, genau, Du Hilde, Du", und Michls Ernsthaftigkeit war durch Blödsinn unterbrochen.

„Nun schweig sie doch", schrie Michl. Es geht doch noch weiter.

Und alle drei machten einstimmig so ein „ähhhhh", was, was kommt denn da noch, bedeuten sollte.

„Ruhe", tat Michl erzürnt, wollte sein Werk zu Ende bringen. „Also, Heinrich konnte Hildes Leid und diese unvorhergesehene Entwicklung durch seinen Bruder nicht ertragen. Denn der Bruder spielte auf seiner Burg mit seiner neuen Flamme das zufriedene Leben und Heinrich und Hilde litten wie Hund und Hündin im Nachbarhaus, mal ganz einfach ausgesprochen. Kurzum ließ Heinrich diese Schildmauer zwischen den Burgen erbauen, damit er all das Glück des anderen nicht mehr mit ansehen brauchte, und es ging sogar so weit, dass Heinrich seinen Bruder Konrad eines Tages zum Duell forderte."

Uschi wurde nachdenklich. Josi bemerkte das und legte eine Hand auf ihre Schulter.

„Heeee, Uschi, bleib locker, unsere Eltern, niemals werden die sich duellieren, das wird schon wieder."

Und Walli: „Ja und weiter, wer hat wen besiegt?"

Michl wollte fertig werden: „Keiner hat gesiegt, denn zu diesem Duell kam es in Wirklichkeit nie, alles nur Ammenmärchen. Die Hilde hat den beiden gesagt, bevor ihr euch wegen mir die Köpfe abschlagt, gehe ich lieber ins Kloster und tat das dann auch. Der Heinrich blieb allein auf Liebenstein, der Konrad mit seiner neuen Frau auf Sterrenberg. Viele Jahre hatten sie sich nichts mehr zu sagen."

„Wie Marta und mein Vater", stellte Uschi fest.

„Aber Moment, Uschi, langsam", war Michl noch immer nicht fertig, „es gibt ein Happy End. Denn eines Tages hat die schöne Griechin den Konrad wegen einem anderen Rittersmann verlassen."

Josi ganz sachlich: „Dieses Luder, erst bringt sie alles durcheinander, dann haut sie einfach ab. Aber irgendwie geschieht ihm das recht."

„Nun waren beide Brüder wieder allein und Heinrich mit seinem großen Herz verzieh Konrad und sie schlossen wieder eine brüderliche Freundschaft, so sehr, dass Konrad zu seinem Bruder nach Liebenstein rüber gezogen ist und Burg Sterrenberg dem Verfall preisgab. Konrad verstarb dann eines Tages und Heinrich ging in dieses Kloster in Kamp-Bornhofen, woran wir vorhin vorbeigefahren sind."

„Und die Hilde?", wollten alle wissen, „wo war die?"

Doch auch das wusste Michl: „Die war ja schon Jahre zuvor ins Kloster Marienberg nach Boppard gegangen. Da sind wir auch schon dran vorbei. Und sie hat keinen der beiden Brüder jemals wieder gesehen, sagt man!"

„Und wenn sie nicht gestorben sind …!", versuchte Josi das Märchen zu beenden.

Aber das verneinte Michl: „Noch nicht, Josi, noch nicht! Denn laut Sage sind Hildegard und Heinrich an ein und demselben Tag verstorben und man sagt, das letzte Geläut von der Marienberger Totenglocke und die Grabesglocke von Bornhofen läuteten an diesem Tag zur gleichen Zeit."

Alle Zuhörer dieser Geschichte waren von Michls Darbietung begeistert und die Zeit war dabei wie im Fluge verstrichen. Uschi wirkte leicht verunsichert. Gut, jetzt kannte sie diese hochinteressante Geschichte. Wie aber soll das dazu beitragen, den Zwist zwischen ihrem Vater und dessen Schwester zu besänftigen? Sie ließ da alle sitzen und ging einfach mal nach hinten zu Marta ins Steuerhaus.

„Na, mein Schatz", empfing sie die Uschi, „habt Ihr Michls Märchenstunde gelauscht? Was hat sie denn wieder erzählt?"

„Von den feindlichen Brüdern, Tante", und Marta bemerkte, dass Uschi einen sehr nachdenklichen Gesichtsausdruck hatte.

„Ach du Schreck", rang Marta nach Worten. Sie spürte förmlich einen Zusammenhang zu ihrem Geschwisterzwist: „Rede Dir nichts ein Kind, wir sind doch gar nicht feindlich, Uschi, wir sind nur, na ja, etwas komisch."

„Und warum vertragt Ihr Euch dann nicht?", war Marta diese Frage mehr recht als schlecht. „Das geht jetzt schon so viele Jahre so, obwohl Papa nie schlecht redet. Er hat noch nie was Schlechtes gesagt."

Marta reichte die Betroffenheit von ihrer Nichte, so darf das nicht weitergehen.

„Also gut, Uschi, wir beide treffen jetzt ein Abkommen. Ich weiß zwar noch nicht wie, aber ich werde Friedrich bei der nächsten Gelegenheit ein Friedensangebot unterbreiten und wir begraben die alten Geschichten ein für alle Mal!"

„Versprochen, Marta?", war das für Uschi nicht so ganz vorstellbar.

„Hand drauf", und reichte Uschi ihre Hand, die ihr dann einfach mal so in den Arm fiel.

„Und jetzt", spürte man die Erleichterung im gesamten Raum, „jetzt halt mal kurz fest, es ist zwar gleich Feierabend, aber ich muss unbedingt mal runter auf die Toilette."

Sie stülpte der Uschi wieder ihre Mütze auf den Kopf, ging aus dem Steuerhaus und Uschi vor lauter Freude am Augenblick rief ihr hinterher: „Ich freu mich jetzt, Tante, darf ich mal kurz hupen?"

Marta schien auch erleichtert und das, noch bevor sie gepinkelt hatte: „Mach, Uschi, mach, hupe mal ordentlich, aber nur einen Ton, Okay?"

Und Uschi zog am Knopf des Schiffshorns und hupte einfach mal so, aber nur einen extralangen Ton „tröööööööööööööööt" über das Schiff hinweg.

Und gleichzeitig schrie sie: „Yeeeeeeeeeaaaaaaahhhhhhh", und fühlte sich dabei großartig.

Es war mächtig was los „auf'n River", wie Michl es ganz gerne bezeichnet, wenn ein Schiff hinter dem anderen seine Nase in den Strom streckt und zusieht, dass er seinem Ziel näher kommt.

Kurz vor ihrem geplanten Liegeplatz am Hasenbach, wie sich ein langer sandiger Grund am Backbordufer nennt, so zwei Kilometer vor St. Goar, dem Beginn der Gebirgsstrecke, kam noch ein Schaufelraddampfer, die GOETHE, hinter ihnen angefahren, der sie auch recht flott überholte.

Und dann war es auch schon erreicht, das Ziel des heutigen, aufregenden Tages. Lautstark prasselten die Anker in den Rhein und irgendwie hatte keiner mehr so recht Lust zu irgendwas.

Es war nicht mehr ganz so heiß wie am Tag davor und die Nacht war, bis auf den Krawall, den die Ankerketten hier bei Weitem öfter machten als gestern, doch ganz gut zum Schlafen.

Abb. 121: Viel Verkehr auf dem Rhein.

Abb. 122: Die GOETHE.

Eine erheiternde Gebirgsdurchfahrt ...

Die letzte Nacht vor Anker ist schnell vergangen und dieses Mal hörte Walli in ihrem Bett, wie der Michl die Treppe nach oben ging und Uschi hörte sie, als Michl das Radio auffallend laut machte.

Walli sprang sofort aus ihrem Bett, was anderseits die Uschi dazu animierte zu sagen: „Mensch, Walli, warum so ein Wirbel, bleib mal besser liegen und verhalte Dich leise, bis die Anker oben sind. Es könnte ja sein, dass hier die Kettennüsse gekühlt werden müssen."

Walli beeindruckte das aber nicht, denn sie war überzeugt: „Jaaaaa, kann schon sein, aber ich nicht, denn Du bist dran, meine liebe Busenfreundin!"

Uschi überlegte, es sollte endlich an der Zeit sein, der Walli diese dumme Spaßgeschichte mit dem Kettennusskühlen zu erläutern, fürchtete aber zu viele Worte, die sie dafür benötigen wird, und glaubte daran, dem Michl wird schon was einfallen und krabbelte aus der unteren Etage des Stockbettes.

Michl bemerkte sie nicht, stand mit dem Rücken zu ihnen an der Anrichte und ließ das heiße Wasser, gaaaanz langsam genau in die Mitte des Kaffeefilters hineinträufeln. Denn nur so, wurde den Mädchen schon vor Tagen von ihr gelehrt, gibt es einen perfekten Bohnenkaffee.

Sie war freudig am Singen, lauter als das Radio. Und ohne Absprache setzten sich die ungeahnten Zuhörer ungewaschen an den Tisch und lauschten lustig unterhalten ihrem Gesang.

„Ich wünsch' mir 'ne kleine Miezekatze für mein Wochenendhaus, der schenk ich eine Luftmatratze und eine Spielzeugmaus."

Als Michl das bemerkte, unterbrach sie ihre Sangeskunst: „Ihr Räuber", sprach sie nur leicht erschrocken, „schleichen sich hier einfach an! Aber eine Autogrammstunde gibt es hier nicht, ab ins Bad mit Euch, macht Euch fertig, die Uhr tickt, eine Tasse Kaffee und dann geht es weiter!"

Und als sie wiederkamen, Uschi wie die letzten Tage, Walli mit frischer Schleife im Haar, war Michl am Küchentisch damit beschäftigt, etwas auf einen großen Zettel zu schreiben.

„Was schreibst Du denn da?", wollte Walli wissen, als sie sich dazu setzte und natürlich, „müssen denn die Kettennüsse gekühlt werden heute?"

Diese Frage stellte sie ein wenig in der Hoffnung, dass Uschi diesen Vorgang ruhig auch mal erleben darf.

Uschi stand längst hinter Walli, machte eine Grimasse und so komische Handzeichen, die dem Michl signalisieren sollten: „Nein, Michl, ich hab dazu keine Lust!"

Das hat mal wieder gut funktioniert, denn Michl argumentierte sehr gut: „Schau mal zur Tür raus, Kind, es hat geregnet heute Nacht und ist sehr frisch. Da brauchen wir keine Nüsse kühlen."

„Verdammt, Du bist aber auch ein Glückspilz, Uschi", hörte Uschi das gerne von Walli. „Und was schreibst Du da, Michl?" fragte Walli noch einmal.

„Das ist eine wichtige Dokumentation, die brauchen wir aber erst später, muss das nur gut vorbereiten!"

Alle stiegen an Deck und Michl sang schon wieder: „Am Tag, als der Regen kam, lang ersehnt heiß erfleht", denn es war höchste Zeit für noch mehr Regen.

Und so wurden wieder die Anker gedreht, denn heute geht es wieder durchs Gebirge und es sind nur noch 57 Kilometer, bis sie bei Mainz links in den Main einbiegen. Martas Vermutung, die zweiwöchige Ferienzeit auf der HELGA könnte sich um zwei, vielleicht sogar um drei Tage verlängern, scheint sich erstmal nicht zu bestätigen. Wenn alles weiterhin so gut läuft wie bisher, werden sie schon übermorgen, nur einen halben Tag später als geplant, wieder zu Hause sein, was keiner an Bord so recht wahrhaben wollte. Die restliche Zeit nach Bamberg, die sollte bei Weitem ausreichen, um pünktlich zu sein.

Die Anker waren gelichtet und Marta richtete den Kurs der HELGA ganz gemütlich auf die andere Rheinseite zu. Alle drei wanderten ins Steuerhaus, Josi lehnte ganz locker in der Steuerbord-Nock. Was die Frage an Uschi wachsen ließ, wie viele Stirnbänder Josi wohl haben wird, aber nur mit „Hmmm, viele wahrscheinlich", beantwortet wurde.

„Hejoh, guten Morgen, zusammen", empfing sie die drei.

„Was machen die Zähne?", fragte Michl schon beim Heraufsteigen, um an das Ruderproblem zu erinnern.

Josi sang in schrägen Tönen einen passenden Werbeslogan einer Haftcreme für dritte Zähne: „Wer es kennt nimmt Kukident. Die sitzen fester als die Dritten", war das bedrohliche Problem mit Spaß beantwortet.

Die Mädchen saßen im Steuerhaus und Uschi kamen einige Erinnerungen von vor vier Jahren.

„Da kommt gleich ein kleines Boot, Walli, das bringt uns einen Lotsen, der die HELGA nach Kaub bringt und da kommt dann ein anderer, der bringt die HELGA nach Bingen."

Walli verstand nicht, doch Marta musste das berichtigen.

Abb. 123: Das Lotsenboot bringt einen Lotsen.

„Da merkt man, dass Du lange nicht an Bord warst, Schätzchen. Ich fahre hier schon lange ohne Lotse."

Uschi war erstaunt.

Michl erinnerte an die Aufklärung vor ein paar Tagen: „Es sind doch alle Hindernisse beseitigt, Kinder, sagte ich doch schon auf der Talfahrt. Das Binger Loch ist weg, da ist jetzt genug Platz. Der Schipper kann, aber muss keinen Lotsen mehr nehmen."

Obwohl das Schiff vor der HELGA sich noch eines Lotsen bediente, machte sich Marta bereit, das Gebirge eigenständig zu befahren.

„Besser kann es doch gar nicht laufen", merkte Michl an. „Der da vorne hat einen Lotsen genommen, jetzt brauchen wir dem nur hinterher fahren. Aber bedenke, wer immer nur hinterher fährt, lernt den Vater Rhein nicht kennen!"

„Das ist die Zukunft, Kinder", war Marta überzeugt. „Irgendwann gibt es keine Lotsen mehr. Da fährt ein jeder selber die ganze Strecke des Rheins."

Und Michl, richtig mürrisch: „Da haste recht, Du, ist ja auch keine Kunst mehr."

Die erste scharfe Kurve, die sich „Bank" nennt, Ruder hart Steuerbord, war passiert und Michl machte auf die Burg Katz aufmerksam.

„Ach schade, Mensch, heute Morgen lagen wir fast am Fuße der Burg Maus vor Anker, die hätte ich Euch noch zeigen können."

Abb. 124: Die Burg Katz in St. Goarshausen.

Und als sie um diese Kurve rum waren, wurde Michl auf einmal ganz leise, hielt sich den Zeigefinger der kaputten Hand an den Mund, was etwas eklig aussah, da der Rest außer dem Daumen fehlte.

Sie flüsterte: „Psssst, hört Ihr sie?"

In ihrer aufmerksamen Fahrt der Loreley entgegen, fiel die belustigte Mine von Marta gar nicht auf und der Josi war das alles zu viel, hatte sie doch gerade erst die feindlichen Brüder ertragen.

Sie wusste von dem, was gleich folgen wird, und sagte auf der Flucht: „Ich geh mal runter zu meinem Hubert, der ist rockiger", und verschwand.

Michl riss noch einmal die Tür auf und rief ihr hinterher, was die anderen nicht alles verstehen konnten: „Schau nochmal auf die Zähne, Josi, und denk an die Thermometer", könnte es geheißen haben.

Denn gerade jetzt bei dieser kurvenreichen Strecke ist es wichtig, dass die Zähne der Ruderanlage halten. Unter dem Schiff befindet sich hier in aller Tiefe, denn hier ist es seeehr tief, so tief, dass sich die ganzen versunkenen Schiffe der Vergangenheit am Flussgrund stapeln, nur felsiger Flussgrund, in dem kein Anker greift. Kein Anker kann sich hier im Sand und Kies eingraben, dazu die starke Strömung. Ein Ruderausfall könnte zu einer Katastrophe führen.

Walli ist schon aufgesprungen, rollte mit den Augen und sah sich beeindruckt um.

Und Uschi war am überlegen, die versunkenen Schiffe beeindruckten sie anscheinend nicht: „Was denn, warum denn leise sein? Wegen dem Hubert? Der ist doch unüberhörbar."

„Neiiiin, Mensch!", spielte Michl die Enttäuschte. „Nicht der Hubert, der keuchende Gockel! Pssssst, hört doch mal genau hin jetzt, Potzteufel!"

Alle schwiegen hochkonzentriert für den Moment. Michl in ihrer Darstellung, mit schäbig schwarzer Mütze und baumelnden Zöpfen, glich bei allen Bemühungen wahrlich keinem Künstler. Doch sie beugte sich schweigend zu den beiden hinunter und fing im dreiviertel Takt leise an zu singen.

> Ich weiß nicht, was soll es bedeuten,
> Daß ich so traurig bin;
> Ein Märchen aus uralten Zeiten,
> Das kommt mir nicht aus dem Sinn.

Uschi und Walli wurde ein Lächeln ins Gesicht gezaubert und bei der zweiten Strophe stimmte Marta bei all ihrer kurbelnden Arbeit mit dem Ruder lautstark ein.

> Die Luft ist kühl und es dunkelt,
> Und ruhig fließt der Rhein;
> Der Gipfel des Berges funkelt
> Im Abendsonnenschein.

Uschi und Walli saßen auf der Bankkiste, den vorderen Rängen, und hörten aufmerksam dem unangemeldeten Duett zu. Und die sangen wie abgestimmt absolut textsicher. Der lustige Michl untermalte seine Sangeskunst auch noch mit schauspielerischen Gesten, Deutungen, wurde als Pantomime tätig.

Die schönste Jungfrau sitzet
Dort oben wunderbar;
Ihr gold'nes Geschmeide blitzet,
Sie kämmt ihr gold'nes Haar.

Und Michl kämmte ihr nicht vorhandenes goldenes Haar.

Sie kämmt es mit gold'nem Kamme,
Und singt ein Lied dabei;
Das hat eine wundersame,
Gewaltige Melodei.

Der gerade gegründete Frauengesangsverein der HELGA wurde der Tragik wegen immer lauter.

Den Schiffer im kleinen Schiffe
Ergreift es mit wildem Weh;
Er schaut nicht die Felsenriffe,
Er schaut nur hinauf in die Höh'.

Ich glaube, die Wellen verschlingen
Am Ende Schiffer und Kahn;
Und das hat mit ihrem Singen
Die Lore-Ley getan.

Wiederholten den letzten Absatz sogar zweistimmig.

Und das hat mit ihrem Singen
Die Lore-Ley getaaaaaaaaaaaaaan.

„Bravoooo", sprang Walli auf und Uschi ließ es sich nicht nehmen laut mitzu-klatschen.

„Ihr müsst in die Hitparade", kam es aus überzeugtem Kindermunde, „sooo schön!"

Michl war von ihrer Darbietung selber mitgenommen: „Das ist übrigens auch ein Gedicht von Heinrich Heine, wenn Ihr in der Schule mal danach gefragt wer-det. Schön ist es ja, aber die sind ja auch vorbei, die Zeiten, dass sich nach

Feierabend die ganze Besatzung und die Familie an Deck traf, einer mit Gitarre, einer mit dem Schifferklavier oder einfach nur, um sich zu unterhalten."

Marta wusste auch was: „... einer brachte Wein, der andere das Bier."

Michl: „Genau, Marta, und dann hat man gesungen bis zum Morgengrauen."

„Oder bis Wein und Bier alle waren", erinnerte sich Marta. „Mensch, was waren das schöne Zeiten, bei all der schweren Arbeit."

Die beiden erfahrenen Schiffer schwelgten für einen langen Augenblick mit „Weißt Du noch" und „kannst Du Dich daran erinnern" in ihrer Vergangenheit.

Abb. 125: Geselliges Beisammensein an Deck.

Voller Freude und Wehklagen, dass das alles nicht mehr so ist, wie es einst war. Namen von Menschen, Kollegen und Unikaten fielen, die damals in Gebrauch waren und sich selbst für die ahnungslosen Zuhörer erheiternd anhörten. Da war ein Kohlenmuffel, ein Heizer eines Räderbootes, der immer schwarz war und immer muffelte. Ein Gierlappen, seines Amtes Zahlmeister, der jeden verwendeten Groschen hinterfragte. Ein Havariekönig, der Kapitän eines Schiffes, der ständig Schiffe kaputtfuhr. Ein Bilgenschwein, seines Amtes Maschinist. Ein Schmierfink, ein Schmierer an der Dampfmaschine, der sogar seine eigene Ölkanne besaß, die er nach jeder Schicht in seine Kammer trug. Einen Reibholzmörder, ein

Kapitän, der so unsicher sein Schiff bewegte, dass er Hunderte Reibhölzer verbrauchte. Der kleine Steuermann, der so klein war, dass sie ihn alle Mittelpoller nannten.

Mit dieser Reise in die Vergangenheit wurde die Loreley von der HELGA umfahren und es sah gar nicht mal so aus, als ob Marta damit recht gefordert gewesen ist.

Abb. 126: Die Loreley.

Die Signal- oder die modernen Wahrschauanlagen zeigten keine Schiffe an. Der Weg war frei, kein einziges Schiff, kein Gegenverkehr war gemeldet. Unter Umständen, je nach Form, Formation und Größe des Gegenverkehrs wäre Marta verpflichtet, an manchen Stellen der Gebirgsstrecke zu warten, denn die Talfahrt hat immer Vorfahrt. Es gibt somit Augenblicke, da gibt es einfach keinen Gegenverkehr, und manchmal sollte man meinen, alle Schiffe aller Wasserstraßen haben sich an diesem einen Tag genau an dieser Stelle versammelt. Ohne Ende scheint dann der Gegenverkehr zu werden und man muss Ewigkeiten warten, bis endlich alle vorbeigefahren sind.

Michl machte mit Freude den Fremdenführer und erzählte, was da und dort zu sehen ist. Und sie tat es so unterhaltsam, dass man ihren Worten gar nicht entfliehen konnte. So glitt das Schiff erneut hart Steuerbord um eine Kurve, die sich Betteck nennt, und keinen Kilometer weiter, wieder hart Steuerbord, um eine Kurve, die sich Kammereck nennt.

Kaum rum um das Kammereck, war der Geisenrücken schon in Sicht, eine Felsformation, die den Rhein mit einem aus dem Wasser ragenden Rücken in zwei Fahrwasser teilt. Marta wählte den Weg durch die Heringsgasse, ein schmaler Arm zwischen dem Ufer an Steuerbord und dem felsigen Geisenrücken an Backbord.

Der Reiseführer war in seinem Element und erzählte ohne Unterlass. Das von ihr erwähnte Ende des Geisenrückens, das nicht bei jedem Wasserstand zu sehen ist, aber den Augenblick erheiterte, heißt Furtsley. Ging es doch bei der Namensgebung um eine Furt, eine seichte Stelle eines Flusses, und nicht um einen entflohenen Leibwind, den Furz eines Schiffers, der als Namensgeber diente.

Abb. 127: Der Geisenrücken.

Schweigsam wurde sie nur in den Zeiten, die dazu benötigt wurden, die einzelnen Örtlichkeiten zu passieren, war hier doch schon wieder ganz schön viel Strömung und Passagen wurden nur langsam bewältigt.

Es folgte an Steuerbord eine Insel, die sich Tauber Werth nennt, gegenüber ein paar Steine, es müssen sieben gewesen sein, denn Michl nannte sie die „Sieben Jungfrauen". Angrenzend daran ein großer Sandstrand, der sich Jungfrauengrund nennt. Direkt nach der Kurve nach Backbord folgte der Rossstein, der Fahrweg danach, der sich Rosspfad nannte. Beim Ochsenturm erinnerte Michl an die Sage vom Mäuseturm und den Mäusen, die diesen gierigen Mainzer Erzbischof Hatto II. gefressen haben sollen.

Marta warnte: „Lass es lieber, Michl, es sind zwar Kinder, aber sie werden Dir nicht abkaufen, dass hier Tausende Ochsen einen anderen Erzbischof gefressen haben!"

Abb. 128: RHENUS 142 zu Tal am Ochsenturm in Oberwesel.

Die Schraubenwasser-Temperatur und die Taufe ...

Die in früheren Zeiten so befürchtete Strecke, nur fünf Flusskilometer um die Loreley, die ganzen Ecken und Felsen herum, war besiegt und gemächlich war es Zeit für ein Frühstück und Marta übergab das Ruder dem Michl.

„Denk dran, Marta, wir müssen heute unbedingt die Schraubenwassertemperatur messen. Ich muss meinen Maschinenbericht aktualisieren."

„Meinst Du wirklich, Michl?", fragte Marta besser nochmal, ob das wirklich notwendig ist, und Michl wollte nicht darauf verzichten, Ordnung muss nun mal sein.

Die beiden, auch wenn Michl kein Kapitän war, einigten sich darauf, dass diese wichtige Arbeit heute erledigt werden sollte.

Marta und die Mädchen gingen hinunter zum Frühstück und schon bald erreichten sie die Burg Pfalzgrafenstein oder nur Pfalz bei Kaub genannt. Sie ist ihnen auf der Talfahrt aus irgendeinem Grund gar nicht so sehr aufgefallen. Beide waren sehr gelehrig und die Art, wie Michl von den vielen Dingen erzählte, machte das Zuhören auch nicht langweilig und so ähnlich ließen sie das Marta beim Frühstück wissen. Marta erachtete es für notwendig, mal kurz zu erläutern, dass es noch sehr viel mehr gibt, von dem Michl hätte erzählen können. Zu viel, um all das aus diesen beiden Wochen behalten zu können. Sie wollte gerade ausführlicher werden, als sie unterbrochen wurde.

„Mensch, Uschi", machte Walli beim Aufspringen mit Blick aus dem Fenster die Entdeckung, „schau doch mal, den haben wir doch schon mal gesehen, das ist doch dieses Schubdings", Uschi.

„Ja genau, das war in Ruhrort, jetzt siehst mal, was der so macht den ganzen Tag!! Während wir in Gelsenkirchen waren, war der schon irgendwo da oben am Rhein und ist jetzt schon wieder zurück."

Michl stand ja gerade am Ruder, sonst hätten sie sich jetzt alle miteinander was anhören können. Auf alle Fälle den Spruch: „Vadder, hol die Mudder rein, die Hanieler kommen." Außerdem diese Erfindung, die immer moderner und stärker wird, hat seine Räderbootzeiten rapide verändert. Sowas gibt es doch längst nicht mehr, außer diesen OSCAR HUBER, der alsbald ein Museum sein wird. Marta hingegen war sehr empfänglich für all das Neue.

Abb. 129: Das Schubboot FRANZ HANIEL 11 in Kaub am Pegel zu Tal.
Wasserstand in Kaub: 258 cm.

„Wo kommen wir denn da hin, wenn sich nichts verändern darf", war sie der Meinung. Abschweifend sah Marta auf einmal etwas an Land, was sie unbedingt gern erklärt hätte: „Habt Ihr darauf geachtet, Ihr Schiffmänner? Habt Ihr ihn gesehen hinter dem Schubbschiff an Land, diesen kleinen Turm?", wollte Marta wissen.

Natürlich hatte keine darauf geachtet, also lautete die Antwort von Uschi: „Auf was denn, Tante?"

„Auf das Pegelhäuschen von Kaub, Donner und Doria, Ihr müsst Euch doch hin und wieder mal mit dem Wasserstand beschäftigen."

Sie wirkten vollkommen daneben, verstanden überhaupt nicht, was Marta ihnen sagen möchte. Es schien keine zu interessieren.

„Soll ich das mal erklären, was das mit den Wasserständen auf sich hat?", fragte Marta besser.

Walli war es, die sehr schnell antwortete: „Ach, ich glaub als Briefträgerin brauch ich das Wasserzeug später sowieso nicht, Du Uschi?"

Uschi zog nur eine knartschende Grimasse, schüttelte den Kopf, „Ich weiß nicht Tante, so früh am Morgen!", was die Marta sehr gut deuten konnte.

Uschi stand einfach auf und begann, den Tisch abzuräumen.

„Komm schon Walli, hilf mal mit, lass Wasser ein!"

„Aber hier nochmal zu dem Schuber", war Marta von dem nicht vorhandenen Interesse an den Wasserständen geschlagen, war aber im Redefluss, in ihrem Element und sie konnte es nicht im Ansatz so gut wie Michl, ließ aber einfach nicht locker, die beiden müssen sich das jetzt anhören, „wie der in Kurzform bei uns Schiffern auch genannt wird. Der schiebt nun mal bis zu vier Schubleichter, manchmal auch sechs, vom Seehafen den Rhein hinauf. Und das mit nur sechs Mann Besatzung und zwei Motoren mit jeweils 960 PS. Gar kein Vergleich zu damals und wie es eigentlich noch vor wenigen Jahren gewesen ist. Das ist doch irre oder? Ein Raddampfschlepper mit 1.500 PS hat ganz locker 8 Schleppkähne hinter sich hergezogen und unter Umständen 10, 20 oder gar 30 Mann Besatzung, blablabla."

Marta wurde einfach nicht unterhaltsamer. Michl hätte mit seinem Rumfuchteln mit Händen und Beinen und umherfliegenden Zöpfen längst wieder 100 Löcher in die Luft geschlagen. Marta konnte das einfach nicht. Uschi hatte die Hände in der Spüle, Walli trocknete ab und Marta nahm nicht wahr, dass sie ihr gar nicht richtig zuhörten.

In Gedanken war Uschi nur kurz damit beschäftigt, sich vorzustellen, was denn jetzt der Michl zu alldem sagen würde. Die zwei würden sich bestimmt ordentlich zoffen mit ihren unterschiedlichen Meinungen. Von Michl ihrer Schwärmerei ausgehend stellte sie sich vor, dass sie diese Raddampferzeit vielleicht sogar gerne erlebt hätte. Aber man schrieb das Jahr 1973 und alles ist inzwischen anders, als es einst war.

Jetzt kam erstmal diese ehemalige Zollburg, die Pfalz, an der sie vorbeifuhren.

Das lenkte auch Marta ab: „Hier, Kinder, die Pfalz, mit direktem Blick aus dem Küchenfenster. Wenn wir jetzt nur hundert Jahre früher wären, ungefähr", wusste Marta noch was zu berichten, „dann müssten wir jetzt Zoll bezahlen und außerdem ist hier zum Jahreswechsel 1813/1814 der Feldmarschall von Blücher über den Rhein, um Napoleon zu jagen. Mit 60.000 Soldaten, fast 18.000 Pferden und rund 200 Geschützen hat der hier die Ufer gewechselt. Dafür wurde ihm hier an Land sogar ein Denkmal errichtet. Werdet Ihr vielleicht noch durchnehmen in Geschichte."

Aber auch das fand bei den Küchenfeen kein Interesse, Genaueres zu hinterfragen.

Abb. 130: Die ehemalige Zollburg, Pfalzgrafenstein.
Von den Schiffern nur Pfalz genannt.

Das Frühstück war durch, die Küche wieder sauber und die gescheiterte Sonderschulung von Marta wurden nun abgebrochen. Beide rumpelten wieder hinauf zum Michl und stellten sich ganz eng an die Backbordseite neben dem Fenster und blickten auf das Vorschiff der HELGA. Vieles war an beiden Ufern zu sehen, so viel, dass all das Schöne durch die langweiligen Erklärungen und Erzählungen von Marta drohten, zu viel zu werden.

„Naaa, Ihr Sumpfhühner", hat Michl sie empfangen, „habt Ihr Euch den Wams vollgeschlagen mit saurem Hering und Seegurkensalat?"

„Neeee", war Walli nicht wortkarg und voller Fantasie, „es gab Fledermausbraten mit gemischtem Teufel- und Fliegenpilzsalat, dazu Froschaugenpüree mit frisch gedünsteten Spinnenbeinen und als Nachtisch Kaulquappenpudding mit Kinderblutsoße."

Uschi stutzte lachend: „Mensch, Walli!"

Und Michl sprach ganz locker: „Ohhhh, das klingt aber auch sehr fein, bei Thetis und ihrem Rotzlöffel Achilles, habt Ihr mir denn was übrig gelassen?"

Und Walli: „Siehst'e, Uschi, Michl weiß sehr genau, was gut schmeckt", zwickte sie ein bisschen in die Seite und lachte so hexenähnlich, „knusper, knusper, chchch."

Marta kam gemütlich herein mit einer frischen Kanne Kaffee und löste gleich den Michl ab, der dann auch sein Frühstück machen sollte.

Ein zäher Abschnitt erwartet den Dicken Hubert. Und der ackerte mit aller Kraft, den 375 Motorumdrehungen und 9–10 Kilometer Geschwindigkeit in der Stunde „Kartoffel, Kartoffel, Kartoffel", als wenn nichts anders wäre als sonst. Weiter und weiter schob er die HELGA gegen den Strom. In ein paar Kilometern wird sie die starke Strömung noch sehr viel langsamer machen. Von einer gut sichtbaren Boje zur nächsten schienen Stunden zu vergehen, obwohl der Fluss an ihnen vorbeirauschte. Das Ufer blieb offensichtlich unverändert. Weinberge mit unzählbaren saftigen Weintrauben, zähe und lange Wege von Dorf zu Dorf.

Kurzum, es war auf einmal total langweilig für Uschi und Walli. Sie entschieden sich, in der morgendlichen Schwüle unter dem bewölkten Himmel, der sich noch weigerte, sein Nass zu spenden, den Michl im Vorschiff zu besuchen. Josi war den Zähnen treu, die sie immer wieder auf Festigkeit prüfte. Sie werkelte im Maschinenraum, schmierte alles ab und warf immer wieder einen Blick auf ihr Problem von gestern.

„Ahhh, da seid Ihr ja schon wieder, meine allerbesten Hilfsmaschinisten, dann kann es ja losgehen", wurden sie vom Michl schon beim Eintreten in die Wohnung empfangen.

Die beiden fühlten sich nur wenig gebauchpinselt, befürchteten sie eine kräftezehrende Arbeit, die sie gleich auferlegt bekommen. Auf dem Tisch neben ihr griff Michl nach einem Zettel und einem Bleistift und unterbreitete die nächste, sehr wichtige Aufgabe.

„Also aufpassen jetzt", forderte sie Aufmerksamkeit. „Die Josi muss ja die Zahnräder im Maschinenraum im Auge behalten, kann das daher nicht machen. Aber wir kommen jetzt gleich an eine Stelle des Rheins, wo extrem viel Strömung herrscht. Steuerbord kommt oben auf dem Berg gleich die Burg Sooneck, dann kommt Trechtingshausen und dann, dann wird es spannend", machte sie es wirklich spannend. „Da es das Binger Loch ja leider nicht mehr gibt, ist jetzt schon in rund zwei Kilometern Entfernung die Stelle, die eine unglaubliche Strömung führt. Der Hubert ist so richtig gefordert und das muss ich im Auge behalten und im Maschinenbericht dokumentieren. Und dafür müssen wir jetzt zum Achterschiff, ganz hinten hin."

Ganz gespannt folgten sie nur kurz danach, am Fuße der Burg Sooneck, dem Michl zum Achterschiff.

Abb. 131: Die Burg Sooneck.

Am Maschinenraumeingang hatte die Josi schon einen Eimer hingestellt, darin zwei Thermometer, die an zwei Schnüre gebunden waren.

„So, Freunde der Schraubenwasser-Temperatur-Messer", nahm Michl diesen Eimer, „nun kommt mal mit!", und ging weiter zum Achterschiff, wo so manch ein Blech durch die volle Motorleistung vom Hubert lautstark am Rappeln war.

Die Hilfsmaschinisten haben noch immer nicht so ganz verstanden, was das jetzt werden soll und Uschi, die Michl doch ein bisschen besser kannte, befürchtete einen neuen Schabernack aus der Schifferkiste.

„So", wurde es ernst, „hier an Land seht Ihr jetzt die große Tafel mit dem Rheinkilometer 535."

Sie zeigte mit dem Arm darauf, dem die zwei aufmerksam folgten.

„In fünfhundert Metern kommt eine weiße Tafel mit einem schwarzen Kreuz darauf, das ist die Kennzeichnung für einen halben Kilometer. Wir sind dann also am Stromkilometer 534,5. Genau ab diesem Hektometer müssen die Thermometer ins Wasser, eine von Euch geht nach Backbord neben das Schraubenwasser, eine geht nach Steuerbord neben das Schraubenwasser. Haltet die

Schnüre gut fest, damit es nicht verloren geht. Verstanden bis jetzt?", schaute Michl sehr ernst seine beiden Hilfsmaschinistengesichter an, die nur mit dem Kopf nickten.

Abb. 132: Das Kilometerschild 535.

„Schön", lobte Michl, „nach rund ein oder zwei Minuten zieht Ihr die Thermometer wieder raus und schreibt die Temperaturen auf diese Liste. Auch verstanden?"

Während Walli es nicht erwarten konnte, diese verantwortungsvolle Aufgabe zu erfüllen, verzog die Uschi eine auffallend zweifelnde Mine. Das verwies auf ihre Erkenntnis, dass sich da wohl gerade ein fetter Spaß für alle anderen anbahnt. Walli ging dessen ungeachtet sehr wichtig mit ihrem Thermometer an der Schnur auf die Backbordseite.

Sie rief Uschi noch zu: „Da vorne kommt schon das Kreuz, nun mach schon, Uschi!"

Und Uschi an der Steuerbordseite sprach leise zu Michl: „Muss das denn wirklich, Michl?"

Michl lachte: „Du hast mich durchschaut, Du schlaues Schifferkind! Ha ha. Willste nicht trotzdem einfach mal mitmachen? Dann haste noch was, was Du Deiner Freundin offenbaren kannst, wenn Ihr wieder zu Hause seid!", und schaute sie mit großen Augen ein bisschen flehend an.

Uschi musste einfach zurücklachen.

„Also gut, dann gib schon her", wurde sie von Michl eingeweiht „da hab ich schon noch Einiges zu erzählen, so nach und nach zu einem richtigen Zeitpunkt, stimmt!"

Und genau am weißen Kreuz rief sie rüber zu Walli: „Es geht los, rein damit!", und ließ ihr Thermometer hinunter in den strömenden Rhein sinken, das durch diese Strömung gar nicht so richtig unter gehen wollte.

„Wie oft müssen wir das denn machen?", fragte Walli.

„Also", gab Michl bekannt, „da oben", blickte sie hinauf, „seht Ihr eine der größten Burgen am Rhein, die Burg Reichenstein. Ihr werdet gleich merken, dass die HELGA immer langsamer wird und das bei voller Kraft. Dann kommt in rund 500 Metern eine kleine Kapelle an Steuerbord, das ist die Clemenskapelle. Die Walli wird gleich an ihrer Seite den mächtigen Clemensgrund sehen und wenn das Heck der HELGA da dran vorbei ist und auf Steuerbord oben die nächste Burg, Burg Rheinstein, auftaucht, dann könnt Ihr aufhören zu messen. Ich würde mal sagen, so alle 3 Minuten muss auf beiden Seiten vom Schiff die Schraubenwassertemperatur gemessen werden. Nur das brauch ich für meinen Maschinenbericht."

Das alles klang schon wieder so richtig und sinnvoll, dass selbst Uschi ihre Bedenken an einen üblen Schifferscherz in Erinnerung rufen musste. „Alle 3 Minuten?", empörte sich Uschi gekonnt.

„Du kannst Dir gar nicht vorstellen, wie lang 3 Minuten werden können", konterte Michl und hob ihre linke Hand hoch. „Ich weiß das noch sehr gut, wie ich mit dem Nachen von Bord und drei Finger weniger an Land gerudert wurde und ins Krankenhaus musste."

Das war ein Argument und die Mädels begannen mit ihrer Messarbeit.

Abb. 133: Die Burg Reichenstein.

Abb. 134: Die Clemenskapelle.

Abb. 135: Die Burg Rheinstein.

Walli fand das spannend, zog ihr Thermometer hoch und rief Uschi nach Steuerbord zu: „Ich hab 21,4 Grad und Du?"

Uschi, die das Ende dieser Geschichte kannte, schaute gar nicht auf das Thermometer, tat nur so: „Schreib auf, Steuerbord 21,6 Grad."

Michl verzog sich ins Steuerhaus, wo Marta und Josi sich von diesem Spiel auf dem Achterschiff unterhalten ließen.

„Da wird's aber jetzt eng, wenn Du die Walli gleich noch taufen willst", merkte Marta an.

Denn Walli sollte, wenn sie schon mal mit der HELGA über das Binger Loch fährt, das gar nicht mehr vorhanden ist, getauft werden und Uschi gleich mit. Josi hatte schon alles vorbereitet, das benötigte Material lag schon vor dem Steuerhaus und auf dem Dach ein großer Eimer voll mit Rheinwasser.

So schlimm war die Messaktion auf dem Achterschiff dann doch nicht, denn die Burg Rheinstein war bald passiert und nachdem der Eimer mit den Thermometern wieder beim Maschinenraumeingang abgestellt war, kamen die Hilfsmaschinisten auch ins Steuerhaus. Stolz überreichte Walli dem Michl den Zettel, der diesen sehr konzentriert studierte.

„Hmm, okay, schaut doch gut aus, ihr Doktorsfische! Das sind doch erträgliche Temperaturen", und reichte den Zettel dem Kapitän.

Marta sah ebenfalls drüber: „Damit können wir doch leben, ist alles im grünen Bereich."

Josi und Uschi wussten gar nicht, ob sie lachen sollten, betrachteten sie dieses Schauspiel doch als ein bisschen übertrieben. Sie werden in zwanzig, dreißig Jahren besser über diese vollkommen überflüssige Spaßaktion lachen können, denn kein Mensch dieser Erde benötig die Temperatur eines Schraubenwassers. Aber, das alles galt ja nur der Walli, die diese Zeit auf der HELGA niemals vergessen soll und mit Sicherheit eines Tages ebenfalls mit einem Lachen auf all diese Späße zurückblicken wird.

Michl lobte noch einmal: „Wirklich gut gemacht, Kinder, und jetzt, jetzt fahren wir gleich über die Stelle, wo einst das Binger Loch gewesen ist." Und erneut klang das auch sehr interessant. „Und da würd' ich Euch gerne fotografieren, so als Erinnerung für Euch und Eure Eltern."

„Jaaa", hüpfte Walli, „das ist eine tolle Idee, die werden sich freuen!"

Uschi rollte lustlos mit den Augen und rubbelte sich die Haare.

„Echt jetzt, Michl?"

Sie wäre kein Schifferkind, wenn sie nicht wüsste, was da gleich kommen soll.

„Hast Du denn schon so ein Bild, Uschi?", fragte da Marta.

„Neeeee, aber ..."

Josi unterbrach: „Ich schon!"

Michl: „Ich auch!"

Und Marta: „Ich auch, sogar zusammen mit Deinem Vater."

„Also gut", ließ sich Uschi überreden.

„Fein", freute sich der Michl wie ein Kind, „dann los, ab nach unten, wir sind gleich da."

Die beiden stellten sich an Deck dicht nebeneinander unter das Steuerhaus und Michl gab der Uschi ein Ruder aus dem Nachen in die rechte Hand, das andere der Walli in die linke Hand. Walli musste ständig grinsen.

„Jaaaaa, das muss so sein", erklärte Michl, „Deine Kinder sollen doch irgendwann mal sehen, dass Du wirklich auf einem Schiff warst, sogar durch das Binger Loch gefahren bist. Musst Du ja nicht erzählen, dass es da schon gar nicht mehr da war."

Dann stülpte sie beiden einen Rettungsring über den Kopf. Und ganz zum Schluss bekamen sie einen Karton an einer Schnur um den Hals gehängt, auf dem das Jahr ihrer Taufe geschrieben stand.

Abb. 136: Die Binger-Loch-Taufe.

Sie entfernte sich so lange, bis sie beide perfekt in der Linse hatte, rief dann: „Fertig, Kinder? Jetzt lacht mal schön! Achtung, hier kommt die Möwe", um den Auslöser zu drücken.

Ein Zeichen für Josi, genau jetzt den großen Eimer voll mit Rheinwasser vom Steuerhausdach auf die beiden, die darunter standen, zu schütten. Marta hatte das aus ihrem Steuerhausfenster beobachtet und war am Lachen, die Josi stand auf dem Steuerhausdach und war am Lachen und Michl lachte an Deck, als die beiden von dieser unerwarteten Dusche am Prusten und Walli am Kreischen waren.

„Herzlichen Glückwunsch zur Binger-Loch-Taufe, hahaaaa", rief Michl.

Uschi sprang etwas zur Seite und Walli war wie in Stein gemeißelt am Pusten: „Hahaaa, na warte, Ihr seid ja gemein."

Sie hat aber diesen Spaß sehr viel besser verstanden als die vielen anderen erlebten Späße, die ihr erst noch erklärt werden müssen.

Nur wenig später, alle waren fast schon wieder trocken, erkannten sie, in Bingen angekommen, mit einem Blick zurück, dass ihre Gebirgsstrecke bewältigt war. Eine unsichtbare Grenze, auf der einen Rheinseite gezeichnet vom Mäuseturm und der anderen von der Burg Ehrenfels, war überschritten und Walli erlebte diese Reise sogar einmal zu Tal und zu Berg. Womöglich aber nie wieder. Es wird noch etwas dauern, bis sie das alles wertschätzen kann, wussten die alten Hasen wie Marta und der Michl.

Abb. 137: Der Mäuseturm Bingen (li.) und die Burg Ehrenfels (re.).

Das Rheingau und was der Michl alles weiß ...

Bingen war passiert und Rüdesheim an Backbord liegengelassen. Die Eisenbahn-gleise der Bundesbahn, die sie entlang der gesamten Gebirgsstrecke links und rechts der steilen und bergigen Rheinufer bisher begleitet hatten, rissen schlag-artig ab. Das Land wird flacher und die einzigartigen Blicke der Bahngäste sind nun nicht mehr auf den Rhein und seine Schiffe gerichtet. Nun erwartet die Gäste der HELGA ein eher langweiliges Bild geprägt von Ackerbau, monotonen Wald- und Wiesenkulturen.

Der Rhein wird streckenweise sehr breit, die starke Strömung hat nachgelas-sen und es folgen auf den nächsten 30 Kilometern urige Auenlandschaften oder Inseln, die zum Teil riesengroß und der Natur überlassen sind.

„Jetzt wird es ein bisschen langweilig", sprach dann Marta, „der Rhein ist hier sehr trostlos und breit, man kann nicht viel sehen, was an den Ufern los ist."

Michl hatte wie immer ein paar Erkenntnisse, die sie erzählen musste, wäh-rend die beiden auf der Bankkiste saßen, Walli schon wieder in dem alten Do-nald-Duck-Heft blätterte.

„Ich garantiere Euch", sah Michl aus dem Fenster und redete sich sogleich in Rage, die am Ende immer zu neuen Erkenntnissen und Erfahrungen führten. „Der erste Mensch, der hier hinter einen Baum gekackt hat, war entweder ein Schiffer oder ein Römer!", stellte sie fest.

Was Walli dazu anregte, ihren Kopf zu erheben und ganz trocken zu sagen: „Na toll, das wollte ich schon immer mal wissen, Michl."

„Aber das wird bestimmt so gewesen sein", hielt sie an ihrer Vorstellung fest, „musste mal drauf achten, wenn wir gleich ganz dicht an diesem Pappelhain am Ufer vorbeifahren, vielleicht sitzt da sogar noch einer, hahaa."

„Ja klar, Michl", wurde Walli keck, „womöglich fliegen da auch noch Hexen durch die Gegend. Knusper, knusper, chchch."

Uschi lachte und alle schlossen sich an.

Michl hat womöglich noch immer nicht ganz verstanden, was Walli immer mit ihren Hexen hat, erläuterte aber: „Na ja, warum eigentlich nicht, die sind aber erst weit nach den Römern hier rumgeflattert, wenn überhaupt. Denn die Römer haben, und das ist bewiesen im Gegensatz zu Deinen fliegenden Hexen, noch vor der Zeitrechnung, also vor Christi Geburt, hier gelebt. Die haben damit angefan-gen, den Rhein, auch die Donau, Mosel, Main, Elbe, selbst den Neckar mit Schif-fen zu ergründen, noch weit bevor unsere Vorfahren mit der Schifffahrt begon-nen haben. In ihrer Wissensgier haben sie über mehrere Generationen unendliche Exkursionen auf diesen Flüssen gemacht und überall ihre Spuren hinterlassen.

Sie allein haben die meisten Städte, nicht nur an diesem Fluss, dem deutschen Rhein, gegründet und darüber sollten heute alle Menschen, die hier leben dürfen, sehr froh sein, dass es so ist. Denn die Römer brachten den Wohlstand und Reichtum, Anstand, Kultur, Reinlichkeit und Ordnung in diese Städte. Angefangen in:

Xanten (Colonia Ulpia Traiana)	Rhein-Flusskilometer	824,
Neuss (Novaesium)		740,
Köln (Colonia Claudia Ara Agrippinensium)		690,
Bonn (Bonna)		655,
Andernach (Antunnacum)		612,
Koblenz (Confluentes)		592,
Mainz (Mogontiacum)		500,
Worms (Borbetomagus)		444,
Speyer (Noviomagus)		400.

Walli fiel schon wieder was ein: „Mit einem guten Besen aus der Luft wäre das alles viel einfacher gewesen, knusper, knusper, chchch."

„Hmmmm, da hast Du auch wieder recht, Walli, Potzteufel, kluges Kind, aber war halt nicht so damals."

Michls genaueres Wissen über diese nun folgenden Inseln im Streckenabschnitt Bingen–Mainz strauchelte dahingehend, dass er nicht wusste, warum, diese vielen Inseln und Auen alle heißen, wie sie heißen. Für Uschi und Walli sah hier mangels Burgen, Dörfer, Städte, selbst Straßen und Bahngleise eines so aus wie das andere – viel Grünzeug, flache Weinberge in der Ferne, Bäume, meist Pappeln und Weiden an den Ufern.

Walli stellte fest: „Ich würde mich hier ständig verfahren. Wohin man blickt, hier schaut doch fast alles überall gleich aus."

Michl erwähnte: „Das muss man auch alles über viele Jahre hinweg lernen, wo sich das richtige und sichere Fahrwasser im Fluss befindet. Sogar nachts, wenn es sein muss, muss man wissen, wo es lang geht. Schiffsleute richten ihr Schiff nach markanten Punkten an Land aus, fahren eine Zeit lang auf eine besonders hohe oder eine ganze Baumgruppe, ein Gebäude oder einen Kirchturm und bei Nacht auf eine Lichtergruppe von Laternen und Häusern zu. Und wenn sie den einen bestimmten Punkt erreicht haben, richten sie ihren Kurs auf den nächsten markanten Punkt aus. Die wenigsten interessieren dabei noch Landesgrenzen. Wann kommt das Schiff von Rheinland-Pfalz nach Hessen und wann nach Baden-Württemberg? Kennt doch auch der strömende Fluss keine Grenzen.

Diese nautischen Tricks und Kniffe der Binnenschiffer haben etwas von einer vorgegebenen Regel der Seefahrer, die sich auch nach Leuchtfeuer an Land richten, die vom Mensch gefertigt wurden. Die Seemänner machen es, weil sie es müssen, die Binnenschiffer machen es, weil sie es können!", konnte er mal wieder angeben wie ein Großmeister. „Ein guter Schiffmann kann jeden Baum bei seinem Namen nennen", war er erst jetzt damit fertig.

All das klang durch Michls Worte erneut sehr spaßig, selbst wenn es schon immer so war und noch immer so ist.

Aber noch haben sie gerade mal Bingen passiert und Marta hat die Drehzahl vom Hubert um 100 Umdrehungen reduziert. Nur ganz leise hüstelte er noch und doch ging es ganz flott voraus. Der Himmel wird schwärzer und schwärzer. Marta ist fest der Meinung, dass sie in den nächsten ein, zwei Stunden ein ordentliches Gewitter überfallen wird und dass es womöglich gar nicht so viel bringen wird, es müsste viel länger, als nur ein Gewitter lang regnen.

„So Ihr zwei", meinte sie auf einmal, „die nächsten Kilometer bis Mainz, gute 30 an der Zahl, bezeichnet man in der Schifffahrt ganz allgemein als Rennstrecke oder Matrosenstrecke. Sie ist nicht besonders anspruchsvoll und bei unserem flotten Tiefgang noch einfach zu befahren. In der Tat handelt es sich bei diesem Streckenabschnitt um einen Abschnitt, den die meisten Matrosen als erstes erlernen und am ehesten beherrschen."

Uschi saß mittlerweile auf Marta ihrem Stuhl, da sie oft im Stehen fuhr. Walli lümmelte weiter auf der Bankkiste und ließ gedanklich noch einmal die Binger-Loch-Taufe Revue passieren.

Ein sehr wichtiges Mobiliar, das für kurze Zeiten, oftmals nur für einen kurzen Augenblick, etwas Ruhe möglich macht. In der Regel ist diese Liege auf einer Kiste befestigt, die man hochklappen konnte. Darin wurde wichtiges Gerät gelagert. Daher der Begriff Bankkiste.

Längst hatte sie erkannt, dass sie heute etwas erlebt hat, was wahrscheinlich keiner ihrer Schulkameraden jemals erleben wird und sie sollten in den Tagen, die ihnen noch an Bord bleiben, weiterhin Neues erfahren.

„Wie kommen wir denn eigentlich zu dem Foto, das der Michl gerade gemacht hat?", ließ es sie nicht in Ruhe, ein wichtiges Beweisstück für den heutigen Tag zu erhalten.

Uschi versprach daraufhin, dass sie sich darum kümmern wird, denn auch sie will unbedingt einen Abzug davon haben.

„Normaaaalerweise", erinnerte Marta weiter, da die zwei wohl nicht verstanden, worauf sie hinaus will, „normalerweise hat der Schiffmann jetzt, also ab Bingen, Pause und die Matrosen oder Steuerleute fahren, manche sogar die ganzen drei Stunden bis nach Mainz. Josi ist im Normalfall ganz wild auf diesen Abschnitt. Aber die hat sich bei mir abgemeldet, liegt unten auf ihrer Koje. Sie hat ganz klar gesagt, dass sie für Euch gern darauf verzichtet."

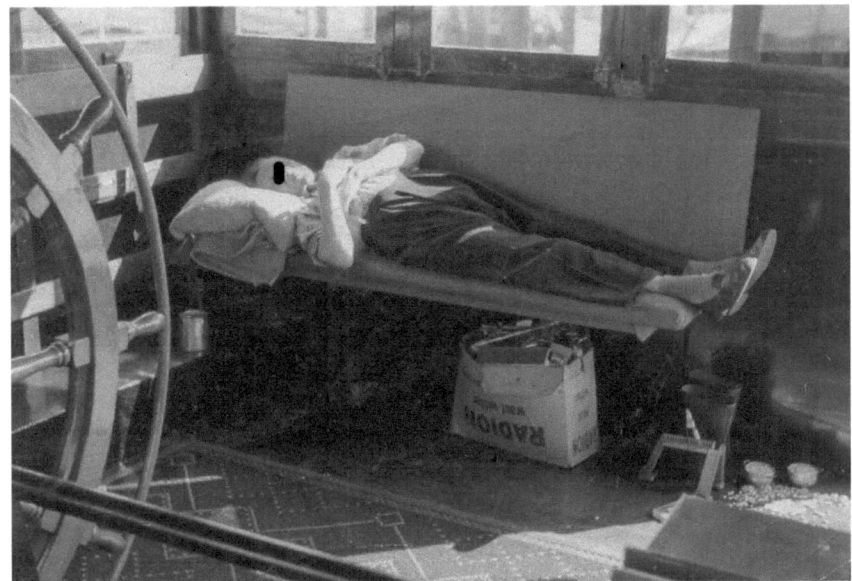

Abb. 138: Die Bank im Steuerhaus.

„Für uns?", war auf einmal Uschi sehr verwundert.

Sie staunte vor allem darüber, dass aus der einstigen Zicke Josi eine anständige Josi geworden ist in den letzten vier Jahren.

„Da staunst Du, was?", entging Marta Uschis Reaktion nicht.

„Ja, jaaa, meine Josi ist schon eine Gute, eine Schönberg eben. Aber trotzdem, Kinder, der Schiffmann steht hier seit heute Morgen fast ununterbrochen fünf Stunden am Ruder und möchte endlich eine Pause machen. Und da die Gefahrenstrecke Gebirge hinter uns liegt, könntet Ihr doch mal das Ruder übernehmen. Oder was meint Ihr?", hatte sie endlich klar gemacht, was sie wollte.

Die zwei standen schlagartig neben Marta.

„Oj, oj, ojjjj, langsam, Kinder, langsam, eine nach der anderen. Der Michl hat das alles im Auge. Ich hab ihr Bescheid gesagt und sie ist vorn auf dem Vorschiff am Arbeiten. Die kommt in Blitzeseile nach hinten gehumpelt und zieht Euch die Ohren lang, wenn Ihr da Mist macht."

Uschi zog lächelnd einen Mundwinkel nach oben und Walli hatte auf einmal Bedenken, wenn Michl da so genau auf sie aufpasst, dann sollte vielleicht besser Uschi das Ruder übernehmen.

„Werden denn die Zähne da unten halten?", fragte sie, um von sich abzulenken.

Uschi vertraute auf Marta ihren gelassenen Umgang mit diesem Ruderproblem, stellte sich siegessicher an den Haspel und ihre Tante war davon überzeugt: „Donner und Doria, ich dachte schon, Ihr versteht mich nicht", und Uschi lachte, als sie das wieder hörte. „Macht Euch mal keine Sorgen", wollte Marta doch beruhigen, „so sehr, wie ich das Ruder gerade erst durch das Gebirge gequält habe und sich keine Schraube gelöst hat, geh ich fest davon aus, dass es heute auf alle Fälle bis zum Feierabend und noch sehr viel länger halten wird.

Und jetzt, wie Du siehst, Schatz, ich hab für Dich schon einen Vordermann ausgesucht. Das Schiff direkt vor uns geht weiter nach Mannheim und fährt genauso schnell wie wir. Den fährst Du also immer hinterher, Uschi. Alles andere weißt Du doch."

„Aye, aye, Käpt'n", meinte Uschi.

„Fein, Schiffmann", lobte Marta die so mutige Uschi und drückte ihr wieder ihre Mütze auf den Kopf. „Dann geh ich jetzt runter und leg mich ein bisschen hin!"

„Wie? Halt!", rief Uschi, „Du meinst, Du willst jetzt schlafen und ich soll hier ganz allein?", wurde es ihr mulmig.

„Hahaa, nein, natürlich nicht, war nur Spaß. Ich muss ein bisschen Papierkram machen. Aber Du kannst ruhig fahren. Wenn wir mal im Main sind, kommt mir außer dem Michl keiner mehr ans Ruder und der kommt gleich nach hinten und behält hier alles im Auge", und ging mit, „passt gut auf und bis später", zum Steuerhaus hinaus.

Keine fünf Minuten später kam schon der Michl herein: „Na, Matrosen, wie läuft's. Soll ich übernehmen, Uschi?"

„Auf keinen Fall, Michl, ich hab doch gerade erst angefangen", wollte Uschi das Ruder noch nicht abgeben.

Walli musste etwas anderes genau wissen: „Wie kommen wir denn eigentlich an die Fotos von heute, Michl?"

„Na ja, kommt darauf an. Wollt Ihr die in Farbe oder Schwarz/Weiß?", soll das erstmal geklärt sein und führte gleich weiter aus, „in Schwarz/Weiß sind die Bilder heute Abend fertig."

Alle Blicke wurden auf sie gerichtet: „Heute Abend? Das ist doch unmöglich!"

„Die Wissenschaft hat festgestellt", wurde es spannend, „dass das Mainwasser in Höchst, genauer gesagt an den Farbwerken Höchst, wo wir in ca.", schaute auf die Uhr im Steuerhaus, „in rund vier bis fünf Stunden durchfahren, so viele Chemikalien beinhaltet, dass man davon einen Schwarz-Weiß-Film entwickeln kann."

Der aufmerksame Ausdruck auf den Gesichtern der Mädels wich nun einem großen Fragezeichen: „Du nun wieder, Michl", konnte Uschi nur sagen.

„Neiiin, das ist kein Scherz, Uschi", und stutzte. „Also ohne Spaß, Kinder, das soll wirklich so sein. Da ist in den letzten hundert Jahren so viel Abwasser in den Main geleitet worden, dass da kein Fisch mehr leben kann, eine einzige stinkige Plörre ist das nur noch!"

„Oh Mann, so eine Sauerei, ist ja schon ganz schön eklig", entsetzte sich Walli.

„Aber die Zeiten ändern sich", fand Michl Trost. „So langsam wird das alles wieder. Man hat erkannt, dass diese Schweinerei so nicht weitergehen kann und da machen, Gott sei Dank, alle Fabriken entlang der Wasserstraßen mit. In dreißig Jahren können wir da alle wieder angeln gehen."

„In dreißig Jahren", empörte sich Uschi, „ha, da bist Du fast hundert, Michl!"

Und sie ist der Meinung: „Ha, das ich nicht lache, bei Triton, Räderbootfahrer stehen ihr ganzes Leben im Staub und Rus, Dampf und Hitze, die sind doch schon innerlich gut konserviert und werden weit über hundert Jahre alt."

Schlussendlich sollte sich Walli der Bilder wegen keine Sorgen machen. Natürlich ist gerade so ein Vorhaben für Schiffer, wie dem Michl, Männern und Frauen, die Monate lang an Bord sind, schwierig zu lösen. Man muss den Film in einem Fotoladen an Land abgeben, damit die den Film entwickeln. Und bis die Fotos fertig sind, sind mindestens drei Tage verstrichen. Aber wann und wo liegt das Schiff mal drei Tage am Stück still?

In solchen Fällen könnte Michl zum Beispiel in Mainz an Land gehen und den Film abgeben. Wenn sie irgendwann in ein paar Tagen oder gar Wochen wieder hier vorbei kommen, können sie hier kurz anlegen, damit sie ihre fertigen Bilder abholen kann. Und Mainz wird bei vielen Schiffsleuten genau für solche Zwecke angefahren.

Es ist notwendig und großartig, dass es solche Anlegemöglichkeiten gibt. Schiffsleute brauchen auch mal einen Arzt, wollen einkaufen, die Post wegbringen oder ihre lieben Verwandten an Bord holen. Weihnachten oder Ostern an einer schönen Stadt verbringen, mit den Menschen dieser Städte den verrückten Fasching feiern. Bleibt doch Mainz Mainz, wie es singt und lacht, abgesehen von dem Recht, bei einem Unfall an Bord eine Rettung von Land in Anspruch zu nehmen.

Nur das wenige Besondere soll doch ihr karger Lohn sein, diesen schweren und entbehrungsreichen Beruf gewählt zu haben. Diese Stadt, so mittig der ganzen Rheinstrecke am Rheinstromkilometer 500 ist extrem wichtig für die Binnenschiffer. Die Schiffsleute kämen echt in Bedrängnis, wenn man hier mal nicht mehr anlegen könnte. Aber wie soll es anders sein, war es doch schon immer so seit den Römern, die auch diese Stadt als Moguntiacum gründeten, legen hier Schiffe an.

Die ganze Stadt profitiert von der Schifffahrt. Werften und Häfen geben sichere Arbeit, sogar ihren Wein haben sie Jahrhunderte lang mit dem Schiff von hier in die Welt geschafft.

Michl meinte, und der musste es wissen: „Selbst wenn die Pest und Cholera, Maul- und Klauenseuche, Lepra und Malaria, Pocken und die Schwindsucht und die größte Hungersnot aller Zeiten diese Stadt fest im Griff haben, die Binnenschiffer bleiben hier immer willkommen! Dafür leg ich nicht nur meine gute Hand ins Feuer, sondern pack noch meine Zweifinger-Hand obendrauf!"

Das hatte mal wieder ordentlich Gewicht bei den Kindern, vermittelt vom Michl, die mit ihren Überzeugungen immer so anders, unanfechtbar wird.

Uschi unterbrach deren wortreiche Lobeshymne und machte einen tollen Vorschlag: „Ich kann doch den Film mitnehmen, wenn wir wieder von Bord gehen."

Walli erwiderte ein kleines bisschen traurig: „Du weißt aber schon, Uschi, dass heute womöglich unsere vorvorletzte Nacht an Bord ist?"

Diese wahre und ernüchternde Erkenntnis brachte Stillschweigen in das Steuerhaus und ganz kurz war außer dem krächzenden Funkgerät und des leise tuckernden Dicken Hubert nichts mehr zu hören.

„Nun kommt schon, Kinder", brach Michl das Schweigen, „wir kommen so oft den Main hoch gefahren, da könnt Ihr doch immer mal wieder an einer Schleuse zusteigen und paar Kilometer mitfahren. Marta würde sich bestimmt darüber freuen und ich auch mit Josi. Also was jetzt? Schwarz/Weiß oder in Farbe?"

Gemeinsam haben sich alle für Farbfotos entschieden und Uschi wird sich darum kümmern.

So lief die HELGA hurtig weiter Richtung Mainz. Viel Schifffahrt war gar nicht unterwegs, ein paar komische kamen ihnen entgegen, Schiffe, die weder die Walli noch die Uschi jemals gesehen haben.

Und doch hörte man immer wieder: „Bo, schau mal, der da!" Oder: „Was ist das denn für einer?"

Nun fühlte sich Michl, die jetzt neben Uschi auf Marta ihrem Stuhl saß, offensichtlich etwas gelangweilt.

Einen, der ihnen entgegen kam, konnte sie noch belustigt bezeichnen: „Schau an, schau an", sprach sie erheiternd, „Lepra und Malaria kriegst Du bei Bavaria", und keine der beiden war sich sicher, ob sie diesen Spruch nicht schon gehört hatten.

„Ach, Kinder", übernahm sie klagend das Wort, „das sind doch alles keine Schiffe mehr", denn sie musste es wissen, denn Michl als Älteste hier an Bord hat so ziemlich alles erlebt, was mit der Flussschifffahrt zu tun hat. Zum Glück aller Kollegen und dank ihrer auffallenden Erscheinung hatte sie noch dazu die göttliche Begabung, Menschen zu unterhalten, sei auch das Thema noch so schwer.

Marta erwähnte neulich im Gespräch: „Zwei Wochen bei Michl in der Bude und Ihr habt nur durch zuhören sehr viel gelernt, ohne dafür nur eine Buchseite gelesen zu haben."

Ihr Allgemeinwissen ist zwar umfangreich, aber ihr Lieblingsthema ist selbstredend die Schifffahrt, wobei sie die einzige ihrer Familie ist, die sich für die Schifffahrt entschieden hat, im Gegensatz zu Uschis Familie, die aus einer zwar kleinen aber schon lange existierenden Schifffahrtsdynastie stammt.

Ihr Opa hat noch das Treideln erlebt, hatten sogar ein eigenes Treidelpferd. Ob die Zeiten vor dem Treideln mit Pferden auch bekannt sind, dazu müsste man mal weiter zurück in die Vergangenheit der Schifferfamilie Schönberg blicken.

Denn da wurde noch mit Menschen vor den Kähnen getreidelt. Ein eigener Berufsstand hatte sich dadurch entwickelt, der Beruf der Schiffszieher. Oftmals ganze Familien, meist arme Menschen, waren es, die sich in diese schwere Arbeit für wenig Lohn eingebracht haben. Viele Kilometer über Tage, Wochen, Monate sogar Jahre hinweg zu treideln, war einst ein notwendiges Muss, um mit seinem Kahn weiterzukommen. Und getreidelt wurde an allen Flüssen dieser Erde.

Einst waren es Schleppkähne, größere davon wurden Schleppschiffe genannt und Michl kriegt jedes Mal einen Anfall, wenn irgendjemand in der heutigen Zeit sagt, sobald er ein selbstfahrendes Schiff mit Motorantrieb sieht: „Schau mal, da kommt ein Kahn oder ein Boot angefahr'n."

Dann muss sie einfach schreien: „Das ist ein Schiff, ein Schiff, verdammt nochmal!"

„Früher waren die Schiffe aus Holz und die Schiffer aus Stahl. Heute sind die Schiffe aus Stahl und die Schiffer aus Holz", war schnell geklärt, warum das so ist.

Abb. 139: Treideln durch Menschenkraft an einem Kanal
in Holland oder Belgien, um 1900.

Abb. 140: Treideln am Finow-Kanal, 1890.

Abb. 141: Ein Floß in Koblenz-Ehrenbreitstein zu Tal,
von Johann Adolf Lasinsky, 1828.

Abb. 142: Der Flößer.

Nur aus Holz, aus Unmengen an Baumstämmen bestanden einst auch die Flöße und da spielte wieder Mainz eine ganz bedeutende Rolle. Denn in Mainz-Kastel war einst einer der größten Floßhafen entlang des ganzen Rheins. Hier wurden die kleineren Flöße, die aus den Nebenflüssen kamen, wie Main und Neckar, zu nur einem riesigen Floß zusammengeknotet oder, wie man damals so sagte, „eingebunden". Nicht umsonst wurde fast jedes Floß, das von Mainz weiter bis nach Holland ging, als „Mainzer Floß" bezeichnet. Und auch die Flößer, die keinen absonderlich guten Ruf hatten, hatten ihren eigenen Spaßspruch, den entlang der Flüsse ein jeder kannte: „Nehmt die Wäsche und die Frauen rein, die Flößer kommen!" hieß es.

Abb. 143: Eine Begegnung am Rhein.
Ein Floß mit Schlepphilfe in der Talfahrt, ein Raddampfschlepper mit Schleppkahn im Anhang und ein Raddampfer mit feinen Leuten in der Bergfahrt. Ortslage unter der Burg Rheinstein am Clemensgrund.

Doch an die Kettenschifffahrt, an die erinnert sich Michl sehr genau. Denn diese Kettenschiffe verfügten über etwas, was Michl schon immer fasziniert hat. Und als sie damals auf einem Schaufelraddampfer als Köchin angefangen hat zu arbeiten, war ihr zweiter Blick, nach Suppe und Kartoffeln, immer das Schiff selbst und dessen damals hochmoderne Technik. Denn auch Kettenschiffe hatten einen Heizkessel, der befeuert werden musste, und eine Dampfmaschine, die eine sehr große Kettennuss gedreht hat. Und diese Kettennuss zog eine dicke Kette, die im Fluss lag, über das Schiff hinweg und hangelte es an dieser vielen Kilometer langen mit nur wenig Kilometern Geschwindigkeit die Flüsse hinauf.

Abb. 144: Das Kettenschiff DRG. KS Nr. 1.
Ein Schiff der Deutschen Reichsbahn-Gesellschaft mit der Nummer 1.

Michls Element waren also richtige Dampfschiffe. Die wenigen Jahre in den Kombüsen oder Küchen gaben ihr Gelegenheit, sie besser kennenzulernen, bevor sie dann doch zur Decksmannschaft wechselte. Die ganz Schlauen nannten die arbeitenden Schiffe Raddampfschlepper und die, die feinen Damen und Herren im schwarzen Frack, Zylinder und mit weißem Spitzenhäubchen, die Gäste der Passagierschiffe nannten sie Raddampfer, Seitenraddampfer oder Schaufelraddampfer. Michl ist den überwiegenden Teil ihres Lebens ganz kurz und knapp immer nur auf einem Räderboot oder wie sie es aussprach, „auf einer Räderboot gefahren."

Dabei waren alles irgendwie Räderboote, egal ob die Räder sich an den Seiten oder am Heck des Schiffes drehten. Für Michl musste sich immer was drehen, sich hin und her bewegen.

Es waren bald nicht mehr die Düfte vom frischen Braten oder frisch gebackenen Brot, die sie interessierten. Wenn sie als Köchin Zeit hatte und an Deck stand, zog es sie immer dort hin, wo es zischte und pfiff, klapperte und rieb, es musste nach Kohle, Feuer und Hitze schreien, es musste stinken und qualmen. Nur all das war echte Dampfschifffahrt.

Abb. 145: Ein Raddampfer von Raab Karcher mit Anhang.

Abb. 146: Eine Begegnung zweier Raddampfschlepper,
mit Schleppschiffen im Anhang.

Schlecht Wetter im Rheingau, Tanken in Mainz ...

„Jetzt wird es aber ganz schön schwarz da hinten", kurbelte Uschi dabei am Haspel.

„Hmmmmm", unterbrach Michl ungern ihre Erzählung aus längst vergangenen Zeiten, „wohl wahr, wohl wahr, das gibt wohl gleich ein mächtiges Donnerwetter!"

„Kann eigentlich ein Blitz einschlagen auf so einem Schiff?", grämte sich Walli.

„Und wie der das kann, meine Liebe", wollte Michl wieder Spaß machen. „Wir hatten damals so einen heftigen Blitzeinschlag, dass unser ganzer Fleischvorrat im Fliegenkasten in Sekundenschnelle komplett knusprig gebraten war. Das ging so schnell, wir hatten nicht einmal Zeit zum Salzen und Pfeffern."

„Haha, sehr witzig, Michl", lachte Uschi, während sie ganz genau beobachtete, wie diese schwarzen Wolken immer dichter und bedrohlicher wurden.

Wind kam auf und das ausgerechnet an einer Stelle, wo der Fluss besonders breit war.

„Na, ich glaub, ich übernehme jetzt mal besser", musste Uschi das Ruder an Michl abgeben und rutschte ein wenig zu Seite.

Abb. 147: Das Unwetter.

Da kam auch schon Marta herauf und stemmte sich mit aller Kraft gegen Wind und Wetter, ging gleich auf das Roofdach, machte die ganzen Oberlichter, die

Kippfenster vom Maschinenraum zu und zwängte sich zur Tür herein, die sie nur gewaltsam gegen den Wind öffnen konnte.

„Brrrrrr, hoppla, jetzt geht's wohl gleich los, Donner und Doria, gib mal her das Ruder, Michl, ich glaub, Du gehst mal besser nach vorn, sicher ist sicher."

Walli fing nervös an, von einem Fenster zum anderen zu tippeln: „Na warte, schaut Euch das mal an, ein richtiges Hexenwetter."

Längst flogen Blätter von Bäumen, die gar nicht zu sehen waren, und Wellen bildeten sich, die anfingen, über das Vorschiff zu springen und große Mengen Spritzwasser über das ganze Schiff zu schicken, die bis nach hinten zum Steuerhaus an die Scheiben rieselten. Mit 2,30 Meter Tiefgang hatte die HELGA noch rund vierzig Zentimeter Freibord bis zur Wasserlinie. Aber es gab keine Wasserlinie mehr. Die Wellen kamen in unterschiedlichen Höhen unaufhaltsam angerannt und schienen die HELGA versenken zu wollen. Sie schwappten spritzend über das Gangbord, zerschellten am Dennebaum und spritzen Unmengen von Rheinwasser auf das Lukendach.

„Mensch, Potzteufel", erkannte Michl, „was für ein Glück, dass wir mit dem Abdichten der Luken fertiggeworden sind. Ich hau besser mal ab, ich glaub', mein Küchenfenster ist noch offen", dann drückte sie mit aller Kraft die Tür auf und lief in dieser Gischt und guter Schräglage gegen den Wind zum Vorschiff.

„Hoho, dann seh' mal zu, bei mir ist schon alles dicht unten, haha, die ist klatschnass, bis die vorne ist", merkte Marta an.

Aus dem Funkgerät kam die Warnung eines Kollegen: „Achtung Männer, da kommt was, haltet Euch fest."

Ein Schiff, das sich einige Kilometer vor der HELGA befand und anscheinend schon mittendrin steckte in diesem Dilemma. Und dann ging es erstmal richtig zu Sache.

„Heidewitzka, Herr Kapitän", bemerkte Marta.

Regen kam auf, ein unfassbarer Regen mit Regentropfen fett wie Mäuse, alle Scheibenwischer liefen auf Hochtouren. Sehr starker Wind blies auf die HELGA ein und die Flagge im Mast stand so klatschnass, wie sie war, wie eine gemauerte Tafel stramm. Es dauerte nicht lange, da blitzte es überall. Es war nicht mehr möglich zu erkennen, welcher Blitz welchen Donner zur Folge hatte. Das hölzerne Steuerhaus knarzte, der prasselnde Regen auf dem Dach und den Scheiben wurde lauter und lauter. Und man soll es nicht glauben, es wurde noch schwärzer. Um zwei Uhr mittags brach die Nacht herein. Marta mit konzentriertem Blick durch die wasserüberfluteten Fensterscheiben erkannte die Bojen nicht mehr, so stark war der Regen. Sie nahm das Mikrofon von der Wechselsprechanlage.

„Michl, ich sehe absolut nichts mehr, schau mal nach der nächsten Boje."

Michl kam in voller Montur an Deck, wirkte da geradezu gruselig, wie sie da so an Deck in ihrer Regenkleidung stand und konnte eine Boje an Steuerbord erkennen.

„Marta, 100 Meter voraus auf dreizehn Uhr, grüne Tonne, ich mach mal besser die Anker klar", rief sie in den Lautsprecher, was man hinten im Steuerhaus durch die aufkommende Akustik, dem prasseln auf den Lautsprecher, nur schwer verstehen konnte.

Marta drehte am Rad, dem Gashebel der Umsteuerung und machte den Hubert ganz langsam. Regen und Donner haben sein Hüsteln längst übertönt.

„Michl", rief Marta, „ich mach mal ganz langsam und bleib hinter der grünen Tonne, behalte die mal im Auge!"

Und so hielt die Marta, mit Blick auf diese eine noch sichtbare Boje, die HELGA an dieser Stelle still, war es ihr zu wage, ohne Sicht weiterzufahren, das Risiko zu groß, vom Fahrwasser abzukommen. Und Michl stand da vorne an Deck und machte den Eindruck, dass sie diesen Augenblick geradezu genießen würde. Es wollte einfach nicht aufhören.

Marta sprach in das Funkgerät: „Wie sieht es den aus oberhalb Ingelheim, wird's da schon besser?"

„Keine Chance, Kollege", antwortete einer, „ich bin in Budenheim, hier geht's mal richtig zur Sache, hab die Anker reingeschmissen!"

Marta überlegte, Budenheim ist vor ihnen rund 10 Kilometer entfernt und wenn da noch Großalarm ist, dann kann das noch dauern, bis hier in Ingelheim der letzte Regentropfen gefallen ist.

Sie rief dem Michl zu: „Weißte was, Michl, schmeiß mal weg die Anker, Schiff liegt gut so. Ich denke, ein Anker reicht."

Michl von allem vollkommen unbekümmert und nur äußerlich klatschnass schritt zum Ankerspill und schrie bei all dem Wind und Wetter im Nacken einen Vers, der genau jetzt passend sein sollte:

> Armer Schiffmann, Du,
> Reicher Schiffmann, Du.
> Kennst Du noch die Zeiten,
> Wie Du als Matros
> Mit zerissner Hos
> durch das Gangbord schleichtest.
>
> Vorschuss gibt es nicht
> auch wenn das Schleppseil bricht

zeig ein lachendes Gesicht
Der Anker wird schon halten,
Also, raus damit.

Und sie drehte dabei die Bremse auf und Anker und Kette rasselten auch schon über Bord.

„Unser Michl", lachte Marta, „poetisch bis zum letzten Ankersetzen."

Nun saßen sie da, die drei, und das Unwetter brachte die eine oder andere erschreckende Überraschung, wenn es mal wieder besonders hell blitzte und besonders laut donnerte. Und die HELGA wiegte sich unbekümmert, aber deutlich spürbar in den aufgebrachten Wellen des Rheins.

Abb. 148: Michl im Gewitter.

„Euch wird ja wirklich alles geboten, Kinder", stellte Marta fest. „Was Ihr in diesen beiden Wochen erlebt habt, erleben andere in ihrem ganzen Leben nicht und jetzt auch noch so ein Unwetter. Ich kann mich gar nicht erinnern, wann ich sowas zuletzt erlebt hab. Du hast jetzt also Deinem Vater was voraus, Uschi, denn wir beide zusammen an Bord, wenn ich mich erinnere, haben so ein Unwetter noch nicht erlebt. Zwei Mal mussten wir der Not wegen Anker setzen. Das kommt sonst, ach was, nicht einmal in einem Jahr vor", und klopfte dabei dreimal ordentlich auf eine hölzerne Ablage.

Es rumste und blitze ohne Unterlass, als wenn dieses Wetter nur über der HELGA stehen würde. Unheimlich war es geradezu. Weiterhin regnete es wie aus Gießkannen und Michl stand da vorne wie versteinert auf dem Roofdach und es prasselte auf sie nieder, ohne dass es sie weiter störte.

Walli hatte sich das Fernglas geschnappt und stützte sich mit beiden Armen auf das Steuerrad, blickte hindurch zum Vorschiff und beobachtete Michl: „Wieder ein Beweis dafür, dass Michl doch Wulpi ist, denn Wulpis lieben Gewitter, knusper, knusper, Uschi!"

Marta macht ein fragendes Gesicht: „Dass Michl was ist, Walli?"

„Na, nun komm, Walli, erzähl mal von Deiner Wulpi, hast ja heute Mittag schon mal sowas komisches von Michl angedeutet", musste Uschi da jetzt irgendwas sagen.

Walli hatte in dieser ungewöhnlichen Situation, mit dem Fernglas auf der Nase, nicht an Marta gedacht. So erzählte sie von dieser unglaublichen Ähnlichkeit zwischen Michl und Wulpabrodakanda, die sie schon seit Tagen so sehr beschäftigte.

„Hahaaaa", lachte Marta los, „jetzt versteh ich, hahaa, unser Michl eine Hexe! Beim Essen waren wir noch bei einer putzig süßen Nixe, Du bist ja lustig, das hätte ich doch längst bemerkt! Ich schmeiß mich weg, na, Du hast ja eine blühende Fantasie, Kind. Aber gut, selbst wenn Michl vielleicht ein bisschen Ähnlichkeit mit dieser Wulpadingsda hat ..."

„Sag einfach Wulpi, Tante", mischte sich Uschi ein.

„... deswegen ist sie doch nicht gleich auch eine, Mensch, Walli! Jetzt weiß ich auch, was Ihr da immer so versteckt getuschelt habt, na, Ihr seid mir ja zwei so, ähhhh, Hexenjägerinnen, hahaaa!"

„Ich nicht", sprach Uschi, „ich jage nicht."

Walli wirkte nun etwas verärgert: „Jaaaaa, Mensch, ich weiß doch, dass Michl keine Hexe ist, glaub ich. Aber sie hat nun mal diese unglaubliche Ähnlichkeit mit Wulpi und ich werde es Euch zeigen, wenn wir in Karlstadt ankommen, denn mein Papa hat längst den Auftrag, das Buch mitzubringen und da ist ein Bild von Wulpi drin."

„Da bin ich aber wirklich gespannt, aber so schlimm ist es doch gar nicht", war Uschi mitleidig mit Walli. „So im Nachhinein hatte ich viel zu lachen mit Wallis Scherzen, die sie so machte."

„Ach was, Kinder, ist doch in Ordnung und", Marta musste schon wieder lachen, „irgendwie hab ich mich, glaub ich, schon angesteckt. Ich krieg diese Vorstellung von Michl auf einem Besen schwirrend, jetzt auch nicht mehr aus dem Kopf, hahaaa!"

Mit Sicherheit verstrich so eine Stunde und es wollte nur langsam weniger werden. Die Blitze, Wind und Donner verstummten allmählich.

Marta erkannte, dass ihre Bojen schemenhaft wieder sichtbar wurden und erteilte Michl den Auftrag, den Anker rauszudrehen.

„Duuuu, Tantchen", druckste Uschi ein kleines Bedenken, „können wir das mit Wulpi vielleicht für uns behalten?"

Und Walli: „Oh ja, bitte Schiffmann, vielleicht versteht sie das falsch und mag uns dann nicht mehr."

Marta sah das wie immer ganz locker: „Ich werde mir doch nicht selber den Spaß verderben, nein, nein, keine Angst, Kinder. Soooo schlimm ist das aber auch wieder nicht. Ich könnte mir sogar vorstellen, dass Michl selber darüber lachen könnte, aber gut, das bleibt unter uns, großes Hexenjägerehrenwort."

Womit zwei der Anwesenden sehr erleichtert wirkten und drei noch einmal gut lachen konnten.

„Mensch, Walli", fiel Uschi ablenkend ein, „wir sind doch kurz vor Mainz, hier müsste man normalerweise wieder die Kettennuss kühlen, oder?"

„Das kannst Du vergessen, Schätzchen", empörte sich Walli, „geh Du mal nach vorne, Du bist dran!"

„Oder fürchtest Du Dich vor der klatschnassen Wulpi, hahaa", hatte Marta nun etwas, was sie erheiterte. „Nein, nein, bleibt mal ruhig hier, der Regen reicht vollkommen aus, um die Kettennuss zu kühlen, reicht doch, wenn Wulpi, ähhhh Michl durchnässt ist", und hatte einen Heidenspaß an diesen neuen Erkenntnissen über ihren Steuermann.

Es war im Allgemeinen kühler geworden, keiner muss also jetzt antreten. Unvorhergesehen ging schon wieder unnötig Zeit verloren, aber sie lagen noch gut im Rennen. Der Löschtermin in Bamberg kann, wenn nichts mehr passiert, problemlos eingehalten werden. Die Fahrt ging endlich weiter und nur knapp zwei Stunden später klärte sich das Unwetter soweit auf, dass es schon in Schierstein oberhalb der Straßenbrücke und unterhalb von Amöneburg vorrübergehend wolkenlos wurde.

Abb. 149: Die Straßenbrücke Schierstein, Blick über Heck.

Als nächstes stand das Bunkern, das Betanken der HELGA, in Mainz an. Marta wusste noch gar nicht, ob der Preis stimmt, wo sich doch wegen der Energiekrise die Preise täglich sprunghaft veränderten. Anfang des Jahres kostete ein Liter Diesel noch 58 Pfennig, jetzt im August schon 69 Pfennig und ein Ende nach oben ist nicht abzusehen. Bei einer Preisschwankung von 10 Pfennig pro Liter waren beim Kauf von tausend Litern schon 100,00 DM gewonnen oder verloren. Und bei den geplanten 8.000 Litern, die Marta gleich tanken möchte, sind 800,00 DM entweder im Eimer oder im Geldbeutel. Wie dem auch sei, getankt werden muss auf alle Fälle, war die Versorgung mit Gasöl im Main doch nicht ganz so sicher wie hier auf dem Rhein.

Gasöl, so brachten die Interessierten Kinder in Erfahrung, ist qualitativ etwas schlechter als der Diesel für Pkw-Motoren. Der Hubert und seine Motorenkumpels Paff-Paff, der Jockel und der Ankermotor, sind da nicht so empfindlich.

Marta ist fest der Meinung, dass diese Energiekrise noch einigen Kopfzerbrechen bereiten wird. Aber noch war es nicht so weit.

Auf dem Funkkanal 10 rief Marta das Bunkerboot NASENBÄR und die Mädels amüsierten sich köstlich über diesen lustigen Schiffsnamen. Der NASENBÄR machte sich gleich auf den Weg und entschied sich dazu, bei der HELGA während der Fahrt anzulegen. Die 8.000 Liter Gasöl, die jetzt gekauft werden, gehen in zwei Tanks, die dann mit 14.000 Liter Gesamtvolumen bis oben hin voll sind.

Ein paar andere Dinge mussten es auch noch sein, wie zwei Flaschen Gas, 40 Liter Schmieröl, ein Eimer Schmierfett und Trinkwasser im Vor- und Achterschiff.

Michl kam trocken wieder zum Achterschiff. Von ihrem Ölzeug hatte sie sich entledigt und bereitete mit Josi alles zum Bunkern vor. Warum Tanken in der Schifffahrt Bunkern heißt, das hatten die jungen Gäste längst verstanden, eine alte Überlieferung aus der Zeit der Kohlebunker auf den Dampfschiffen, denn die haben einst Kohle gebunkert.

„Menschenskind", war Walli überrascht, als sie Josi an Deck wieder sah, „hast Du das Unwetter gar nicht mitgekriegt? Das war der totale Wahnsinn! Ich dachte, die Welt geht unter."

Josi hatte aber in der hinteren Wohnung alles mitbekommen.

„Klar hab ich das, wollte doch hochkommen, aber ich bin gar nicht mehr zur Tür rausgekommen. Dauernd kamen die fetten Wellen über Deck gerumpelt und der Regen, total irre! Das war vom Steuerhaus aus mit Rundumblick bestimmt viel interessanter als nur vom Küchenfenster aus."

Hat da wohl jemand etwas Aufregendes verpasst? Einige Wolken zeigten sich wieder, ob das noch den ersehnten Regen bringen wird?

Das Bunkerboot kam, noch bevor sie Mainz erreichten. Marta machte das Schiff langsamer und sehr gekonnt konnte der NASENBÄR-Kapitän an der Steuerbordseite der HELGA erst am Vorschiff festmachen. Hier mussten zunächst der Trinkwassertank vollgemacht und eine leere Gasflasche gegen eine volle Gasflasche ausgetauscht werden.

Abb. 150: Das Bunkerboot NASENBÄR.

Michl und Josi fachsimpelten mit den Matrosen vom Bunkerboot, der das Wahnsinns-Unwetter ebenfalls bestätigte. Und als rund 3.000 Liter Trinkwasser von Boot zu Schiff gewechselt waren, wurde das Bunkerboot gelöst und ließ sich zum

Achterschiff zurücktreiben, währenddessen die HELGA langsam weiterfuhr. Schnell und gekonnt ist es am Achterschiff befestigt worden und hurtig sollte es weitergehen, denn der nächste Kunde wartete schon.

„Im Augenblick sind alle Schiffe sehr bedacht, ihre Bunker voll zu halten, wer weiß, wann die nächste Preiserhöhung kommt", erklärte der Bunkerboot-Matrose.

Zwei zehn Zentimeter dicke, schwarze Schläuche wurden vom Bunkerboot auf die HELGA gezogen, einer zum Einfüllstutzen zum Tank Backbord und einer zum Tank Steuerbord. Ebenso wurde der Wasserschlauch zum Einfüllstutzen vom Trinkwassertank gezogen und die bestellte Ware übernommen.

„Zweimal 4.000", rief der Michl dem Bunkerbootfahrer zu und Liter um Liter wechselten von einem zum anderen Schiff über.

Michl übernahm das Ruder und Marta ging mit einem Ordner hinüber in das Steuerhaus des Bunkerbootes.

Nur wenig später rief Michl aus dem Steuerhausfenster den Mädchen zu: „Da, Ihr Treibhölzer", erinnerte sie an das Ereignis von vor paar Tagen, „da kommen Eure Freunde! Ihr solltet mal ordentlich winken."

Das Boot der Wasserschutzpolizei fuhr vorbei, aber es machte den Anschein, dass es eine andere Schicht als vor ein paar Tagen war, denn winken wollte von ihnen keiner.

Abb. 151: Die Wasserschutzpolizei.

Das Bunkern war erledigt und als sie den Mainzer Dom passierten, rechnete Walli, wann genau sie hier das letzte Mal waren und mit der HELGA 2 abgetrieben sind.

„Nur auf wenige Stunden sind es verdammte 12 Tage", entsetzte sie sich. „Na warte, 12 Tage sind schon vergangen, so schnell, voll unheimlich."

Eine andere Wahrnehmung tat sich auf. Sie mussten nicht noch 12 Tage bleiben, sondern sie haben mit der Fahrt von Karlstadt nach Mainz, dann nach Gelsenkirchen und zurück nach Mainz, schon 12 Tage verloren und es sollten, nach Rechnung von Marta, nur noch zwei Tage bis Karlstadt bleiben.

Es war schon 17 Uhr, als sie in den Main einfuhren und die verlorene Zeit machte sich bemerkbar.

Josi bereitete die HELGA mit langem Gesicht für die Fahrt auf dem Main und seinen Schleusen vor. Reibhölzer mussten nach Außenbord gehängt werden und ihr Draht zum Festmachen am Achterschiff wurde griffbereit ausgelegt.

Einige Tage schwere Arbeit warteten auf die Besatzung der HELGA, die noch immer nur aus Frauen bestand. Michl erinnerte immer wieder daran, hat sie doch diese vergangenen Zeiten alle miterlebt. Aber die schwere Arbeit an den Tauen, Seilen und Stahldrähten gehörte zum Alltag, es war einfach so. In den schon erlebten Jahren gab es zur Sicherheit noch nicht einmal Handschuhe aus schwerem Leder, denn diese waren sehr teuer. Aus dem gesamten Seil schauten manchmal so kleine gemeine Drähte, scharf und gemein wie kleine Messer heraus, an denen man mich schnell verletzen konnte. Schiffer nennen diese kleinen gemeinen Dinger, Fleischhaken. Zudem waren die Drähte voller Schmiere und Dreck, die Finger und Hände voller Schmutz und oftmals auch verletzt.

Aber es gab noch schwerere Zeiten vor der HELGA, noch bevor sie überhaupt gebaut wurde. Die Drähte aus dieser Zeit, vor allem zum Schleppen oder Ziehen, Drähte, die sogar hunderte Meter lang waren und vom Schleppschiff zum Zugschiff oder Raddampfer führten, waren richtig dick und elend schwer. Die waren so starr und schwer, dass man diese gar nicht mehr alleine bewältigen konnte. Zwei Männer aber auch Frauen mussten gemeinsam die Poller belegen und überwiegend musste das auch sehr schnell gehen. Eine Knochenarbeit, die sehr viel Gefahren in sich barg und nicht selten gab es dabei schwere Unfälle.

„Heute ist alles leichter", gestand Michl ein, „und Marta, die geht sogar noch einen Schritt weiter. Es wird in der Zukunft noch leichter werden. Nicht nur für Frauen, sondern für alle, für die ganzen Schiffsbesatzungen."

Nun stand der Rest der Besatzung im Steuerhaus und Marta steckte ein wenig in der Zwickmühle und unter Druck.

„Die beiden Stunden, die uns jetzt fehlen, bringen meinen Plan durcheinander", verstanden nur Uschi und Walli das Problem nicht. „Ich habe eigentlich geplant, heute Abend nach der Schleuse Offenbach Feierabend zu machen."

„Und warum soll das nicht gehen?", fragte Uschi.

„Gehen würde das eventuell, wenn alle Schleusenampeln grün sind, gerade mal noch so, denn um 22 Uhr machen die Schleusen Feierabend", wusste Michl.

Abb. 152: Zwei Schifferfrauen mussten ihren Mann stehen,
um den Schiffsbetrieb aufrecht zu erhalten.

Abb. 153: Zwei starke Männer belegen die Poller mit einem Schleppstrang.

„Aber dann hätten wir unsere erlaubte Fahrzeit überschritten und die Offenbacher Wasserschutzpolizei ist da ziemlich gnadenlos", bedachte wiederum die Marta und man merkte, dass sie nach einem Plan B suchte.

„Dann bleiben wir halt schon in Griesheim", schlug Michl vor.

„Aber die stellen sich immer so an auf der Schleuse, wenn man telefonieren will, und eine Telefonzelle gibt es da nicht."

„Jaaa, telefonieren", schreckte Walli auf.

„Nun mal langsam, Kind", beruhigte Marta, „ich muss jetzt erstmal hier in der Schleuse Kostheim in der Eiche anrufen und eine Botschaft an Friedrich schicken, dass wir wieder anrufen. Aber von wo und wann können wir wieder anrufen? Das ist jetzt das Problem. Fahren wir nach Offenbach, wird es bald 22/ 23 Uhr, bis wir bei der einen Telefonzelle sind, die ich kenne, da die Schleuse um 22 Uhr Feierabend macht. Der Eiche-Wirt wird sich bedanken, wenn er nur wegen Friedrich die Kneipe aufhalten muss. Bleiben wir in der übernächsten Schleuse nach Eddersheim, in Griesheim, haben wir das Problem mit der Telefoniererei."

Marta war am Grübeln, Kostheim näherte sich rücksichtslos und die HELGA musste jetzt einfach da durch.

An der Schiffswerft in Gustavsburg, direkt nach der Einfahrt in den Main, war Michl wieder in ihrem Element.

„Schaut Euch das mal an, Kinder, das soll die Zukunft der Schifffahrt werden! Bei allen Wassergeistern, furchtbar hässlich."

Viele komische Schiffe hatten sie ja schon gesehen, aber das hier ließ Fragen offen.

„Was soll das denn werden?", fragte Uschi.

„Na, schau mal genau hin, ALEXANDER KAISER heißt der eine. Wie oft möchtest Du denn raten?"

Walli, die noch vor ein paar Tagen vom Fernseher sehr abhängig war, schaute Uschi an.

„Mensch, Uschi, da kommt doch immer die Werbung im Fernsehen, ‚Hallo Herr Kaiser', sagen die da, überleg doch mal, sag bloß, Du kennst das nicht?", und fühlte sich überrascht, dass Herr Kaiser Alexander heißen soll und auch noch Schiffsbesitzer ist.

Uschi war das Wurst: „Neee, weiß ich nicht, wir schauen nicht so viel Fernsehen."

Aber Michl, der es nicht wirklich wusste, ob da ein Zusammenhang besteht: „Ich weiß das auch nicht, ob das so ist, aber auf alle Fälle sollen das Schiffe werden, wenn sie mal fertig sind, die nur noch Container fahren, diese Kisten aus Eisen, die sonst von Übersee kommen und auf der Straße mit Lastwagen oder auf Zügen bewegt und transportiert werden. Ich weiß ja nicht so recht, ob sich das durchsetzt!"

Abb. 154: Die Schiffswerft in Gustavsburg.

„Das sagt die Richtige", konterte Marta, die an eine sehr moderne Schifffahrt glaubt, die irgendwann kommen wird. „Du hast ja auch nicht an den Dieselmotor in Schiffen geglaubt! Was hast Du immer gesagt, Michl?"

Michl überlegte, suchte nach einem Weg, sich rauszureden, was Uschi und Walli bemerkten.

„Na, was haste denn nun gesagt, Michl?", zerrte Walli an einer Antwort.

„Na ja, das ist ja auch lange her, da sagt man schon mal so Sachen."

Marta lachte: „Ha, Du hast gesagt, bevor sich Dieselmotoren in Schiffen durchsetzen, fahren Räderboote mit Kuhfladen."

Und wie Uschi und Michl so vor sich hin lachten, war Michl der Meinung: „Ich weiß gar nicht, was Ihr wollt, getrocknete Kuhfladen brennen hervorragend. Menschen in Indien machen damit ihr Essen warm."

„Ja genau", konterte Marta, „und die Kohleschaufler vor den Heizkesseln, die sich Heizer nennen, die würden statt Kohlehaufen, Kuhfladen stapeln und wir würden statt Kohle, Fladen transportieren, na das wäre ja was!"

Und so ging das noch weiter hin und her, bis die Schleuse Kostheim vor ihnen lag und Michl zum Festmachen nach vorne musste.

Abb. 155: Die Schleuse Kostheim, Unterwasser.

Marta kletterte aus der Schleuse hinauf zum Schleusenmeister und sollte Papiere, den sogenannten Fahrschein, machen, damit auch die Kanalabgaben für die Befahrung des Mains abgerechnet werden konnten. Es gibt einen Stempel und irgendwann landet eine Rechnung zu Hause. Danach rief sie von der Orderstation, die eine Etage höher, ganz oben, fast auf der Schleusenbrücke war, in der Eiche an und teilte den Termin für Friedrich und Mutter Strobel mit, wann sie wieder anrufen würde.

Abb. 156: MS DR. CARLWILHELM PRESSER.

Die HELGA war schon hochgeschleust, als Marta wieder an Bord kam.

Kurz im Vorbeilaufen rief sie Josi, Uschi und Walli zu, die alle am Achterschiff standen: „Also, Kinder, wir bleiben jetzt einfach an der nächsten Schleuse in Eddersheim im Oberwasser. Da ist eine schöne lange Mauer zum Anlegen und wir können in aller Ruhe telefonieren gehen. Dem Friedrich lasse ich ausrichten, dass wir uns um ca. 19:30, 20:00 Uhr melden werden."

Die beiden freuten sich sehr darüber und es fiel ihnen auf, dass sie seit Gelsenkirchen mit keinem von zu Hause mehr gesprochen haben.

Den letzten Talfahrer, den sie heute zu Gesicht bekommen haben, ließ der Michl ohne Schimpf und Schande passieren.

Er winkte gelegentlich, zog seine Mütze und rief ihm entgegen: „Ich wünsche einen wunderschönen Feierabend, Herr Doktor!"

Marta ihr Plan ging auf und die HELGA war in Eddersheim festgemacht. Die Crew ging in den Maschinenraum und die drei anderen schritten kurz vor acht die Treppen ins Schleusenhaus hinauf.

Vor dem Schalter, mit einen Guckloch in der Glasscheibe, dahinter der Schleusenmeister, war an der Wand ein Telefon angebracht, verbunden mit einem Zähler für die verwendeten Telefoneinheiten. „Fasse Dich kurz" und „15 Pfennig pro Einheit" war über dem Telefon ein Zettel mit Reißzwecken befestigt. Sehr interessant war, so manch ein Schiffer, Schiffsjunge, Matrose oder gar Schiffmann hat sich im Gespräch womöglich gelangweilt, erstaunt, erbost oder gar verliebt an der Wand verewigt.

Marta hat erst ganz kurz ihren Franz angerufen, um zu berichten, wo sie gerade sind, wie es ihr und Josi geht, wie alles so läuft und wann sie ungefähr in Karlstadt sind. Dann wählte sie die Nummer der Eiche und der Wirt gab ihr sofort ihren Bruder.

Uschi bemerkte zwischen den beiden Geschwistern einen ganz anderen Umgang, als noch bevor sie an Bord kam. Einst musste es immer erst Weihnachten werden oder ein Geburtstag sich anbahnen, damit die beiden Mal miteinander sprachen. Und dann nur sehr kurz, so sachlich, als wenn man sich nichts mehr zu erzählen hatte. Aber jetzt war es anders, warum auch immer. So freudig, locker und herzlich sprach Marta, nicht mehr so sachlich kurzgefasst. Sie erzählte und lachte, erzählte und lachte und Uschi dachte sich, wenn die jetzt schon alles erzählt, was bliebe ihr dann noch zu erzählen?

Somit nervte sie: „Mensch, Marta, nun lass mich doch auch mal!"

Endlich reichte ihr Marta den Hörer, „Ich gebe Dir jetzt mal Deine Tochter, die schaut schon ganz komisch."

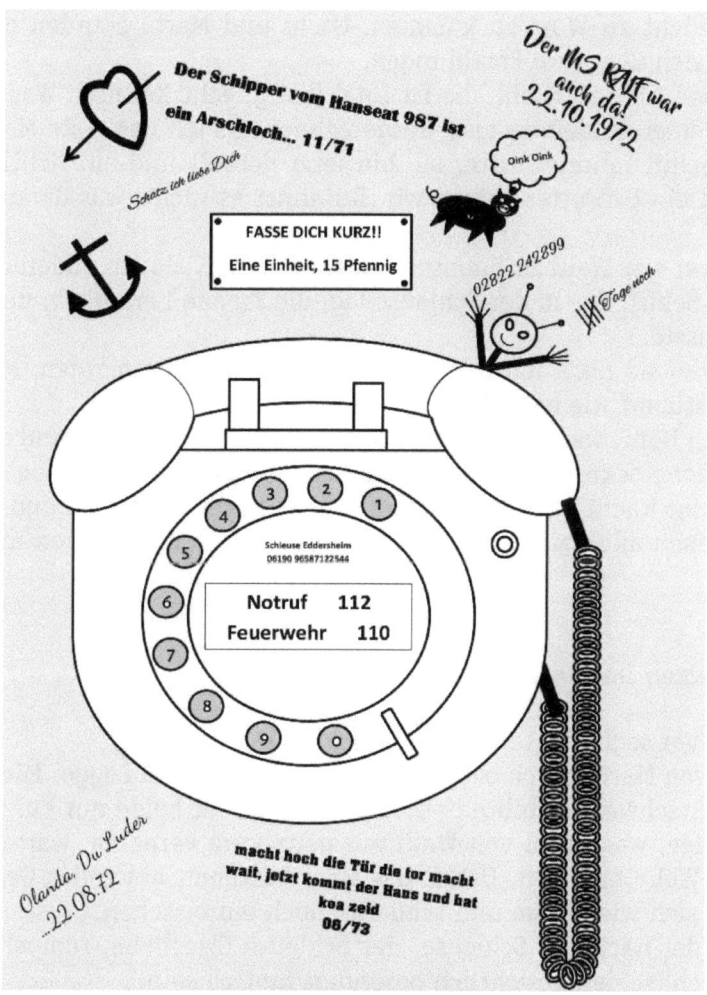

Abb. 157: Fasse Dich kurz!

Und tatsächlich vernahm Uschi einen sehr aufgelockerten, unterhaltsamen Vater, der nicht mehr so bedacht wirkte und sie stellte sich am Ende des Gespräches die Frage: „Wird das kalte Eis zwischen den beiden denn endlich gebrochen sein?"

Walli kam schon wieder als letzter dran, was die anderen allerdings gar nicht so richtig bemerkt hatten. Und die legte schon wieder richtig los. Ihre Mutter schien gar nicht zu Wort zu kommen. Uschi und Marta standen daneben und amüsierten sich über ihre Erzählungen.

„Wir haben für den Michl, die ist total lustig, echt Kölnisch Wasser abgefüllt und es gab einen Ruderversager, ausgerechnet, als ich das erste Mal in meinem Leben das Schiff fahren durfte. Ich bin jetzt getauft und ein richtiger Binnenschiffer und ein Unwetter hatten wir, Du ahnst es nicht, was da auf einmal los war."

Nur schwer war Walli zu bremsen, eigentlich erst, als ein anderer Schiffmann von seinem Schiff, das in der Schleuse lag, die Treppe heraufkam und auch telefonieren musste.

Schnell rief sie noch ins Telefon: „Bis spätestens übermorgen, Mama, da bin ich ganz bestimmt wieder da!"

Wieder an Bord, waren Michl und Josi schon verschwunden und die weit entfernte Kirchenglocke vom gegenüberliegenden Eddersheim schlug 21 Uhr. Zeit für eine ruhige Nacht, war doch auch dieser Tag sehr aufregend und voller Ereignisse, an denen alle beide vor dem Einschlafen noch zu erzählen und zu nagen hatten.

Anker setzen im Binger Loch ...

Schon kurz vor sechs hatte Josi die Maschine klargemacht.

Der Ruf von Marta durch den Lautsprecher: „Mach mal Leggo, Michl", und das Klappern der schweren Drähte und Seile an Deck hat beide nur kurz geweckt.

Das Einzige, was Uschi von Walli nur ganz kurz vernahm, war: „Wir müssen Drähte aus Wolle erfinden, Uschi, das wäre bestimmt ein tolles Geschäft", und sie drehten sich wieder um und schliefen noch ein bisschen.

Erst bei der nächsten Schleuse, der Schleuse Griesheim, rumpelte es wieder an Deck. Michl schien absichtlich besonders laut zu sein.

Walli, im Schlaf gestört, schrie sehr laut: „Meeensch, Michl, geht das nicht etwas leiser!"

Diese hob von Deck eines der ein bisschen geöffneten Oberlichter ganz hoch und schrie hinunter: „Macht, dass Ihr rauskommt, Ihr Schnarchhühner! Wir kommen gleich wieder durch Frankfurt, dann könnt Ihr Euch das mal aus der anderen Fahrtrichtung anschauen."

Keine dreißig Minuten später saßen beide wieder mit baumelnden Beinen auf dem Roofdach der vorderen Wohnung. Uschi fiel auf, dass Walli ihre Haare wieder zu Zöpfen geflochten hatte und dass sie gar nicht mehr so eigen war, weder mit der Wahl ihrer Kleidung noch mit ihren Haaren, die sie Tage vorher immer sehr lange durchbürstete und anscheinend stets dabei nachdachte, welche bunte Schleife es heute sein soll, ob sie besser Zöpfe oder ihr Haar offen tragen möchte. Sie quatscht auch gar nicht mehr so viel beim Zähneputzen. Walli schien auf dem besten Weg zu sein, ohne es zu bemerken, nicht mehr Mamakind sein zu wollen. Und sie fragte sich, wie denn ihre Mama mit der neuen Walli umgehen wird und das schon in den nächsten Tagen.

Fast Mitte August war es und vom gestrigen miesen Wetter nichts mehr zu sehen. Es wartete ein sehr warmer Sommertag auf sie. Alle außer Marta waren auf dem Vorschiff.

Josi, heute mit grünem Stirnband: „Hejoh, guten Morgen ihr zwei."

Und von Michl: „Ahhhhh, die Admiralität kommt", wurde der Morgen begrüßt.

Sie räumten irgendwas rum, was diverse Geräusche verursachte, und ganz spontan war Michl nach Humor.

„Naaaaa, Ihr Träumer, seid Ihr bereit für einen morgendlichen Witz, um den Tag ein wenig zu erheitern?"

Michl duldete kein: „Ach neee, jetzt schon?", und fing einfach an, befahl noch „Hinsetzen, zuhören!"

„Aber der ist gut, Kinder, und uralt, einer, der sich ewig halten wird, aber nur, wenn Ihr bereit seid, ihn weiterzuerzählen. Also", ging es los, „fragt der Lehrer den Schiffsjungen in der Schifferschule ..."

Josi kannte ihn: „Ohhhh, ich muss nach hinten den Hubert schmieren", hatte diesen Witz wohl schon mehrmalig gehört.

„Dann geh doch zu Deinem Hubert, Du Kunstbanause", rief ihr Michl hinterher. Womit das Lachen am frühen Morgen seinen Anfang finden sollte.

„Also, nochmal, aufpassen jetzt. Fragt der Lehrer den Schiffsjungen in der Schifferschule: ‚Nehmen wir mal an, Sie sind auf einem Schleppkahn im Binger Loch in der Bergfahrt. Ein starkes Vorspannboot zieht Sie mit aller Kraft, die Strömung drückt wie der Teufel gegen das Schiff und Bam! ...'", schrie Michl ganz laut, dass die aufmerksamen Zuhörer zurückzuckten und machte eine kleine Pause, „‚... es fliegen die Fetzen und das Schleppseil reißt. Die zerborstene Seele des Drahtes rieselt herab und Ihr Schiff treibt antriebslos rheinabwärts, droht vor dem Binger Loch quer zu fallen, um darauf zu zerschellen und zu versinken.'" Und ab da wurde die alte erfahrene Schiffersfrau auf einmal sehr ernst: „Da müsst Ihr gar nicht so gucken, dass ist zu Tausende Male wirklich passiert, bei Kaulquappe Heinrich. Und wie das ist, wenn man auf einem strömenden Wasser mit seinem Schiff abtreibt, das habt Ihr ja selber in Mainz mit dem Nachen erlebt."

Abb. 158: Eine Havarie am Binger Loch, ca. 1933.

Walli unterbrach, bevor sich Michl festerzählte: „Dann erzähl doch und dann, Michl, wie geht's weiter?"

Und Uschi quengelte: „Okay, Seil ist abgerissen, Schiff geht treiben und dann?"

Die Arme wurde aus ihrer Dramatik gerissen: „Ah sooo, wo waren wir?", überlegte sie kurz, „ach ja, da fragte der Lehrer den Schiffsjungen, ‚was machen Sie denn dann?' Der Schiffsjunge sprach wie aus der Kanone geschossen: ‚Da ich ja bei der Befahrung des Binger Lochs sowieso auf dem Vorschiff stehe, genau aus diesem Grund, wenn etwas Unvorhergesehenes passieren sollte, lass ich einfach einen Anker fallen.' ‚Eine sehr gute Entscheidung', sprach der Lehrer, ‚aber nehmen wir mal an, der Anker hält nicht, das Schiff bleibt nicht stehen, was machen Sie dann?' Das ist dem Schiffsjungen so erklärt nachvollziehbar: ‚Na, dann lasse ich den zweiten Anker auch noch fallen.'" Und jetzt drehte Michl so auf, als ob er es selbst erlebt hätte: „‚Jahaaaaa, aber nehmen wir mal an, junger Mann, die beiden Anker halten noch immer nicht. Das Schiff will noch immer nicht stehen bleiben. Was machen Sie denn dann?' Aber der Schiffsjunge hat die rettende Lösung längst parat: ‚Dann lasse ich den dritten Anker, den Heckanker fallen, Herr Lehrer!' ‚Ahhaaa!', staunte der Lehrer, ‚Verstehe, Sie sind ja ein ganz Schlauer, die beiden Anker vom Vorschiff und, auch wenn es nicht sehr ratsam ist, den Anker vom Achterschiff zu setzen, werfen Sie ihn trotzdem rein.

Nun gut! Und jetzt bedenken Sie, an dieser Stelle ist sehr viel Strömung und ein felsiger Flussgrund. Stellen Sie sich vor, alle drei Anker halten nicht, was machen Sie dann?' Der Schiffsjunge vollkommen unberührt von der drohenden Gefahr, das Schiff könnte weiterhin manövrierunfähig abtreiben: ‚Dann lasse ich den vierten Anker fallen.'"

Für Uschi und Walli wurde es, ob sie wollten oder nicht, auf einmal spannend. Wie wird die nächste Frage des Lehrers, alias Michl lauten?

Und der stellte fest: „‚Jaaa, es mag ja Schiffe mit vier Anker geben. Aber nun stellen Sie sich mal vor, dass die vier Anker noch immer nicht halten. Was machen Sie denn dann?'", Michl beugte sich dabei zu den beiden Mädchen, starrte in ihre Gesichter und machte dabei eine ernste Miene und diese beiden Zöpfe, die da zwischen dem Grimassengesicht baumelten, obenauf die Mütze war einfach zu komisch.

Dennoch knisterte es in den Köpfen der Zuhörer, denn so viel wussten sie längst, es gibt keine Schiffe, die mehr als vier Anker an Bord zur Verfügung haben, die sie in Gewässern versenken können. Selbst die moderne HELGA hat nur drei Anker.

Jedoch der Michl, in Vertretung des Schiffsjungen, die sagte ganz locker: „‚Na, dann lasse ich den fünften Anker fallen.'"

Die Mädels stutzten verständnislos, ein fünfter Anker, wie geht das denn? Michl lief zur Höchstform auf.

„‚Ja verdammt nochmal, wie viele Anker hat Ihr Schiff eigentlich?' Und sie sprach die klärende Antwort des Schiffsjungen: ‚Stellen Sie sich mal vor, Herr Lehrer, stellen Sie sich vor, wir hätten Anker geladen!' Hahaaa", brach es aus Michl heraus, „ist der nicht großartig? Hahaa!"

Und sie lachte, als ob sie diesen Witz heute das erste Mal in ihrem Leben gehört hat und Uschi und Walli fühlten sich automatisch eingeladen, sich anzuschließen, und alle lachten über diesen eigentlich genialen Witz.

Frankfurt, Offenbach und die spinnen doch ...

Frankfurt sah in der Tat anders aus, als das Schiff es zu Berg, gegen den Strom, hindurchfuhr. Aber so richtig hatten sie auf der Talfahrt gar nicht hingesehen, mangelte es vor fast schon 12 Tagen noch an Auffassungsgabe bei den vielen neuen Eindrücken, die sie seit Anbeginn der Reise geradezu überrollt haben. Der Michl ist ja der Meinung, dass die Tage der Schönheit auch in dieser Stadt gezählt sind. Sind die Stadtväter doch schon eifrig dabei, in Mitten der kleinen oder normalen Großstadt Monster von Hochhäusern zu bauen.

„Wisst Ihr denn überhaupt, wie die Kritiker diesen massiven Wandel nennen, was aus dieser Stadt mal werden soll?", wollte Michl wissen.

Walli und Uschi nahmen nur das wahr, was sie sahen: „Warum?", suchten sie das Umfeld ab. „Ganz da hinten ist ein Hochhaus und dort eines, so viele sind es ja nun wieder nicht, Michl, nur drei oder vier", stellte Walli fest. „Und auf der Postkarte von meiner Oma, die in Frankfurt zu Besuch war, da ist noch gar kein Hochhaus drauf zu sehen."

Michl wirkte unzufrieden: „Das war wohl 1910 oder was? Da hat ihr der Kioskverkäufer wohl die älteste Karte angedreht, die er finden konnte, damit die weg ist?"

Walli bestätigte: „Neeeee, das war erst vor zwei oder drei Jahren, aber wie nennen die denn jetzt ihre Stadt?"

Uschi flüsterte ihr zu: „Bestimmt Hexenhausen oder Hexenmiesbach."

Und Walli: „Oder Frankfurz", und ihr Lachen übertönte Michls entsetzliche Vorstellung.

Abb. 159: Frankfurt, Postkarte, ca. 1970.

„Jaaaa, lacht Ihr mal, Ihr werdet schon sehen, Bankfurt sagen sie, die Menschen, Bankfurt, wie passend für eine Stadt, die bald nur noch aus Banken bestehen wird!"

Nur einen Kilometer später lief die HELGA in die Steuerbord-Kammer der Schleuse Offenbach ein. Es ist die letzte Schleuse, wo sich zwei Schleusen nebeneinander befinden.

Es ist auch die letzte Schleuse, die fast 350 Meter lang und 12 Meter breit ist. Die Backbord-Schleusenkammer ist nur 120 Meter lang und 13 Meter breit. Ab der nächsten Schleuse sind alle restlichen 30 bis Viereth, die letzte Schleuse vor Bamberg, nur noch im Schnitt 300 Meter lang und 12 Meter breit. Aber je nach Schiffsgröße gehen da auch noch vier Schiffe, so groß wie die HELGA, hinein. Da muss man halt mal ein bisschen zusammenrücken.

Offenbach unterscheidet sich aber noch anders von all den anderen, denn selbst wenn das Schiff ganz hoch geschleust ist, den obersten Punkt erreicht hat, ist man noch rundum von der Schleusenmauer eingeschlossen. Warum das so ist und wieso man diese Schleuse so hoch gebaut hat, obwohl gar nicht so viel Wasser bis obenhin rein muss, wollten die beiden interessierten Mädchen eigentlich nicht fragen, es wunderte sie gelegentlich.

Und dadurch, dass diese Mauer mit eisernen Spunddielen geformt wurde, wie die meisten hier im Untermain, gibt es da auch Gäste, die es wiederum in den anderen Schleusen nicht gibt. Denn die sind durchweg aus Beton oder Sandstein gefertigt oder bis ganz obenhin mit Wasser gefüllt, wenn ein Schiff hochgeschleust ist.

Spinnen, dicke fette Kreuzspinnen, Millionen dicke, fette, ekelige Kreuzspinnen gibt es hier, die überall ihre Netze gesponnen haben und in ihren Netzen lauernd auf fette Beute warten. Lebt doch das andere Getier wie Mücken, Fliegen, Falter, Staunzen und Motten auch in unmittelbarer Nähe. Die schlauen Spinnen haben sich also nur sehr nah am gedeckten Tisch angesiedelt.

Das haben die beiden bei der Talfahrt vor über 12 Tagen überhaupt nicht bemerkt, denn eine Talschleusung geht viel schneller als eine Bergschleusung. Außerdem waren sie noch so aufgeregt in diesen Anfangstagen.

Das Schiff war am Vorschiff an der Steuerbordseite und am Achterschiff an Backbord festgemacht und Josi war wie Michl am Vorschiff damit beschäftigt, die HELGA mit einen Drahtseil im Zaum zu halten, damit sie nicht unkontrolliert hin und her treibt. Marta kam aus dem Steuerhaus und musste auch hier ihren Fahrschein abstempeln lassen. Denn sie werden auf der kommenden Strecke vom Bundesland Hessen ins Bundesland Bayern wechseln und die Kanalabgaben will jedes Bundesland für sich selbst einkassieren.

Abb. 160: Die fetten Spinnen von Offenbach.

Als sie an der Leiter stand, machte sie den Eindruck, dass sie Spinnen auch nicht so mag: „Diese Biester, Donner und Doria, unfassbar, wie die hier alle kleben! Hoffentlich hüpfen nicht allzu viele zu uns an Bord!"

Was natürlich Quatsch war. Warum sollten sie das tun? Wo sie doch seit vielen Generationen in der Schleusenmauer der Schleuse Offenbach wohnen. Leider musste Marta erstmal die eiserne Leiter in der Spundwandmauer erklimmen, um zum Schleusenwärterhaus zu gelangen. Schob ein paar dieser Netze mit ihren im Handschuh versteckten Händen zur Seite und schien übervorsichtig zu sein.

Ihre Tochter amüsierte sich, die Walli und Uschi amüsierten sich und Josi stupste mit ihrem Zeigefinger, der unter einem Schutzhandschuh sicher war, immer mal wieder eine dieser fetten Spinnen an und schwupp nahmen die Reißaus.

Walli und Uschi saßen auf dem Lukendach und beobachteten dieses Treiben.

„Na warte", stieg das Entsetzen in Walli, „sind das viele, Mann oh Meter", und flüsterte zu Uschi, „wir sollten mal drauf achten, ob Wulpi da nicht beginnt, die einzusammeln. Mit so vielen leckeren Spinnenbeinen kann man doch herrliche Spinnenbeinmarmelade machen, knusper, knusper, chchch!"

Uschi schlug sich die Hände vors Gesicht, lachte: „Ach Walli, Du bist wirklich unheimlich."

Und doch bat Walli die Josi: „Lass die doch mal in Ruhe! Du willst doch auch nicht, dass Dir ständig einer in den Rücken bohrt."

Uschi war froh über jede einzelne Spinne, die sich nicht bewegte. Auch wenn sie sich nicht ekelte, kuscheln würde sie auch nicht mit ihnen wollen. Michl kam nach hinten und stand neben Josi, ganz dicht an der Schleusenmauer. Auch die anderen Schiffmänner der anderen Schiffe in der Schleuse mussten ebenfalls ihre Fahrscheine machen und da muss man halt manchmal warten, bis alle wieder zurück auf ihren Schiffen sind.

„Ich hab vorne schon einen Topf voll", sprach sie, als sie das Thema der drei verstanden hatte, „so richtig kapitale Kaventsmänner für überbackene Spinnen-schenkel sind leider nicht dabei. Aber für einen leckeren Eintopf mit lecker Kar-töffelchen wird's reichen."

Fast gemeinsam ertönte ein „Iiiiiiiiiihhhhhhhh!"

Und Walli: „Ich hab's gewusst, Uschi", sprach sie geheimnisvoll, „hast Du das gehört, ich hab es doch immer gesagt, mit Michl stimmt was nicht."

Doch Uschi stellte gelegentlich fest: „Bist Du eklig, Mensch, Michl!"

„Na, was denn?", tat Michl verständnislos und griff mit ihrer Hand in eines dieser unzähligen Spinnennetze ganz gezielt nach der fettesten Spinne an der ganzen Mauer, drehte sich um und warf sie zu Uschi und Walli. „Da, fang!", rief sie dabei.

Wie der Spinne dabei zumute war, das wird man wohl nicht in Erfahrung bringen. Aber die beiden, die spritzten, wie passend, wie von der Tarantel gesto-chen auf und davon, rannten auf den Luken kreischend Richtung Vorschiff.

Walli tickte vollkommen aus, schlug an sich rum, schüttelte sich, fuhr sich kopfschüttelnd durch die Haare, rieb sich überall ab und schrie: „Hilfe! Wo, wo ist sie, Uschi, schau, wo sie ist, Hilfe, mach sie weg, mach sie weg!"

Uschi hatte gesehen, wo die Spinne gelandet ist und musste trotz Tragik la-chen.

„Ruhig, Walli, beruhige Dich, die krabbelt da auf dem Lukendach, schau da", und zeigte mit dem Finger darauf.

Mal wieder war die Stammbesatzung, Josi und Michl, wie verrückt am Lachen.

„Maaaaann, Michl", war Uschi empört, „die arme Spinne", und sah nach dem Tier, das auf dem Lukendach versuchte, das Weite zu finden.

Schnell ging sie auf die andere Schiffsseite zum Nachen und holte das Ösge-fäß, einen kleinen Behälter zum Wasserschöpfen, ließ die Spinne da reinkrabbeln und brachte sie zurück zur Spundwand der Schleuse.

„So, lauf du Arme, der blöde Michl!“, bekräftigte sie Michls böse Spaßaktion.

„Die wäre sowieso nicht geblieben“, war sich Michl sicher, „das sind Schleusen- also Landeierspinnen und keine Schifferspinnen, wie wir sie hier an Bord haben. Also mach Dich nicht verrückt.“

Und bei Walli fand sich allmählich wieder Farbe im Gesicht ein, war sie doch ganz schön sauer auf Michl.

Und die musste nochmal einen draufsetzen: „Mensch, Walli, was krabbelt denn da an Deinem Bein rauf.“

Walli sprang vorsichtshalber einen Schritt zurück und schaute an sich runter: „Wo denn?“, klang das ganz schön verzweifelt.

„Da ist doch nichts, Walli, die veräppelt Dich schon wieder“, sprach Uschi die schützenden Worte und ganz empört, „nun hör mal auf, Michl!“

„Jaaaaa, ist ja schon gut, ein kleiner Spaß am Rande“, und lachte mit Josi vor allem wegen Wallis Hüpferei gerade.

Die arme Walli hat sich wieder beruhigt und mit Ekel in den Augen fiel ihr jetzt erst auf, dass die HELGA neben den Ratten, die sie längst vergessen hatte, auch noch ganz schön besiedelt war mit diesem ekligen Getier.

Abb. 161: Die Schleuse Offenbach, Unterwasser.

„Aber lieber Tausend Spinnen als nur eine Ratte", war sie letztendlich der Meinung.

Marta kletterte sehr vorsichtig wieder zum Schiff herunter, hat Michls Schabernack gar nicht mitbekommen.

Sie meinte nur, schimpfte fast: „Was willst Du denn hier hinten, Michl, bleib Du vorne an Deinem Draht, wenn wir in der Schleuse sind."

Denn grundsätzlich soll die Besatzung in den Schleusen besser an ihren Drähten bleiben. Die Schiffe liegen eng hintereinander und wenn mal ein Draht reißen sollte, kann das ordentliche Beulen geben.

Nach der Schleuse war es nicht mehr so spannend, denn Offenbach liegt zu weit weg vom Main und wenn einer sagt, „das ist Offenbach", dann könnte man es glauben oder nicht. Kleine Dörfer zieren die Ufer und kleine Fähren wechseln diese an Seilen als Gierfähren. Die Strecke, die jetzt befahren wurde, ist gegenüber dem Rhein, auf dem sie ein paar Tage zuvor waren, nur ein etwas breiterer Feldweg, der durch einen Park führt, an dem links und rechts davon mächtige Pappeln stehen, die in den Himmel ragen, ein landschaftlicher Eindruck, der sich den ganzen Main hinauf wiederholen wird.

Sehr viele typische Schiffe vom Main und dessen Reedereien, Mainschiffer eben, kamen zwischen den einzelnen Schleusen des Weges und sorgten für Abwechslung. Michl kam dennoch nicht drum rum, immer mal wieder durch einen Vers darauf aufmerksam zu machen. Er nahm wieder die Stellung eines Poeten ein und legte los.

> Kennst Du Firma, wo niemand lacht,
> Wo man aus Menschen Idioten macht,
> Liebst Du das Gekreisch und Disziplin,
> Dann geh zum Väth, dann biste hin.

> Was kommt bei Nacht, bei Nebel und Wind,
> Das ist der Spessart, ich glaube der spinnt.

Und sie winkte immer besonders stark mit beiden Armen in die Höhe, wenn er so einen Reim präsentiert hatte, vielleicht mit der Hoffnung, dass sie von diesen Schiffen nicht gehört wurde.

Alle eineinhalb, zwei Stunden wurde eine Schleuse nach der anderen passiert, doch so eine richtige grüne Welle, wo jede Schleuse sie schon mit offenen Toren erwartet, sollte es nicht werden. Und die HELGA hatte auch noch einen Vordermann, der nicht ganz so schnell war. Das beeinträchtigte zusätzlich ein zügiges

Abb. 162: Die Schleuse Mainkur.

Abb. 163: Die Schleuse Kesselstadt.

Vorankommen. Marta allerdings war guter Dinge, dass sie ihren Löschtermin in Bamberg wenigstens auf den Tag genau einhalten können. Griesheim, Offenbach, Mainkur und Kesselstadt waren passiert und sie näherten sich der Schleuse Krotzenburg.

Maschinenversager und abgestürzt ...

Das Ding vor ihnen war schon etwas Selteneres, ein Motorschiff, das einen kurz am Heck angebundenen Schleppkahn hinter sich herzog. Marta blieb dicht hinten dran, damit sie als letztes Schiff zügig in die Schleuse einfahren konnte.

Abb. 164: Die Einfahrt Schleuse Krotzenburg.

Michl stand schon Steuerbord auf dem Vorschiff, das Reibholz griffbereit und den 20 Millimeter dicken Stahldraht in der Hand, bereit, das Schiff festzumachen.

Uschi und Walli lümmelten in der Mittagsonne auf dem Scherstock sitzend, der nicht so staubig schwarz war wie das geteerte Lukendach, genossen den Augenblick und die Handhaberei vom Michl. Und es muffelte wieder irgendwie nach Fisch in dieser leeren Schleuse.

„Mann, Uschi", stellte Walli fest, die mit starrem Blick an die Wand der Schleuse schaute, die im Augenblick der Schleuseneinfahrt besonders nah war.

„Puhhhh", stöhnte sie, es wurde wohl unangenehm, „wenn man seinen Blick nur auf die Schleusenwand richtet, dann wird's einem richtig schwindlig, schlimmer als im Karussell, mach mal!"

Und Uschi, der das sonst nie aufgefallen war, tat es und noch bevor sie ihren drehenden Blick abwenden konnte, rief Marta, anders als sonst, durch den Lautsprecher: „Michl, seh mal zu, dass Du einen Poller erwischst, die Maschine springt nicht an."

Michl fragte nochmal: „Was ist los?"

Marta um einiges lauter: „Seh zu, dass Du einen Poller erwischst, die Maschine springt nicht an!"

Sie konnte die Maschine nicht rückwärts starten, konnte das Schiff nicht langsamer machen und das Heck des anderen Schiffes, das sich vor der HELGA befand, kam bedrohlich schnell immer näher. Die leicht schwindlig Gewordenen erhoben sich und vom Achterschiff war ein klares Zischen und Pfeifen zu vernehmen, doch aus dem Kamin, da kam nichts, kein einziges Wölkchen, was darauf hindeutete, dass die Maschine in Rückwärtsfahrt angesprungen ist. An der Hektik von Michl erkannte Uschi, hier stimmt was nicht und schaute zum Achterschiff, auch Josi wurde hektisch.

Michl hatte trotz, dass das Schiff sehr schnell war, einen Poller in der Wand der Schleuse eingefangen und das Stahlseil rannte Meter um Meter über ihren Poller, dass es nur so qualmte. Sie stemmte sich dagegen, hielt das Ende in ihren beiden Händen kurz fest und ließ ihn wieder los, als der Draht zu knarzen anfing und zu reißen drohte.

„Geht mal zurück, Kinder, zurück, zurück, weg vom Draht!", rief sie den Mädchen zu, die diese Hektik bemerkten und weiter auf die Backbordseite flüchteten.

Walli versteckte sich ein wenig hinter Uschi: „Na warte, was ist denn hier los auf einmal, Uschi!"

„Ich weiß nicht, aber ich glaub, die Maschine springt nicht an. Marta kann das Schiff nicht abbremsen. Jetzt müssen Michl und Josi das mit den Seilen machen", schaute nach Achtern zu Josi und fühlte sich bestätigt.

Sie war am Achterschiff, genauso wie Michl am Vorschiff beschäftigt, die HELGA aufzuhalten, bevor sie dem Vordermann ins Achterschiff hineinkracht.

Michl machte zwar ein ernstes Gesicht, sprach aber zum Schiff: „Ruuuhiiiiig, Schatz, langsam, ganz langsam, na komm, nun bleib schon stehen, du Luder", und wieder wippte, hüpfte und krachte der Draht durch ihre Hände.

Beim Abstoppen eines Schiffes, so wird dieser Vorgang genannt, kann es sehr schnell unangenehm werden. Die Besatzungen sind praktisch gesehen die Bremsen des Schiffes. Und das zeichnete sich gerade jetzt sehr gut ab. Das Schanzkleid zitterte, der stählerne Draht malte und kratzte tiefe Furchen in den Stahl des Pollers und es fing ordentlich an zu qualmen.

Abb. 165: Tiefe Furchen im Poller.
Eine nicht ungefährliche Abnutzungserscheinung für die Schiffsbesatzungen.

Weit über die Schiffsmitte hinaus war ihr Draht bereits zum Bremsen hinausgelaufen. Die HELGA wurde gemächlich langsamer und langsamer, bis sie endlich nur wenige Meter vor dem vorderen Schiff stehenblieb. Michl war sehr flott jetzt, wo es darauf ankam, und hat noch einen weiteren Draht in entgegengesetzte Richtung befestigt, damit die HELGA nicht wieder rückwärts zur Schleuse hinausläuft. Nun war sie erstmal sicher befestigt, die HELGA, der all dieser Tumult um sie vollkommen egal war.

„Huiiiii", sprach Michl erschöpft, „puhhh, das war knapp! Potzblitz, das Glück ist ein Trottel und sucht seines gleichen. Aber gelernt ist gelernt, will gar nicht wissen, wieviel Tausend Kilometer Draht schon durch meine Hände geflutscht sind. Habt Ihr gut aufgepasst, Ihr Nattern?"

Damit waren die sehr beeindruckten Mädchen gemeint.

„Gut gefettete Poller und gute geschmeidige, aalglatte Handschuhe heißen die richtigen Zutaten für solch eine Arbeit."

Dabei sah sie, den Kopf hin und her drehend, zum Achterschiff und Josi machte ein Zeichen, eine nach oben gestreckte Faust. Dieses Handzeichen zeigt immer an, dass ein Schiff „fest oder festgebunden" ist.

Der Schleusenmeister da oben in seinem Schleusenwärterhaus, der hat den Ernst der Lage gar nicht mitbekommen und hat nach dem ertönen dieser Hupe „ööööööö" die Schleusung einfach begonnen. Alles nicht wichtig, wie man das Schiff ohne funktionierenden Motor wieder aus der Schleuse rausbringt. Das wird sich in 20 Minuten klären.

Michl hat erkannt, dass Marta nicht mehr im Steuerhaus war.

„Die wird wohl schon unten im Maschinenraum sein und schauen, was da los ist, warum der Hubert solche Zicken macht und nicht anspringen oder starten wollte! Zur Not, Kinder", schaute sie die beiden an, die sich nun wieder etwas näher zu ihr hin bewegt hatten, „ich hoffe, Ihr habt gut gefrühstückt, dann könnt Ihr nämlich gleich mal das Treideln erleben. Der Dampfer muss auf alle Fälle raus aus der Schleuse, zur Not mit Manneskraft aus der Schleuse gezogen werden."

Josi winkte auf einmal wie wild und schrie: „Miiiiichll!" Und die hat gesehen, ihr Winken war so ein „Komm mal her"-Winken.

Walli, Uschi und Michl liefen zum Achterschiff und da rief Josi schon: „Schau mal, meine Mom ist im Maschinenraum und ruft anscheinend, ich muss doch hier auf den Draht aufpassen und kann es nicht verstehen wegen dem Jockel."

Michl eilte zum Maschinenraum und schon als sie den ersten Schritt in die Tür machte, sah sie die Marta unten auf den Flurplatten auf dem Boden liegen, die durch ihre „Aaaa, Josi"-Rufe auf sich aufmerksam machen wollte.

Vom Michl ein kurzer Blick über das Schiff, es war fast hochgeschleust, und das eindringende Wasser hatte sich beruhigt, ging sie hinab zu Marta. Uschi und Walli blickten ganz erschrocken hinunter.

Uschi hörte Michl noch sagen: „Mensch, Kind, was machste denn für Sachen, Marta?"

Und Michl rief hinauf: „Bleibt Ihr mal da oben und holt die Josi", die auch schon angelaufen kam und ebenfalls in den Maschinenraum eilte.

Michl kam kurz danach wieder rauf: „Teufel noch eins, beim Klabautermann, was ist denn auf diesem Schiff los!"

Uschi: „Was denn, Michl, was ist mit Tante Marta?"

Und da rief auch noch der Schleusenmeister über die Lautsprecher: „HELGA, es ist grün! Bitte ausfahren."

Josi kam ganz aufgedreht herauf: „Mama hat sich, glaub ich, ein Bein gebrochen, sieht echt Scheiße aus!"

Da fiel Walli und Uschi die Farbe aus dem Gesicht und Michl ging ins Steuerhaus und berichtete mit dem Funkgerät der Schleuse: Zum einen geht die Maschine nicht, zum anderen liegt der Käpt'n im Maschinenraum und hat sich ein Bein gebrochen."

Entsetzen machte sich breit.

Josi flitzte erneut runter, sagte nochmal, „bleibt Ihr mal hier oben, ist sowieso so eng da unten."

Der Schleusenmeister hat derweil schon die 112 gewählt und nur wenig später hörte man das Martinshorn, der Sanitäter nahte.

„Wie sollen wir die denn da unten raus kriegen, Potzblitz", überlegte Michl.

Aber Marta hatte sich mit Hilfe von Josi wieder aufgerichtet, hatte das eine Bein angewinkelt und hangelte sich mit dem Treppengeländer auf beiden Seiten die Treppe herauf. Kreidebleich war sie und setzte sich auf den Einstieg der Maschinenraumtür.

„Ohhhh Mann, Tantchen", war Uschi verwirrt und Walli sprachlos.

Marta kam so langsam wieder zu sich: „Nur nicht bewegen, nur nicht bewegen", ermahnte sie sich selber. „So was Saublödes! Jetzt wisst Ihr, warum man auf einem Schiff nicht rennen soll. Jetzt hab ich mir vor lauter Schnell-Schnell glatt den Haxn gebrochen, so ein Mist! So viel zu unserem perfekten Zeitplan, pünktlich in Bamberg sein zu wollen, Donner und Doria."

Uschi etwas leiser: „Donner und Doria, so ein Mist!"

„Tut's denn weh?", war Walli besorgt.

Uschi: „Mann, Walli, Du kannst Fragen fragen!"

Und Marta: „Nur, wenn ich lache, Kind!", und lachte tatsächlich mit einem ausdrucksstarken „Auaaa" im Abgang.

Josi ist in die Wohnung geeilt und hat für Marta alles in eine kleine Tasche eingepackt, denn sie musste auf alle Fälle ins Krankenhaus.

„Michl", sprach Marta, „da ist 'ne Dichtung an einem Flansch rausgeflogen, wo die Luft zum Starten durch muss. Darum ist Hubert der Hammel nicht angesprungen. Keine große Sache eigentlich. Hab schon alles losgeschraubt, wollte hoch und Euch Bescheid sagen und irgendwie hab ich mich vertreten, bin rückwärts die Treppe wieder runter und dabei hat es unten links im Fuß geknackt."

„Ihhhh", wusste Walli mit verzerrtem Gesicht.

Da kam auch schon der Sanitäter angefahren.

Viele Fragen stellten sich und bevor die Sanis die Marta an Land brachten, ordnete sie noch ein paar weitere Schritte an: „Michl, macht an den Flansch erstmal eine neue Dichtung rein, dann könnt Ihr hier rausfahren. Musst halt das Schiff ohne Patent die paar Hundert Meter zum Oberwasser fahren und dann rufst Du den Schorsch an, der soll kommen und weiterfahren. Es ist also noch nichts verloren, wenn Ihr gleich mit dem Schorsch weiterfahren könnt, na ja, irgendwann halt. Aber ein paar Schleusen müssen es heute noch werden."

Einer der Sanitäter gab dem Michl eine Telefonnummer vom Krankenhaus in Hanau, so rund zwölf Kilometer von hier, und Marta wurde in den Krankenwagen gehoben.

Ihre Gesichtsfarbe war wieder normal und sie meinte, bevor die Heckklappe zuging: „Also, Kinder, ich verlass mich auf Euch. Mal sehen, wann ich wieder an Bord komme. Ich denke, die gipsen mich ein und ich kann wieder gehen."

„Na, na, na", ist einer der Sanitäter nicht ihrer Meinung, „jetzt schauen wir erstmal, heute mit Sicherheit nicht mehr und morgen nicht gleich", stieg ein und sie fuhren davon.

Da standen jetzt alle vier und schauten hinterher. Der Schleusenmeister beobachtete alles aus dem Fenster, war er doch gar nicht so weit weg von dem Geschehen.

„Wie sieht es denn jetzt aus, braucht Ihr noch länger? Ich hab Schiffe von allen Seiten, die schleusen wollen."

Michl, ohne zu wissen, was da unten im Maschinenraum wirklich los ist: „Dreißig Minuten, dann können wir ausfahren."

Josi ging, bevor das ausgesprochen war, an die Arbeit. Schon 20 Minuten später ist wieder alles dicht gewesen, der Hubert wurde angeworfen und Michl konnte die HELGA aus der Schleuse fahren.

Abb. 166: Die Schleuse Krotzenburg, Oberwasser.

Im Oberwasser durfte Uschi ihr Können auf dem Schwenkbaum unter Beweis stellen, denn sie musste das tun, was sonst die Josi tun würde, nämlich auf dem Schwenkbaum mit einem Draht an Land fliegen oder schwenken, um an Land bei einem Poller den Draht einzuhängen. Zu all dem, was nicht funktioniert hat in der letzten Stunde, hat das nun wieder hervorragend geklappt. Die HELGA war sicher im Oberwasser festgemacht und der Schleusenbetrieb für die anderen Schiffe ging wieder ganz normal weiter.

Alle trafen nun im Steuerhaus ein.

„Na, nun kuckt mal nicht so betrübt", war der Michl der Meinung, „das wird schon wieder! Ich muss jetzt erstmal den Schorsch anrufen, damit wir weiterfahren können!"

„Und Marta?", war Uschi entsetzt.

„Lass die mal machen, die wird schon irgendwo wieder auftauchen mit Gipsfuß, tanzen geht also erstmal nicht so flott."

Hatte Michl nicht den Ansatz von Bedenken? Es schien, dass dieser Ablauf, so wie er sich jetzt abspielt, ganz normal ist. Als Michl zum Telefonieren ging, berichtete Josi, dass der Schorsch ein Kapitän ist, der immer dann an Bord kommt, wenn Marta mal dringend eine paar Tage an Land muss. Der wohnt gar nicht so weit weg in Miltenberg, ist schon in Rente und uns allen gut bekannt. Es könnte also in den nächsten zwei, drei Stunden weitergehen.

„Kann zwar sein, dass wir nicht auf die Minute genau in Bamberg sind, aber den Meldetag, den kriegen wir auf alle Fälle."

So musste erklärt werden, dass der Meldetag der Tag ist, an dem ein Käpt'n sein Schiff in einem Hafen oder bei einem Umschlagsbetrieb zum Laden oder Löschen bereit meldet.

Aber das war wohl nichts, denn Michl kam mit schlechten Nachrichten wieder.

„Der Schorsch ist gar nicht zu Hause, sondern auf irgendeinem anderen Schiff unterwegs. Verdammich", musste Michl berichten, „die Marta wird gerade auf der Schlachtbank liegen und ihren Gipsschuh anprobieren. Die kann ich jetzt auch nicht erreichen, sowas blödes! Und jetzt, was machen wir denn jetzt?"

Auch Uschi grübelte nach einer Lösung und ganz plötzlich verspürte sie die perfekte Gelegenheit, die beiden „feindlichen Geschwister" einander wieder näherzubringen. War ihr doch noch immer nicht eingefallen, wie sie das sonst bewerkstelligen könnte, und aus dieser Not heraus könnte es vielleicht gelingen.

„Mensch", dachte sie, „mein Papa ist doch auch Kapitän", und machte einfach mal ganz unerwartet und zögerlich einen Vorschlag.

„Hmmmmm, also, ich sag es jetzt einfach mal", wagte sie es auszusprechen, „ich könnte doch meinen Papa anrufen!"

„Deinen Papa?", entsetzte sich Walli.

So weit hat sie noch nicht gedacht, dass Uschi ihr Vater auch mal Kapitän sogar auf der HELGA gewesen war. Josi und Michl sahen sich an, wussten doch alle von der schlechten Beziehung unter den beiden Geschwistern.

Michl holte tief Luft, schaute fragend auf Josi und brummelte: „Ojojoj, na, ich weiß nicht, Uschi!"

Josi ergänzte: „Ob das gut geht am Ende, außerdem hat er seit mehr als 10 Jahren ..."

Uschi berichtigte: „Seit 13 Jahren sogar!"

Josi: „... noch schlimmer, kein Schiff gefahren!"

Michl ganz sachlich: „Na, dann wird's aber eigentlich Zeit, dass der mal wieder einen Haspel in die Hand nimmt. Einmal Schiffer, immer Schiffer! Da ist der gleich wieder drin, sowas verlernt man nicht!"

„Also gut, Uschi, lass uns das einfach mal probieren", gab die Josi dem Michl recht, „versuch Dein Glück, ruf ihn an, mehr als nein sagen kann er nicht. Ob wir hier jetzt tatenlos rumliegen wie ein toter Lurch oder versuchen, das Problem zu lösen!"

„Los komm, Walli", fühlte sich Uschi großartig, rannte nach vorne in die Wohnung und holte den 20-Mark-Schein von ihrem Vater aus der Tasche, sah ihn an, „jetzt brauch ich Dich doch noch, los, mitkommen!", steckte ihn in die Tasche und genauso schnell waren sie an Land.

Alle beide sind abwechselnd mit dem Schwenkbaum an Land geflogen, als ob sie es schon immer so gemacht hätten.

„Viel Glück!", riefen Michl und Josi beim Vorbeilaufen der beiden hinüber an Land.

Auf dem Weg zum Schleusenhaus kamen von Wallis Seite Bedenken auf: „Aber wenn der jetzt im Zementwerk ist? Oder wenn der Eichewirt keinen hat, der schnell mal zu Deinen Eltern geht? Wie soll der denn hierher kommen?"

„Nun hör mal auf jetzt, Walli", war Uschi genervt, „lass das Problem doch erstmal kommen, Du alte Schwarzseherin. Und zur Not kann doch Wulpi schnell mit ihrem Besen nach Karlstadt fliegen und ihn abholen, hahaa, komm jetzt!", und zog sie an der Hand hinter sich her.

Beim Schleusenwärter wurde die Nummer der Eiche gewählt und Uschi haute ordentlich auf den Putz: „Bitte, ich muss so schnell wie möglich mit meiner Mama oder besser meinem Papa sprechen! Es gab einen Unfall an Bord!"

Der Wirt, der Friedrich und seine Schiffergeschichte natürlich kannte, war vollkommen überrumpelt: „Ist es schlimm?"

Uschi: „Ja, sonst würde ich nicht anrufen."

„Ruf in zehn Minuten nochmal an, ich fahre mit dem Auto sofort zu Deinen Eltern", versprach der Wirt und legte auf.

Es folgten verdammt lange zehn Minuten.

Walli nervte weiter: „Jetzt, Uschi, ruf an!"

Aber es waren erst drei Minuten vergangen. Und so ging es ein paarmal bis Uschi erneut die Nummer wählte.

Ihr Vater war sofort dran: „Mensch, Donner und Doria, Uschi!", was Uschi bei all dem Ernst der Lage ein Lächeln ins Gesicht zauberte. „Was ist denn los, Kind, geht's Dir gut, ist was mit Walli, was ist denn passiert?"

Uschi berichtet von der Katastrophe, so gut sie es konnte, Martas Unfall, Bein gebrochen, dieser Schorsch kann nicht kommen, Schiff kann nicht weiterfahren.

„Eieiei, sowas blödes, aber was soll ich denn da jetzt machen, Uschi? Wenn Euch doch nichts passiert ist, ist doch alles in Ordnung und der Marta, ach Gott, die hat sich schon öfter ein paar Knochen gebrochen, die wird schon wieder!"

„Ach Mann, Papa, verstehst Du denn nicht?", hörte Vater Friedrich die Enttäuschung seiner Tochter.

„Was denn, Schatz?", musste er es hinterfragen.

Und da schoss es aus Uschi heraus: „Du könntest doch kommen und die HELGA weiterfahren. Es geht doch auch um den Termin und das wäre doch eine Chance, damit Ihr Euch wieder ein bisschen annähert, Du und Tante Marta", betonte sie dem Vater sehr deutlich.

„Ach Du lieber Gott, Mensch, Uschi, Du kommst auf Ideen", war der Bruder nicht so richtig überzeugt, das Richtige tun zu können.

Walli war mit ihrem Ohr ganz nah an Uschi ihrem Ohr und an den Telefonhörer herangerückt, wollte das unbedingt hören, sagte nur so: „Genau, das ist die Gelegenheit, Herr Schönberg."

„Weißt Du eigentlich, wie lange das her ist, dass ich ein Schiff gefahren habe?", war das noch ein Argument, mit dem der Friedrich etwas verhindern könnte, was er eigentlich nicht verhindern wollte.

„Ja, weiß ich, Papa, dreizehn Jahre", klang das sehr traurig und irgendwie vernahm der Vater von seiner Tochter so ein kleines Schuldgefühl, wenn sie nicht geboren wäre, wäre er nie an Land gegangen und so weiter.

Das war Friedrich sehr unangenehm, wo er doch noch keine Sekunde in seinem Leben an diesen Umstand gedacht hat.

Doch Uschi, die das so nicht meinte, setzte ganz erregt fort: „Aber der Michl ist doch auch noch da, die hat nur kein Patent, hat aber die HELGA gerade aus der Schleuse gefahren, die kann das und sie kann Dir also helfen!"

Eine verdammt harte Nuss, hatte noch nicht einmal einen Sprung.

„Und meine Arbeit, Uschi?", fiel dem Vater wieder was ein. „Du hattest nur Glück, dass ich Nachtschicht habe, sonst wäre ich gar nicht zu Hause."

Walli fasste sich kurz, sprach es einfach aus, eher als Feststellung: „Na und, das ist ein Notfall in der Familie, dafür müssen Sie doch Verständnis haben!"

Uschi flehte: „Genau! Ach Mann, Papa, komm doch bitteee!"

Schweigen, wenn sie allerdings die Gedanken vom Friedrich jetzt hören könnten, wäre es jetzt gerade sehrt laut.

„Also, ich weiß nicht, eieiei, was sagt denn meine Schwester zu Deiner genialen Idee? Womöglich geht der ganze Palaver dann wieder los, wo wir doch gerade in den letzten Tagen so gut kommuniziert haben."

„Die ist doch im Krankenhaus, Papa. Aber Josi will sie nachher anrufen, wenn sie weiß, wie es weitergeht, außerdem", war Uschi sich ganz sicher, „wir haben erst neulich darüber gesprochen und Marta hat mir sogar in die Hand versprochen, dass Sie sich um einen Frieden bemühen will und den ganzen alten Mist einfach vergessen möchte, ganz ehrlich, ich schwör bei all meinen Hasen und allen Hühnern!"

„Und Wulpis besten Besen", rief Walli von nebenan so, dass Uschi sie mit dem Ellenbogen wegschieben musste, Papa das wohl nicht gehört hat.

„Hat sie das wirklich gesagt, Uschi!? Hmmm, Du flunkerst doch", zweifelte der Vater.

Es dauerte noch einen kurzen Moment, bis das alles geklärt war und dann hörten Uschi und Walli die erlösenden Worte: „Also gut, Schatz, wenn das so ist, dann komm ich halt in Gottes Namen. Ich ruf die Firma an und ein Zug von Karlstadt nach Hanau fährt fast stündlich, bis später also!"

Der Schleusenmeister hörte die Freude der Mädchen, die vor dem Telefon mit „Jaaaaa"-Schreien hüpften, was er nicht ganz verstehen konnte, aber es gefiel ihm.

Er fragte: „Habt Ihr das Problem gelöst, Kinder?"

Uschi war total stolz und überglücklich: „Jaaa, mein Papa kommt, in ein paar Stunden können wir weiterfahren!"

„Na, dann macht's mal gut und später eine gute Reise und sag Deinem Papa, wenn Ihr nachher weiterfahrt, dann soll er mir mal kurz auf Funk-Kanal 20 Bescheid geben."

Und als Uschi den 20-Mark-Schein aus der Tasche kramte, sagte er noch: „Na komm, lass mal stecken, war doch ein Notfall."

Michl und Josi, die auf beide gewartet haben, sahen schon aus der Ferne und an den frohen Gesichtern der zwei, dass sie frohe Kunde brachten.

„Wusste ich es doch, dass der Friedrich nicht nein sagt, Blut ist nun mal dicker als Wasser", sagte Michl schon, als die zwei auf dem Lukendach nach hinten gelaufen kamen und freudestrahlend mit einem „Juchuhh" ins Steuerhaus traten. Michl saß auf Martas Stuhl und spielte an einem ihrer Zöpfe, Josi ganz locker auf der Bankkiste, sie hatten sich das Radio angemacht, das Funkgerät knarzte ein wenig. Die Mädchen stellten sich ganz eng an das Backbord Fenster. Mit einer Flut an Worten, was Papa Friedrich alles gesagt hat, und dass er sich auf den Weg macht, war es augenblicklich etwas laut im Steuerhaus.

Michl kehrte in sich und analysierte mit vielen Worten die Gesamtsituation: „Schiffer sind schon komische Leute gegenüber Fremden, oftmals reserviert und bescheiden, aber sie haben ihr Herz am rechten Fleck und wenn man sich braucht, dann hilft man sich auch. Sie haben gelegentlich einen seltsamen Blick, Probleme, vor allem menschlicher Natur, zu erkennen. Da muss man manchmal ein wenig nachhelfen und sie mit der Nase darauf stoßen. Aber dann, egal was da kommt, dann stehen sie wie ein Fels in der Brandung. Schiffer haben schon immer zusammengehalten. Da geht keiner dran vorbei, wenn mal was ist. Das ist schon seit Ewigkeiten so und daran wird sich auch nichts ändern. In der Not erst ist der ganze Neid, der bei vielen Schiffern untereinander herrscht, schlagartig vergessen. Kaum ist die Not besiegt, werden sie wieder komisch, na ja, so sind sie halt."

Alle, auch Josi, durchdachten diese Worte von der so sehr erfahrenen Schifferin Michl.

„Was schaut Ihr denn jetzt so belämmert?", hat Michl das bemerkt. „Das ist doch so oder fehlt mir da noch irgendwas in meiner alten Birne? Bin ich doch als Frucht meiner Mutter von einem Bäckermeister und nicht von einem Schiffer gezeugt womöglich der Grund, warum mir das so gut auffällt!"

Und Uschi dieses Mal, weil der Augenblick so schön war, krächzte mit vorgehaltener Hand zu Walli: „Oder weil Wulpis Tausend Jahre alt und sehr schlau sind", womit sie zu kichern begannen.

„Da gibt's gar nichts zu kichern, ihr Miesmuscheln", stellte Michl klar, Bäckerskinder sind allesamt sehr weise, merkt Euch das für die Zukunft.

Doch ernsthaft stutzen die drei jungen Dinger dann schweigend über Michls Erkenntnisse.

„Ich versteh nicht", brach zuerst Walli das verblüffte Schweigen.

„Na, Du bist ja auch ohne Schifferblut, Kind!", war es für Michl logisch.

„Aber Postbeamtenblut", stellte Walli klar.

Und Michl, so wie sie eben ist: „Na, das erklärt so Einiges", und alle fanden es lustig.

Uschi und Josi, die Schifferkinder, waren sich dennoch einig und wortführend meinte Josi: „Hmmmm, ich merke nicht, dass da bei uns was anders ist, alles ist, wie es ist."

Michl lachte: „Bist ja auch ein Schifferkind! Wie sollst Du das auch merken?"

Nur noch kurz sprachen sie über dieses Schifferphänomen und insgeheim einigte man sich darauf, dass eben Schiffer Schiffer und Bäckermeister Bäckermeister sind.

Josi dachte, es ist an der Zeit, ihren Vater zu informieren.

„Nimm mal die Nummer vom Krankenhaus mit und ruf da zuerst an", wies Michl sie an. „Vielleicht wissen die ja schon was. Aber wenn Du Marta sprechen kannst, was ich fast nicht glaube, dann sag ihr ja nicht, dass ihr Bruder hier weiterfährt!"

„Meinst, das wäre wirklich sooooo schlimm?", gefiel das der Uschi ganz und gar nicht und Walli machte nur ein sehr bedächtiges und unparteiisches Gesicht.

„Weiß Du es? Weißt Du, wie sie nach so vielen Jahren Ablehnung reagiert, Uschi?", erinnerte Michl. „Diese beiden Sturköpfe, da muss man doch mit allem rechnen!"

„Neee, weiß ich nicht", sprach Uschi, kehrte ein bisschen in sich und flüsterte fast, „Marta hätte Papa niemals angerufen und ihn um Hilfe gebeten, das weiß ich", wurde aber wieder lauter, „und andersrum auch nicht. Aber ich glaub, dass sie beide ganz tief drin so einen Augenblick erhofft haben. Außerdem haben beide, Papa und Marta, immer mal wieder und jeder für sich so Andeutungen gemacht!"

„Meine Worte, Du Schlauberger", unterbrach Michl, „das hab ich doch gerade gesaaaagt, Potzblitz! Mit der harten Schiffernase darauf stoßen muss man sie und genau das machen wir jetzt für sie. Schön langsam rein mit der Nase in den Mist der letzten dreizehn Jahre, ja, wo gibt's denn sowas, bei Herakles, diese Kindsköpfe! Und jetzt geh anrufen, Josi!", musste sie sich beruhigen.

„Mann, Michl, ich kann aber doch meiner Mom deswegen nichts vormachen!", weigerte sich Josi, „das musste schon selber machen!"

„Na, nu hab Dich mal nicht so! Du bist doch auch einverstanden, dass der Friedrich an Bord kommt", ließ Michl nicht locker. „Dann rufe da wenigstens an und lass Deiner Mutter ausrichten, dass die HELGA weiterfährt, ist doch erstmal Wurscht, wer das macht. An ihren Bruder denkt sie doch dabei sowieso nicht."

Uschi nickte das alles ab: „Genau, Josi, mach doch mal, dann muss sie sich keine Sorgen mehr machen, erstmal wenigstens!"

„Und sie wird sicherlich besser schlafen heute Nacht, wenn sie weiß, dass ihr Schiff fährt und nicht stillliegt", konnte sich Walli vorstellen.

Josi war überredet, das wird sie schon hinkriegen, jedoch mit Unbehagen.

„Mein Pa ist nicht das Problem", das wusste sie genau. „Der wird als erstes fragen, wer denn jetzt das Schiff fahren wird, der kaputte Haxen von Mom ist bei ihm garantiert zweitrangig."

Uschi war ganz entsetzt: „Wirklich, Josi?"

„Na klaaar, der hat doch jetzt schon Panik, dass Mom zu lange zu Hause ist. Die wird voll komisch, wenn die zu lange Hauswände um sich hat!"

Michl so als Randbemerkung: „Das kann ich verstehen!"

„Aber wenn er hört", lockerte sich der Augenblick, „dass Onkel Friedrich an Bord kommt, dann fängt er an zu tanzen vor Freude. Das geht ihm doch schon immer auf den Keks, dieser Geschwistertwist."

„Meiner Mama auch", bestätigte Uschi.

„Aber dann ist doch alles super, Josi", freute sie sich.

„Das Problem ist", auch das musste bedacht werden, „sobald Mom mit Papa telefoniert, glaubt mein Dad womöglich, er müsste ihr erzählen, dass Friedrich an Bord ist und sie muss sich darüber keine Sorgen machen, wer das Schiff nun weiterfährt."

Michls Lebenserfahrung bestätigte das mit: „Typisch Frau, können nichts für sich behalten, da müsst Ihr gar nicht so gucken, das ist tatsächlich so, auch wenn ich selbst eine der Schönsten bin!"

Wieder wurde gelacht.

„Also gut", rappelte sich Josi auf, „ich geh mal, mir wird schon was einfallen!"

Zwanzig Minuten später war sie wieder im Steuerhaus und sie erzählte, sie hat ihren Dad einfach alles genau erläutert, wie und was passiert ist.

Josi: „Und er sagte: ‚Waaaaaas? Der Friedrich kommt? Das freut mich aber!' als er davon hörte. ‚Das wird aber auch Zeit. Und das Beste ist'", war auch Josi überrascht, „Papa hat gesagt, ‚da wird mein liebes Frauchen aber Augen machen, wenn sie an Bord kommt und sieht, dass ihr Bruder da ist.'" Josi ergänzte: „Er hat versprochen, nichts davon zu sagen, dass Friedrich da ist. Warte mal, wie hat er sich ausgedrückt?", überlegte sie, „ach ja, ‚auf diesen Anblick freu ich mich jetzt schon, wenn Deine Mutter an Bord kommt und ihr Bruder kommt da auf einmal aus dem Steuerhaus, diese alten Sturköpfe!' Dad ist fest überzeugt, dass alles gut gehen wird, und wir sollen uns keine Gedanken machen!"

Eine unglaubliche Erleichterung machte sich breit.

„Also verrät er nicht, dass mein Papa kommt?", war Uschi das nun wichtig.

„Neiiiiin, er will doch unbedingt die beiden komischen Gesichter sehen", freute sich Josi. „Wenn mein Dad meine Mom vom Krankenhaus abholt, will er ihr nur erzählen, wo die HELGA gerade ist, und sie dann irgendwann an Bord fahren, irgendwohin, wo wir halt dann gerade sind. Meine Mom ist doch fest der Meinung, dass Schorsch an Bord ist und den Rest will er unbedingt selber erleben, haha, Manometer, das wird was!", ahnte Josi eine freudige Überraschung.

Michl klatschte einmal fest in die Hände: "Ha, na also! Dann ist das Problem erstmal vom Tisch. Jetzt muss nur noch der Friedrich kommen, damit das hier weitergeht."

Mit dieser Entlastung war nun weiterhin Warten angesagt.

Des Vaters rettende Hand ...

Die Zeit verstrich auffallend langsam. Uschi und Walli saßen eng zusammen auf der Bankkiste, Josi stand in der Tür und Michl lümmelte noch immer in Martas Stuhl, popelte mit Zigarette im Mundwinkel nun an einem anderen Zopf herum. Im warmen Steuerhaus nutzten sie den Schatten, die Türen und Fenster alle aufgerissen, das Radio berichtete vom Weltgeschehen, das Funkgerät war ausgeschaltet. Leicht aufgeregt warteten sie auf den rettenden Vater.

Walli fragte ungeduldig in den Raum hinein: "Wie lange fliegt man eigentlich von hier nach Eußenheim und zurück?"

Alle zogen fragend den Kopf in den Nacken und schauten komisch, außer Uschi, die kopfschüttelnd aber erheitert schwieg.

"Fliegen?", staunte Josi.

"Warum denn fliegen, Kind?", fragte Michl. "Du kommst ja manchmal auf Ideen, ich staune immer wieder, aber ja, das wäre eine tolle Sache, denn dann wäre Friedrich in 45 Minuten hier und wir könnten endlich los."

Krächzend leise sprach Walli zu Uschi: "Und merkst Du was? Sie kennt die Flugzeit ganz genau! Knusper, knusper, chchch", und wieder bekam sie von Uschi einen leichten Rempler in die Seite.

Endlich, es war schon fast 16 Uhr, als ein alter, klappriger Ford, verkleidet als Taxi, auf dem holprigen Feldweg von der Schleuse her zum Schiff heranfuhr.

"Daaaa, das ist er", rief Uschi und rannte einfach los in Richtung Vorschiff, die Walli hinterher.

Josi ging in den Maschinenraum und machte die Maschine klar, Michl wanderte gemütlich zum Vorschiff. Mit dem Schwenkbaum schossen sie ans Ufer wie altgefahrene Schiffsleute und rannten dem Taxi entgegen.

Sie fiel ihrem Vater in die Arme und plapperte gleich drauf los: „Der Michl meint, wir müssen noch paar Schleusen machen und Josi macht schon die Maschine klar ..."

Da unterbrach der Vater lachend: „Hohoooo, langsam, Kind, nun beruhige Dich mal. Hallo erstmal", und zu Walli, „na, Walli, was sagst Du zu Deinem kleinen Abenteuer an Bord?"

„Totaler Wahnsinn", bekannte Walli bescheiden, nahm dem neuen Schiffmann die Tasche ab und Vater und Tochter gingen fest umarmt zum Schwenkbaum, wo an Bord schon der Michl wartete.

„Ach Du lieber Gott", fiel Friedrich auf, „ich weiß gar nicht mehr, wann ich das zuletzt gemacht hab", und schwebte hinüber an Bord zu Michl, die ihn auch gleich im Gangbord begrüßte.

„Naaaaa, Friedrich, willkommen an Bord! Damit haste jetzt wohl nicht gerechnet, was? Wir müssten unbedingt noch ein paar Stunden fahren, ist ja noch lange hell. Meinst, das kriegen wir hin?"

Friedrich strahlte eher ein bisschen Unbehagen als Unfähigkeit aus: „Je eher, desto besser, Michl, dann ist die Frage schneller beantwortet, ob ich das überhaupt noch kann. Dreizehn Jahre ist schon 'ne ganz schöne Stange!"

„Mach Dich nicht verrückt", wusste der alterfahrene Michl, „wirst sehen, wie schnell das alles wieder da ist, wenn Du erstmal wieder den Haspel in der Hand hast."

Im Gänsemarsch, der Michl voran, machten sich alle vier auf den Weg zum Steuerhaus.

Da kam auch schon die Josi aus dem Maschinenraum: „Na, Onkel, hejoh, haha, willkommen", lachte sie und umarmte Friedrich zur Begrüßung. „Dass wir uns doch noch hier an Bord begegnen, daran haben wir wohl beide nicht mehr geglaubt, oder?"

„Ja, ja, die Not macht so manches möglich und jetzt lasst mich mal versuchen, ob ich die Kiste hier überhaupt weg bringe."

Endlich sollte es weitergehen. „Ich geh raus an Land zum Losmachen, okay?", forderte die Uschi dahingehend Aufmerksamkeit, jetzt, wo ihr Vater der Kapitän ist.

„Moooooment Uschi, lass mich doch erstmal ins Steuerhaus, ich muss mich erstmal orientieren", stieg Friedrich nach so langer Zeit hinauf und alle außer Josi folgten ihm.

„Hier ist alles beim Alten, Friedrich. Ach so, ja, ein Funkgerät haben wir seit einem Jahr schon, glaub ich. Der Schiff-Schiff-Kanal ist der Kanal 10. Damit kannst Du mit den Schiffen sprechen, na ja, mit denen, die ebenfalls schon Funk haben", und Michl erklärte, wie das funktioniert.

Abb. 167: Ein Funkgerät.

„Hier drehen für den Kanal, hier für die Lautstärke und hier, um die Rauschsperre wegzudrehen, wenn es zu viel rauscht. Wenn Du sprechen willst, erst die Taste am Hörer drücken, wenn Du hören willst, los lassen. Und wenn wir einer Schleuse näher kommen, musst Du auf Kanal 20 umstellen."

Friedrich klickte ein bisschen mit der Sprechtaste am Hörer und sprach nur mal so: „Hallo, hallo, ist da jemand, ich bin's, der Friedrich von der HELGA!"

Und tatsächlich antwortete das Gerät: „Krotzenburg hört, guten Tag, Friedrich von der HELGA."

Das Funkgerät hatte Michl schon eingeschaltet und stand auf Kanal 20. Friedrich erschrak und alle lachten.

„Sag ihm doch gleich, dass wir jetzt weiterfahren, Papa, das wollte er sowieso wissen", konnte Uschi die Situation retten.

Ein wenig unsicher sprach Friedrich: „Ähhhh ja, eh eh, genau, hier spricht also die HELGA, wir fahren jetzt weiter."

Was sollte er auch anderes sagen. Ein komischer und unterhaltsamer Moment und die Schleuse meinte: „Na wunderbar, HELGA, dann mal eine gute Reise weiter und der Versehrten gute Besserung."

Hiermit war der Segen der Schleuse gesprochen und Friedrich sendete zurück: „Vielen Dank, ich werde es ausrichten, bis zum nächsten Mal", und wagte den nächsten Schritt.

„Also, okay, Freunde, das war das eine und jetzt schauen wir doch mal, ob mir das gute Stück überhaupt noch gehorcht."

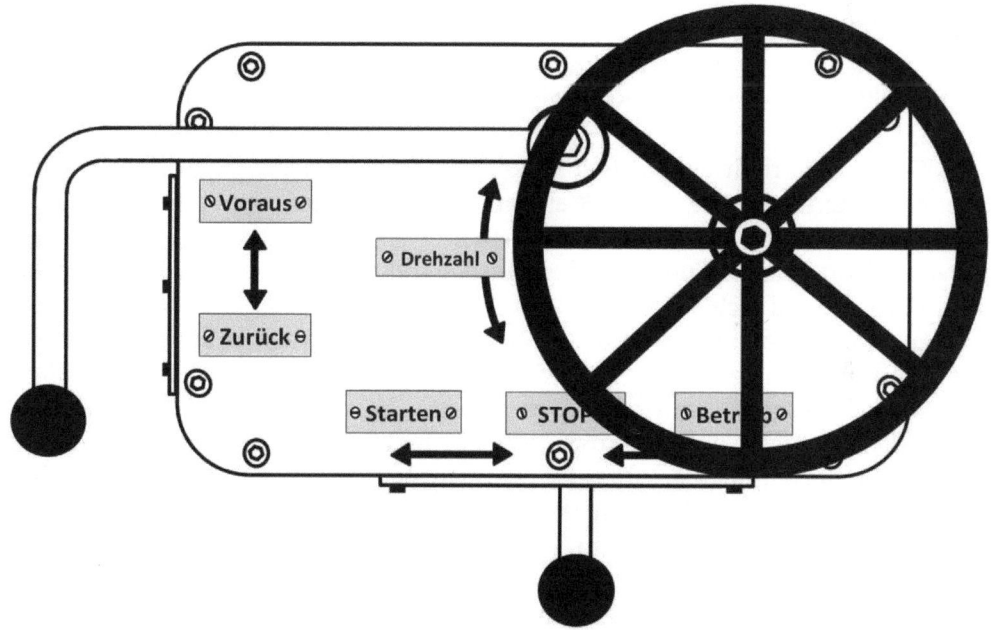

Abb. 168: Die Motor-Umsteuerung.

Womit der Hubert gemeint war. Der große gebogene Hebel der Umsteuerungsanlage des Motors stand noch auf VORAUS und der kleine Hebel etwas weiter darunter, mit dem der Motor angeworfen oder gestartet wird, der stand in der Mitte auf „STOP". Der Schiffmann drehte das große schwarze Rad für die Drehzahl oder zum Gas geben ein paar Umdrehungen nach rechts. Er umgriff den schwarzen Knopf mit seiner rechten Hand und schob den kurzen Hebel zum Anwerfen des Motors einmal kurz ganz nach links auf „STARTEN".

Es pfiff ein bisschen und nach diesem sehr kurzen pfeifenden Akt schob Friedrich den kleinen Hebel über das „STOP" hinweg in einem Zug ganz nach rechts auf „BETRIEB", wo er auch bleiben muss, damit der Motor auch weiterläuft. Der Dicke Hubert sprang hustend und keuchend, doch ohne zu zicken an. Ein paar schwarze Wölkchen hinten am Auspuff ließen das optisch erkennen.

„Kartoffel, Kartoffel", jawohl, da war er.

„Yaehhhh", klatschten alle Anwesenden.

„Okayyyyy", schnaufte Friedrich kurz, „ich kann's also noch! Dann mal los, machen wir Leggo und jetzt kannst Du raus an Land und alle Drähte losmachen, mein Schatz", und schaute seine Tochter an. „Sei aber vorsichtig!"

Das Steuerhaus war im Nu leer, alle waren an Deck, außer Walli, die blieb mit ihrer im Wind flatternden Schleife im Haar in der Backbordnock stehen und beobachtete alles, war sie doch nicht so erfahren, um groß helfen zu können. Und es flutschte, als wenn es diese dreizehn Jahre Pause für Friedrich nie gegeben hätte.

„Walli", rief Friedrich aus dem Steuerhaus, „wo ist denn meine Tasche? Bring die mal bitte nach oben", und Walli brachte, ohne zu fragen warum, Friedrich seine kleine braune Tasche ins Steuerhaus.

Andächtig machte Friedrich diese Tasche auf und holte eine Papiertüte heraus. Darin befand sich seine dunkelblaue Schiffermütze, so eine, wie Marta eine hat, nur war seine nicht so sehr vom Alter und dem täglichen Gebrauch gezeichnet. Seit dreizehn Jahren hatte er sie zu Hause im Kleiderschrank aufbewahrt.

„Na du?", schaute und sprach er sie an, „hast dich gar nicht verändert", zupfte ein bisschen an der einen, zog ein bisschen an der anderen Seite der Mütze. Und leise hoffte er: „Jetzt wollen wir doch mal sehen, ob Du noch drauf passt auf meinen Schönbergsdickkopf", setzte sie sich auf, rückte sie ein wenig zurecht. Und er meinte: „Na also, sitzt noch immer wie angegossen! Dann kann ja jetzt nichts mehr passieren."

Diesen erlösenden Augenblick hat keiner mitbekommen und Vater Friedrich fühlte sich großartig.

Die HELGA hatte das Ufer sicher verlassen und strich gerade wie an einem unsichtbaren Faden der nächsten Schleuse entgegen. Im Kopf hatte Friedrich den Main noch immer so vor sich, wie er ihn 1961 das letzte Mal befahren hatte. Sein Kontakt zu seiner Schwester war auf Eis gelegt und er hat wenig von den massiven Veränderungen auf dem Gewässer erfahren. Veränderungen, die gerade im Untermain zwischen Aschaffenburg und der Mündung in den Rhein ganz erheblich waren, eine anscheinend nie endende Großbaustelle, die ihm in seinem Eußenheim vollkommen unbekannt war.

Unbemerkte Veränderungen zeigen ihr Gesicht ...

Uschi und Walli eilten nach dem Losmachen ins Steuerhaus. Sie wollten unbedingt den neuen Käpt'n beobachten.

Und kaum zur Tür herein erstarrte Uschi: „Mensch, Papa, Donner und Doria", schien sie diesen Schönbergs-Spruch intensiv angenommen, „wo haste denn die her?"

Der Vater rückte sich seine Mütze noch einmal zurecht und sagte: „Aus meinem Schrank zu Hause, Schatz. Nie im Leben hab ich damit gerechnet, dass ich die irgendwann mal wieder aufsetze. Steht mir doch gut – oder?"

„Und wie", rang sie ihm eine Umarmung ab und war überglücklich.

Beide setzten sich auf die Bankkiste und beobachteten das Handeln des Mannes, den beide so noch nicht kennengelernt hatten. Und doch schienen sie wortlos der Meinung, dass Herr Schönberg sein Fach gut beherrschte, denn er tat es genauso lässig wie Tante Marta und Uschi wusste gar nicht, wohin mit dem Stolz, den sie gerade empfand.

Michl blieb vorsichtshalber an seiner Seite und musste Friedrich über die Veränderungen der Jahre, von 1961 bis heute, aufklären. Ein paar Schiffe, die ihnen entgegen kamen, hatten auch schon Funk und gaben ihre genauen Positionen, die Örtlichkeit durch, wo sie sich ganz genau mit ihrem Schiff befinden.

Friedrich kam nicht umher zu sagen: „Also, ich muss schon sagen, Michl, das ist eine richtig gute Erfindung. Man wird nicht mehr so überrascht, wenn die entgegenkommenden Schiffe an manchen Kurven rumgeschossen kommen. Man kann sich auf eine Begegnung vorbereiten, sogar absprechen, wie man dem Schiff begegnen möchte."

„Warten wir's mal ab, Marta, ähhh, Friedrich. Hoppla, muss ich mich erst dran gewöhnen, dass nicht die Marta am Ruder steht. Aber der moderne Kram, weißt doch, wie das ist. Viele sind doch heute zu faul, höflich zu grüßen, wenn sie vorbeifahren, da werden in Zukunft auch welche zu faul werden, das Funkgerät zu benutzen."

Was sich erst noch beweisen muss.

„Wirst gleich staunen, was da alles auf dem Main passiert ist die letzten Jahre! Die buddeln und graben seit Jahren wie die Blöden."

Abb. 169: Die Schleuse Großwelzheim.

Abb. 170: Die alte Schleuse Kleinostheim mit vier Schiffen.
Beim Abschleusen, erst seit paar Monaten außer Betrieb.

„Hat denn die nächste, die Schleuse Großwelzheim", war es ihm sofort in der Erinnerung, „auch Kanal 20 und haben alle Schleusen wirklich ein und denselben Funkkanal?", musste Friedrich wissen.

„Ach sooooo", wurde Michl klar, „da geht's ja schon los. Aber das weißt Du vielleicht noch gar nicht. Die Schleuse Großwelzheim brauchen wir nicht mehr fahren, alles außer Betrieb, Friedrich, der ganze alte Müll aus der Jahrhundertwende ist alles stillgelegt. Jetzt kommt als nächstes gleich die neue Schleuse Kleinostheim, da ist die alte auch schon außer Betrieb und da wirst Du staunen, was die da für ein Monstrum hingebaut haben. Die bauen sogar schon an einer zweiten Schleusenkammer direkt neben der einen.

Uschi musste sich eingestehen, dass ihr das alles, außer die neue Schleuse Kleinostheim, auf der Talfahrt auch nicht aufgefallen war.

Abb. 171: MS FRANKENLAND 2.

Als Friedrich die HELGA zur Schleuseneinfahrt hin ausrichtete, kam ihnen der FRANKENLAND 2 entgegen, auch ein Erlenbacher Schiff, wie die HELGA.

Friedrich meinte: „Ach, schau an, der dürfte ja nicht viel jünger sein als unsere HELGA, schaut ihr auf alle Fälle sehr ähnlich."

Im Steuerhaus war die Sprechverbindung zum Vorschiff schon eingeschaltet und so konnten die drei im Steuerhaus Michls optische Wahrnehmung akustisch hören.

Die schrie plötzlich: „Mööörder, Säufer und Ganoven!", eine wiederholte kurze Vorstellung ihrer belustigenden Darlegung von der MSG, der Mainschiffahrts-Genossenschaft aus Würzburg. Zum Lautsprecher hin fragte sie dann: „Sag mal, Friedrich, warum seid Ihr da eigentlich nicht bei, bei der MSG? Scheint doch ein lustiger Haufen zu sein und die HELGA macht sich vielleicht ganz hübsch mit einer blauen Nase."

Friedrich musste erstmal schauen, wo er das Mikrofon der Wechselsprechanlage hingelegt hat und antwortete: „Das musst Du mal die Marta fragen, wenn sie wieder da ist. Ich hab doch damit nichts mehr zu tun", womit eigentlich alles gesagt war.

Aber Michl, die quatschte weiter: „Die gibt's doch fast schon so lang, wie ich alt bin. Stell Dir mal vor, ich bin 1911 als wonniges Kind eines Bäckers und seiner holden Maid geboren und diese Mainschiffer haben sich nur paar Jahre später zu dieser Genossenschaft zusammengeschlossen."

Friedrich nahm noch einmal das Mikrofon: „Die wussten bestimmt, dass Du im Anmarsch bist. Irgendeiner muss gesagt haben, Achtung Leute, die Michaela kommt, die wird jetzt als Frau unsere Schifffahrt revolutionieren, wir müssen uns jetzt zusammentun, denn vereint sind wir gegen alles, was kommt, gewappnet!"

Uschi, die selbst lachen musste, so schwer verständlich war das ja nicht, ertappte ihren Vater dabei, wie der genauso grinste, so, wie Marta es immer tat, als sie das hörte. Es fehlte nur dieses kleine Grübchen, das bei ihm nicht zum Vorschein kam. Michl gefiel das, sie lachte so zweideutig, was sich durch den Lautsprecher besonders hämisch anhörte.

„He, he, das kann natürlich sein. Da kannst Du mal sehen, was ich schon damals in der Baumwollwindel auf den Weg gebracht hab. Ich kenn die MSG zwar nicht wirklich, außer ein paar Schiffer und Schiffe, aber wenn das nichts taugen würde, würde da auch keiner bleiben. Ich glaub, diese MSG bleibt ewig. Die wird die anderen eines Tages alle einsacken. Pass mal auf, die ist unkaputtbar, die werden noch unter der Flagge fahren, wenn die meine schon zu Staub zerfallen ist, wirst seh'n, Friedrich!"

„Na, dann werden wir das noch paar Jahre gemeinsam beobachten, hoffe ich", war Friedrich guter Dinge. „Aber kennst doch meinen Schwester, die ist wie unser alter Herr es war. Lieber alles selber machen und sich bloß nicht in die Karten gucken lassen. Aber keiner weiß, was das noch alles wird mit der Energiekrise und dem ganzen Mist. Vielleicht besinnt sie sich irgendwann und macht mal was anderes, das soll sie aber selber machen, ich bin hier nur Gastlenker!"

Michl musste seine Wahrnehmung abbrechen, anderes war jetzt wichtiger: „Du musst hier an Steuerbord bleiben, die neue Schleuse ist jetzt auf der anderen Seite gegenüber der alten, Friedrich!"

„So viel wie Ihr beide jetzt über die Lautsprecheranlage gesabbelt habt, hat Marta den ganzen Tage nicht gesabbelt", konnte sich Uschi nicht verkneifen, „von wegen Frauen quatschen so viel", und Walli fühlte sich beim Lachen angesteckt.

Beinahe wäre Friedrich wie einst gewohnt mit Kurs Backbord zur Schleuse gefahren, denn mit dieser wahnsinnigen Baustelle an Steuerbord hatte er niemals gerechnet. Der Aufstau ist sehr hoch, was durch den Wegfall anderer Schleusen schnell erklärt ist. Haben sie einst zehn Meter Aufstau durch drei Schleusen bewältigt, die je nur einen geringen Aufstau hatten, tun sie es heute mit nur noch einer Schleuse mit einem hohen Aufstau. Und es flutschte geradezu. Der Gastlenker schien ein bisschen nervös, machte es den Eindruck, er tippelte ein wenig zu viel hin und her und kurbelte mehr mit dem Steuerrad, als er in die Schleuse fuhr, mehr als Marta, und Uschi, die sich mit Walli neben ihn stellte, auffiel.

„Du schaffst das, Papa", sprach sie einfach.

„Jaaaa, genau, Sie schaffen das", sprach auch Walli.

Friedrich blickte nur kurz zu ihnen und lächelte: „Na klar, Kinder, es ist nur ein kleines Stück ungewohnt, nach so vielen Jahren mal wieder in eine Schleuse zu fahren."

Es klappte dann doch alles sehr gut und ein sehr ruhiges Aufschleusen war es in der neuen Schleuse Kleinostheim.

Nur der Hubert musste mal ein bisschen leiden, hat der Gastlenker leider das Umsteuern mit dieser Anlage ein wenig verlernt, sie schnell zu bedienen. Aber das wird mit jedem Umsteuern besser werden, ist es doch eine routinierte Kunst, den Motor mit dem Verbrauch von wenig Anlassluft anzuwerfen bzw. zu starten.

Die nächste Stauhaltung, wie sich immer der Weg zwischen zwei Schleusen nennt, bei den Schiffern nur Haltung genannt, war sehr zäh zu fahren. Denn durch den Wegfall der Schleuse Stockstadt bei Aschaffenburg, wovon Friedrich zu Hause hörte, aber noch nicht gesehen hat, wurde auch der Weg von dieser zur nächsten Schleuse, der Schleuse Obernau, sehr viel länger.

„Na, dann können wir doch alle froh sein, dass die alte Schleuse Stockstadt nicht mehr befahren werden muss", machte das Friedrich überhaupt nichts aus, als sie ungehindert daran vorbeifuhren.

Ein interessierter Blick blieb nur, wie das alles jetzt aussieht.

Und Michl bestätigte das: „Menschenskinder! Da haste aber recht, Friedrich, die letzte Schleuse, die wir noch mit dem Schwenkbaum befahren mussten, hat sich endlich erledigt."

„Aber die Johannisburg steht noch", stellte Friedrich fest, als sie in Sicht kam.

Und Michl: „Aber nur, weil sie keine Steine für die neuen Schleusen mehr verwenden, sonst hätte man die womöglich schon abgetragen, hehe", Friedrich musste mitlachen, „wird heute alles in einem Guss aus Beton gegossen. Hast Du

Abb. 172: Die Schleusen Kleinostheim.
Die neue Schleuse mit dem Bau der zweiten Schleusenkammer (li.),
die alte Schleuse (re.), bereits stillgelegt.

Abb. 173: Schleuse Stockstadt mit schrägen Schleusenmauern.

ja gesehen in Kleinostheim. Oder in diesem neuen Main-Donau-Kanal, alles Beton, Beton soweit das Auge reicht. Sogar der Flussgrund ist aus Beton, da kannste ja nicht mal einen Anker reinschmeißen, ja wo gibt's denn sowas! Ich bin froh, dass wir nur bis Bamberg und noch nicht nach Nürnberg fahren können. Das triste Frankenland hinter Bamberg muss ich nicht haben. Und stell Dir mal vor, das soll bis an die Donau so weitergehen. Ob ich das noch erlebe, was meinste, Friedrich?"

Er rechnete gedanklich und Friedrich rechnet auch.

„Keine Ahnung, Michl, mit ein bisschen Glück und weniger Aufregung vielleicht", und lächelte dabei.

„Auf alle Fälle müssen sie einen Zahn zulegen und fertig werden, damit ich wenigstens einmal da rüber komme in die Puszta nach Ungarn", gestand Michl, „einmal auf die Donau, bevor es über den großen Teich geht, wäre recht nett.

Abb. 174: Das Schloss Johannisburg in Aschaffenburg.

Nach einem zähen langen Weg zur Schleuse Obernau wurde der Main so langsam wieder, wie Friedrich ihn kannte, denn die intensiven Veränderungen nahmen gemächlich ein Ende.

Erst in der Schleuse fragte Friedrich den Michl: „Was meinst Du, Michl, sollen wir noch zur Schleuse Großwallstadt fahren? Dann haben wir wenigstens die ersten Hundert Kilometer vom Main hinter uns."

Michl hielt sich raus: „Mach, wie Du denkst, im Hellen schaffen wir das noch, aber schleusen werden die uns nicht mehr. Müssen wir im Unterwasser anlegen und morgen weiter fahren!"

Abb. 175: Die Schleuse Obernau.

So war es entschieden. Die HELGA verließ Obernau und wurde noch zur nächsten Schleuse nach Großwallstadt gebracht, an Land festgemacht, natürlich mit Schwenkbaum, und endlich war dieser unfassbare Tag beendet. Alle saßen noch kurz am Achterschiff, es war ein angenehmer, nicht allzu heißer Abend, als der Dicke Hubert dicht war.

„Wie geht das denn jetzt weiter, Onkel?", wollte Josi sich zumindest eine Vorstellung machen können.

Niemand wusste, wie es Marta geht, ob sie schon einen Gips hat oder wie schlimm der Beinbruch überhaupt ist. Wann kann sie wieder an Bord? Wo kommt sie wieder an Bord? Wie reagiert sie, wenn sie ihren Bruder statt den Schorsch vorfindet? Wovon Marta gar nichts wusste.

Friedrich fasste einen Endschluss: „Morgen, wenn es die Zeit und die Schleuse erlaubt, dann musst Du mal im Krankenhaus anrufen. Die sollen Dir erstmal sagen, wie es um Marta steht oder ob sie vielleicht sogar schon entlassen ist. Wir müssen das doch mal so langsam klären!"

Der Abend endete damit, dass Uschi ihrem Vater eine gute Nacht wünschte und dennoch mit Walli zum Vorschiff lief. Friedrich wusste gar nicht, dass die zwei nicht im Achterschiff schlafen. Aber es erfüllte ihn mit Stolz, als er seine Tochter so selbstbewusst und eigenständig nach vorne laufen sah.

Wie steht's um Tante Marta? ...

Als Friedrich am nächsten Morgen im Schlafzimmer von Marta und dem Bett von Franz erwachte, musste er sich erst einmal orientieren. Auch wenn er voller Eindrücke und Gedanken eingeschlafen war, war er auf alle Fälle nicht zu Hause.

Sogar Josi schaute etwas überrascht, als mit ihrem: „Hejoh, guten Morgen, Schiffmann", Friedrich und nicht ihre Mom in der Küche stand.

Sie tranken eine Tasse Kaffee und Josi stellte ganz persönlich klar: „Ich finde es super, dass Du hier bist, Onkel", und erzählte ein wenig aus den vergangenen Tagen von dem Heidenspaß, den sie alle hatten, dass so viel passiert ist und sie mit Uschi so gut auskommt, sie sich aber trotzdem nicht sicher ist, ob Uschi auch Binnenschiffer werden möchte. „Ich glaub, die ist viel zu schlau dafür, wird bestimmt mal Tierärztin oder Wissenschaftlerin", schilderte sie ihre Wahrnehmung.

„Haha", sagte Friedrich, „aber genau das ist es! Gerade schlaue Menschen gehen aufs Schiff, sie lieben Herausforderungen und wissen, dass sie da etwas erleben können. Außerdem ist Schifffahrt nichts für Träumer. Schifffahrt ist nur was für Realisten!"

„Eigentlich sind heute die zwei Wochen rum", hatte Josi auf einmal bemerkt, „bin mal gespannt, ob die beiden das auch merken, haha."

„Kein Problem", sprach Friedrich, „meine Frau weiß Bescheid und Wallis Mutter auch. Die meinte sogar auf einmal, und so kenn ich sie gar nicht, ‚Hauptsache, Ihr bringt mir mein Mädel überhaupt mal wieder mit nach Hause.' Und Walli, na, die wird mal bisschen ins Leben gerufen. Diese Tage werden ihr sicherlich nicht schaden. Aber Uschi, die soll mal selber entscheiden, was sie werden möchte, wenn es soweit ist", sprach Friedrich und spornte dazu an, endlich die Maschine klarzumachen, er wollte schließlich weiterfahren.

Die Schleuse Großwallstadt war erledigt und stramm lief das Schiff mit gar nicht so viel Kraft auf die Schleuse Trennfurt-Klingenberg zu.

Am Ruder eines Schiffes so in den Tag hinein zu fahren, ist immer wieder ein besonderes Erlebnis und der Schiffmann musste sich eingestehen, dass er diese Augenblicke immer und immer wieder vermisst hat.

Obwohl der Hubert in den Tag hinein hüstelte, schien es ruhig zu sein, lag es wahrscheinlich an diesem lieblichen, monoton und gleichbleibenden „Kartöffelchen, Kartöffelchen", das er hinter den Steuerhausfenstern von sich gab. Aber vorne, durch die hochgeklappten Steuerhausfenster, da pfiffen die Vögel ihre morgendlichen Lieder und forderten die Schiffmänner auf, ihnen gleich zu tun.

Dieser Augenblick wirkte ausnahmslos total erfrischend. Es war in diesem Moment auch vollkommen uninteressant, was der Tag bringen soll. In solchen Augenblicken stellt sich manchmal, wenn auch nur für eine kurze Zeit, eine totale innerliche Zufriedenheit ein. Friedrich stand ganz allein im Steuerhaus mit leicht gespreizten Beinen vorm Haspel, blinzelte ein wenig der aufgehenden Sonne zu und sinnierte über die Vergangenheit. Seine Abenteuer mit Marta, seine Geschichten mit dem Vater, die Bergung der TIEFENTAL, der ganze Irrsinn nach dem Krieg, als es damals nach so vielen Jahren endlich wieder losging.

Das war so fantastisch, dass erst der chemische Gestank von den Glanzstoffwerken in Obernburg für ein miefiges Erwachen sorgte und nur kurz später in Erlenbach das Schleifen, Klopfen und Schlagen von Hämmern an der Schiffswerft endgültig den Tag einläutete. Noch immer wird hier fleißig neuer Schiffsraum geschaffen. Auf der Helling war jeder Meter mit einem Schiff belegt und wer die nicht kennt, der konnte nur schwer erraten, welches Achterschiff zu welchem Mittel- oder Vorschiff gehörte. Quer gegenüber, auf der anderen Seite des Mains in Wörth, lag wie passend ein Schiff vor seinem Heckanker und einem Anker am Vorschiff im leicht strömenden Main. Es hat hier mit Sicherheit seinen Heimathafen. Friedrich hat die Motorendrehzahl ein wenig reduziert und dann wieder erhöht, als er an all diesen Dingen vorbeigefahren war.

Abb. 176: MS STADT WÖRTH in Wörth am Main.

Die beiden Mädchen kamen mit einem fröhlichen: „Guten Morgen, Papa", und, „guten Morgen, Schiffmann", wie so oft bei Marta ins Steuerhaus.

„Es ist fast neun Uhr, Josi. Ich denke, Du könntest hier an der Schleuse mal telefonieren gehen. Vielleicht gibt es ja schon was Neues aus der Heimat oder dem Krankenhaus."

Josi war komisch zumute: „Wenn ich jetzt im Krankenhaus anrufe und meine Mom sprechen kann, dann fragt sie mich garantiert, ob oder wie das alles klappt mit Schorsch."

„Wie jetzt, wieso Schorsch?", fehlte Friedrich der Zusammenhang.

„Ach Mensch, Onkel, Du weißt das ja gar nicht, dass Marta noch gar nicht weiß, dass Du an Bord bist. Das ging alles irgendwie unter in diesem Tumult."

Friedrich wurde es anders komisch: „Ihr wollt mir jetzt aber nicht allen Ernstes erzählen, dass Marta nichts davon weiß, dass ich an Bord bin. Ich dachte, das ist geklärt?", und drehte sich fragend zu seiner Tochter um, die ihn doch angerufen hatte.

„Neeeee, Papa, alle wissen es, nur Tante Marta nicht", kam es mit verzerrtem Gesicht von Uschi ganz leise von hinten.

„Ach du Scheiiiiiiße! Und der Franz weiß es auch?", war der Vater entsetzt, rubbelte seine Mütze auf dem Kopf hin und her und stierte auf Josi.

„Ja, mein Dad weiß es auch und der findet es super, Onkel!"

„Donner und Doria! Ihr seid ja lustig! Na, was machen wir denn jetzt?", schien der Friedrich überfordert.

„Weiterfahren, Onkel", hatte Josi natürlich recht. „Lass mich doch erstmal anrufen, wer weiß, was es Neues gibt."

Während der Schleuseneinfahrt war Friedrich noch nicht ganz durch mit dem Geschehenen, schüttelte dauernd den Kopf und flüsterte: „Das gibt's doch alles nicht, so eine Saubande!"

Michl hatte sich gar nicht so oft blicken lassen, es schien so, als wollte sie mit dieser familieninternen Klärung nichts zu tun haben wollen.

Und Friedrich glaubte eigentlich, Marta weiß davon, was ihn auch sehr gefreut hätte. Stellte sich vor, irgendwann die nächsten Tage kommt sie wieder an Bord und sagt einfach nur, als wenn nie etwas gewesen wäre: „Na, Brüderchen, hat es Dir mal wieder Spaß gemacht, unsere HELGA zu fahren?" Aber nein, nichts von all dem ist erreicht, kein erster Schritt ist gemacht, von wegen aufeinander zugehen, verdammt.

In der Schleuse Trennfurt-Klingenberg, am Fuße der Clingenburg am anderen Ufer, hetzte Friedrich die Josi an Land: „Geh jetzt mal anrufen! Ich muss jetzt da irgendwie wissen, was da los ist. Vielleicht hat ja Dein Vater eine Idee!", und übernahm Josi ihre Arbeit am Draht des festgemachten Schiffes in der Schleuse.

Walli und Uschi standen neben Friedrich an Deck.

„Na warte, Schiffmann, das können Sie ja auch mit den Seilen", bemerkte Walli verwundert.

Und Uschi: „Eieiei, Walli", ‚typisch Walli', dachte sie dabei. „Wenn Du das nicht kannst, kannste auch kein Schiffmann werden."

Und Friedrich erklärte eher belustigt: „Das sollte das Ziel eines jeden Matrosen sein, Schiffmann zu werden, damit er nie wieder mit diesen schweren Drähten arbeiten muss!"

Fünfzehn Minuten später, die HELGA war schon hochgeschleust, kam Josi schon wieder: „Es ist alles in bester Ordnung, Leute!", und wollte Weiteres gleich im Steuerhaus preisgeben.

Auch Michl kam jetzt nach hinten, war es doch gerade so interessant, was Josi in Erfahrung gebracht hat.

Uschi fiel das auch auf und krächzte zu Walli: „Jetzt kommt sie raus aus ihrem Loch, Deine Wulpi, jetzt, wo es spannend wird."

„Ach was", sollte Michl verteidigt werden, „Du glaubst doch nicht im Ernst, dass sie nicht schon alles wüsste, vielleicht war sie gar nicht vorne, vielleicht war sie auch kurz nach Eußenheim gehext und hat geschaut, wie es Marta geht, unterschätze Du meine Wulpi nicht, chchch."

Aber Michl machte sich gleich unbeliebt: „Jetzt gebt doch mal Ruhe mit Eurem Gesabbel, Ihr Schnattergänse, ist denn das die Möglichkeit, wie die Hühner beim Eierlegen", und gab klare Anweisung, „dann schieß mal los, Josi", wollte sie endlich wissen.

„Aaaaaalso", fing sie an, „Mein Dad sagt, Mom darf heute aus dem Krankenhaus, hat den Fuß eingegipst bis zum Knie und Dad holt sie heute Mittag ab. Sie muss erstmal mit Krücken laufen und soll in zwei Wochen einen Gehgips kriegen."

„Puhhhhhh", stöhnte Friedrich, „so lange kann ich niemals bleiben. Ich hatte doch erst drei Wochen Urlaub!"

„Ne, ne", wusste Josi bereits, „mein Dad hat auch den Schorsch erreicht, der könnte in drei Tagen an Bord kommen und weiterfahren. Aber meine Mom, die ja der Meinung ist, dass Schorsch schon an Bord ist, hat Papa schon am Telefon gesagt, dass sie selber wieder an Bord will, wird schon gehen mit dem Gipsfuß, außerdem muss der Schorsch ja auch bezahlt werden."

„Was für ein Haufen Walfischdung, das alles, da hohl mich doch Karumpel, der Tintenfisch. Aber war ja klar, dass die so schnell wie möglich wieder an Bord will", stellte Michl fest.

„Und das heißt was genau? Mensch, Josi, lass Dir doch nicht alles aus der Nase ziehen!", wurde sie ungeduldig und alle anderen stimmten zu.

„Ja genau, erzähl schon!"

„Also, wir sollen wie geplant in Karlstadt festmachen. Da will sie dann schon an Bord kommen und den Schorsch, der ja gar nicht da ist, wieder nach Hause schicken."

Viele Augenpaare trafen sich und Gedanken fanden keine Antwort.

„Marta weiß demnach noch immer nicht, dass ich an Bord bin?", hat Friedrich so verstanden.

„Anscheinend nicht", hat es sogar Walli kapiert.

„Mama meint, sagt Dad", plapperte Josi einfach weiter, „wir sollen sie von der Schleuse Harrbach, die letzte Schleuse vor Karlstadt, anrufen. Dann packt sie Papa ins Auto und bringt sie nach Karlstadt an den Hafen. Tante Ruth und Wallis Vater würden auch kommen. Uschi und Walli können aussteigen und Papa gegen Schorsch, der nicht da ist, die können tauschen", und lachte auf einmal, „haha, sie hat sogar gesagt, sie würde den Schorsch sogar noch an den Bahnhof nach Würzburg fahren, so als Spaß. Sie fand das selber sehr lustig."

Friedrich eher skeptisch: „Ja klar, alles sehr witzig!"

Während die Uschi und Walli sich ansahen und entsetzt mit ihren traurig werdenden Blicken feststellten, dass es heute schon alles beendet sein soll, zog Michl bedächtig an ihren beiden Zöpfen und Friedrich schob seine Mütze auf seinem Kopf hin und her.

„Wäre ja alles normal, so wie es sich meine liebe Schwester vorstellt. Aber heut noch nach Karlstadt?", und zählte mit den Fingern die Schleusen ab. „Jetzt kommt Kleinheubach, Freudenberg, Faulbach, Eichel, Lengfurt, Rothenfels, Steinbach und dann erst Harrbach. Das sind acht Schleusen. Gut, wir sind mit der Zwangspause gestern in so eine kleine Lücke reingerutscht, sind ganz alleine und das Schleusen geht schneller. Mit ein bisschen Glück könnte das klappen. Aber dennoch wäre dann sowieso Feierabend und sicher schon 21 Uhr, eher noch später!"

„Dann kann ja der Wechsel in aller Ruhe gemacht werden", war Michl wieder anwesend.

„Wenn ich nur im Ansatz wüsste, wie meine Schwester reagiert, wenn sie mich da antrifft, schon heute Abend, dann wäre mir sehr viel wohler", konnte Friedrich besser verstanden werden.

„Du bist doch der Ältere, Potzblitz", stellte Michl klar. „Wirst Dir doch von Deiner kleinen Schwester nicht den Kopf abreißen lassen, die wird ein bisschen komisch gucken und fertig ist! Mach Dir doch nicht solche Gedanken, hast ihr doch auch den Arsch gerettet."

Doch Josi, die fand das noch immer lustig, auch wenn sie Michl recht gab.

„Genau, so seh ich das auch! Sie wird nur Bauklötze staunen, Onkel", und lachte schon wieder.

Michl: „Bei Thetis, davon kannste ausgeh'n, Schätzchen."

Und Uschi, seine optimistische Tochter, die war sogar fest davon überzeugt, dass alles gut gehen wird, hatte sie doch die Marta die letzten zwei Wochen immer wieder erlebt, wie sehr sie ihrem Bruder wieder näher kommen möchte, während sich ihr Vater zu Hause, weit entfernt von dieser Vorstellung, sich damit überhaupt nicht beschäftigte, denn er glaubte nicht mehr so recht an einer Aussöhnung der Schönbergskinder.

„Also gut, ich bin halt noch im alten Trott der Distanz, dann müssen wir da jetzt durch", hat Friedrich entschieden und drehte das schwarze Rad der Umsteuerung ein paar Umdrehungen nach rechts, als würde es den Anschein machen, er müsste diesem Ziel mit mehr Motorleistung entgegen fahren.

Der Weg zum Frieden ...

„Ihr wisst ja, was das heißt", schaute Michl die beiden Gäste an, die genau das nicht zu wissen schienen. „Reinschiff ist angesagt! Zieht Eure Betten ab, packt so langsam mal Eure Plüdd'n ein und klart mal Eure Kajüte wieder auf. Ich denke, die Josi wird heute oder morgen wieder in ihre Bude wollen."

Josi schien sich nicht sicher: „Vielleicht bleib ich mal noch hinten, so lang Mom mit dem Klumpfuß so beeinträchtigt ist."

Widerwillig nahmen Uschi und Walli das alles wahr und nur durch Friedrich wurden Michls Worte unterstrichen.

„Tja, Kinder, alles Schöne geht einmal zu Ende und das gehört leider dazu, dass man seine Kajüte sauber für den nächsten hinterlässt. Aber Ihr habt ja noch ein paar Stunden!"

So begab sich ein jeder an seine Arbeit. Michl erzählte Friedrich nur noch, dass im Fluss erstmal keine großen Veränderungen mehr kommen und er den Friedrich gut allein lassen kann.

Und da stand der Friedrich erstmal wieder alleine im Steuerhaus, überlegte, was er wohl heute Abend zu seiner Schwester sagen wird. Er stellte sich vor, wie er nach 13 Jahren an sie herantritt und irgendwie sagen könnte: „Hallo, da bin ich wieder!" Aber das wird sie von alleine merken. Nur: „Hallo Marta!" Auch blöd. Vielleicht: „Hör mal, meine liebe Schwester, es wird Zeit, dass wir uns wieder gut sind!" Oder sollte er so tun, als wenn nie etwas gewesen wäre? „Was war denn eigentlich?", fragte er sich selber, ist es doch so viele Jahre her. Gut, er hätte damals nicht so abrupt aufhören sollen. Aber er war nun mal verliebt und das erste Kind war im Anmarsch! Sollte er einfach mal fragen, wie es ihrem Fuß geht? Er feilte und bog an Ideen, wie er der Marta gegenübertreten soll, wusste es nicht und war jetzt schon nervös. Somit beneidete er seine Schwester nicht darum, dass die absolut keine Vorstellung davon hatte, was sie heute Abend erwarten sollte.

Aber wie wird sie reagieren? Uschi sagt, dass sie den Frieden wolle und wenn Uschi das sagt, dann ist die schuld, wenn das nicht klappt, machte er, in sich lachend, es sich einfach. „Okay, Schluss damit!", entschied er sich, „alles wird sich regeln", und insgeheim erinnerte er sich an eine eigentlich sehr versöhnliche Schwester, eine, die sich nicht über alles aufregt und tatsächlich auch verzeihen kann.

Schon wenige Kilometer nach der Schleuse näherte sich Miltenberg und schon war er von diesen Gedanken wieder abgelenkt, hat er diese schöne Stadt am Main, vollgepackt mit historischen Fachwerkhäusern, so lange nicht mehr gesehen.

Und es nahm kein Ende. Die HELGA bewegte sich weiter ins sogenannte Mainviereck hinein, das sich am einfachsten damit erklären lässt, dass dieser Abschnitt auf der Landkarte wie ein offenes Viereck aussieht.

Ein sich auf den ersten Blick wiederholendes und dann doch ein immer wieder neues Bild zeichnete den Tag. Wie das Umblättern eines farbig illustrierten Wanderratgebers nach jedem geschafften Kilometer, der Seite um Seite nur mit „Kartoffel, Kartoffel" im Nacken zu bestreiten gewesen ist.

An Steuerbord folgte die Ortschaft Freudenberg, natürlich mit einer Burg, die sich Freudenburg nennt und mit rotem Sandstein errichtet wurde. Kurz danach folgt an Backbord, die gleichnamige Schleuse Freudenberg, nur wenige Kilometer danach Collenberg, dann Dorfprozelten.

Aus diesen Dörfern stammt ein sehr großer Teil aller Schiffsleute, die jetzt überwiegend alle auf ihren Schiffen auf allen möglichen Gewässern ihre Flagge zeigen. Und so geht es Kilometer um Kilometer wunderschön durch das Maintal hindurch. Stadtprozelten mit ihrer Henneburg war nicht unbeachtet passiert worden.

Im Vorschiff waren derweilen die heute abreisenden Gäste beschäftigt, ihre Kajüte zu putzen und der Michl war eine geradezu pedantische Aufpasserin.

Aber wenn etwas Besonderes zu sehen in Sicht war, dann hieß es: „Raus mit Euch, Ihr Plagen, raus an Deck! Jetzt kommt die Burg Wertheim, eine der schönsten von allen!"

Abb. 177: Miltenberg vom Schiff aus gesehen.

Abb. 178: Miltenberg von Land aus gesehen, Postkarte, 1974.

Abb. 179: Die Burg Wertheim.

Abb. 180: Marktheidenfeld.

Und so standen sie auf dem Vorschiff an Deck und genossen den einmaligen Anblick, den kein Wertheimer aus seinem Wohnzimmer so wahrnehmen konnte.

In Marktheidenfeld wurde es dann spannend. Die Bude war sauber, die Koffer standen schon an Deck und man saß mal wieder draußen und genoss einen angenehmen Nachmittag.

„Mann, Uschi, schau mal!", hatte Walli es bemerkt.

„Ich hab's gesehen", wurde Uschi bedächtig. „Das ist schon Marktheidenfeld. Mit dem Bus oder dem Auto wären wir in einer Stunde in Eußenheim! Und Michls Geheimnis konnten wir auch nicht lüften, Donner und Doria."

„Ach jaa", wurde Walli bewusst, „mein Papa bringt die Geschichten von Wulpabrodakanda mit, da wirst Du aber gleich staunen, wie recht ich hatte."

Doch der Weg in die Heimat kannte keine Gnade. Die HELGA zog schnittig wie ein Fisch weiter und weiter den Main hinauf und nach der tristen Schleuse in Rothenfels folgten schon Neustadt und Lohr und es war schon rund 18 Uhr, als die Schleuse Steinbach sich näherte.

Mittlerweile waren sie alle wieder zusammen im Steuerhaus und sahen das Ende ihrer schönen Zeit auf der HELGA immer näher kommen.

Michl hat das schon den ganzen Tag bemerkt: „Na, Kinder, Eure Gesichter werden immer länger, je näher wir Eurer Heimat kommen. Freut Ihr Euch denn gar nicht?"

Walli konnte sich nicht so sicher sein: „Weiß nicht, die waren soooo schnell vorbei, die Tage, und doch hab ich das Gefühl, dass ich eine Ewigkeit nicht zu Hause war. Ich glaub, so langsam freu ich mich ein bisschen darauf!"

Aber Uschi wirkte ein klein wenig anders: „Ich glaub, ich könnt noch ein paar Tage bleiben, jetzt, wo Papa da ist!"

Und der Papa wieder sagte: „Aber Schatz, ich steige doch auch aus in Karlstadt, auch wenn ich überlege, noch an Bord zu bleiben, wenigstens bis Bamberg, bis der Schorsch da ist. Ich denke, die Firma zeigt sich da verständnisvoll. Meine gehbehinderte Schwester, na ja, kann vielleicht noch ein paar Tage Unterstützung gebrauchen."

„Das ist eine gute Idee", fand Josi.

Der Michl war derselben Meinung: „Das seh ich auch so."

Friedrich meinte aber zu Uschi: „Mir wäre es aber wirklich lieber, wenn Du mit Mama nach Hause fährst. Da fehlt doch jetzt der Mann im Haus. Außerdem ist es vielleicht nicht schlecht, wenn ich mal die paar Tage mit Marta allein bin. Wer weiß, was wir noch für Debatten austragen müssen, damit wirklich all unsere Probleme bereinigt sind, sofern sie das überhaupt möchte!"

Abb. 181: Eine wie die andere, die Schleuse Steinbach.

Abb. 182: Die Schleuse Harrbach.

„Ganz bestimmt möchte sie das, Papa, schon okay so, will ja auch mal wieder meine Hasen sehen und richtig frische Eier zum Frühstück", war Uschi damit einverstanden.

Und in diesem Augenblick wurde schon von der Schleuse Harrbach gemeldet, dass die Schleuse auf Grün steht und sie sofort einfahren können.

„Dein großer Auftritt", wandte sich Michl an Josi. „Ruf da mal Deine Mutter an, damit die Bescheid weiß. Ausfahrt Schleuse Harrbach bis Karlstadt schaffen wir locker in 30, 40 Minuten."

Und siehe da, als sie ankamen, war die HELGA nicht mehr alleine in der Schleuse. Ein anderes Schiff hat sich aus irgendeiner Ortschaft dazugesellt, was jetzt auch kein Problem ist, ist doch in einer Stunde sowieso Feierabend.

Es könnte ein Happy End werden ...

Das Schiff wurde hochgeschleust und die Eltern in Eußenheim informiert, dass sie in 30, 40 Minuten in Karlstadt ankommen. Und Friedrich, der aus der Schleuse ausfuhr, der sah die unvorhersehbare Situation unaufhaltsam auf sich zukommen.

Wieder haben sich alle im Steuerhaus versammelt, wo es doch gerade jetzt gemächlich spannend wurde. Keiner wollte es aussprechen und als das Schiff an der Stadt unterhalb der Straßenbrücke war, scheuchte Friedrich alle aus dem Steuerhaus.

„So, raus jetzt mit Euch, Reibhölzer rein, Drähte klar machen, irgendwie nervt Ihr jetzt", obwohl oder weil keiner etwas sagte in den letzten Minuten.

Josi hat am Mittelschiff noch zwei Reibhölzer rausgehangen und alle, Michl voran, gingen sie zum Vorschiff. Friedrich machte die Backbord-Steuerhaustür zu, sollte ihn doch seine Schwester so spät als möglich erkennen. Nur als sie um die leichte Kurve zu der kurzen Hafenmauer am Hafen Karlstadt hinkamen, waren noch kein Mensch und kein Auto an Land zu sehen.

Michl rief durch den Lautsprecher: „Da ist ja noch gar keiner da, Potzteufel, und wir schleichen uns hier an!"

Friedrich war das mehr recht als schlecht. Die HELGA wurde sicher an Land verheftet, Friedrich ging hinunter in die Wohnung, Uschi und Walli hinterher und als die Maschine dicht war, kam auch Josi, blieb aber mit Michl vor der Tür auf dem Gangbord stehen.

Wenn man diese harte Nervosität hätte schneiden wollen, würde jetzt jedes noch so scharfe Messer abbrechen.

Nur zehn Minuten später: „Achtung, es geht los!", rief Michl in die Wohnung. „Da kommt die ganze Bande angefahren!"

„Mein Papa auch?", rief Walli verzweifelt.

„Ja klar, der kleine rote Kugelblitz, Fiat oder was das ist, ist auch da, aber mach jetzt keinen Wind, die kommen doch sowieso alle an Bord."

Und Josi: „Na, ich geh mal raus. Da gibt es bestimmt was zum Reintragen", und verschwand.

Friedrich dachte so wie Walli und Uschi, sie bleiben mal besser in der Küche, nicht dass die Marta gleich vor Schreck über Bord fällt mit ihren Krücken.

Josi spazierte allen voran mit zwei Taschen voller Essen und frischer Wäsche zum Achterschiff zurück. Marta und ihr Vater kamen, da Marta mit Krücke lief, etwas langsamer hinterher.

Schon beim Heranlaufen hörten alle in der Wohnung die Marta, das dumpfe Aufklicken ihrer beiden Krücken und sie ruft: „Menschenskinder! Michl, Donner und Doria, das hat doch alles hervorragend geklappt! Wo sind die denn alle?"

Und Michl nickte nur, selbst der so wortstarken Frau fiel auf einmal nichts mehr ein.

Sie umarmten sich kurz und Marta rief in die Wohnung: „Schorsch, Du alter Haudegen, bist Du schon weg oder wo bist Du?"

Und da musste Bruder Friedrich reagieren und begab sich zögerlich aus der Küche hinaus in den Korridor, den Marta noch nicht betreten hatte.

Die Uschi schob ihn ein bisschen an, flüsterte: „Nun geh schon, Papa!"

Martas Blick erstarrte. Sie sah Michl an, Josi und ihren Franz und rang nach Worten.

Man hätte die gesamte Loreley in den Rhein fallen hören, so sehr fiel von einer Sekunde auf die nächste bei allen beiden etwas ab, was dreizehn Jahre zu Fels geworden war.

„Ja was, verdammt, Friedrich! Träum ich denn? Wo ist denn der Schorsch?", und stieg über die Türschwelle, die Krücken voran. „Du hier, ja was ist denn hier los?", konnte sie sich gar nicht mehr einkriegen und drängelte dabei alle in die Küche.

Und Franz, der schon in der Tür stand, fing an zu klatschen und schrie: „Überaschuuuuung!", und alle klatschten mit.

Während Walli ganz alleine nach ihrem Papa Ausschau hielt, was in diesem Tumult keiner bemerkte.

Worte fanden sich auf einmal von ganz alleine, trotz jeglicher Bedenken vorher: „Na, kleine Schwester, überrascht?", fragte Friedrich.

Und Marta hatte das Bedürfnis mit: „Mensch, das gibt's doch gar nicht", ihren großen Bruder um den Hals zu fallen.

Uschi hielt das nicht länger aus und sprang einfach hinzu zu den beiden Geschwistern, die sich auf einmal so nah waren.

Marta sah sie lächelnd an: „Und Du wusstest auch davon, Du kleine geheimnisvolle Hexe?"

„Na klar, Tante, war ja auch mein Plan, auch wenn ich erst nicht wusste, wie ich das hinkriegen soll. Der dumme Zufall mit Deinem Fuß hat das alles sehr viel einfacher gemacht!"

Abb. 183: Wulpabrodakanda, auch Wulpi genannt.
Oder ist es doch der Michl?

Dieses Wort Hexe ließ dabei eine Stimme von Deck erschallen: „Ich glaube, das ist mein Stichwort. Hallo! Entschuldigung, darf ich mal rein?", drängte sich Herr Strobel recht grob, zwischen all den Leuten hindurch in die Küche.

Dabei hielt er ein sehr betagtes altes Buch in die Luft und Walli stürmte, „Papaaa", in seine Arme.

Während alle am Drücken und Erzählen und Berichten waren, hatte Walli längst dieses ominöse Buch in der Hand und blätterte zu einer ganz bestimmten Seite.

„Schau, Uschi, hier", und hielt Uschi das Buch genau unter die Nase. „Und, was sagste jetzt? Hab ich Recht oder hab ich Recht?"

Uschi staunte nicht schlecht „Wahhhhnsinn, das ist echt unheimlich."

„Zeig doch mal", sprach Marta ganz ernst, die ja mittlerweile von Wulpi wusste.

Ihr Bruder schaute ihr über die Schulter, wusste aber nicht im Ansatz, was hier jetzt gerade los war. Auch Josi und Michl wurden neugierig und versuchten von hinten, mit hin und her biegendem Hals einen Blick auf dieses Buch zu erhaschen.

„Donner und Doria", sprach Marta, und Friedrich schaute Michl an und noch einmal in das Buch. Das ist doch unglaublich, Michl, schau mal, hast Du vielleicht noch eine berühmte Schwester, von der Du noch nichts erzählt hast?

Michl schob sich jetzt wie ein Kerl nach vorne, Josi hinterher: „Nun geht doch mal weg, Potzteufel, was ist denn hier eigentlich auf einmal los, verdammich."

Und Walli sprach: „Das ist Wulpi, Michl, kennst Du die vielleicht?"

Während nun alle an Bord diese unglaubliche Ähnlichkeit zwischen Wulpabrodakanda und Michl erkannten, war sie mit einem konzentrierten Blick auf dieses Bild in diesem Buch, das sie ganz erstarrt in den Händen hielt, anderer Meinung: „Also, Kinder, hmmm, tztz, wer soll denn das sein?"

Uschi und Walli im Duett: „Na, das bist Duuuu, Michl, schau doch mal genauer hin!"

Dann aber: „Bei allen Wassergöttern des Planeten, ich glaub es nicht, Potzteufel beim Klabautermann. Aber ich trage doch schon seit Jahren kein offenes Haar mehr. Und diese eklige Warze da auf der Nase fehlt mir auch und schaut Euch doch mal diese furchtbaren Zähne an, meine dritten sitzen wie angegossen", und kriegte sich gar nicht mehr ein, blätterte nach vorne und erkannte, „ha, schau an, der olle Schinken ist fast 80 Jahre alt, von 1887, da war ich noch ein erregender Reiz in den Lenden meines Vaters, Bäckermeister seines Zeichens. Woher wusste denn dieser komische Autor schon damals, 1887, welch ein schönes Kind ich einmal werden würde?"

Wie aus einem Munde sprachen die Anwesenden: „Genau, Michl, woher wusste er das?", und es wurde herzlichst gelacht.

„Jetzt", war Michl noch nicht fertig, „bei Flunder und Schellfisch, wird mir so einiges klar, Ihr kleiiiinen, miiiiesen Lurche, hahaa. Hab mich schon gewundert, was so kleine Fischeier dauernd so geheimnisvolles zu schwatzen und lachen hatten, Hexen hier und Hexen da. Aber ich habe förmlich gespüüüüürt oder eine gute Hexe hätte es gerochen, dass da was im Busch ist. Aber es hat mich unterhalten und erheitert, darum hab ich nichts gesagt. Übrigens, ich habe mein Zimmer an dem einen Tag Eurer Entdeckungsreise absichtlich offen gelassen, glaubt also nicht, dass ich Eure Geheimniskrämerei nicht bemerkt habe. Haha, dem alten Michl macht man so schnell nichts vor."

Und so konnten sich alle Anwesenden über die Erzählungen von Walli und Uschi amüsieren.

Dieser ganze Tumult dauerte noch eine ganze Weile, Friedrich forderte, dass sich alle an den Tisch setzen und reichte Getränke.

Mit einem Prost, zum Wohl und von Michl, „hoch die Tassen, Kopf in Nacken, sacken lassen", vergingen Stunden, bis alles erklärt und erzählt worden ist. Und Marta, die eng neben ihrem Bruder saß, die zwar von Wulpi, aber nichts von der Überraschung wusste, war nicht mehr zu beruhigen, strahlte ihre Freude aus und stellte ohne Unterlass Fragen, wollte alles genau wissen.

„Nach dreizehn Jahren", und beide sagten gleichzeitig lachend, „Donner und Doria", „einfach mal wieder so loszufahren, Respekt!", lobte Marta ihren Bruder und kein einziges Wort fiel von dem, was einst zwischen den beiden stand.

Es war spät, schon dunkel, als es an der Zeit war, dass jeder seiner Wege geht.

Friedrich machte dann den Vorschlag: „Wenn Du möchtest, dann bleib ich noch bis Bamberg und gehe erst von Bord, wenn der Schorsch da ist. Was hältst Du davon?"

Vollkommen egal war ihm die Tatsache, dass er das erst noch mit dem Zementwerk klären muss.

„Das ist eine richtig gute Idee, Friedrich! Ein paar Tage nur für uns, ich glaube, das brauchen wir jetzt beide!"

So war er auch schon wieder in seinem Element, klatschte in die Hände: „Also, Kinder, auf, auf, es ist Zeit für den Abschied! Frau Strobel und Ruth sitzen bestimmt wie auf Kohlen zu Hause und um halb sechs morgen früh geht es weiter!"

Alle rafften sich nur leise murrend auf, trugen die Koffer der Mädchen an Land und verabschiedeten sich sehr innig.

„Kommste denn mal wieder, Uschi, oder erkaltet jetzt Dein Schifferblut wieder?", wollte Michl wissen.

„Niemals, klar komm ich wieder, hundertprozentig", versprach Uschi.

Walli: „Ich bin dabei, Michl, mein Postbeamtenblut will noch mehr sehen!"

Und beide umarmten den alten Knochen Michl, die gar nicht wusste, wie ihr geschah.

Josi lobte beim Abschied, auch wenn es ihr sonst nie leicht fiel, diese schöne Zeit. Es war so abwechslungsreich wie noch nie zuvor, forderte geradezu ein baldiges Wiedersehen auf der HELGA. Und Marta, na, die hatte es ganz gewaltig mit der Umarmung bei Uschi.

„Das hast' richtig gut gemacht, mein Schatz! Da müssen wir alten Dackel uns von unseren Kindern sagen lassen, wie das richtig geht", und suchte über Augenkontakt die Zustimmung von ihrem Bruder.

Auch der Vater tat ihr gleich, na ja, der ist manchmal dieser Worte nicht so mächtig. Aber Uschi hat seine Erleichterung sehr gut spüren können.

Das Auto war beladen, alle mussten nun einsteigen, die Fahrt nach Hause sollte beginnen.

„Ich weiß, wo Ihr wohnt, Kinder", rief Michl als letztes, „zum Gute-Nacht-Sagen komm ich nochmal vorbeigeflogen und mein Besen steht übrigens nicht in meinem Zimmer, sondern in der Vorpik", und machte so ganz laut, „knusper, knusper, chchch."

Auf der Rückbank des kleinen Fiats schauten sich Walli und Uschi in Bezug auf die Hexengeschichten von Wulpi heute das letzte Mal sehr fragend an. Warum erwähnt Michl jetzt diesen Flug und den Besen? Haben sie doch in ihrer Gegenwart nie so richtig darüber gesprochen, dass sie in Verdacht stünde, Wulpi zu sein. Woher wusste sie, dass sie in ihr Zimmer wollten und dann Tage später tatsächlich auch darin gewesen sind? Und woher hatte sie dieses kleine geheime „knusper, knusper, chchch"?

Während Walli wieder, womöglich ebenfalls das letzte Mal, darüber flüsterte: „Ich sag Dir eins, Uschi, und ich bleib dabei, mit Michl stimmt was nicht, chchch."

„Schau mal besser aus dem Fenster, bevor Du Dich später schlafen legst", war Uschi überzeugt und lachte an diesem Abend sicherlich nicht das letzte Mal über Walli, „na, irgendwie wird sie das schon alles mitbekommen haben, was wir da so getuschelt haben, chchch."

Aber eine aufklärende Antwort darauf bekamen sie nicht mehr.

Schon nach wenigen Metern war in der Dunkelheit keiner mehr zu sehen, der noch winkte und Herr Strobel hupte noch eine ganze Zeit lang, bis die Hauptstraße erreicht war.

Trotz des schweren Abschieds empfand vor allem Uschi eine unglaubliche Erleichterung, die sich jetzt auf ihre beiden Schwestern, ihre Mom, den Hasen und die Hühner freute. Und sie hatte noch Material, Erlebnisse für ihr ganzes Leben und eine tolle Geschichte, wie das Kettennuss-Kühlen, das sie der Walli noch nahebringen musste.

Eine außergewöhnliche und einzigartige Ferienzeit ging zu

Ende.

Und heute? ...

Die Binnenschifffahrt ist nach wie vor einer der wichtigsten Verkehrsträger dieses Landes und in allen seinen Anrainerstaaten. Diese Leistung durch Bahn und Straßentransport zu ersetzen, ist längst nicht mehr möglich. In der Reihenfolge stechen folgende Länder besonders hervor: Niederlande, Deutschland, Belgien, Frankreich, Luxemburg, Schweiz, Österreich, und weitere Donauanrainerstaaten, bis hinunter ans Schwarze Meer.

Die West- und Mitteleuropäische Binnenschifffahrt ist die modernste, sauberste und sicherste Binnenschifffahrt weltweit. Kein Land dieser Erde kann unserer Binnenschifffahrt das Wasser reichen. Kein Land der Erde nutzt seine Wasserstraßen so sicher, sauber, effizient und nachhaltig.

Die Infrastrukturen der deutschen Wasserstraßen sind aber leider sehr marode und der Binnenschiffer sehr gefordert, damit umzugehen, was sich wiederum als eine besondere Herausforderung darstellt. Im Gegensatz dazu befinden sich die Infrastrukturen unseres Nachbarlandes Niederlanden in einen hervorragenden Zustand. Somit können die Niederlande in Bezug auf die Binnenschifffahrt und ihren Infrastrukturen als bestes Land unserer Erde bezeichnet werden. Trotz zukunftsorientierter Schiffe und ordentlichen Freizeitregelungen besteht auch in dieser Branche ein massives Personalproblem. Der Binnenschiffer ist ein anerkannter Ausbildungsberuf und um sich genauer darüber zu informieren, kann diese Seite empfohlen werden.

https://www.binnenschiffer-werden.de

Selbstredend sind und werden immer mehr Frauen in diesem Beruf tätig, auch wenn die Schiffe der heutigen Zeit unter Umständen doppelt so lang, andere doppelt so breit sind, wie die MS HELGA einst gewesen ist. Die Leichtigkeit der Materialien und die hochmoderne Technik macht vieles leichter und einfacher. Frauen in der Binnenschifffahrt sind in allen Anforderungen und Tätigkeiten gleich gestellt. Sie stehen vom Schiffsjungen bis zum Schiffsführer oder Kapitän in hoher Verantwortung und gelten immer und überall als vollwertige Besatzungsmitglieder einer Schiffsbesatzung in all den verantwortungsvollen Positionen.

Abb. 184: Das Frachtschiff HEIKE-LUCIE.
Länge: 135 Meter, Breite: 11,45 Meter, Tragfähigkeit: 3.764 Tonnen.

Abb. 185: Das Tankschiff DIAMANT.
Länge: 135 Meter, Breite: 22,80 Meter, Tragfähigkeit: 12665 Tonnen.

Abb. 186: Ein Antriebsmotor in einen hochmodernen Maschinenraum.

Abb. 187: Ein Fahrstand der heutigen Zeit, 2024.

Abb. 188: Ein Fahrstand der alten Zeit, 1954.

Abb. 189: Die Wohnung einer heutigen Schiffsbesatzung.

Danksagung

Um ein Werk etwas abwechslungsreicher zu gestalten, erinnert man sich zu gern an Fotografien, die dabei helfen könnten. Nun sollte dieses Buch, da es auch unsere junge Generation ansprechen soll, davon ein paar mehr erhalten. Und es war ein unfassbarer Aufwand, geeignetes Bildmaterial dafür zu finden, deren Eigentümer am Ende für die Nutzung kein Vermögen abverlangen. Ich verstehe diese Erwartungshaltung sehr gut, aber als kleine Schriftstellerwurst habe ich nicht den finanziellen Background, um mir das leisten zu können.

Von daher entschied ich mich zusätzlich für eigene Zeichnungen und ein paar wenige Illustrationen, die von einem benachbarten Freund, Herrn Michael Klaussner aus Berlin, gestaltet wurden. Einer, der ebenfalls bereit war, mich selbstlos zu unterstützen, einer, der nun sehr viel mehr von der Schifffahrt weiß, als je zuvor.

Erschreckenderweise waren die Reaktionen auf meinen Hilfeaufruf in meiner eigenen Gilde, die der Binnenschiffer, sehr schwach und viele meiner Kollegen wirkten desinteressiert, wo ich doch mit Sicherheit weiß, dass so manch ein Bildersammler diesen Goldstaub der vergangenen Zeiten zu Hause aufbewahrt. Zu schade, dass der überwiegende Teil ihrer Sammlung keine Betrachter finden kann oder keine Betrachter finden darf. Erklärungen oder Mutmaßungen, warum das so ist, möchte ich mir aber an dieser Stelle sparen, lieber hier nicht anstellen.

Aber ein paar wenige haben es doch verstanden, worum es mir in meiner Tätigkeit, von diesem Beruf zu erzählen, eigentlich geht. Somit möchte ich mich hiermit herzlichst bei all denen bedanken, die mich bei diesem Projekt so selbstlos und frei von Forderungen unterstützt haben.

Dieser Dank gilt selbstredend auch den Einrichtungen, Internetpräsenzen und Institutionen, die allen Menschen gleich die Nutzung ihrer Datenbanken ermöglichen. In diesem Fall, waren es:

> wikipedia.de
> deutsche-digitale-dibliothek.de
> izw-medienarchiv.baw.de

Persönlich danke ich vielmals:

Herrn Rudolf Stegmann und dem Schifffahrts- und Schiffbaumuseum Wörth am Main mit historischer Nagelschmiede und Mainfischerei-Informationen

Rathausstraße 72,ehem. St. Wolfgangsskirche
63939 Wörth am Main
Tel.: 09372 72970
info@schiffsmuseumwoerth.de
Öffnungszeiten: Sonntag von 14:00-17:00 Uhr
und nach Vereinbarung
Führungen: Nach Vereinbarung jederzeit möglich
Anmeldungen: Tel.: 09372 98930

schifffahrtsmuseum-woerth.de

Sie würden wirklich etwas verpassen, wenn Sie dieses fantastische Museum nicht bei der nächsten Gelegenheit besuchen würden.

Als Fahrensmann habe ich sogar europaweit sehr viele Schifffahrtsmuseen besucht und dieses ist definitiv unter den ersten Rängen der besten, schönsten, gepflegtesten und saubersten Museen anzusiedeln. Hier steckt die Liebe im Detail, großartig.

Es ist mir daher ein persönliches Anliegen dies hier zu erläutern, fühle mich gegenüber allen Menschen dazu verpflichtet, die durch unfassbare Entbehrungen und eigenen Einsatz, körperlich und geistig, die Welt der musealen Schifffahrt, unsere Geschichte, erhalten aus Überzeugung und Liebe gegenüber dieser Gilde, der sie sich selbstlos hingeben.

Man beansprucht keinen Dank, erwartet nur bescheidene Anerkennung, Löhne und Gehälter. Vielleicht mal eine Bratwurstsemmel, irgendwann im Verlauf des Jahres.

Des Weiteren danke ich vielmals:

Herrn Dipl.-Ing. Rolf Diesler. Herr Dipl.-Ing. Rolf Diesler studierte Wasserbau an der RWTH Aachen und arbeitet seit 1990 bei der Wasserstraßen- und Schifffahrtsverwaltung des Bundes. Nach Abschnitten beim Rheinausbau sowie beim Ausbau der Mosel leitete er von 1999 bis 2019 das WSA Regensburg, seit 2019 ist er für den Donauausbau zuständig. Seit mehr als 35 Jahren beschäftigt er sich mit der Historie der Binnenschifffahrt. Hierzu gab er neben vielen Artikeln auch folgende Bücher heraus:

* Erinnerungen an die Rheinwerft Mainz Mombach (2021)
* Reederei Braunkohle (zusammen mit Bernd Schwarz), Sutton 2020
* Pfarrer Aloys Brey und sein Hobby Donauschifffahrt (2020)

388

- Insgesamt 14 CEWE-Fotobücher in kleiner Auflage über Fotografen der Binnenschifffahrt sowie diverse Reedereien
- Artikel in diversen Zeitschriften zum Thema Binnenschifffahrt

Last but not least:

Gilt mein Dank den Fahrensmännern und -frauen, die es mal waren und denen, die es noch immer sind. Einigen Mitgliedern des Binnenschifferforums, unter anderem einem Herrn Walter Laue, Michael Felten und den Usern, die namentlich nicht genannt werden wollen, sonst hätten sie es längst getan: einem Jozef, Joana, Herbert, Robert, Jürgen F., als auch der Bilgenratte vielen Dank!

binnenschifferforum.de

Das Beste kommt immer zum Schluss:

Vielen Dank an Herrn Bruno Gillhuber aus Himmelstadt am Main. Er ist nicht nur ein treuer Leser meiner Werke, sondern einer, der noch immer nicht aufhören möchte. Oder kann er einfach nicht loslassen?

Vielen Dank an alle!!

Glossar

Ein extrem kleiner Auszug von Begriffsbestimmungen, die einst in der Binnenschifffahrt geläufig waren, einige, die noch heute geläufig sind.

Anhalten, Hindernis oder Naturgewalten: Bei starkem Wind oder der Ausfahrt von Nebenwasserstraßen, die in ein stark strömendes Gewässer führen, wird immer die Seite „angehalten", aus der sich die Naturgewalt gegen das Schiff richtet. Kommt der Wind von Backbord, wird das Schiff Backbord gegen den Wind gehalten. Kommt die starke Strömung von Steuerbord, wird das Schiff Steuerbord gegen die Strömung gehalten. Ein sehr gefühlvoller Umgang, der verhindern soll, dass Wind oder Strömung nach dem Schiff greifen und so ein Manöver gefährdet oder unnötig erschwert wird.

Anker, Ankerkette: Ein schweres Gerät, meist aus Stahl, das mit Haken versehen im Gewässer versenkt wird und so ein Schiff über eine Ankerkette an einer Position dauerhaft festhalten, verankern soll. Anker können bei kleinen Booten nur 5 Kilogramm, jedoch bei Seeschiffen 150 Tonnen und schwerer sein. Auf einem Binnenschiff können Ankerketten auch nur 60 Meter lang sein, ist doch ein fließendes Gewässer nicht allzu tief. Die Anker wiegen, je nach Schiffsgröße, nur wenige hundert Kilogramm bis 2 oder auch etwas mehr Tonnen. Ein Binnenschiff verfügt in der Regel über zwei Anker am Vorschiff, diese sind am Bug nach Backbord und Steuerbord gerichtet. Heute befindet sich mindestens ein Anker am Heck, dem Achterschiff, welches in der Schiffsmitte angebracht ist. Grundsätzlich wird dies verwendet, wenn bei einem Schiff die Antriebe versagen und das Schiff nur noch mit diesem Anker gestoppt oder gebremst werden kann. In stillen Gewässern, ohne Strömung, werden Heckanker noch zur sicheren Stilllage des Schiffes verwendet.

Ankermanöver, vor Anker liegen: Ankermanöver ist der Zeitraum, in dem Anker gesetzt oder wieder aus einem Gewässer herausgedreht werden. In der Zeit dazwischen liegt ein Schiff vor Anker.

Ankerspill: Eine mechanische Winde, mit der man entweder durch Menschen-, Maschinen- und Motorenkraft die Anker aus einem Gewässer herausdreht. Die manuell zu bedienenden Winden werden seit ihrer Entwicklung mit

Dampfmaschinen, Diesel- und Benzinmotoren, Hydraulikmotoren, letztendlich nur noch mit Elektromotoren betrieben.

Anlegen, das Schiff liegt still, Liegeplatz, an Land fest machen: Ein Schiff liegt dann still, wenn es nicht mehr fährt und irgendwo im Hafen oder an einer Schleuse angelegt hat. Dass Schiffe allerdings an deutschen Städten anlegen, ist seit 2018 von den meisten dieser Städte nicht mehr gewünscht. Luxuriös wohnen am Hafen hat Vorrang! Einstige Liegeplätze, die bis zu 2.000 Jahren relevant und extrem wichtig waren, wurden entfernt, alte Hafenbecken entwidmet und der Sportbootszene zugängig gemacht. Von daher liegen Binnenschiffe entweder „vor Anker" irgendwo dort, wo Menschen nicht hinkommen, oder sie liegen gegen Liegegebühren in Betriebshäfen und vor den Schleusen. Ein Schiff, das mit Land fest verbunden angelegt hat, liegt nicht vor Anker, es liegt dann einfach nur still. Es hat einen Liegeplatz angefahren. In unserem Nachbarland, den Niederlanden, aber auch in Belgien, wurden im Verlauf der letzten Jahre im Abstand von durchschnittlich 40 Kilometern ca. 10 Übernachtungshäfen und spezielle Anlegestellen am Rand von Gewässern errichtet. Schiffe aller Größen und Gattungen können in diese Häfen einfahren und dort ohne anfallende Kosten sicher befestigt ihre Nachtruhe verbringen. Frankreich ist nur an der Durchfahrt von Schiffen interessiert. Es gibt fast keine Möglichkeiten, am französischen Rhein anzulegen. Vorhandene Anlagen sind marode und nicht mehr zeitgemäß. Die kleine Schweiz hingegen bietet ebenfalls modernisierte Liegeplätze für Binnenschiffe an. Obwohl der deutsche Rhein zum Teil über eine fast dreimal so lange Flusstrecke verfügt, wie all seine Nachbarländer, gibt es in Deutschland keine Übernachtungshäfen für Binnenschiffe.

Aufdecken: Ein Schiff wird vor der Beladung oder vor dem Löschen bzw. Ausladen aufgedeckt. Das Lukendach wird dazu entfernt indem es zur Seite gelegt und der Laderaum so geöffnet wird.

Aufdrehen: Drehen, Wenden. Ein Schiff 180° entgegengesetzt seiner letzten Fahrtrichtung wenden oder drehen.

Ausladen oder Löschen: Ein Schiff wird ausge- bzw. entladen oder gelöscht.

Backbord: Backbord befindet sich in Blickrichtung auf der linken Seite. Die Farbe seiner Nachtkennzeichnung, die der Positionslaterne oder -lampe, ist rot.

Ballasttank, Wallgang, Ballastwasser: *Ballastwasser* wird an manchen Wasserstraßen, vor allem in Kanälen benötigt, um ein Schiff tiefer ins Wasser zu bringen, damit sich die darüber befindliche Durchfahrtshöhe erhöht. Niedrige Brücken können so sicher durchfahren werden. Dazu wurde eine geraume Zeit die Laderäume mit der Deckwasch- oder mobilen Pumpen mit Außenbordwasser so lange befüllt, bis die erforderliche Durchfahrtshöhe erreicht war. Nachdem man diese Wasserstraße verlassen hatte, wurde dieses Wasser wieder herausgepumpt. Schiffe verfügen heute unter den Gangborden über sogenannte *Wallgänge*, die diese Funktion eines *Ballasttanks* übernommen haben. Auch im Vor- und Achterschiff sind Schiffe mit Ballasttanks ausgestattet. Starke Pumpen schaffen es in wenigen Stunden, diese Tanks mit tausend Tonnen oder mehr Wasser zu befüllen. Auch der Raum unter dem Laderaumboden, die Doppelhülle, wird von manchen Schiffen als Ballastwassertank genutzt.

Beruf Binnenschiffer: Der Binnenschiffer ist schon einige Jahrzehnte ein anerkannter Lehrberuf. Und doch birgt er noch immer einen dunklen Schatten in sich, da man ihn teilweise völlig ungerechtfertigt wie vor hundert Jahren als eine Arbeit für Heimatlose, Taugenichtse, Wandersleute, Verbrecher und Haderlumpen betrachtet. Sie sind und waren Fahrensleute, irgendwie unerreichbar und unzugänglich und riefen daher unterschiedliche Wahrnehmungen in der Bevölkerung hervor. Und das ist auch nicht nur falsch, oder ja, es ist zum Teil noch immer so, sind sie doch mit ihren Schiffen noch immer so weit weg vom vielleicht interessierten Menschen. Selbstredend liegt es auch daran, dass Schiffe an keine deutschen Städte mehr anlegen dürfen. Und es war eigentlich die überwiegende Zeit ein reiner Beruf für Männer, auch wenn schon damals sehr viele Frauen gerade in Familienbetrieben ordentlich Hand anlegten, selbst schon damals Kapitäninnen oder Schiffsführerinnen waren. Auch das fand nur wenig Zuspruch und Kenntnisnahme. Wer keine Heimat hatte, dem Leben eines fahrenden Volkes frönte oder gar etwas ausgefressen hatte, war auf einem Schiff relativ sicher und schnell von einem Ort zum anderen gelangt. Erwies er sich als interessiert, hilfreich und geeignet, war er auch schnell ein Besatzungsmitglied eines Schiffes oder Schleppkahns und wurde so zum Binnenschiffer.

Aber das war einmal, auch wenn sich viele Menschen noch immer auf dieses beschränkte Wissen berufen und nicht gewillt sind, sich neu zu informieren. Auf einem Binnenschiff fanden sich schon immer verschiedene

Möglichkeiten, ein neues Leben zu beginnen. Der Autor selbst ist dafür ein blühendes Beispiel. Heutzutage ist dieser Beruf grundsätzlich für jede Geschlechterform geeignet. Die moderne Technik fordert keine muskelbepackten Männer mehr. Schiffe bieten für alle Besatzungsmitglieder sehr moderne angenehme Wohnsituationen, in die man sich auch zurückziehen kann. Technische Anlagen rumpeln und rattern schon lange nicht mehr so, wie einst in der Vergangenheit. Teamfähig sollte man sein, die Gemeinsamkeit auf engem Raum akzeptieren und leben können. Übrigens gibt es bei weitem sehr viel mehr Piloten eines Flugzeugs, als Kapitäne in der Binnenschifffahrt. Dennoch sollte man sich bewusst sein, es bleibt ein Beruf gespickt mit Entbehrungen und Verantwortung und immer wieder neuen Herausforderungen, ein Beruf, der selbst nach 50 Jahren Berufserfahrung noch nicht zu Ende gelernt ist, immer wieder Neues bietet bzw. es Neues zu lernen gibt. Sei es nur, wenn es darum geht, ein Fahrwasser befahren zu müssen, das man die Jahre davor noch nie befahren hat.

Dieser Lehrberuf ist über die Zeit ein sehr umfangreicher und anspruchsvoller Beruf geworden, gewinnt sogar so allmählich die längst verdiente Anerkennung. Er zählt noch immer zu den bestbezahltesten Ausbildungsberufen und ich möchte es nicht unerwähnt lassen, dass diese überdurchschnittlich gute Bezahlung auch dem mangelnden Nachwuchs geschuldet ist. Was junge Menschen überlegen sollten ist, dass dieser Beruf auch viel Freizeit birgt, da Schichtfahren üblich ist. Man ist in verschiedenen Schichtsystemen, zwei, drei oder vier Wochen an Bord und hat dann die gleiche Zeit frei, bei voller Grundvergütung. Die theoretische Ausbildung wird in Blockunterricht in einer Binnenschiffer-Berufsschule absolviert. Die schulische Ausbildung im Vorfeld ist nicht unbedingt maßgebend, selbst wenn manche Menschen glauben, einen Hauptschulabschluss als unzureichend für das weitere Leben bezeichnen zu müssen. Der gute Kapitän formt sich nicht durch das Alphabet oder das Einmaleins allein, sondern durch menschliches Wirken, mit Charakter-, Führungsstärke, Willenskraft, Mut und dem Ansporn, Herausforderungen anzunehmen. Er ist willig zu lernen, aufnahmefähig und stets erfreut, sein Wissen weiterzugeben. Er ist ein bodenständiger, geduldiger und kollegialer Lehrmeister, ruhig und besonnen, sachlich und objektiv. Viele Eigenschaften, die man erst über die Jahre hinweg lernen kann und lernen muss, bis man von einem Reeder ein Schiff anvertraut bekommt, je nach Entwicklung durchaus schon nach 6–8 Jahren als Kapitän aktiv tätig werden kann. Ich empfehle daher, um sich genauer zu informieren, diesen Link aufzurufen, der sehr ausführliche Informationen beinhaltet und so gut wie alle Antworten auf sich stellende Fragen liefert.

schulschiff-rhein.de/wp-content/uploads/2022/09/Bibb.pdf

Ein mutiger Schritt bleibt es dennoch, sich für diesen großartigen Beruf zu entscheiden.

Besatzung: So wird die Crew eines Schiffes genannt. Je nach Größe und der Einsatzzeit des Schiffes wird diese entsprechend erhöht oder gemindert. Sie besteht in der Regel bei kleineren Schiffen bis einschließlich 85 Metern und einer täglichen Fahrzeit von rund 14 Stunden aus einem Schiffsführer und nur einem Matrosen. Der/das Schiffsjunge/-mädchen ist anfänglich, in der Zeit der Ausbildung, kein vollwertiges Besatzungsmitglied, da er/sie noch in der Ausbildung ist. Ein Schiff über diese Größe hinaus kann bei einer Fahrzeit von täglich 24 Stunden mit 2 Schiffsführern, 2 Steuermännern und 2 Matrosen besetzt sein. Das Schiff ist dann mit dem Wechsel der Mannschaft, rund alle 6 Stunden, im ständigen Einsatz. Weitere, sehr umfangreiche Details in Sachen Schiffsbesatzung lassen sich selbstständig herausfinden. All das ist in der Binnenschiffspersonalverordnung, der BinSchPersV, geregelt. Genaueres zum Decksmann, Leichtmatrosen, Matrosen, Steuermann, Maschinenkundigen findet sich hier:

elwis.de/DE/Binnenschifffahrt/Befaehigungsnachweise/Besatzung/Besatzung-node.html

Bilge, Bilgenentöler, BiBo, Bilgenbuch: Der Raum, der sich in Motoren- und Maschinenräumen unter den Flurplatten, den Antriebsmotoren und Maschinen befindet, in den Öle und Tropfwasser hineintropfen und aufbewahrt werden. Viele Schiffe verfügen auch über einen Altöltank. Sollte die Bilge zu voll werden, kann man das Bilgenwasser aus der Bilge in diesen Altöltank pumpen. Auch das Öl von Motoren kann bei Ölwechsel direkt aus dem Motor in diesen Altöltank gepumpt werden. Die Bilge oder das Bilgenwasser, ölhaltiges Abwasser, muss auf Binnenschiffen in regelmäßigen Abständen von eigens geschaffenen Bilgenentsorgungsbooten, den „Bilgenentölern" oder „BiBo's" entsorgt werden. Sie sind an allen Wasserstraßen anzutreffen und in großen Häfen fest stationiert. Es sind kleine, meist gelb angemalte Boote, zwischen 20 und 40 Meter Länge, die mit einem langen Schlauch die Bilge leer saugen. Mit einer speziellen Bilgenentöler-

Flagge, 1,00 × 1,00 Meter, knalliges Gelb mit schwarzem O, kann man damit sein Verlangen, die Bilge lenzen oder absaugen lassen zu wollen, anzeigen, indem man diese Flagge am Mast hochzieht. Das funktioniert natürlich nur, wenn zufällig ein BiBo vorbeifährt. In der Regel werden Bilgenboote über Funk oder Telefon geordert. Diese Menge der Entsorgung wird akribisch in Bilgenbüchern, gelb und DIN A5, dokumentiert. Dass Bilgenwasser wird gereinigt und wiederaufbereitetes Öl gewonnen. Der Schiffseigner muss sich anteilig an dieser Entsorgung beteiligen.

Binnenschiff: Ein Binnenschiff ist ein Schiff, das zur Fahrt auf Binnengewässern und Binnenwasserstraßen konstruiert ist. Auch wenn es in Seehäfen und dessen Zubringer Seewasserstraßen befährt, untere Elbe, Weser, Schelde, Donaudelta usw. ist es kein Seeschiff. Binnenschiffe auf europäischen Wasserstraßen haben mittlerweile eine Länge von 135 Metern und eine Breite von 22,80 Metern erreicht. Ganz kleine Binnenschiffe können 300 Tonnen transportieren, das größte hat längst die Möglichkeit erreicht, 12.665 Tonnen zu bewegen. Obwohl vor allem die deutsche Infrastruktur in Bezug auf die Binnenschifffahrt immens vernachlässigt wird und keine Anpassung stattfindet, verfügt die europäische Binnenschifffahrt über die modernste, sauberste und sicherste Binnenschifffahrtsflotte weltweit. Kein modernes China, kein Indien und kein Amerika kann uns das Wasser reichen. Absoluter Spitzenreiter ist und bleibt allerdings unser kleines Nachbarland, das sich Niederlande nennt. Letztendlich verdankt auch Deutschland den Niederlanden, dass wir hier in unserem Land so unfassbar gut aufgestellt sind. Die Binnenschiffer aus den hochmodernen Nachbarländern aber, die plagen sich mit der deutschen maroden Infrastruktur, mit Strukturen, die seit mehr als 100 Jahren in Betrieb sind, kaum saniert wurden und sich daher in einem schwierigen Zustand befinden und der modernen Zeit einfach nicht mehr gerecht werden können.

Blaue Seitentafel, blaue Flagge: In der Binnenschifffahrt gibt immer das gegen den Strom oder zu Berg fahrende Schiff den Kurs an. Ohne ein Funkgerät benutzen zu müssen, zeigt man dies durch das Zeigen der blauen Seitentafel an. Vor der Einführung dieser Tafel verwendete man eine *blaue Flagge* aus Stoff, die an einem kleinen Mast an der Steuerbordseite nahe dem Steuerhaus angebracht war. Daher wird umgangssprachlich noch immer die Redewendung verwendet „blaue Flagge zeigen". Annähernd an dieser Stelle ist heute die *blaue Tafel* am Schiff fest installiert, wird manuell oder mechanisch betätigt. Sie ist 1,00 × 1,00 Meter groß und rundum mit einem

5 Zentimeter breiten weißen Rand versehen. In der Mitte befindet sich eine 360° sichtbare weiße Lampe, die sich mit der Aktivierung der Flagge automatisch einschaltet. Diese Lampe soll rund jede Sekunde blinken und gibt dieses Steuerbord-an-Steuerbord-Manöver bei Dunkelheit wieder. Kleinfahrzeuge unter 20 Meter Länge müssen diese Tafel nicht führen. Sonstige Manöver in stillen Gewässern oder Hafengebieten werden meistens mit einem Funkspruch begleitet. Die Schiffe sprechen ihre geplante Begegnung über Funk ab. Zeigt ein Schiff keine Flagge, wird Backbord an Backbord begegnet.

Bord- oder Fahrtenbuch, Schifferdienstbuch, Tagebuch: Das *Bordbuch* hat rund 200 Seiten, ist im DIN-A4-Format quer angelegt und hat einen roten Einband. Auf dem roten Cover steht im rechten unteren Viertel „Bordbuch". Der Schiffsführer muss in diesem Buch für jedes Mitglied seiner Besatzung die Einsatzzeiten und die in dieser Zeit gefahrene Strecke dokumentieren. Es bleibt so nachvollziehbar, dass keine Einsatzzeiten überschritten wurden und welches Besatzungsmitglied zwischen welchen Örtlichkeiten im Einsatz gewesen ist. Das *Fahrtenbuch* ist angeglichen, ebenfalls DIN A4, nur mit blauem Einband. Auf dem blauen Cover steht im rechten unteren Viertel „Fahrtenbuch". Während das Bordbuch auf allen Wasserstraßen eingesetzt werden kann, darf ein Fahrtenbuch nur und ausschließlich auf Nebenwasserstraßen Verwendung finden. Auf Wasserstraßen, die keine Anbindung in eine Hauptwasserstraße wie Rhein, Elbe, Donau haben, sind ausschließlich Fahrtenbücher im Einsatz.
Überwacht werden diese Einträge von der Wasserschutzpolizei und den Wasserstraßen- und Schifffahrtsämtern. Bord- und Fahrtenbücher dienen auch dem Nach- oder Abgleich, wie lange ein Besatzungsmitglied auf einem Schiff beschäftigt gewesen ist und welche Strecken es in dieser Zeit befahren hat. Um ein Patent zu erwerben, bei dem ein Streckennachweis erforderlich ist, kann er dies so in Verbindung mit seinem Schifferdienstbuch nachweisen. Das *Schifferdienstbuch* wird von den Behörden (WSA) mit der Vorlage einer positiven arbeitsmedizinischen Untersuchung und einem Lichtbild ausgestellt, ein in DIN A5 gehaltenes Buch in hellblau, in dem im vorderen Teil der Inhaber und die Funktion des Besatzungsmitgliedes mit Lichtbild fixiert ist. Die Schiffsführung ist verpflichtet, alle getätigten Fahrten des Schiffes und die Zeit an Bord des Besatzungsmitglieds in diesem Schifferdienstbuch zu dokumentieren. Nur ein Inhaber eines Schifferdienstbuches zählt als Besatzungsmitglied eines Schiffes. Es dient auch dem

Nachweis, der vor einer Patentprüfung erbracht werden muss, wie oft der Inhaber des Buches den zu prüfenden Flussstreckenabschnitt befahren hat. Er muss einen Streckennachweis erbringen.

Als Patentinhaber benötigt man kein Schifferdienstbuch mehr, es sei denn, man beabsichtigt eine neue, weiter zu prüfende Flussstrecke durch Prüfung patentieren zu lassen. Bord- und Fahrtenbücher sind übrigen keine Logbücher. Diese gibt es in der Binnenschifffahrt nicht. Tagesgeschehnisse werden in *Tagebüchern* niedergeschrieben. Es besteht allerdings keine Pflicht, dies zu tun. Dennoch werden von vielen Kapitänen Tagebücher geführt.

Bug oder Vorschiff: Das Vorschiff oder die nicht zu sehr gebräuchliche Bezeichnung Bug befindet sich ganz vorne. Wenn ein Besatzungsmitglied davon spricht, „nach vorne zu gehen", dann wird er sich zum Vorschiff, zum Bug bewegen. Im Vorschiff befinden sich der Bugstrahlraum, das Ankerspill, der Mast und einst auch die Wohnung der Besatzung, die seit geraumer Zeit mehr und mehr nur noch im Achterschiff einquartiert ist. Ein Schiff wird in der Regel immer zuerst am Vorschiff gegen die Strömung und dann erst am Achterschiff an Land befestigt. Muss ein Schiff mit einer kontrollierbaren Strömung angelegt werden, wird auch mal mit dem Heck zuerst angelegt. Ist aber die Strömung zu stark, muss das Schiff erst gegen die Strömung gewendet werden, bevor es sicher mit dem Vorschiff zuerst anlegen kann. Diese Entscheidung fällt allein der Schiffsführer.

Bugstrahl, Bugsteueranlage, Bugstrahlraum, Kopfruder: Eine Erfindung, die schon in den sechziger Jahren in der Binnenschifffahrt Einzug hielt. Ein im Vorschiff befindlicher Motor, der über ein Getriebe eine Welle antrieb und mit einer kleineren Schiffsschraube den Bug des Schiffes manövrierbar machte. Anfänglich war nur eine Schiffsbewegung von Steuerbord nach Backbord und umgekehrt möglich. Es entwickelten sich über die Zeit diverse Anlagen, von starken Wasserpumpen, über hydraulische und elektrische Antriebe. *Bugstrahlanlagen* sind heute in allen Richtungen, also 360°, rundum anwendbar, die Motoren von einst mit 80 oder 100 PS durch Motoren bis 1.000 PS ersetzt. Oder es befinden sich zwei Anlagen hintereinander verbaut im Vorschiff, dem *Bugstrahlraum*, die das Vorschiff mit jeweils 500 PS bewegen können. Die Grundidee dieser Anlage ist dem *Kopfruder* entsprungen. Ein im unteren Vorschiff, dem Kopf des Schiffes, verbautes Ruderblatt, das an einem kleinen Kran an Deck gesichert, hoch oder hinunter ins äußere des Schiffes gebracht werden konnte. An Deck wurde in dieses Ruderblatt eine Ruderpinne gesteckt, womit der Matrose am Vorschiff, dem Bug des Schiffes, den Schiffsführer im Steuerhaus bei Anlegemanövern oder Fahrten im starken Wind unterstützen konnte.

Bullauge: Eine aus Messing oder Messingguss bestehende runde Öffnung in der Bordwand, dem Aufbau (der Roof) und den Türen eines Schiffes, die einen Blick nach draußen möglich machen. Sie sind in der Binnenschifffahrt nur noch wenig verbaut und verwendet. Binnenschiffe haben ganz normale Fenster.

Bunkerboot, Bunkerstation, Bunkern: *Bunkerboote* sind meist in Ballungsgebieten oder größeren Häfen stationiert. Es sind kleine Boote zwischen 20 und 40 Metern Länge, die als schwimmende Tankstellen fungieren. Durch ihre wendige Größe können Schiffe während der Fahrt bunkern oder gebunkert werden. *Bunkern* ist ein altüberlieferter Begriff, der noch aus einer Zeit stammt, als Schiffe Kohle für die Heizkessel in Bunker gebunkert haben. Heute versorgen sie die durchgehende Schifffahrt mit Antriebs- und Schmierstoffen, Diesel, Öl und Trinkwasser, aber auch mit anderen Dingen, die jederzeit benötigt werden. Dazu gehören auch grundlegende Dinge wie Seile und Taue, Reibhölzer, Arbeitshandschuhe und Schrubber, Reinigungsmittel oder auch Putzlappen, Farben, Pinsel und einiges mehr. *Bunkerstationen* sind, wie der Name schon sagt, fest stationierte Anlagen, meist sehr viel größer als Bunkerboote, auch über 100 Meter lang. Das Schiff muss, im Gegensatz zu einem Bunkerboot, an diese Bunkerstation heranfahren, anlegen, bunkern und kann dann weiterfahren.

David, Nachendavid, Nachen, Rettungsboot, Dingi: Der *Nachen* ist das Rettungsboot eines Binnenschiffes, auch wenn heute Kunststoffboote, auch *Dingi* genannt, verwendet werden, spricht man noch immer vom Nachen. Selbst J. W. Goethe, 1749–1832, verwendete in seinem Gedicht „Osterspaziergang" den Nachen.

> Wie der Fluß in Breit und Länge,
> So manchen lustigen Nachen bewegt,
> Und, bis zum Sinken überladen,
> Entfernt sich dieser letzte Kahn.
> Selbst von des Berges fernen Pfaden
> Blinken uns farbige Kleider an.

Es ist ein kleines einst aus Holz, Eisen, Aluminium oder GFK (Kunststoff) bestehendes Boot, das gerade so groß ist, dass es mindestens vier Mann

Besatzung ungehindert aufnehmen kann.

Der *David* ist ein kleiner Kran, mit dem der Nachen, nur ein paar hundert Kilo schwer, vom Deck eines Schiffes in ein Gewässer gehoben und herausgedreht werden kann. Er kann an Deck, Vor-, Mittschiff oder Heck, eines Schiffes angebracht sein. Die Seilwinde wurde einst mechanisch durch Muskelkraft bewegt. Heute befinden sich fast keine speziellen Nachendavids mehr auf Schiffen. Die meisten Schiffe sind mit Kranen ausgestattet, die überwiegend für das Ausbringen und Anbordheben der Autos von Schiffsbesatzungen Verwendung finden. Die Mitnahme von Autos ist allerdings nicht auf allen Schiffen erlaubt. Diese Krane sind je nach Bauweise 20 Meter lang und manche heben leicht 2 Tonnen. Das schnelle Ausbringen des Nachens ist somit kein Problem mehr.

Deck: Das Deck ist grundsätzlich überall dort, wo sich kein Steuerhaus, Wohn-, Lade-, Stau- oder Maschinenraum befindet. Es ist einfach nur draußen.

Deckskleid, Abdeckplane, Decklast: Manche Produkte, die vor allem in Binnenschiffe verladen werden, sind in ihrem Eigengewicht so leicht, dass sie bei der Beladung über den Laderaum hinaus als Haufen weiter beladen werden müssen, um auch genug Ladetonnen zu erreichen. Je leichter das zu ladende Produkt, desto weniger passt davon in einen Laderaum. Styropor wäre sehr leicht, Eisenerz hingegen sehr schwer. Würde man einen 100 Meter langen Laderaum bis obenhin voll mit Eisenerz beladen, würde das Schiff definitiv versinken. Mit Styropor hätte man dann gerade mal ein paar Hundert Tonnen geladen, selbst wenn der Haufen über dem Laderaum meterhoch wäre. Dieser Haufen nennt sich *Decklast*. Und damit diese Decklast bei Regen nicht nass wird, wird diese Decklast mit sehr stabilen, auch schweren *Abdeckplanen* oder dem *Deckskleid* zugedeckt. Diese Plane wurde an diversen Ösen und angebrachten Ringen am Dennebaum verzurrt. Heutige Schiffe haben durch ihre modernen Techniken vereinfacht die Möglichkeit, ein Schiff aufzudecken, von daher dürfen Dennebäume auch sehr viel höher sein als früher. Decklast zu fahren ist demnach nicht mehr so schnell notwendig.

Deckstopper: Ein schweres, aus Stahl bestehendes Werkzeug an Deck, rund einen Meter lang, mit meist einer rechteckigen, ca. 15 Zentimeter tiefen Öffnung an einer Seite. Es wurde zum Hebeln, Drücken und Schlagen an Winden und zu anderen Gelegenheiten verwendet, ist aber heute kaum mehr in Gebrauch.

Dennebaum: Der Dennebaum befindet sich seitlich über dem eigentlichen Laderaum und ragt innen an den beiden Gangborden, Backbord und Steuerbord, über den Laderaum hinweg. Das Schiff kann also auch unter dem Gangbord beladen sein, auch wenn der Laderaum darüber kleiner erscheint. Der Dennebaum kann nur 60 Zentimeter, aber auch 2,50 Meter hoch sein. Je höher der Dennebaum, desto höher die zu beladenen Kubikmeter eines Schiffes. Auf dem obersten Winkel des Dennebaums liegt auf beiden Seiten des Schiffes das Lukendach auf. Heutige Schiffe haben unter ihren Gangborden Ballastwassertanks bzw. Wallgänge, die Laderäume sind rundum mit geraden Wänden versehen, was das Löschen eines Schiffes sehr vereinfacht.

Durchholen: Seile, Drähte, Taue und Trossen von festgemachten Schiffen müssen immer so gut wie möglich durchgeholt und am Poller befestigt werden. Das Lose muss eingeholt werden. Geschieht dies nicht, kann das Schiff immer wieder hin und her treiben oder schwimmen. Je schneller ein Schiff in ein loses Seil, einen Draht, Tau oder Trosse hineintreibt oder schwimmt, desto mehr wird das Seil, das Tau oder die Trosse belastet. Es besteht Gefahr, dass es berstet oder abreißt. So steht das Schiff in Gefahr, sich selbstständig zu machen. Je weniger ein Seil, Tau oder eine Trosse lose ist, desto stabiler liegt das Schiff still.

Eiche, Tiefgangsanzeige, Eichmeister: An den *Eichen* kann man zum einen die Schräglage eines Schiffes erkennen. Liegt das Schiff Backbord zu tief, muss die Steuerbordseite mehr beladen werden. Liegt das Schiff mit dem Achterschiff zu tief, muss der vordere Laderaumbereich mehr beladen werden. Das Schiff kann mit den Eichen in allen Richtungen, über die Schiffsbreite als auch der Schiffslänge, in einem fast gleichen Tiefgang abgeladen werden. Auch um die tatsächlich geladenen Tonnen eines Schiffes zu ermitteln, bedient man sich der Eiche. Eine farbige Markierung mit Zentimeter und Dezimeterangaben, die am Vor-, Mittel- und Achterschiff auf beiden Schiffseiten an der Bordwand angebracht ist.
Anhand einer ermittelten Eichtabelle, auf dem die Werte in Zentimeter beschriftet sind, wird neben der Zentimeterangabe die Tonnenzahl angezeigt, die sich bei dieser Zentimeterangabe an dieser Anzeige, Vor-, Mittel- oder Achterschiff, im Schiff befindet. Von diesen sechs gesammelten und addierten Werten der sechs Eichen wird der Durchschnittswert der tatsächlich geladenen Tonnen errechnet. Abweichungen im Vergleich zur Angabe des Verladers bzw. der Landmenge sind nur minimal. Annähernd ähnlich wurden die Mengen in Tankschiffen errechnet, wobei dazu die Eichen in

den einzelnen Tanks Verwendung fanden. Eichen dienen auch der Überwachung, ein Schiff bei einem bestimmten Wasserstand nicht zu tief abzuladen.

Heute werden diese Daten automatisiert durch Computersysteme zusammengetragen. Auch die Schräglagen eines Schiffes werden von Sensoren erfasst und durch Leuchtmittel an Deck angezeigt.

Festmachen, Kommandos „Halt fest", „Fest": Ein Kommando, das erfolgt, wenn beabsichtigt wird, ein Schiff an irgendeiner Stelle festzumachen oder anzubinden – jegliche Landverbindungen, Schleusen, Kaianlagen. Wenn das Schiff zum endgültigen Stillstand gebracht werden soll, ertönt zum Matrosen oder Steuermann an Deck meist aus dem Steuerhaus das Kommando „Halt fest" oder nur „Fest". Der Mann am Seil, Tau, Trosse oder Draht bremst das Schiff gefühlvoll bis zum Stillstand ab und bestätigt diese Tatsache mit dem Ausruf „Fest" und/oder er hebt für den Schiffsführer im Steuerhaus sichtbar die geballte Faust nach oben.

Gangbord: Grundsätzlich befindet sich ein Gangbord dort, worauf ein Schiff begangen wird. Wo man auf dem Achterschiff oder dem Heck des Schiffes oder auf dem Vorschiff vom Deck spricht, betritt man grundsätzlich auch das Gangbord. Ganz genau betrachtet befindet sich das Gangbord, Backbord und Steuerbord, neben dem Laderaum bzw. dem Dennebaum und führt je nach Richtung, zum Vor- oder Achterschiff. Es ist mitunter je nach Schiffsgröße nur 60 Zentimeter oder auch einen Meter breit. Meist befindet sich an der Wasserseite des Gangbords ein Geländer oder am Dennebaum der wasserabgewandten Seite ein Handlauf, an dem man sich festhalten sollte. Verfügt das Schiff über einen Wallgang, einen Ballasttank, ist die Decke des Tanks das Gangbord.

Haspel, Handruder: Als *Haspel* wurde in der Binnenschifffahrt einst das Steuerrad bezeichnet. Je nach Schiffsgröße ist er klein oder sehr groß. Manche waren so groß, dass sie mit einem kleinen Teil im Boden des Steuerhauses versenkt waren. Er wurde mit Muskelkraft bewegt, je nach Schiffsgröße, Größe des Ruderblattes und Beladungszustand auch mit mehreren Männern. Sie standen rechts und links neben dem Haspel. Bei Schiffen, die zwei Haspeln hintereinander in Betrieb hatten, standen auch mal vier Mann am Ruder. Dadurch, dass es mit der Hand gedreht wurde, nannte es sich *Handruder*.

Mit der kommenden Technik wurden diese Anlagen bei Schiffen, die über diese Technik verfügten, mit Dampfmaschinen, später hydraulisch und elektrisch unterstützt. Heute bei der allgegenwärtigen Technik gibt es diese Art Haspel, die massiven körperlichen Einsatz forderte, nicht mehr. Schiffe werden mit Joysticks bewegt. Versagt die Elektronik, werden *Notruderanlagen* aktiviert, die in mehreren unterschiedlichen Ausführungen vorhanden sind. Eine Notruderanlage funktioniert meist hydraulisch. Hydraulische Anlagen können auch mit kleinen 24-Volt-Motoren und Batteriestrom in Betrieb gehalten werden.

Hauptmotor, Hauptmaschine: Wie der Name schon sagt, der Motor, der das Schiff hauptsächlich voraus oder zurück bewegt, ist der Hauptmotor. Wenn man es ganz lapidar betrachtet, ein Motor ist sowohl eine Maschine als auch ein Motor. Eine *Maschine* bewegt sich nur mit Zuhilfenahme anderer Komponenten. Man verwendete Wasserdampf, Hydraulik, Elektrik usw. *Motoren* fabrizieren in ihrem Inneren alles selber, um sich in Bewegung zu setzen. Alle anderen Motoren auf einem Schiff, Bugstrahlanlagen, Pump- und Ankermotoren, bezeichnet man allumfassend als *Neben- oder Hilfsaggregate*. Diese Antriebe sind heute alle durch Elektromotoren ersetzt, nur der dazu benötigte Strom wird von Stromgeneratoren erzeugt.

Havarie: Fährt ein Schiff auf ein Schiff auf, fährt es gegen eine Brücke, einen Eisberg oder eine Hafenmauer, überfährt es ein Sportboot oder auf einen großen Sandhaufen im Strom, so bezeichnet man das alles als Havarie.

Heck: Das Heck ist hinten. Hinten ist dort, wo sich das Steuerhaus, der Maschinenraum und die Wohnung der Besatzung befinden. Spricht ein Besatzungsmitglied davon, dass er „nach hinten geht", dann bewegt er sich zum Achterschiff. Ein Schiff wird vorne und hinten an Land oder in Schleusen festgemacht.

Hilfsaggregat, Jockel, Deckwaschpumpe, Kompressor, Strom an Bord: Einst erforderlich, ein kleiner, anfänglich nur ein *Ein-Zylinder-Motor*, der durch hinzukoppeln den Kompressor und diverse Pumpen, auch die Winden der Ankerspille angetrieben hat. Er wurde mit einer Handkurbel zum Laufen gebracht, erforderte Geschick, Kraft und Kondition. Im Maschinenraum drehte sich dabei dauerhaft die *Lichtmaschine*, die dafür sorgte, dass die Batterien, meist 24 Volt, voll blieben. Wenn der Schiffsmotor dreht, übernimmt dieser mit einer angehängten Lichtmaschine das Beladen der Batterien. Da dieser Motor beim Abstellen oder Ankurbeln immer so hüpfte, erhielt er irgendwann die Bezeichnung *Jockel*. Alles lange vorbei, wie unter *Hauptmotor* beschrieben.

Laden, Löschen, Leichtern, Umschlag: *Laden*: Die Beladung eines Schiffes. *Löschen*: Das Entladen eines Schiffes. *Leichtern*: Die Teilentladung eines Schiffes, wenn es zum Beispiel für einen bestimmten Streckenabschnitt eines Gewässers, den es befahren muss, zu tief liegt und mit diesem Tiefgang nicht befahren kann. Es muss geleichtert werden. Alle Vorgänge werden als *Umschlag* bezeichnet. Dieser kann an Land, aber auch von Schiff zu Schiff erfolgen.

Laderaum: Einst verfügten Binnenschiffe über 4, 6, 8, 10, sogar mehr Laderäume. Die Stückgutfracht machte dies erforderlich. Der Laderaum beginnt mit dem Ende des Vorschiffs und endet am Beginn des Achterschiffs, meist am Trennungsschott, der Eisenwand zu den Maschinenräumen. Heute werden Stückgüter in Containern bewegt, Schiffe transportieren Schüttgüter bzw. Produkte in loser Schüttung. Ein durchgehender Laderaum, der bei einem Schiff mit einer Länge von 135 Metern schnell einhundert Meter lang ist, ist somit von Vorteil. Das Löschen als auch die Beladung ist einfacher, eine kleine Raupe, sogar Kehrmaschinen können in den Laderaum gehoben werden.

Losmachen, Kommando „Leggo": Leggo! Ein noch immer gebräuchlicher Ausruf, wenn ein Schiff losgemacht wird, die Fahrt fortgesetzt oder begonnen werden soll. Der Ausdruck geht auf eine uralte Überlieferung, dem „Let go" aus der Seefahrt stammend, zurück.

Lukendach: Etliche Varianten sind mittlerweile durch die Entwicklung und die Zeit gewandert. Rollluken, die übereinander gerollt wurden, Stapelluken, die gestapelt wurden, manche durch Muskelkraft, andere hydraulisch unterstützt. Sie waren aus Holz, Eisen, sind heute nur noch aus Aluminium. Und noch immer nennt es sich und jedes gleich einfach nur Lukendach. Das Lukendach ist also das Dach, mit dem der Laderaum zugedeckt wird, trocken, sauber und sicher bleiben soll.
Mehr siehe: *Scherstock*

Manöver: Sobald sich ein Schiff in Bewegung setzt, beginnt es dies mit einem Manöver. *Wendemanöver*: Wenn ein Schiff in die entgegengesetzte, andere Fahrtrichtung gedreht wird. *Anlegemanöver*: Wenn ein Schiff irgendwo angelegt wird. *Ablegemanöver*: Wenn ein Schiff von dieser Stelle wieder ablegt. *Ankermanöver*: Wenn ein Schiff vor Anker geht oder der Anker wieder aus dem Gewässer gedreht wird, um seine Fahrt fortzusetzen. *Schleusenmanöver*: Jegliche Schleusenfahrten. *Verholmanöver*: Wenn ein Schiff nur wenige Meter in alle Richtungen oder ins nähere Umfeld verbracht wird. *Überholmanöver:* Wenn ein Schiff ein anderes überholt. Eigentlich ist jeder Kurswechsel auch als Manöver zu verstehen.

Maschinenraum: Eigentlich auch eine alte Überlieferung, wo doch heute eher Motoren als DampfMASCHINEN Schiffe bewegen. In der Regel ist der Begriff Maschinenraum überwiegend in Verwendung.

Merkling: Nur ein Teil einer sehr vielfältigen Form, ein Schiff zuzudecken oder zu verschließen. Er bestand aus Holz, später aus Eisen, aber auch Aluminium. Immer jedoch behielt er die Form eines U-Profils, rund 10 Zentimeter hoch und 10 Zentimeter breit, nur um ein annähernd reales Maß zu nennen. So diente er doch auch dafür, den Regen oder Spritzwasser zwischen den Luken hindurch zum Gangbord hin ablaufen zu lassen. Je nach Schiffsbreite konnte er unterschiedlich lang und schwer sein. Er lag außen, Backbord oder Steuerbord, am Dennebaum auf und wurde in der Mitte des Schiffes in eine Führung des Scherstocks gesteckt. Das Schiff konnte nur wenig oder komplett aufgedeckt werden. Zwischen jeder Luke befand sich ein Merkling Die Luke lag links und rechts auf diesem Merkling auf.

Nachtlaternen, Positionslampen: Die unterschiedlichen Positionslampen Backbord, Steuerbord, Vorschiff, Achterschiff, Ankerlicht, Blink- und Typhonlicht unterliegen in der Schifffahrt selbstredend eigens dafür erlassenen Gesetzen. Sie müssen an vorgegebenen Stellen platziert sein und sind in ihrer Sichtbarkeit genau vorgegeben. So ist ein *Topplicht* im Vorschiff 225° sichtbar, auf beiden Schiffsseiten 112,5°. *Seitenlichter* Backbord und Steuerbord sind jeweils 112,5° sichtbar. Das *Hecklicht* muss auf einem Horizontbogen von 135° erscheinen, 67,5° nach jeder Schiffsseite. *Anker- und Blinklicht* als auch Lampen, die einen *Gefahrguttransport* kennzeichnen, Lampe in blau, bis zu drei Stück übereinander, aber auch die gelben *Typhonlampen* müssen von allen Seiten, rundum 360° sichtbar sein.

Nebelhorn, Typhon, Schiffshupe, Tröte, Schiffsglocke: Eine noch immer vorgeschriebene Signalanlage, die mit langen und kurzen Tönen ein Manöver, eine Situation, ein Handeln oder eine drohende Gefahr ankündigen soll. Einst aus edlem Messing oder Kupfer, heute nur noch eine Plastikhupe. Es dient heute mehr der Sicherheit, früher als es noch keine Funkgeräte gab, der Verständigung. Es wurde mit Pressluft betrieben, war und ist noch immer mit einer gelben 360°-Lampe gekoppelt, die bei Nacht anzeigen soll, welches Schiff ein Schallsignal gegeben hat. Auch wenn nach wie vor eine

Signaleinhaltungspflicht besteht, werden Manöver mit Funkgeräten abgesprochen. Die Kenntnis dieser Schallsignale ist für Patentanwärter nach wie vor Pflicht, auch wenn keiner mehr hupt. Ähnlich verhält es sich bei der *Schiffsglocke*. Gewisse Glockensignale können Schallsignale als auch Informationen weitertragen und ersetzen. Noch immer ist die Schiffsglocke ein Bestandteil der Sicherheitseinrichtung eines Schiffes, findet aber der modernen Technik geschuldet keine Anwendung mehr.

Oberlicht, Highlight: Rechteckige Fenster, die für das Erhellen eines Innenraums nach Oben an Deck angebracht sind. Weil sie sich oberhalb befinden, nennt man sie *Oberlicht*, *Highlight*, weil sie Helligkeit in die Räume bringen, was zur Zeit der Petroleumlampen oder als spärliches Licht noch aus 24-V-Strom gewonnen sehr wichtig war. Auch dienten sie der Belüftung dieser Räume. Heute gibt es auf den modernen Schiffen fast keine Oberlichter mehr. Die Räume können gut und hell beleuchtet werden, die Belüftung wird durch riesige Lüfter sichergestellt.

Patent: Es gibt diverse *Patente* in der Binnenschifffahrt. Darüber kann man sich heutzutage eigenständig und relativ rasch im Internet informieren. Daher an dieser Stelle nur kurz: Es gibt, als größte Qualifikation bezeichnet, ein A- oder Unionspatent, ein B-Patent, ein C1- und C2-Patent als auch ein Fährpatent, das aber in der C-Klasse angesiedelt ist. Die wenigsten Einschränkungen in Sachen Schiffsgröße und Fahrgebiet hat der Inhaber eines A- oder Unionpatentes. Dennoch sei auf einige davon hingewiesen: So dürfen einige Abschnitte von freifließenden Gewässern, wie Rhein, Elbe, Weser und Donau, nur dann in eigener Tätigkeit befahren werden, wenn diese freifließende Strecke erlernt und dafür eine gesonderte Prüfung abgelegt wurde.

Ein *Sportbootführerschein* oder Sportschifferzeugnis ist kein Patent, sondern nur ein Führerschein, eine Erlaubnis, Kleinfahrzeuge bis maximal 20 Meter Länge auf vorgegebenen Wasserstraßen zu fahren. Der Steuernde ist in diesem Falle nicht als Schiffsführer oder Kapitän, sondern als Bootsführer zu bezeichnen.

Grundsätzlich bevollmächtigen alle Patente den Inhaber dazu, ein Schiff auf einer vorgegebenen Wasserstraße zu führen. Außerdem muss man für die Nutzung eines Radargerätes eine *Radarpatentprüfung* ablegen und benötigt ein beschränkt gültiges *UKW-Sprechfunkzeugnis*, um ein Schiff überhaupt bewegen zu dürfen. Für die Fahrt mit einem Tankschiff werden noch besondere Kenntnisse im Umgang mit *Gefahrgütern* geprüft und erst dann anerkannt. Auch dafür gibt es je nach Art des Gefahrguts unterschiedliche Schulungen, Prüfungen und Zertifikate.

Partikulier: Das Wort Partikulier stammt aus dem Französischen *particulier* („Privatperson"). Es handelt sich dabei um einen selbstständigen Schiffseigentümer, der sein Schiff auch selber fährt und keiner Reederei angehört, kann aber als Subunternehmer dort tätig sein. Er ist eher bei Genossenschaften tätig, die sein Schiff befrachten und disponieren. Ein Partikulier kann bis zu drei Schiffe besitzen, die dann mit Personal besetzt sind.

Pegel: Anhand des Pegels, eine bauliche Einrichtung zum Messen eines Wasserstandes diverser Gewässer, können Schiffsleute errechnen, mit welchem Tiefgang sie das zu befahrende Gewässer zwischen diesen Pegeln befahren können. Pegel bestehen zum Teil aus einfachen, fest verbauten Messlatten am Ufer oder wenn diese von einem entfernt fahrenden Schiff gelesen werden müssen, in einem dort stehenden Gebäude, dem „Pegelhäuschen". An diesem Pegelhäuschen waren einst mechanisch funktionierende Pegeluhren angebracht, die zum Fahrwasser hin genau anzeigten, wie hoch der Wasserstand bei der Vorbeifahrt ist oder sich verändert hat. Heute sind sie zum Teil, vor allem am Rhein, digitalisiert. Die Pegelstände der zu befahrenden Strecke sind entweder im Internet zu erlesen oder über Telefon auch einzeln abrufbar. Manche Radiosender senden die Pegelstände anliegender Gewässer noch immer routiniert vor allem am Morgen, manchmal auch mehrmals am Tag.

Poller, Pinne: *Poller* sind nicht nur eines der wichtigsten Bauteile eines Binnenschiffs. Jedes Schiff, wie groß auch immer, benötigt Poller, etwas, woran man sein Schiff mit Seilen festmachen kann. Die Poller werden mit Seilen, Drähten, Tauen und Trossen umwickelt, das Schiff so zum Stillstand gebracht und letztendlich sicher festgehalten. *Pinnen* befinden sich seitlich angebracht an diesen Pollern. Mit diversen Klemmschlägen werden sie benötigt, um das Seil fest zu fixieren. Poller befinden sich an den Ufern der Flüsse und Kanäle, in Deutschland nicht immer ausreichend dort, wo das Anlegen erlaubt ist. So haben vor allem die Städte Köln und Mainz alle Poller an ihren Ufern entfernt, um das Anlegen der frachttransportierenden Schiffe an ihren Städten zu verhindern. Sie befinden sich in Schleusenmauern und Hafenanlagen.

Radar- und Funktechnik: Das *Radargerät* wurde schon vor rund 80 Jahren erstmalig in der Binnenschifffahrt eingesetzt, das Funkgerät erst Ende der

60er, Anfang 70er Jahre. Eine teure technische Einrichtung, die sich nicht jeder Schiffseigner leisten konnte. Die Schifffahrt verfügte die überwiegende Zeit ihrer Existenz über keine Radarhilfe. Schiffe wurden bei Nacht, Nebel oder unsichtigem Wetter stillgelegt. Nachtfahrten oblagen nur sehr erfahrenen Kapitänen. Noch immer entscheidet der Kapitän allein, wann er mit Radar eine Wasserstraße befährt. Sehr gute Kenntnisse und der Besitz eines Radarpatentes sind unabdingbar. Ein fehlerhaftes Deuten eines Echos auf dem Monitor der Radaranlage kann zu fatalen Havarien führen. Nur so werden heute auch bei Nacht und Nebel und anderem unsichtigen Wetter Schiffe ungehindert mit Radar fortbewegt. Erhöhte Aufmerksamkeit auch gegenüber den *Funkgeräten* ist gefordert. Man bedenke, dass vor allem in Seehäfen mehrere, auch mal vier Funkgeräte auf diversen Kanäle am Quaken sind. Der Schiffsführer muss aus diesen Massen an Nachrichten das erkennen, was für seine sichere Fahrt notwendig ist, auch wenn Funkgespräche in mehreren fremden Sprachen, wie Englisch, Niederländisch und Deutsch, empfangen werden. Das Radargerät zeigt auf einem Monitor das Gewässer an, auf dem man sich gerade befindet. Das Gewässer auf dem Monitor kann schwarz, aber auch je nach Einstellung andersfarbig z. B. blau dargestellt werden, allerdings in der richtigen Einstellung in der Voraussicht. Sinnvollerweise werden nur die nächsten 1.200 oder 1.800 Meter abgebildet. Der Bereich zum Ende des Monitors hinter dem Schiff ist in dieser Einstellung rund 300, je nach Veränderung auch mehrere Meter groß. Der gesamte Bereich kann auch bei der Befahrung größerer oder kleinerer Gewässer auf nur 200 oder 15.000 Meter und mehr verkleinert oder vergrößert werden. Die Vorrausfahrt des Schiffes ist dann allerdings je größer die Einstellung als sehr langsam wahrzunehmen.

Alle Hindernisse, Ufer, Brücken, Hochspannungsleitungen, Bojen und ankommende Schiffe, die sich vor und neben dem eigenen Schiff befinden, werden ebenfalls farbig angezeigt. Auch eine starke, auf das Schiff zukommende Regen- oder Schneefront, ein Schwarm Möwen oder Schwäne können Echos, sogenannte Fehlechos, verursachen. Unverzüglich sind dann die Erfahrungswerte des Schiffsführers gefordert. Er muss diese Fehlechos richtig interpretieren können. Die Farben dieser „Echos" können wie der ganze Bildschirm farblich verändert werden. Die Radarfahrt fordert die Schiffsführung mehr als die Fahrt bei normalen Wetterverhältnissen. Besondere Erfahrungen sind somit notwendig. Alle Schiffe verfügen heute mindestens über ein, die meisten Schiffe aber über zwei Radargeräte. Sollte eines ausfallen, bleibt noch immer das zweite, die Fahrt kann ungehindert weitergehen.

Reibholz, Handreibholz, Schleifholz, Kopfreibholz, Fender: *Reibhölzer* sind, egal aus welchem Produkt bestehend, noch immer unverzichtbar. Die günstigste Lösung war innerhalb der letzten 100 Jahre gemeinhin Holz, am besten verwendbar das Holz von der Pappel. Es handelt sich dabei um ein feinfasriges Holz mit niedrigem Heizwert, wofür man nie so recht Verwendung fand. Zum Vorteil der Verwender wächst es auch noch bevorzugt an Ufern von Gewässern. Das gebräuchlichste Handreibholz ist rund 1 Meter lang, ca. 10 × 10, oder 15 × 15 Zentimeter rundum breit und ist an beiden Enden 45° abgeschrägt. Die Schräge soll ein besseres Abreiben ermöglich. Durch zwei Löcher am vorderen und hinteren Viertel des Holzes wird es mit einem 16–20 Millimeter starken Tau durchfädelt, das danach zu einem Triangel zusammengeknotet noch immer über genug Tau verfügt, damit man es auch bei einem ungeladenen Schiff in Händen halten kann. Darum die Bezeichnung *Handreibholz*. Es findet beim Festmachen eines Schiffes Verwendung, wird in der Hand gehalten und dann zwischen der Schiffshaut und einem angefahrenen Gegenstand, Schleusenmauer oder ein anderes Schiff gehalten, damit die Schiffshaut oder Bordwand keinen Schaden nimmt. Soll ein Schiff an Land oder einem anderen Schiff festgemacht werden, werden diese Reibhölzer an Poller oder Pinnen befestigt und nach Außenbord gehängt. Denn wenn Eisen auf Eisen trifft, ist dies im ganzen Schiff spür- aber auch hörbar, der Schutzanstrich wird beschädigt, es kann Beulen geben. Trifft Eisen auf Reibholz, kann all das nicht so schnell passieren.

Kopfreibhölzer sind auch Mal zwei Meter lang und fest am Bug oder Heck eines Schiffes vertäut. Sie bestehen heute auch aus hartem Kunststoff und sind bedeutend langlebiger aber auch bedeutend teurer. Der umgangssprachliche *Fender*, ein aufgeblasener Ballon aus Kunststoff, ist eher in der Sportschifffahrt im Gebrauch. Er würde für ein schweres Binnenschiff in seiner Größe und Stabilität viel zu voluminös und viel zu teuer sein.

Reise, Order: Die *Reise* eines Schiffes ist immer der Zeitraum von dem Ort, wo es beladen, und dem Ort, wo es wieder gelöscht wird. Ist das Schiff gelöscht oder das Ende der Löschung absehbar, erhält man vom Disponenten eine neue *Order*. So beginnt die nächste Reise damit, dass man zum nächsten Ladeort fährt. Während Schiffe einst unter Umständen gerade mal eine Reise im Monat abschließen konnten, machen Schiffe in der heutigen Zeit je nach Umstände und Reisestrecke zwei, andere sogar fünf und mehr Reisen.

Roof, Roofdach: Als *Roof* wird das Bauteil eines Schiffs benannt, das über das Deck herausragt, die Wohnungen der Besatzungen am Vor- und Achterschiff zum Beispiel. Das Dach davon nennt man folglich *Roofdach*.

Sacken lassen, zurück oder voraus holen, verholen: Wenn ein Schiff, eigentlich auf einem strömenden Gewässer, um einige oder viele Meter rückwärts gebracht werden muss, dann sackt es auch ohne Motorantrieb rückwärts. In Häfen und stillen Gewässern geht es ohne Motor nur schlecht, außer man ist geduldig und zieht mit Menschenkraft das Schiff in die gewünschte Richtung. Umgangssprachlich spricht man vom *sacken lassen* oder zurückholen.
Soll ein Schiff wenige oder mehr Meter in Fahrtrichtung voraus gebracht werden, bleibt die Tätigkeit dieselbe, man spricht dann von *voraus holen*. Als Überbegriff all dieser Tätigkeiten wird als *verholen*, egal in welche Richtung, als Verholmanöver bezeichnet.

Scherbaum: Tatsächlich handelt es sich dabei im einen Baum oder den Stamm eines nicht ganz so dicken Baumes, 25–40 Zentimeter im Durchmesser und mindestens so lang, das er auch bei einem ungeladenen Schiff von Nutzen sein kann, also rund je nach Schiffsgröße 4–6 Meter lang. Wenn Schiffe an geböschten Ufern, also Ufer, die schräg ins Gewässer laufen, anlegen mussten, bestand die Gefahr, dass man durch die dort befindlichen Steine sein Schiff beschädigt. Oder es bestand Gefahr, dass das Schiff auf diesem schrägen Ufer hängen bleibt. So wurde das eine Ende dieser Scherbäume, das auch etwas angespitzt war, an den Rand der Böschung gebracht und das andere Ende mit einem Tau an den Pollern des Schiffes festgebunden. Durch diese Abstandhalter war das Schiff nun sicher, ein sehr schwerer Gegenstand, der heute nur noch selten in Gebrauch ist.

Scherstock, Lukendach: Bestandteil einer Laderaumabdeckung, der sicher 100 Jahre in Verwendung gewesen war. Der *Scherstock* wurde in Fahrtrichtung in den Laderäumen benötigt, befand sich schiffsmittig zwischen den Schotten und wurde ganz oben zwischen den Laderaumwänden eingehängt. Er war anfänglich aus Holz, später aus Stahl, dann auch aus Aluminium, je nach Material bis 100 Kilogramm oder mehr schwer. Jeder Laderaum benötigte einen Scherstock – 10 Laderäume, 10 Scherstöcke. Seitlich in den Scherstock waren die Merklinge gesteckt, die auf der anderen Seite in den Dennebaum in vorhandene Führungsnischen geklemmt waren. Die einzelnen Luken wurden links und rechts auf zwei Merklingen aufliegend ein Stück in den Scherstock geschoben und auf der entgegengesetzten Seite im Dennebaum eingeklemmt. Die Luken waren ebenfalls erst aus Holz, später aus Eisen, womit sie haltbarer, aber auch bedeutend schwerer wurden. Eine Luke war je nach Schiffsbreite mindestens 3–5 Meter lang und rund 60 bis 100 Zentimeter breit. Kleines Schiff, kleine Luken, großes Schiff, große Luken. Je nach Schiffsgröße wurden vor jeder Beladung und vor jedem Löschen 100 und mehr Luken bewegt. Teamwork hatte auch in dieser Aufgabe eine extrem wichtige Bedeutung. Denn allein diese kräftezehrende Aufgabe zu bewältigen, war nicht immer möglich. Es erforderte Kraft und eine ausgeklügelte Schwenk-, Hebel- und Hebetecknik. Ein Schiff der heutigen Zeit, mit einer Laderaumlänge von 100 Metern und einer Breite vom 10, 12, 15 und mehr Metern ist mit der heutigen Technik und nur einer Person in kürzester Zeit aufgedeckt, und das ohne dauerhaft benötigter, körperlicher Anstrengung.

Schiffsführer, Kapitän, Ansprachen und Bezeichnungen: Eine oft gestellte, doch manchmal schwer zu beantwortende Frage, wo sich doch alle Schiffe irgendwie ähnlich sind. In der Binnenschifffahrt ist und war die Bezeichnung *Schiffsführer*, oder intern an Bord noch immer *Schiffmann* genannt, seit vielen Jahren etabliert. Viele Besatzungsmitglieder nennen den verantwortlichen Kapitän wie in alten Zeiten noch immer Schiffmann, was auch viel kollegialer klingt und nicht so dominierend wirkt. Respekt vermitteln keine Titel, sondern Menschen, die diese Titel tragen. Da Schiffsmädchen, Decksfrau, Leichtmatrosin, Matrosin und Schiffsfrau eine neue aber weiterhin ansteigende Stellung auf einem Binnenschiff einnehmen werden, bleibt es abzuwarten, ob sich diese Bezeichnungen festigen werden.

Ansonsten finden Ränge und Positionieren, Steuermann, Decksmann, Leichtmatrose oder Matrose im alltäglichen Umgang auf Binnenschiffen keine dieser Anreden. Man spricht sich mit *Vornamen* an, denn ein jeder weiß sehr schnell, welche Funktion die einzelnen Mitglieder ausüben, außer der *Schiffsjunge*, derjenige, der sich ganz neu und in Ausbildung an Bord befindet. Er wird umgangssprachlich noch immer Schmelzer, Moses, auf manchen Schiffen auch Jonas genannt.

Vor der Erfindung der Dampf- und Motorschifffahrt, als noch Schleppkähne den überwiegenden Teil der Wasserstraßen befuhren, sprach man auch noch von einem *Schleppsteuermann*, der ein Schleppschifferpatent erworben hatte. Er durfte nur Schleppschiffe oder -kähne, aber keine unter Dampf stehenden oder motorisierten Schiffe in voller Eigenverantwortung bewegen.

Im Dritten Reich war man der Meinung, nur die Führer von Kriegsschiffen sind Kapitäne. Als *Schiffsführer* bezeichnet man heute mit allen Rechten und Pflichten den Kommandoführenden eines zivilen Frachtschiffes, er ist der „Kapitän" und wird von Institutionen und Behörden zunehmend so bezeichnet. Dies bezieht sich auch auf Frauen, die dieses Amt ausführen und ohne es explizit erwähnen zu müssen, sind sie in diesem Amt in jeder Form des Respektes gleichgestellt. Bei diesen gigantischen Schiffsgrößen, die seit ein paar Jahren unsere Wasserstraßen befahren und den vorhandenen Infrastrukturen bis ins gerade so Machbare angepasst sind, ist das auch mehr als berechtigt. Allerdings ist der Kapitän eines Binnenschiffes kein NK, kein *nautischer Kapitän*, der in der Seefahrt vorzufinden ist und ein nautisches Studium abgeschlossen haben muss. Das macht auch keinen Sinn, ist man doch auf einem fließenden Gewässer, immer dem Ufer nahe und sieht sehr gut, wohin man sein Schiff steuert. Und was das Auge nicht sehen kann, ertastet das Radargerät und macht es auf seinen Monitor sichtbar.

Bedenke: Nicht überall wo Wasseroberfläche zu sehen ist, kann ein Schiff gefahrlos manövriert werden. Fahrwasser sind oftmals eng und können mit Untiefen bespickt sein. Es sind also fundierte Kenntnisse des Fahrwassers notwendig, die man sich während seiner Ausbildung und darüber hinaus aneignen und immer wieder aktualisieren muss, da sich Fahrwege auf Flüssen auch verändern können. Der Kapitän in der Binnenschifffahrt ist eine Dienststellung und kein Dienstgrad in der obersten Führungsebene. Kein Seedampfer, egal in welcher Größe, ist in seiner Führung so anspruchsvoll und dauerhaft zu beherrschen wie ein Binnenschiff. Es ist daher falsch zu glauben, dass der Kapitän eines gigantischen Ozeanriesen so ohne Weiteres ein Binnenschiff von Rotterdam nach Mannheim fahren darf. Auch er muss sich diese zu befahrene Strecke erst aneignen, muss dazu ein Schifferdienstbuch führen und kann dann irgendwann sein Wissen über die zu erwerbende Strecke prüfen lassen, ein Patent dafür erwerben. Ein Schiffs-, Bootsführer oder Skipper ist im Allgemeinen alleinstellig für den sicheren und reibungslosen Betrieb eines Wasserfahrzeugs verantwortlich und ist Inhaber der sogenannten Bordgewalt.

Schiffstypen: Frachtschiff, Tankschiff, Containerschiff, Schubschiff, Fahrgast-
oder Passagierschiff, Hotelschiff – das sind die Grundbegriffe aller *Schiffstypen*. Bunkerboote und Bilgenboote sind ebenfalls nur kleinere Tankschiffe.

Die unbemannten und nicht motorisierten schwimmenden Kisten, die bis
zu sechs Stück auf einmal von Schubbooten geschoben werden können,
sind in der Regel genormt groß und knapp 77 Meter lang, 11,40 Meter
breit. Man spricht von einem Euroleichter, werden aber als *Schubleichter*
bezeichnet. Je kleiner das Fahrwasser, je kleiner die Schubboote und deren
Schubleichter. Ein sehr umfangreiches Kapitel mit dem man sich Online,
sehr gut befassen kann.

Merke: Ein Schiff ist schon viele Jahre kein Kahn mehr, denn grundsätzlich
ist auch ein Kahn ein Schiff, ein Begriff aus längst vergangenen Zeiten,
als es noch *Schleppkähne* gab, die ohne eigenen Motor oder Antrieb geschleppt wurden. Binnenschiffer sind auch Schiffer und keine Kahner!

Ein *Sportboot* hingegen bleibt so lange ein Boot, oder Kleinfahrzeug genannt, bis es eine Länge von 20 Meter überschritten hat. So verhält es sich
auch mit der Bezeichnung Bootsführer.

Einige Schiffe sind spezialisiert und so gebaut, damit sie überwiegend das
annähernd gleiche Produkt transportieren können, z. B. Tankschiffe, die
nur Gas fahren. Man nennt sie auch Gastanker. Einen Unterschied machen
ebenfalls die Fahrgast- und Personenschiffe, die mit Fahrgästen eine kleine
Rundfahrt machen oder aber Passagier- und Hotelschiffe, die tagelang
Fernreisen mit Übernachtung und Vollverpflegung anbieten.

Schwenkbaum: Alle Schiffe aus vergangenen Tagen waren womöglich 70 Jahre
lang mit Schwenkbäumen versehen. Die Erfindung stammt vor allem aus
der Zeit, als Schiffe motorisiert wurden. Es handelt sich dabei um ein vorn
und hinten verschlossenes Rohr, das waagerecht am Dennebaum eingehängt oder gesichert war. Je nach Größe des Schiffes und Länge des
Schwenkbaums betrug sein Durchmesser am Ende der nutzbaren Seite 15,
an der schiffsverbundenen Seite bis 30 Zentimeter. Er war am verbundenen
Ende, im unteren Drittel, mit einem senkrechten Rohr verbunden, das fest
mit dem Schiff in Führungsbuchsen gesteckt war. Vom senkrechten Rohr
führte vom oberen Ende ein Stahlseil zum vorderen Ende des Schwenkbaums und war dort eingehängt. Somit wurde diese ganze Technik dreh-
oder schwenkbar, ähnlich wie ein manuell betriebener Kran. An beiden

Schiffsseiten waren diese Schwenkbäume am Vorschiff angebracht. Die Besatzung hatte so die Möglichkeit, auf diesem Schwenkbaum vom Schiff hinaus an Land zu schwenken. Es hat das Festmachen an Land vereinfacht, zeigte auch bei einer falschen Handhabe einige Gefahren auf. Abstürze oder ein Einklemmen zwischen Schwenkbaum und Landanlage kamen nicht selten vor und diese Gefahr war damit allgegenwärtig.

Heute werden keine Schwenkbäume mehr verbaut und verwendet. Die moderne Technik und die starken Motoren der Schiffe machen es möglich, ein Schiff, egal in welcher Größe, fast auf den Punkt genau anzulegen, eine Herausforderung, die selbstredend über die Zeit der Ausbildung hinaus umfangreich geübt werden muss.

Steuerbord: Steuerbord befindet sich in Blickrichtung auf der rechten Seite. Die Farbe seiner Nachtkennzeichnung, die der Positionslaterne oder -lampe, ist grün.

Steuerhaus: Aus dem Steuerhaus werden Schiffe bewegt, eigentlich ist es mit der Brücke eines Seeschiffes gleichzusetzen. Sie sind 25 aber auch 60 Quadratmeter groß. Die damals bescheidene Technik gibt es nicht mehr und hochmoderne Technik hat Einzug gehalten. Steuerhäuser gleichen einem Fahrstand, wie ihn Kapitän Kirk auf seinem Raumschiff Enterprise genutzt hat. Er ist über und über bespickt mit Monitoren, Computertechnik und, für den Menschen an Land, mit unvorstellbaren Raffinessen, die mittlerweile notwendig sind, um Schiffe sicher bewegen zu können. Während die alten erfahrenen Kapitäne und Schiffsführer gemächlich an diesen Wandel herangeführt wurden, wird der heutige Nachwuchs sehr gefordert, all diese Technik richtig zu beherrschen, was den Beruf des Binnenschiffers grundsätzlich zu einer größeren Herausforderung macht.

Tau, Seil, Drahtseil: Schiffe müssen spätestens in Häfen oder während der Reise in Schleusen befestigt werden. Dazu wurden schon in der Vergangenheit Hanftaue, aber auch Stahlseile oder Stahldrähte verwendet. Je dicker das Tau oder der Draht, desto stabiler und sicherer war ein Schiff festgemacht, aber all das war auch sehr viel schwerer. Taue waren auch mal 60 Millimeter dick, extreme Drähte je nach Einsatz auch mal zwischen 15 und 50 Millimeter. Der Umgang mit der Tätigkeit, die unter dem Oberbegriff „Seilen" zusammengefasst wird, war und ist noch immer gefährlich, damals bei Weitem gefährlicher.

Mit der Erfindung des Kunststoffs wurde neues Tauwerk erfunden, womit auch alle schwächeren Geschlechter, auch schwächere Jungs, sehr gut und einfach damit arbeiten können. Diese neuen Tauwerke sind also sehr leicht und klein im Durchmesser und unglaublich stabil mit sehr hoher Bruchlast. Während auf Fracht- und anderen Schiffen überwiegend Tauwerk im Einsatz ist, dürfen auf Tankschiffen, die sich in Beladung oder beim Löschen befinden, nur Stahldrähte Verwendung finden. Sollte es zu einem Brand kommen, schmelzen Taue in Sekundenschnelle. Stahldrähte hingegen halten ein Schiff auch noch dann fest, wenn alles lichterloh brennt. Das brennende Schiff kann sich nicht selbstständig machen und andere Schiffe gefährden.

Umsteuerung, Maschinentelegraph, voraus, zurück machen: So wird die technische Einheit bezeichnet, mit der man eine Schiffsschraube zur Vorausfahrt in die eine und zur Rückwärtsfahrt in die andere Richtung befehlen kann. In der überwiegenden Zeit der selbstfahrenden Schifffahrt ohne Segel wurden alte Techniken dafür verwendet, Dampfmaschinen, Dieselmotoren, die allerdings entweder nur in die eine oder in die andere Richtung drehen konnten. Ein Schiff kann nur durch eine rückwärts drehende Schraube zum Stehen, zum Stillstand gebracht werden. Oder durch den aktiven Einsatz seiner Besatzung, beim Anker setzen zum Beispiel. So wurde die eine Richtung die Vorausfahrt, die andere die Rückwärtsfahrt. Das Schiff *macht voraus oder zurück*. Um das allerdings zu erreichen, musste man auch vor der Nutzung eines Motors erst die Dampfmaschine, später den Motor zum Stillstand bringen. Die Anlage wurde abgestellt, die Dampfmaschine oder der Motor stand auf STOP! Wenn diese stillstanden, wurden sie in die entgegengesetzte Drehrichtung neu gestartet, die Anlage wurde umgesteuert, der Motor umgangssprachlich angeworfen. Dieses *Umsteuern*, die Dampfmaschine in die entgegengesetzte Richtung drehen zu lassen, als auch einen Motor, neu zu starten, damit der in die entgegengesetzte Richtung drehen kann, benötigte Erfahrung, gutes Vorausdenken und Zeit.

Die Schifffahrt war träge und gemächlich. Dieser Umsteuerungsvorgang beinhaltet unterschiedliche technische Vorgänge, die zu erklären in diesem Zusammenhang sekundär sind. Aber, man spricht daher noch heute von Umsteuern, obwohl sich diese Technik verändert, enorm vereinfacht hat. Möglich wird all das heute durch ein *Getriebe*, das am Motor gekoppelt ist. Wenn man es salopp bezeichnet, gibt es seitdem einen Vorwärts- und einen Rückwärtsgang. Der Motor muss nicht mehr abgestellt und neu gestartet werden. Eine kleine sehr handliche Umsteuerung wurde erfunden, die alles beinhaltet. Somit wird mit diesem kleinen Hebel auch durch vor oder zurückschieben „Gas gegeben", die Drehzahl des Motors erhöht und gesenkt. In mittlerer Stellung des Hebels ist das Getriebe ausgekuppelt, der Motor dreht ohne Leistung mit kleiner Umdrehung weiter. Um diese Verbindung vom Steuerhaus zum Maschinenraum zu ermöglichen, bedient man sich heute modernster Technik. Es ist dafür kein Körpereinsatz mehr notwendig. Diese Anlagen sind so feinmotorisch, dass sie mit nur einem Finger bewegt werden können.

Wahrschauer, Wahrschauposten: Als *Wahrschauer* werden sowohl technische Hilfsmittel als auch Menschen bezeichnet, die dem Schiffsverehr diverse Hinweise zukommen lassen. Dies kann mit Hilfe von Flaggen, Tafeln, Zeichen und Lichtern aber auch durch Funksprüche erfolgen. Der gesamte Schiffsverkehr kann auf diese Weise geregelt werden. Sie können sich als festes Bauwerk oder feste Signalstationen im Bereich eines Ufers befinden oder nur vorrübergehend im Einsatz sein. Das Besatzungsmitglied als *Wahrschauposten* ist bei schlecht einsehbaren Situationen an der Stelle zu positionieren, die ihm eine frühere Einsicht oder Erkenntnis in eine unübersichtliche Verkehrssituation ermöglicht. Diese Positionen können bei einer Ausfahrt aus einem Hafen oder Nebengewässer auf dem Vor- aber auch bei einer Rückwärtsfahrt aus dem Hafen oder Nebengewässer auf dem Achterschiff sein. Der Wahrschauer ist dann angehalten, dem Schiffsführer über seine Erkenntnisse zu informieren. In der Regel erfolgt das heute durch ein Funkgerät, früher durch Zurufe oder Handzeichen. Der Wahrschauer entscheidet im Vorfeld, ist eine Ausfahrt aus dem Hafen oder der Nebenwasserstraße ohne Gefahr für Schiff und Besatzung möglich? Ja oder Nein!

Mit den heutigen Schiffsbreiten bis 11,45 Metern und einer Schleusenbreite von nur 12 Metern ist das Wahrschauen des Abstandes Schiff zu Schleusenmauer zwingend notwendig. Das Besatzungsmitglied an Deck, dem Vor- und/oder Achterschiff gibt diese Abstände durch Nennung in Zentimeter mit einem Funkgerät an die Schiffsführung im Steuerhaus weiter. Auch der Abstand zu einem Hindernis, dem Ende der Schleuse oder einem vorausfahrenden Schiff ist bei einer Schiffslänge von 110 oder gar 135 Metern aus dem Steuerhaus schwerlich erkennbar. Auch diese Abstände müssen gewahrschaut werden. Kameras auf dem Vor- und Achterschiff, Back- und Steuerbord tragen zwar unterstützend ein Bild dieser Situationen auf Monitore ins Steuerhaus, allerdings handelt es sich dabei um sehr kompakte Bilder der ganzen Schiffslänge bis 100 Meter voraus. Den Abstand am Vorschiff in dieser Entfernung auf den Zentimeter genau auf dem Monitor zu schätzen ist nur schwer möglich. Eine Schiffsbewegung bleibt durchaus machbar, doch ein Wahrschauposten kann für den Schiffsführer unterstützend Erleichterung bringen.

Zollverschluss: (Damit das Z auch noch besetzt ist.) Als Europa noch mit Grenzen versehen war, mussten Schiffe, die im Ausland geladen hatten, je nach Ladungsgut ihre Laderäume vom Zoll verschließen, verplomben lassen. Die Verwendung der Plomben wurde akribisch dokumentiert. Es sollte verhindert werden, dass Ladungsgüter verschwinden. Meist ein zeitraubender und aufwendiger Akt, denn wenn das Schiff den Hafen erreicht hatte, in dem die Ware gelöscht werden soll, musste erneut ein Zollbeamter an Bord kommen und diese Plomben entfernen, nachzählen, ob auch noch alle vorhanden sind und die Verschlussstellen nicht manipuliert wurden. Zollverschluss gibt es heute fast nur noch an den vielen Containern, die aus Übersee in Containerschiffen bewegt werden und unter anderem im unteren Donauraum. Dennoch kann ein Warenversender, derjenige, der seine Ware in ein Schiff hat bringen lassen, Werksplomben anbringen. Oder, auch bei besonders wertvollen, aber auch gefährlichen Gütern werden Plomben verwendet.

Zur Autorin

Mit dem Werk *„Schiffers Fritz. Ferien 1973 an Bord bei Onkel Justus"* von 2023 erzählt der Autor, Werner Schwarz, von seinem Berufsstand, dem Binnenschiffer. Spannend unterhaltsam erzählt und informativ dargestellt wurden seine Protagonisten, Jungs und Männer. Frauen blieben Mütter und Tanten.

Einer guten Freundin, Frau Veronia Weisshaid, fiel dies auf und schnell stellte sich die Frage, ob es denn keine leistenden Frauen in diesem Berufszweig gäbe, was W. S. bestätigen musste, denn es gibt sehr viele aktive Frauen in diesem sehr harten und verantwortungsvollen Berufszweig.

Man diskutierte über diese bestehende Tatsache. Schlussendlich einigte man sich darauf, dass Veronia Weisshaid dieses Manuskript von *„Schiffers Fritz"* mit dem Auge einer Frau neu schaffen wolle und so entstand *„Schiffers Uschi"*. W. Schwarz stand beratend zur Verfügung, doch nur in Bezug auf die nautischen Angelegenheiten sowie die Zeichnungen von Michael Klaussner und seine eigenen.

Frau Weisshaid ist an keinen Tumult um ihre Person interessiert, ist auch sonst schriftstellerisch untätig. Es werden keine weiteren Werke von ihr folgen und *„Schiffers Uschi"* sollte nur eine kleine realistische Hommage für die Frauen in der Binnenschifffahrt werden.

Schwarz begann im Alter von 16 Jahren eine Lehre als Binnenschiffer in der Rheinschifffahrt und seinen Nebenwasserstraßen. Er wurde danach Matrose, Steuermann und Kapitän. 1983 und 1984 wurde er als Marinesoldat der deutschen Bundesmarine Turbinengast auf der Fregatte Braunschweig, kehrte zurück in die Binnenschifffahrt und blieb bis 2021 auf diversen Fracht- und Tankschiffen auf den europäischen Binnengewässern tätig.

2021 wurde Schwarz EU-frühverrentet, ist als Autor, Co-Autor und Schriftsteller tätig und hat 9 eigene Werke veröffentlicht. Er lebt in Berlin.

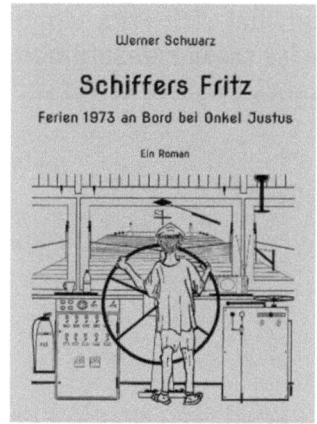

Werner Schwarz

Schiffers Fritz
Ferien 1973 an Bord bei Onkel Justus
Ein (Jugend-)Roman

BoD, Norderstedt 2023, Broschur, 14,8 × 21,0 cm
430 Seiten, zahlreiche Zeichnungen und Fotos
ISBN: 978-3-7578-8610-3

In der Reihe:
Schlechtwetterzonen, Band VIII
ISBN: 978-3-7578-2539-3

Man schreibt das Jahr 1973 und die Sommerferien haben begonnen. Vater Friedrich, der vor 13 Jahren selbst Binnenschiffer gewesen ist, möchte seinen 13-jährigen Sohn Fritz für zwei Wochen zu seinem Bruder, den Onkel Justus, auf die MS HELGA schicken.

Vater Friedrich und Onkel Justus haben ein sehr distanziertes Verhältnis, Geschehnisse aus der Vergangenheit haben dazu beigetragen. Aber Onkel Justus, der mag seinen Neffen und Nichten sehr und so ist der familiäre Kontakt auf Friedrichs Kinder zusammengeschrumpft.

Fritz ist gar nicht begeistert, so weit weg von zu Hause auf diesem großen Schiff, ganz allein.

Da ist der laute Motor, der komische alte Steuermann Michl und sein Cousin Albrecht, der 15-jährige Sohn und Schiffsjunge auf dem Schiff von Onkel Justus und mit denen kann er bestimmt nicht so absonderlich. Es wird schnell langweilig werden, seine Erfahrungen aus den letzten Ferien vor vier Jahren haben all das damals bestätigt. Aber Justus unterbreitet auf einmal den Vorschlag, Fritz soll sich doch einfach einen Schulfreund mitbringen.

Somit wird der Nachbarsjunge Wolfi, den alle Wombl nennen, etwas jünger als Fritz, von ein paar Häusern weiter in ihrer Straße, dazu überredet, diese zwei Wochen mit Fritz zusammen auf der MS HELGA zu verbringen.

Eine Reise mit vielen Abenteuern und Erlebnissen beginnt, eine fremde Welt mit ständig neuen Örtlichkeiten macht jeden Tag ereignisreich. Onkel Justus ist super und ganz anders lernen sie nun den erst gefürchteten alten Steuermann

Michl kennen, denn der ist in Wirklichkeit vollgepackt mit tollen Geschichten und eigentlich ein recht lustiger Kauz. Auch Albrecht ist ein anderer geworden. In dieser Harmonie an Bord, voller Spaß und Abenteuer, hat sich Fritz vorgenommen, die beiden zerstrittenen Brüder irgendwie wieder zusammenzuführen. Ein schwerer Weg, der durch ein kleines unvorhergesehenes Unglück etwas einfacher werden soll.

buchshop.bod.de/catalogsearch/result/?q=werner+schwarz+schiffers+fritz

Abbildungsverzeichnis

Viele der in diesem Buch abgebildeten Fotos wurden im Internet gefunden. Sie sind auf diversen Onlineportalen veröffentlicht, einige davon sind weit verbreitet, weltweit für jeden interessierten Menschen zugänglich oder kopierbar. Sie sind somit gemeinfrei.

Ordnungsgemäß wurden für Anfragen, zwecks Nutzung von Fotographien in Deutscher und Holländischer Sprache getätigt, was auch dokumentiert ist.

Überwiegend waren diese Kontakte nur in Portalen möglich, wo letztendlich keine Antworten gefunden wurden, wer genau dieses jeweilige Bild veröffentlicht hat und wer genau der Inhaber ist. Diese anonymen frei zugänglichen Bilder haben also auch keinen benennbaren Rechteinhaber.

Wegen dem hohen Alter diverser Aufnahmen, ließen sich bei einigen, keine Eigentümer mehr finden.

Zum Teil waren deren Inhaber leider schon verstorben, andere reagierten nicht.

Persönlich betrachte ich meine Form der Veröffentlichung dieser Aufnahmen als prägend für die Geschichte der Binnenschifffahrt. Auf diesem Wege bleiben sie als visuelle Überlieferungen dieser vergangenen Zeiten erhalten. Diese Aufnahmen verschwinden nicht in unserer kurzlebigen Zeit und geraten nicht in Vergessenheit.

Es besteht in diesem Buch keinerlei Absicht jemanden zu schädigen, es dient der Unterhaltung, Erinnerung, Dokumentation und Bildung.

Somit kann ich nur meinen herzlichsten Dank für diese Bilder ausdrücken.

Alle hier gelisteten Abbildungen sind mit Kurzzeichen versehen, damit erfolgreich kontaktierte Inhaber gekennzeichnet und namentlich erwähnt sind.

WS:	Zeichnung Werner Schwarz
MK:	Illustration Michael Klaussner
GD:	Gunter Dexheimer, Archiv R. Diesler
LM-SMM:	Leona Meijer, Fotograph Sheldon Merritt Machlin
NF:	Netzfund-Facebook
	facebook.com/groups/101919753679635/media?locale=de_DE
	facebook.com/groups/290580122987504?locale=de_DE
	facebook.com/groups/1698935207079994?locale=de_DE
	facebook.com/groups/1330261694196231?locale=de_DE

Wenn nicht anders angegeben: 2024